KB001601

# 먼고 해밀턴

**YOUNG MUNGO**

Young Mungo
By Douglas Stuart

더글러스 스튜어트 장편소설

구원 옮김

# 먼고 해밀턴

**YOUNG MUNGO**

코호북스

알렉산더와 글래스고의

여린 아들들에게 바친다

# 그 후

## 5월

## 1

길모퉁이를 꺾기 전에 먼고는 걸음을 멈추고 몸을 틀어서 어깨에 얹혀 있던 남자의 손을 뿌리쳤다. 모두가 깜짝 놀랄 만큼 단호한 몸짓이었다. 먼고는 뒤돌아서 눈을 가늘게 뜬 채 공영주택의 위층을 올려다보았다. 눈꺼풀이 특유의 경련을 일으키기 시작했다. 레이스 커튼의 밀이삭 무늬 짜임새 사이로 내려다보고 있던 모모는 아들이 명랑하게 윙크하는 거라고, 다 괜찮다는 뜻의 귀여운 모스 신호를 보내는 거라고 스스로를 납득시켰다. 다. 좋. 아. 요. 막내아들은 그런 아이였다. 웃을 기분이 아닐 때도 미소 지었고, 남들의 기분이 좋아진다면 무엇이든 했다.

모모는 커튼을 한쪽으로 걷어내고 말 상대를 기다리는 여자처럼 창틀에 기댔다. 머그잔을 들고 진줏빛이 감도는 분홍색 손톱으로 유리창을 두드렸다. 손이 산뜻해 보이라고 고른 색이다. 손이 젊어 보이면 얼굴은 물론이고 그녀라는 사람 자체가 젊어 보일 거라고 기대하면서. 모모가 보고 있자니 먼고는 집 쪽으로 걸음을 떼려다 말고 멈칫거렸다. 모모는 색깔을 입힌 손끝을 흔들어 아이를 쫓았다. 가!

살짝 구부정한 아이의 등에서 배낭이 곱사등처럼 보였다. 무엇을 가져가야 할지 몰라 막막했던 먼고는 손에 잡히는 대로 대충 짐을 쌌다. 체격에 비해 지나치게 큰 페어아일 뜨개 스웨터, 티백, 너덜너덜한 스케치북, 루도 보드게임, 그리고 반쯤 남은 연고. 그토록 허접하게 채운 가방이 무거울 리 없지만 먼고는 금방이라도 도랑으로 자빠질 듯한 자세로 길모퉁이에서 머뭇거렸다. 가방이 무겁지 않다는 걸 모모는 알았다. 아이가 버거워하고 있는 것은 가방이 아니라 자기 자신이라는 사실도.

다 니가 잘됐으면 하는 마음에 보내는 건데 어디서 감히 도살장에 끌려가는 소 같은 표정을 짓고 있어. 날이 더워서 더더욱 참아주기가 어려웠다. 아이의 처량한 눈빛이 신경을 긁었다. 가라니까! 모모는 입 모양으로 말하고 차갑게 식은 차를 벌컥 들이켰다.

두 남자는 모퉁이에서 기다리고 있었다. 서로 힐끔거리며 한숨을 쉬었다가 킥킥 웃더니, 가방을 내려놓고 담배에 불을 붙였다. 한시바삐 이 동네를 벗어나고 싶은 티가 완연했다. 이 좁은 골목길은 낯선 얼굴을 달가워하지 않았다. 남자들이 아이를 재촉하지 않고 꾹 참고 있는 것이 모모의 눈에 보였다. 약삭빠른 남자들은 이처럼 집과 가까운 곳에서는 아이를 몰아붙이지 않을 것이다. 아이가 마음을 바꾸고 달아날지도 모르니까. 그래서 남자들은 아이가 과연 어떻게 할지 실눈으로 재차 힐긋거리기만 하면서, 바지 주머니에 넣은 손으로는 허벅지에 끈적하게 달라붙은 불알을 떼어놓고 있었다. 무덥고 습한 날이 될 것이다. 두 남자 중 젊은 쪽이 자기 성기를 만지작댔다. 모모는 혀끝으로 아랫니 뒤쪽을 훑었다.

먼고가 손을 들어 인사하려고 했지만 모모는 험상궂은 표정으로 내려다보기만 했다. 어머니의 얼굴이 딱딱하게 굳은 것을 보았는지, 아니면 손을 흔들어 인사하는 게 유치하다고 생각했는지, 먼고는 어정쩡하게 올린 손을 흔드는 대신 공기를 쥐려는 듯 손바닥을 오므렸다. 꼭 물에 빠져 허우적거리는 것 같았다.

헐렁한 반바지와 큼직한 바람막이 카굴 점퍼 차림인 먼고는 남의 옷을 물려받은 어린 고아처럼 보였다. 그렇지만 풍성한 곱슬머리를 뒤로 넘기자 꾹 다문 입 아래 강한 턱선이 드러났고, 아이가 단호한 젊은이로 성장하고 있음을 모모는 새삼 깨달았다. 모모는 유리창을 다시 두드렸다. 건방지게 어디서 인상을 써.

두 남자 중 젊은 쪽이 먼고에게 한 걸음 다가서더니 어깨에 팔을 둘렀다. 어깨를 누르는 팔의 무게에 먼고는 얼굴을 찌푸렸다. 양쪽 옆구리를 문지르는 먼고를 보고 모모는 그 부위에 보랏빛으로 피어나고 있는 멍을 떠올렸다. 모모는 유리창을 다시 한번 두드렸다. 아, 좀 가라니까! 그러자 먼고는 눈을 내리깔고 자신을 이끄는 손길에 순순히 몸을 맡겼다. 남자들이 웃으면서 아이의 등을 철썩철썩 쳤다. 그래, 잘 생각했어. 씩씩하다.

할렐루야, 모모는 딱히 신앙심이 있지는 않았지만 분홍빛 손끝을 하늘에 대고 흔들며 쾌재를 불렀다. 머그잔에 남은 차를 말라비틀어진 화초에 붓고 강화 포도주로 대신 채운 다음에 음악 소리를 키우고 발을 휘둘러 신발을 벗어 던졌다.

먼고와 두 남자는 시내버스를 타고 소키홀 스트리트로 갔다. 간만에 기승을 부리는 더위에 글래스고 도시 전체가 땀을 뻘뻘 흘리는 듯했다. 거리를 메운 소란스러운 남자들은 셔츠를 벗어젖힌 웃통이 벌써부터 불그스레 익었다. 벤치에는 팔뚝이 굵은 노부인들이 모자에 모직 코트까지 갖추어 입고 인중에 땀이 송골송골 맺힌 채 줄줄이 앉아 있었다. 골목길에서 얼굴이 끈적한 아이들이 폴짝폴짝 뛰어다녔고, 더위 먹은 여자들은 풍만한 가슴 위로 고개를 떨구고 꾸벅꾸벅 졸았다. 먼고는 공영주택 단지를 맴도는 비둘기들을 떠올렸다. 눈을 반쯤 감고 대가리를 목 깃털에 파묻은 채 꾸벅대는 게으르고 우둔한 비둘기들.

충의 오렌지단 행진에 대비해 연습하고 있는 악단의 전투적인 연주와 그들과 경쟁하듯 목청을 높인 버스커들의 노랫소리가 도시에 생기를 불어넣었다. 거대한 램벡 북의 묵직한 울림 위로 개신교 악단의 피콜로가 새의 지저귐처럼 감미롭게 떨렸다. 품위 있는 차림의 노신사가 절절한 선율에 심취하여 닭똥 같은 눈물을 뚝뚝 흘리고 있었다. 먼고는 남들 앞에서 감추려는 노력도 없이 우는 남자를 빤히 보지 않으려고 시선을 돌렸다. 슬퍼서인지, 자부심이 벅차올라서인지는 알 수 없었다. 남자의 양복 재킷 소맷부리 아래로 비싼 시계가 번쩍였는데, 이것 하나만 보고 먼고는 남자가 개신교일 거라고 짐작했다. 가톨릭이 차기에는 너무 화려하고 요란스러웠다.

먼고의 동행들은 뙤약볕 속에서 꾸무럭꾸무럭 걸었다. 물건이 가득 담긴 허접한 비닐봉지를 들고 낚시 장비를 담은 가방을 어깨에 걸치고 캠핑용 배낭을 메고 있었다. 목마르다는 투덜거림이 들려왔다. 이 남자들을 만난 지 고작 한 시간밖에 되지 않았는데 목마르다는 불평을 벌써 수차례 들었다. 종일 목이 타는 모양이었다. "시원한 거 한잔하고 싶어 죽겠네." 나이 많은 남자가 말했다. 두꺼운 트위드 양복 차림인 남자는 홍당무처럼 시뻘겋게 익은 얼굴로 땀을 비 오듯 흘렸다.

젊은 남자는 대꾸하지 않았다. 그는 꼭 끼는 청바지에 허벅지가 쓸려 아픈지, 다리를 오자로 구부리고 어기적어기적 걸었다.

두 남자는 소년을 버스정류장으로 데려갔다. 주머니 속 동전을 짤랑거리며, 글래스고 북쪽에서 출발해 덤버턴의 푸른 언덕으로 향하는 고속버스에 올랐다.

힘겹게 버스 뒤쪽으로 걸어가 플라스틱 좌석에 앉았을 즈음에 두 남자 모두 땀을 흘리며 숨을 헐떡이고 있었다. 두 남자 사이에서 먼고는 몸을 가능한 한 작게 움츠렸다. 둘 중 한 명이 차창으로 고개를 돌리면 몰래 옆모습을 관찰하다가, 자기 쪽을 돌아보면 반대쪽 창밖 풍경에 흥미가 동한 척하며 시선을 피했다.

먼고는 턱을 가슴께로 바짝 끌어당기고 얼굴 전체로 퍼져가는 경련을 멈추려고 애쓰며 차창 밖의 잿빛 도시를 내다보았다. 얼굴에서 무슨 일이 일어나고 있는지 뻔히 알았다. 금방이라도 재채기를 터뜨릴 듯 코에 주름을 잡고 눈을 껌벅이고 있지만 재채기는 끝내 나오지 않을 것이다. 대놓고 구경하는 늙은 남자의 시선이 느껴졌다.

"도시 밖으로 나가는 게 얼마 만이야." 늙은 남자는 건조한 빵 부스러기에 목이 멘 것처럼 쉰 소리로 말했다. 때때로 남자는 목소리가 더는 안 나온다는 듯이 말을 멈추고 크게 숨을 들이쉬었다. 먼고는 웃어주려고 했지만 어딘가 족제비를 닮은 남자의 인상이 거북해서 똑바로 눈을 마주치기가 어려웠다.

늙은 남자가 차창으로 몸을 돌리자 먼고는 이때다 싶어 남자를 자세히 관찰했다. 앙상한 몸에 양복을 꿰입은 이 남자는 오십 대 후반이나 육십 대 초반 같았고 산전수전을 겪은 티가 확연했다. 이런 부류의 남자를 본 적이 있다. 동네의 개신교 불량배들은 재미 삼아 이들을 쫓아다니며 괴롭혔다. 주머니 속 동전을 짤랑거리며 노동자 클럽에서 나오는 이 남자들을 튀김집까지 야유하면서 쫓아간 다음에, 해진 주머니에서 떨어진 동전을 싹 다 쓸어갔다. 초췌하고 누렇게 뜬 얼굴은 툭하면 끼니를 거르고 술로 배를 채운 삶을 암시했다. 지방이 없이 늘어진 피부 탓에 남자의 누런 얼굴은 농익은 사과처럼 쭈글쭈글했다.

낡은 양복 재킷과 양복바지는 세트가 아니었다. 재킷 안에 입은 티셔츠에 사우스사이드 배관공 광고가 적혀 있었고, 목이 해져서 찢어지기 일보 직전이었다. 이 남자가 단벌 신사일지도 모른다는 생각이 들었다. 비가 오나 해가 뜨나 이 옷만 입었는지, 곰팡내가 지독했다.

먼고는 남자에게 묘한 연민을 느꼈다. 남자는 몸을 살짝 떨고 있었다. 오랜 세월을 햇빛이 들지 않는 어두운 펍에서 보낸 남자는 밖에 나오니 마치 눈보라 치는 거리로 내몰린 털 빠진 개처럼 안절부절못했다. 작은 눈을 쉴 새 없이 굴리며 눈치를 보고 길고 가느다란 팔다리를 움찔거리는 꼴이 학대당한 개를 연상시켰다. 금방이라도 버스에서 뛰쳐나갈 듯한 모습이었다.

마지막 고층 건물마저 시야에서 멀어지자 양복 차림의 늙은 남자는 조그맣게 구시렁대며 정적을 깨뜨리더니 누구에게랄 것 없이 대화를 시도했다. 먼고는 고개를 떨구고 잠자코 침묵을 지켰다. 젊은 남자는 사타구니만 긁적이고 대꾸하지 않았다. 먼고는 젊은 남자를 은밀히 관찰했다.

젊은 쪽은 이십 대 초반 같았다. 짙은 색 청바지에 아르마니 로고가 있는 벨트를 일부러 보이게 찼다. 남자는 미남이었다—어쨌든 한때는 제법 잘생긴 축에 속했을 터이다. 그렇지만 이제는 실온에 오래 내놓은 정육점 고기처럼 어딘가 상해버렸다. 날이 더운데도 남자는 패딩

이 들어간 봄버 점퍼를 입었다. 점퍼를 벗자 늘씬하면서도 근육질인 팔이 드러났는데, 고된 노동이나 수년간의 싸움으로 몸을 단련했다는 뜻이다. 어쩌면 두 가지를 다 했을지도.

젊은이는 머리를 짧게 쳤다. 젤을 발라 앞으로 세운 앞머리는 끝이 들쭉날쭉해서 꼭 핑킹 가위로 자른 것 같았다. 먼고는 남자의 부르튼 주먹 관절을 힐끔 보았다. 남자는 스코틀랜드에서 보기 드문 까무잡잡한 피부를 지녔다. 튀김집을 꽉 잡고 있는 이탈리아인이나 블랙 아이리시 쪽의 스페인 혈통일 수도 있겠다.

그러나 남자의 입에서 단조롭고 흐리멍덩한 글래스고 악센트가 튀어나오자마자 꿀색 피부의 낭만적인 분위기가 사라졌다. "야, 세인트 크리스토퍼는 신경 쓰지 마라." 젊은이가 아무와도 눈을 마주치지 않은 채 중얼거렸다. "저 늙은이 이야기 들어주다보면 날던 새도 지루해서 떨어진다는 거 아니냐."

젊은이는 다시 코를 파기 시작했다. 먼고는 이 남자가 어쩌다 세인트 크리스토퍼랑 친구가 되었을지 짐작해보았다. 남자는 새끼손가락으로 콧구멍을 헤집고 있었는데, 손가락마다 인장 반지를 끼웠다. 아래팔에 여러 문신이 맞물리며 이어졌다. 젊은이는 그야말로 글자로 뒤덮여 있었다. 티셔츠 가슴께의 로고부터 신발, 청바지, 게다가 피부까지. 피부에는 여자와 갱단의 이름을 뜨개바늘로 새겨 넣었다. 샌드라, 재키, RFC, 매드 스쿼드. 파란 볼펜 잉크가 곳곳에서 스며 나와 피부를 수채화 물감처럼 예쁜 보랏빛으로 물들였다. 먼고는 남자의 팔에 새겨진 단어들을 주의 깊게 읽고, 외울 수 있는 만큼 외워두었다.

그때 세인트 크리스토퍼가 비닐봉지 하나에 손을 넣더니 은근슬쩍 윙크하면서 테넌츠 슈퍼 스트롱 라거 묶음을 들어 보였다. 조그만 눈으로 버스운전사의 뒤통수를 주시하면서 맥주캔 두 개를 빼서 소년과 문신투성이 남자에게 권했다. 먼고는 고개를 저었지만 젊은 남자는 고맙다는 뜻의 소리를 내며 맥주캔을 받았다. 젊은이는 곧장 맥주캔을 따고, 솟아오르는 거품에 입술을 가져다 댔다. 맥주는 세 모금에 사라졌다.

소년이 궁금해하는 것을 눈치챘는지 잠시 후 세인트 크리스토퍼는 자진해서 설명했다. "사람들이 나를 세인트 크리스토퍼라고 부르는 건 말이다, 내가 호프 스트리트에 있는 AA 모임에 일요일마다 나가기 때문이야. 성스러운 날에만 나온다고 성인이라는 별명을 붙여준 거지. 캐슬밀크에 사는 크리스토퍼나 빨간 머리 크리스토퍼랑 헷갈리면 안 되니까." 세인트 크리스토퍼는 맥주를 한 입 들이켰다. 맥주를 욕심껏 삼키려고 꿀떡거리는 남자의 목구멍을 먼고는 묵묵히 지켜보았다. "성스러운 날에 오는 크리스토퍼. 세인트 크리스토퍼, 알겠냐?"

먼고는 이와 비슷한 이야기를 들어보았다. 모모 역시 알코올중독자 모임에서 월요일–목요일 모린, 월목 모린이라고 불렸다. 집의 복도에서 전화를 받으면 다른 알코올중독자들이 그 이름으로 어머니를 찾았다. 전화를 건 사람은 자신이 '밀러스턴에 사는 모린'이나 '캐슬밀크에 사는 모린'한테 전화하지 않았다는 걸 확인하고 싶어 했다. 이렇게라도 분간해서 익명성을 지킨다는 것이다.

"수요일이라도 몸이 심하게 떨리면 모임에 가고 싶을 때가 있다. 그래도 난 일요일 아님 못 가." 세인트 크리스토퍼는 슬픈 광대처럼 입꼬리를 늘어뜨렸다. "뭔 소린지 알겠냐?"

평생 먼고는 사람들 말의 속뜻을 눈치채려고 애썼다. 말귀가 어둡다고 모모와 조디에게 걸핏하면 타박을 받았다. 사람들이 내뱉는 말과 그 말에 깃든 뜻에는 어떤 차이가 있는 모양이었다. 조디는 먼고가 사람들 말을 곧이곧대로 믿는다고 답답해했다. 모모는 자기가 애를 어리숙하게 키웠다고 한탄했다. 솔직하게 말하고 남들도 그럴 거라고 믿는다는 이유로 엄마와 누나가 자신에게 실망한다는 사실이 참으로 이상했다. 속뜻과 겉뜻을 구별하려다보면 머리가 지끈거렸다.

먼고는 캔에 남은 맥주를 홀짝이는 세인트 크리스토퍼에게 제안했다. "수요일에도 가면 어때요? 그러니까, 많이 힘들면 말이에요."

"응, 그치만 난 내 별명이 마음에 들거든." 늙은 남자는 셔츠 앞섶에서 조그만 양철에 세공된 세인트 크리스토퍼 메달을 꺼내더니 곰보자국으로 얽은 코를 메달 가까이 내리며 말했다. "세인트 크리스토퍼. 이렇게 좋은 별명으로 불려보기는 처음이거든."

"그냥 진짜 성을 알려주면 안 돼요?"

"그럼 익명이 아니잖냐!" 문신투성이 남자가 끼어들었다. "거기서 비밀을 죄다 털어놓고 니 속의 악마를 보여주는데, 본명을 알면 나중에 그 사람들이 니 이름에 똥칠하지 않겠냐?"

사람들이 속에 악마를 품고 있다는 건 먼고도 잘 알았다. 모모가 술에 목말라 덜덜 떨 때마다 악마가 모습을 드러냈다. 모모의 악마는 장어 같은 뱀이었다. 번뜩이는 눈과 턱은 족제비를 닮았고 더러운 쥐처럼 털이 잔뜩 엉켜 있었다. 이 교활한 악마는 모모의 목에 쇠사슬을 채우고 그녀가 멀리해야 하는 것들로 끌고 갔다. 탐욕스럽고 간교했다. 아이들이 어머니에게 뽀뽀하고 학교에 갈 때까지 가만히 기다렸다가 겁에 질린 생쥐의 목을 조르듯이 모모에게 달려들었다. 가끔은 모모 안에 똬리를 틀고 앉아서 무겁게 가슴을 짓눌렀다. 심지어 모모가 술 생각을 하지 않는 날에도 늘 표면 아래 도사리고 있었다.

모모가 항복하고 술을 마시면 악마는 잠시 잠잠해졌다. 그러나 때로 모모는 술을 끝없이 푸다가 아예 딴 사람으로, 전혀 다른 존재로 둔갑했다. 첫 번째 조짐은 흐늘거리기 시작하는 피부였는데, 마치 원래 얼굴이 벗겨지면서 그 아래 숨어 있던 낯선 여자가 드러나는 것 같았다. 먼고와 형과 누나는 이 여자를 태티보글이라고 불렀다. 속이 텅 빈 채로 비틀거리는 허수아비. 아이들이 사랑으로 채우고 똑바로 일으켜 세워주려고 했지만, 사랑과 정성을 바치고 또 바쳐도 그녀 속의 공허를 채울 수 없었다.

태티보글은 아래턱이 빠진 것처럼 입을 헤벌리고 지껄였고, 무언가를 핥고 싶어서 안달 난 것처럼 혓바닥을 음란하게 날름거렸다. 길모퉁이 너머나 옆 동네 어딘가에서 자기만 모르는 어떤 신나는 일이 벌어지고 있다고 의심했는데, 이런 기분이 들면 태티보글은 화를 벌컥 내고 더러운 새를 쫓듯이 아이들을 몰아냈다. 더 좋은 물건, 더 환한 불빛, 더 경쾌한 웃음소리는 전부 아이 없는 여자들이 차지하고 있다며 억울해했다.

태티보글은 난생처음 만난 여자들을 절친으로 삼고 블랙 앤드 화이트 위스키 반병을 나눠 마시며 가장 은밀한 비밀을 털어놓은 다음에, 새 친구가 똑같이 곁을 주지 않으면 상처를 받았다. 그러다 싸움이 나면 카펫이나 계단에서 태티보글이 상대 여자의 머리채를 끌고 간 적도 있었고, 다른 때는 자신이 머리채를 잡혔다. 다음 날 아침에 먼고가 복도로 나오면 샴푸향이 나는 머리칼 한 뭉치가 속이 터진 허수아비의 지푸라기처럼 바닥에 널려 있다가 현관문 밑으로 밀려든 외풍에 너풀너풀 흩날렸다. 조디나 먼고는 유뱅크 진공청소기로 머리칼을 청소하고 그것에 대해 일체 함구했다.

어머니를 두 명의 다른 인격체로 분리한 사람은 조디였다. 그 덕분에 먼고는 싸늘한 새벽빛 속에서 술 취한 어머니가 퍼붓는 못된 말과 행동을 용서할 수 있었다. "모모가 그러는 게 아냐." 조디는 건조 옷장 속에서 먼고를 안고 달랬다. "저건 못된 태티보글이야. 이제 잠들었으니까 괜찮아."

그래서 먼고는 악마가 어떤 모습인지 알았다. 느릿느릿 북쪽으로 달리는 버스 안에서 먼고는 말없이 자신의 악마에 대해 생각했다.

"나 참 빌어먹을, 빨리 좀 못 달리나." 문신투성이 남자가 말했다. 남자는 다리 사이에 끼고 있는 가방에 손을 내렸다. 가방의 캔버스천 끈에 알록달록한 장식이 다닥다닥 달려 있었다. 남자는 낚시 장비 사이를 뒤적여 담뱃잎이 담긴 주머니를 꺼냈다. 담뱃잎을 꽉꽉 넣어 굵직한 지궐련을 만 다음에 혓바닥으로 종이 끝을 핥고 불을 붙였다. 깊이 한 모금 빨고, 빈 맥주캔에 연기를 뿜었다. 거미를 잡듯이 손을 오므리고 입을 가렸지만 담배 냄새가 벌써 버스에 퍼지고 있었다. 몇몇 승객이 인상을 쓰고 뒤돌아봤다. 먼고는 소심한 미소를 띠고 남자 위로 손을 뻗어 얇은 창문을 열었다.

"담배 피우니?" 남자가 게걸스레 연기를 들이마시다가 물었다. 남자의 진한 초록빛 눈동자에 금색이 점점이 찍혀 있었다.

"아뇨."

"착하다." 남자는 다시 폐를 연기로 가득 채우고 말했다. "몸에 나쁜 거다."

세인트 크리스토퍼가 부들거리는 손을 내밀자 문신투성이 남자는 피우던 담배를 마지못해 건네주었다. 세인트 크리스토퍼는 숨이 차도록 담배를 오래 빨았다. 축축한 담배가 메마른 입술에 끈적하게 달라붙었다. 문신투성이 남자는 먼고의 어깨를 툭 치고 말했다. "친구들은 나를 갤러게이트라고 부른다. 거기 출신이거든." 남자는 인장이 손가락 위로 오게 반지들을 돌리고 담배 냄새를 아직 맡지 못한 버스운전사를 턱끝으로 가리켰다. "너 겁이 많구나, 그치? 걱정 마라. 저 자식이 뭐라고 하면 확 찔러버릴 테니까."

세인트 크리스토퍼는 담뱃불에 손가락이 델 때까지 담배를 빨았다. "낚시 좋아하냐?"

"몰라요." 먼고는 담배가 거의 다 타들어가서 다행스러울 따름이었다. "안 해봤어요."

"지금 가는 곳에서 강꼬치고기랑 장어랑 민물송어를 잡을 수 있어." 갤러게이트가 말했다. "주말 내내 잡아도 낚시 허가증 내놓으라고 귀찮게 구는 놈들도 없지. 제일 가까운 동네도 20마일, 아니 40마일은 떨어져 있으니까."

세인트 크리스토퍼가 고개를 끄덕거렸다. "그럼, 버스 두 번 갈아타서 갈 수 있는 낙원이라고 할 수 있지."

"세 번." 갤러게이트가 정정했다. "세 번 갈아타야 해."

그렇게 외진 곳에 간다니, 먼고는 가슴이 철렁했다. "잡은 물고기는 먹어요?"

"크기를 봐서." 갤러게이트는 말했다. "번식기에는 물고기가 하도 많이 잡혀서 다 먹지도 못해. 얼려놓아야지. 니네 엄만 냉동고 큰 거 있냐?"

먼고는 고개를 가로저었다. 모모의 조그만 냉동고에는 성에가 잔뜩 끼어 있었다. 통통한 민물송어를 잡아서 가져가면 모모가 좋아할지 잠시 생각해보았지만 그럴 가능성은 희박했다. 아무리 노력해도 어머니를 기쁘게 할 수 없는 듯했다. 모모가 최근에 말하기를, 먼고를 걱정하느라 심장이 닳아 없어질 정도라고 했다. 제 입으로 그렇게 먼고에게 말했다. 그 말을 들었을 때 먼고는 애써 웃음을 참았다. 모모의 가슴속에서 심장이 지우개처럼 쓱쓱 움직이면서 닳는 모습이 상상되었기 때문이다. 조디는 눈을 굴리고 쏘아붙였다. "이봐요, 모린. 말하기 전에 생각 좀 하지 그래요. 그 속에 심장이 있기는 해요?"

버스가 덤버턴을 지나고 로몬드 호수의 누리끼리한 둑이 시야에 들어오기 시작했을 즈음에도 먼고는 여전히 뺨의 피부를 잡아 뜯고 있었다. 모모가 한 말들이 가슴을 무겁게 내리눌렀다. 자신이 왜 여기로 보내졌는지 알았다. 전부 그의 잘못이었다.

"그래서 넌 몇 살이냐?" 갤러게이트가 물었다.

"열다섯이요." 먼고는 키가 커 보이게 허리를 곧추세우려고 했지만 갈비뼈가 여전히 욱신거렸다. 낡은 버스는 계속해서 덜컹덜컹 불안하게 나아갔다. 먼고는 키가 평균이었는데, 또래 중에서 가장 늦게 성장기에 들어섰다. 형 하미시는 먼고의 턱을 잡고 빛에 비추어 보며 재밌어했다. 정원사가 시들시들한 묘목을 검사하는 것처럼 먼고의 입술 위쪽에 돋아나기 시작한 부드러운 수염을 살펴보았다. 그러고는 먼고를 약 올리려는 목적 하나로 가느다란 수염에 입바람을 불었다. 먼고는 키가 큰 편이 아니어도 하미시보다는 컸는데, 하미시는 그 사실을 못 견디게 싫어했다.

세인트 크리스토퍼가 돌연 손을 뻗더니 기다란 손가락으로 소년의 손목을 거머쥐었다. "빼빼 말랐구먼, 엉? 많아도 열두 살이나 열세 살인 줄 알았는데."

"이제 남자가 다 됐는데, 뭘." 갤러게이트는 문신투성이 팔로 소년의 어깨를 감싸고 친구와 교활한 눈빛을 교환했다. "불알은 떨어졌냐?"

먼고는 대답하지 않았다. 그것들은 그냥 주름진 채로 무의미하게 달려 있었다. 떨어진다니, 어디로 떨어진다는 걸까?

"니 음낭 말이다. 몰라?" 갤러게이트가 소년의 사타구니를 주먹으로 툭 쳤다.

"몰라요." 먼고는 몸을 수그려 남자의 손을 막았다.

두 남자가 낄낄거렸다. 먼고는 같이 웃으려고 했지만 눈치를 보다가 반 박자 늦게 터뜨린 웃음은 어색하기 그지없었다. 세인트 크리스토퍼가 웃다가 쿨럭거리기 시작하자 갤러게이트는 경멸하는 표정으로 차창으로 고개를 돌렸다. 그리고 말했다. "우리가 잘 돌봐줄 테니까 걱정 마라, 먼고. 신나게 놀고, 니 엄마한테 싱싱한 물고기나 잡아다 주자."

먼고는 얼얼한 고환을 문질렀다. 그리고 다시 한번, 걱정으로 닳은 모모의 심장을 생각했다.

"니 엄만 좋은 여자야. 요샌 그런 여자 찾기 힘들지." 갤러게이트는 집게손가락의 각질을 질겅이다 물어뜯어 버스 바닥에 뱉었다. 그리고 돌연 입에서 손을 빼고 물었다. "봐도 돼냐?" 먼고가 싫다고 대답하기도 전에 그는 먼고의 점퍼 아래에 손을 쑥 넣어 들추고 옷을 벗기기 시작했다. "잠깐만 보자."

먼고는 양팔을 들어 남자가 옷을 올리게 해주었다. 나일론 점퍼가 얼굴을 덮으며 모든 것을 평온한 파란빛으로 물들였다. 남자들의 얼굴은 보이지 않았지만 그들의 말소리와 불규칙한 숨소리가 들렸다. 미약한 들숨, 찰나의 침묵, 그리고 한숨. 갤러게이트가 입속에 넣고 질겅이던 손가락이 미끈거렸다. 미끈거리는 손가락이 먼고의 가슴에서 점점 까매지고 있는 멍을 누르고 지도를 훑듯이 맨 아래 갈비뼈까지 더듬었다. 갈비뼈를 두드리더니, 얼마나 아픈지 시험해보듯 멍을 꾹 눌렀다. 먼고는 인상을 찡그리며 손을 뿌리치고 점퍼를 다시 내렸다. 얼굴이 새빨갛게 달아오른 것처럼 뜨거웠다. 갤러게이트는 고개를 절레절레 저었다. "참 고약한 일이야. 드러운 가톨릭 놈들한테 그리 당했다고 니네 엄마가 말했다. 빌어먹을 페니언 자식들, 순진한 척하지만 사실 악독하다니까."

먼고는 그 일을 머릿속에서 떨쳐내려고 애쓰던 중이었다.

"걱정 붙들어 매라." 갤러게이트가 씩 웃었다. "그 동네에서 멀리 데려가줄 테니까. 남자들끼리 좋은 시간 보내고 오자구. 니를 남자로 만들어줄게, 응?"

세 사람은 버스를 갈아타고 또 갈아탄 다음에 세 시간 가까이 마지막 버스를 기다렸다. 로몬드 호수에서 한참 멀어진 지금 먼고는 이들이 길을 알고 가는지 의심스러웠다. 똑같은 풍경이 끝없이 이어졌다.

두 술꾼은 철제 버스정류장 뒤쪽의 가시금작화 덤불 아래 드러누워 마지막 맥주캔을 비웠다. 이따금 갤러게이트는 빈 맥주캔을 덤불 너머 시골길에 던지고 버스가 오냐고 물었다. 먼고는 쓰레기를 주우며 말했다. "아뇨."

먼고는 햇빛 속에서 몸을 떨며 얼굴이 마음껏 경련을 일으키게 내버려두었다. 입을 헤벌리고 빤히 보는 사람들의 시선에서 벗어난 기념이었다. 혼자 있을 때면 먼고는 얼굴에 경련을 일으키는 충동을 이런 식으로 소진하려 했지만 그 수법은 한 번도 먹히지 않았다.

시골은 도시보다 쌀쌀했다. 게으른 해가 북녘 하늘에 붙박이처럼 떠 있었지만 협곡 사이로 몰아치는 바람이 햇볕의 온기를 쓸어 갔다. 먼고는 콧물을 훌쩍였다. 이날 아침만 해도 화상을 입을 것처럼 햇볕이 따가웠는데.

먼고는 쪼그려 앉았다. 오른쪽 무릎에 앉은 딱지의 피부가 부풀고 간지러웠다. 아무도 자신을 보고 있지 않다는 걸 확인하고, 딱지를 핥아서 부드럽게 적신 다음에 입속에 금속 맛이 퍼질 때까지 빨았다. 딱지를 자꾸만 빨고 싶은 충동을 못 참을까봐 무릎을 가슴에 끌어당기고 점퍼로 다리를 덮어서 온기 없는 태양으로부터 가렸다. 글래스고에 드물게 무더운 날씨가 찾아온지라 얇은 축구복 반바지 하나만 달랑 가져왔을 뿐 따뜻한 옷을 미처 챙기지 못했다. 어차피 모모는 짐을 제대로 꾸릴 시간을 주지 않았다. 아들이 허술하게 입고 터덜터덜 나가는 모습을 보고도 말리지 않았다.

먼고는 가방에서 두툼한 페어아일 스웨터를 꺼내 점퍼 아래 입었다. 스웨터를 머리 위로 뒤집어쓰자 까칠까칠한 셰틀랜드 모직이 얼굴을 간지럽혔다. 술꾼들이 덤불 아래 그대로 누워 있는지 확인한 뒤에 스웨터 밑자락을 뒤집어 코까지 올리고 밑단을 핥았다. 스웨터는 싱그러운 공기와 톱밥, 비둘기 집의 시큼한 암모니아 냄새를 여전히 머금고 있었다. 집을 떠올리게 하는 냄새였다. 먼고는 엄지손가락으로 스웨터를 입속에 넣고 눈을 감았다. 목이 멜 때까지 스웨터를 입속에 욱여넣었다.

시골 버스가 마침내 왔을 때 남자들은 거나하게 취해 있었다. 먼고는 그들을 거들어 배낭과 낚시 장비 가방을 들고 버스에 탔고, 세인트크리스토퍼가 버스비를 내는 동안 뒤에서 참을성 있게 기다렸다. 술 취한 남자는 휘청거리며 은색과 동색 동전을 한 주먹 꺼냈다. 뒤에 줄

서 있던 부르튼 얼굴의 여자들이 발치에 놓은 장거리가 녹을까봐 걱정하며 조바심쳤다. 먼고는 목뒤가 홧홧했다. 먼고는 세인트 크리스토퍼의 오므린 손에서 동전을 집어 요금통에 하나씩 떨어뜨렸다. 눈가에 경련이 일어났다. 운전사가 "그만, 그만. 그거면 됐다."라고 말하자 그제야 먼고는 마음을 놓았다. 돈 계산이 느려서 창피했다. 모모가 다시 술독에 빠진 뒤로 먼고는 학교를 자주 빠졌다.

운전사가 핸드브레이크를 풀었다. 먼고는 버스 안에 앉아 있는 시골 여자들과 눈도 마주치지 못했지만 세인트 크리스토퍼가 휘청휘청 걸어오며 똥 씹은 표정의 여자들에게 "영광스럽고 행복한 오후 보내쇼."라고 인사했을 때는 자기도 모르게 웃음을 터뜨렸다. 갤러게이트는 비닐봉지와 낚시 가방을 바닥에 쌓아놓고 이미 푹 잠들어 있었다. 먼고는 앞자리에 앉아서 차창의 유리를 감싼 검은색 고무 패킹을 만지작거렸다.

커다란 버스가 고부랑고부랑 이어지는 시골길을 덜컹덜컹 달렸다. 버스는 이따금 멈추고 자그맣고 하얀 여자들을 자그맣고 하얀 집 앞에 내려주었다. 윙윙거리는 디젤엔진의 자장가 소리에 지친 소년의 눈꺼풀이 무거워졌다. 도로 위로 가지를 뻗은 소나무와 주목의 잎사귀가 소년의 얼굴에 그림자를 드리웠다. 먼고는 차창에 머리를 기댔다. 그리고 불안한 잠에 빠져들었다.

꿈에 하미시가 나왔다. 하미시는 먼고의 침대 맞은편에 있는 자신의 싱글베드에 누워 있었다. 하미시의 두꺼운 안경알에 비친 햇빛 색깔로 미루어 초저녁이었다. 하미시가 드러누운 채로 시리얼을 한 숟갈씩 입으로 가져갈 때마다 초콜릿색 우유가 털 없이 맨들거리는 가슴에 떨어졌다. 먼고는 가만히 누워서 조용히 형을 지켜보았다. 이런 순간들이 좋았다. 남의 시선을 의식하고 있지 않을 때 사람들이 보이는 모습. 하미시는 혼자 웃고 있었다. 잡지를 휙휙 넘겨보는 하미시의 왼쪽 얼굴이 음탕한 미소로 구겨졌다. 잡지에서는 벌거벗은 여자들이 팔다리를 쩍 벌리고 화장한 얼굴을 찡그리며 올려다보고 있었다. 형의 얼굴로 시선을 되돌렸을 때 먼고는 이번에는 자신이 관찰당하고 있었다는 걸 깨달았다. 하미시의 얼굴에서 미소는 자취를 감추고 없었다. "말해봐, 먼고. 전부 내 잘못이냐?"

갤러게이트의 거친 손길이 먼고를 꿈나라에서 끌어냈다. 남자는 윗입술에 끈끈하게 달라붙은 앞니를 드러내고 있었다. 미소를 짓고 있는지 위협하고 있는지 확신할 수 없었다.

세인트 크리스토퍼는 버스에서 내리다 발목을 삐끗하여 풀밭에 나동그라졌다. 오리나무의 무성한 이파리 아래 축축한 초록빛 공기가 잔잔히 맺혀 있었다. 세인트 크리스토퍼는 새가슴 위로 양복 재킷을 꽉 여미며 진흙에서 굴렀다. "제기랄, 깨워야 할 거 아냐!" 세인트 크리스토퍼는 입꼬리에 거품을 물고 씩씩댔다. "몇 마일이나 지나쳤잖아."

"난 우리가 어디로 가는지도 몰라요. 다 똑같아 보이는데요."

갤러게이트가 한 대 칠 것처럼 성큼 다가오자 먼고는 반사적으로 움찔하며 팔로 가로막았다.

"제길." 남자의 숨에서 단내와 술내가 났다. "쫄지 마라. 아직 그럴 필요는 없으니까." 갤러게이트는 먼지투성이 길에서 가방 몇 개를 들고 어깨에 둘러멨다. 그러고는 자기를 칠 수 있으면 쳐보라는 기세로 도로 한복판으로 나가 버스가 온 방향으로 걷기 시작했다. "한참 걸어야 하니까, 빨랑빨랑 가자구."

어느 방향에서도 차가 오지 않았지만 먼고와 세인트 크리스토퍼는 갓길에 안전하게 붙어서 걷느라 여행 가방이 자꾸만 나무딸기 관목의 가시에 걸렸다. 먼고는 파란색 점퍼의 지퍼를 목 위로 올려서 입까지 가렸다. 점퍼의 목깃에 반쯤 묻힌 얼굴에서 맥없이 시선을 내리깐 채로 실룩대는 눈만 보였다.

40분쯤 그렇게 걷고 있는데 세인트 크리스토퍼가 앓는 소리를 내기 시작했다. 무거운 비닐봉지의 손잡이가 손가락에 파고들고 딱딱한 정장 구두 뒤축에 건조한 발뒤꿈치가 까졌다. 갤러게이트는 말썽꾸러기 아이들에게 화가 난 아버지처럼 두 사람을 노려보았다. 그는 먼고의 팔을 확 잡아당기고 엄지손가락을 억지로 세우더니 텅 빈 도로 쪽으로 몸을 돌렸다. 그러고서 자기는 도로 옆길로 내려갔다. 세인트 크리스토퍼는 계속 투덜거리면서 그를 따라갔다. 두 남자는 먼고 혼자 차를 잡아보라고 버려두고 돌담 뒤에 드러누웠다. 어느 방향에서도 차가 올 낌새가 보이지 않았다. 저만치 멀리서 양 떼가 도로를 가로지르고 있었다.

몇 시인지는 몰라도 오리나무의 무성한 잎사귀 아래 공기는 차가웠다. 맨다리가 파래졌다. 먼고는 점퍼를 벗고 소매에 다리를 넣었다가 몸통이 다리보다 추워지면 점퍼를 다시 뒤집어쓰기를 반복했다. 그렇게 한 시간이 지나고, 또 한 시간이 지났다. 차는 한 대도 보이지 않았다. 돌담 뒤에서 맥주캔 따는 소리가 거듭 들려왔다. 세인트 크리스토퍼는 간간이 일어나 소년을 응원했다. "그래, 잘하고 있다. 아주 잘하고 있어. 훌륭하다."

남성적인 인상의 여자는 휑한 도로에 혼자 서 있는 소년을 보고 깜짝 놀랐다. 도로변에서 비틀비틀 올라오는 술꾼 두 명을 보자 놀라움은 두려움으로, 그리고 실망감으로 변했다. 먼고는 여자의 갈색 라다 자동차를 가로막고 서서 상냥한 미소를 힘껏 짜냈다. 전조등의 침침한 불빛 속에서 환하게 안도의 미소를 짓고 있는 소년은 보기에 영 불안했다.

여자는 세 사람 가운데 누구도 앞자리에 태우지 않았다. 뒷좌석에서 낯선 남자 둘 사이에 끼어 앉은 먼고는 사람의 체온이 감사할 따름이었다. 술의 열기로 파랗게 달구어지고 숨에 이탄향이 배어 있는 남자들 사이에 앉아 있자니 겨울 모닥불이 떠올랐다. 추위에 시달릴 대로 시달린 끝에 혼자 있고 싶은 생각이 싹 달아난 먼고는 남자들의 몸 사이에 기꺼이 자신을 파묻었다. 갤러게이트가 자기 나름대로 예의를 차려 감사 인사를 쏟아내며 모음을 또렷하게 발음하려고 애쓰는 것이 들렸다. 갤러게이트는 갓길의 울타리가 끊어져 있는 곳에서 세워 달라고, 그 지점에 호수로 가는 오솔길이 나 있다고 말했다. 울타리가 끊어져 있는 곳이라니, 한낮에도 눈에 잘 띄지 않을 텐데 보랏빛 땅거미가 짙게 깔려 있는 지금 그곳을 과연 찾을 수 있을지 의심스러웠다.

뒷좌석 남자들에게 겁을 먹은 여자는 천천히 운전했다. 울타리가 끊긴 곳을 놓쳤다가 이들과 더 오래 있어야 할까봐 불안해하고 있었다. 백미러를 힐끔거리는 여자와 눈이 마주칠 때마다 먼고는 졸업 사진이라도 찍는 양 활짝 웃었다.

“전 태어나서 양을 처음 봤어요.” 먼고가 말했다.

여자는 그저 예의를 차리느라 웃었다. 먼고가 노력할수록 여자는 더 불편해하는 것 같았다. 태양과 바람에 노출된 곳에서 일하는지 피부가 그을리고 거친 여자는 손뜨개 꽈배기 스웨터 차림에 뿔테 안경을 썼고, 정교한 진주 목걸이를 낡은 스웨터 위로 걸치고 있었다. 여자가 목걸이를 슬그머니 스웨터 안으로 넣는 모습이 먼고의 눈에 들어왔다.

"우리는 가족이 아니에요." 먼고는 조용히 말했다. "여기 아저씨들은 엄마 친구인데, 저를 낚시에 데려가주는 길이에요."

"즐겁겠구나." 여자가 전혀 즐겁지 않은 말투로 말했다.

"네." 먼고는 더 말하고 싶었다. 자신이 누구이며 누구랑 같이 있는지, 이들이 자신을 어디로 데려가고 있는지를 이 거만한 여자에게라도 말해야 할 것 같았다. "아저씨들은 AA 모임에 다녀요. 저랑 아저씨들이 시골에서 맑은 공기를 쐬고 오면 좋겠다고 엄마가 생각한 것 같아요."

여자는 길에서 눈을 떼고 먼고를 보았고, 그 바람에 차가 도로를 이탈할 뻔했다. 여자는 황급히 핸들을 틀었다. 그때 엄지손가락인지 아니면 BIC 라이터인지, 무언가 먼고의 맨다리를 경고하듯 찔렀다. 입을 다물라는 갤러게이트의 경고였다. 반대쪽에서는 세인트 크리스토퍼가 요새 우윳값이 턱없이 비싸다고 한탄하는 여자처럼 혀를 끌끌 차고 있었다.

몇 마일이나 천천히 달리는 동안 그들은 눈을 부릅뜨고 갤러게이트의 까마득한 기억 속 장소를 찾았다. 그런데 마침내 나타난 울타리 틈새는 갤러게이트가 묘사한 그대로였다. 여자는 그들을 내려주기 전에 핸드백을 다리 사이에 숨겼다. 세 사람이 낚시 가방과 맥주캔이 가득한 비닐봉지를 어깨에 둘러멨을 즈음에 여자는 이미 기어를 1단에 넣고 전속력으로 멀어지고 있었다.

"잘나셨어. 진주 귀고리를 숨긴답시고 귀에서 잡아 뜯는 줄 알았네."

갤러게이트가 쿡쿡거렸다.

세인트 크리스토퍼는 울타리 옆에서 몸을 떨면서도 여전히 화가 나서 혀를 차고 있었다. "야, 이 자식아. 그런 식으로 사람을 까발리면 어떡하냐."

먼고는 멀어지는 후미등에서 시선을 돌렸다. "죄송해요. 몰랐어요." 사실 먼고는 호프 스트리트의 AA 모임에 모모를 워낙 많이 데려갔던 지라 알코올중독자들이 익명에 얼마나 집착하는지 잘 알았다.

"뭐 어때서?" 갤러게이트가 말했다. "얘가 모르고 지껄인 건데."

이제 세인트 크리스토퍼는 놀이동산의 해골처럼 몸을 달달 떨고 있었다. 그러면서 입속말로 중얼거렸다. "그딴 식으로 사람을 망신 주면 안 된다, 이거야."

갤러게이트는 몸을 떠는 남자를 훑어보았다. 덤불 밑에 드러누웠던 탓에 양복에 진흙이 잔뜩 묻었고, '열 켤레에 5파운드'라던 흰색 스포츠 양말은 도로의 먼지가 묻어 거뭇해졌다. 구두 속의 까진 발뒤꿈치에서 빨갛게 피가 번지고 있었다. 갤러게이트는 고개를 내저었다. "저 꼴로 다니면서 자존심은 있다 이거지." 그러고는 점퍼 주머니에서 왜건휠 초콜릿 비스킷을 꺼내 소년에게 주며 윙크했다. 늙은 주정뱅이 대신 사과하는 것이었다. 자기는 먼고를 좋게 보았다고, 괴팍한 세인트 크리스토퍼를 함께 견디자고 우애를 표시하며.

밤이 깊어지고 있었다. 호수로 걸어가는 길에 먼고는 두 남자가 참으로 어울리지 않는 친구라고 생각했다. 그러나 다시 생각해보니, 술을 마시면 사람들은 다 거기서 거기였다. 언제나 술은 천만뜻밖의 무리를 형성했다. 그러한 융화의 과정을 집에서 목격했다. 서로 전혀 다른 사람들이 주류판매점에서 사 온 술을 가운데 놓고 결속을 다졌다.

먼고는 자기네 집 문턱을 건넌 뒤에 어머니와 함께 고주망태가 되어 쓰러진 이모와 삼촌 들을 떠올렸다. 맨정신일 때는 모모가 길에서 거들떠보지도 않았을 사람들이었는데, 그들이 생활보조금을 현금화해서 위스키 작은 병으로 바꾸고 나면 다들 혈육처럼 끈끈한 사이가 되었다.

호수까지 따로 길이 나 있지는 않았다. 쇠뜨기풀이 카펫처럼 땅을 뒤덮고 있었다. 하늘에 남아 있는 푸른 박명 속에서 갤러게이트는 아직 보이지 않는 호수를 찾아 자작나무 사이를 누비고 언덕 내리막길을 미끄러지듯 달렸다. 세인트 크리스토퍼는 점점 뒤처졌다. 심사가 뒤틀려서 혼자 투덜대고 있었다. 먼고가 뒤돌아보고 미소를 지어주었지만 세인트 크리스토퍼는 걸음을 멈추고 보드라운 나무껍질을 괜스레 벗기며 외면했다.

먼고는 글래스고를 벗어난 적이 거의 없었다. 이토록 끝없이 펼쳐진 녹지는 처음이었다. 한번은 글래스고 북동쪽 교외의 가삼록 근처 미간지를 돌아다녔지만 들판은 불살라진 자동차와 망가진 소파 따위로 이미 더럽혀져 있었고, 무언가에 발목을 베일까봐 기다란 풀 사이를 마음 놓고 뛰어다닐 수 없었다. 숲속을 헤매고 있는 지금 먼고는 자신이 이곳에 발을 디딘 소수의 인간 중 하나라는 사실에 머리가 핑핑 돌았다. 아무 소리도 들리지 않았다. 새소리나 동물의 발소리도 들리지 않았다. 이처럼 순수한 곳의 일부가 되었다고 생각하니 마음이 평온해졌다.

그때 하얗게 탈색된 늙은 양의 해골이 눈앞에 나타났다. 갤러게이트는 구부러진 뿔을 손가락으로 쓸어내리며 숫양이라고 말했다. 먼고는 점퍼 주머니를 뒤적여 조디가 준 일회용 카메라를 꺼냈다. 필름을 벌써 절반이나 썼는데, 조디가 집에서 앞머리 자르는 모습을 찍고 노느라 그랬다. 텐트를 친 듯이 하늘을 가린 나뭇잎 아래서 일회용 카메라의 필름을 감는 소리만 드르륵드르륵 울렸다. 플래시가 번쩍 터지며 나풀거리던 나뭇잎을 순간 정지시켰다. 심지어 세인트 크리스토퍼도 일순 투덜거림을 멈추었다.

세 사람은 숲의 빈터를 줄줄이 가로질렀다. 갤러게이트는 문득 걸음을 멈추고 쪼그려 앉아 쐐기풀의 모양을 세세히 설명했다. 풀과 덤불이 무성한 곳에 이르렀을 때는 맨다리에 반바지만 입은 먼고를 업어주었다. 갤러게이트는 울창한 덤불숲을 노새처럼 거침없이 달렸고, 업힌 채로 흔들거리던 먼고가 킥킥 웃음을 터뜨리자 히힝, 하고 말처럼 울었다. 먼고가 웃을수록 갤러게이트는 더 열심히 달렸다. 먼고의 맑은 웃음소리가 하늘을 가린 나뭇잎 아래 메아리쳤다. 갤러게이트는 헐떡이며 숨을 몰아쉬었다.

갤러게이트의 허리에 맨다리를 감는 것이 처음에는 어색했지만 그렇게 업혀 있자니 점차 보호받는 기분이 들었다. 갤러게이트는 먼고를 내린 다음에 차가운 종아리를 손바닥으로 따뜻하게 비벼주기까지 했다. 먼고는 자신이 이 남자를 오해한 것일까 생각했다. 뒤돌아보았지만 세인트 크리스토퍼는 보이지 않았고 투덜거림도 들리지 않았다. 갤러게이트는 걱정하지 않는 듯했다. 그는 고사리 위로 헉헉 숨을 몰아쉬다가 다시 걷기 시작했다.

태양이 산등성이 아래로 내려앉을 즈음에야 호숫가에 도착했다. 빽빽한 숲의 장막을 빠져나오자마자 느닷없이 펼쳐진 광활한 호수를 보고 먼고는 잠시 얼이 빠졌다. 먼고는 비틀거리며 물가로 내려갔다.

하루가 마지막 빛깔을 쏟아내며 더없이 섬세한 보랏빛과 살굿빛으로 지평선을 물들였다. 먼고는 좀더 일찍 호수에 도착하지 못한 것이 아쉬웠다. 고개를 젖히고 제자리에서 한 바퀴 돌았다. 점차 어두워지는 파란 하늘에 엷은 레몬색 선이 그어져 있었다. 하늘이 이토록 다채로울 수 있는지 처음 알았다. 아니면 여태 주의를 기울이지 않았는지도. 글래스고에서 하늘을 올려다보는 사람이 있을까?

먼고는 경외심으로 가득 찬 한숨을 살며시 내쉬었다. 하늘의 아름다움이 호수에 그대로 반사된 장관을 보면 마치 자연이 제 실력을 뽐내는 것 같았다. 갤러게이트가 뿌듯해하며 히죽 웃었다. "밤하늘을 보면 더 놀랄 거다. 그런 먹색은 한 번도 못 봤을 테니까."

갤러게이트는 호수의 반대쪽이 어스름에 완전히 묻히기 전에 먼고가 볼 수 있도록 목말을 태워주었다. 남자의 어깨에 올라타고 둘러본 호수는 폭이 2마일 남짓에 길이는 백 마일을 넘는 듯했다.

호수의 반대쪽은 산에 에워싸여 있었는데, 그 험준한 산세를 보면 마치 바위가 능선의 거죽을 삐죽빼죽 뚫고 나온 듯했다. 갖가지 색깔이 얼룩덜룩 어우러져 있었다. 거대한 카펫을 산에 뒤집어씌운 것 같다고 먼고는 생각했다. 암녹색과 우중충한 갈색 사이로 잿빛 화강암이 비치는 것이, 해진 구멍 사이로 미끄럼 방지 패드가 드러난 낡은 카펫을 닮았다. 보랏빛 야생꽃과 금빛 가시금작화가 군데군데 흐드러졌고, 깊게 파인 지반의 틈새에 흰 눈이 끈덕지게 달라붙은 채 드문드문 남아 있었다.

왼쪽으로는 호수가 좁아지며 시야에서 사라졌고, 오른쪽으로는 넓게 굽이돌아 소나무 숲 뒤로 모습을 감추었다. 호수는 먼고가 사는 동네보다 열 배는 클 것이다. 아니, 글래스고보다 클지도 모른다.

먼고는 태어나서 바다를 딱 두 번 봤다. 바닷물은 끊임없이 넘실거리고 철썩였다. 그렇지만 호수는 잔잔하고 수면이 웅덩이처럼 매끈했다. 수면에 바짝 붙어 날아다니며 배고픈 물고기들을 자극하는 깔따구 떼의 날갯짓 말고는 사위가 고요했다. 호수는 이루 말할 수 없이 차갑고 깊어 보였다. 기억에서 잊힌 것처럼 슬퍼 보였고, 비밀을 품고 있는 것처럼 침묵에 잠겨 있었다.

갤러게이트는 먼고를 어깨에서 내리고 차가운 등을 손으로 문질러 준 다음에 호숫가의 조각난 자갈 위로 서둘러 걸어갔다. 이끼투성이 언덕의 내리막길 안쪽에 누군가 바위를 대충 쪼개 오두막 비슷한 것을 지어놓았다. 평행으로 벽이 서 있었고, 반쯤 무너지긴 했지만 입구와 세모난 지붕도 남아 있었다. 오두막 밖에 둥글게 돌을 쌓아 불터를 마련하고, 그것을 중심으로 앉을 수 있음직한 커다란 바위를 반원으로 둘러놓았다. 오두막의 그늘에서 등에모기 떼가 윙윙거렸다.

"익숙해질 거다." 갤러게이트가 커다란 돌소리쟁이 이파리를 건네주며 말했다. "이걸로 문지르면 괜찮아져."

먼고는 다리가 엽록소에 푸르게 물들고 미끈거릴 때까지 문질렀다. 그러나 등에모기는 아랑곳하지 않고 계속해서 물어댔다.

이윽고 세인트 크리스토퍼가 나무 사이에서 비틀거리며 나타났다. 그는 호숫가에 주저앉아 얼음처럼 차가운 물에 발을 담갔다. 뼈만 튀어나온 수척한 몸에 회색 양복을 걸치고 있어서, 호숫가를 에워싼 또 하나의 바위처럼 보였다.

갤러게이트의 지휘 아래 그들은 불터 옆으로 야영지를 설치했다. 유행하는 나일론 봄버 점퍼를 벗고 짐을 푸는 갤러게이트의 이탈리아제 청바지가 곧 무릎까지 젖었다. 갤러게이트는 배낭에서 허접하게 생긴 텐트 두 개를 꺼냈다. 버려진 오두막 안에 2인용 텐트를 쳤고, 1인용 텐트는 그것으로부터 가능한 한 멀리, 불터 반대쪽의 메마른 자갈밭 위에 설치했다. 먼고는 갤러게이트를 도와 딱딱한 자갈 사이로 고부라진 금속 고정핀을 꽂았다. "텐트를 서로 가까이 놓아야 하지 않아요?"

갤러게이트는 소년을 보고 고개를 저었다. 친근하게 웃어주려고 한 모양이지만 그 미소에서 따뜻함은 느껴지지 않았다. 갤러게이트의 얇은 입술 위로 순간 적의가 스친 것 같았다. 어쩌면 이 남자도 하미시처럼 누가 자신의 권위에 도전하는 것을 참지 못하는지도 모른다.

"아니. 불에서 멀리 놓아야 해." 갤러게이트가 말했다. 그는 텐트의 당김줄을 다시 한번 세게 당기고, 팽팽한지 두드려보았다. "별 보고 싶지 않니?"

# 그 전

## 1월

## 2

어머니가 죽은 게 분명하다. 어머니를 못 본 지 3주나 지나자 먼고의 머릿속에서 끔찍한 상상이 꼬리에 꼬리를 물었다. 모모 해밀턴이 웬 장거리 트럭 운전사에게 강간당하고 주유소 마일리지 쿠폰으로 산 스테이크나이프로 처참하게 살해당했다. 양손과 양발이 하나로 결박되었고, 손가락 끝마디는 잘려나갔다. 알몸인 시체가 차갑고 더러운 클라이드강에 가라앉았다. 먼고는 최악의 상황을 상상하며 집 안에서 조디를 졸졸 쫓아다녔다.

"죽은 게 확실해. 난 알아."

"그럴지도 모르지." 조디가 달래듯이 말했다. "아니면 또 어디서 술 처먹고 있거나."

"죽었으면 어떡해?"

조디는 한숨을 쉬었다. "정신 차려. 우리는 그렇게 운이 좋지 않아."

아이들이 학교에서 돌아오자 이날 역시 집은 텅 비어 있었고, 냉장고 속은 집보다 더 허전했다. 조디는 퇴창 앞을 서성이는 동생을 지켜보았다. 동생은 어머니에게 닥쳤을지 모르는 온갖 무시무시한 일들을 상상하고, 경찰에 신고해야 하는 이유를 나열했다. 남매는 교복 차림이었다. 남색 스웨터를 입고 암적색과 금색이 섞인 줄무늬 넥타이를 맸다. 다만 먼고는 넥타이를 붕대처럼 머리에 친친 감고 있었는데, 얼굴의 간질간질한 느낌을 조금이라도 가라앉히려는 것이었다.

"전에도 이런 적 있잖아." 조디가 말했다. "지금 네가 걱정하고 있는 대상이 누군지 생각해봐."

조디는 카펫을 발로 문질러 길을 내고 있는 먼고에게 다가갔다. 동생을 양팔로 끌어안고 가슴속에서 요동치는 불안감을 달래주었다. 한 살 어린 동생은 늦게나마 성장기에 들어서서, 이제는 누나보다 거의 머리 하나만큼 키가 더 컸다. 조디는 먼고의 목덜미 아래쪽에 뺨을 가져다 댔다. 목이 타듯이 뜨거웠다. "당장이라도 현관문을 열어젖히고 들어올지도 몰라."

먼고는 갈색 눈을 현관문으로 돌렸다. 꿈틀거리는 왼눈이 마치 전보를 보내는 것 같았다. 조디는 동생의 턱을 잡고 자기를 보게 고개를 돌렸다. 가만히 내버려두면 먼고는 주인을 기다리는 개처럼 몇 시간이고 같은 곳을 보고 있었다.

조디는 손가락으로 먼고의 얼굴을 눌렀다. 의사들은 먼고의 얼굴 경련을 너무 걱정하지 말라고, 마그네슘을 충분히 섭취하면 나이가 들면서 저절로 없어질 거라고 말했지만 여태 그대로였다. 과연 언젠가는 없어질지 조디는 자신이 없었다. 오히려 최근에는 더욱 자주 일어났다. 제일 먼저 코에 주름이 잡히고, 뒤이어 누군가 뇌의 전원을 가동한 것처럼 눈이 깜박거렸다. 유달리 불안하거나 피곤할 때는 왼쪽 뺨이 꿈틀거렸다. 먼고는 어디를 손가락으로 누르면 경련을 잠재울 수 있다고 가르쳐주었지만 그건 일시적인 위안에 불과했다. 동생이 사람의 손길에 목마르다는 것을 조디는 이제 알았다.

먼고가 긁어낸 피부가 벗겨지고 빨갛게 성이 났다. 조디는 혀를 찼다. "얼굴 좀 그만 건드려. 그러다 흉터 남는다, 하아―하."

"못 참겠단 말야."

먼고의 윗입술에 새롭게 물집이 잡혀 있었다. 뺨이 심하게 까지자 입술을 대신 건드린 탓이다. "아, 진짜. 어쩌려고 그래. 그러다 너 정육점에서 일하는 아저씨처럼 울퉁불퉁 곰보 된다."

남동생은 잘생겼지만 흔히 떠올리는 미남은 아니었다. 강인하고 터프한 남성스러움은 없었다. 조디의 동급생 남자아이들이 선망하는, 잔뜩 멋을 내고 향수를 뿌린 아마추어 축구 선수 같지도 않았다. 먼고는 광대뼈가 높고 눈썹이 또렷했는데, 뺨이 둥글둥글하고 들창코인 조디는 동생의 조각 같은 얼굴선을 가질 수 있다면 살인이라도 했을 것이다. 먼고의 눈빛은 소심했다. 먼고가 담갈색 눈으로 바라보면 상대는 봄날의 따뜻함을 온몸으로 느꼈고, 시선을 다른 곳으로 옮기면 다시 자신을 봐주기를 간절히 바랐다. 먼고에게서 미소를 자아내기는 어려웠지만 그 조심스러운 미소는 노력할 가치가 충분했다. 한눈에 애정을 불러일으키는 미소였다. 먼고의 덥수룩한 머리는 여자들의 모성을 자극했다.

어릴 적에 먼고는 조디가 진행하는 결혼 놀이에서 고분고분한 신랑 역할을 맡았다. 조디가 잔소리를 퍼부어도 성정이 상냥한 먼고는 시키는 대로 따랐다. 조디와 친구 앤지 함스가 어머니의 더러운 레이스 커튼을 베일처럼 뒤집어쓰고 노는 동안 먼고는 얌전히 서 있었다. 많은 날 오후에 먼고는 손발로 땅을 짚고, 여자아이들이 오동통한 허벅지에 가터벨트 대신 끼운 머리끈을 물면서 강아지를 흉내 냈다.

먼고는 존재 자체에 부드러움이 깃들어 있었다. 그래서 여자아이들은 먼고를 보면 안심하고 귀여워했지만, 남자아이들은 그 부드러움을 불편해했다.

먼고는 해밀턴 집안의 삼남매 중에서 얼굴이 가장 고왔다. 삼남매 모두 적갈색 머리칼에 피부는 연한 올리브빛이었다. 연갈색 머리에 얼굴빛이 창백한 어머니와는 딴판이었다. 한번은 하미시가 모모를 화나게 하려고 이죽거리기를, 어쨌든 형제들이 피부색과 머리칼은 비슷하니 한 아버지 아래서 나온 건 맞나보다고, 아버지한테서 해밀턴이라는 성보다는 많은 것을 물려받은 모양이라고 말했다. 아버지의 유전자가 먼고에게서 제일 아름답게 발현되었다고 조디는 인정할 수밖에 없었다. 다들 똑같이 주근깨로 뒤덮인 노르스름한 피부를 지녔지만 조디와 하미시는 다소 지저분해 보이는 반면에 먼고는 크림처럼 달콤해 보여서 한 입 떠먹고 싶을 정도였다.

조디는 글래스고 대성당에 딱 한 번 들어가봤다. 학교에서 단체로 견학을 갔는데, 무료입장에 집에서 걸어갈 수 있는 거리여서 참가할 수 있었다. 다른 여자아이들이 공책 종이를 뜯어 돌에 새겨진 문양에 대고 탁본하는 동안 조디는 글래스고의 수호성인 세인트 켄티건이 그려져 있는 스테인드글라스 앞으로 갔다. 글래스고 시민들은 이 성인에게 세인트 먼고라는 별명을 붙여주었다. 스테인드글라스의 세인트 먼고는 품에 안고 있는 연어가 죽어서 슬픈 듯한, 애수에 잠긴 소년으로 묘사되어 있었다. 세인트 먼고를 투과해 들어온 오후의 햇빛이 먼지투성이 바닥을 영롱하게 물들였다. 조디는 동생을 떠올렸다. 창문에 그려진 소년은 평화롭지만 왠지 외로워 보였다. 조디는 한숨을 내쉬었다. 만사가 엉망인 모모가 막내아들의 이름 하나는 적절히 지었다는 사실이 놀라웠다.

아이들이 어렸을 적에 모모가 삼남매를 데리고 듀크 스트리트로 쇼핑을 가면 지나가던 여자들이 먼고를 보려고 걸음을 멈추었다. "어머, 애가 어쩜 그리 잘생겼어요?"

하미시는 먼고 앞으로 한 발짝 나가 말했다. "고마워요, 아줌마. 아줌마도 나쁘지 않아요."

개중에 눈치 없는 여자들은 혀를 차고 말했다. "아니, 너 말고 동생 말이다. 참 곱기도 하지."

먼고는 이런 일이 일어날 때마다 질색했다. 빤히 보는 사람들의 시선이 싫었다. 게다가 집에 가면 하미시한테 두들겨 맞을 것이 뻔했다. 하미시는 그를 침대 프레임과 벽 사이로 밀어 넣고 눕힌 다음에 지루해질 때까지 밟고 서 있곤 했다.

조디는 동생의 얼굴을 놓고 말했다. "피부를 뜯고 싶은 충동이 들면 손을 다리 아래 깔고 앉아."

"말도 안 되는 소리. 지금도 얼마나 놀림받는데. 얼굴에서 그 난리가 일어나는데 손 깔고 앉아 있는 꼴을 상상해봐. 절대 안 돼." 먼고는 몸을 앞으로 기울이고 누나를 훌쩍 안아 올렸다. 조디를 배낭처럼 어깨에 둘러멘 다음에 킥킥거리면서 좁은 부엌으로 데려가 전기밥솥 앞에 내려놓았다. "밥이나 해, 이 여자야."

조디는 손가락 두 개로 먼고의 갈비뼈 사이를 쿡 찔렀다. "그런 거 너한테 안 어울려. 그러니까 시도하지도 마. 하아—하."

본인은 절대 인정하지 않았지만 조디도 자기만의 틱 장애가 있었다. 조디의 틱 장애는 일부러 그러는 것처럼 보이거나 되바라진 버릇처럼 보였다. 조디는 무어라 말하고 나서 코웃음 치듯이 웃음을 터뜨렸다. 하아—하. 상황에 걸맞지 않은 이상한 웃음이었다. 숨 가쁘게 터져 나와 새소리처럼 잦아들었다. 웃음소리에 꼬리가 달리기라도 한 것처럼, 조디는 이를 악물어 끊어버리려고 했다. 먼고의 눈이 경련을 일으키는 걸 보고 안쓰러워하는 사람들이 조디가 웃기 시작하면 정신 차리라고 타박했다.

조디가 웃음을 통제할 수 없다는 걸 먼고는 알았다. 엎친 데 덮친 격으로 조디의 웃음은 최악의 상황에서 터져 나왔다. 그럴 때마다 조디는 창피해 어쩔 줄 몰라 했는데, 모모는 조디가 관심을 받으려고 하는 짓거리라고 핀잔했다. 하아—하—하. 조용한 우체국에서 여자들이 화들짝 놀랐고, 불량배들이 불편해하며 슬금슬금 물러났다. 먼고는 조디의 틱 장애가 근사하다고 생각했다. 꿈틀거리는 피부를 잡아 뜯는 것보다 훨씬 나았다. 자신의 틱 장애는 호기심 많은 사람들을 가까이 불러들였지만 조디의 틱 장애는 마법처럼 사람들을 밀어냈으니까.

조디가 비보를 전해야 하는 상황이 가히 최고였다.

어느 날 아침에 조디는 캠벨 부인의 못난 줄무늬 고양이 싱글스가 쓰레기통 안에 죽어 있는 것을 발견했다. 뻣뻣하게 굳은 몸에 구더기가 잔뜩 붙어 있었다. 조디는 죽은 고양이를 교복 스웨터로 감싸 안고 캠벨 부인네 문을 두드렸다. 두 사람은 차갑게 식은 딱한 고양이를 보며 눈물을 흘렸다. 캠벨 부인은 버섯 색깔 귀 사이의 듬성한 털을 쓰다듬었고, 조디는 눈물과 콧물을 뚝뚝 흘리고 있었다. "정말 안됐어요, 아주머니." 조디가 울먹이며 말했다. "쓰레기통 속이 컴컴했는데도 싱글스한테 끔찍한 일이 벌어졌다는 걸 알았어요. 쥐약을 먹은 거 같아요. 조그만 얼굴 옆에 토사물이 있었는데 냄새가 지독했어요. 하아아—하—하." 조디는 절대 웃으면 안 되는 상황에서도 멈출 수가 없었다.

하미시는 틱 장애가 없었다. 모모가 먼고의 불안증을 가라앉힌다고 등을 문질러주면 하미시는 인상을 썼다. 먼고는 형이 소외감을 느낄까봐 걱정했다. 모모는 하미시에게 특별히 관심을 준 적이 없었다. 하미시가 아주 특이한 틱 장애를 하나 얻으면 어떨까? 하미시가 전기밥솥 버튼을 백만 번 누른다거나 가족이 모여서 밥을 먹는 중에 커다란 전등 스위치를 껐다 켜기를 되풀이하는 모습을 쉽게 상상할 수 있었다. 하미시에게 틱 장애가 있었다면 제일 성가신 종류일 것이다. 혹은 먼고가 텔레비전에서 본 것처럼 난데없이 더러운 욕설을 쏟아내는 종류일지도 모른다. 교회에서 씨발좆까썅이라고 외치거나, 병원에서 꼴좋다썅년아라고 소리치거나. 그처럼 대담하고 난폭한 틱 장애가 하미시에게 안성맞춤일 것이다.

조디는 먼고의 머리에서 넥타이를 풀고 먹구름으로 덮여 있는 듯한 얼굴을 자세히 보았다. "쥐똥만 한 머리에 무슨 생각이 들어 있을까?"

"정말로 모모가 금세 올 것 같아?"

"나도 몰라, 먼고. 수의사한테 물어봤는데, 목줄은 달 수 없대."

"누나가 좀 잘해주면—"

"중성화 수술도 시키지 못했어." 조디는 빵 보관통에서 두꺼운 식빵 두 장을 꺼내고 마가린을 두껍게 바른 다음에 백설탕을 뿌렸다. 그리고 빵을 접어서 동생에게 주었다. "하미시 오빠한테 가서 소식 들은 거 없냐고 물어봐. 하여간에 모모는 얼른 그 궁둥이를 끌고 돌아오는 편이 좋을 거야. 안 그럼 시의회에서 우릴 쫓아낼 테니까."

"진짜?"

"글쎄, 굳이 따지면 너는 고아들이랑 가출청소년들 가는 시설로 보내질 거고, 나는 거리로 쫓겨나겠지. 하여튼 무슨 뜻인지 알지?" 조디는 머그잔 두 개에 수돗물을 따랐다. "이래도 세상 최고 엄마야?"

남매는 숙제를 하며 오후를 보냈다. 조디는 자기 것을 금세 끝마치고 먼고를 도와주었다. 먼고는 벌을 그리더니 가슴과 배를 잘못 표기했다. 조디는 답답해하며 먼고의 숙제를 뺏고, 저녁 뉴스를 보면서 해주었다. 고작 열두 달 전에 같은 수업을 들었던 조디는 텔레비전에서 시선을 거의 떼지도 않고 완벽하게 그렸다.

"먼고 해밀턴." 학교에서 사회정치학 선생이 걸핏하면 말했다. "니는 왜 누나처럼 못하냐?" 나폴레옹처럼 키가 조그맣지만 성깔 있는 선생은 위압적으로 보이려고 잿빛 더벅머리를 위로 바짝 세웠다. 선생은 거친 글래스고 사투리로 말했으나 먼고는 전부 연기라는 것을 알았다. 이스트엔드 토박이처럼 보이려고, 그래서 학생들에게 그들의 아버지를 상기시켜서 복종을 받아내겠다는 속셈이었다. 남선생들 대부분 똑같은 연기를 펼쳤다. 특권을 상징하는 영국 표준 영어로 말해봤자 언성을 높여 주의를 줄 때마다 학생들의 비웃음만 샀기 때문이다. 선생은 물이 새는 선체를 검사하듯이 주먹으로 먼고의 이마를 툭툭 쳤다. "니 누나 발끝만 따라가라." 길레스피 씨는 곧 말을 멈췄다. 그는 불안한 침묵을 길게 끄는 것을 즐겼다. 그리고 잠시 후 짤막하고 두꺼운 손을 흔들어 먼고를 자리로 돌려보냈다. "그래도 니는 하미시랑은 딴판이니 그나마 다행이다."

먼고는 기꺼이 조디에게 숙제를 맡기고 라디오 옆에 앉아서 차트 톱 40을 카세트에 녹음했다. 그것도 지겨워지자 부엌 서랍에서 풍선을 가져와서 불었다. 먼고와 조디는 풍선이 카펫에 안 닿게 발로 차서 패스하며 놀았다. 한두 번 조디는 다리를 힘껏 휘두르다가 꼭 끼는 치마에 반대쪽 다리가 걸려서 나자빠졌다. 조디가 카펫에 나자빠진 채로 깔깔거리면 먼고는 누나의 가슴에 올라타서 얼굴에 침을 뱉는 척했다. 그렇지만 남매는 엎치락뒤치락 몸싸움을 벌이진 않았고, 결국에는 텔레비전으로 시선을 돌렸다. 먼고는 한동안 가만히 앉아 있었다. 조디는 동생의 무게가 버거워지거나 화장실에 가고 싶을 때까지 깔린 채로 누워 있었다. 조디는 아르바이트에 지각할 것이다. 20분 동안 숨도 쉬지 않고 이탈리아어로 고래고래 야단치는 사장 엔조의 잔소리를 듣지 않으려면 조디는 아마데일 스트리트까지 쉬지 않고 뛰어가야 할 터인데, 먼고도 그 사실을 잘 알았다. 그런데도 조디는 가진 것 중에서 제일 깨끗한 치마의 솔기가 터지도록 멍청한 풍선을 차고 있는 것이다. 먼고가 외로울까봐. 이유는 그것 하나였다. 조디는 그렇게나 착했다.

"오늘 밤에 뭐 할 거니?" 조디가 물었다.

"몰라. 그냥 좀 걸을까봐."

"친구 좀 사귀어—" 먼고의 눈꺼풀이 꿈틀거리기 시작하자 조디는 말꼬리를 흐렸다.

먼고는 풍선을 밟아서 터뜨리려던 중이었다.

"나 오늘 일 끝나고 집에 안 와. 걱정하지 마. 내일 점심시간에 너 찾아갈게. 밥 같이 먹자. 약속."

"어디 가는데?"

"신경 꺼." 먼고는 방까지 따라가서 조디가 학교 가방에 별의별 이상한 물건을 싸는 모습을 지켜보았다. 고데기, 티눈 연고, 다림질해서 방문 뒤쪽에 걸어둔 벨벳 드레스. "역사 수업 같이 듣는 여자애네 집에서 자기로 했어."

"누구?"

조디는 비밀이라는 뜻으로 코끝을 두드렸다. 먼고의 가슴속에서 불안감이 들끓었다. 보글보글 끓는 수프처럼 조디의 눈에 확연히 보였다. "하지만 난 모모가 아니야. 내일 돌아올 거야. 약속."

"알았어." 먼고는 얼굴 피부를 뜯고 싶은 충동을 참으려 했지만 도저히 멈출 수 없었다.

조디가 나간 뒤에도 먼고는 창가에 서서 계속해서 모모를 걱정했다. 텅 빈 집에 깔린 적막을 메워보고자 스케치북을 꺼냈다. 종이 위로 손을 놀리고 있자면 잡생각이 사라졌다. 이 효과를 조디가 제일 먼저 발견했다. 한번은 조디가 먼고의 불안증을 달래다 지쳐서 자기가 예전에 쓰던 공책과 잇자국이 가득한 파란색 볼펜을 주었다. 먼고가 생각을 다스릴 수 없거나 초조해서 안절부절못하면 조디는 공책의 빈 장을 펼쳤고, 먼고는 구불구불한 무늬를 커다랗게 그렸다. 특정한 형태를 그리지는 않았다. 파란색 잉크로 구석에서 시작해서 손이 가는 대로 그리다보면 정교하게 얽히고설킨 자카르 무늬가 종이를 빽빽이 메웠다. 공작새의 깃털, 물고기 비늘, 혹은 담쟁이넝쿨을 연상케하는 무늬가 흰 여백이 안 보일 정도로 들어차 있었다. 먼고의 머릿속에서 피어나는 아름다운 무늬들은 바이외 태피스트리나 에어셔의 흰 자수만큼이나 화려하고 세밀했다.

그렇지만 이날은 흰 종이도 먼고의 정신을 붙들 수 없었다. 어머니 걱정을 좀체 떨쳐낼 수 없었다.

이번 달은 모모가 공영주택의 복도와 계단을 청소할 차례였는데, 그녀가 없으니 책임은 자연스레 조디에게 전가되었다. 지난 2주간 먼고는 조디가 건물 입구를 서둘러 지나쳐 계단을 살금살금 올라오는 것을 보았다. 괜히 이웃을 마주쳤다가 왜 이렇게 통로가 더럽냐고 꾸중을 듣기 싫어서였다. 불공평했다. 고추가 달리지 않았다는 이유만으로 조디는 온갖 책임을 떠맡아야 했다.

달리 할 일이 없던 먼고는 양철 양동이에 물을 받은 뒤에 컨디셔너 기능이 추가된 조디의 샴푸를 뿌렸다. 건물 꼭대기층 도널리 씨의 문 앞 바닥부터 시작해 돌계단을 한 단씩 닦으며 아래층으로 내려갔다. 계단에서 곧 코코넛과 딸기맛 껌이 섞인 달콤한 열대 향이 나기 시작했지만 점점 바닥이 미끄러워져서 대걸레로 몇 번이나 다시 닦아 거품을 가라앉혀야 했다.

해밀턴 가족은 4층짜리 사암 공영주택의 3층에 살았다. 건물은 고급스럽지 않지만 깔끔히 관리되어 있었고, 주민 모두 문밖에 깨끗한 발깔개를 놓을 정도로 외관에 신경을 썼다. 한 층마다 두 집이 있었다. 계단참의 창문에는 단순한 다이아몬드 무늬의 스테인드글라스가 있어서, 뒷마당의 햇빛이 창문을 통과하며 사암 바닥을 은은한 올리브색과 남색으로 물들였다.

먼고는 달콤한 향이 나는 구정물을 도랑에 쏟아부으면서 골목길을 어슬렁거리는 개신교 소년 무리를 바라보았다. 날이 습하고 추웠지만 소년들은 재킷의 지퍼를 내리고 깡마른 어깨 한쪽을 보란 듯이 내놓고 있었다. 한 명도 빠짐없이 머리 중앙에 가르마를 타고 젤을 잔뜩 바른 다음에 눈 위로 커튼처럼 드리웠다.

"먼고!" 그들이 불렀다. 행주를 짜듯이 얼굴을 잔뜩 구기고 있었다.

먼고가 다시 계단을 올라가자 애니 캠벨 부인이 자기 집 문밖에 서 있었다. 캠벨 부인은 남편의 모카신 슬리퍼를 신은 발로 바닥을 문질렸다. 끈적한 것이 떨어지는 찰진 소리가 났다. "아이고! 먼고, 바닥에 뭘 뿌려놨니?"

"그냥 샴푸예요, 캠벨 부인." 먼고는 캠벨 부인을 좋아했다. 해밀턴네 아이들이 어렸을 적에 부인은 케이크를 구워주곤 했다. 음습한 날에 아이들이 건물 안에서 노는 소리가 들리면 부인은 푹신한 건포도 케이크를 한 조각씩 주며 성인이 되어 일자리를 찾으러 남쪽 어딘가로 떠난 아들들에 대한 그리움을 털어놓았다. 먼고는 캠벨 씨가 한때 애로 조선소에서 일했다는 것을 알았지만, 마거릿 대처가 클라이드강 조선업에 정부 지원을 끊어버린 이래 캠벨 씨가 출근하는 모습을 본 적이 없었다. 이제 캠벨 씨는 안락의자에 파묻힌 채로 뜨겁게 열을 받은 텔레비전을 보며 썩어가고 있었다. 캠벨 씨와 마주칠라치면 아이들은 벽에 바짝 붙어서 피했다.

캠벨 부인이 먼고의 얼굴에서 머리칼을 넘겨주었다. "니는 착하기만 해서 생각이 없구나." 캠벨 부인은 앞치마 주머니를 뒤적이더니 레몬드롭 사탕을 한 주먹 꺼내어 먼고의 손에 쥐여주었다. 살짝 녹은 사탕들은 덩어리로 뭉쳐 있었다.

"니네 엄마 본 지가 꽤 된 것 같은데, 엄마는 잘 지내니?"

먼고는 달콤한 사탕 덩어리에서 실밥을 떼어내며 시선을 피했다.

캠벨 부인은 골똘히 생각에 잠긴 표정으로 의치를 빨다가 부르튼 손을 내밀어 먼고의 좁은 몸통에 얹었다. "아줌마 부탁 하나만 들어줄래? 내가 손이 좀 커 버릇해서 애들이 집에 없는데도 꼭 그렇게 밥을 많이 한단다. 잠깐 들어와서 간 고기 한 입만 먹지 않을래? 아까워서 차마 못 버리겠는데." 캠벨 부인은 음식이 낭비되는 것이 너무나도 속상하다는 표정을 지었다.

먼고는 캠벨 씨를 떠올리고 망설였다. 캠벨 씨를 싫어해서가 아니었다. 다만 캠벨 씨는 덩치가 워낙에 커서 그가 그림자만 드리워도 아이들은 겁을 먹었다. 수년 전에 캠벨 씨가 창밖으로 몸을 내밀고 자기 아들 중 한 명을 야단치면 다른 아이들도 노는 것을 멈추고 고개를 떨구고는 딱한 캠벨네 아이들을 위해 묵념했다. 성인 남자가 없는 집에서 자란 먼고는 특히나 캠벨 씨를 불편해했다.

먼고는 배가 고팠지만 고개를 저었다. "아니에요. 고맙습니다, 캠벨 부인."

부인은 혀를 차고는 대뜸 먼고의 손을 잡고 문 앞으로 끌었다. 캠벨 부인은 선선한 바다 안개처럼 하늘하늘해 보였지만 손아귀는 애버딘산 화강암처럼 단단했다. "좋게 물어보는 건 끝났다. 내가 차린 음식을 또 거절하면 모욕으로 받아들일 거야."

캠벨 부인은 먼고를 집 안으로 이끌었다. 먼고네 집 바로 아래층인 캠벨 부인네 집은 구조가 똑같았다. 캠벨 부인은 애연가였는데 늘 창문을 닫고 피웠다. 부인이 이렇게 말하는 걸 들은 적이 있었다. 비싼 담배에서 나오는 연기를 왜 낭비해?

부인과 먼고가 들어왔지만 캠벨 씨는 텔레비전에서 시선을 떼지 않았다. 텔레비전에서는 에어셔의 그레이하운드 경주 하이라이트를 재방송하고 있었다. 길쭉한 개들이 빗줄기를 가르며 가짜 토끼를 쫓고 있었다.

캠벨 부인은 먼고를 안락의자에 떠밀다시피 앉혔다. 가대식 테이블을 먼고의 무릎에 올려놓아서 꼼짝 못 하게 가두어놓은 다음에 음식을 데우러 갔다. 벽난로 위쪽 벽은 아들들의 사진으로 도배가 되어 있었다. 아이들의 성장을 저속촬영한 것처럼 각각의 시절이 확실하게 기록되어 있었다. 서글서글한 소년들이 1년에 한 번씩 학교 사진관의 대리석 무늬 파란 배경 앞에서 활짝 웃었다. 먼고는 자기보다 적어도 열 살은 많은 캠벨네 소년들을 잘 기억하지 못했지만, 사진 속의 입만 보아도 부모가 아이들의 중요한 성장 과정을 하나도 놓치지 않았음을 알 수 있었다. 젖니, 젖니 빠진 자리, 큼직한 첫 영구치, 벌어진 치아 틈새, 그리고 금속 치아. 은색 교정기가 얼핏 보이게 수줍은 미소를 띤 소년의 사진 옆에서 앞날이 창창한 젊은이가 자신만만하게 웃으며 반듯한 이를 뽐냈다. 먼고는 부끄러워하며 자신의 입을 만졌다. 모모는 치과의 필요를 그다지 신봉하지 않았다.

"니 엄마는 또 없어졌냐?" 캠벨 씨가 소년을 보지도 않고 물었다.

"네."

"요즘 여자들은 허튼 짓거리를 많이 하고 다녀서 문제다. 선택이 많아서 그렇지. 할 일이 없어지면 돌아올 거다."

"그렇게 생각하세요?"

"그래." 캠벨 씨는 경기 결과를 보고 인상을 썼다. "니네 형은 일자리 찾았냐?"

"아뇨."

캠벨 씨는 잠시 생각에 잠겼다. "에, 그래. 글래스고는 끝장났어. 탄광도 없고 철강도 없고 철도 건설도 없고, 빌어먹을 조선업도 없어졌지." 캠벨 씨의 턱이 묘한 각도로 틀어졌지만 시선은 텔레비전에 고정되어 있었다. "하미시한테 가서 내가 해군에 지원하라고 했다고 전해라. 파슬레인 부대로 가서, 그놈의 원자력 잠수함을 마거릿 대처 보지에 들이박으라고 해."

먼고는 불안한 웃음을 터뜨렸다. "존 메이저의 똥구멍이 아니라요?"

캠벨 씨가 얼굴을 일그러뜨리며 웃었다. "그놈들 싹 다 날려버리고도 남을 만큼 잠수함이 많다."

마거릿 대처는 이미 몇 년 전에 퇴임했다. 심지어 먼고도 그걸 알았다. 그렇지만 실업률과 미래에 관한 대화의 칼날은 전부 대처를 겨냥하고 있었다. 사회정치학 시간에 길레스피 씨는 마거릿 대처가 글래스고의 제조업을 깡그리 철폐할 작정이었다고 말했다. 잉글랜드 정부는 점점 팽창하는 노동조합의 세력을 불안하게 여겼고, 저렴한 외국 노동력을 상대로 스코틀랜드를 보조하는 데 질렸다. 길레스피 씨는 대처가 몇 세대에 걸쳐 한 업종에 종사한 가정의 생계수단을 말려버림으로써 크나큰 재난을 불러왔다고도 말했다. 제련업에 종사하던 남자들은 버려진 채 녹슬어가고 있다. 조선업을 기반으로 성장한 지역사회 전체에 일자리가 씨가 말랐다. 길레스피 씨는 웅덩이 중심에서 퍼져나가는 물결 같은 동심원을 칠판에 여러 개 그리더니, 대처의 정책이 글래스고에 미친 영향을 열거해보라고 학생들에게 일렀다. 광산이 폐광하자 그 지역의 정육점, 채소 가게 주인들과 중고차 판매원이 타격을 입었다. 보수당이 글래스고를 짓밟은 것만 해도 끔찍한 만행인데, 잉글랜드 여자가 그 움직임을 주도했다는 사실은 차마 형언할 수 없는 모욕이라며 길레스피 씨는 분노했다. 왜 대처는 글래스고 남자들을 거세하기로 작정했을까? 다음 주 월요일까지 천 자로 작성하기.

먼고가 거세의 뜻을 물어보았을 때 조디는 길레스피 씨가 술 좀 작작 마셔야 한다고 비웃고, 만약 남자 총리가 권력을 쥐고 있었다면 그처럼 어려운 결정을 강요당하지 않았을 거라고 덧붙였다. 그러고는 먼고에게 기회가 있었다면 광산에서 일하고 싶냐고 물었다.

"아니."

"그럼 여자 탓 좀 그만해." 조디는 엄지손톱에서 흠집이 난 매니큐어를 벗겼다. "하여간에 그 늙은이 말에 너무 귀 기울이지 마. 대처에 대한 내용은 교과과정에도 없어. 길레스피 씨는 입만 산 마르크스주의자야. 집에서 남는 방에 모형 기차 철도 깔고 노는 남자들 알지? 그 사람은 너희를 모형 군인 취급하는 거야. 이스트엔드의 노동자 계층을 들쑤셔보겠다는 속셈이지. 그러면서 자기는 스테이션왜건을 몰고 부자 동네 가서 막스앤드스펜서 상점에서 쇼핑하고, 바게트랑 메를로 포도주를 사 먹지."

먼고가 눈을 가늘게 뜨고 보고 있었던 모양이었다. 조디는 한숨을 쉬고 말했다. "지난주에 교무실에서 키위 깎아 먹는 걸 봤어. 그러니까 노동자들의 대변인인 척, 그딴 가식은 똥구멍에 처넣으라고 해."

조디가 길레스피 씨 앞에서는 절대 이렇게 말하지 못하리라는 것에 먼고는 전 재산을 걸 수 있었다.

캠벨 씨는 여전히 구시렁대고 있었다. "빌어먹을 잉글랜드 놈들이 늘 하는 짓거리지, 안 그러냐? 첨에는 굶주린 아일랜드 놈들을 배에 한가득 실어서 여기로 보내 일자리를 죄다 가로채게 만들더니, 그다음에는 우리 제조업을 전부 폐업시키지 않았냐. 이제 우리 나라에 일자리는 없고 드러운 가톨릭 놈들만 득실거리지." 어느새 시선을 돌려 먼고를 보고 있는 캠벨 씨의 눈은 6월의 하늘만큼이나 파랗고 맑았다. "그래, 잉글랜드 놈들이 여간 교활한 게 아냐. 그런 식으로 우리 스코틀랜드 사자들의 목줄을 쥐고 있는 거다."

캠벨 부인이 삶은 감자에 갈색 간 고기와 그레이비를 푸짐하게 얹은 뜨거운 그릇을 가져왔다. 그레이비에 마녀의 손톱처럼 길고 구부러진 양파가 가득했다. 접시 한가운데에는 폭신하고 동그란 빵이 두 개 있었다. 캠벨 부인은 먼고가 먹는 것을 지켜보며 미소 지었다. 먼고는 캠벨 씨에게서 한시바삐 달아나고 싶어서 허겁지겁 먹었다. 먼고가 접시를 비운 다음에야 캠벨 부인은 가대식 테이블을 치우고 먼고가 의자에서 일어날 수 있게 해주었다. 부인은 먼고가 스웨터에 흘린 그레이비를 닦아주었다. "모린 해밀턴, 니 엄마는 니한테 세인트 먼고의 이름을 붙여주면서 깔깔거리고 웃었을 거야, 안 그러냐? 맹랑하기도 하지. 지금 니 꼴을 봐라." 먼고는 캠벨 부인의 볼에 뽀뽀했다. 메마른 피부에서 자신의 입술이 기름지게 느껴졌다.

캠벨 씨는 천장을 가리켰지만 소년과 눈을 마주치지는 않았다. "니 엄마가 그 뻔뻔한 얼굴을 다시 보이면, 내가 발을 카펫에 못 박아줄까? 그럼 좀 얌전해질지도 모르지."

"알려드릴게요." 먼고는 대답하고서 고개를 한 번 빠르게 끄덕이고는 현관문으로 빠져나갔다.

집에 돌아온 먼고는 거실 카펫에 드러누워 부른 배를 쓰다듬었다. 날이 일찍 저문 동네 전역에서 가로등이 오렌지색 불빛을 뿜었다. 먼고는 늦은 오후의 어스름 속에 홀로 누워 흥얼거렸다.

캠벨 부인이 계단을 오르내릴 때마다 양동이 속의 물이 철썩거렸고, 이에 맞추어 부인의 무릎이 삐걱거렸다. 캠벨 부인의 대걸레 머리가 딱딱한 돌바닥을 후려치며 먼고가 계단마다 묻혀놓은 샴푸를 씻어냈다. 먼고는 캠벨 부인을 괜히 고생시켜서 미안했지만, 계단에서 울리는 태미 와이넷의 노래를 들어보니 부인은 기분이 제법 좋은 듯했다.

캠벨 부인은 먼고네 집이 있는 층으로 올라와서 현관문 앞에 쪼그려 앉았다. 부인이 우편물 투입구를 열자 녹슨 스프링이 끼익 울렸다. 부인의 목소리가 외풍을 타고 들어왔다. 마치 한 방에 있는 것처럼 또렷이 들렸다.

"먼고 해밀턴, 아무짝에도 쓸모없는 말썽꾸러기야."

우편물 투입구 뚜껑이 탁 닫혔다. 먼고는 몸을 일으켰다. 잠시 침묵이 흐르고 뚜껑이 끼익 열렸다. "그래도 아줌마는 니를 사랑한다." 뚜껑이 닫혔다가 다시 한번 열렸다. "멍텅구리 녀석아."

가리발디 카페는 지금 자리에서 20년 넘게 영업 중이다. 그 전에는 거리 저 아래의, 빈민촌 철거에 착수한 시의회가 기존 거주자들을 신축 고층 아파트로 보낸 뒤에 허물어뜨린 공영주택 1층에서 60년이나 영업했다.

조디는 숨 가쁘게 헐떡이며 가게 정문으로 뛰어 들어갔다. 조그만 종이 딸랑거리자 엔조 가리발디가 고개를 들었다. 엔조는 눈살을 찌푸리고 가족사진에 에워싸여 있는 괘종시계로 시선을 던졌다. 사진 속에서는 여섯 세대의 엄격한 이탈리아 남자들이 알록달록한 줄무늬 앞치마를 두르고 있었다. 조디는 그 시계가 빠르다는 것을 알았지만 그걸 굳이 따질 가치는 없었다. 조디는 학교 가방을 카운터 아래 넣고 머리를 묶었다.

조디는 거의 매일 방과 후에 카페에서 일했다. 딱딱하게 굳은 아이스크림을 굴 껍데기 모양 과자나 마시멜로로 채워진 웨이퍼에 올리고, 끈적한 산딸기 소스를 뿌지직 뿌렸다. 가리발디 카페에 아이스크림은 한 종류뿐이었다. 달콤한 바닐라 크림. 조디는 천연 바닐라를 한번 맛본 덕에 여기서 파는 바닐라가 인공이라는 것을 알았다. 가리발디네 아이스크림은 백설탕과 헤비크림을 섞어 만든 것에 불과했지만, 이것을 보면 주부들의 눈이 돌아가고 아이들은 아이스크림콘을 사준다는 약속 하나에 고분고분 말을 들었다. 가리발디 카페는 단지 운이 좋아서 한 세기 가까이 살아남은 것이 아니었다. 가리발디네 아이스크림을 먹으면 입속에서 즐거운 비명이 터져 나왔다.

이날 저녁은 비가 오고 한가했기 때문에 조디는 업소용으로 파는 대량 탄산음료 묶음에서 캔을 하나씩 빼며 시간을 때웠다. 캔을 낱개로 팔면 더 비싼 값을 받고 이익을 낼 수 있었다. 일이 끝난 뒤에 조디는 화장실에 들어가 문을 잠갔다. 벨벳 드레스로 갈아입고 겨울 코트를 껴입어 드레스를 감춘 뒤에, 화장실에서 나가 엔조에게 다음 주 봉급을 가불해줄 수 있냐고 물어봤다.

엔조는 조디를 좋아했다. 외모에 이탈리아인의 특성이 조금 묻어나는 조디를 보면 다 커서 자기 가정을 꾸리고 있는 딸들이 생각났다. 적어도 일주일에 한 번 엔조는 조디에게 대학 진학의 꿈을 잘 간직하고 있는지, 모든 게 착착 진행되고 있는지 물었다. 묘하게 완곡한 표현이었다. 그러니까 엔조는 조디가 연애를 하고 있는지 알고 싶은 것이었다. 그래도 조디는 누군가가 물어볼 정도로 관심을 가져주어서 기뻤다. 대학에 갈 경제적 여건이 안 된다는 사실을 번번이 상기시켜주어야 했지만 말이다.

조디가 앞치마를 개키고 있는데 엔조가 흐뭇한 미소를 지으며 다음 주 봉급을 계산대에서 바로 꺼내주었다. 아이스크림으로 채운 노르스름한 굴 껍데기 모양 과자도 두 개 주었다. 아이스크림에 과자 부스러기 토핑과 산딸기 소스가 잔뜩 뿌려져 있었다.

듀크 스트리트를 건너는 조디의 눈앞에서 보슬비가 가로등의 불빛을 반사하며 깔따구처럼 반짝거렸다. 조디는 고등학교로 이어지는 언덕을 올라가다 길모퉁이에서 멈추고, 아이스크림이 벨벳 드레스에 떨어지지 않게 멀찍이 들었다.

남자는 차의 전조등을 끄고 참을성 있게 기다리고 있었다. 빗속에 서 있는 조디가 눈에 들어오자 남자는 시동을 켜고 차를 연석에 댔다. 조디는 차에 타고 남자에게 키스했다. 남자는 키스를 짧게 끊고, 새 차에 아이스크림을 들고 탔다고 면박을 주었다. 남자는 창문을 내리고 아이스크림을 받아서 밖으로 던졌다. 그러고는 조디의 손가락을 하나씩 입에 넣고 아이스크림을 빨아 먹었다.

남자를 만나기 전에 조디는 글래스고 밖으로 나가본 적이 없었다. 이스트엔드 밖으로 나간 횟수도 손에 꼽힐 정도였다. 고딕풍 첨탑과 유구한 역사를 지닌 대학교와 비건 메뉴를 제공하는 노상 카페 들이 즐비한 웨스트엔드는 자기 같은 사람들을 반기지 않는다는 것을 알았다. 사우스사이드는 무서워서 가지 못했는데, 파키스탄 남자들이 백인 소녀를 보면 무슨 짓을 할지 모른다고 하미시가 거짓말로 잔뜩 겁을 주었기 때문이다.

남자의 차를 타고 킹스턴 브리지를 건너며 저 아래 반짝이는 도시를 바라보노라면 진정 살아 있는 기분이 들었다. 빛나는 도시의 야경 위로 날듯이 달리는 이런 순간에는 자신도 공영주택에서 동생을 돌보는 것보다 풍요로운 삶을 경험할 수 있으리라는 희망이 샘솟았다. 자동차의 가죽 좌석에서 몸을 웅크린 채 조디는 대학에 가는 것을 상상했다. 꼭 4년제 대학이 아니더라도 건축 및 인쇄술 학교나 배관공과 미용사를 양성하는 카도널드의 탄탄한 전문대는 갈 수 있지 않을까.

남자가 조디의 손을 잡고 손등에 입을 맞추었다. 도시의 불빛을 뒤로하며 조디는 남자에 대한 믿음을 다졌다. 그 역시 그녀의 밝은 미래를 기원했다. 조디의 지력을 칭찬하고, 조디가 학교를 졸업한 뒤에는 두 사람이 벌건 대낮에도 함께할 수 있을 거라고, 글래스고와 자기 부인으로부터 멀리 떨어진 곳에서 즐거운 시간을 보낼 수 있을 거라고 수없이 약속했다.

먼고는 점퍼를 여미었다. 쨍한 파란색 스키 점퍼는 머리 위로 뒤집어써야 입을 수 있었다. 지퍼가 명치께까지만 내려가고 그 아래쪽은 캥거루 배처럼 하나의 커다란 주머니로 되어 있기 때문이다. 먼고는 이 점퍼를 무척 아꼈다. 트임이 양옆이 아니라 위에 달리고 찍찍이로 여닫을 수 있는 캥거루 주머니에 손을 넣으려면 몸을 비틀어야 했지만, 그 속에 온갖 물건을 지니고 다닐 수 있었다. 종종 먼고는 어디선가 발견한 물건을 주머니에 넣어두고 몇 주나 잊고 있다가 손에 우연히 스치고서야 기억했다. 하미시가 먼고의 발목을 붙잡고 거꾸로 들면 마치 고해성사를 하듯이 먼고가 품고 있던 세계가 와르르 쏟아져 나왔다.

한동안 먼고는 익숙한 골목을 배회하며 모모를 찾아 기웃거렸다. 그러는 중에도 자기가 엄마를 찾고 있는 게 아니라고 스스로에게 거짓말했다. 높다란 공영주택 사이로 난 좁은 골목길은 마치 깊게 파인 사암 협곡 같았다. 이곳에서 올려다보는 하늘은 조그맣게 조각나 있었다. 바로 머리 위로 나타나기 전까지는 하늘에 무엇이 지나가는지 보이지 않았다. 먼고는 한평생을 이 골목에서 보냈다. 때때로 자신이 미로 속의 쥐처럼 느껴졌다. 창밖을 내다보며 매일매일 똑같은 날씨를 관찰하거나 지루한 시간을 때우고 있는 사람들의 시선에서 벗어날 수 없었다. 진정 홀로 있다고 느끼는 순간이 없었다.

목을 빼고 빤히 구경하는 사람 중에 오길비 씨가 최악이었다. 오지랖쟁이 오길비는 이 지역 충의 오렌지단의 악단 리더였다. 오길비 씨나 그의 쌍둥이 아들 중 한 명이 창가에 서서 얇은 유리창이 퍼티째로 흔들릴 정도로 파이프를 불어대고 드럼을 두드렸다. 이날 쌍둥이는 스코틀랜드 연대의 파란색 제복에 색색가지 체크무늬가 들어간 모직 모자를 썼다. 흰 장갑까지 낀 모습이 도자기 인형처럼 말끔했다. 한낱 어린이들이 낭만과 증오를 불러일으키는 영국연방왕국 병사처럼 차려입고 있는 것이다. 공영주택 단지의 대기를 찢는 날카로운 플루트 소리 뒤로 커다란 램벡 드럼의 울림이 돌벽에 튕겨 쿵, 쿵, 쿵 메아리쳤다. 〈아버지의 군장 띠〉를 연주하는 피콜로의 새된 음에 맞추어 오지랖쟁이 오길비가 군악대의 무거운 목제 드럼을 두들겨댔다. 골목길에서 두 남자가 걸음을 멈추고 녹슨 울타리에 기대어 연주를 듣고 있었다. 위스키에 취한 그들의 눈은 촉촉이 젖어 있었다. 먼고는 오길비 부자 아래를 빠르게 지나쳤다. 쿵, 쿵, 쿵. 발소리가 울렸다. 먼고는 오길비가 자신의 모든 행동을 주시하고 있으며, 개신교의 망신이라고 마뜩잖게 여긴다는 것도 알았다.

눈살을 찌푸리고 걷던 먼고는 어느새 드넓은 잡초투성이 풀밭에 다다랐다. 풀밭은 시의회가 1960년대에 지은 습한 아파트와 낡은 공동주택 단지 사이에 있었다. 새 아파트는 풀밭을 등지고 고속도로를 마주 보았다. 아파트 입주민들이 빗속에서 뛰노는 야윈 아이들보다는 발전의 상징을 보고 싶어 하리라는 도시계획자들의 예측이 반영된 설계였다. 먼고는 타인들의 눈에서 벗어난 자유를 즐기며 잠시 풀밭에서 빈둥거렸다. 듬성듬성하고 질퍽한 풀밭에서 나이 많은 소년들이 바람이 반쯤 빠진 축구공을 차며 뛰어다녔다. 남자아이들은 추위에 바들바들 떠는 여자아이들을 서너 명씩 따로따로 서 있게 하고 골대로 활용했다. 때로 축구공에 얼굴을 맞으면 여자아이들은 우는 척을 했고, 의무감에 등 떠밀린 남자아이가 부르튼 입술을 포개면 그제야 울음을 멈췄다.

공터의 반대쪽에서는 어린 소년들이 어디선가 애써 주워온 나무판자, 낡은 문짝, 망가진 가구 따위로 일종의 집을 짓고 있었다. 이러한 임시 주택 여덟아홉 채가 모여 판자촌을 이루었다. 먼고는 자신들의 성채를 개조하고 있는 아이들을 바라보았다. 바지런한 움직임이 수업시간에 임시교사가 보여준 비디오의 벌집 내부를 상기시켰다. 어떤 아이들은 폭력적인 아버지를 두었고, 또 어떤 아이들은 형이 교도소에서 형기를 살고 있었다. 열한 살짜리 꼬마들이 자기네 동네에 침입한 가톨릭 아이들에게 칼을 빼들고 덤빈다고 들었다. 아이들은 적의 머리통을 깨고 얼굴을 베고, 자기보다 키가 두 배는 큰 가톨릭 소년들을 찔러댔다. 오직 재미로 그러는 것이었다. 영차영차 힘을 모아 가짜 집을 짓고 있는 모습을 보고 있노라면 이 아이들이 얼마나 해맑게 폭력을 휘두를 수 있는지 금세 잊게 되었다.

먼고는 고개를 푹 떨구고 새 아파트를 지나쳤다. 석회와 모래, 자갈을 섞은 회반죽으로 초벽칠만 해놓은 아파트 벽은 허술하기 짝이 없어서 건조한 날에 보아도 빗물이 당장 스며 나올 것 같았다. 저만치 끝쪽에 5미터 남짓한 높이의 담장으로 에워싸인 건설 장비 적치장이 있었는데, 담장에 철조망까지 쳐놓았음에도 동네 젊은이들은 기어코 그곳을 침입하고야 말았다.

먼고는 벽에 올라타고 있는 청년 무리를 지켜보았다. 집에서 어머니가 벽지를 바를 때 딛고 올라서는 사다리 두 개를 밧줄로 묶어 연결했고, 여동생 침대에서 이불을 훔쳐 온 듯싶었다.

이토록 용을 써서 들어가려는 이유는 하나였다. 적치장에는 그들이 파괴하고 망가뜨릴 수 있는 JCB 회사의 거대한 대형장비들이 수두룩했다. 가끔은 인부들이 운전석에 놓고 간 장비를 획득했다. 청년들은 망치와 스패너 따위를 잔뜩 챙겨 동네로 돌아가 무기로 개조했다.

정말 운이 좋을 때는 JCB 굴착기에 작동 키가 꽂혀 있었다. 청년들은 굴착기를 가동해 다른 장비들을 신나게 들이박은 다음에 맹꽁이자물쇠로 잠가놓은 대문을 부수고 적치장 밖으로 나가 뒷골목을 누비고 다녔다. 한번은 굴착기의 버킷에 여러 명을 태우고 웬 가정집의 2층 창문에서 통통한 아가씨를 훔쳐보기까지 해서, 아가씨의 어머니가 경찰에 신고하는 사건이 벌어졌다.

먼고는 하나로 연결된 사다리 두 개를 벽에 기대 세우는 청년들을 바라보았다. 청년 무리의 대장이 체구가 가장 작은 청년에게 사다리를 타고 올라가서 잘 고정되었는지 확인하라고 명령했다. 빨간 머리 청년은 곰돌이가 그려진 이불을 몸에 두르고 흔들거리는 사다리를 기어 올라갔다. 추락하면 목이 부러질 높이까지 올라갔을 때 다른 젊은이들이 한 명씩 돌아가며 사다리 아랫단을 발로 차기 시작했다. 젊은이들은 사다리에 올라간 젊은이가 과연 떨어져 머리통이 박살 날지 내기하며 환호하고 즐거워했다. 청년들이 우르르 사다리에 달려들더니 담벼락에서 떨어뜨렸다. 잠시 사다리가 홀로 허공에 멈춰 섰다. 아슬아슬하게 매달려 있는 빨간 머리 청년은 금방이라도 떨어져 척추가 부러질 것 같았다. 청년이 처량한 비명을 질렀다. 대장이 젊은이들을 헤치고 나와 한 손으로 사다리를 벽에 다시 기댔다.

"적당히들 해라." 하미시가 경고했다.

얼굴이 하얗게 질린 빨간 머리 청년은 끓인 양배추처럼 움츠러들어 있었다. 청년은 곰돌이 이불로 철조망을 덮고 경비가 오는지 잠시 지켜보다가 담벼락에 올라섰고, 적치장 안쪽의 골판 지붕으로 뛰어내렸다. 이내 다른 젊은이들도 성을 공격하듯 사다리를 타고 올라가기 시작했다. 먼고는 공터를 가로질러 형에게 갔다.

하미시가 고개를 건성으로 끄덕여 인사했다. 하미시는 수하 병사들을 집중해서 관찰하고 있었다. 나중에 무섭게 야단칠 준비를 하고 있다는 것을 먼고는 알았다. 하미시의 부대는 야심 차고 군기가 잡혀 있었다. 하미시에게는 이들을 통제하는 비법이 있었는데, 개개인의 약점을 나머지 남자들 앞에서 까발려 공공연히 망신을 주는 것이었다. 그렇게 함으로써 병사들끼리 단합하여 들고일어나는 것을 방지했고, 젖 먹던 힘까지 끌어낼 동기를 부여했다.

먼고에게 형은 그냥 하미시였다. 용기를 내서 하미라고 애칭을 부를 때도 있었다. 하미시의 병사들은 모두 그를 하하라고 부르거나, 왜소한 체격에도 불구하고 큰형이라고 불렀다. 하하는 병사 모두 사다리를 타고 올라간 것을 확인한 다음에야 먼고를 상대해주었다. "뭔 일이냐, 얼간아?"

"별일 아냐." 먼고는 어깨를 으쓱했다. "혹시 모모 봤어?"

하하는 고개를 저었다. 하하는 정부 의료공사에서 지원하는 두꺼운 안경을 쓴 채 먼고를 훑어보았다. 노르스름한 안경알 뒤에서 눈이 작아 보였다. 어렸을 적에 하미시는 무료로 받는 대모갑 안경테를 창피해했다. 하지만 이제는 수치심을 극복했고, 누가 자신을 안경잽이라고 놀리기를, 그래서 자신이 얼마나 빠르게 주먹을 휘두를 수 있는지 보여줄 기회를 즐겁게 기다리고 있었다. 하미시는 덫을 놓기를 즐겼다. 특히나 상대가 코앞에 낭떠러지가 있는 것도 모르고 뛰어갈 때의 긴장감을 즐겼다. 안경을 썼다는 이유로 만만하게 보는 사람들의 편견을 하미시는 톡톡히 이용했다. 어리석은 사람들은 연금수급자 같은 안경을 쓴 왜소한 청년을 깔보고 자기가 쉽게 제압할 수 있으리라 착각했고, 그러다 쓰러져 얼굴을 연석 가장자리에 박고 이가 깨진 뒤에야 자신의 실수를 깨달았다.

하미시는 키가 작았지만 항시 싸울 준비가 되어 있었고, 먼저 공격하는 것을 두려워하지 않았다. 하미시는 같은 색조의 데님 재킷과 바지를 입고 있었다. 재킷의 단추를 목까지 채우고 깃을 바짝 세웠다. 세 줄이 들어간 아디다스 삼바 스니커즈는 한 번도 신지 않은 새 신발처럼 눈부셨다. 하미시의 몸에 지방은 1그램도 없을 것이다. 근육과 힘줄로 이루어진 남자 같았다. 사위가 팽팽하게 당겨진 화살처럼 출동할 준비가 되어 있었다. 하미시는 절대 목적 없이 달리지 않았다.

"올라가." 하미시가 위태로운 사다리를 가리키며 말했다.

먼고는 한 발 물러섰다.

"왜?"

먼고는 얼굴이 전기가 오른 것처럼 움찔거리는 것을 느꼈다. "그럴 기분 아냐."

하하는 한 손으로 먼고의 목덜미를 거머쥐었다. 무어라 말하려다 입을 다물고, 그 대신에 동생을 사다리로 끌고 갔다. 먼고는 하릴없이 사다리를 올라갔다.

적치장은 넓지 않았다. 공사 차량이 보드게임 상자 속의 말처럼 줄줄이 늘어서 있었다. 모든 것이 깔끔하고 질서정연했다. 콘크리트 믹서, 살포기, 거대한 증기 롤러가 있었고, 중앙에는 목이 기다란 굴착기가 브론토사우루스 무리처럼 모여 있었다.

적치장에서 한몫 챙기려면 너무 자주 들락거리면 안 된다. 그랬다가는 감독이 임시 야간 경비를 고용해서 장비를 지킬 것이다. 경비는 늘 임시직이었다. 서슴없이 칼을 들이대는 개신교 청년들 탓에 오래 일하려는 사람이 없었다. 그렇지만 1년에 한두 번만 터는 것에 그치면, 모종의 묘한 공생 관계가 성립되었다. 청년들이 내키는 대로 때려 부수고 훔쳐가면 감독은 보험에서 피해보상금을 받고 결국 이익을 남겼다. 장삿속 밝은 감독들은 이런 기회를 활용해 낙후된 장비, 혹은 심하게 망가져서 수리하느니 차라리 새로 사는 편이 저렴한 도구를 구매했다. 한번은 라우든 태번에서 하미시와 마주친 감독이 존중의 표시로 고개를 끄덕여 인사했다. 1년에 두 번, 딱 거기까지. 야간 경비를 고용하는 것보다 수지가 맞는 장사다.

개신교 젊은이들은 적치장 본관 건물의 골판 지붕에 서 있었다. 에러스케이 조랑말들처럼 씩씩거리는 청년들의 숨이 뿌옇게 피어올랐다. 먼고는 적치장을 훑어보는 그들의 시선을 좇았다. 하하가 사다리를 타고 올라올 때까지 다들 꼼짝도 하지 않았다. 하하가 그들 사이에 장군처럼 섰다. 스톤워시한 데님 왕복을 두른 황제다.

*"덤벼라, 덤벼, 우리가 빌리 병사들이다*
*덤벼라, 덤벼, 우리의 함성을 듣고 알아보겠지*
*페니언의 피가 무릎까지 차 있다, 항복하지 않으면 죽게 될 거야*
*우리는 브리지턴의 빌리 병사들이니까"*

하하는 전부 효과를 알고 하는 것이었다. 충의 오렌지단의 노래는 청년들의 가슴에 자부심을 불어넣었다. 겁에 질려 있던 청년들도 이 노래를 듣고 용기를 냈다.

한 명씩 뛰어내렸다. 청년들이 빗줄기처럼 자갈밭에 떨어졌다. 먼고가 형을 돌아보았지만 그 자리에 서 있는 사람은 형 하미시가 아니라 갱단의 대장 하하였고, 하하는 지금 먼고와 이야기할 기분이 아니었다. 하하는 약탈에 착수한 병사들이 본격적으로 파괴에 들어가기에 앞서 슬쩍할 만한 물건을 찾는 모습을 지켜보고 있었다. 다음 순간 하하는 경고 없이 동생을 밀었다. 먼고는 양철 홈통에 매달렸다가 4미터 아래로 떨어졌다.

이제 젊은이들은 운전석에서 닥치는 대로 잡아 뜯고 작동 설명서를 찢고 나사를 폭발물의 파편처럼 사방으로 날렸다. 청년들이 벌이는 온갖 난동 가운데 먼고는 이것이 가장 못마땅했다. 장비를 훔치는 건 이해할 수 있다. 훔친 물건들은 생활에 도움이 되니까. 그러나 이것은 무의미한 파괴였다. 빨간 머리 청년이 환한 오렌지색 안전헬멧을 발견했다. 헬멧을 쓴 청년은 불치병에 걸린 아이처럼 왜소하고 파리해 보였다. 헬멧을 쓰고 증기 롤러의 측면 창문에 박치기하는 청년을 먼고는 지켜보았다. 청년은 유리창이 부서질 때까지 들이박았고, 나머지 차창은 팔꿈치로 밀어서 박살 냈다.

하하는 지붕에서 내려오지 않았다. 이따금 병사들은 인부가 잊고 간 스패너나 녹슬어가는 수평계 따위를 하하에게 던졌다. 두꺼운 안경알 뒤에서 하하의 눈은 누리끼리한 물수리처럼 하나도 놓치지 않고 보고 있었다. 하하가 어디를 가리키면 청년들은 그 발톱의 그림자를 좇아 우르르 달려갔다.

병사 한 명이 공구함을 지나치게 조심스러운 손길로 뒤적였다. 청년은 위로 향하게 고정되어 있는 굴착기의 버킷이 새로 산 소파라도 되는 것처럼 편히 앉아 있었다. 훤칠한 청년은 밝은 갈색 머리를 양옆으로 길게 늘어뜨리고 부드러운 앞머리로 눈을 가렸다. 먼고는 청년이 표준 발음으로 말하는 것을 들은 적이 있었다. 그릏지가 아니라 그렇지, 근데가 아니라 그런데. 피곤할 때 자기도 모르게 나오는 습관 같았다. 청년의 어머니는 자존심이 강했고, 아버지는 집과 직장에서 자기 자리를 꿋꿋이 붙들고 있었다. 다른 청년들은 그것을 조롱거리로 삼았다. 하하의 목소리가 자갈밭 위로 울렸다. "아이구, 찰스 왕세자님, 차라도 한 잔 갖다받칠갑쇼? 똑바로 해라, 호모 새꺄."

약탈자들은 부지런히 놀리던 손을 멈췄다. 행여나 하미시가 자신을 지목했을까봐, 번듯한 남자들 가운데 어딘가 잘못된 놈으로 찍혔을까봐 두려워하고 있었다. 하미시는 키 큰 젊은이를 똑바로 가리키고 수치스러워하는 표정으로 고개를 저었다. "똥구멍에 꽂을 당근 찾냐? 시간 그만 낭비하고 빨랑빨랑해라." 갈색 머리 청년은 남성성을 되찾으려고 기를 쓰며 공구함을 난폭하게 헤집었다. 다른 청년들은 안도의 한숨을 내쉰 뒤에 낄낄거리며 약탈을 계속했다. 호모라고 불리는 것보다 큰 수치는 없었다. 여자처럼 무력하고 물러터진 남자.

먼고는 하하의 눈총을 피해 굴착기의 어두운 운전석에 숨었다. 얼굴이 새빨개진 갈색 머리 청년은 독이 잔뜩 올라서 브래킷 상자를 마구 걷어차고 있었다. 가져갈 만한 도구나 무기를 전부 챙긴 청년들은 이제 파괴에 집중했다. 혈색 좋은 청년 하나가 울타리 기둥으로 굴착기 창문을 부쉈다. 안전유리가 만족스러운 소리를 내며 와장창 박살났다.

때려 부수는 것에도 질리면 세 번째 단계로 넘어갔다. 그러니까, 청년들은 어린아이로 회귀해 놀기 시작했다. 젊은이들은 제일 작은 적하기의 운전석 지붕에 올라간 다음에 옆 장비 지붕으로 뛰었다. 앞사람 따라 하기 놀이와 장애물 경주를 동시에 하는 것처럼 점차 높은 적하기 지붕으로 뛰었다. 그다음에는 더욱 위험한 놀이를 생각해냈다. 브론토사우루스를 닮은 굴착기의 꺾어진 목을 타고 올라갔다. 버킷에 들어갔다가 허공을 가르며 뛰어내려 운전석 지붕에 착지했다. 미끄러지기라도 하면 약 6미터 높이에서 추락하고 만다. 그럼에도 청년들은 트레이닝 재킷의 뒷면을 양력 없는 날개처럼 휘날리며 용감한 천사처럼 밤하늘을 날았다.

공사 차량은 비에 젖어 있었다. 몇 명이 브론토사우루스의 꺾인 목에서 미끄러졌다. 한두 명은 지나치게 멀리 뛰었다가 젖은 굴착기의 운전석 지붕에서 미끄러졌고, 추락할 뻔했다가 창문에서 튀어나온 고무 접착 부분을 아슬아슬하게 붙들었다. 이런 일이 벌어질 때마다 순간 정적이 깔렸다. 목숨을 건진 행운아가 몸을 일으키면 젊은이들은 자신들의 불멸을 축하하며 환호했다.

하하는 지붕에 서서 짤막한 담배를 피우고 있었다. 지루해하는 표정이었다. 마치 황제의 옥좌에서 내려와 울며 겨자 먹기로 양육권을 공유하게 된 아버지 같았다. 애들을 제 엄마에게 돌려보낼 시간이 오기만을 기다리며, 온종일 먹어댄 달콤한 주전부리에 취해 날뛰는 아이들을 지켜보는 아버지. 형을 보고 있었던 덕분에 먼고는 하늘의 색깔이 변한 것을 알아차렸다. 하하도 그것을 보았다. 파란색과 하얀색이 규칙적으로 번갈아 하늘을 물들였다. 경찰이 사이렌을 켜지 않고 슬그머니 접근했다. 경찰차가 적치장의 대문에서 대기하고 있었다. 하하가 병사들을 너무 오래 풀어주었다.

먼고는 양철 운전석에서 뛰쳐나와 앞바퀴에서 뒷바퀴로 달리고, 엔진으로 기어 올라가 지붕에 올라섰다. 먼고가 쏜살같이 적치장을 가로지르고 있는데 경찰이 잠긴 대문을 부수고 들어왔다. 여기저기에서 병사들이 굴착기의 기다란 붐에서 뛰어내려 홈통까지 달려간 뒤에 안전한 지붕으로 기어 올라갔다. 유령의 집에서 귀신의 손을 피해 달아나는 여섯 살짜리 꼬마들처럼 깍깍대고 있었다. 안전한 지붕에 올라가서 세상 무서운 것 없는 하하의 옆에 서고 나서야 비로소 그들은 몸을 곧추세우고 다시 남자가 되었다. 청년들은 몸을 뒤로 잔뜩 젖혔다가 앞으로 기울이며 경찰에게 침을 뱉었다.

경찰 여섯 명이 로버 두 대와 잔뜩 찌그러진 수송용 밴을 끌고 왔다. 굼뜬 청년 한 명이 실수로 잘못 뛰어내려 경찰의 품에 착지했다. 경찰은 잠시 놀란 연인처럼 청년을 안고 있었다.

빨간 머리 청년은 굴착기의 붐에서 돌아누워 나일론 재킷의 뒷면을 대고 미끄러져 내려와 도망칠 작정이었다. 먼고가 홈통에 거의 이르렀을 때 청년이 추락했다. 금속 붐이 예상보다 많이 젖어 있었다. 청년은 찬장에서 떨어지는 밀가루 포대처럼 볼썽사납게 추락했다.

청년은 밀가루 포대처럼 터지지는 않았고, 비명을 지르지도 않았다. 그러나 몸 아래 접힌 팔과 손의 이상한 각도를 보아하니 손목이 부러진 것이 분명했다. 어쩌면 아래팔이 으스러졌는지도 모른다.

하미시가 경찰에게 돌과 연장을 던지며 먼고를 부르고 있었다. 얼른 일어나면 홈통을 타고 골판 지붕에 올라갈 수 있을 것이다. "두고 와!" 하미시가 소리쳤다. 지금 도망치지 않는 것은 무모하다. 경찰은 청년들의 숫자를 파악했을 것이다. 먼고를 아직 못 봤을지도 모르지만, 파멸의 수렁으로 떨어진 밀가루 포대는 확실히 봤다. 다친 청년을 잡으러 금세 올 것이다.

골판 지붕에서 두두두 발소리가 울렸다. 경찰을 조롱하고 야유하는 소리가 멀어졌다. 청년들이 담벼락으로 물러나 동네로 줄행랑치고 있었다. 그를 버리고 가고 있었다.

빨간 머리 청년은 안전헬멧이 벗겨진 채 밭은 숨을 몰아쉬고 있었다. 먼고는 청년의 겨드랑이에 손을 넣고 잡아서 굴착기 밑으로 끌고 갔다. 보안등의 불빛이 미치지 않는 곳이었다. 두 사람은 땅을 훑는 손전등의 불빛을 주시했다. 청년의 입에서 신음이 새어 나왔다. 먼고는 청년의 입을 손으로 틀어막았다. 다른 상황이었다면 청년은 자신을 만졌다는 이유 하나로 먼고를 후려쳤을 것이다. 하지만 지금 그는 먼고의 옆구리에 머리를 기대고 누워서, 저공 비행하며 공격하는 폭격기처럼 중장비 사이를 수색하는 경찰들의 불빛을 보고 있었다. 그제야 먼고는 청년이 누군지 기억났다. 보비 바였다. 먼고와 같은 반 소년의 형이었는데, 전혀 아버지처럼 보이지 않았지만 쌍둥이를 슬하에 두고 있었고, 많은 여자아이의 처녀성을 뺏었다는 소문이 자자했다. 청년의 재킷 소매 아래로 피가 흘러 웅덩이처럼 고였다. 그가 오줌을 지렸다는 것을 냄새로 알 수 있었다.

적막 속에서 자갈 위로 발소리만 저벅저벅 울렸다. 경찰들은 지직거리는 무전기를 꺼놓고 적치장을 수색했다. 보비가 조용히 훌쩍거렸다. 어둠 속에서 먼고의 얼굴은 경련을 일으키고 있었다. "두고 가지 마." 청년의 흐느낌이 먼고의 손바닥에서 진동했고, 눈물이 손가락 사이로 흘렀다.

손전등이 굴착기 밑을 비추었다. 단단한 손이 보비 바의 발목을 붙잡았다. 경찰이 끌어내자 청년은 자동차 정비 침대에 누워 있던 것처럼 자갈 위로 단번에 미끄러져 나갔다. 보비는 다친 팔을 반대쪽 손으로 아기처럼 안고 있었기 때문에 저항할 수도 없었다. 휙. 보비가 마법처럼 옆에서 사라졌다.

"밑에 한 놈 더 있다." 경찰이 소리쳤다.

먼고는 굴착기 밑에서 손전등의 불빛 반대쪽으로 기어갔다. 달려오는 경찰들의 발소리가 들렸다. 양쪽에서 두 명씩, 굴착기의 긴 측면을 따라 달리고 있었다. 먼고는 굴착기의 몸체에 올라탔다. 깡마른 고양이처럼 펄쩍펄쩍 뛰던 청년들만큼 민첩하지는 못했지만, 그래도 먼고는 경찰들이 모퉁이를 돌기 전에 운전석 위로 올라갈 수 있었다. 홈통까지는 가지 못하리라는 것을 알았다. 홈통에 매달리는 순간 다리를 붙잡힐 것이다. 그래서 먼고는 열려 있는 대문으로 뛰려고 몸을 반쯤 돌렸다. 그러나 그들이 한발 빨랐다. 경찰들은 먼고가 서 있는 굴착기를 포위했다.

"쥐새끼 같은 자식. 잡혀만 봐라. 내가 따먹어주지." 경찰 한 명이 히죽거리며 말했다. 그는 먼고를 잡으러 올라오기 시작했고, 다른 경찰들은 탈출로를 막았다. "따먹을 거다. 따먹을 거다." 경찰은 구호를 외치듯 거듭 말했다.

하미시가 옆에 있었다면 경찰이 겁주려는 수작이라고 말했을 것이다. 기를 죽이고 위협해서 먼고가 제 발로 내려오게 만드려는 것이다. 그러나 지금 하미시는 옆에 없었다.

"니도 좋아할 거다." 경찰이 말했다. "지금 내려오면 내가 덜 아프라고 먼저 침을 뱉어주마." 다른 경찰들이 낄낄거렸다. 추잡한 말에 항의하는 소리도 들렸지만 다른 경찰들은 대단하다며 감탄했다. "누나나 여동생 있냐?"

먼고는 서둘러 더 높이 올라갔다.

그때 어둠 속에서 둔탁한 소리가 울렸다. 무엇이 낸 소린지는 알 수 없었다. 무엇이었는지는 몰라도 먼고를 조롱하던 경찰이 잠잠해졌다. 머리에서 모자가 벗겨진 채로 경찰은 믹서 옆에 쓰러졌다. 얼굴에서 검붉은 피가 흘렀다. 어스름 속에서 피는 당밀처럼 새까맣게 보였다. 장비의 노란 금속에도 경찰의 피가 흩뿌려져 있었다.

하하가 사다리 꼭대기로 돌아와서 반 토막짜리 벽돌을 경찰들에게 던지고 있었다. 개신교 청년들이 패싸움에 대비해 벽돌을 늘 몸에 지니고 있다는 소문은 들었다. 이제 그들은 사다리에 층층이 서서 황제에게 벽돌을 전달하고 있었다. 하하는 능숙하게 팔을 휘둘렀다.

"병신아, 뭐 하냐, 안 튀고!"

도망칠 기회가 왔다. 경찰들이 벽돌을 피해 장비 아래에 숨는 동안 먼고는 운전석 지붕에서 뛰어내려 열려 있는 대문으로 냅다 달렸다. 장비들을 지나쳐 달리다가 돌연 멈추고 수송 밴으로 달려갔고, 뒷문을 열었다. 잡혔던 청년을 기다리진 않았지만, 폐가 터지도록 달리는 두 사람의 운동화 소리가 비에 젖은 골목길에서 철퍼덕철퍼덕 울렸다.

## 3

세인트 크리스토퍼는 호숫가에 쪼그려 앉아서 달려드는 등에모기를 쫓으며 혼자 투덜대고 있었다. 그저 기분이 언짢은 건지, 술이 깨고 있는 건지는 알 수 없었다. 다른 두 사람을 등지고, 물에 얼굴을 박거나 솟구치는 토사물을 뱉으려는 듯한 자세로 앉아 있었다. 바람이 가느다란 머리칼을 헝클어뜨렸다. 땀과 포마드에 젖어 달라붙어 있던 머리칼이 올올이 떨어지자 황갈색 머리칼에서 손가락 한 마디 길이의 새하얀 뿌리가 드러났다. 먼고는 세인트 크리스토퍼가 외모에 그토록 신경을 쓴다는 사실에 놀랐다. 이 남자는 모모처럼 슈퍼마켓에서 산 염색약으로 머리를 염색했다. 머리에서 흘러내리는 염색약이 몸에 묻지 않게 검은 쓰레기봉투를 어깨에 두르고 화장실 변기에 앉아 있었을 것이다.

벌써부터 세인트 크리스토퍼는 남은 술을 전부 꺼내어 차가운 호수의 바위 사이에 놓았다. 옷은 달랑 한 벌뿐이면서 술은 양손 가득 바리바리 싸 왔다. 남자는 제집 안방에 있는 것처럼 금세 자리를 잡았다.

먼고가 나뭇가지를 주워 오자 갤러게이트는 축축한 나무와 녹색 가지를 이용해 불 피우는 법을 가르쳐주었다. 바람이 부는 방향으로 가지를 쌓았다. 힘없이 쿨럭거리던 불에서 모락모락 연기가 피어오르며 날벌레들을 쫓았다. 불길이 환하게 넘실거릴 때까지 먼고는 이끼 낀 가지를 넣었는데, 가지를 넣을 때마다 매번 망설이며 갤러게이트의 눈치를 보았다. 갤러게이트는 오래전에 해동된 냉동 라자냐 세 개의 비닐을 벗기고 호일 용기를 발갛게 빛나는 숯에 넣었다. 먼고는 주린 배를 손으로 눌렀다.

세인트 크리스토퍼는 그래도 가까이 오지 않았다. 모닥불의 불빛이 닿지 않는 곳은 전부 미끄덩한 어둠에 묻혀 있었다. 마치 하늘이 고요한 호수를 닮고 싶어 하는 것 같았다. 하늘의 색조가 슬그머니 물 가까이 내려앉다가 마침내 하나로 아우러졌고, 먹빛 밤이 세인트 크리스토퍼를 삼켰다.

“이름이 특이하네, 먼—고.” 갤러게이트가 구부러진 담배꽁초를 빨다 말고 말했다. 손으로 만 담배를 꽉 끼는 청바지 뒷주머니에 구겨 넣었던 탓에 종이가 찢어져 호박색 담뱃잎이 삐져나왔다.

“그런 거 같아요.” 먼고는 여느 플루트 연주자만큼이나 능숙하게 손가락으로 종이에 난 구멍을 막고 담배를 피우는 갤러게이트를 보고 있었다. “아버지가 독립주의자였어요. 아들한테 전통적인 스코틀랜드 이름을 지어주고 싶었대요.”

“오죽하겠냐. 아무리 그래도, 제기랄, 먼고가 뭐냐? 그건 아동학대야.”

“세인트 먼고에서 따 왔어요. 글래스고의 수호성인이에요. 음, 아무것도 없이 불을 피웠댔나, 잘 몰라요.” 먼고는 글래스고의 전설에 대한 이야기가 나올 때마다 창피해했다. 학교에서 수없이 앞으로 불려 나가 도시의 역사를 반 전체 앞에서 읽어야 했는데, 귓가에 울리는 자기 목소리를 부끄러워하느라 읽고 있는 내용이 머리에 들어오지 않았다.

처음으로 이름 때문에 놀림받은 날에 먼고는 울면서 집에 왔다. 조디는 따뜻한 건조 옷장에 같이 들어가 모모의 겨울 코트로 눈물을 닦아주었다. 명랑하게 윙윙거리고 달칵거리는 온수 탱크의 소리가 먼고의 마음을 달랬다. 조디는 세인트 먼고가 행한 기적에 대해 말해주었다. 날지 못하던 새와 자라지 않던 나무, 울리지 않던 종과 헤엄치지 못하던 물고기에 관한 이야기였다. 먼고는 그중 새에 대한 전설을 제일 좋아했다. 잔인한 아이들에게 죽임을 당한 울새를 세인트 먼고가 살려냈다는 이야기였다. 조디는 먼고에게도 그런 힘이 있다고 말했다. 아이들 아버지를 잃고 삶을 포기했던 모모에게 먼고가 살려는 의지를 돌려주었다고 말했다. 먼고는 조디를 사랑했다. 그래서 조디의 거짓말을 용서했다.

갤러게이트가 건배하자고 맥주캔을 들었다. 촉촉이 젖은 눈에서 취기가 빛났다. "생각해보니 대단하군. 그동안 인생 밑바닥을 친 줄 알았는데, 사실 난 축복받은 남자였어. 아, 성인 두 명의 비호를 받으며 아름다운 휴일을 보내고 있잖아. 한 명은 물 위로 나를 안전히 안고 갈 터이고 다른 하나는 불을 피워준다네." 갤러게이트가 주먹으로 심장을 두드렸다. "돈 빌려줄 성인 하나만 찾으면 더할 나위가 없겠구먼. 그렇게만 되면 존나 행복할 텐데."

세인트 크리스토퍼가 몸을 떨며 어둠에서 나왔다. 파티에 온 수줍은 손님처럼 모닥불이 닿을락 말락 하는 자리에서 멀뚱히 기다렸다. 갤러게이트는 트림을 하고 가까운 바위에 앉으라고 손짓했다. 세인트 크리스토퍼는 여태 삐쳐 있지 않았던 척하며, 달리는 말에 올라타듯 대화에 끼어들려고 용썼다. 그 모습이 보기에 민망했다. 늙은 남자의 비쩍 마른 발은 퍼렇게 질려 있었다. 물이 어찌나 차가웠는지, 발이 청자처럼 매끌매끌 빛났다.

세인트 크리스토퍼가 불가에서 몸을 녹이자 상한 우유의 쉰내 같은 것이 퍼졌는데, 그 아래로 금붕어 밥과 유사한 냄새가 깔려 있었다. 갤러게이트는 코를 찡그리며 바람이 불어오는 쪽으로 몸을 돌리고 헛간의 벽에 등을 기댔다. 그러고는 셔츠를 추어올리고 팽팽하게 튀어나온 배를 쓰다듬었다. 심지어 배에도 문신이 있었는데, 학교에서 아이들이 공책의 날개에 자기 이름을 적을 때처럼 갈겨쓴 글씨체였다. 두 남자는 눈물이 줄줄 흐를 때까지 불가에 끈덕지게 앉아서 술을 들이켰다. 맥주캔이 치익, 소리를 내며 열릴 때마다 대화는 더 어둡고 저속해졌다. 먼고는 공동주택의 계단을 내려가는 것과 비슷하다고 생각했다. 층계를 내려갈 때마다 불빛이 흐려지고 어둠이 짙어졌다.

"…그래서 내가 붙들었더니 이년이 아주 달아올라 있더구먼." 갤러게이트의 눈동자에서 모닥불 불빛이 번뜩였다. "자기 남편이 다 알고도 신경 안 쓴다는 거야. 그래서 난 생각했지. 지가 괜찮다는데 내가 흔적을 안 남기려고 조심할 필요는 없겠네, 안 그래?"

먼고는 무릎을 다시 가슴까지 끌어 올렸다. 남자가 자기 이빨 뒤쪽을 핥아대는 모습에 반감이 들었다.

"그래서 어뜨케 했는데?" 세인트 크리스토퍼가 성인답지 못하게 음란한 이야기를 즐기며 침을 뱉었다.

"일단 꽉 잡았지." 갤러게이트가 소년 가까이 몸을 기울였다. "이년은 손바닥만 한 파란색 슬립만 입고 있었어. 앞면에 귀여운 고양이 무늬가 있는 거였지. 굳이 옷을 벗기진 않았어. 영계는 아니었거든. 차라리 모르는 편이 나을 때도 있잖아. 그래서 그대로 찔러 넣고 시작했지." 불빛 속에서 남자의 눈이 오팔처럼 다채롭게 빛났다. 갤러게이트는 손바닥을 오므리고 앞으로 내밀었다. "한참 문질렀지, 말한테 먹이 좀 줬다 이거야."

먼고는 자기도 모르게 물었다. "잠시만요, 여자가 말을 키웠어요?"

두 남자가 눈을 껌벅거리다가 와락 웃음을 터뜨렸다. "아니다, 꼬마야. 여자 거시기 말이다. 나중에 거기에 손을 올려놓거든, 느낌이 말 주둥이랑 비슷한지 아닌지 한번 봐라."

세인트 크리스토퍼가 입술을 떨며 말 울음소리를 흉내 냈다.

갤러게이트는 입꼬리에 짧은 꽁초를 꼬나문 채로 웃음을 터뜨렸다. 또 이런 일이 벌어졌다. 사람들이 하는 말과 진짜 말뜻의 차이를 알아채지 못했다. 눈꺼풀이 불안하게 움찔거리는 것이 느껴졌다. 먼고는 눈꺼풀을 떨면서도 애써 웃었다. 소외당하고 싶지 않았다.

세인트 크리스토퍼는 다시 시작하라고 재촉했다. "그다음엔?"

"소파에 눕힌 다음에 막 하기 시작했지. 제대로 넣어줬어, 무슨 말인지 알지? 불알이 배 속에 들어갈 정도로 넣고 있는데 갑자기 이러잖아. '아아, 위층에 올라가서 침대에서 하자.'" 갤러게이트가 불에 침을 뱉자 침이 잠시 끓다가 증발했다. "그래서 코트를 걸이에 건 것처럼 삽입한 채로 안고 올라갔지."

먼고는 학교에서 기술 시간에 만든 코트 걸이를 떠올렸다. 비틀어진 G자 모양 금속 고리에 열을 가하고 분말 안료에 담갔다가 싸구려 합판에 나사로 고정한다. 먼고는 아랫입술을 깨물었다.

세인트 크리스토퍼가 다리를 철썩 쳤다. "아이고, 엄청나구먼."

"계단을 올라갔는데 내가 다른 방에 잘못 들어간 것 같더라. 딱 보니까 웬 학생 방이었어. 한데 이년이 계속 보채길래 거기서 그냥 해버렸지."

"제대로 밝히는 년이었구먼." 성인이 말했다. 먼고는 자신이 아는 여자일까 곰곰이 생각했다.

"아무튼 싱글베드에 엎어놓고 뒤에서 하기 시작했어." 갤러게이트가 일어나더니 모닥불의 불빛 안팎으로 허리를 흔들었다. 창백한 얼굴이 술기에 부어서, 하늘에 둥실 뜬 달 같았다. "그러다 카펫을 봤는데, 와, 깜짝 놀랐지. 못 믿을 거야."

"뭔데? 뭔 일이야?"

갤러게이트가 모닥불에 다가섰다. 등을 젖히자 청바지 때문에 접혀 있던 골반 위쪽의 옆구리 살이 볼록 드러났다. 갤러게이트는 꽁초를 한 번 빨고, 함께 있는 성인들의 호기심을 즐기며 시간을 끌었다. "알고 보니 내가 1년 전에 그년 딸 방에 꽃무늬 카펫을 깔았어."

"그렇군. 근데?"

"자부심 있는 카펫 설치자는 자기가 깐 카펫을 잊지 않는 법이야. 사실 내가 그년 딸도 그 카펫 위에서 깔았거든." 갤러게이트는 의기양양하게 고개를 뒤로 젖히고 자랑스러워하며 굴뚝처럼 연기를 뿜었다.

이윽고 말뜻을 알아들은 세인트 크리스토퍼는 무언가에 찔린 개처럼 포효했다. "아, 난잡한 자식." 남자의 깨진 치아는 위험할 정도로 날카로워 보였다. 그가 무릎을 철썩 쳤다.

"에, 난 여자는 기억 못 해도 제대로 깐 카펫은 잊지 않아."

먼고는 농담을 이해하지 못했지만 두 남자를 번갈아 보고 입을 다물고 있었다.

"열다섯 살짜리였어. 지 엄마처럼 먹음직스러웠지." 갤러게이트는 비닐봉지에서 위스키를 꺼내 탄산음료처럼 꿀꺽꿀꺽 들이켰다. "일

시작하고 금세 배웠지. 으리으리한 저택에 기회가 많다는 거 말야. 이중 유리창을 설치해달라고 닦달하는 여자는 남편한테서 진짜 원하는 걸 못 받고 있단 뜻이거든." 갤러게이트는 청바지의 사타구니 쪽을 살짝 두드린 다음에 쥐어짜려는 듯이 부여잡았다.

세인트 크리스토퍼가 낄낄거리던 웃음을 멈추었다. "자네가 카펫 까는 일 하는 건 몰랐네."

"카펫이건 싱크대건 십대 계집애건, 말해봐. 내가 깔아줄 테니까." 갤러게이트는 쿡쿡 웃었다.

세인트 크리스토퍼는 존경하는 눈빛으로 말없이 고개를 끄덕거렸다. "좋겠구먼. 젊고 뭐든지 할 수 있을 때니까."

"에, 그럼. 난 원래 손재주가 좋거든." 갤러게이트는 주먹으로 자기 머리를 두드렸다. "나머지 부위가 모자라서 그렇지."

"그래도 살 날이 구만리 아닌가." 세인트 크리스토퍼는 젖병을 달라고 보채는 아기처럼 위스키 병을 향해 힘없는 손을 내밀고 흔들었다. 갤러게이트가 술병을 건네주자 나이 많은 남자는 급히 술을 들이켠 다음에 숨을 고르고 입을 닦고는 말했다. "자네는 발리니에 오지 말았어야 했어. 창창한 나이에 감옥이 뭐야?"

먼고는 발리니 교도소를 본 적이 있다. 하미시가 자동차를 훔치거나 불순물을 섞은 메스암페타민 따위를 판매하는 등 지나치게 위험한 행동을 할 때마다 모모는 발리니에 가고 싶냐며 경고했다. 하미시가 말은 안 해도 두려워하는 것이 느껴졌다.

먼고의 얼굴에 궁금증이 비쳤는지, 갤러게이트는 잠시 먼고를 보다가 세인트 크리스토퍼에게 시선을 돌렸다. "애 있는 데서 그런 얘기는 뭣 하러 해?" 갤러게이트는 세인트 크리스토퍼에게 담배꽁초를 튕졌다. "꼬마 겁먹게스리." 그렇지만 히죽거리는 표정으로 미루어 갤러게이트는 정말 화가 나진 않았다. 먼고를 겁주는 것에도 아무런 불만이 없어 보였다.

"뭘 말해?" 세인트 크리스토퍼는 맨발로 펄쩍 일어나 꾀죄죄한 양복 어딘가에 떨어진 불붙은 꽁초를 찾아 허우적거렸다.

"우리가 빵에 있었다는 거 말야." 갤러게이트는 비딱한 미소를 띠고 먼고를 돌아보았다. "웬 양아치들이랑 여기 왔다고 생각할 거 아냐."

먼고는 무릎에 앉은 딱지를 뜯으며 그것에 정신이 팔린 척했다. "거기에 왜 갔는데요?"

"무단침입." 갤러게이트는 얼른 말했다. 왠지 거짓말 같았는데, 확신할 수는 없었다. "그냥 사고였다. 어떤 창고의 천장에서 떨어졌는데, 출구를 찾았을 즈음에는 내 품에 축구 유니폼 상의가 몇십 장 들려 있지 뭐야."

세인트 크리스토퍼가 반박하려는 듯 흠, 소리를 내자 갤러게이트는 자갈밭에서 발을 휘둘러 돌을 잔뜩 날렸다. 번개 같은 동작에 먼고는 깜짝 놀라 발딱 일어났다. "그, 그래. 허가 없이 침입했지. 그렇고말고." 성인이 마지못해 동의했다. 그 말투를 듣고 갤러게이트는 키득거렸다.

"아저씨는요?" 먼고가 물었다. 무릎에서 딱지가 떨어졌다. "왜 감옥 갔어요?"

세인트 크리스토퍼는 갤러게이트를 보다가 다시 먼고를 보았다. 입을 다물고 있었다. 갤러게이트가 대신 대답했다. "부랑죄."

세인트 크리스토퍼는 기분이 상한 표정이었지만 잠자코 있었다.

"그것 때문에 감옥에 가요?" 먼고가 물었다.

"흠, 그거랑 못생긴 죄." 갤러게이트는 그을린 라자냐 호일 용기를 잿더미에서 꺼내며 웃음을 터뜨렸다. "배고픈 사람?"

한참 후에야 라자냐의 호일 용기가 만질 수 있을 정도로 식었다. 탄 고기와 고무 같은 치즈를 먹는 데 집중하느라 대화가 끊겼다. 세인트 크리스토퍼는 음식에 별 관심을 보이지 않고 옆으로 치우더니 위스키로 배를 채웠다. 먼고는 라자냐가 훈제된 것 같고 맛있다고 생각했다. 라자냐의 면이 배에서 불어나는 동안 먼고는 모닥불을 바라보며 감옥과 딱한 여자와 그녀의 말을 생각했다. 라자냐를 다 먹었을 즈음엔 신선한 바깥 공기를 너무 많이 쐰 것처럼 노곤하고 몸이 무거웠다. 얼굴이 제멋대로 경련을 일으키고 있었는지, 갤러게이트가 빤히 보고 있었다.

"그것 때문에 학교에서 놀림 좀 받겠구나?"

"가끔요." 먼고는 말했다. 뺨에 손을 올리고 꿈틀거리는 부분을 집게 손가락으로 긁었다. 손끝에서 피부가 벗겨졌다.

"그만 좀 긁어라." 갤러게이트가 말했다. "그런다고 무슨 도움이 되겠냐?" 남자가 가까이 왔다. "손 치워봐. 한번 보게." 갤러게이트는 까칠한 손바닥으로 먼고의 얼굴을 쥐고 불 쪽으로 기울였다. "난 이게 멋진 것 같은데."

"놀리지 마요." 먼고는 거친 손에서 벗어나려고 얼굴을 뒤로 뺐다.

"아니, 진짜야. 니 얼굴은 꼭 자기만의 생각이 있는 것 같아. 니가 원하건 말건 머릿속의 생각을 죄다 드러내는 거지." 갤러게이트는 먼고의 뺨을 불 쪽으로 돌렸다. 높은 광대뼈 위로 긁어댄 작은 부위의 피부가 바짝 메마르고 벗겨져 있었다. 갤러게이트가 뺨을 부드럽게 쓰다듬었다. "이러면 좀 낫냐?"

"아뇨." 먼고는 몸을 움츠려 갤러게이트의 손아귀에서 벗어났다.

갤러게이트는 속이 쓰리기라도 한 것처럼 인상을 구겼다. "생각해 보면 참 웃겨. 신은 니한테 이쁜 얼굴을 준 다음에 이런 거로 망쳐버린 거 아냐. 심보가 고약하단 말이지."

"잔인하지!" 세인트 크리스토퍼가 노래하듯이 말했다.

"불쌍한 먼고. 맨날 그렇게 긴장하고 있음 안 힘드냐."

갤러게이트는 하늘 높이 떠 있는 달을 올려다보더니 돌연 무시무시한 포효를 내질렀다. 그 소리를 듣자 먼고는 도망치고 싶었다. 갤러게이트가 싱글거리며 소년을 돌아보았다. 날카로운 앞니 네 개가 아랫입술을 물고 있었다. "나랑 같이 해보자."

먼고는 고개를 저었다. 갤러게이트는 일어나서 손을 내밀고, 어둠으로 먼고를 끌어당겼다. "소리 질러봐. 기분이 훨씬 나아질 거다."

먼고는 고개를 뒤로 젖혔다. 이제껏 알아채지 못했는데, 하늘은 완벽하게 까맣지 않았다. 눈길이 닿은 모든 곳에서 별이 반짝이고 있었다. 눈이 어둠에 적응하고 나자 새로운 것들이 보였다. 텅 빈 암흑만 깔려 있는 듯하던 곳에도 성에가 낀 듯이 별무리가 흐드러졌고, 별이 남긴 크림 같은 것이 퍼져 있었다. 이런 밤하늘은 처음 보았다. 구름 한 점 없고 가로등의 침침한 오렌지색 불빛에 물들지 않은 하늘은 처음이었다.

먼고는 소리를 한 번 내질렀다. 소심한 소리가 도망치듯 금세 잦아들고 턱이 가슴으로 떨어졌다.

"그렇게 말고, 이렇게 해봐라." 갤러게이트는 밤하늘을 통째로 삼킬 것처럼 숨을 깊이 들이쉬었다. 그러고는 괴물처럼 고함을 질렀다. 고함 소리가 정적을 찢었다. 먼고는 고요를 되찾고 싶었다. 어두컴컴한 호수를 뚫어지게 보았다. 무언가 대답할까봐 두려웠다.

갤러게이트는 포기했다. "됐다. 소리 지르기 싫음 불이라도 뛰어넘어라." 그는 살짝 점프하여 잉걸불을 뛰어넘었다. "자, 해봐!"

젊은이들의 허튼 짓거리를 보며 웃고 있던 세인트 크리스토퍼가 몸을 일으켜 세우고 먼고에게 말했다. "나일론 점퍼는 벗고 해라. 까딱하면 그거 평생 입고 산다."

파란색 점퍼를 벗자 호수에서 불어오는 찬기가 고스란히 느껴졌다. 먼고는 어둠으로 몇 발 물러났다가 달려와 불을 뛰어넘었다. 죽어가는 잉걸불을 쉽게 넘고 나자 실패해서 창피를 당하지 않았다는 안도감이 몰려왔다. 행복 비슷한 것이 가슴속의 찬기를 녹였다. 먼고는 갤러게이트의 뒤를 쫓아 모닥불을 빙빙 돌았다. 두 사람은 정신이 나간 것처럼 겅중겅중 뛰었다. 별빛과 불빛과 아득한 호수 덕분에 갑작스레 기분이 좋아졌다. 잠시나마 글래스고에 대해 전부 잊었다. 자신이 왜 이 남자들과 여기에 오게 되었는지도 잊었다.

한동안 그렇게 불을 뛰어넘으며 놀고 있는데 갤러게이트가 몸을 부딪쳐 오기 시작했다. 록 밴드 공연에서 놀듯이 두 사람의 몸이 허공에서 맞부닥쳤다. 먼고는 부딪친 곳이 아픈 척하며 멈춰 섰다. 갤러게이트는 호숫가의 자갈밭에 대자로 드러누웠다. 테넌츠 맥주캔을 따서 소년에게 권했다. "내일 아침에는 물을 마실 수 있게 끓여주마. 오늘은 이걸 마셔라. 잠 잘 올 거다."

그제야 먼고는 자신이 종일 아무것도 마시지 않았다는 것을 기억했다. 호숫물이나 우유를 탄 차도 마시지 않았다. 먼고는 캔 속의 익숙한 효모 냄새를 킁킁거렸다. 머뭇대는 자신을 지켜보는 남자들의 시선이 따가웠지만 먼고는 술을 경계했다. 쾌활하게 톡톡 튀는 거품 바로 밑에 얼마나 참담한 슬픔이 깔려 있는지 잘 알았다. 천천히 캔을 입술로 가져갔다. 첫 모금이 바싹 마른 목을 적셔주었지만 끈적한 귀리 맛에 구토가 치밀었다. 남자들이 칭찬하듯이 고개를 주억거렸다. 맥주를 입속에 잠시 머금고 있다가 목구멍으로 조금씩 흘려보내면 곰팡이를 삼키는 듯한 역겨운 느낌이 덜했다. 맥주를 앞니 틈새로 내보냈다가 빨아들이기를 반복하면 묵직한 느낌이 사라지고 오래된 설거지 구정물처럼 시큼해졌다.

먼고가 잔가지의 껍질을 벗겨 불에 넣는 동안 남자들은 위스키를 번갈아 마셨다. 잠시 후에 먼고는 차가워진 옆구리를 불 쪽으로 돌렸다. 침침한 불빛의 원주 밖에는 아무것도 없었다. 눈꺼풀이 무거워지고 있는데 세인트 크리스토퍼가 물었다. "니 거시기에 털은 났냐?"

배 속의 맥주가 그에게 용기를 주었다. "아저씨들은 그런 얘기밖에 안 해요? 여자랑 축구랑 거시기 털이랑?"

"남자끼리 하는 얘기가 그렇지 뭐." 갤러게이트가 킥킥거렸다. "니가 몇 살이라고 했지?"

"말했잖아요. 거의 열여섯이에요."

"그니까 거시기에 털이 많이 났다, 이거냐?"

"어쩌면요." 먼고가 빈정거렸다. "그쪽이 알 바는 아니잖아요?"

"남자가 되는 건데 부끄러워할 거 없다, 털복숭이야. 다들 겪는 일이야." 갤러게이트는 미국식으로 하이파이브를 하려는 듯이 손바닥을 내밀었다. "시원하게 한번 쳐봐."

이제 피곤해진 먼고는 순순히 손바닥을 내밀었다. 순식간에 갤러게이트는 먼고의 손목을 그러쥐고 홱 잡아당겨 자기 무릎에 눕힌 다음에 팔로 먼고의 목을 졸랐다. 너무도 갑작스럽고 난폭한 몸짓이었다. 먼고의 맥주캔이 어둠 속으로 굴러갔다. 먼고는 별빛과 불빛을 잊었다. 갤러게이트는 굵은 손가락으로 먼고의 갈비뼈 사이를 찔렀다. 이미 다쳐 멍든 곳을 세게 눌렀다. "내가 뭘 물어보면 그딴 식으로 건방지게 대답하지 마라."

"그런 게 아니었어요."

남자는 붙잡았을 때처럼 갑작스레 놓아주었다. 먼고는 후다닥 일어났다. 한참 동안 먼고는 남자들에게서 멀찌감치 떨어져 서 있었다. 연기에 눈이 빨갛게 충혈되었다. 따가운 눈을 비빌 엄두도 내지 못했다.

"괜히 흥분하지 마라." 갤러게이트가 괴상하게 얼굴을 일그러뜨리며 말했다. 정신없이 경련을 일으키고 있는 먼고의 얼굴을 조롱하는 것이었다. "웃자고 한 건데, 뭘."

세인트 크리스토퍼는 백치처럼 히죽거리며 맥주만 들이켰다.

어린애처럼 보이기 싫었던 먼고는 장난이라는 걸 다 안다는 듯이 웃음을 쥐어짜냈다. "한 방 먹었네요, 갤러게이트." 갤러게이트가 찌른 부위가 아직도 얼얼했다. 먼고는 호수에 오줌을 누러 가는 척하면서 어둠 속으로 슬그머니 물러났다. 어둠에 눈이 익자 호수가 먹색 하늘과 같은 빛깔로 물들어 있지만 탁한 하늘과 달리 달빛에 은은히 빛나고 있는 것이 보였다. 호수에서 불어오는 바람은 비 내음을 머금고 있었다. 먼고는 호수의 가녘에 오랫동안 서 있었다. 모닥불의 불빛에 에워싸인 남자들의 형체가 디오라마의 일부처럼 보였다. 그들은 술을 들이켜고 담배를 피우고 허공을 응시했다. 뭐라고 말하며 무리에 다시 끼어들지 고민하고 있는데 갤러게이트가 어둠에 대고 취침 시간이라고 외쳤다. 세인트 크리스토퍼는 고개를 끄덕거렸다.

먼고는 어둠 속에서 걸어 나와 1인용 침낭이 구비되어 있는 호숫가의 빨간 텐트로 갔다. 그러나 갤러게이트는 혀를 차고 야생 사슴에 대해 중얼대며 오두막 속의 2인용 텐트를 가리켰다. 먼고는 너무 피곤해서 반대할 힘도 없었다. 시큼한 라거가 배 속에서 부글거렸다. 갤러게이트가 운동화 뒤축으로 불씨를 밟아 끄는 동안 먼고는 미적거렸다. 그러자 갤러게이트는 다시 오두막 속의 텐트를 가리켰고, 아버지처럼 권위 있는 눈빛으로 텐트로 들어가는 소년을 지켜보았다.

먼고는 축구복 반바지와 파란 점퍼 차림으로 누워서 벌레에 물린 다리를 긁었다. 몸 아래 땅은 부엌 타일처럼 싸늘했다. 오늘 밤은 물론 내일도 갈아입을 따뜻한 옷이 없다고 생각하니 마음이 무거워졌다. 먼고는 차가운 무릎을 비비며 침낭으로 들어간 뒤에 주먹을 다리 사이에 넣어 덥히려 했다. 소용없었다. 그의 몸을 받치고 있는 땅은 탐욕스러웠다. 몸에서 열을 내자마자 차가운 돌이 온기를 빨아들였다.

처음에는 침낭 하나만 있는 작은 텐트로 가고 싶었지만 칠흑처럼 어두운 곳에 누워 있자니 혼자가 아니라서 다행이라는 생각이 들었다. 불빛이 닿지 않는 호수의 어둠에 어떤 무시무시한 것이 숨어 있을지 몰라 두려웠다. 밤공기는 충격적으로 차가웠다. 먼고는 조금이라도 따뜻하라고 몸을 둥글게 말았다. 누구든지 한 명이 들어오길 기다리는 사이에 눈꺼풀이 점점 무거워졌다. 남자들이 호수에 대고 요란하게 오줌을 갈기며 목소리를 낮추어 숙덕거리고 있었다. 몸에서 열을 내는 위스키도 추위를 막아주지는 못하는 모양이었다. 담배를 거칠게 빠는 소리만 들어도 그들 역시 자기만큼 추워하고 있다는 걸 알 수 있었다.

갤러게이트가 텐트의 덮개를 열어젖히고 취한 몸을 좁은 공간에 어렵사리 들여놓았다. 그리고 텐트의 지퍼를 채웠다. 이제 두 사람은 텐트 속에 밀봉되었다. 갤러게이트가 눕자 침낭이 쉭쉭거리며 퀴퀴한 공기가 새어 나왔다. 위스키, 담배, 더러운 양말, 뜨듯한 겨드랑이의 암내 등 갤러게이트의 냄새가 비좁은 공간을 채웠고, 텐트 속은 꾹 다물고 있는 입속만큼이나 습해졌다. "괜찮냐?" 갤러게이트가 나직이 물었다. 먼고를 찾는 그의 손가락이 신중한 속기사처럼 어둠을 눌렀다. 허공을 헤매던 손가락이 턱선에 가느다란 수염이 돋아나기 시작한 먼고의 옆얼굴에 닿았다. 무슨 이유에서인지 갤러게이트는 손가락을 계속해서 놀렸다. 갤러게이트의 약지가 먼고의 아랫입술을 스쳤다. 차가운 인장 반지가 빰에서 느껴졌다.

먼고는 얼굴을 뒤로 뺐다. "괜찮아요. 자고 싶어요."

"아, 거기 있었구나."

갤러게이트가 손을 맞비비는 소리가 들렸다. 자기 손에 입김을 불어가며 비볐다. "남극이 따로 없네, 안 그르냐?" 어둠 속에서 갤러게이트는 두꺼운 팔을 뻗어 먼고 위에 얹고 자기 가슴 쪽으로 끌어당겼다. "서로 몸을 붙이고 있음 더 따뜻할 거다. 보이 스카우트 따위는 한 적 없지만 영화를 많이 봐서 알지. 이렇게 추운데 몸을 맞대지 않으면 내일 아침에 얼어 죽은 시체로 발견될 게 뻔하지. 이놈의 나라는 여름이 왜 이 모양이냐, 그치?"

남자는 먼고를 자기 가슴에 바짝 끌어당겼다. 먼고가 반대쪽으로 돌아누웠지만 갤러게이트는 먼고의 등에 자기 몸을 밀착했다. 남자의 몸은 덩치가 크진 않았지만 힘줄과 근육으로 이루어진 듯 단단했다. 남자의 배가 부풀어 자신의 등허리와 빈틈없이 접촉하는 것이 두 겹의 나일론 점퍼를 통해서도 느껴졌다. "세인트 크리스토퍼도 춥지 않을까요?" 먼고가 말했다. "친구랑 있고 싶지 않아요?"

"아니. 잘 자는데 괜히 방해할 필요 없다. 노인네한테는 이 캠핑이 아주 드문 기회거든."

"왜요?"

"우리 크리시는 최근에 일이 좀 안 풀려서 말이야. 대개 그레이트 이스턴에서 지낸다. 그 호스텔 아니? 마음 약한 사람은 거기 못 가."

먼고는 듀크 스트리트에서 웰파크 방향 끝에 있는 홈리스 시설을 본 적이 있다. 정면이 웅장한 빅토리아 왕조풍으로 꾸며진 건물은 한 때는 방직 공장이었지만 이제는 교도소를 연상케 했고, 매일 밤 3백 명이 숨 막히게 조그만 칸을 하나씩 차지하고 잤다. 아침이 오면 관리인들은 홈리스들이 돌계단에서 어슬렁거리지 못하게 쫓았지만, 그래도 이들은 갓 죽은 이의 혼령처럼 좀처럼 떠나질 않았다. 심지어 하미시도 길을 건너 그 건물을 피했다.

"크리시는 걱정 마라." 갤러게이트가 말했다. "하도 많은 밤을 도랑에서 지내서 지금 천국에 온 기분일 거다."

갤러게이트의 팔이 점점 무겁게 가슴을 눌렀다. 남자의 숨이 느려지고 뜨거워졌다. 속눈썹이 먼고의 목뒤를 간질였다. "너랑 나. 우리 둘이 똘똘 뭉쳐야 한다. 저기 산촌에 사는 씨족들처럼 말야."

갑작스레 먼고는 말이 너무 하고 싶었다. 입을 열자마자 말이 와르르 쏟아져 나왔다. 무어라 생각할 겨를도 없었다. 물이 새는 것처럼 말이 입속에서 쏟아져 나와 어둠을 채웠다. 나직한 중얼거림이 구두법의 제약이나 멈춤 없이 줄줄이 흘러나왔다.

"여섯 살 때 형이 자전거 타는 법을 가르쳐줬어요 아빠가 죽었으니까 자기가 대신 가르쳐준다고 계속 약속했는데 막상 내가 크리스마스에 자전거를 선물 받으니까 모른 척하다가 다음 해 여름에 내가 자기를 미안하게 만든다면서 밖으로 데리고 나갔어요."

갤러게이트의 침낭 지퍼가 드르륵 소리를 내며 열렸다. 뒤이어 먼고의 침낭에서 금속 지퍼가 드르륵드르륵 천천히 내려갔다. 돌연 갤러게이트의 청바지가 먼고의 맨다리에 차갑게 닿았다. 남자의 팔이 소년의 허리까지 내려왔다. 갤러게이트는 먼고의 등에 몸을 바짝 붙이고 손바닥은 불가사리처럼 펼친 채로 먼고의 배에 얹었다.

"형은 보조바퀴를 쓰게 해주지도 않았어요 그냥 빼버린 다음에 그런 건 쓰는 거 아니라고 하더니 자기가 자전거를 타고서는 멀리 가버렸어요 높은 언덕 꼭대기까지 뛰어서 쫓아가게 만든 다음에 나를 자전거에 태우더니 안장을 잡고 있다가 놓으면서 넘어지면 얻어맞을 줄 알라고 했어요." 먼고는 계속해서 어둠에 대고 말했다. "자전거가 흔들거려도 한참 동안 타고 있었는데 점점 속도가 붙어서 더는 페달을 밟을 수 없었어요 페달이 다리를 치기 시작해서 발을 들었는데 아주 잠깐 기분이 되게 좋았어요." 여기서 먼고는 말을 멈추고 숨을 훅 들이쉬었다. 살짝 벌어진 남자의 입술이 자신의 척추에서 툭 튀어나온 부분에 살며시 와 닿은 것이 느껴졌다. "언덕 아래로 내려왔는데 어떻게 해야 할지 몰랐어요 형이 멈추는 법이나 방향 바꾸는 법을 가르쳐주지 않아서 계속 그냥 달리다가 빨간 차를 들이박아서 얼굴이랑 팔이랑 무릎이 다 까지고 자전거는 바퀴에서 휠캡이 빠졌어요 내가 땅에 쓰러져서 코피를 흘리고 울고 있는데 형이 달려와서 나를 일으키고 우리는 커다란 초록색 덤불 뒤로 뛰어가서 숨었어요."

갤러게이트의 입에서 구린내 나는 숨이 흘러나왔다. 이내 그는 코를 골기 시작했다. 먼고는 자신의 몸을 조이고 있던 팔에 힘이 빠지는 것을 느꼈다. 입을 다물었다. 같은 침낭에 있으니까 훨씬 따뜻하긴 했다. 바보같이 괜히 걱정했나 싶었다.

4

초조한 심정을 머금은 잇자국이 완벽한 반달 모양으로 창턱에 줄줄이 새겨져 있었다. 오후 내내 먼고는 퇴창 앞에 꿇어앉아 무른 나무 창턱에 이를 박은 채로 어머니를 기다리며 거리를 내다보았다. 창턱에 발라져 있는 페인트의 납 유화액이 혓바닥에 들러붙었다. 무엇이든 입에 넣고 질겅이는 버릇은 좁은 아파트 곳곳에 흔적을 남겼다. 수건은 귀퉁이가 축축하고 너덜너덜했고, 먼고가 숨이 막힐 때까지 입속에 구겨 넣는 교복 와이셔츠의 끝자락은 꼬깃꼬깃 뭉쳐 있었으며, 나무 주걱의 손잡이는 송곳니로 망치질을 한 것처럼 보였다.

경찰과 추격전이 있었던 날 이후 먼고는 하루의 대부분을 창가에서 보냈다. 며칠이나 하미시의 눈에 띄지 않으려고 길을 한참 돌아서 집에 오곤 했다. 그래도 소용없었다.

어느 날 먼고가 학교에서 돌아오니 하미시가 혼자 부엌에 앉아 있었다. 하미시의 머리 위 빨랫줄에 깨끗하게 세탁한 옷가지가 걸려 있었다. 모모가 사라진 이래 조디는 집을 말끔하게 관리하려고 애썼다. 침대에서 시트와 이불을 벗겨 세탁하고 흰색은 모조리 표백했다. 깨끗한 빨래 바로 밑에서 하미시가 담배를 피우고 있었다. 하미시는 무엇이든지 망가뜨렸다.

"형, 왔어?" 자신이 생각해도 놀랄 만큼 덤덤한 말투가 나왔다. 하미시를 보고 가슴이 내려앉기는 했지만 또 한편으로는 묘하게 안심이 되었다. 먼고는 어깨에서 학교 가방을 내렸다.

"너 나 피해 다니더라." 하미시가 다 안다고 웃음을 터뜨렸다. 하미시의 주먹 관절에 새 문신이 보였다. 하미시는 낡은 바늘과 볼펜 잉크로 스스로 문신하기를 좋아했다. 한쪽 손의 주먹 관절에는 '에이드리'라고, 다른 주먹에는 '아나'라고 새겨져 있었다. 에이드리아나. 파란색으로 새겨진 분홍빛 젖먹이 딸의 이름. "그게 참 웃긴단 말야. 형제라서 창피해야 할 사람은 나인데."

하미시의 문신들은 즉흥적이고 부조화스러운 느낌을 풍겼다. 단순하기 짝이 없는 디자인은 미리 구상한 것이 아니었고, 몸에 있는 다른 문신들과 어울리지도 않았다. 아침에 옷을 갈아입는 하미시를 보면서 먼고는 문신들의 뜻을 해석해보려고 했다. 수소 대가리와 단검과 똬리를 틀고 있는 뱀이 목뒤부터 무릎까지 창백한 피부를 어수선하게 뒤덮었다. 바늘로 수없이 찌르고 파란 잉크를 터뜨린 자국이 밤하늘의 별자리처럼 하미시의 몸에 흩뿌려져 있었다.

"최근에 모모 봤어?" 먼고는 음식이 없는 걸 알면서도 혹시나 하는 마음에 부엌 찬장을 하나씩 열었다.

"아니. 어디로 날았겠지. 누구한테 빚이라도 졌나?" 하미시는 싱크대에 쌓인 접시 더미로 담배꽁초를 날렸다. "문밖에 우유 접시랑 리걸 담뱃갑 열 개를 내놔. 필요한 거 있음 돌아오겠지."

먼고는 부엌에서 슬그머니 빠져나갔다. 조디가 퇴근하고 돌아올 때까지 먹을 것이 없었다. 조디가 외박이라도 하면 내일 아침까지 굶어야 한다.

"저번에 내가 구해줬는데 고맙다고 인사도 안 하더라." 하미시가 슬슬 시동을 걸기 시작했다. 하미시는 동생을 따라 거실로 나왔다. 먼고는 소파에 몸을 던지고 하미시가 금세 끝내기만을 바랐다. "그때는 왜 그랬냐? 〈지옥의 묵시록〉이라도 찍는 줄 알았어? 빨간 머리 병신은 왜 두고 가지 않은 건데?"

"다쳤으니까."

"그래서? 나는 니 구하느라 경찰 면상에 벽돌 던졌잖아. 니가 나이팅게일 놀이를 한 덕분에 내가 감옥 가게 생겼어."

"그 형 죽을 뻔했어. 완전 쫄아 있었단 말야. 근데 어떻게 두고 가." 먼고는 꺼져 있는 텔레비전 화면에 시선을 고정했다. 싸움을 걸려고 벼르고 있는 하미시와 눈을 마주치는 것보다는 화면에 비친 모습을 보는 편이 나았다. "두고 가면 안 될 거 같았어."

하미시는 먼고를 일으켜 세웠다. 문신투성이 손으로 먼고의 목덜미를 쥐고 이마를 맞댔다. 아버지들이 아들을 달래거나 복종시킬 때 그러는 걸 어디선가 본 모양이었다. 애정의 표시로 느껴져야 했지만 하미시의 속에서는 오래전에 무언가 틀어졌다. 먼고는 복근에 힘을 주고 주먹이 날아오기를 기다렸다.

"경찰이 집마다 문 두드리면서 날 찾고 있어. 적치장을 누가 털었는지 조사하고 있다고. 나한테 악감정 있는 고자질쟁이가 조만간 다 불겠지. 다 너 때문이야. 니가 도무지 남자답게 굴지를 못하니까."

끝에 가서 하미시가 공격한 곳은 먼고가 예상한 배가 아니었다. 하미시는 손을 뻗어 동생의 코를 잡고 비틀었다. 어린 시절에 즐기던 비겁한 공격이었고, 원래 툭하면 코피를 흘리는 먼고는 즉시 피를 쏟기 시작했다. 눈물이 차올랐지만 울지 않으려고 이를 악물었다. 형에게 만족감을 주면 안 된다는 것을 오래전에 깨달았다. 하미시는 눈물을 좋아했다. 한번 눈물을 보면 더 뽑아내고야 말았다. 먼고는 점퍼의 밑자락을 뒤집어 코를 막았다. 아크릴 원단은 피를 막는 대신 거름망처럼 걸렀다.

"그만 징징대. 코가 부러진 것도 아닌데." 하미시는 주먹 관절로 콧등에서 안경을 올렸다. 그리고 미소를 지었다. 그 미소를 보자마자 먼고는 형이 화해하고 싶어 한다는 것을 알았다. 하미시는 변덕이 죽 끓듯 했고, 그래서 더욱 위험했다. "야, 들어봐. 그날 내가 너 지켜봤는데, 실망스럽더라."

지붕에서 안경알 너머로 못마땅해하며 지켜보고 있는 하미시를 쉽게 상상할 수 있었다. "애초에 나는 거기 있으면 안 됐어."

"바로 그게 잘못된 생각이야. 니 발로 알아서 왔어야지. 내 동생이잖아. 니가 그러고 다녀서 내가 얼마나 쪽팔리는지 알아?"

"내가 뭘 어쨌는데?"

"잘난 척 말야. 호모처럼 나풀나풀 돌아다니는 꼴이란." 하미시는 잠시 말을 멈추고 자신이 내뱉은 모욕이 과녁을 맞혔는지 확인했다.

교복 점퍼로 얼굴을 반쯤 가리고 있어서 다행이었다. 오른눈에 전류가 흐르기 시작했다. 먼고는 피 나는 코를 꼬집었다.

"아빠가 살아 있었음 뭐라고 했겠냐? 빅 하하가 살아 있었으면 니 버릇을 고쳐놓는다고 두들겨 팼을 거야. 뭘 훔치지도 않고, 부수지도 않고, 스스로 경찰한테서 도망치지도 못하고." 하미시는 입술에서 담뱃잎 부스러기를 떼어냈다. "보비 바를 껴안고 있느라 바빴지."

“그러고 있지 않았어.”

“내가 잘못한 거 같다, 먼고. 너한테 남자가 되는 법을 못 보여준 것 같아.” 하미시는 진정 실망한 표정이었다. 각진 어깨가 지친 것처럼 힘없이 쳐졌는데, 집 밖에서는 죽어도 보이지 않을 모습이었다. “내가 너를 잘못 키운 것 같아.”

형이 아버지 대신 가장 노릇을 해야 한다는 부담에 치여 산다는 건 알았지만, 하미시가 먼고를 키운다는 건 얼토당토않았다. 그러기엔 두 사람의 터울이 너무 적었다. 연못에 돌을 던졌다고 가정했을 때 먼저 생긴 물결이 바로 뒤에 생긴 물결을 키운다는 말이나 다름없었다. 똑똑한 편이 아닌 먼고도 그 정도는 알았다. 앞 물결은 뒤 물결보다 앞서 나아갈 뿐, 자신들이 어디로 나아가는지 모르는 건 마찬가지였다.

모모는 어머니는 물론이고 엄마라고 불리기도 싫어했다. 그런 명칭으로 불리기에는 자신이 너무 어리다고 했다. 모모는 열다섯 살이 되자마자 하미시를 임신했고, 열아홉 살에 먼고를 낳았다. 아이들은 팔짱을 끼고 나오기로 약속한 듯 줄줄이 태어났다. 태어나면서 소란을 피우지 않은 아이는 먼고뿐이었다. 손위 형제 둘은 주먹을 꼭 쥐고 얼굴이 파랗게 질릴 정도로 악을 쓰면서 나왔다. 그런데 먼고는 그저 슬픈 눈으로, 실망스러운 어머니를 만날 것을 벌써 안다는 표정으로 나왔다고 모모는 회고했다.

때로 사람들은 모모를 조디의 언니로 착각하곤 했는데, 모모는 자신이 그토록 젊다는 사실을 아이들에게 매일매일 상기시켰다. 먼고는 엄마와 형과 누나와 영화관 앞에서 〈정글북〉을 보려고 줄을 서서 기다리며 아이언 브루 한 캔을 나눠 마신 날을 기억했다. 그날 먼고는 길모퉁이 판매대에서 핫도그를 사달라고 졸라서 모모의 화를 돋우었다.

"머스터드 좋아해요. 진짜." 먼고가 우겼다. 그때 먼고는 겨우 다섯 살이었다.

"아냐, 너 머스터드 안 좋아해." 모모가 을렀다. 그렇지만 막내아들은 입이 짧았는데, 지난 사흘간 한 끼도 제대로 먹지 않았다. 산만한 먼고는 식탁에 가만히 앉아 있지를 못하고 늘 안절부절못하며 돌아다니거나 무언가를 만지작거렸다.

먼고는 김이 모락모락 올라오는 핫도그 판매대에서 돌아섰다. 현란한 영화 포스터 앞으로 홀린 듯이 다가가는 아이를 보고 있던 모모는 아이에게 든든한 것을 먹일 기회가 지금밖에 없다는 것을 깨달았다. 모모는 입을 악물고 비싼 핫도그를 사서 노랗게 빛나는 머스터드를 잔뜩 뿌렸다. 한 입 베어 물자마자 먼고의 얼굴이 검붉게 변했다. 그러나 타고나길 쇠고집인 먼고는 꾹 참고 우걱우걱 씹었다. 조디가 대신 먹어주겠다고 했지만 부글부글 끓고 있는 모모는 여차하면 핫도그를 쓰레기통에 내던질 기세였다.

매표소 직원 앞에 이르렀을 즈음에 모모는 폭발하기 일보 직전이었다. "미성년자 네 장요." 모모는 미성년자인 척하며 말했다.

한편 하미시는 눈부신 조명에 정신이 팔려 있었다. 하미시가 시선은 서쪽 위로 두고 입술은 모모를 향한 채 말했다. "엄마." 엄마라고 부르면 안 된다는 걸 알면서도 종소리처럼 또랑또랑하게 말했다. "엄마, 영화관 들어가서 팝콘 사도 돼요?"

매표소 직원은 콧방귀를 뀌더니 쓴웃음을 지었다. 쉬는 시간에 동료들에게 우스운 일화를 들려줄 생각에 신이 난 표정이었다. 하미시가 화려한 포스터에서 눈을 떼기도 전에 모모는 아이의 양쪽 위팔을 붙잡았다. 모모에게 붙잡혀 몸이 돌아가는 중에 하미시는 어리둥절하면서도 겁에 질린 표정이었다. 심지어 그때도 모모는 맏아들보다 많이 크지 않았지만, 마치 닭의 다리를 옭아매듯 아이를 세게 잡았다. 모모는 하미시가 발끝으로 서게 꽉 붙든 다음에 종아리를 후려쳤다. 찰싹. 찰싹, 찰싹. 조디가 횟수를 세었다. 모모가 시뻘게진 얼굴로 골프 선수처럼 팔을 크게 휘둘러 다시 한번 치려던 참이었다. 먼고가 불쑥 한 발 나가 형 앞에 섰다. 멈추기엔 이미 속도가 붙은 모모의 손이 먼고의 부드러운 배를 쳤고, 먼고의 입에서 핫도그의 소시지가 튀어나왔다. 소시지를 삼켰더라면 역한 토사물이 대신 나왔을 것이다.

"그래서 내가 생각해봤는데," 하미시는 나가려고 문손잡이를 잡고 있었다. "너랑 좀더 시간을 보내야 할 거 같아. 너를 바로잡아야겠어."

"난 바로잡을 문제 없어." 먼고는 여전히 교복 점퍼로 코를 틀어막고 있었다. 코에서 내려오는 핏덩어리를 꿀꺽 삼켰다.

하미시는 불편할 정도로 바짝 다가와 먼고의 발을 밟고 섰다. 주먹을 높이 쳐들고 먼고의 얼굴을 향해 휘둘렀고, 코를 내려치기 일보 직전에 멈췄다. 먼고는 움찔했다. "첫째로 기억할 것." 하미시가 내뱉었다. "그따위로 또 말대꾸하면 죽는다."

먼고는 2월에 있는 중간 방학이 좋기도 하고 싫기도 했다. 학교에 가면 종일 머릿속을 들볶는 모모 걱정에서 벗어날 수 있거니와 공짜로 점심을 먹을 수 있었다. 학교가 일주일간 문을 닫자 먼고의 초조함은 극에 달했다. 조디는 카페 근무 시간을 늘렸기 때문에 먼고와 놀아줄 수 없었다. 모모가 받아 오는 공공부조 수표가 없는 지금, 조디의 봉급은 두 사람이 간신히 끼니를 때울 수준이었다.

대개 조디는 점심시간에 동생을 카페로 부른 다음에 뒤쪽 부스에 같이 앉아서 튀긴 피자를 먹었다. 엔조는 무릎에 쳐서 쪼갠 냉동피자를 반으로 접고, 카페에서 파는 온갖 생선과 소시지에 입히는 걸쭉한 반죽에 담갔다가 잠깐 튀겼다. 그러면 탄수화물 덩어리 빵 속에서 치즈가 녹으며 부글부글 끓었다. 뜨거운 빵에 구멍을 내서 치즈를 식힌 다음에야 먹을 수 있었다. 튀긴 피자를 먹고 나면 속이 느글거리고 노곤해졌는데, 그래도 배를 꽉 채우는 포만감이 마음을 위로해주었다.

먼고는 테이블 밑에서 다리를 떨며 조디에게 프랑스어 동사 변형 문제를 내주었다. 먼고는 프랑스어를 끔찍이도 못했다. 잔뜩 흥분한 말더듬이처럼 문장을 내뱉었고, 숟가락처럼 단순한 물체에 성별이 있다는 사실에 신경이 곤두서서 무언가를 부수고 싶은 충동을 느꼈다. 아무도 규칙을 가르쳐주지 않은 놀이를 하는 것처럼 답답했다. 먼고가 규칙을 알려달라고 졸라도 조디는 어깨만 으쓱했다. 먼고가 엉망진창 발음으로 문제를 내면 조디는 발음을 고쳐서 질문을 되풀이한 다음에 완벽하게 대답했다. 조디는 그토록 똑똑했다. 먼고는 테이블에 뺨을 기댄 채로 조디는 대학에 가고 웨스트엔드의 으리으리한 집에서 살게 될 거라고 말했다. 조디는 대답하는 대신 앞치마를 한 번 펄럭이더니 다시 일하러 갔다.

이제 먼고는 남은 하루의 지루한 시간을 어떻게든 때워야 했다. 이따금 창턱을 질겅였고, 가끔은 캠벨 부인을 찾아가 현관문을 두드리고 도와줄 일이 없냐고 물으며 귀찮게 했다. 부지런한 캠벨 부인은 자기 자신이 쓸모 있다고 느낄 때 가장 행복했던지라 대개 도움을 거절했다. 그래도 부인은 문 앞의 발깔개에 서서 먼고의 풍성한 머리칼을 손으로 빗겨주었다. 먼고는 캠벨 부인의 짧은 손톱이 자신의 두피를 긁는 느낌이 좋았다. 수차례 찾아간 뒤에야 자신이 캠벨 부인의 손길을 원해 자꾸만 찾아간다는 걸 깨달았다.

모모를 봤다는 사람들의 목격담을 조디가 한두 번 전해주었다. 골목길에서 빈둥거리는 여자들 가운데 한 명이 모모를 해그힐에서 봤다고 했고, 또 어떤 사람은 모모가 쇼핑백을 잔뜩 들고 바라스 시장 근처에서 버스에 타고 있었다고 했다. 모모와 대화를 나눈 것은 아니고 보기만 했는데, 화장을 곱게 하고 건강해 보였다고 했다. 조디는 미소를 띠고 아, 그럼요, 맞장구치며, 모모가 하하의 딸 에이드리아나 덕분에 즐거운 나날을 보내고 있다고 말했다.

집에 돌아와 사람들의 눈과 귀에서 벗어나면 비로소 조디는 폭발했다. 일할 때 신는 신발에 데오드란트를 뿌리며 먼고의 얼굴에 핏기가 가실 정도로 심한 욕설을 뱉어냈다. 오직 같은 여자에게만 허락된 특권으로 조디는 모모를 신랄하게 비난했다. 발정이 나서 가출한 암캐에 비유하며, 망신스러워서 남들에게 말도 못 하고 그저 열이 식으면 돌아오겠거니 기다릴 수밖에 없다고 한탄했다. 처음에 먼고는 이런 목격담을 듣고 다소 안심했다. 어머니가 살해당한 채로 탁한 클라이드강에 떠 있지 않다는 뜻이었으므로 희망이 반짝 빛났다. 그런데 다시 생각해보니, 살아 있는데 왜 집에 오지 않지? 얼마 후 먼고 역시 모모가 휘파람을 불며 트롱게이트를 즐겁게 쏘다니고 있다는 소식이 듣기 싫어졌다.

먼고는 방학 내내 하미시를 피했다. 하미시가 여자친구와 갓난아기, 그리고 일종의 장모와 살고 있는 공동주택을 피해 다녔다. 소년들이 축구를 하고 로이스턴의 가톨릭 소년들과 영역 전쟁을 벌이는 공터 또한 멀리 돌아서 갔다.

하미시 일당에게 벽돌 세례를 받은 이후로 경찰은 공영주택 단지를 끈질기게 순찰했다. 적치장을 턴 청년들의 정체를 알 듯한 사람들의 현관문을 두들겨댔다. 범인이 하하라는 사실은 거의 모든 주민이 알았지만 감히 아무도 경찰에게 말하지 못했다. 벽돌에 맞은 경찰은 여전히 입원 중이었다. 박살 난 턱을 금속핀 네 개로 고정해놓았고, 그 탓에 입을 크게 벌릴 수 없어 고형식을 먹지 못한다고 했다.

공영주택 단지 뒤편에 모두에게 잊힌 조용한 공터가 하나 있었다. 그을린 사암 공영주택 단지의 마지막 줄에 있는 건물과 고속도로 사이에 자리한 허접한 녹지였다. 공영주택을 건설한 시의회는 자신들이 관리하는 땅까지만 담장을 둘러놓았고, 건너편에서는 교통부가 고속도로에 갓길 벽을 세웠다. 두 담장 사이의 폭이 10미터 남짓한 조붓한 풀밭은 양쪽 어디에도 속하지 않은 채 방치되어 있었다. 중간 방학 동안 먼고는 다친 경찰관에 대해 죄책감을 느끼며 풀밭에 앉아 어수선하게 자란 야생화를 땄다. 때로 노인들이 목줄을 채우지 않은 개들을 데리고 지나갔지만, 대개 먼고 혼자였다. 먼고는 스케치북을 꺼내 공영주택 벽면의 격자무늬와 벽돌 줄눈을 그렸다. 펜을 종이에서 떼지 않고 창문을 빼곡히 채운 베니션 블라인드와 벽돌 담벼락을 종이 앞뒤로 꽉꽉 차게 그렸지만 아무리 펜을 놀려도 좀체 마음이 진정되지 않았다. 먼고는 스케치북과 눈꺼풀을 차례로 닫고, 맞잡은 손 위로 턱을 괴고는 에든버러로 쌩쌩 달려가는 차들이 일으키는 바람을 쐬었다.

방치된 공터의 한쪽 끄트머리에 비둘기 집이 있었다. 가로와 세로가 각각 1.8미터가량에 높이가 4미터쯤 되는 2층짜리 구조물이었다. 위층의 직육면체 옥탑은 낡고 녹슨 철판과 묵직한 현관문 두 짝, 그리고 구내식당 테이블에서 떼어낸 멜라민 상판을 접합해 서둘러 대충 만든 모양새였다. 구조물 전체가 불안한 각도로 서 있기는 했지만 그럭저럭 견고해 보였다. 이음새는 빈틈이 없게 못질이나 납땜을 했고, 천장에 비가 새지 않도록 두꺼운 타르지를 붙였다. 지붕에 설치한 미닫이 창문에서 포살 쥐덫 같은 철망 바구니가 길게 뻗어나가 있었다. 비록 고철로 지었지만 만든 이의 자부심이 깃들어 있었다. 비둘기 집에 쏟아부은 정성이 느껴졌다. 벽면은 공터 풀밭의 색에 묻히도록 눈에 띄지 않는 우중충한 올리브색으로 칠했다. 한쪽 벽면에 여닫이문이 달려 있었는데, 무거운 쇠막대 세 개로 빗장을 걸고 주먹만 한 맹꽁이자물쇠를 채워놓았다.

먼고가 풀밭에서 그림을 그리기 시작한 지 사흘째 되던 날에 처음으로 비둘기 집의 문이 벌컥 열렸다.

소년이 나왔다. 소년은 물건들에 바깥 공기를 쏘이려는 것처럼 침침한 햇빛 아래로 가지고 나왔다. 먼고가 스케치북 위로 지켜보는 동안 소년은 차근차근 일을 처리했다. 비둘기 집 안에서 커다란 새장들을 번쩍번쩍 들어 나르는 모습을 보니 허릿심이 좋은 듯했다. 그러다 갑자기 발가락을 찧은 소년이 기다란 팔을 휘적이며 비틀댔다. 손놀림은 능숙한데 몸동작은 영 야물지 못해서 부조화했다. 몸과 빛의 각도에 따라 때로는 어린 소년처럼, 때로는 다 큰 성인 남자처럼 보였다.

소년은 두툼한 플리스 원단의 회색 트레이닝을 위아래로 입었고 머리에는 짙은 남색 니트로 된 선원 모자를 썼다. 파리한 배춧잎을 닮은 커다란 귀가 모자 아래로 보였는데, 불쑥 튀어나와 있는 것이 모자로 덮어지지 않는 듯했다. 연갈색이 섞인 금발은 숱이 풍성했고, 야외활동을 많이 하는 것처럼 빰이 발그스름했다. 어쩐지 농부 같다고 먼고는 생각했다. 뚜렷한 목적을 품고 혼자 묵묵히 일하는 농부. 소년은 바

깔끔기를 한껏 즐기는 기색으로 일하고 있었다.

먼고를 보지 못했거나, 보고도 신경 쓰지 않는 듯했다. 소년은 고개를 젖히고 공영주택 위로 날아가는 비둘기 떼에 시선을 고정하고 있었다. 이윽고 구름에서 무언가를 발견한 소년은 비둘기 집으로 들어갔다. 사다리를 타고 올라가는 발소리가 크게 울리더니 창문이 열리고 소년이 목조 잠수함의 선장처럼 고개를 쑥 내밀었다. 큼직한 손에 무언가를 들고 있었다. 손에 쥐고 있는 것을 다정히 쓰다듬고 무어라고 속삭인 다음에 얼굴 가까이 가져가 입을 맞추었다. 그리고 손에 쥐고 있던 것을 하늘로 날렸다. 옅은 색의 비둘기가 공영주택 단지의 슬레이트 지붕 위로 푸드덕 날아갔다.

"구구구구구." 소년이 비둘기 뒤에 대고 외쳤다.

조그만 비둘기는 사암 건물들 위로 빙빙 돌다가 다른 비둘기들을 쫓아갔고, 이내 모두 시야에서 사라졌다. 먼고는 비둘기 집으로 시선을 다시 돌렸다. 소년은 여전히 창밖으로 고개를 빼고 있었는데, 이제는 눈살을 찌푸리고 먼고를 내려다보고 있었다. 소년이 비둘기 집 안으로 모습을 감추었다. 잠시 후 나지막한 문으로 나온 소년은 먼고를 향해 성큼성큼 걸어왔다.

"거기 얼마나 더 앉아 있을 거야?" 소년이 불쑥 물었다. 이제 소년의 강인한 얼굴선이 보였다. 먼고의 대답을 기다리는 소년의 얼굴에서 넓은 광대뼈를 따라 턱까지 잡힌 근육이 생동감 있게 불끈거렸다.

"니가 무슨 상관인데?" 용감했나? 글쎄, 어쩌면 조금 멍청했을지도. 하미시가 비튼 코가 여전히 욱신거렸는데, 이 소년은 먼고보다 머리 하나는 더 컸다.

북부 사람을 닮은 혈색 좋은 얼굴이 당황한 기색으로 오므라들었고, 소년은 다시 제 나이로 보였다. 길쭉한 활 모양으로 물결치는 입술 사이의 치아는 크고 하얗지만 잇새가 넓었다. "상관하는 게 아니야. 근데 내 비둘기가 너 여기 앉아 있는 걸 보면," 소년이 날아간 비둘기를 가리키며 말했다. "무서워서 안 돌아오지도 몰라."

"비둘기가 나를 왜 무서워해?"

소년은 하늘을 둘러보았다. 고민하는 표정이었다. 처음 보는 사람을 쫓아내는 못된 행동은 그의 성정에 어긋나는 듯했다. "그럼 움직이지 말고 가만히 있어줄래? 그리고 스케치북 좀 덮어. 종이가 펄럭거리면 비둘기가 무서워할지도 몰라."

먼고는 고개를 끄덕이고 스케치북을 덮었다. 소년이 안심하며 활짝 웃었다. 익살맞은 얼굴이었다. 벌어진 잇새, 큰 귀, 매부리코. 그렇지만 정감이 가는 미소를 지녔다. 소탈하니 사람을 편하게 해주는 매력이 있었다. 미소를 머금은 채 소년은 다시 하늘을 올려다보았고, 먼고는 자신이 소년을 빤히 보고 있다는 것을 깨달았다. 소년은 먼고에게 익숙한 이 골목에서 하루도 지낸 적이 없을 것 같았다. 거칠게 센 척하고, 자기보호의 일환으로 공격하고, 경고 없이 비겁하게 주먹을 날리는 등 그렇게 행동할 필요를 못 느끼고 살았을 듯싶었다. 두려움이나 긴장감이라고는 추호도 느껴지지 않았다. 먼고는 자기도 모르게 소년을 따라 웃었다. "나는 먼고라고 해."

"너 누군지 잘 알아." 소년이 말했다. "니 형 하하가 한때 재미로 나를 묵사발로 만들곤 했거든." 소년은 여전히 하늘에 시선을 고정하고 있었지만 먼고에게 손을 내밀고 일으켜주었다. 잡아당기는 팔 힘이 어찌나 세던지 먼고는 잠시 몸이 허공에 뜬 기분이었다. 먼고의 등을 두드리는 소년에게서 상쾌한 공기 냄새가 났다. "나는 제임스 제이미슨이야. 니네 집 뒤쪽 골목에 살아. 니네 누나가 방에서 춤추는 거 다 보여."

먼고는 한 눈을 감고 뒤통수를 긁적였다. "미안. 조디 누나는 여덟 살 때 하이랜드 전통춤을 3주간 배웠어. 그래서 자기도 어쩔 수 없어."

"아니, 괜찮아." 제임스가 말했다. "춤은 못 추지만 길에서 마주칠 때마다 상냥하게 대해주거든."

세상 모든 이가 하미시를 미워하고 조디를 사랑했다. 하미시나 모모를 못 참아주는 사람들도 조디를 존중한다는 사실이 조디의 곱디고운 마음씨를 증명했다. 먼고는 해밀턴 일가에 대한 세간의 평가에서 자신은 어떤 존재인지 알지 못했다. 낯선 사람들이 자신을 한없이 착한 조디가 짊어진 또 하나의 부담으로 보는 것처럼 느낄 때도 있었다.

제임스는 먼고를 비둘기 집 쪽으로 이끌었다. 비둘기 집에서 20보가량 떨어진 곳에서 두 소년은 배를 대고 엎드렸다. 제임스는 흰색 빨랫줄 뭉치를 손에 쥐고 있었다. 구불구불한 빨랫줄은 풀밭을 가로질러 비둘기 집 안쪽까지 이어져 있었다. 그들은 무언가를 기다리고 있었다. 제임스는 만족하여 구구거리는 굵직한 비둘기 소리를 나직이 흉내 냈다. "구구구구구." 소리를 낼 때마다 재채기를 참는 것처럼 고개를 까닥거렸다. 제임스의 눈은 금빛 비둘기를 찾아 하늘을 훑고 있었다. 먼고가 말하려고 몇 번 입을 열었지만 제임스는 손가락을 세워 자기 입술에 가져다 대었다. 먼고는 축축한 풀밭에 다시 엎드렸다.

마침내 공영주택 지붕 위로 금빛 비둘기가 다시 나타났다. 제임스는 온몸으로 안도감을 표했다. "구구구구구." 이제 제임스는 무릎을 대고 앉아서 고개를 끄덕거리며 소리를 냈다.

비둘기가 비둘기 집 옥탑의 지붕에 앉았지만 기다림은 아직 끝나지

앉았다. 잠시 후 몸집이 조금 더 크고 평범하게 생긴 비둘기 한 마리가 날아와 금빛 비둘기 주변을 빙빙 돌았다. 낯선 비둘기는 타르지가 깔린 지붕에 앉아 제임스의 비둘기를 주시했다. 비둘기 두 마리가 입으로 레슬링을 하듯이 딱딱한 부리를 맞물었다.

"아아, 뽀뽀하고 있어. 성공!" 제임스가 옆에서 땅을 두드렸다. 제임스의 비둘기가 몸을 살짝 웅크리자 낯선 비둘기가 올라탔다. 그때 제임스는 빨랫줄을 홱 잡아당겼다. 철망 바구니가 비둘기 연인을 가두었다. 비둘기들은 미친 듯이 날갯짓하다 이내 잠잠해졌다. "이쁜 것!"

제임스는 비둘기 집으로 달려갔다. 아름다운 비둘기로 남의 비둘기를 유혹해서 데려온 것이다. 먼고는 제임스를 따라갔다. 비둘기 집 안에서 나무 사다리를 타고 위태롭게 흔들거리는 2층으로 올라갈 수 있었고, 거기서 접이식 사다리에 올라서면 지붕에 설치한 창으로 밖을 내다볼 수 있었다. 한쪽 벽에 폐기된 나무판자와 닭장 철망으로 만든 네모난 새장이 첩첩이 쌓여 있었다. 새장마다 초조해 보이는 비둘기가 들어 있었다. 악취가 코를 찔렀다.

제임스 제이미슨은 금빛 비둘기를 새장에 넣었다. 조심스레 사다리를 내려오는 제임스의 손에 새 비둘기가 들려 있었다. "이 녀석을 잡으려고 2년이나 애썼지. 봐, 얘가 바로 호스먼 시프라는 종이야." 제임스는 회색 비둘기를 돌려가며 부리와 항문을 검사했다. 비둘기는 눈만 껌벅거렸다. "플래니건이라는 꼬마가 제일 아끼는 파우터 비둘기지. 그 자식은 억장이 무너질 거다. 아, 그 표정을 직접 못 보는 게 아쉽네."

"안 돌려줄 거야?"

제임스는 혀를 쏙 내밀었다. "정신 나갔어? 뺏는 게 이 게임의 목적인데. 이스트엔드에서 제일가는 비둘기 집으로 만들려고 몇 년이

나 노력했어."

제임스는 먼고가 비둘기의 부드러운 깃털을 쓰다듬게 허락해주었다. 먼고가 보았을 때는 딱히 특별할 게 없는 비둘기였다. 그렇지만 비둘기는 낯선 사람의 손을 꺼리지 않고 명랑하게 구구거렸다. "이제 잡았으니까 공들여서 잘해줘야지. 나한테 정들게 말이야. 또 다른 암컷한테 반해서 다른 사람네 비둘기 집으로 가면 안 되니까."

"비둘기가 돌아오지 않을까봐 걱정되지 않아?"

"에이, 맨날 일어나는 일이야. 바로 그래서 재밌지. 자유롭게 풀어주면 비둘기는 어디라도 날아갈 수 있어. 그 위험을 감수하는 거야. 자기가 돌아오고 싶으면 돌아오겠지. 아니면 다신 못 보는 거고."

"꼭 무슨 컨트리 음악이나 웨스턴 노래 가사 같네."

제임스는 어깨를 으쓱했다. "나름 정직한 게임이라고 생각해."

"그래? 비둘기들이 떡 치려고 다른 비둘기 따라가는 게?"

제임스의 눈빛을 보자 먼고는 스스로가 너무나도 유치하게 느껴졌다. "비둘기가 떠나더라도 내가 어떻게 화를 내겠어? 걔네가 만족할 만큼 좋은 집을 마련해주지 못한 내 잘못이지. 되돌아오고 싶을 만큼 행복하지 않다는 뜻이잖아." 두 비둘기가 철망을 통해 서로 쪼아대자 제임스는 그들 사이로 손을 넣어 떨어뜨려놓았다. "너도 행복하지 않으면 떠날 거 아냐, 안 그래?" 제임스가 물었다.

"먼고! 먼고!" 밖에서 누군가 그를 부르고 있었다. 먼고라는 이름을 지니면 어쩔 수 없다. 상대가 찾는 사람이 자신일 수밖에 없다. 조디의 목소리에 흥분감과 짜증이 섞여 있었다. 먼고는 비둘기 집 밖으로 고개를 내밀었다. 조디는 먼고가 그곳에서 나오는 것을 보고 놀란 듯했다. "거기서 뭐 해?" 먼고는 어깨만 으쓱하고 가방을 챙겼다. "왜 카페에 안 있고?"

"엔조가 일찍 보내줬어."

제임스와 조디는 서로 대충 아는 척만 했다. 획득한 비둘기를 여전히 안고 있는 제임스는 이날 하루만큼은 그 무엇도 자신의 기분을 망칠 수 없다는 표정이었다.

"할 말 있어. 캠벨 부인이 얘기해줬어. 지금 나랑 가자."

먼고는 양쪽 어깨에 가방끈을 멨다. 비둘기 집에서 나가려는데 제임스가 먼고의 점퍼에서 가방에 가려지지 않은 부분을 잡았다. "잠깐만. 내일 또 놀러 올래?"

"생각해볼게." 먼고는 허세를 한번 부려보았다.

제임스는 눈만 껌벅거리는 비둘기를 다시 한번 먼고에게 내밀었다. "에이, 그러지 말고. 니가 행운을 부른 거 같아."

두 사람은 가로등에 불이 들어올 때까지, 화목한 집에서 가족들이 커튼을 드리우고 텔레비전 앞에 모이는 시간까지 기다렸다. 조디와 먼고는 집을 나서 주도로를 따라 걸었다. 클럽에서 돌아오는 커플들을 싣고 달리는 눈부신 야간 버스와 반대 방향으로, 서쪽으로 걸었다. 버스에서 눈만 보이는 승객들이 번화한 도로를 걷는 그들을 내려다보았다. 늦은 시간이었다. 먼고는 누나의 손을 잡고 보도 바깥쪽에서 걸으며 버스가 튀기는 부스러기와 웅덩이의 물을 자기 몸으로 막았다.

비가 부슬부슬 내렸고 겨울의 추위가 채 가시지 않은 공기는 매웠다. 남매가 거대한 로열 인퍼머리 병원에 다다랐을 때는 야간 간호사들이 벌써부터 병원 밖의 차양 아래 옹기종기 모여서 담배를 피우고 있었다. 어렸을 때 조디는 이 병원을 끔찍이도 무서워했다. 빅토리아

시대의 기숙사 사감이 건물이라는 형태로 구현된 것 같았다. 행동거지를 조심하라고 경고하는 엄격하고 가혹한 기숙사 사감. 요새를 닮은 병원은 위압적으로 우뚝 서서 도시를 내려다보았다. 지붕에 늘어선 굵은 탑과 난간은 감금을 암시하며 이곳이 병원이 아니라 교도소일지도 모른다는 생각을 불러일으켰다. 병원은 두 아이가 상상할 수 있는 그 이상으로 오래되었고, 수십 년간 비와 배기가스를 들이켠 서쪽 벽은 새까맣게 물들어 있었다. 이곳에서 인생을 마감하는 것은 누구라도 피하고 싶을 터이다. 그늘을 품고 있는 다공성 사암 벽은 조디의 악몽에 등장하는 어둠을 도시에 드리웠다. 이처럼 오싹한 곳에서 치유가 이루어진다는 사실을 조디는 오랫동안 믿기 어려워했다.

먼고는 누나의 어깨를 팔로 감쌌다. 그간 조디는 끼니를 제대로 챙겨 먹지 못했다. 그건 두 사람 다 마찬가지였지만, 조디는 튀긴 피자를 늘 먼고에게 양보했다. 마지막으로 조디가 자기 몫을 다 먹은 것이 언제인지 기억도 가물가물했다.

남매는 굵은 혈관처럼 도시를 관통하는 하이 스트리트 앞에서 신호가 바뀌기를 기다렸다. 로열 인퍼머리 병원 바로 건너편에 섬처럼 외딴 세모꼴 황무지가 있었다. 창문 없는 술집들과 반쯤 허물어진 채 내부를 훤히 드러내고 있는 공동주택에 에워싸인 황무지는 폭격 맞은 전쟁터를 연상케 했다. 그 잔해들 가운데 흰 캐러밴이 있었다. 캐러밴에서 가느다란 빛줄기가 흘러나와 축축한 밤에 번졌다. 황무지의 세 변에서 차들이 쌩쌩 달렸다.

간단한 요깃거리를 파는 캐러밴 앞에 저녁을 먹으려는 트럭운전사와 아침을 먹으려는 거리 청소부들이 줄 서 있었다. 합판 차양 아래 모인 반팔 차림 남자들이 셔츠 앞섶으로 스며드는 빗물에 몸을 떨며 담배를 빼금대고 발을 들썩거렸다.

바로 거기 있었다. 노란 불빛 속에 서서, 연기가 피어오르는 커다란 철판 위로 고기 더미를 밀며 굽고 있었다. 조디는 곧장 떠날 것처럼 뒤돌아섰지만 먼고가 꽉 붙잡았다. 두 사람은 줄 끝에 서서 차례를 기다렸다. 모모는 만족스러운 표정이었다. 친근하게 대화하는 품으로 봐서 단골손님들과 잘 알고 지내는 것 같았다. 때로 고기를 굽다 말고 손님의 손을 잡고는, 앓고 있는 아내의 병세와 자식들의 안부 따위를 물었다. 청소부가 토로하는 노조와 사측의 갈등을 집중해서 들어주었다. 손님의 이야기에 진정 관심을 느끼는 표정으로 예리한 질문을 던지는 어머니를 먼고는 바라보았다. 조디가 먼고를 돌아보고 속삭였다.

"웃겨서 말도 안 나온다."

차례가 오자 남매는 어둠에서 나와 창백한 형광등 불빛 아래로 걸어갔다. "안녕, 얘들아." 버스정류장에서 조우한 사람에게 인사하는 듯한 말투였다. "너네 여기까지 와서 뭐 하니?"

즉시 먼고는 어머니를 용서했다. 안도감이 물밀듯이 밀려왔다. 그렇지만 먼고가 돌아보자 조디는 이를 악물고 뱁새눈을 치켜뜨고 있었다. "그게 다예요? 안녕? 빌어먹을 안녕?"

먼고는 자신의 손을 뿌리치려고 하는 조디의 팔을 꽉 잡았다. 먼고는 헌신이 가득한 눈으로 모모를 올려다보고 있었다. 제발. 먼고는 생각했다. 좀만 더 보게 해줘.

"이봐요, 아가씨." 모모가 유명한 회화에서 손가락을 뻗고 있는 신처럼 기름 범벅인 주걱으로 딸을 가리켰다. "니가 이러니까 내가 찾아가기가 싫잖니."

"찾아가? 찾아간다고!" 원래 조디는 여간해서는 화를 내지 않았다.

어렸을 적에 사람들은 하미시가 두 동생의 몫까지 화를 가져갔다고 농담하곤 했다. 하지만 최근에 조디는 늘 화가 나 있었다. 어머니를 향한 경외심에 빠져 있던 먼고는 문득 정신을 차렸다. 조디가 고개를 뒤로 젖히자 빗물에 젖은 머리가 마구 휘날렸다. "어떻게 자기 자식들을 찾아간다고 해요? 정신이 나간 거야? 엄마라는 사람은 매일 밤 집에서 애들 밥 먹이고 씻겨주고 재워주는 거야. 숙제는 했는지, 점심으로 먹을 게 충분한지 확인하고. 그걸 매일같이 반복하다가 운이 엄청 좋으면 중간에 10분 정도 쉴 수 있는 거라고." 조디는 뾰족한 손끝으로 어머니를 마주 가리켰다. 기름 주걱과 손가락이 거의 맞닿았다. 조디의 얼굴이 불안한 미소로 일그러졌다. "하아—하."

모모는 기가 죽었다. 몇몇 택시운전사가 입을 떡 벌렸다. 반쯤 씹은 커다란 소세지 조각이 퉁퉁한 혓바닥 위로 보였다. 부모 고마운 줄도 모르고 패악을 부리는 여자아이의 모습에 질겁한 모양이었다. 조디가 웃음을 터뜨리자 그들은 영문을 알 수 없어 더욱 혼란스러워했다. 조디의 뺨 위로 눈물이 줄줄 흘렀다. "절대 하면 안 되는 일은—죽어도 하면 안 되는 일은—애들을 버리고 종적을 감추는 거야. 자식들이 엄마가 죽었을까봐 가슴 졸이게 만드는 짓은 절대 하면 안 되는 거라고."

"우리가 많이 보고 싶어 했다는 뜻이에요." 순간 먼고는 이 말을 꼭 해야겠다는 충동을 느꼈다. 모모가 캐러밴을 자동차 뒤에 연결하고 가버릴까봐, 세 변에서 차들이 질주하는 황무지에 자신들을 낯선 남자들과 버려두고 떠날까봐 두려웠다. 조디는 배신당한 표정으로 인상을 썼다.

모모는 스낵바 카운터 위로 몸을 기울이고 축축한 입술로 먼고에게 뽀뽀했다. "아가, 내가 집에 두 번이나 들러서 세탁한 옷이랑 헤어스프레이 같은 거 가져갔었어. 미안해. 쪽지를 남겼는데."

먼고는 입을 벌리고 뒤돌아서 누나를 노려봤다.

"왜? 엄마라는 인간이 애가 집에 올 때까지 30분을 못 기다렸다는 걸 네가 알았으면 더 서운하지 않았겠어?"

모모는 블라우스 위쪽 단추 두 개를 채우고 아이들 머리 위로 말했다. "봤어, 조니? 이 배은망덕한 것들을 낳느라 몸매만 망가졌어. 내가 왜 술을 마시는지 알겠지?" 모모는 먼고를 내려다보며 말했다. "저리 가서 기다려. 짬 나면 잠깐 갈 테니까."

"하지만—"

"가라니까. 일하잖아. 앉아 있어."

모모는 아이들과 이야기하러 곧바로 나올 수는 없었지만 밀가루를 입힌 베이컨 롤빵 두 개와 블랙푸딩과 차를 주었다. 먼고는 조디가 음식을 받기 전에 주저하는 것을 보았다. 피크닉 테이블은 비에 젖어 미끄러웠지만 캐러밴 뒤에 있어 그나마 바람이 덜했다. 먼고는 조디가 앉을 자리의 물기를 닦았다. 두 사람은 뜨끈한 차가 담긴 스티로폼 컵을 감싸 쥐었다. 조디의 코트 소맷부리에서 분홍색 스웨터가 삐져나와 있었다. 조디가 한눈을 파는 사이에 먼고는 소맷부리를 잡아당기고 늘어진 실을 손가락에 감았다. 늦은 밤에 귀가하는 차들이 쏜살같이 지나갔다. 먼고는 따뜻한 사브 자동차 안에서 목을 빼고 구경하는 어머니들의 시선을 피했다.

"누나?" 먼고가 머뭇머뭇 말했다. "좋은 것들을 기억하자, 알았지? 모모가 그렇게 나쁘진 않아." 조디는 동생을 빤히 보았다. 먼고는 늘 그랬듯이 손가락을 접어가며 어머니의 장점을 나열했다. "모모는 재밌지. 웃기려고 하지도 않는데 웃기잖아. 오랫동안 꿍해 있지 않고 나쁜 일도 금세 훌훌 털어버리지. 잔소리도 거의 안 하고. 또…" 먼고는 잠시 말을 멈췄다. "그거를 뭐라고 부르더라. 애들이 가지고 노는 장난감인데, 흔들흔들하다가 다시 일어나고, 아무튼 그거랑 비슷하잖아."

조디가 냉큼 대답했다. "몸을 막 굴리는 게? 아니면 취해서 자기 몸을 못 가누는 거? 그것도 아니면 좀체 가만있지를 못하는 거?"

하루 첫 끼를 먹으러 몰려왔던 야간 근무자들이 떠나자 모모는 조그만 캐러밴에서 팔짝 뛰어 내려왔다. 모모는 아이들과 전혀 닮지 않았다. 해밀턴네 아이들은 블랙 아이리시의 혈통을 지닌 아버지를 닮아 가무잡잡했다. 먼고는 아버지라는 남자의 사진도 본 적이 없다. 부엌 서랍 어딘가에 현상하지 않은 카메라 필름이 있다는 말을 들었지만 모모는 그것을 끝내 찾지 못했다. 어머니는 딸보다 키가 작았다. 맨발로 섰을 때 150센티미터를 간신히 넘겼다. 모모는 연갈색 곱슬머리를 위로 부풀려서 키가 커 보이는 착시 효과를 노렸다. 모모는 뼈가 가늘고 이목구비가 섬세했으며 녹색 눈은 재빨랐다. 아이들보다 창백하고 연약해 보였지만, 가냘픔은 겉모습뿐이었다.

어머니는 기름때 묻은 앞치마 아래로 칠부 청바지를 입고 새것으로 보이는 흰색 운동화를 신었는데, 운동화 측면에 나이키 로고가 보란 듯이 크게 박혀 있었다. 비싼 운동화에 꽂힌 아이들의 눈길을 의식한 모모가 말했다. "뜨거운 철판 앞에 종일 서 있으면 얼마나 허리가 쑤시는지 몰라." 모모가 들고 있는 스티로폼 컵에서 아이언 브루의 용암처럼 쨍한 오렌지색이 비쳤다. 소독약같이 독한 술내가 빗속에서도 코를 찔렀다. 조디는 벌써 테이블의 나무 파편을 만지작거리고 있었다.

"여기서 얼마나 일했어요?" 먼고는 안전하게 느껴지는 질문으로 운을 뗐다.

"한 2주?" 모모는 먼고 가까이 앉아서 불이 붙지 않을 것처럼 흥건히 젖은 담배에 불을 붙였다. "조키가 엘라라는 리버풀 출신 뚱보 여자를 알아. 그 여자가 이것처럼 음식 파는 캐러밴을 여러 개 운영하는데, 여기서 밤에 일할 사람을 구하고 있었어."

"조키가 누구예요?" 먼고가 물었다.

모모는 목덜미에 달라붙은 머리칼을 손으로 부풀렸다. 파마한 지 오래된 머리칼이 지친 것처럼 늘어져 있었다. 먼고는 사람의 머리칼이란 몇 주만에 많이도 자란다고 생각했다. "새로 사귄 친구야." 모모가 코를 훌쩍였다. "트롱게이트에서 전당포를 운영해. 아! 기대해도 좋아. 조키는 아주 근사해. 살이 좀 찐 니컬러스 케이지를 상상해봐. 그이가 식탐이 좀 많거든." 모모는 먼고의 눈을 찌르는 앞머리를 뒤로 넘겼다. 모모는 막내아들을 보는 걸 좋아했다. 자식들 중에 제일 인물이 고왔고, 망가지지 않은 자신과 빅 하하의 모습이 아직까지는 엿보였다. 먼고는 하미시처럼 날이 서지 않았고, 조디처럼 지쳐 보이지도 않았다. "코모도어 64 컴퓨터 갖고 싶니? 니가 원하면 조키가 구해줄 수 있을걸?"

먼고는 고개를 저었다. 먼고가 원하는 건 컴퓨터가 아니었다.

테이블에 손을 올려놓고 있던 모모는 자신의 손톱을 주시하는 조디의 시선을 느꼈다. 가로등 불빛 아래에서 보면 맨 손톱 같았지만 손가락을 움직이니 진줏빛이 자글자글 빛났다. "맘에 들어?" 모모가 조디에게 물었다. "산딸기색 베레모는 바르면 늙어 보이더라고. 요즘 젊은 아가씨들은 다들 이렇게 누드 색을 바르더라. 익숙해지는 데 시간이 좀 걸렸지만 이 색이 훨씬 더 깔끔하고 젊어 보여. 안 그러니?"

조디의 시선이 어찌나 집요했던지, 모모는 먼고를 돌아보며 자기 얼굴에 뭐가 묻었냐고 물었다.

"그 남자랑 같이 살고 있어요? 조키라는 남자?" 조디가 물었다. "그러니까, 아마 그러고 있겠죠. 하지만 왜요?"

"안 되는 이유라도 있어? 난 아직 서른네 살이야, 조조." 먼고는 누나가 조조라는 애칭을 질색한다는 것을 알았다. 춤추는 원숭이한테나 붙여줄 법한 애칭이라고 조디는 말했었다. "너는 몇 달 있으면 열일곱 살이지. 그 나이에 난 하미시한테 화장실 쓰는 법을 가르치고 있었어. 내가 남자 만나서 나쁠 게 뭐야? 조키는 나한테 잘해. 중국집에도 데려가준다고. 전채요리랑 주요리랑 다 시키게 해주고."

"보리새우 크래커도 먹었어요?" 먼고가 물었다.

"그럼. 내가 먹고 싶다고 하면 바나나 튀김도 시켜줘." 모모는 조디에게 시선을 다시 옮겼다. "나도 아직 가능할 때 조금이라도 행복을 누려봐야 하지 않겠니."

조디는 테이블 맞은편에 앉아 있는 먼고를 턱끝으로 가리켰다. 빗물에 젖은 조디의 얼굴은 밀랍처럼 창백했고 표정은 섬뜩할 정도로 차분했다. "먼고는 열다섯 살밖에 안 됐어요. 당신은 아직 애를 다 키우지 않았다고, 이기적인 여자야." 또 시작되었다. 먼고를 두고 벌어지는 격전. 먼고는 늘 중간에서 어쩔 줄 몰랐다. 금방이라도 두 사람이 쪼그려 앉아 개를 꾀듯이 자신에게 염장한 돼지 다릿살을 내밀 것 같았다.

"아이구, 됐네요. 니가 엄마 놀이 좋아하는 거 모를 줄 알고." 모모는 볼이 홀쭉해지도록 담배를 빨았다. 먼고는 테이블 아래에서 조디의 발을 찾은 다음에 다리로 발목을 감아 꼭 붙잡았다.

이윽고 모모가 말했다. "여기서 돈 좀 벌었어. 많지는 않지만 좀 있어.” 모모의 새 운동화가 삑삑대는 소리가 아이들 귀에 들렸다. “집에 들러서 공과금 다 낼게. 듀크 스트리트로 가서 장도 보자. 초콜릿 비스킷 실컷 먹으렴.” 모모는 조디의 손을 잡았다. 먼고는 누나가 어머니를 칼로 찌르진 않을까 순간 불안했다. “잠시만 더 니들끼리 지내. 조키랑 어떻게 될지 감이 잡힐 때까지만.”

너무 늦어서 너무 이른 시간이 되었다. 도로에서 검은 택시들이 빠져나와 연석에 줄을 섰다. 배불뚝이 운전사들이 비 내리는 바깥으로 내리자 택시가 들썩이는 모습이 마치 그제야 살겠다고 안도의 한숨을 내쉬는 것 같았다. “우리가 놀러 가도 돼요? 지금 사는 집 보러 가도 돼요?” 먼고는 얼굴 한쪽이 마구 꿈틀거리기 시작했다.

모모는 먼고의 어깨에 턱을 얹고, 움찔거리는 뺨에 입을 맞추려고 했다. “안 돼, 아가. 아직은 안 돼.”

“왜요?” 조디는 그런 대답을 납득할 수 없었다.

모모는 앞으로 몸을 기울이고 조디가 깜짝 놀란 방식으로 손을 부여잡았다. “여자 대 여자로 말하는 거야. 너는 아직 남자를 잘 모르겠지만, 나는 조키한테 부담을 주면 안 돼. 벌써부터 일을 복잡하게 만들거나 성가시게 하면 안 된다고.”

“성가시다고요?”

“너도 언젠가는 이해할 거다. 앞으로 잠시만 더 가볍게 만나야 해. 그게 다야.” 새로 온 손님들을 맞이하러 일어나며 모모는 블라우스의 맨 위 단추 두 개를 다시 풀었다. “자식 딸린 여자라는 사실을 벌써 말할 수는 없어.”

## 5

먼고는 부름을 받았다. 텔레비전 앞에 구부정하게 앉아서 나선을 빽빽히 그리고 있었다. 도저히 멈출 수가 없었다. 갈지 말지 갈팡질팡하는 동생을 보던 조디는 텔레비전을 끄고, 하미시의 부름에 응하지 않으면 삶이 얼마나 더 피곤해질지 상기시켜주었다.

대부분 날에 하미시는 1960년대에 건축된 습한 공영주택에 머물렀다. 꼭대기층에 사는 맥코나치 부인은 막내딸이 하미시의 아이를 임신한 후로 어쩔 수 없이 그를 데리고 살고 있었다. 하미시도 그곳에 있을 때만큼은 예의를 갖추려고 노력하는 것을 먼고는 알았다. 딱딱하게 굳은 얼굴로 성깔을 꾹꾹 억누르며 뻣뻣하게 행동했다. 그렇게 억누르고 있던 성깔은 맥코나치 부인의 집을 벗어나는 순간 봇물 터지듯 터져 나왔다. 그러나 하미시는 위험한 도박을 하지는 않았다. 새미조는 고작 열다섯 살이었으므로 맥코나치 부인이 마음만 먹으면 하미시를 미성년자에 대한 법적 강간죄로 교도소로 보낼 수 있었다. 사실 새미조의 산부인과 의사가 사회보장국에 연락해서 경찰에 신고가 들어간 상태였다. 새미조는 아이 아버지가 누군지 모른다고 사회보장국과 경찰 모두에게 거짓말했다. 그래서 출생증명서의 부(父)란에는 공무원의 단정한 글씨체로 미상이라고 적혀 있었다. 하미시는 그 단정한 글씨를 베껴서 오른쪽 귀 뒤에 문신으로 새겨 넣었다.

먼고는 맥코나치 부인 집의 거실 문턱에 섰다. 들어오라는 초대를 아직 받지 못했다. 적치장에서 본 청년 여섯 명이 거실의 소파에 다닥다닥 모여 앉아 있었다. 허벅지가 맞닿게 앉은 채 팔을 조그만 소파 등받이 뒤로 늘어뜨리고 있었다. 하나같이 나일론 트레이닝을 입고 있어서 마치 비닐봉지 여러 개를 한데 모아둔 것처럼 보였다. 스포츠팀 스폰서 회사의 로고와 갖가지 색깔이 뒤엉킨, 시끄럽게 바스락거리고 쉽게 불붙는 비닐봉지 묶음. 전축에서 테크노 음악이 맹렬하게 울렸다. 누군가 레저렉션 앨범에서 불법으로 복제한 칼 콕스 음악이었다. 불규칙한 브레이크비트 위로 디제이가 공습경보 사이렌 소리를 입힌 것 같았다. 너무도 빠르고 공격적인 소리에 먼고는 바짝 긴장했다.

빨간 머리 청년만 먼고에게 시선을 주었다. 청년은 고개를 대충 까닥이고 새파란 눈동자를 텔레비전의 오후 프로그램으로 다시 돌렸다. 그게 다였다. 도와준 것에 대한 감사 인사가 그게 전부였다. 청년은 팔이 부러진 것 같았다. 빛바랜 분홍색 석고붕대 아래로 검푸른 손가락이 보였다. 석고붕대에는 벌써 남성 성기가 잔뜩 그려져 있었다. 울퉁불퉁하게 튀어나온 혈관을 두꺼운 매직펜으로 정성스레 묘사하고 예술가의 이름을 자랑스레 서명했다. 청년의 파란 눈은 초점이 없었고 얇은 입술 주위로 본드를 불다가 생긴 발진이 새로 돋아 있었다. 팔이 지독하게 아픈 것이 분명했다.

소파에는 맥퍼슨 형제 중 한 명도 앉아 있었다. 맥퍼슨 가에는 아들이 통틀어 네 명이라는 소문이 돌았지만 동네에서는 늘 두 명만 보였다. 사형제가 폴몬트 소년원을 하도 자주 번갈아 들락거려서, 맥퍼슨 부인이 자신이 감당할 만큼 요량껏 아이들을 전당포에 맡겼다 되찾기를 반복하는 것 같았다. 소파의 망가진 팔걸이에 걸터앉은 말 맥퍼슨은 하얀색 드럼스틱으로 자기 다리를 소리 없이 두드리고 있었다. 왼손의 드럼스틱으로는 박자를 정확하게 맞추고, 오른손의 드럼스틱으로는 화려한 기교를 부렸다. 말 맥퍼슨이 연주를 멈추고 드럼스틱을 연극적으로 높이 쳐들었다. 코 밑에서 두 드럼스틱의 끝이 직각으로 맞닿았다. 그렇게 드럼스틱을 한 박자 들고 있는 순간 먼고는 귀에서 행진곡의 선율이 멈춘 것만 같았다. 곧바로 말 맥퍼슨은 소리 없는 연주를 이어갔다. 그는 드럼 연주에 열정적이었다. 올드 레절루트 노동자 클럽에서 열리는 충의 오렌지단의 악단 경합에 나가려고 꾸준히 연습하고 있었다. 창문 하나 없고 바리케이드로 에워싸인 이 클럽은 캘턴의 가톨릭 구역에 도발적으로 자리하고 있었다.

소리가 나지 않는 텔레비전에서 잉글랜드 여자가 꽃병을 유약에 담그고 크래클 글레이즈 입히는 법을 설명하고 있었다. 청년들은 입을 헤벌리고 화면을 응시했다. 그들이 앉아 있는 소파 앞의 나지막한 탁자에는 접어놓은 기저귀 한 묶음, 훔친 자동차 라디오, 반쯤 마신 MD 20/20 탄산음료 병들, 그리고 아주 커다란 손도끼가 놓여 있었다. 손도끼는 집에서 제작한 수제품이었다. 둥근머리 망치에서 자루를 떼어내고 날카롭게 벼린 금속 날을 붙였다. 먼고가 알기로 한 청년의 삼촌이 아직 조선소에서 일하고 있어서, 가능할 때마다 자투리 쇠 쪼가리를 가져다주었다. 중세시대 무기처럼 보이는 손도끼는 사람의 팔쯤은 쉽사리 토막 낼 것 같았다. 도끼를 만든 장인은 정성스레 날에 윤을 주고 레인저스팀의 상징색인 파란색, 하얀색, 빨간색 절연 테이프를 핸들에 감았다. 반짝거리게 벼린 날을 보기만 해도 공기를 가르는 소리가 들리는 것 같았다. 먼고는 도저히 시선을 뗄 수가 없었다.

새미조 맥코나치가 하미시의 스웨터 속에 파묻힌 듯한 모습으로 안락의자에 앉아 있었다. 스웨터 아래로 분홍빛 갓난아기를 안고 젖을 물리려고 애쓰고 있었다. 여자아이의 한쪽 가슴이 얼핏 보였다. 땡땡 부은 것이 아파 보였다. 가슴 아래 혈관이 화가 난 것처럼 퍼렇게 부풀어서, 마치 어린아이의 몸에 거대한 구스베리를 두 개 매달아놓은 것 같았다. 여자아이는 지쳐서 금방이라도 울음을 터뜨릴 듯한 표정이었다. 칭얼거리는 소리로 미루어 아기가 떼를 많이 쓸 것 같았다. 다섯 가닥밖에 없는 머리칼을 귀여운 리본으로 묶어놓았다.

텔레비전 속의 여자가 작업을 멈추고 꽃병을 카메라 앞에 내밀어 정교한 무늬를 보여주었다. 청년들은 감탄한 표정으로 시선을 교환했다. 청년들의 이마에서 하얀 여드름이 진주처럼 반들거렸다. "끝내주게 아름답다." 빨간 머리 청년이 말했다. 다른 청년들이 동감한다고 고개를 끄덕거렸다.

새미조는 어머니가 퇴근하고 오기 전에 집을 치운답시고 분주히 돌아다니며 테이블을 닦기 시작했다. 먼고는 학교에서 본 새미조의 모습을 떠올렸다. 먼고보다 한 학년 아래인 새미조는 호리호리한 미소년 인상이었다. 볼품없이 비쩍 마른 남성스러운 체형과는 사뭇 달랐다. 늘 싱그러운 사과향 샴푸 냄새가 났고, 동네에서 제일 예쁜 아이로 인정받았다. 먼고 또래의 남자아이들 모두 새미조와 사귀고 싶어서 안달했지만 물론 새미조는 하미시에게 빠져버렸다. 여자아이들은 하미시를 보면 도전의식을 느끼는 모양이었다. 한없이 거칠고 적대적인 하미시에게서 다정함을 한 줌이라도 끌어내고 나면, 그런 대단한 과업을 해낸 자기 자신의 매력에 한껏 고취되는 것이었다. 하미시는 새미조에게 그녀와 있으면 자기가 더 좋은 남자가 된 기분이라고, 오직 그녀만이 자기로 하여금 제대로 살고자 하는 의지를 느끼게 한다고 말했다. 그 말을 들은 뒤로 새미조는 B컵 가슴의 구세주처럼 의기양양해졌다. 이런 하미시를 어떻게 거부하겠는가?

"하하!" 새미조가 새되게 외쳤다. 먼고가 듣기에 하미시의 애칭 '하하'는 여간 이상한 것이 아니었다. 실력 없는 배우가 터뜨리는 거짓웃음 같았다. "하하! 친구들한테 우리 엄마 탁자에 발 올려놓지 말라고 해."

하미시는 집에 있고 싶은 눈치였다. 병사들을 이끌고 비 내리는 거리로 나가 난동을 부리기엔 너무 이른 시간이었다.

새미조는 탁자 위의 자동차 라디오 무더기를 정리하려고 했지만 대충 끊어버린 전선이 자꾸만 제멋대로 풀어졌다. 아기는 두꺼운 스웨터 아래서 색색대고 있었다. 먼고는 새미조가 똑똑한 아이였다는 사실을 기억했다. 먼고에게는 상형문자처럼 보이기만 하는 수학 공식을 새미조는 태어나면서부터 알았던 것처럼 척척 풀었다. 새미조는 젖병을 하나씩 흔들어가며 가장 많이 남아 있는 것을 찾았다. "돈 있어?"

"나도 너한테 그걸 물어보려고 했는데." 하미시는 텔레비전 화면에서 눈을 떼지 않았다.

새미조는 울 것처럼 얼굴을 일그러뜨렸다. 청년 한 명이 텔레비전에서 고개를 돌리고 새미조의 부푼 가슴 아래쪽을 노골적으로 쳐다보았다. "하하!"

그제야 하미시는 텔레비전에서 시선을 뗐다. 크래클 글레이즈를 보다가 방해를 받아 화가 났다. "왜? 니네 할머니가 애기 뭐 해주라고 돈 주지 않았어?"

"애기 귀 뚫을 돈이야."

"나는 버스비 몇 파운드만 있으면 돼. 자메이카 스트리트로 가서 실업급여 받아와야 한단 말이야." 하미시는 테이블 쪽으로 고개를 까닥였다. "티타임 전에 저 라디오들을 패디스 마켓에 가져가서 팔 수 있어. 그럼 실업급여에 추가로 몇 푼 더 생기겠지."

"안 돼."

"애기 귀 네 번 뚫고도 남아."

하미시가 흥정하고 설득하는 모습이 보기에 불편했다. 먼고가 아는 하미시는 원하는 게 있으면 그냥 가져가고, 모모나 조디가 저항이라도 할라치면 힘으로 위협했다. 하미시가 새미조에게 손찌검을 하기까지 과연 얼마나 걸릴지 먼고는 궁금했다.

전축에서는 가수가 테크노 비트 위로 목청이 터져라 소리를 질렀다. "너랑 있으면 진정 살아 있는 기분이 들어." 여태 먼고는 문턱에 서 있었다. 말해도 된다는 허락은 확실히 받지 못했다. "하미시 형, 내가 돈 줄게." 먼고가 말했다. "형이 원하면."

청년들이 일제히 고개를 돌려 먼고를 봤다. 그들 가운데 아무도 감히 대장의 이름을 부르지 못했다.

"그래. 나중에 갚을게." 하미시가 새미조를 노려보며 말했다. 절대로 하미시는 고맙다거나 부탁한다는 말을 하지 않았다.

먼고는 카굴 점퍼의 주머니를 뒤적였다. 조디가 학용품을 사라고 준 용돈이 조금 남아 있었다. 하미시는 먼고를 거칠게 떠밀며 복도로 나갔고, 두 사람은 비좁은 부엌에 들어갔다. 부엌에 들어서자마자 하미시는 먼고의 뒤통수를 후려쳤다. "다시는 애들 앞에서 이름 부르지 마. 하하라니까. 두 글자밖에 안 되는데, 니 같은 밥통도 그건 외울 수 있잖아?"

이 집 부엌은 모모의 조그만 부엌보다도 더 작고 좁았다. 하미시는 새미조와 아기와 따로 나가 살려고 시의회에 공영주택 입주 신청서를 넣어두었다. 담당 여성 공무원은 그걸 보고 몸서리쳤다. 열다섯 살 여자아이가 열여덟 살 남자와 산다니, 큰일 날 소리.

먼고는 동전을 하미시의 손바닥에 쏟았다. "나한테 형이 팔 만한 물건이 좀 있어. 아기한테 도움이 된다면 줄게."

"뭔데?"

"리모컨으로 조정하는 모형 자동차랑 우주 전쟁 게임기."

"아, 그것들 벌써 다 팔았어." 하미시는 얼른 화제를 전환했다. "기다려봐. 줄 게 있어." 하미시는 청바지 뒷주머니에 손을 넣었다가, 조그만 물건을 동생을 향해 쭉 뻗었다. 달칵 소리와 함께 10센티미터 정도 되는 칼날이 불쑥 튀어나왔다. 먼고는 기겁해서 뒤로 물러서다가 쓰레기통 위로 자빠질 뻔했다. 멜라민 합성수지가 부착된 조리대를 붙잡은 채로 짤막한 칼날을 멍하니 내려다봤다. 하미시는 즐겁게 히죽거리며 먼고의 배 앞에서 칼을 휘둘렀다. "적치장에서 그 난리가 난 마당에 니도 호신용 무기 하나쯤은 있어야 할 거 아냐."

가짜 오닉스 핸들에 달린 조그만 은빛 칼날은 그다지 믿음직스럽지 않았다. 사과를 자르거나 낡은 빨랫줄을 끊는 데나 유용할 듯싶었다. 먼고의 생각을 읽었는지, 하미시는 대뜸 백설탕 자루를 찔렀다. 한 번, 두 번, 세 번. 자루에서 쏟아져 나온 설탕이 조리대 위에서 반짝였다.

먼고는 주머니에 손을 넣고 팔꿈치를 옆구리에 단단히 붙였다. "절대 싫어. 칼 같은 거 필요 없어."

"누가 너한테 갖고 싶냐고 물어봤어?" 하미시가 칼날을 들이댔다.

"만약 경찰이 나를 불러 세우면 어떻게 해? 칼 가지고 있다 잡히면?"

하미시가 코웃음 쳤다. "기가 막혀서. 먼고, 니는 거울 안 보냐. 경찰이 너를 왜 불러 세워? 물러터져서 가끔은 어떻게 똑바로 서 있나 궁금할 정돈데."

"난 칼 가지고 다니기 싫어."

하미시는 칼날을 접은 다음에 캥거루 주머니의 찍찍이를 열고 속에 넣었다. "내 말 들어, 꼴통아. 내가 세력을 넓힐수록 빌어먹을 가톨릭 놈들이 우리 가족을 노릴 가능성이 커. 니가 싫어도 조디 생각해서 가지고 다녀. 언제 어떤 쌍놈을 찔러야 할지 모르니까." 하미시는 주머니 덮개의 찍찍이를 정성스레 다시 붙여주었다. 이제 용건은 끝났다. 하미시는 손가락에 침을 묻혀 설탕을 찍어 먹었다. 앞니가 설탕을 씹는 소리가 아작아작 울렸다. "한 가지 더. 금요일에 니 도움이 필요해."

"나?" 먼고는 유아 프로그램 특유의 깍깍대는 소리가 반복해서 들려오는 거실을 가리켰다. "왜 형 친구들한테 도와달라고 하지 않고?"

하미시는 달콤한 군것질거리나 전당포에 가져갈 만한 전자제품을 찾아 찬장을 뒤지고 있었다. "우리가 시간을 같이 보낼 기회야. 내가 저번에 말했잖아. 너한테 어엿한 남자의 길을 보여주겠다고. 너 때문에 쪽팔리는 것도 지겹다."

"금요일에 캠벨 부인 도와주기로 했어."

"진짜, 미치겠네." 하미시는 고개를 설레설레 저었다. "금요일이야!" 말대꾸는 용납하지 않겠다는 말투였다. 기분이 상한 하미시의 윗입술이 말려 올라갔다. "내가 너 찾아다니게 하지 마라. 그럼 후회할 거야."

깍깍거리는 갈매기들의 우짖음 때문에 조디는 집중하기가 어려웠다. 접이식 테이블에 숙제가 펼쳐져 있었다. 30분만 있으면 애인이 저녁거리로 생선튀김을 사 올 텐데, 그 전에 조디는 어린 티가 나는 물건들을 전부 치워야 한다. 고작 30분 뒤에 접이식 테이블은 딱딱하고 불편한 침대로 변신할 터이고, 애인이 그 위로 침대보를 깔 것이다.

대체 누가 '이탈리아의 아프리카 식민지 정책 실패'에 관심을 갖는다는 말인가? 조디의 동급생 절반이 에든버러도 지도에서 찾지 못하는 판에.

자동차 바퀴가 자갈 위로 구르는 소리가 들리자 조디는 숙제를 학교 가방에 쓸어 담았다. 늘 그러하듯이 두 사람은 캐러밴의 계단 맨 위에 어깨를 맞대고 나란히 앉아서 아일랜드해를 바라보았다. 웨스트 킬브라이드는 조디가 살면서 가본 곳 중 집에서 가장 멀었다. 글래스고에서 45분밖에 걸리지 않았지만 다른 세상 같았다. 논밭 한복판에 위치한 캐러밴 캠핑장은 암회색 바다를 마주 보았다. 휴가철마다 캐러밴을 대여하는 글래스고 주민들은 자신들이 머무는 곳을 정성스레 가꾸었다. 창에는 레이스 커튼을 달고, 낡은 타이어에 영양토를 채우고 물망초를 심었다. 잠시나마 잿빛 도시를 벗어나 빈약한 햇빛을 쏘일 생각에 들떠, 즐거운 휴가를 예고하는 캠핑용 의자와 술과 음료 따위를 싣고 오는 것이다.

캠핑장은 춥고 도시보다 바람이 훨씬 드셌다. 그렇지만 조디는 모든 것에 배어 있는 상쾌하고 순수한 냄새가 좋았다. 숨을 들이쉴 때마다 바다 소금으로 문지른 것처럼 깨끗한 느낌이 들었다. 두 사람은 대화 없이 저녁을 밖에서 먹었고, 남자는 바다를 바라보는 조디의 옆얼굴을 힐끔대며 이 예쁘고 강인한 소녀가 자기 것이라는 행운을 새삼 실감했다. 입술이 생선튀김의 기름으로 번들거릴 즈음에 조디는 추락하듯이 하강하는 갈매기들에게 까맣게 그을린 튀김 껍질을 높이 던졌다. 한동안 남자는 여자아이의 손을 잡고 있다가 캐러밴으로 데리고 들어갔다. 그리고 접이식 테이블을 침대로 전환했다.

정사가 끝나면 남자는 잠들었다. 남자가 돌아누워 창백한 등을 보이고 잠들면, 조디는 남자의 날갯죽지 사이에서 나풀거리는 검은 털을 응시했다. 설레고 짜릿한 시기가 벌써부터 끝나버린 그들의 만남은 매번 똑같이 진행되었다. 남자가 조디를 차에 태운다. 캐러밴 캠핑장에 온다. 남자가 나가서 먹을거리를 사 온다. 조디 위에서 4분쯤 땀을 쏟은 다음에 즉시 잠든다. 남자가 곧 깨어나서 서둘러 옷을 입으리라는 것을 조디는 알았다. 그녀의 발바닥을 간질이고 사랑한다고 말할 것이다. 하지만 그러는 중에도 시계를 힐끔거리며 자기 자식들에게 사다 줄 로스트 치킨을 생각하고 있을 것이다.

처음에는 아내를 떠나겠다고 약속했다. 그렇지만 그녀의 몸에 올라타서 땀을 쏟는 횟수가 늘어날수록 약속하는 횟수는 줄어들었다. 조디는 이루 말할 수 없이 안심했다. 안도감을 느끼는 자기 자신에게 놀라면서도.

조디는 가만히 누워서 남자의 등에 난 점을 하나씩 세었다. 그다음에는 점들을 갈색 검버섯과 핏빛 체리혈관종으로 분류했다. 이곳에 더는 오기 싫었지만 어쩐지 의무감을 느꼈다. 이제껏 남자는 저녁으로 생선튀김을 열네 번 사주었다. 똑똑한 조디는 그것의 값을 물론 정확히 알았다. 남자의 등에 대고 조디는 조용히 중얼거렸다. "남자가 여자아이에게 2파운드 25펜스짜리 생선튀김을 열네 번 사주면, 여자아이는 언제 자신을 내주는가? 풀이 과정을 쓰시오." 하지만 이 문제에는 변수가 있다. 캠핑장까지 오는 데 소비한 자동차 주유비가 얼마인지 여자아이는 모른다.

어쨌든 조디는 그것보다 똑똑했다. 조디의 크나큰 가능성을 남자가 제일 먼저 말해주었다. "조디 해밀턴, 노력만 하면 넌 정말 잘될 수 있다. 대체 어떻게 하미시 그림자 속에 여태 숨어 있었니? 개똥 더미에서 다이아몬드를 발견한 것 같구나." 남자가 중등학교 4학년 학생들 머리 위로 조디에게 미소를 보냈다.

또래 남자아이들은 조디를 눈여겨보지 않았다. 대부분 아이들은 조디의 오빠가 누군지 알았기 때문에 감히 시도조차 하지 않았다. 나머지 아이들은 조디가 선생 질문에 척척 답하는 것을 아니꼽게 여겼다. 남자아이들로서는 악명이 자자한 해밀턴 집안의 콧대 높은 조디에게 도전하느니 풍선껌 하나에 넘어오는 여자아이들을 유혹해서 수영장 뒤쪽에서 더듬는 것이 훨씬 쉬웠다.

조디는 등을 대고 누운 채로 캐러밴의 패널 천장을 바라보았다. 자신이 아버지가 없는 탓에 나이 많은 남자 콤플렉스가 있는 건 아닐까 생각해보았다. 아니, 꼭 그것 때문만은 아니다. 조디는 먼고의 엄마 노릇에서 휴식이 필요했다. 최근에는 늘 피곤했다. 이 관계가 거래나 다름없다는 사실은 확실했지만, 이 남자의 돌봄을 받는 세 시간만이라도 조디는 자신의 것이 아닌 책임을 내려놓을 수 있었다. 지저분하고 땀내 나는 4분을 참으면 세 시간을 평화로이 쉴 수 있다.

이제 남자는 조디가 쾌감을 느끼는지 여부에는 신경도 쓰지 않았다. 처음에는 괜찮냐고 물어보고, 아프지 않은지 걱정했다. 하지만 언제부턴가는 조디가 아파하는 것을 외려 즐기는 듯했다. 조디의 몸에 올라타서 내려다보는 남자의 눈에는 욕정 말고도 두려움이 깃들어 있었다. 조디가 당장이라도 무릎을 모으고 거부할까봐 불안해하는 듯했다. 제발 끝내게 해줘. 남자의 잿빛 눈이 이렇게 말하는 듯했다. 그녀의 몸에 들어왔다 나가면서 "고마워, 고마워, 고마워."라고 거듭 중얼거리는 것만 보아도 남자가 이 관계를 크나큰 행운으로 여긴다는 것을 알 수 있었다. 초반에는 남자의 그런 모습이 좋았다. 하지만 이제 남자는 고맙다는 말은 연신 하면서도 그녀가 아파하는지에는 관심이 없었다. 자기 내키는 대로 한 다음에 끝나면 딱 한 번, 이마에 입을 맞추었다. 기름진 입술이 이마에 남긴 자국은 시험지 아래 갈겨쓴 확인 표시처럼 느껴졌다.

남자가 잠에서 깨어나 몸을 일으켜 앉았다. 길레스피 씨가 조디의 발바닥을 간지럽혔다. 선생은 윗니 왼쪽에 이가 여러 개 없어서, 조디는 그가 구부정한 어깨 위로 자신을 돌아볼 때 헤벌쭉 웃지 않았으면 싶었다.

조디를 손에 넣으려고 처음 시도할 당시에 길레스피 씨는 그녀를 에어 놀이공원에 데려갔다. 빳빳한 50파운드짜리 지폐를 내고 조디가 원하는 놀이기구를 전부 타게 해주었다. 사람들의 비명을 싣고 위태롭게 달리는 롤러코스터, 무거운 회전 추처럼 왔다 갔다 하는 바이킹. 조디는 쉭쉭거리며 돌아가는 회전컵을 제일 좋아했다. 번쩍거리는 불빛과 다디단 솜사탕과 고소한 팝콘 냄새에 휩싸여 있노라니 머리가 핑핑 돌고 집 생각이 까맣게 잊혔다. 놀이기구 표를 전부 끊어준 다음에 75초간 즐거워하는 자신을 이혼한 아버지처럼 그늘에서 지켜보고 있던 그의 모습이 지금 조디의 눈앞에 떠올랐다.

한번은 그가 웨스트킬브라이드를 구경시켜주었다. 축축한 9월 저녁이었는데, 그날 처음으로 조디는 화가 나고 수치스러워서 무릎을 꽉 모으고 있었다. 김이 가득 찬 그의 시에라 자동차에서부터 화가 나기 시작했다. 길레스피 씨는 자기가 딸 이야기를 너무 오래 했다는 사실을 깨닫지 못했다. 딸은 허치슨 그래머 스쿨이라는 사립학교에 재학 중이었으며 에든버러 대학에 실상 합격한 것이나 다름없었다. 뿌듯한 표정으로 딸 질리언에 대해 자랑하는 모습을 보고 조디는 질투심이 끓었다. 그런 식으로 자신을 자랑스럽게 여기는 사람은 없다는 사실에 속이 쓰렸다.

"질리언은 자기네 학교 사회정치학 선생이랑 이 짓을 할까요?" 조디는 자신의 교복 치맛자락에서 대롱대는 실밥을 만지작거리고 있는 그에게 물었다.

혐오스러워하는 선생의 표정을 보고 조디는 가죽 좌석에 더 깊이 기대앉았다. 질리언 길레스피는 그녀처럼 타락하지 않을 것이다. 아랫입술을 깨물었지만 소리가 새어 나왔다. "하아아—하."

"그 멍청한 웃음소리는 가능한 한 빨리 졸업하는 게 좋을 거다." 길레스피 씨가 중얼거렸다.

어느새 바다가 눈앞에 펼쳐졌다. 나지막하게 떠 있는 태양의 햇빛이 수면에 반사되어 은빛 비늘처럼 반짝였다. 그때 조디는 길레스피 씨가 원하는 대로 하게 해주고 신경을 끊기로 마음먹었다. 차창을 내리고 문틀에 머리를 기댔다. 바닷바람이 뜨겁게 달아오른 뺨을 식혀주었다.

먼고는 회색 비둘기를 판자에 앉히고 내리눌렀다. 제임스가 보여준 대로 꽉 잡고 있었다. 비둘기는 고개를 까닥거렸지만 벗어나려고 버둥거리지는 않았다. 제임스는 약국에서 산 염색약을 혼합해 새의 깃털에 발랐다. 염색약 상자의 옆면에서 관능적인 미국 모델이 이를 전부 드러내고 활짝 웃고 있었다. 소년들은 모델의 머리카락색으로 비둘기 깃털을 물들이려는 중이었다.

"눈에 안 들어가게 조심해. 눈먼 비둘기를 날릴 수는 없으니까." 제임스가 말했다.

붓질을 한 번에 길고 신중하게, 제임스는 염색약을 비둘기 몸 전체에 발랐다. 비둘기 날개가 염색약으로 재생 합판 판자에 붙어서 먼고가 잡고 있을 필요가 없을 정도로 처덕처덕 발랐다. 비둘기는 몸에 타르 칠을 당하고 깃털을 뒤집어쓰는 중세시대 형벌을 받은 사람 꼴이었다. 이제 소년들은 염색약이 효과를 발휘하기를 기다렸다. "과학적으로 증명됐잖아, 그치?" 제임스가 싱긋 웃으며 황갈색 머리칼을 흔들었다. "모두 금발을 좋아하지."

비둘기 집에 독한 염색약 냄새가 퍼졌다. 먼고는 눈이 따가웠지만 얼굴은 경련을 일으키지 않고 멀쩡했다. 이곳이 좋았다. 제임스가 몇 차례 손을 뻗어 얇은 염색용 브러시로 먼고의 관자놀이를 문지르려고 했다. 먼고는 밝은 금색으로 탈색되고 있는 비둘기에서 손을 떼지 않은 채로 몸을 우쭐거리며 피했다.

지난주에는 하루도 빠지지 않고 찾아갔다. 제임스는 비둘기 말고 대화할 상대가 생긴 것에 기뻐하며 관대한 친절을 여러 번 베풀었다. 먼고가 비둘기를 안아보게 해주고, 물과 모이도 주게 허락했다. 먼고가 찾아온 두 번째 날에 두 사람은 축축한 풀밭에 앉아서 제임스의 햄샌드위치를 나눠 먹었다. 세 번째 날에는 제임스가 먼고를 위해 샌드위치를 따로 만들어 왔다. 버터를 잔뜩 바른 샌드위치는 끄트머리가 쫄깃했다. 하미시와 달리 제임스는 솔직하고 단순했다. 제임스가 무언가를 건네주려고 손을 뻗을 때는 겁먹을 필요가 없었다. 차가운 풀밭에 앉아 짭조름한 햄 샌드위치를 먹던 먼고는 월요일부터는 다시 학교에 가야 한다는 것을 문득 떠올렸고, 자기가 생각해도 놀랍게도 방학이 끝난 것을 아쉬워하고 있었다.

비둘기는 염색약 상자가 광고한 대로 로스앤젤레스의 햇살 같은 금빛으로 변하지 않았다. 노부인들이 즐겨 입는 스타킹처럼 희끄무레하고 탁한 노란색으로 변했는데, 그래도 제임스는 만족한 듯했다. 제임스는 비둘기 날개에서 독한 염색약을 꼼꼼히 씻어냈다. 비둘기를 다시 새장에 넣자 다른 비둘기들이 고개를 까닥거리며 탐하는 눈빛을 던졌다.

"다들 벌써부터 반한 것 같네." 먼고가 말했다. "제일 반한 건 본인 같지만."

제임스는 수컷 비둘기와 암컷 비둘기를 한 새장에 넣는 데 정신이 팔려 있었다. 연애를 시작하게 해주었다가 주말에 갈라놓고 따로따로 날려 보낼 작정이었다. 잔뜩 달아오른 아름다운 비둘기들이 다른 사람의 비둘기를 꾀어 데려오면 그제야 교배를 허락한다는 작전이었다.

파르스름한 비둘기가 새장의 철망 뒤에서 자신만만하게 오락가락했다. 가슴을 잔뜩 부풀려서 몸집을 크게 만들었다. 반짝이는 동그란 눈으로 암컷 비둘기들을 주시하며 유혹하고 있었다. "저 녀석은 자신감이 넘쳐 보이지? 완전 자뻑이라니까."

"이름이 뭐야?" 먼고가 물었다.

"글쎄. 아치라고 부를까 했는데, 별로 어울리지 않는 것 같아."

먼고는 철망의 정육각형 구멍 사이로 비둘기를 들여다봤다. "그럼 먼고라고 불러."

제임스가 웃음을 터뜨렸다가 쿨럭거리며 기침하기 시작했다. 기침이 제법 잦았다. 노인의 기침처럼 가래가 끓고 폐 속 깊은 곳에서 터져 나오는 소리였다. 제임스는 잿빛이 도는 베이지색 조그마한 비둘기를 집었다. 암컷으로 오해할 만큼 몸집이 작았고, 왠지 불안해하는 기색이었다. "야, 먼고라는 이름에는 이 녀석이 딱이지."

"걔는 진짜 비둘기는커녕 비둘기 인형도 못 될 것 같은데."

"내 말이 그 말이야." 제임스는 비둘기를 들고 주름진 목의 깃털을 쓰다듬었다. "하지만 말조심해. 여기 먼고가 다 듣고 있어. 예민한 녀석이거든."

먼고는 조그만 비둘기를 보다가 새끼손가락으로 목을 쓰다듬었다. 비둘기가 흠칫 긴장했다. 먼고라는 이름이 어울린다고 인정할 수밖에 없었다. "나는 나랑 같은 이름 가진 사람 못 만나봤어. 얘를 잘 키워서 저기 돌프 룬드그렌보다 더 터프하게 만들어야지."

제임스는 새장에 갇혀 있는 비둘기들이 쥐에 잡아먹히지 않게 새장 주변으로 유리 파편을 뿌렸다. 제임스가 신이 나서 춤추자 발아래에서 깨진 유리병의 파편들이 뽀드득댔다. "그거야! 아치가 아니라 돌프라고 불러야지." 제임스는 파르스름한 비둘기를 돌아보고 말했다. "이로써 네게 이름을 하사하노라, 난봉꾼 돌프."

"돌프 피지그렌은 어때?"

"아냐, 그런 이름은 미팅에서 놀림당하기 십상이야. 좀더 시적이어야 해. 다른 비둘기꾼들의 가슴에 공포를 심어주는 이름이어야 하지. 쓸쓸한 하늘의 정복자, 이런 거 말이야."

"파벌 전투사 코난은 어때?"

"말도 안 되는 소리!" 그렇지만 제임스가 그 이름을 마음에 들어 한다는 것을 먼고는 눈치챘다.

두 사람은 비둘기 커플들이 마음껏 연애를 즐길 수 있게 비둘기 집 밖으로 나갔다. 까칠한 풀밭에 배를 대고 누워서 도로를 질주하는 퇴근 차량의 굉음을 들었다. 솜털 이불 같은 구름 아래로 하루의 마지막 빛이 기울었다. 찰나의 순간에 온누리가 부드러운 복숭앗빛으로 물들었다. 먼고는 햇볕을 더 잘 느끼려고 눈을 감았다. "비둘기 키우는 일은 어떻게 시작하게 됐어?"

제임스가 옆에서 어깨를 으쓱한 것 같았다. "아빠가 알려줬어."

먼고는 동네 사람들 모두가 자기 가족에 대해 속속들이 알 것 같았다. 제임스는 여태 자신의 가족을 한 번도 언급하지 않았다. "아버지도 비둘기를 키우셔?"

"아니, 그렇지는 않아." 제임스가 다시 기침했다. "나랑 같이할 만한 취미 활동을 찾다가 이걸 생각한 거 같아. 아마 죄책감 때문이겠지."

먼고는 아버지가 있으면 과연 어떨지 상상해보았다. "너는 아버지랑 닮았어?"

"응."

"하는 행동도 비슷해?"

"응. 어쨌든 엄마는 그렇게 말했었어."

"지금은 그렇게 생각 안 하시고?"

제임스가 고개를 돌려 먼고를 보았다. 슬쩍 스친 그 시선은 먼고의 눈에서 특정한 무언가를 찾는 듯했다. 일종의 잔인성이나, 심술궂은 여자들이 험담거리를 발견하고 눈을 가늘게 뜨는 그런 표정을 예상한 것 같았다. "미안. 난 니가 아는 줄 알았어." 제임스가 풀잎을 뿌리째 뽑았다. "커다란 검은 영구차들이 줄줄이 왔었거든. 동네 사람들 다 본 줄 알았지." 제임스는 풀잎을 입에 물었다. "그래서 아빠가 미안해하는 거야. 엄마가 죽자마자 곧바로 일하러 가야 했거든. 아빠는 멀리 일하러 가서 거기 오래 머물러. 석유 굴착지에서 송유관을 설치하거든. 돈은 잘 벌어."

"우리 나라에 그런 게 있어?"

"응, 하지만 북쪽 끝에 있어. 노르웨이에 있는 거나 다름없지. 거기서 2주 일하고 2주 쉬는 식이야. 하지만 그보다 짧게 일하는 때가 더 많은 거 같아. 안개가 짙은 날에는 파라핀 버지를 못 띄우거든."

"파라핀 뭐?"

"헬리콥터야. 해변에서 수백 마일을 나가야 하는데 날씨가 궂으면 헬리콥터를 못 띄워. 해가 나면 바다에서 안개가 올라오는데, 어떤 날에는 해무가 짙어서 애버딘도 안 보인다고 했어. 안개가 겨울에 심할 것 같지만 그렇지 않아. 여름이 최악이래." 이제 제임스는 먼고와 시선을 맞추었다. "정말로 그 많은 영구차를 못 봤어?"

"못 봤어." 먼고가 말했다. 사실이었다. 먼고는 제이미슨 부인이 죽은지 몰랐다. "어머니가 돌아가셔서 안됐다. 집이 조용하겠네."

"가끔 그래."

"우리 집도 조용해." 먼고는 풀잎을 손가락 사이에 끼고 풀피리를 불었다. 삑삑거리기만 할 뿐 맑은 풀피리 소리가 나지 않았다. "저기, 니가 원하면 우리 집에 언제든지 놀러 와도 돼."

"고마워. 하지만 괜찮아. 난 여기 오래 안 있을 거야. 열여섯 살 되자마자 학교 그만두고 이 빌어먹을 동네를 탈출해야지."

"그렇구나. 어디 가려고?"

"모르겠어. 북부 어딘가로 갈지도 몰라. 야외에서 하는 일을 구할 수 있는 곳으로. 나는 밖에 나와 있는 걸 좋아하거든. 어디든지 여기보단 낫겠지. 여기에선 툭하면 밖으로 나도는 남편 기다리는 행복한 주부를 연기하는 기분이 들어."

먼고는 모모에게 나쁜 일이 생길까봐 자나 깨나 걱정하고 하미시를 두려워하지 않는 삶이 어떨지 상상이 잘 가지 않았다. 먼고는 애써 웃음 지었다. "이러면 어때, 내가 열여섯 살이 될 때까지 기다려주면 같이 갈게. 그러니까, 나는 이스트엔드 밖으로도 나가보지 못했어. 나를 셰틀스턴으로 데려가서 스페인이라고 해도 믿을 거야."

제임스는 대꾸하지 않았다. 먼고는 기분이 이상했다. 어색한 침묵이 이어졌다. 입을 다물고 있는 편이 낫겠지만 침묵을 메꾸려고 되는 대로 주절거렸다. "사실 나도 얼마 전까지 우리 엄마가 죽은 줄 알았어. 근데 죽진 않았더라. 로열 인퍼머리 병원 밖에서 블랙푸딩을 튀기고 있었어." 어머니를 잃은 사람한테 할 말이 아니었다. 먼고는 풀밭에 얼굴을 묻었다.

동네 가로등에 불이 들어오기 시작했다. 먼고는 제임스를 도와 새장을 마저 청소하고 비둘기 집 문을 잠갔다. 동네로 돌아가는 길에 제임스는 먼고에게 기다란 갈색 깃털을 주었다. 리틀 먼고라고 놀린 비둘기의 깃털이었다. "이거 가져."

먼고는 깃털을 손에 쥐었다. 가장자리가 부드럽고 보송보송했다. 그러니까 리틀 먼고는 아직 다 성장하지 않은 새끼 비둘기였던 것이다. 그것을 언급하려는 순간 제임스가 먼저 말했다. "분수대 근처에서 여자애들 몇 명 만나기로 했어. 같이 갈래?"

"아냐, 난 집에 가야 할 것 같아." 먼고는 조디가 텅 빈 집에 돌아오는 것이 싫었다. 조디가 카페에서 퇴근하고 오기 전에 집에 가서 불을 전부 켜놓을 생각이었다.

제임스가 다시 기침하기 시작했다. 제임스는 트레이닝 주머니에서 파란 흡입기를 꺼내 두 번 깊이 들이마셨다. 모직 모자는 언제나 그렇듯 귀 위에 얹혀 있었다. 추위에 귀 가장자리가 빨갛게 부르텄다. "집에 가지 그래? 텔레비전 보면서 몸이나 녹이지?"

"아냐. 빈집에 들어갈 마음의 준비가 안 됐어. 진짜 같이 안 갈래? 월넛웝 사주면 거기 만지게 해주는 여자애도 있어."

먼고는 부드러운 깃털의 끝을 손가락으로 다시 훑었다. 나이가 들면 저런 제안에 구미가 당길지 궁금했다. "아냐, 괜찮아."

"에이, 남자답게 좀 굴어라." 제임스가 초조한 미소를 짓고 말했다. 하지만 다음 순간 제임스는 이미 몸을 돌려 공원 쪽으로 성큼성큼 가고 있었다.

먼고가 집에 오니 벌써 불이 다 켜져 있고 그녀가 부엌의 접이식 테이블에 앉아 있었다. 집 안에서 두꺼운 아노락 점퍼를 입고 있었고, 목이 기다란 포도주 잔에 위스키를 따라 마시고 다른 잔에 담뱃재를 털고 있었다. 보라색 비뚤어진 마스카라가 얼굴에 푸르스름한 빛을 입혔다. 척 봐도 운 것이 분명했다. 마침내 그녀가 놀라서 보고 있는 먼고의 시선을 느꼈다.

"거기 서서 입으로 파리 잡니." 모모가 훌쩍이며 말했다. "여기로 와서 좀 안아줘."

먼고는 어머니에게 다가갔다. 모모는 먼고를 끌어당겨 무릎에 앉히고 피에타 조각상 같은 모습을 연출했다. 이제 거의 열여섯 살인 먼고는 어머니 무릎에 앉을 나이가 아니었지만, 그래도 먼고는 어머니가 자신을 아기처럼 대하게 내버려두었다. 먼고는 어머니를 꼭 끌어안고 머리칼에 얼굴을 묻었다. 소시지 기름과 이탄의 흙내, 담배와 주시 프루트 껌 냄새가 났다. 이 모든 것이 그가 그리워하던, 익숙한 냄새였다. 그런데 어머니의 정수리 내음을 들이쉬고 있자니 타인의 비누 냄새가 희미하게 풍겼고, 머리 뿌리에서는 조키네 집의 냄새, 모르는 사람의 수건에 배어 있는 체취가 났다. 먼고는 낯선 냄새들을 애써 무시했다. "정말로 죽은 줄 알고 걱정했어요."

"아하!" 모모가 소리를 지르고 이집트 미라처럼 양팔을 펼쳤다. "좋다 말았지? 내가 살아 있어!"

먼고는 아직은 웃을 수 없었다. "저녁 뉴스에 별별 이야기가 다 나와요. 실종된 십대 여자애들이 살해된 채로 발견되었다고요. 걱정했어요."

"아이, 착하기도 하지." 모모가 얼굴을 가까이 기울였다. 얼굴에 지난번 봤을 때는 없던 주름이 가 있었다. 오래된 화장품이 끼어 있는 잔주름은 꼭 혈관처럼 보였다. "니가 만약에 미친 살인마였으면, 나를 십대 소녀로 보았을 거 같아?"

먼고는 얼굴을 긁적였다. "그럼요." 어머니를 기쁘게 해주려고 거짓말했다.

모모가 좋다고 작은 발을 동동 굴렀다. "아이, 니가 얼마나 내 기분을 좋게 해주는지 잊고 있었네." 모모는 먼고의 볼에 뽀뽀했다. 입을 헤벌리고 한 이상한 뽀뽀였다. 축축한 혀끝이 뺨에 닿았다. 모모는 벌써 취해 있었다. "너처럼 착한 남자를 만나면 얼마나 좋을까? 내가 어떻게 니는 아직 안 망가뜨렸는지 모르겠다. 니 누나랑 형처럼 말야."

"조디 누나는 괜찮아요." 먼고가 말했다. "누나는 의사나 우주비행사나, 아무튼 뭔가 대단한 사람이 될 거예요. 누나를 자랑스러워해야 해요."

모모는 불만스러운 소리를 내었다가 바로 다음 순간에는 공모하듯이 싱긋 웃었다. "그게 뭐 별거라고. 재미없는 여자를 누가 좋아하니?" 모모는 위스키를 포도주 잔에 콸콸 따랐다. 모모 안에 존재하는 멍한 눈의 괴물, 태티보글이 나올까봐 먼고는 불안했다. 모모를 자세히 뜯어보았다. 기분이 퍽이나 좋아 보였다. 어쩌면 괜찮을지도 모른다. "그 깐깐한 것이랑 맨날 집에 처박혀 있음 지겹지 않아? 애가 어찌나 빳빳한지, '할 일 목록'을 배 속에서부터 들고나온 것 같아."

"누나랑 나는 늘 재밌게 놀아요."

"그것도 맘에 안 들어. 너를 안을 수 있을 만큼 키가 큰 다음에는 니가 자기 새끼인 것처럼 하고 동네방네 돌아다닌다니까."

"먼고, 불을 전부 켜놓으면 어떡해…." 열쇠가 자물쇠에 꽂히는 소리를 듣지 못했다. 조디가 눅눅한 피자 상자를 들고 그들 앞에 서 있었다. "여기서 뭐 해요?"

"누가 자기 엄마한테 그따위로 인사하니."

조디는 피자 상자를 식탁에 내려놓았다. 먼고의 팔을 거칠게 잡고 모모의 무릎에서 일으켰다. 먼고를 의자에 앉힌 다음에 차갑게 식은 피자 상자를 가리켰다. "저거 먹어." 먼고는 복종했다. 조디는 집게손가락을 모모의 우아한 포도주 잔에 쑥 담갔다가 입속에 넣고는 눈살을 찌푸렸다.

모모의 멍한 눈은 초점이 없었다. 동네 수영장에서 너무 오래 논 것처럼 흰자가 빨갛게 충혈되어 있었다. 모모는 턱을 묘한 각도로 틀고,

먼고 앞에서 오락가락하는 조디를 노려보았다. 먼고는 튀긴 피자를 한 조각 찢어서 어머니에게 내밀었다. 모모가 받으려고 했지만 조디가 먼고의 손목을 뒤로 잡아당겼다. "네가 배부르게 먹고 남으면 그때 줘. 네가 다 먹기 전엔 안 돼."

조디는 더러운 접시들을 치우기 시작했다. "그래, 오늘은 어쩐 일로 오셨을까? 하아아—하."

"내 새끼들 보러 왔다." 모모는 자기 집에서 조금이라도 권위를 되찾으려는 듯이 식탁 의자에 앉은 채로 허리를 곧추세웠다. "내가 내 새끼들 보겠다는데—"

"웃기지 마요, 모린." 조디의 말투는 냉정했지만 잔인하지는 않았다. 먼고는 조디를 쳐다봤다. 파김치가 되어 있었다. "조키랑 어떻게 됐는데요?"

"별일 없어. 조키랑 아무 일도 없다고. 깨소금이 쏟아지는데 왜. 우리 막내아들 보러 온 거야. 내 인생의 유일한 진정한 사랑." 모모는 식탁 위로 팔을 뻗어 먼고와 손을 맞잡았다. 두 사람은 연인처럼 애정이 담뿍 담긴 눈으로 서로를 응시했다.

"잘됐네요. 그러니까 오늘은 그냥 한번 들렀다, 이거죠? 바쁜 스케줄에 우리를 끼워줘서 참 고맙네요." 조디는 머리를 뒤로 묶고 있었다. 배를 묶어두는 밧줄만큼 굵은 머리채가 등에 맥없이 늘어져 있었다. 머리를 하나로 바짝 묶은 탓에 인상이 무뚝뚝해 보였다. 조디는 부엌 서랍을 뒤져 종이 한 묶음을 꺼낸 다음에 모모 앞에 떨어뜨렸다. 성난 빨간 글씨가 통지서 곳곳에서 그들에게 소리를 지르는 것 같았다. "전기랑 가스랑 전화까지 죄다 끊어버린다고 그러잖아요. 우리 집에 성인이 없는 것 같다고 주택조합에서 세 번이나 편지 보냈어요. 사무실로 찾아가서 확인해주지 않으면 거기 사람들이 사회보장국에 전화해서 여기 예쁜이를 시설로 데려가겠죠."

격노한 모모가 쩌렁쩌렁 고함쳤다. "어떤 개자식이 고자질했어?" 모모는 빨간 글자로 뒤덮인 편지들을 바닥에 내동댕이쳤다. "빌어먹을 공동주택은 이래서 문제야! 별의별 연놈들이 남의 사생활에 참견하고 난리니, 원."

"월요일 아침에 곧장 가서 시의회 사람이랑 얘기해요."

"그래, 그럴 거야."

"아뇨, 월요일 아침에 거기부터 가요."

모모는 한 손으로 입을 가리고 식탁 위로 몸을 뺐었다. 그리고 마치 조디가 자리에 없는 것처럼 먼고에게 속삭였다. "거봐, 내가 뭐랬어. 애가 드럽게 재미없다니까."

조디는 눈을 감았다. 먼고는 누나의 양손이 힘없이 늘어지는 것을 보았다. 모모는 재떨이로 쓰던 포도주 잔을 기울여 재를 털어냈다. 그 잔에 위스키를 채우고 아이언 브루를 조금 섞은 다음에, 조디에게 내밀었다. "얘, 이거 좀 마셔라. 그럼 너도 좀 덜 뻣뻣해질지 누가 아냐."

조디가 눈을 번쩍 떴다. 여태 몰랐는데, 먼고는 하미시의 사나움을 조디의 얼굴에서 보았다. 조디의 눈이 하미시처럼 에어셔 바위의 검은 잿빛으로 흐려졌고, 턱선에는 하미시가 무언가를 세게 치기 직전의 표정이 잡혔다. 돌연 조디는 손을 뻗어 포도주 잔을 벽으로 날려버렸다. 오렌지색 음료가 하얀 조리대에 온통 튀었다.

"되바라진 것." 모모는 멀쩡한 술을 낭비하는 건 질색이었다. "너는 아직도 내가 마음먹으면 혼낼 수 있는 나이야."

"왜 왔어요?"

"왜 왔어요. 왜 왔어요." 모모가 거슬리게 칭얼거리는 말투로 조디의 말을 따라했다. "글쎄, 꼭 알고 싶으면 말해줄게. 니 잘못이야. 니네 둘이 스낵바에 나타나기 전까지는 나랑 조키 사이에 문제가 없었어."

"우리 잘못이라고요?"

"그래." 모모는 턱을 높이 치켜들더니 아이들에게 끔찍한 모욕을 당한 것처럼 등을 돌렸다. "니네 보니까 마음이 안 좋았지 뭐야. 죄책감 같은 거. 그래서 나한테 애들이 있다고 말했더니 조키가 나를 쫓아냈어. 일이 복잡해진다고. 자기는 가족 같은 거 꾸릴 생각 없다고."

조디는 한쪽 골반에 몸무게를 실었다. 심한 말을 할 것처럼 눈을 찡그렸다. 살벌한 침묵이 한참 이어지다 끝내 조디가 내뱉었다. "그거 알아요? 내가 사람들한테 좀 물어보고 다녔어요. 조키 던바 씨도 자식이 넷이나 있다던대요. 딸 셋에 어린 아들 한 명. 다들 아직 학교 다닌다고 하던대. 하아아—하."

"내가 언제 그 사람한테 애가 없다고 했니."

"그러니까 지금껏 웬 낯선 남자랑 살면서 그 남자 자식을 키우고 있었다 이거죠? 그 애들한테 밥도 차려줬어요?"

"그런 거 아니야. 나는 걔들 돌보러 거기 간 게 아냐."

"교복도 다려주셨나? 학교에서 먹을 샌드위치도 싸주고?"

"맨날 싸준 건 아니야."

"잠깐, 뭐라고요?" 먼고가 두 여자를 번갈아 보면서 말했다. "엄마—" 모모는 엄마라고 불리는 걸 질색했다. "다른 남자애 옷을 다려줬어요?"

"아냐, 먼고." 모모가 식탁 위로 손을 뻗었지만 먼고는 손을 뒤로 뺐다. 조디는 동생의 목뒤에 손을 얹었다. 목이 뜨겁게 달아올라 있었다.

"우리가 걱정돼서 온 거 아니잖아요." 조디가 말했다. "여태 웬 홀아비랑 그 사람 자식들이랑 소꿉놀이하면서 살고 있었잖아. 술 퍼마시다가 쫓겨났다는 것에 난 먼고 목숨도 걸 수 있어. 만취 상태로 트롱게이트 돌아다니니까 그 사람이 망신스럽다고 쫓아낸 거잖아요."

"넌 한 번도 날 사랑하지 않았어."

"한때는 했어요." 조디가 진지하게 고개를 끄덕였다. 그러고는 먼고의 팔을 잡고 부엌에서 끌고 나갔다. "시의회랑 이야기해서 문제 해결할 때까지는 있어도 돼요. 그다음에 나가요. 내가 매주 금요일에 스낵바로 찾아가서 공과금 낼 돈 받아갈게요. 먼고가 열여섯 살 될 때까지만 돈 내줘요. 그다음엔 멋대로 인생을 말아먹든가 말든가. 골로 가는 지름길을 택하든가, 마음대로 해요."

조디는 동생이 울기를 바랐다. 자신은 그런 식으로 응석을 부려보지 못했다. 조디에게는 상황이 달랐다. 울어도 달래줄 사람이 없었다. 모모나 하미시는 위로해주지 않았을 것이다. 하지만 먼고에게는 그녀가 있었다. 공영주택의 쓰레기통 뒤에 함께 쪼그려 앉아서, 조디는 동생이 울기를 바랐다. 내보내지 못한 아픔이 쌓이면 어떤 식으로 난폭하게 분출되는지 하미시만 보아도 알 수 있었다. 조디는 가슴속에 응어리가 진 남자를 너무 많이 알았다. "밥 먹듯이 거짓말하는 거 너도 알잖아."

다른 때였으면 먼고는 어머니를 변호했을 것이다. 모모에게 남은 장점을 하나라도 찾아서 형과 누나에게 알리는 게 이 비극적인 가족 드라마에서 먼고의 역할이었다. 먼고는 자신의 대사를 기억했지만 입 밖으로 낼 힘이 없었다.

"조키가 전화하면 곧바로 떠날 거 알지?"

먼고는 얼빠진 표정으로 입을 벌리고 있었다. 조디의 말에 반대할 기력도 없었다. "진짜로 조키네 아이들을 키우고 있었어?"

"그래." 조디가 말했다. "너 물어뜯는 버릇이 다시 엄청 심해진 걸 봤어. 그래서 차마 말 못 한 거야."

두 사람은 쓰레기통 뒤에서 악취를 견딜 수 있을 때까지 버텼다. 냄새가 지독했지만, 집에 늦게 들어갈수록 모모가 술에 곯아떨어져 있을 가능성이 높아졌다. 길고양이에게 생선을 주려고 나온 캠벨 부인은 바람을 피해 몸을 바짝 붙이고 웅크리고 있는 아이들을 보고 깜짝 놀랐다. 먼고가 조디에게 비둘기 키우는 소년에 대해 이야기하던 중에 캠벨 부인이 아이들을 발견하고 집에 가라고 어둠 속에서 내몰았다. 공영주택 계단을 올라가는 내내 부인은 아이들을 야단쳤다. 하지만 부인의 입에는 측은해하는 표정이 걸려 있었다. "노인네 간 떨어져 죽으라고 거기서 그렇게 앉아 있니." 캠벨 부인은 아이들 손에 밝은 주황색 치즈 조각을 쥐여주었는데, 앞치마 주머니가 마땅히 치즈를 보관하는 장소인 것처럼 그 속에서 꺼냈다. 치즈 조각은 가장자리가 메마르고 갈라져 있었다. 캠벨 부인은 아이들이 치즈를 먹은 것을 확인한 다음에야 보내주었다. "둘 다 금방이라도 구루병 걸려서 쓰러질 것 같은 꼴이구먼."

"고맙습니다, 캠벨 부인." 조디가 말했다.

캠벨 부인은 조디의 손을 잡았다. 조디의 얼굴에 흘러내린 머리카락 몇 가닥을 넘겨주었다. "내 말 들어라, 아가. 무엇 때문이든지 간에 집에서 못 잘 사정이 있으면 꼭 내려와서 문 두드려라. 알겠니? 니네 둘 재울 잠자리는 금세 만들 수 있으니까. 무슨 일이냐고 물어보지도 않을게." 캠벨 부인은 말을 멈추었지만 조디의 손을 그대로 잡고 있었다. "딴 여자가 자기 아이 키우는 일에 내가 간섭할 순 없어. 하지만 잘 곳이 필요하면 꼭 내려와서 말해라. 알았지?"

먼고는 한 발짝 다가가서 캠벨 부인을 껴안았다. 부인은 먼고를 안고 왈츠를 추듯이 한 바퀴 돌렸다. "랄라라라, 아유, 먼고 해밀턴, 사람 마음을 녹이네, 녹여. 이 시대의 마지막 낭만파야." 캠벨 부인은 아이들에게 가보라고 손짓했다. "얼른 가. 우리 아저씨가 질투하겠다."

집은 고요했다. 모모는 자기 방에서 색색거리며 자고 있었다. 두 사람은 문을 조용히 닫고 들어왔다. 조디가 손가락을 입에 가져다 댔지만 먼고는 어떻게 해야 하는지 이미 알았다. 오랫동안 해온 게임이다. 소리 내지 않기. 태티보글 깨우지 않기.

태티보글을 처음 만났을 때 먼고는 고작 일곱 살이었고 조디는 여덟 살 반이었다. 모모가 밑바닥을 칠 때면 나타나는, 노기등등하여 죄다 파괴하는 주정뱅이를 동생이 어떻게 받아들여야 할지 몰라 힘들어하는 것을 조디는 눈치챘다. 삼남매는 〈윌로 더 위스프〉 만화영화를 보고 있었다. 저녁 먹을 시간밖에 되지 않았는데 모모는 아이들이 학교에서 돌아오기 훨씬 전부터 술을 들이붓고 있었다. 하미시가 밥을 달라고 하자 모모는 웃음을 터뜨리고는 전기밥솥이 어떻게 작동하는지 설명했다. 하미시는 발끈해서 모모의 손에서 위스키 병을 낚아채고는 식은 차를 버리듯이 싱크대에 쏟았다.

하미시를 한바탕 매질한 뒤에 모모는 마실 술이 없다는 사실을 깨닫고 당황했다. 술을 어디서 구하지? 모모는 옆 골목에 사는 남자에게 전화했다. 남자가 왔고, 두 사람은 강화 포도주를 한 병 들고 방에 들어가 한동안 나오지 않았다. 종아리가 온통 손자국으로 불긋불긋하게 물든 하미시는 배를 대고 엎드려야 했다. 삼남매는 텔레비전에 바짝 다가앉아서 조디가 끓인 죽에 소금을 쳐서 먹었다. 남자가 마침내 떠났다. 만취한 모모가 옷을 반쯤 입고 나왔다. 취기의 즐거움이 사라지고 나자 이용당했다는 생각에 몹시 화가 나 있었다.

"너 때문에 내가 방금 뭘 해야 했는지 알아?" 모모가 하미시에게 소리쳤다. 세 아이는 정확한 단어는 아직 몰랐지만 그것이 무엇인지 알았다. 남자의 신음 소리를 듣지 않으려고 이제껏 눈이 사시가 될 정도로 텔레비전 화면을 뚫어지게 보고 있었다. 너무도 바짝 다가앉아 있어서 화면의 정전기 냄새가 맡아질 정도였다. "전부 다 니 잘못이야. 전부." 모모가 맏아들을 추궁하며 삿대질했다. 아이들은 놀란 족제비처럼 긴장한 채로 옹기종기 모여 앉았다. 이날 조디는 태티보글이라는 괴물을 지어냈다.

마침내 모모가 곯아떨어졌다. 조디는 벌겋게 부은 하미시의 종아리에 소염 로션을 발라주었고 먼고는 소리를 죽인 텔레비전의 채널을 돌렸다. 텔레비전에서 늑대인간 영화를 하고 있었다. 미국 청소년이 자신의 무시무시한 또 다른 자아와 더불어 살아가는 길을 찾는 코미디였다. 세 아이는 부드러운 목 위로 고개를 끄덕거리며 입을 벌리고 영화를 보았다. 그때 조디가 나직이 말했다. "아, 모모가 딱 저렇잖아. 같은 사람이 아니야. 봐봐."

먼고와 조디는 캠벨 부인이 준 메마른 치즈의 마지막 조각을 어렵사리 삼켰다. 어둑어둑한 복도에 서서, 모모의 불규칙한 숨소리가 뜻하는 바를 짐작해보았다. 모모는 잠이 들고 있었다. 좋다. 조디는 잘 자라고 동생을 안아주었다. 남매는 각자 방으로 갔다. 숨소리도 내지 않고 조용히 들어갔는데도 어쩐 일인지 모모가 부스럭거리며 깼다. 어둠 속에서 들린 모모의 목소리는 축축하고 끈적했다. "먼고? 먼고, 아가? 너야?"

먼고는 조디를 쳐다봤다. 창백하게 질린 조디가 대답하지 말라고 표정으로 애원했다. 모모가 침대에서 일어났다. 발바닥이 카펫에 떨어지는 소리가 울렸다. 먼고는 어머니를 안전하게 꽉 잡아주려면 무엇을 해야 하는지 알았다. "네, 저예요. 필요한 거 있어요?"

모모가 이토록 취했을 때는 생각하는 데 시간이 곱절로 걸렸다. 아이들은 어둠 속에서 대답을 기다렸다. "이리 와." 애처로운 목소리가 말했다. "오늘 밤은 여기 와서 모모랑 같이 자."

그럴 나이 지났어. 조디가 입 모양으로 말했다.

"나도 알아." 먼고는 사실 자기도 엄마랑 자고 싶다고, 엄마 곁에서 안전하게 느끼고 싶다고 인정할 수 없었다.

"먼고, 거기서 자면 안 돼." 조디가 속삭였다.

"머언고, 먼고. 이리 와. 여기서 나랑 자, 먼고." 모모가 칭얼댔다.

모모는 혀가 꼬일 대로 꼬여 있었다. 그냥 기다려도 된다. 가만히 있으면 금세 잠들 것이다. 단지 어머니가 불러서가 아니라 자기 역시 원해서 가는 거라고 조디에게 어떻게 말하겠는가? "내가 가는 게 좋겠어. 밤에 어디 나가지 못하게 잘 감시할게."

조디는 대꾸하지 않았다. 그저 질린다는 표정으로 홱 뒤돌아서 자기 방문을 쾅 닫았다. 조그만 래치가 맞물리는 소리가 났다. 한번은 하미시가 조디 방문을 걷어차서 열었다. 조디가 초경을 시작한 무렵이었다. 복수로 조디는 하미시 바지를 모조리 가져간 다음에 주머니에 구멍을 냈다. 꽤 오랫동안 하미시는 자기가 소유한 모든 것을 베들레헴의 걸인처럼 들고 다녀야 했다.

먼고는 쇠 맛이 나는 수돗물을 큰 컵에 따랐다. 그리고 모모의 따뜻한 방에 들어갔다. "엉덩이 들어봐요." 먼고가 명령하자 모모는 침대 위에서 몸을 떨며 금방이라도 쓰러질 것처럼 엉거주춤 게 포즈를 취했다. 먼고는 모모의 뱃살에 끼어 있는 레깅스의 허리 밴드를 빼서 아래로 내렸다. 모모는 한결 편하다고 한숨을 내쉬며 몸을 다시 내리고 침대의 옆자리를 두드렸다. 먼고는 사각팬티만 빼고 다 벗은 다음에 어머니 옆으로 기어들었다. 모모는 이불을 덮으며 아이에게 바짝 안겼고, 먼고는 모모를 뒤에서 감싸 안았다. 품속의 어머니는 아이 같았다. 술에 취하고 니코틴에 찌든, 술내 나는 아이. 먼고는 자신의 따뜻한 허벅지로 어머니의 차가운 다리를 받쳤다. 어머니의 조그만 발을 자기 발 사이에 끼우고 얼음 같은 찬기가 녹을 때까지 비볐다.

"잠이 안 와." 모모가 웅얼거렸다.

"이야기 들려줄까요? 축구 내기에서 크게 따서 평생 다시는 일하지 않아도 된 여자 이야기 해줄 수 있는데. 그 이야기 좋아하잖아요."

모모는 아이처럼 도리질했다. "싫어. 노래 불러줘."

"어떤 거요?"

"좋은 노래 많이 알잖아. 차트에서 녹음한 거 들려줘. 사랑 노래."

먼고는 어머니 뒤에 누웠다. 이렇게 어머니를 곁에 두고 있어야 한다. 먼고는 나직하게, 가사는 잘 모르지만 노래가 불러일으키는 감정만큼은 정확히 아는, 사랑 노래를 부르기 시작했다.

## 6

주황색 포드 카프리가 망가진 가로등 아래 주차되어 있었다. 타인의 눈을 신경 쓰지 않고 여자친구랑 마음껏 키스하고 싶던 소년 한 명이 부지런하게도 가로등을 타고 올라가 전선을 끊어놓았다. 자동차는 질척한 잔디밭과 마른 땅을 분리하는 콘크리트 블록 담벼락 근처의 그늘에 세워져 있었다. 멋진 자동차였다. 반쯤 어둠에 묻혀 있는데도 호박 같은 주황색이 너무나도 당당히 빛나서, 허세스럽게 화려한 차를 보면 으레 들기 마련인 민망함도 느껴지지 않았다. 수입 미제 모형 자동차 컬렉션에서만 본 적 있는 강력한 총알차였다.

하미시는 차 문 손잡이를 잡고 일자형 줄칼을 쓱 집어넣어 잠금장치를 풀고 차에 탔다. 먼고는 어둠 속으로 한 발 물러났다. 하미시가 깨운 엔진이 포효를 내질렀을 즈음에 먼고는 콘크리트 블록 벽에 등이 닿을 정도로 멀찌감치 물러나 있었다. "타, 멍청아." 하미시가 딱 잘라 말했다. 먼고는 강력한 엔진이 장착된 차보다 빨리 뛸 자신이 없었다.

차 주인은 좌석 목 받침에 모피를 대고 천장에 미러볼을 달았다. 자동차 실내보다는 퇴폐한 분위기의 스트립클럽에 가까웠다. 하미시가 뒷골목을 천천히 달리는 동안 먼고는 푹신한 벨루어 좌석에 바짝 기대 누운 채로 훔친 차에 타고 있는 모습을 들키지 않기만을 기도했다. 퍼레이드 대로의 신호등에 다다르자 하미시는 기어를 빼고 액셀을 세게 밟았다. 자동차의 사나운 포효가 공동주택 사이로 메아리쳤다. 버스정류장에 있던 사람들이 화들짝 놀라 돌아보았다. 하미시는 다시 한번 액셀을 밟았다.

"하지 마." 먼고의 얼굴은 경련의 도가니였다.

하미시는 또다시 굉음을 울렸다. 반대쪽에서 오는 차들의 전조등이 하미시의 두꺼운 안경알에 반사되었다. "니가 꼴통처럼 굴지 않고 제대로 앉을 때까지 계속할 거다."

"차를 훔쳤잖아."

배기음이 다시 우르릉대고 차가 앞으로 쏠렸다. "그래서? 우리를 잡으려면 일단 따라잡아야 할걸."

질주하는 차 밖으로 퍼레이드 대로에 불빛의 향연이 펼쳐져 있었다. 환하게 불을 밝힌 튀김집과 아늑한 펍의 불빛이 비에 젖은 거리에 반사되었다. 차창을 스치는 공동주택에서 모든 거실이 동시에 색을 갈아입었다. 추위를 피해 문을 꼭 닫은 가족들이 다들 같은 채널을 보고 있었다. 이윽고 공동주택이 시야에서 물러났고, 자동차는 오른쪽으로 단독주택들이 늘어선 로이스턴의 언덕길에 진입했다. 가톨릭의 영역인 이곳은 해밀턴 집안의 아이들이 있어서는 안 될 곳이었다.

로이스턴을 지나면 깨져버린 약속을 상징하는 사이트힐이 나타났다. 지은 지 20년밖에 되지 않은 고층 아파트들은 벌써 황폐해졌다. 먼고는 이렇게 높은 건물을 본 적이 없었다. 짙은 먹구름에 가려진 아파트 꼭대기는 끝없이 쏟아지는 빗줄기 위쪽 어딘가로 이어지는 계단처럼 보이기도 하고, 혹은 도시 전체를 삼켜버릴 기세의 컴컴한 적운의 천장을 지탱하고 있는 버팀대처럼 보였다.

카프리는 거침없이 나아갔다. 차가 빨간불에서 멈췄다가 다시 출발할 때마다 먼고는 하미시가 가슴을 깔고 앉을 때처럼 좌석으로 몸이 젖혀졌다. 다른 점이 있다면, 이 느낌은 자유로웠다. 하미시가 액셀을 세게 밟으며 핸들을 튕기듯이 돌리자 차가 매끄럽게 원형진입로를 돌았다. 신호등 앞에 멈춰 섰을 때 먼고는 불을 밝힌 캐러밴의 스낵바를 가리켰다. 주위는 조용했고, 형광등 불빛이 카운터 밖으로 몸을 빼고 있는 모모의 창백한 가슴께를 밝게 비추었다. 형제는 청소차 기사와 시시덕거리고 있는 어머니를 잠시 응시했다. 하미시는 창문을 내리고 다시 액셀을 밟았다. 그러고는 요란한 배기음 위로 외쳤다. "꼴좋다, 주정뱅이! 엿이나 먹어라!"

먼고는 좌석에 기대 누워 몸을 숨겼다. 모모에게 사과하려고 뒤돌아봤지만 카프리는 새된 소리를 지르며 트롱게이트를 향해 달리고 있었다. 하미시가 한바탕 웃음을 터뜨렸다. 먼고는 자기도 모르게 즐거워하고 있었다. "쫄지 마. 우리라는 거 절대 모르니까." 하미시가 말했다. "남자 앞에서는 절대 안경 안 쓰잖아."

주황색 쇳덩어리 짐승은 포효하며 하이 스트리트를 내달리다가 오른쪽으로 꺾어 신문가판대를 지나고 조지 스퀘어 광장 옆으로 접어들었다. 하미시는 도시가 자기 것인 양 달렸다. 한 손은 핸들에 올리고, 다른 손으로는 창밖의 콧대 높은 아가씨들에게 인사하고 있었다. 먼고는 차가운 차창에 이마를 대고 눈앞을 스치는 수많은 인생사를 내다보았다. 헐벗다시피 한 아가씨들이 퇴근 후에 한잔하러 가고 있었다. 생기발랄한 예술 대학 학생들이 크게 손짓하며 대화를 나누었다. 누르스름한 서류철을 팔에 한가득 낀 변호사들이 제 잘난 맛에 취해 걷고 있었다. 그가 사는 동네에서 고작 2마일 떨어진 곳에서 수많은 삶이 펼쳐지고 있었는데, 전부 그의 인생보다 빛나는 것 같았다.

하미시는 너른 아가일 스트리트로 진입해 달리기 시작했다. 이 지역 사람들은 그들과 별로 다를 바 없이 초라해 보였다. 클라이드강에 가까워지자 저렴한 가게들이 늘어서 있었고, 건물들은 분사기로 관리되지 않은 탓에 한때의 영광스러운 금빛을 잃고 우중충한 색에 덮여 있었다. 글래스고 주민들은 고개를 들지도 않고 빗줄기 사이를 저벅저벅 가로질렀다. 18세기에 담배 수입과 아프리카 식민지 무역으로 막대한 부를 쌓은 타바코 로드들이 지은, 코린트식 기둥으로 웅장하게 꾸민 건물들을 올려다보지 않았다. 먼고는 질투가 났다. 자신이라면 거리를 매일 걸으면서 도시의 아름다움을 무시하지 않을 텐데.

"괜찮냐?" 하미시가 물었다. "설마 토하려는 건 아니지?"

"난 이런 거 처음 본단 말이야. 너무 빨리 달리지 마."

형제는 한동안 도시를 누볐다. 웨스트나일 스트리트를 한 바퀴 돌고 렌프루 스트리트를 달리다가 호프 스트리트로 되돌아왔다. 하미시는 중앙역의 불빛 아래 차를 세우고, 삼삼오오 무리 지어 펍이나 클럽으로 가는 아가씨들을 쳐다봤다. 좀처럼 빠지지 않는 젖살이 포동포동한 분홍빛 팔에 닭살이 돋아 있었다. 하미시는 여자들 옆으로 차를 대고 배기음을 유혹적으로 으르렁 울렸다. 여자들이 깔깔거렸다.

하미시는 연료 게이지를 손가락으로 튕겼다. "이렇게 멋진 차를 그냥 망가뜨리긴 아까운데, 일하러 가기 전에 모험이나 할까?" 하미시는 주머니에서 스페셜 브루 한 캔을 꺼내 먼고에게 건네주고, 캔을 하나

더 꺼내 동생이 들고 있는 캔에 부딪었다. 먼고는 라거의 하얀 거품이 좌석을 더럽히는 게 속상했지만 하미시는 신경 쓰지 않았다. "용맹한 해밀턴 남자들을 위하여."

자동차의 센터콘솔에 카세트테이프가 빽빽이 꽂혀 있었다. 하미시는 프리텐더스의 음악을 틀더니 후렴의 드럼 소리에 맞추어 먼고에게 고개를 끄덕이며 "저 녀석 울음 좀 그치게 해봐"라고 노래했다. 맥주캔을 허벅지에 끼운 채로 한 손은 비가 내리는 밖에 내놓고 빠르게 운전하는 하미시는 행복해 보였다. 먼고는 보기 드문 그 표정이 좀 더 오래 가길 원했지만 저 아래 도시는 이미 빠르게 멀어지고 있었다. 형제는 클라이드강의 다리를 건너 먼고가 모르는 동네들을 쏜살같이 지나쳤다.

바다에 다다랐을 무렵에는 사위가 어두워서 육지가 어디서 끝나고 바다가 시작되는지 알 수 없었다. 하미시는 차를 제일 높은 언덕 꼭대기에 세웠고, 두 사람은 보닛 위에 앉았다. 그들 아래로 저녁 불빛이 별자리처럼 흩뿌려져 있었고, 고적한 논밭이 펼쳐진 가운데 조그만 마을들이 다닥다닥 모여 차가운 아일랜드해를 마주하고 있었다. 하미시가 먼고의 어깨에 팔을 둘렀다. 거의 미안함에 가까운 어조로 말했다. "다음번엔 밝은 대낮에 와보자, 알았지?"

먼고는 경치가 잘 보이지 않는다고 서운하지 않았다. 이처럼 고요한 곳은 처음이었다. "전조등 꺼도 될까? 잠깐만?"

형은 그가 해달라는 대로 해주었다. 그렇게 어스름 속에 앉아 있는 동안 하미시는 라거를 마저 들이켜고 먼고의 것까지 마셨다. 잠시 후 하미시가 말했다. "너한테 일부러 심하게 구는 건 아냐."

"알아."

"가끔 엄청 부담될 때가 있어. 그러니까, 애들 관리하고, 애기도 생각해야 하고, 게다가 니도 챙겨야 하니까."

"나 챙겨달라고 한 적 없어."

"하긴, 니보다 골치 아픈 문제는 쌔고 쌨지." 하미시가 먼고의 귓불을 살짝 잡아당겼다. 형이 이런 식으로 말하는 건 거의 들어본 적이 없었다. 그들이 사는 곳에서는 어떤 부드러운 행동도 용납되지 않았다. 괜히 다정한 말을 했다가 나중에 약점으로 잡힐지 몰랐다. "우리는 한편이야, 먼고. 나는 니가 물러터진 남자로 자랄까봐 걱정돼서 엄하게 대하는 거야." 하미시는 먼고의 귀를 잡고 비틀었다.

먼고는 형의 본모습이 너무 빨리 돌아와서 슬펐다. "최근에 조디 누나한테 무슨 문제가 있는 것 같아. 밥을 잘 안 먹어."

"그래?" 하미시가 지루하다는 듯이 말했다. "학교에서 개랑 자고 싶어 하는 애는 없을 텐데."

"잠깐만. 우리 셋이 한 편인 줄 알았는데. 삼총사처럼."

"웃기고 자빠졌네! 삼총사는 무슨. 대부랑 아무짝에도 쓸모없는 얼간이 형제 두 명이 차라리 더 비슷하지." 하미시는 맥주캔을 짜부라뜨리고 멀리 던졌다. "기가 막힌 마술 보여줄까?"

하미시는 구불구불한 도로 여러 개를 지났다. 거침없이 운전하는 모양새가 전에 혼자나 다른 누군가와 여기 와본 게 분명했다. 그 생각을 하자 먼고는 왠지 침울해졌다. 하미시는 높다란 관목과 농장 울타리를 끼고 돌아 조그만 언덕의 오르막길에 차를 세웠다. 하루의 마지막 보랏빛에 잠긴 언덕에서는 마흔 발짝 앞도 잘 보이지 않았다.

"다 왔다." 하미시가 말했다. "여기 언덕에서 핸드브레이크를 내리면 어떻게 될 거 같아?"

"그럼 안 돼." 먼고가 말했다. "차가 뒤로 굴러가잖아."

"그렇겠지."

하미시가 핸드브레이크를 놓았다. 먼고는 자동차가 전조등의 불빛에서 물러나며 뒤로 미끄러지리라 예상하고 마음의 준비를 했다. 잠시 차는 움직이지 않았다. 그러다 아주 천천히, 그리고 의심의 여지 없이, 차가 언덕을 올라가기 시작했다. 하미시는 열기가 느껴질 정도로 환하게 웃고 있었다. "진짜 신기하지?"

과연 너무도 신기했다. 차가 혼자서 오르막길을 올라가고 있었다.

"여긴 뭐가 있어. 저주를 받았거나 그럴 거야. 이 언덕에서는 무엇이든지 아래로 굴러가는 대신 위로 올라가. 전류 같은 건 가봐. 묘하지?" 하미시가 기어를 넣고 언덕을 제대로 올라가려고 했지만 먼고는 신기한 마술을 또 보고 싶어 자꾸 또 자꾸 부탁했다.

그들은 거뭇한 바다의 부두에서 멈췄다. 하미시가 나눠 먹을 생선튀김을 사 왔다. 먼고가 튀김이 축축해지도록 몰트 식초를 뿌려도 하미시는 불평하지 않고 이렇게만 말했다. "기다려봐. 좋은 장소를 알아."

두 사람이 기다란 돌담에 도착했을 때도 축축한 튀김은 여전히 따뜻했다. 하미시는 갓길에 차를 세웠고, 두 사람은 높은 돌담을 타서 넘었다. 사위가 칠흑처럼 캄캄했다. 이따금 기다란 고사리가 다리에 스치면 두 사람은 놀라기도 하고 재밌기도 하여 겅중겅중 뛰었다. 저만치 1마일 정도 떨어진 곳에서 인공 불빛이 희미하게 빛났다.

빛나는 성에 마침내 도착했을 때 먼고는 이곳이 무엇이냐고 물을 수밖에 없었다. 이런 건 처음 보았다. 중앙역의 호텔이나 사암 벽이 검댕에 얼룩진 글래스고 대성당도 웅장했지만, 그곳들은 공공장소이거나 관광지였다. 그런데 이곳은 개인을 위해 건축되었다. 왕족을 위한 곳이었고, 요새로 에워싸인 성과 으리으리한 저택의 중간쯤 될 듯싶었다. 가장 큰 건물은 파도가 철썩이는 바다를 등지고 있었고, 그 건물을 에워싼 정원과 총안이 뚫려 있는 성벽이 시야가 닿는 끝까지 이어졌다. 건물 안에서 새어 나오는 흐릿한 빛이 울룩불룩한 유리에 물결처럼 번졌다. 창문은 큼직하고 방에는 가구가 들어차 있었다. 실내와 외관이 모두 아름다운 곳이라는 걸 알 수 있었다.

"굉장하지? 컬지언 성이야." 하미시는 태곳적 나무들의 무성한 잎사귀 아래서 양손을 골반에 올리고 지주처럼 흐뭇해하며 말했다. "새미조는 여기서 결혼하고 싶어 했어." 하미시가 휘파람을 불었다. "그러려면 차를 몇 대 훔쳐야 하는지 아냐?"

하미시는 우묵한 정원 위로 아치를 그리는 다리를 가리켰다. 다리 양 끝에 오래전에 쓸모를 잃은 보초 탑이 서 있었다. "저기 탑 안은 여자애랑 하기에 최적이야." 하미시가 사실을 서술하는 담담한 말투로 말했다. "버키 한 병 들고 여기 데려와서 성을 보여주면 뭐든지 다 하게 해준다니까." 웃고 있는 하미시의 입속에 노란색 튀김이 가득했다.

굵은 나뭇가지에 걸터앉아서 몸을 흔드는 모습을 보고 있자니 형의 장난스러운 일면에 대한 애정이 새삼 치솟았다. 글래스고로부터 한참 떨어진 이곳에서 하미시는 그를 절대적으로 추앙하는 부하들과 그를 절대적으로 경멸하는 나머지 동네 사람들의 시선으로부터 자유로웠다. 하미시의 어릴 적 모습이 기억났다. 머릿속에는 엉뚱한 아이디어가 가득하고 잠시라도 하늘을 날 수 있다면 기꺼이 추락을 감수하던 용감한 개구쟁이. 이 순간만큼은 하미시가 변질되지 않은 것처럼 느껴졌다. 어린아이로 회귀한 듯한 형을 보고 있던 먼고는 문득 견딜 수 없을 정도로 가슴이 먹먹했다.

"하미?" 먼고는 위험한 도박이라는 걸 알면서도 말했다.

"왜?"

"사랑해."

가지에 앉아서 몸을 앞뒤로 흔드는 형을 보고 있던 중에 별안간 목깃을 그러잡은 손의 압력을 느꼈다. 왜 꼭 목깃을 잡을까? 모르는 사이에 야간 경비원이 비에 젖은 정원을 슬그머니 가로질러 접근했다. 바다의 단조로운 파도 소리가 발소리를 숨겼다. 경비원은 먼고의 턱 밑을 팔로 세게 조이고 그의 고개를 뒤로 젖혔다.

"잡았다, 쥐새끼 같은 놈!"

하미시가 나뭇가지에서 내려오기도 전에 먼고가 해치웠다. 한평생 가학적인 형에게 당하며 아프게 습득한, 똘똘 뭉쳐 있던 자기보호의 본능이 난폭하게 분출되었다. 눈 깜짝할 사이에 먼고는 고개를 앞으로 숙였다가 뒤로 힘껏 젖혔다. 단단한 코뼈가 무너지는 느낌에 자신이 남자의 코를 부러뜨렸다는 것을 알았다. 몸을 둥글게 말고 온 힘을 다해 뒤로 밀자 남자는 중심을 잃고 축축한 땅에 쓰러졌다. 먼고는 남자의 손아귀를 벗어나자마자 뛰기 시작했다.

경비가 으스러진 얼굴을 붙잡고 땅에서 뒹구는 동안 먼고는 하미시를 지나쳐 안전한 어둠 속으로 뛰었다. 옆을 지나치면서 하미시의 미끌거리는 트레이닝 재킷을 잡고, 남자로부터 멀리, 고사리 숲으로 도로 뛰었다. 너무나도 쉽게 처리했다. 어쩌면 이 경비는 성에 무단침입하는 글래스고 소년들을 많이 겪어보지 못했는지도 모른다. 그렇지만 돌담을 따라 달리는 하미시의 얼굴에는 감탄의 표정이 떠올라 있었다. 하미시의 미소가 달빛에 빛났다. 하미시는 말썽을 부리는 스릴

감을 위해 살았다. 밖으로 노출된 전선으로 엔진을 가동하면서 하미시는 말했다. "와, 먼고. 맨날 얌전한 척만 하고, 니 잠재력은 잘 모르는 것 같다."

두 사람은 글래스고로 돌아오는 내내 노래를 불렀다. 하미시는 센척하는 가톨릭 소년들의 허풍을 비웃고 동생에게 숨겨져 있는 조그만 폭력성의 불꽃을 자랑스러워했다. "니가 그 경비 얼굴 박살 낸 거 진짜 최고였어." 하미시가 히죽 웃었다. "다음 달에 로이스턴 놈들이랑 붙을 때 니가 힘 좀 빌려줘야겠다. 그 자식들이 깜짝 놀랄걸. 내 동생이 페니언들 골통에 도끼날을 박아주는 모습을 하루빨리 보고 싶군."

사이트힐 뒤쪽으로 노스사이드부터 클라이드강까지 이어지는 운하가 흘렀다. 질척한 폐수의 물길을 따라 늘어선 나지막한 공장들은 밤이면 문을 단단히 잠그고 어둠 속에 잠들어 있었다. 하미시는 텅 빈 도로에 차를 세웠다. 차에는 가까스로 불이 붙을 양의 기름이 남아 있었다. 먼고는 하미시를 말렸다. 재밌게 놀았으니까, 이 아름다운 차를 망가뜨리지 않고 제자리로 돌려놓으면 안 될까. 그들의 손에 들어온 아름다운 것을 딱 한 번이라도 망가뜨리지 않으면 안 될까.

"너 바보냐? 이 차를 훔쳐서 불 지르라고 80파운드 받았어. 조 모리슨은 이걸 중고로 파는 것보다 보험회사에서 훨씬 더 많이 받을 거야."

하미시는 천 쪼가리에 불을 붙이고 주유통에 쑤셔 넣었다. 그러고는 덩실덩실 차에서 물러났다. 무시무시한 굉음과 함께 차가 폭발하고 순식간에 불덩어리로 변했다. 먼고는 잠시 숨을 쉴 수 없었다. 머릿속이 하얘졌다. 이토록 아름다운 것이 그토록 순식간에, 완전히 파괴될 수 있다는 사실에 얼이 빠졌다. 형제는 불길에서 멀리 달아나 사이트힐 공동묘지의 담벼락에 기대앉았다. 불타는 고무에서 피어오르는 기다란 연기구름이 아랫부분만 빛나는 구름에 섞여들었다. 먼고는 이 밤이 저물어서 슬펐다. 이제 곧 동네로 돌아가야 한다. 형과 함께 조디를 데리고 해변으로 돌아가서 식초를 잔뜩 뿌린 튀김을 먹고 싶었다.

먼고와 하미시는 불타는 자동차에 다가오는 동네 아이들을 지켜보았다. 아이들은 소방차가 와서 불을 끄기 전에 불길에 던질 만한 것을 찾고 있었다. 언덕 아래에서 깜박거리는 소방차의 불빛이 공장들을 파랗게 물들였다. 미로 같은 골목을 누비며 운하로 향하는 파란 불빛을 형제는 눈으로 좇았다. 하미시가 먼저 입을 열었다. "아까 거기 성에서 니가 자랑스러웠다."

먼고는 자랑스럽지 않았다. 자신의 머리칼에서 남자의 끈적한 피가 굳어가는 느낌이 역겨웠다. "그런 이유로 내가 자랑스럽다는 게 슬퍼."

하미시는 검지와 중지로 짤막한 담배를 들고 있었다. 그들 아래 도시는 반쯤 썩어 있었다. 먼고가 어려서 이해하지 못하는 게 아니다. 다만 먼고는 15년 평생 자신이 사는 동네의 공영주택 대여섯 채 말고 다른 세상을 본 적이 없다. 하미시는 주먹을 쥐고 애써 분노를 삼켰다. 모르는 것이 먼고 잘못은 아니다. "여긴 일자리가 없어. 넌 정신 차리고 존나 강해져야 해. 니가 학교 계속 다녀봤자 무슨 소용일 것 같냐?"

"무슨 말인지 알아. 하지만 형은 노력도 안 했잖아." 부지불식간에 말이 와락 튀어나왔다. 먼고는 흠칫하며 한 대 맞을 각오를 했다.

하미시가 튕긴 꽁초가 밤의 어둠 속으로 굴러갔다. 하미시는 반쯤 접힌 주머니칼처럼 몸을 구부리고 집까지 먼 길을 걷기 시작했다.

먼고는 종종대며 형을 따라갔다. 걷어차인 다음에도 주인을 쫓아가는 강아지처럼.

하미시가 코웃음을 쳤다. "기술 배워라. 학교에서 맨날 그 소리였지. 내가 대학 가서 토목공학을 배우고 싶다 하니까 선생들이 뭐라고 했는지 아냐. '거긴 너 같은 애들이 갈 데가 아니야.'" 하미시는 웨스트엔드 악센트를 그럴듯하게 따라 했는데, 말꼬리에서 음을 올린 거로 미루어 항상 일에 치여 사는 뉴먼 교장을 따라 하는 것이었다. "겁나게 슬픈 건 말이지, 그 싸가지 없는 선생 말뜻을 내가 알아들었다는 거야. 그래도 물어봤어. '왜요?' 그랬더니 그년이 투실투실하게 늘어진 턱살을 빨아들이고 이러더라. '넌 대학 갈 소재가 아니야.'"

먼고는 하미시가 조디에게 대학은 꿈도 꾸지 말라며 똑같이 말하는 것을 들은 적이 있었다. 그 아픔이 어디서 시작되었는지 인제 알았다.

"형은 그 말에 수긍했어?"

"처음엔 아니었지. 어쨌든 선생이 말했어. 뭘 조립하고 짓는 게 좋으면 고번의 조선소에 견습생으로 들어가보라고. 어느 오후에는 버스비까지 챙겨주면서 강 아래 동네로 보냈어. 교복 최고 깔끔한 거로 입고 부둣가를 걸어가는데 반대쪽으로 남자들이 우르르 나오는 거야. 방금 해고당한 사람들이었어. 아직 먹지도 않은 도시락을 그대로 가지고 나오고 있더라." 성큼성큼 걷던 하미시는 걸음을 멈추고 저 아래 도시를 내려다보았다. "다 큰 남자들이 금세라도 울 것 같은 얼굴이었어. 근데 나라는 얼간이는 교복에 넥타이까지 매고 견습생으로 들어가겠답시고 온 거야. 어른 350명이 실업수당으로 먹고살아야 할 판인데 내가 버스비나 벌어보겠답시고 간 거지. 너무 창피했다."

"안됐다."

하미시는 발뒤축으로 뒤돌아 동생의 가슴을 손가락으로 세게 찔렀다. 글래스고와 나머지 세상을 분리하는 일종의 경계선을 넘자마자 하미시는 잠시 두고 온 화난 남자와 재회한 것 같았다. "누가 너한테 동정해달래?"

먼고의 한쪽 얼굴이 다시 경련을 일으키기 시작했다. 이날 저녁 내내, 심지어 야간 경비원의 코를 부러뜨렸을 때도 멀쩡했었다.

하미시는 익숙한 경련을 살펴보다가 한숨을 쉬었다. "내가 싫냐?"

"아니!" 대답이 급류처럼 터져 나왔고, 사실이었다. 먼고는 입술 안쪽을 깨물고 덧붙였다. "하지만 형처럼 되고 싶지는 않아."

먼고는 한 대 맞으리라 예상했다. 하지만 하미시는 뒤돌아 웃음을 터뜨렸다. 먼고는 갑자기 날아올 하미시의 오른 주먹에 대비해 반 발짝 물러섰다. "재밌네. 나는 모모를 보면서 늘 그 생각을 했는데. 지금 내 꼴을 봐라. 열다섯에 애늙은이가 되고, 열여덟에 애 아빠가 됐어."

"그래서 모모를 미워하는 거야?"

"내가 언제 미워한다고 했어." 하미시가 다시 웃었지만, 신랄한 웃음이었다. "그래, 어쩌면 미워하는지도 모르겠다. 하지만 우리 전부 모모를 조금은 탓하지 않냐?"

"난 탓하지 않아. 더 사랑하려고 노력해."

"넌 아직 어리잖아, 꼴통아. 더 기다려봐."

그 말을 남기고 하미시는 발바닥에 불이 나게 달리기 시작했다. 먼고는 형을 따라 뛰었다. 로이스턴은 해밀턴 형제가 여유롭게 산책할 수 있는 동네가 아니었다. 그럴 기회는 하미시가 이미 망쳐놓았다. 낮은 공영주택 벽에 커다란 녹색 클로버가 스프레이페인트로 그려져 있었다. 형제는 그걸 보겠다고 뜀박질을 멈추지는 않았다. 가톨릭의 영토에 들어온 두 침입자는 가로등 불빛에 젖은 거리를 날듯이 달렸다.

## 7

모모는 아침 내내 조디 비위를 맞추려고 애썼다. 똑같이 생긴 행주네 장을 다리미질하면서도 서글픈 시선이 자꾸만 전화기를 향했지만, 조디가 가까이 오면 얼른 미소를 띠고 남자한테 쫓겨나 집으로 돌아온 수치심을 감췄다. 자신이 달라졌다는 걸 증명하려는 양 모모는 오후 내내 소시지와 깍둑썰기한 소고기를 냄비에 넣으며 스토비를 열심히 끓였다. 조그만 부엌에 수증기가 꽉 찼다. 소고기 육수와 끓인 양파 냄새가 진동했다.

먼고는 복도 벽에 다리를 올리고 카펫에 누워 있었다. 하나뿐인 멀쩡한 칼이 고기를 써는 유쾌한 소리와 국자가 스토비를 휘휘 저을 때마다 육수가 꿀렁거리는 소리를 즐기고 있었다. 때로 조디는 화장실 가는 길에 먼고의 몸을 성큼 넘으며 철 좀 들라는 표정으로 눈을 굴렸다. "배신자!" 조디가 으르렁댔다. "자존심 좀 챙기시지." 결국에 조디는 노려보는 걸로는 성에 안 찼는지, 발가락으로 옆구리를 차고 지나갔다. 그러고는 일부러 그러지 않은 척 연기했다. "미안. 아, 미안." 그렇지만 먼고는 개처럼 충직했다. 끝까지 바닥에 누워 있었다.

나중에 일어난 다음에는 조디를 졸졸 쫓아다녔다. 조디가 방에서 긴 머리를 말리고 있는데 먼고가 슬그머니 들어왔다. 천천히, 한 발짝씩 다가와 가까이 앉았고, 그다음에는 꼼지락꼼지락 움직여 옆에 바짝 다가앉아서 왼 손바닥으로 조디가 떨어뜨리는 머리핀을 받았다. 밥을 같이 먹자는 말 없는 청원이었다. 조디가 들어줄 때까지 귀찮게 굴 것이 분명했다.

그래서 조디는 어쩔 수 없이 접이식 식탁에 앉았다. 당장이라도 자리를 박차고 일어날 것처럼 의자에 옆으로 걸터앉았다. 먼고는 그 긴장감을 견딜 수 없었다. 모모는 눈덩이처럼 하얗고 큼직한 알감자와 힘줄이 많은 소시지를 푸짐하게 퍼주었는데, 기다란 소시지와 네모나고 쫄깃한 소시지가 섞여 있었다. 마지막으로 모모는 감자와 소시지가 전부 잠기도록 구수한 그레이비를 가득 부었다.

스낵바에서 퇴근하고 돌아온 뒤에 세수를 했지만 모모가 웃을 때마다 눈두덩에 번진 보랏빛 마스카라가 눈에 띄었다. 세 사람이 빵을 그레이비에 찍어 먹는 동안 모모는 스낵바의 단골들을 묘사하며 대화를 시도했다. 어둠 속을 헤매고 다니는, 밤살이동물 같은 존재들이었다. 나방처럼 날아와서 대낮에는 절대 입 밖에 내지 못할 온갖 사적인 이야기를 술술 쏟아낸다고 모모는 말했다.

"빅 엘라 말로는, 나 전에 일하던 여자는 소시지랑 달걀 프라이만 판 게 아니었대. 그 지저분한 여시가 가격표 같은 것까지 몰래 만들었다는 거 아니니. 열 번 하면 열한 번째는 공짜로 해준다고." 자기가 말하고 자기 혼자 킬킬거리는 모모는 잠시나마 실연당한 여자치고 즐거워 보였다. "처음 일하기 시작했을 때 거의 3주나 트럭운전사들이 특별메뉴는 뭐냐고 물어보는 거야. 그래서 카레 소스 감자튀김이라고 말했더니, 어처구니없어하더라. '아니, 그거 말구.' 이러더라고. '진짜 특별한 특별메뉴 말요.'"

조디는 가슴 위로 팔짱을 꼈다. "한번 해보지 그랬어요."

"뭐? 내가 고작 몇 푼 벌겠다고 아무 남자 거시기를 만질 거 같아?"

조디의 시선이 득달같이 먼고에게 날아왔다. 두 사람은 진실을 알았다. 모모가 그보다 가치 없는 것을 위해서 더 심한 일도 했다는 것을. 먼고는 조디가 식사 시간을 망치는 것을 막으려고 식탁 아래로 발을 휘둘렀다. 이미 조디의 입술은 신랄한 경멸감으로 말려 올라가 있었다. "몸을 팔 때 무게로 값을 매기면 더 받아낼 수 있을지도 몰라요."

모모는 포크를 놓고 몸에 붙은 군살을 의식하며 눌렀다.

두 여자는 눈을 잔뜩 부라리고 있었지만 서로 눈을 마주치지 않았다. 먼고는 어색한 침묵을 깰 방법을 고민했다. 조디는 스토비를 몇 입 먹지도 않고 포크를 내려놓았다. "배 안 고파?" 먼고는 그릇에 남은 것을 싹싹 긁어 먹으며 물었다.

조디는 안색이 다소 창백했다. "입맛이 없어."

먼고는 조디의 그릇을 살짝 돌렸다. 그러면 입맛도 돌아올지 모른다는 듯이. "몇 입만 더 먹어."

모모는 포크를 다시 들고 맛을 음미하지도 않으면서 꾸역꾸역 먹었다. "내비둬, 먼고. 먹기 싫음 먹지 말라고 해." 모모가 조디를 보고 말했다. "너도 이제 다 큰 여자니까 가끔씩 굶는 것도 나쁘지 않아. 열두 살 남자애처럼 계속 먹을 순 없지. 고체중은 유전이라잖니."

"과체중이요." 조디가 냉큼 말했다.

"뭐?"

"고체중이 아니라 과체중이라고요."

모모는 식탁에서 조디의 그릇을 낚아채고 남은 음식을 다시 냄비에 쏟아부었다.

그때 전화벨이 울렸다. 모모는 축 늘어진 곱슬머리를 하나로 모으고 길쭉한 바나나핀으로 고정했다. 모모는 통화할 때 서 있는 법이 없었다. 전화가 올 때마다 마치 앉을 기회를 기다리던 것처럼 얼른 의자에 앉아 담배에 불을 붙이고 오랫동안 수다를 떨었는데, 잘못 걸려 온 전화를 제일 좋아했다.

먼고는 어머니가 부엌에서 나가기를 기다렸다. 그리고 식탁 위로 손바닥을 펼쳤다. "아, 진짜! 누나는 꼭 그렇게 해야 해?"

조디는 대꾸하지 않았다. 고개를 숙여 먼고의 손바닥에 이마를 얹고 가만히 있었다. 캐러멜색 윤기 나는 머리칼에서 좋은 향이 났다. 조디의 관자놀이에서 맥박이 느껴졌다. 이마가 뜨거웠다. 두 사람은 모모가 전화 받는 소리를 잠자코 듣고 있었다. 모모는 전화를 받은 다음에 꼭 자기 번호를 발신자에게 불러주었다. 조디는 같잖게 우아한 척한다며 질색했다. "여보세요오, 해밀턴가입니다. 5, 5, 4, 6, 1—" 다음 순간 표준 악센트가 쥐도 새도 모르게 사라졌다. "참 나, 어이가 없어서. 당신이야? 왜? 뭔 일인데?"

아이들은 모모가 조키와 벌이는 말싸움에 귀를 기울였다. 싸움은 오래가지 않았다. 자존심을 세우려던 모모의 결심은 뿌리가 얕았다. 차갑고 고집스러운 방어벽이 금세 녹아내렸고, 모모는 십대 여자애처럼 수화기에 대고 애교를 부리고 있었다. 조디는 몸을 일으키고 한숨을 내쉬었다. 먼고는 조디의 손톱에서 오래된 매니큐어를 하나씩 긁어냈다. 조디는 모모의 비싼 매니큐어를 새로 발랐다. 아기의 귓불처럼 여린 분홍빛이었다.

부엌으로 돌아온 모모는 얼굴이 잔뜩 상기되어 있었다. "아직 주말도 지나지 않았는데." 모모가 조디의 손을 덥석 잡자 두 아이는 깜짝 놀랐다. "나를 사랑하는 거 같아, 그치?"

조디가 입을 열기도 전에 먼고는 누나가 모모의 행복에 찬물을 끼얹으리라는 걸 알았다. 조디는 어머니의 손을 뿌리치기 전에 아주 잠시 기쁨을 누리게 해주었다. "설마 집을 또 나가려는 건 아니죠?"

"왜 안 돼? 나도 좀 행복해야 하지 않겠니?"

조디는 고갯짓으로 먼고를 가리켰다. 아무 말도 하지 않았다.

잠시 모모는 자기가 어디에 있는지조차 모르는 듯했다. 그러다 정신을 차리고 먼고의 머리를 보듬었다. 먼고는 언제 또 어머니에게 안길 수 있을까 생각하며 숨을 크게 들이쉬었다. 어머니가 중심을 잡으려는 듯이 오른쪽 골반에 무게를 싣는 게 느껴졌다. 다음 순간 모모는 싹 바뀐 어투로 말했다. 풍선에서 바람을 모조리 뺀 것처럼 흥분감이 사라진 단조로운 목소리였다. "그래, 니 말이 맞다, 조디. 내가 여기 있어야지."

조디의 눈이 쟁반만큼 휘둥그레졌다. 먼고는 모모가 마음 편히 조키에게 갈 수 있도록 무슨 말이든 해야 한다는 걸 알았지만 입을 다물고 있었다. 말없이 어머니를 끌어안기만 했다.

모모는 게임쇼를 보면서 혼잣말하고 있었다. 먼고가 카굴 점퍼를 머리 위로 뒤집어쓰고 있을 때 모모는 남은 잔돈을 세고 있었다. 먼고는 주변을 기웃거리며 모모가 마시고 있는 것이 수돗물이라는 걸 몰래 확인했다. 그리고 어머니에게 몇 시간 안에 돌아오겠다고 말했다.

어머니가 갑자기 돌아오는 바람에 먼고는 며칠이나 제임스를 만나지 못했다. 제임스의 어머니는 두 번 다시 돌아오지 못하는 마당에 모모가 지옥의 문턱에서 돌아온 이야기를 한 것이 아직도 마음에 걸리고 미안했다.

비둘기 집에 가보니 제임스는 없었지만 비둘기 똥과 톱밥이 새로 깔려 있는 걸로 보아 간발의 차이로 놓친 것 같았다. 먼고는 동네로 터덜터덜 돌아갔다. 우중충한 일요일 저녁이었다. 목욕으로 일주일간의 때를 빼고 작업복을 다리며 보내기에 적당한 날이었고, 동네 전체에 나른한 분위기가 깔려 있었다. 먼고는 제임스가 사는 공영주택의 후면이 자신이 사는 건물과 마주 보고 있다는 건 알았지만 호수를 몰랐다. 산책하는 척 한적한 골목길을 느릿느릿 걸어가다가 버저 패널이 보일 때마다 제이미슨이라는 성을 찾았다. 포기하고 집에 가야겠다고 생각하고 있는데 마지막 건물 입구의 버저 패널 맨 위에 녹색으로 적혀 있는 제이미슨이라는 글자가 보였다.

"누구세요?" 제임스의 목소리가 아니었다.

"안녕하세요, 제임스 집에 있어요? 놀러 나올 수 있나요?" 먼고가 쭈뼛쭈뼛 말했다. 낯선 사람에게 말하는 건 먼고의 특기가 아니었다.

하여간에 버저가 울렸고, 먼고는 비를 피하게 된 걸 다행스러워하며 건물 입구로 들어갔다. 입구 안쪽 통로의 벽에는 어깨 높이까지 금색과 갈색이 어우러진 다이아몬드 무늬 타일이 박혀 있었다. 층계참 창문의 꽃무늬 스테인드글라스가 돌계단에 영롱한 빛을 뿌렸다. 먼고네 집과 마찬가지로 시의회가 임대하는 공영주택이었지만, 이 주택을 담당하는 관리는 건물 상태에 훨씬 주의를 기울이고 있음이 분명했다. 이 건물의 주민들은—새 발의 피 같은 차이일지언정—더 잘 살았다.

제이미슨가는 꼭대기층에 살았고, 현관문은 널찍한 이중문이었다. 제임스가 나일론 축구복 반바지 위에 두꺼운 꽈배기 스웨터를 입고 맨발로 계단 난간에 기대어 있었다. 맥없이 피곤한 표정으로 팔짱을 끼고 있는 모습이 꼭 지루한 문지기 같았다. 계단을 올라오는 먼고를 보고 제임스의 표정이 조금 밝아졌다. 두 사람은 인사를 주고받지 않았고, 먼고는 제임스를 따라 집으로 들어가 소파의 반대쪽 끄트머리에 앉았다.

텔레비전에서 경마 하이라이트가 방영하고 있었다. 제임스의 아버지는 립스톱 재질의 운동 가방에 짐을 싸면서 경주 결과에 대해 투덜거렸다. 먼고에게는 눈길조차 주지 않았다. 그가 돈을 건 말이 졌다. 그는 수없이 해본 익숙한 손길로 짐을 싸고 있었다. 제이미슨 씨는 아들과 마찬가지로 키와 덩치가 크고, 재주가 많아 보였다. 머리칼도 아들과 똑같이 지푸라기의 금빛이 돌았지만 옆머리는 은색으로 빛났다. 엄동설한에 찬물에서 수영하길 즐길 듯한 남자였다. 얼굴에 불그스름한 혈색이 짙었다. 텔레비전에서 눈을 떼지 않은 채로 그는 챙이 없는 남색 털모자를 썼는데, 먼고는 제임스가 즐겨 쓰는 모자가 아버지의 모자와 같은 종류인데 다만 더 낡았다는 것을 알아챘다.

마침내 시선을 들어 아들을 보는 그의 눈은 북해처럼 차가운 잿빛이었다. 그다음에 먼고에게로 옮겨온 시선에 어찌나 지독한 경멸이 서려 있는지, 먼고는 피차 낡아서 의미가 없다는 걸 알면서도 조금 더 해진 왼쪽 운동화를 오른발 뒤로 숨겼다. 제이미슨 씨가 해밀턴 일가에 대해 어떤 소문을 들었을지 불안했다.

제임스네 아버지가 복도로 나갔다. 그는 벽에서 전화선을 뽑고 크림색 전화기를 선으로 둘둘 감으면서 거실로 되돌아왔다. 아들을 보지 않고 전화기를 가방에 쑤셔 넣었다. "규칙 기억하지? 나한테 전화할 일이 있으면 데일리 부인네 집에 가서 부탁해라." 제임스는 천천히 고개를 주억거렸다. 제이미슨 씨는 다시 한번 먼고를 머리부터 발끝까지 훑어보았다. 왠지 먼고는 양손을 펼쳐 손바닥을 보여주어야 할 것 같은 기분이 들었다.

"그래." 제이미슨 씨가 운동 가방의 지퍼를 채웠다. 그러고는 꽉꽉 묶어놓은 묶음에서 지폐를 한 움큼 빼서 탁자에 소리 나게 내려놓았다. "3주다. 이번에는 다 쓰지 않으려고 노력해봐. 그리고—" 제이미슨 씨는 무슨 말을 하려다가 먼고를 다시 보고 입을 다물었다. "착하게 있어라. 학교에 꼬박꼬박 나가고. 알았냐?"

제이미슨 씨는 제임스를 안아주지 않았다. 길에서 지나치는 행인에게 하듯이 고개만 끄덕하고 나갔다.

먼고는 제이미슨 씨가 휘파람을 불며 건물 입구로 내려갈 때까지 입을 다물고 있었다. "와, 재밌는 분이시네." 하지만 제임스는 인상을 찌푸린 채 굳어버린 것 같았다. 평소의 느긋한 표정이 사라지니 꼭 딴 사람 같았다. "아빠가 집에 있다고 말하지 않았잖아."

"없었어. 주말만 보내러 온 거야."

"2주씩 쉰다고 하지 않았어?"

"맞아. 그런데 피터헤드에 사는 여자를 만났대. 일하러 가기 전에 그 여자랑 며칠 지내고 가려고 북쪽으로 일찍 출발하는 거야."

먼고는 피터헤드가 어딘지 몰라서 잠자코 있었다.

"캐럴라인이라는 여자인데, 오크 유전에서 승무원으로 일하나봐." 제임스가 잠시 말을 멈췄다. "그 여자는 딸이랑 같이 요크셔테리어를 키운대. 집에 개가 열한 마리나 있단다. 그래서 어쩌라는 건지."

제임스는 이야기할 기분이 아닌 듯했다. 리모컨을 거칠게 누르며 채널 네 개를 반복해서 계속 바꿨는데, 채널이 너무 빨리 바뀌어서 먼고는 뺨에 손을 올리고 시선을 돌려야 했다. 제임스는 마침내 어떤 잉글랜드 코미디 쇼의 재방송에서 멈췄다. 무거운 침묵 속에서 두 사람은 요크셔 언덕에서 피아노를 굴려 떨어뜨리는 노인들을 보았다.

제임스네 집 거실은 먼고네 집과 똑같은 구조였지만 가구나 소품은 훨씬 고급스럽고 품질이 좋아 보였다. 바닥에는 카펫과 커다란 양탄자가 깔려 있었다. 누군가 주의를 기울여 소파와 카펫과 커튼을 조화롭게 골랐다. 기회가 될 때마다 하나씩 추가한 것이 아니라 가구를 세트로 한 번에 고르고 구매한 여유가 풍겼다. 벽난로 선반에는 액자에 끼운 사진들이 올려져 있었다. 가족 네 명이 사진관에서 찍은 것 하나와 아이들끼리 찍은 사진이 있었는데, 제임스 옆에는 나이가 조금 더 많아 보이는 반듯한 외모의 여자아이가 서 있었다.

"누나 있는 줄 몰랐어."

제임스가 먼고의 시선을 따라갔다. "제럴딘이야. 위스키 유통업자랑 결혼했어."

"멋지다."

제임스는 콧방귀를 뀌었다. "남편은 제럴드라고 불리는데, 본명은 제리 베리야. 거짓말 같지? 진짜 웃기는 한 쌍이라고. 누나는 이제 위성방송이 나오는 좋은 집에서 산다고 콧대가 높아졌어. 하지만 모피 코트를 두르고 속에는 팬티를 안 입은 거나 마찬가지라는 걸 난 알지. 제리 베리 부인은 화요일이랑 목요일에 일 끝나고 여기로 냉동 음식을 가져다줘."

"너 잘 먹으라고 챙겨주는 거 아냐?"

"그런가? 그럼 미안한 마음이 있기는 한가보네."

먼고는 조디를 생각하고 있었다. 그래서 다음 질문이 자연스레 나왔다. "왜 누나네 집에 가서 같이 안 지내?"

제임스는 몸을 돌리고 먼고를 바라다보았다. "누나는 왜 나한테 자기네 집에 와서 지내라고 하지 않을까?" 제임스는 다시 텔레비전으로 얼굴을 돌렸다. 낯설었다. 비둘기 집에서 본, 서글서글하고 부지런하며 몸에 맑은 공기가 가득 차 있는 듯한 소년과 전혀 달랐다.

"에이, 그러지 마." 먼고는 제임스와 어깨를 맞부딪뜨렸다.

먼고가 이렇게 하면 조디는 똑같이 어깨를 부딪었고, 두 사람은 애초에 뭣 때문에 속상했는지 잠시나마 잊힐 때까지 서로를 괴롭혔다. 먼고는 다시 한번 어깨로 밀었다. 제임스는 꼼짝도 하지 않았다. 제임스에게 기댄 꼴이 된 먼고는 무안하고 바보가 된 기분이었다. 그래서 몸을 일으키려는데 제임스가 어깨를 살짝 틀더니 바닥을 짚고 있던 팔을 들어 먼고의 어깨에 둘렀다. 먼고는 제임스가 주먹을 휘두르거나 밀치거나 목을 조르리라 예상하고 움찔했다. 그러나 보복을 기다리던 먼고는 어떤 아픔도 덮치지 않으리라는 걸 서서히 깨달았다. 제임스는 그를 밀어내는 대신 곁에 자리를 내주었다.

먼고는 몸을 기울여 제임스 옆의 빈 공간을 채웠다. 제임스의 가슴이 오르내릴 때마다 먼고의 몸도 물결에 실린 것처럼 함께 움직였다. 먼고는 천천히 올라갔다 내려가는 갈비뼈의 움직임에 자신을 맡기고, 날숨의 끝에 흘러나오는 한숨에서 위로를 받았다. 제임스의 팔이 무거웠지만 그 무게감이 좋았다. 그 팔 아래서 보호를 받는 것처럼 느꼈다. 제임스의 꽈배기 스웨터에 스며 있는 양털유가 먼고의 목뒤를 간지럽혔다. 제임스의 겨드랑이에서는 끈적한 데오드란트의 잔여물과 빗물에 씻긴 피부의 짠내가 강하게 풍겨왔다. 제임스는 상념에 잠긴 채로 생각의 흐름에 따라 손가락을 허공에서 꿈지럭거렸다. 먼고는 눈을 감았다. 제임스의 손가락이 그의 가슴을 부드럽게 두드렸다.

이따금 제임스는 텔레비전 속 어리숙한 노인네의 개그에 웃음을 터뜨리며 온몸을 흔들었다. 먼고는 아무 소리도 내지 않았다. 텔레비전에 집중할 수가 없어서 제임스가 웃을 때 따라 웃었는데, 번번이 반박자 늦었다. 그렇게 두 사람은 오랫동안 앉아 있었다. 무언가 그른 행동을 하는 기분이었다. 먼고는 이 순간이 끝나지 않기를 소원했다.

"돈을 많이도 주고 갔지?" 먼고가 처음에 듣지 못해서 제임스는 다시 말했다. "저기 돈 말이야. 꽤 큰돈이지."

제이미슨 씨는 적어도 200파운드는 되어 보이는 금액을 테이블에 놓고 갔다. 먼고는 돈다발을 힐끔거리지 않으려고 애쓰고 있었다.

"거기서 돈을 엄청 벌어. 오직 그 이유로 거기서 일하는 거야. 초과근무 수당에 위험근무 수당까지 주거든. 거기는 망망대해 한복판이라서 돈을 쓸 데도 없어."

"너 밥값으로 주시고 간 돈이야?"

"돈으로 뭐 하냐고는 절대 안 물어봐."

제임스는 먼고의 어깨에 두르고 있던 팔을 들고 일어났다. 그러자 먼고는 2월 아침에 누가 두툼한 이불을 벗겨낸 듯한 기분이었다.

베니어판 진열장에 크리스털 장식품 몇 개가 있고 가죽 표지의 책이 여러 선반을 빽빽이 채우고 있었다. 여느 학자의 서재처럼 품격이 있었다. 제임스는 책 한 권을 빼내고 먼고가 볼 수 있게 펼쳤다. 책이 아니었다. 검붉은 비디오테이프 케이스일 뿐이었다. 단 하나도 진짜 책이 아니었다.

가짜 책 속에 빳빳한 지폐가 수북했다. "2,049파운드 정도 돼. 나는 아빠가 준 용돈을 다 쓰지 않아. 떠날 준비가 되었을 때 쓰려고 대부분 모아두고 있어." 제임스는 비디오테이프 케이스에 새로 받은 돈을 넣고 빈 담뱃갑을 버리듯 테이블 저편으로 던졌다. 이제 제임스는 거실 반대편에서 평발을 허벅지 아래에 깔고 책상다리로 앉아 텔레비전을 다시 보기 시작했다.

"파벌 전투사 코난은 어떻게 지내?"

제임스가 웃음을 터뜨리며 익살맞게 듬성듬성한 치아를 드러내자 먼고는 붕 뜨는 기분이 들었다. "알고 보니 원래 이름이 칼레도니언 선이더라고. 유명한 새야. 좀처럼 적응하지 못하길래 가삼록의 어떤 남자한테 팔았어. 40파운드 받았지. 플래니건이 나 보면 칼로 찌르겠다고 벼르고 있대."

"하지만 새를 훔치지 않았잖아. 서로 뺏고 뺏는 게임 아니었어?"

"맞아. 하지만 어떤 멍청이들은 분해서 못 살거든. 너도 봤듯이 나는 그 비둘기를 정당하게 잡았어. 플래니건은 엿이나 먹으라지. 구구구구구."

"그 녀석을 팔았다니 아쉽다."

제임스가 발을 뻗어 먼고를 밀었다. "팔아야 해. 안 그럼 그 녀석이 자기 집으로 돌아가면서 내 비둘기까지 데려갈지도 몰라." 제임스가 발을 치웠다. "다른 곳으로 보내서 혼란스럽게 만들어야 해. 그것도 게임의 일부야."

제임스와 맞닿았던 옆구리가 허전했다. 어쩌면 제임스가 여기서 홀로 지내면서 외로울지도 모른다고, 타인과의 신체 접촉이 필요했을지도 모른다는 생각이 들었다. 하지만 물론 위로가 필요한 사람은 먼고 자신이었을지도.

"배고파?" 제임스가 물었다.

배고프지 않았다. 아직도 배에 스토비가 꽉 차서 무거웠지만 제임스를 따라 부엌에 들어갔다. 찬장에 가지각색 상자가 들어차 있었다. 마치 알라딘의 동굴 같았는데, 보석 대신 설탕과 온갖 포장된 탄수화물 음식이 갖추어져 있었다. 모모는 마켓에서 간식 코너로 가지 않았다. 고기와 채소를 사고, 통조림 수프가 있는 곳까지 갔다가 돌아왔다. 제임스는 자신의 풍요로운 재산을 지루해하는 눈빛으로 훑어보았다.

조그만 식탁 위 벽에 여러 디자인의 십자가가 걸려 있었다. 다양한 종류의 종려나무 잎사귀를 엮어서 만든 십자가였다. 아이들의 이름은 여러 색으로 쓰여 있었지만 필체는 한결같았다. 매년 종려주일마다 제임스의 어머니가 모은 것이 분명했다.

"아, 제길!"

"왜?" 초콜릿 비스킷 두 개를 겹쳐서 먹고 있던 제임스가 물었다.

"아무것도 아냐."

제임스가 낯설었던 이유는 두 사람이 같은 학교에 다니지 않아서였다. 학생 수가 초과된 공립학교에 북적거리는 아이들 속의 낯선 얼굴이 아니었던 것이다. 제임스는 가톨릭이었다. 그리고 지금 가톨릭이 웃으면서 슈가퍼프 시리얼을 접시 가득 쏟아붓고 그 위로 초콜릿 맛 플레이크를 부스러뜨리고 있었다. 먼고는 시리얼이 담긴 접시를 받았다. 십자가를 쳐다보지 않으려고 애썼다. 턱에서 우유를 흘리면서, 먼고는 자신의 페니언 친구를 형에게서 꼭꼭 숨기겠노라 결심했다.

전기난로의 불빛 속에서 두 사람은 잉글랜드 코미디언들이 여왕 앞에서 공연하는 로열 커맨드 퍼포먼스를 보며 저녁 시간을 보냈다. 파란색 양탄자에 드러누운 채로 느끼한 쇼트브레드를 입에 끊임없이 집어넣었다. 잉글랜드 코미디언들은 웃기지 않기로 악명이 자자했다. 여왕 앞에서의 공연은 웃기지 않을뿐더러 묘하게 비굴하고 작위적인 느낌마저 들었다. 게다가 새로 공연을 시작한 코미디언은 뼈가 없는 것처럼 손목을 흐느적거렸는데, 소년들은 그 모습이 왠지 불편했다. 볼썽사나웠다. 사람들이 으하하 웃음을 터뜨릴수록 코미디언은 더 과장되게 혀 짧은 소리로 주접을 떨었다.

"여길 떠나면," 먼고가 말했다. "어디로 갈 거야?"

제임스는 화면에서 시선을 떼고 뺨을 바닥에 대고 누웠다. "전에 말했잖아. 여기만 아니면 어디라도 상관없어. 자꾸만 사람들이 떠나버리는 곳에 살고 싶지 않아. 혼자인 건 괜찮아. 하지만 사람들이 곁을 떠나는 걸 못 참겠어." 제임스는 먼고를 보았다. "내가 없어도 넌 괜찮겠어?"

먼고는 어깨를 으쓱했다. "너 하고 싶은 대로 해."

제임스는 텔레비전과 먼고 사이에 모로 누웠다. 깜박거리는 불빛 속에서 먼고의 얼굴을 관찰하고 있었다. "먼고 해밀턴, 너 거짓말 진짜 못한다." 제임스가 굵은 손가락을 움찔거리는 먼고의 위 뺨에 얹으려 했다.

먼고는 제임스의 손을 쳐냈다. "왜 다들 내 얼굴을 만지려고 해?"

제임스는 한쪽 팔꿈치를 괴고 몸을 일으켰다.

먼고는 시력검사를 받는 것처럼 눈을 가늘게 뜨고 제임스를 보다가 웃음을 터뜨렸다.

제임스는 환하게 빛나는 텔레비전 화면을 돌아보았다. 그리고 다시 몸을 돌려 먼고를 보았다. "뭘 보고 웃는 거야?"

"니 커다란 귀를 통해서 화면 색깔이 보여. 귀가 막 빛난다."

제임스는 귀를 납작하게 눌렀다.

먼고가 제임스의 손을 치우자 커다란 귀가 다시 펼쳐졌다. "아기 코끼리 덤보네."

제임스는 앞으로 몸을 잽싸게 기울여 먼고의 발목을 잡은 다음에 비틀기 시작했다. 무릎이 꺾이자 먼고는 아파서 몸을 뒤틀었다. "다시 그렇게 불러봐." 제임스가 으르렁댔다. "해보라고, 짜샤."

"덤—"

먼고가 단어를 끝맺기도 전에 제임스가 올라탔다. 무릎으로 먼고의 양쪽 옆구리를 꽉 조이고 왼손으로는 먼고의 얼굴을 바닥에 대고 눌렀다. 두꺼운 카펫이 빰을 따갑게 긁었다. 제임스가 먼고의 팔을 뒤로 꺾었다. "뭐라고? 안 들려. 다시 말해봐."

대개 하미시는 먼고를 쉽사리 제압했다. 버텨봤자 더 맞을 뿐이라는 걸 알기에 먼고는 저항을 금세 멈췄다. 몸을 공처럼 둥글게 만다. 팔꿈치를 무릎 옆에 바짝 대고 위팔로 얼굴을 가린다. 그러면 하미시는 이내 흥미를 잃었다. 저항하지 않는 고깃덩어리를 때려봤자 재미가 없기 때문이다.

"항복해." 제임스가 명령했다.

"아야! 웃기네!"

제임스가 팔을 다시 한번 꺾었다. "항복하라고."

"알았어."

제임스가 놓아주자마자 먼고는 후다닥 기어서 도망쳤다. 제임스를 등지고 앉아서 아픈 손목을 잡고 있었다. 제임스가 심했다. 하미시보다 나을 것도 없었다. 제임스의 입에서 의기양양한 미소가 사라졌다.

제임스가 사과하려고 손을 내밀었다. 그런데 고개를 돌린 먼고는 앞머리 밑으로 잠시 제임스를 노려보다가 히죽거리기 시작했다. "덤보. 덤보. 더엄보. 덤보야, 커다란 귀 팔락거려서 날아봐라?"

먼고는 제임스가 상상할 수 있는 그 이상으로 고통을 참을 수 있었다. 제임스는 차차 알게 될 것이다.

창밖의 가로등에 불이 들어올 무렵까지 두 사람은 몸싸움하면서 놀았다. 먼고는 가능한 한 늦게까지 머물렀다. 쇼트브레드를 과식하여 메슥거리는 기분으로, 티셔츠를 걷어 올리고 불룩 나온 배를 문질렀다. "이제 집에 가야 해. 집에서 걱정할 거야." 미국 드라마에서나 들어본 말이었는데, 먼고는 그 표현이 좋았다. 모모가 걱정 따위 하지 않는다는 걸 알았지만.

제임스의 얼굴이 굳었다. 제임스가 무슨 말을 하려는 것처럼 입을 열었다가 생각을 바꾸고 말을 삼키는 것이 보였다. "구구구구구." 제임스는 고개를 까닥이고 비둘기 소리로 대꾸했다.

"내일 학교 끝나고 비둘기 집으로 갈게." 먼고는 최대한 담담하게 말했다. 카굴 점퍼의 주머니를 뒤적이는 척하며 슬쩍 물었다. "너 가톨릭 학교 다니지?"

"응." 제임스가 말했다. "니 형이 나 잡아 죽이려 했다고 말했잖아."

먼고는 제임스를 쳐다봤다. 그때 먼고가 잘못 알아들었다. "나는 형이 원래 좀 그러니까 그냥 재미로 괴롭힌다는 뜻인 줄 알았어."

제임스는 몸을 일으키고 앉아서 무릎을 가슴으로 끌어당겼다. "아냐. 매일 4시가 되면 나는 니네 형이랑 개신교 깡패들 피해서 죽어라 도망 다녔어. 하하는 쪼그만 안경쟁이가 달리기는 진짜 빠르더라."

"맞아. 여러 재능을 낭비하고 있지."

제임스는 엄지발가락을 만지작거리고 있었다. 할 말이 더 있는 듯했지만 번번이 고개를 떨구고 앞머리로 눈을 가렸다. 마침내 입을 열었을 때는 술 장식이 달린 탁자 위의 램프에 대고 말했다. "먼고, 내가 부탁 하나만 해도 될까? 이상한 뜻으로 하는 말이 아냐. 하지만, 저기, 우리 집에 좀더 있으면 안 될까? 그러니까, 여기서 자고 갈래?" 얼마나 어렵게 말을 꺼냈는지가 여실히 느껴졌다. "캐드버리 초콜릿 크리스마스 박스도 있어. 니가 먼저 고르게 해줄게."

"안 돼. 모모 때문에." 먼고는 엄지로 어깨 뒤를 가리키며 말했다.

"그러지 마. 부탁할게."

먼고는 크게 숨을 내쉬었다. 이처럼 우울한 기분을 잘 알았다.

소년들은 데일리 부인에게 전화기를 빌려 쓰려고 아래층으로 내려갔다. 데일리 부인은 기다리고 있던 것처럼 아이들을 맞이하고 깨끗한 복도에서 자리를 비켜주었다. 통화 연결음이 두 번 울리고 조디가 받았다. 카페에서 오래 일하고 돌아오면 으레 그렇듯이 목소리에 힘이 없었다. 먼고는 자신이 어디 있는지 말하고, 여기서 자고 가도 되냐고 물어보며 아침에 교복을 가지러 가겠다고 말했다.

"잠깐, 너 진짜로 친구 있어?" 조디는 놀라면서도 안심한 말투였다.

"그래도 괜찮아?"

"그럼."

"그럼 자고 가도 돼?"

"그래. 내가 필요한 거 있으면 뒷마당 쓰레기장 위로 손을 흔들게. 연기를 피울 테니까 잘 보고 있어."

"모모한테 대신 말해줄 거야?"

"그럴게." 조디는 지친 한숨을 입술 사이로 내뱉으며 말했다. "다시 보면."

"무슨 뜻이야?"

조디는 패들브러시로 머리를 빗고 있었다. 머리에 정전기 이는 소리가 수화기를 통해 들렸다. "먼고, 이번엔 진짜로 집에 계속 붙어 있을 줄 알았어?"

"아." 데일리 부인네 집에는 고양이가 너무 많아서 먼고는 숫자를 세다가 중간에 잊어버렸다.

"너무 속상해하지 마. 아주 다정한 쪽지를 남기고 갔으니까."

제임스의 방은 난장판이었다. 벽에는 포스터가 덕지덕지 겹으로 붙어 있고 옷은 깨끗한 것과 더러운 것이 한 무더기로 바닥에 쌓여 있었다. 한쪽 구석에는 비둘기를 옮길 때 쓰려고 개조한 낡은 카나리아 새장이 가득했다. 그 위로 탐조용 스코틀랜드 지도가 걸려 있었는데, 호수와 능선 따위가 놀랍도록 세밀하게 그려져 있고 골짜기마다 그곳에 서식하는 새의 그림이 있었다. 제임스는 자신이 가고 싶은 머나먼 곳들에 동그라미를 쳐놓았다.

두 사람은 침대에 누웠다. 1인용 침대에서 제임스가 침대 위쪽에 머리를 놓고, 먼고는 제임스의 발 옆에 머리를 놓고 반대로 누웠다. 서로 몸이 닿지 않게 무던히 노력했다. 한 사람이 다리를 너무 가까이 가져오면 다른 사람이 몸을 움직여 자기 다리를 비좁은 매트리스 옆으로 늘어뜨렸다.

"너네 엄마는 어떤 사람이야?" 제임스가 어둠 속에서 물었다.

대답하기 어려운 질문이었다. 엄마는 세상에 한 사람뿐이므로 비교 대상이 없었고, 새 오븐처럼 이런저런 특징이 적힌 설명서가 딸려 있지도 않았다. "모르겠어. 그냥 우리 엄마야." 먼고는 단 한 번도 그런 생각을 해보지 않았다.

제임스가 침대 헤드보드에서 오래된 스티커를 떼어내는 소리가 들렸다. "춤추는 거 좋아하셔?"

"응."

"노래하는 것도?"

"취했을 때는 특히." 먼고는 어둠 속에서 눈을 뜨고 있었다. 방이 낯설면서도 묘하게 익숙했다. 가톨릭 신자들의 방은 썰렁하거나 여기저기에 십자가가 걸려 있으려니 예상했는데 하나도 없었다. 돌아누우면 자기 침대에서 시리얼을 먹고 있는 하미시가 보일 것 같았다. "조디 누나는 우리 엄마가 전혀 엄마답지 못하다고 해. 멍청한 여자애가 실수한 바람에 우리가 태어났고, 우리를 낳은 걸 엄마가 평생 후회했다고. 아빠가 죽은 다음에 모모는 자기가 원하는 걸 삶에서 최우선으로 하겠다고 결심했대."

"엄마는 그러는 거 아냐."

"우리 누나도 그렇게 말해." 먼고는 자기 가족 이야기를 하고 싶지 않았다. "너네 엄마는 어땠어?"

"아, 우리 엄마는 철저했어." 제임스가 얼른 말했다. "많이 아팠을 때도 아픈 걸 감쪽같이 숨겼어. 학교 끝나고 집에 오면 엄마는 어김없이 나를 안아주고 내 하루가 어땠는지 전부 이야기할 때까지 놓아주지 않았어. 누나는 나보다 늦게 와서 자기 순서를 기다려야 했는데, 진짜 오래 걸렸어. 엄마는 그걸 착즙하기라고 불렀어. 그렇게 꽉 안아줘야지 우리가 자기한테 무관심해지지 않을 거라고 했어. 우리 속에서 좋은 것들이 전부 나올 수 있게 꽉 안아준 거야. 학교에서 있었던 일을 정말로 하나도 빠짐없이 이야기할 때까지 놓아주지 않았어."

"되게 좋았겠다."

"맞아. 그랬어." 제임스는 목에 무엇이 걸린 것처럼 헛기침했다. 울음을 삼키려고 크게 심호흡을 하고 있다는 것을 먼고는 알았다.

먼고는 어쩔 줄 몰라 당황했다. 손을 뻗으니 제임스의 날카로운 정강이뼈가 닿았다. 먼고는 주먹을 쥐고 정강이뼈를 살며시 두드리며 위아래로 손을 움직였다. 부러진 뼈를 검사하는 듯한 손놀림이었다. 제임스가 다리를 치우리라 예상했지만 제임스는 그러지 않았고, 먼고가 먼저 그만두었다. 먼고는 손을 자기 가슴 가운데에 얹었다. "너네 엄마는 무슨 요리를 제일 잘하셨어?"

"요리 진짜 못했어." 제임스가 훌쩍이며 말했다. "하지만 그게 그리워. 음식 말고, 엄마가 집에 있으면서 우리를 보살피고 있다는 느낌. 엄마가 부엌에 있으면 집이 절대로 쓸쓸하게 느껴지지 않았어. 엄마가 죽었을 때 아빠는 일하고 있었어. 엄마가 몸이 괜찮다고 말했는데, 사실은 괜찮지 않았거든. 회사에서 특별히 헬리콥터까지 띄워서 아빠를 보내줬는데, 그래도 엄마가 죽고 여덟 시간이나 지난 다음에 집에 왔어."

여덟 시간. 먼고는 그렇게 먼 곳을 상상도 할 수 없었다.

"내가 엄마 시신 옆에 앉아서 아빠가 오기를 기다렸어." 제임스는 더욱더 거칠게 숨을 쉬며 울음을 삼켰다.

먼고는 두 사람 사이의 빈 공간을 차마 넘을 수 없었다. 자기 손을 제임스의 손 가까이, 새끼손가락이 닿을락 말락 하게 놓는 것이 그가 할 수 있는 전부였다. 두 손가락은 너무도 가까웠기 때문에 맞닿은 것이나 다름없었다. 제임스의 체온이 그들 사이의 공간을 넘어 먼고의 몸 곳곳에 퍼졌다. 한 침대에 서로 반대 방향으로 누워 있을 뿐이지만 아예 다른 세상에 있는 듯한 기분이었다, 먼고는 제임스가 울음을 삼키는 소리를 듣고 있었다. 더 위로해주고 싶었지만 용기가 나지 않았다.

상황을 바꾼 사람은 제임스였다. 제임스가 새끼손가락을 움직여 먼고의 새끼손가락에 걸었다. 손가락과 손가락 사이에서 타오르던 전류가 피부에 통한 순간 먼고는 온몸이 뜨거워졌다.

먼고는 주저 없이 몸을 일으켜 제임스와 머리를 나란히 하고 누웠다. 제임스의 얼굴을 가슴에 끌어안자 구겨진 옷에 얼굴을 적신 눈물이 스몄다. 먼고는 조디가 자신에게 해주는 것처럼 제임스를 안고 어머니를 맘껏 그리워하도록 위로해주었다. 아주 잠시뿐일지라도, 슬픔의 무게를 다른 누군가가 같이 들어주면 기분이 나아지는 법이니까.

## 8

먼고는 교복을 벗고 거실 바닥에 그대로 두었다. 건조 옷장 안은 따뜻하고 평온해서 이곳에 있으면 마음이 진정되었다. 먼고는 차곡차곡 쌓여 있는 수건 더미에 손을 넣고, 피부에 닿은 면의 오돌토돌한 촉감을 즐겼다. 겨드랑이까지 팔을 쑥 넣으면 마치 안겨 있는 듯한 기분이 들었다. 종일 먼고는 불안해서 어쩔 줄 몰랐다. 어머니 이야기를 하며 눈물을 보인 다음 날 아침에 제임스는 부끄러워서 말도 하지 않았다.

먼고는 그저 위로해주려던 것뿐인데, 아침 햇살 속에서 제임스는 차마 눈도 마주치지 못했다. 해가 뜨자마자 말도 없이 비둘기 집으로 가버렸고, 먼고는 혼자서 위타빅스 시리얼을 먹으며 자신이 무언가 더럽고 나쁜 짓을 한 듯한 죄책감을 느꼈다.

먼고는 건조 옷장에서 나와 퇴창 앞에 섰다. 엄지손톱을 무른 나무 창틀에 찔러 넣고 지난 몇 달간 벌려온 틈새를 더욱 깊게 팠다. 저 아래 골목에서 익숙한 얼굴 하나가 눈에 들어왔다. 남자는 시선은 내리깔고 있었지만 허리를 곧추세우고 정수리를 신에게 보여주는 것처럼 고개를 반듯이 세우고 있었다. 남자는 사뿐사뿐 걸었다. 팔을 옆구리 가까이 늘어뜨리고 필요 이상으로 주변을 침범하지 않는 걸음새가 동네의 대부분 남자들과 딴판이었다. 동네 남자들은 마치 자기 성기가 움직일 공간이 필요하다고 으스대듯 다리를 바깥쪽으로 뻗어댔다. 반면 이 남자는 팔을 빳빳이 옆구리 가까이 대고 손끝을 살며시 나풀거리고 있었다. 보일락 말락, 미세한 움직임이었지만 모두가 그것을 보았다.

남자는 거의 늘 장바구니를 들고 다녔다. 매일같이 협동조합 슈퍼마켓에 가서 딱 하루치 음식만 샀다. 독신 남성의 찬장에 어울리는 음식들이었다. 정육점의 소시지 두 개, 조그만 티백 상자, 고무줄로 다시 꽁꽁 묶으면 좀더 오래 신선하게 보관할 수 있는 냉동 채소 봉지.

골목에서 빈둥거리던 개신교 소년들이 남자를 발견했다. 파키스탄인이 운영하는 구멍가게의 차양 아래서 그들은 서로 쿡쿡 찌르며 남자의 걸음걸이를 흉내 냈다. 찰스 '칙' 캘훈이 소년들의 조롱을 눈치챘는지는 알 수 없었지만, 만약 보았다 해도 그는 반응하지 않았다. 발진이 일어난 것처럼 얼굴이 울긋불긋하고 개기름이 번들거리는 소년이 뼈가 부러진 것처럼 손목을 흔들거리며 저속하게 손을 내밀었다. 하루 지난 빵을 대폭 할인한다고 광고하는 형광색 별 모양 스티커 앞에서 소년은 사뿐사뿐 남자의 걸음을 흉내 내며 오락가락했다. 다른 소년들은 꽁초를 빨며 자기들끼리 키들거렸다. "어어어어이!" 소년이 손가락을 파닥거리며 남자를 불렀다.

자기 집 창가에서 차를 마시며 아이들이 학교에서 돌아오길 기다리고 있던 동네 주부들은 딱한 캘훈 씨를 보고 안쓰러워하며 이를 빨았다.

"여어어어, 씨발, 내가 부르는 거 안 들리나." 불량배들이 점점 목청을 키웠다. "무례하게 사람을 무시하면 안 되죠, 아저씨?"

사람들이 등 뒤에서 '딱한 치키'라고 부르는 캘훈 씨는 걸음을 멈추기는커녕 시선을 들어 그들을 보지도 않았다.

"내 엉덩이 봐요?" 불량배 한 명이 그를 자극하려고 뻔한 수법을 썼다. 그러고는 친구들을 돌아보았다. "야, 저 늙다리가 내 엉덩이 봤냐?" 다들 그랬다고 입을 모았다. 나일론 껍질을 두른 침팬지처럼 소년들은 홀로 걷고 있는 남자 옆을 맴돌며 팔을 마구 휘저었다. 어떻게 해서든지 반응을 끌어내려는 수작이었다. 심한 모욕을 쏟아부으며 남자가 폭발하기만을 기다리고 있었다. 그럼 그들은 외려 자신들이 모욕당한 척하며 남자를 때리고 그가 얼마나 하찮은 존재인지, 인간으로 대우해줄 가치도 없는, 자기들보다 못한 존재라고 상기시켜줄 수 있을 것이다. 이 남자는 소년들에게 자신감을 주었다. 모두가 그들을 무시하고 경멸했는데, 이 남자는 심지어 그들보다 가진 게 없었다.

남자는 단정한 걸음걸이를 흐트러뜨리거나 엷은 미소를 잃지 않았다. 지금 골목을 걷고 있는 건 딱한 치키의 육신일 뿐, 그의 영혼은 없다는 사실을 먼고는 알 길이 없었다. 오래전에 남자의 영혼은 몸을 빠져나가 동네 위로 떠오르는 법을 익혔다. 이것이 그의 비법이었다. 그의 몸이 퍼레이드 대로를 꿋꿋이 나아가는 동안에 영혼은 듀크 스트리트 위로 쏜살같이 날아가 라스칼라 영화관의 어둠 속에 앉아서 〈이브의 모든 것〉의 격정적인 앤 백스터를 보고 있었다.

딱한 치키는 공영주택의 1층 왼쪽 집에 살았다. 어린이들은 그 집 앞을 지나칠 때마다 걸음을 서둘렀다. 치키네 집 현관문은 먼고네와 마찬가지로 수수한 갈색이었지만, 더러운 욕설로 가득한 낙서를 수차례 박박 문질러 지운 흔적에서 슬픔과 치욕이 느껴졌다. 한번은 하하의 친구 한 명이 반쯤 남은 스프레이캔을 쓰레기통에서 찾았다. 재치 넘치는 이 친구는 딱한 치키의 문이 꽉 차도록 커다랗게 소아 성애자라고 써놓았다. 조디는 캘훈 씨가 보기 전에 그 낙서를 지우려고 애썼다. 스프레이페인트를 힘껏 긁어내는 소리를 듣고 캘훈 씨가 집에서 나오니 문 앞에 조디가 표백제와 페인트 껍질로 얼룩진 교복을 입고 서 있었다.

"아이고, 불쌍한 녀석들. 성애자라니, 철자를 이렇게 몰라서 어쩌나. 나는 개인적으로 피리 부는 변태라는 표현이 마음에 들던데. 왠지 더 우아하고 시적이지 않니?"

조디는 딱한 치키를 좋아했다. 외로운 영혼들을 향한 조디의 연민은 끝이 없었다. 그렇지만 먼고는 그를 경계했다. 사실이 아니라는 걸 알면서도, 사람들이 이 독신자에 대해 하는 거짓말들을 믿었다.

먼고는 외출할 준비를 하고 카굴 점퍼를 뒤집어썼다. 눈물이나 위로 따위 어처구니없는 일이 아예 없었던 척 태연하게 제임스를 찾아가는 게 최선일지도 모른다. 먼고가 계단을 내려가는데 딱한 치키가 발소리를 듣고 문을 열었다. "아, 먼고. 너라서 다행이다. 나 좀 도와줄 수 있니?" 캘훈 씨는 자신의 장애수당을 바쳐가며 애지중지 키우는 황갈색 휘핏 내털리를 안고 있었다. "난처한 상황이라서 말이야." 캘훈 씨는 햇빛 속으로 고개를 내밀고 끄덕일 뿐 어떤 상황인지 설명하지 않았다. "나 대신 내털리 산책 좀 시켜줄 수 있겠니? 오줌보가 터질 지경일 거야."

먼고는 개를 데리고 나가서 주차되어 있는 차들 옆으로 산책시켰다. 다음 표적을 찾고 있는 개신교 불량배들의 눈에 띄지 않으려고 노력했지만 그들이 부르는 소리가 들렸다. 만약 먼고가 따지면 그런 적 없다고 시치미 뗄 수 있을 정도로 나지막했다. 어쨌든 먼고가 따지는 일은 없을 것이다. "멍구, 먼고."

조그만 강아지는 비를 맞는 게 질색인지, 인상을 쓰고 서둘러 볼일을 본 다음에 먼고를 다시 건물 안으로 이끌었다.

"오줌 누었니?" 딱한 치키가 물었다.

"네."

"작은 거랑 큰 거 다?"

"네, 둘 다 했어요."

캘훈 씨가 강아지를 번쩍 안아 올렸다. "잘했다. 숙녀가 낯선 남자 앞에서 볼일 보기가 쉽지 않은데."

"진짜요? 조디 누나를 한번 보셔야 하는데. 누나는 가끔 화장실 문도 안 닫아요."

"아유, 너 진짜 나쁘다!" 딱한 치키는 고급 손수건을 흔들듯이 손가락을 나풀거렸다. "조금만 더 시간 내줄 수 있니? 내털리 발톱 자를 때 잠깐 안고 있을 사람이 필요해. 발톱깎이 들고 다가가면 걸음아 나 살려라 도망치거든. 평소에는 동생이 와서 도와주는데 최근에 파키스탄인 홀아비랑 눈이 맞았지 뭐야. 이제 집 밖에 통 나오질 않아." 잠시 캘훈 씨는 아련한 표정이었다. "그래도 동생네 집 커튼은 참 예쁘더라."

먼고가 고개를 끄덕인 모양인지, 딱한 치키는 한쪽으로 물러서서 소년을 집 안으로 들였다. 문턱을 넘을 때 먼고는 아직까지 현관문에 희미하게 남아 있는 흐릿한 낙서에 시선이 가지 않게 주의했다.

1층인 캘훈 씨네 집은 위층 집들보다 작았다. 공동주택의 출입구 현관과 계단에 공간을 많이 뺏겼기 때문이다. 그래서 가족이 살 만한 집이라기보다는 부엌이 딸린 구식 단칸방 같은 느낌이 강했다. 딱한 치키는 황토색 라일앤드스콧 스웨터를 입고 있었다. 그는 윗옷이 얼마나 두껍든지 간에 전부 바지에 넣어 입는 이상한 습관이 있었다. 주름이 잡힌 채로 불룩해진 바지 때문에 마치 허리가 잘록 들어간 옛 시대 옷을 입은 것처럼 보였다. 실내에서도 반질반질 광을 낸 구두를 신고 반짝이는 금속 버클이 달린 얇은 벨트를 찼다. 딱한 치키가 우울해 보이는 강아지를 먼고에게 건네주었다. 몸에 뼈와 인대밖에 없는 것처럼 비쩍 마른 강아지는 한 품에 쏙 들어왔다. 먼고는 어수선한 잔가지를 한 묶음 든 양 어색하게 강아지를 안았다. 이처럼 뻣뻣한 강아지는 처음이었다.

먼고는 캘훈 씨가 낮에 강아지를 산책시키는 모습을 본 적이 없었다. 바로 지난주에 모모는 스낵바로 출근하는 길과 퇴근하는 길에 텅 빈 거리에서 캘훈 씨가 개를 산책시키는 것을 보았다고 말했다. 인적 없는 시간에만 산책하는 습관을 수상쩍게 여기면서, 캘훈 씨가 "도굴꾼처럼 슬금슬금 다닌다."라고 했다. 하지만 딱한 치키는 그저 남들 눈에 띄지 않으려는 것이었다. 그로서는 어둠의 장막 속에서 걷는 것이 외려 더 안전했다.

"도와줘서 고맙다, 먼고. 내 나이에는 이 아가씨를 잡으려고 쫓아다니는 것도 꽤나 고생스럽거든." 캘훈 씨는 내털리의 발을 잡고 발톱을 하나씩 깎았다. "여간 아둔한 아가씨가 아니야. 장장 8년간 이걸 매달 한 번씩 하는데도 여태 적응을 못해. 그걸 보면 이런 생각이 든다." 캘훈 씨가 쿡쿡 웃었다. "심지어 동물도 어쩌면 이번에는 다를지도 모른다는 희망을 못 버린다고 말이야. 조만간 한번 골탕을 먹일 거야. 발톱을 자르는 대신 아주 야한 빨간색 매니큐어를 발라줘야지. 그럼 정신을 차리겠지." 캘훈 씨가 강아지의 귀 사이에 뽀뽀했다. "그럼 어떨 거 같아, 응? 어리석은 아가씨야."

먼고는 딱한 치키의 머리 위로 집을 둘러보았다. 먼지 한 톨 없이 깔끔했고, 모든 것이 효율적이고 지나칠 정도로 세심하게 정리되어 있었다. 모모가 한번은 말하기를 캘훈 씨는 천생 주부인데, 챙겨줄 사람이 본인밖에 없는 주부라고 했다.

"독신남이지." 이불과 양말을 빨랫줄에 널고 있는 캘훈 씨를 아이들과 나란히 부엌 창가에서 바라보며 모모가 말했었다.

조디가 코웃음 쳤다. "그래서 저분이 남한테 피해 주는 거 있어요?"

"딸딸이를 하도 쳐서 맨날 저렇게 이불을 빨아대는 거야." 하미시가 비웃으며 말했다. "늙은 변태 같으니라고."

가족 모두가 딱 한 가지에 동의했는데, 먼고는 절대 이 독신남의 문밖에서 얼쩡거리면 안 된다는 것이었다. 건물 안에서 놀고 싶으면 캠벨 씨네 집으로 내려가는 층계참에서 놀아라. 캘훈 씨는 눈 깜짝할 새 발톱을 다 잘랐다. 먼고는 내털리를 바닥에 내려놓았다. 개가 자기 다리 아래로 고개를 넣고 성기 냄새를 맡았다. 딱한 치키가 웃음을 터뜨렸다. "웃긴 습관이야. 우리가 자기 거시기를 훔쳐가진 않았나 확인하는 거다." 멀쩡히 제자리에 있다는 걸 확인한 개는 소파로 침울하게 걸어가 구석에 몸을 말고 누웠다. "음료수 하나 마시렴. 도와줘서 고맙다."

괜찮다고 거절하려 했으나 딱한 치키는 벌써 좁은 다용도실에 들어갔다. 먼고는 따라갔다. 다용도실의 빵 보관통 옆에 비디오 플레이어와 커다란 컬러텔레비전이 있었다. 먼고는 감탄을 숨길 수 없었다. "우와! 텔레비전이 두 개나 있네요!"

"응. 요리하면서 옛날 경기 하이라이트를 즐겨 보거든." 캘훈 씨는 탄산이 보글보글 올라오는 음료수를 기다란 유리잔에 따랐다. "축구 좋아하니?"

먼고는 고개를 젓고 운동화를 내려다보았다. 구기종목에 소질이 없는 것이 늘 부끄러웠다. 먼고는 화제를 바꾸고 싶었다. 자신의 것이 아닌 타인의 상처를 건드리고 싶었다. "집에서 요리는 캘훈 부인께서 다 하시나요?"

캘훈 씨는 흠칫하지도 않았다. 머리가 기민한 사람이었다. "내 동생을 말한 거니, 아니면 우리 어머니를 말한 거니? 나한테 부인이 없는 건 너도 잘 알잖니."

미소가 가신 캘훈 씨의 얼굴을 보고 먼고는 자신이 선을 넘었다는 걸 깨달았다. 어쩌면 그는 동네 사람 모두가 레이스 커튼 뒤에서 실눈으로 엿보는 것을 제 눈으로 똑똑히 보고 싶었는지도 모른다. "죄송해요, 캘훈 씨." 잠시 후 먼고가 덧붙였다. "평생 같은 건물 위층에 살았는데 아저씨를 잘 모르는 것 같아요."

"그래?" 캘훈 씨는 웃으면서 음료수를 건네주었다. "글쎄다. 여하튼 간에 적어도 너는 인정하는구나. 대부분 사람들은 자기가 나에 대해 속속들이 다 안다고 생각하거든."

바깥 창턱에 비둘기 한 마리가 앉아 있었다. 특별할 것 없는 평범한 암컷 비둘기였다. 딱한 치키는 창문으로 다가가 틈새로 식빵 조각을 밀어 넣었다. 먼고는 캘훈 씨의 매끄러운 피부와 풍성한 금발을 눈여겨보았다. 캘훈 씨는 노인네 행세를 했지만 사실 그리 늙지 않았다. 모모보다는 나이가 많지만 큰 차이는 없을 것 같았고, 캠벨 부인보다는 훨씬 어렸다. 늙은 독거인이라는 이미지는 꾸며낸 것이었다. 충분히 밖에 나가 일할 기력과 쓸모가 있는 남자였다. 누군가에게 사랑을 받을 수도 있을 것이다.

"괜찮니?" 상념에 빠져 있는 먼고를 캘훈 씨가 불렀다.

"네, 그냥 비둘기 생각하고 있었어요." 먼고는 거짓말에 신빙성을 더하고자 덧붙였다. "친구 한 명이 비둘기를 키워요. 자기 비둘기를 날려서 다른 사람 비둘기를 꾀어 오는 게임을 좋아해요. 요즘 그것에 대해 배우고 있어요."

"그래?" 캘훈 씨는 마지막 남은 식빵 조각을 틈새로 떨어뜨렸다. "우리 아버지는 창턱에 앉은 자리에서 비둘기를 잡곤 했지. 어머니가 비둘기 구이를 정말 먹음직스럽게 만들었어."

"으, 징그러워요. 제 친구한테 그 말 하지 마세요."

딱한 치키가 껄껄 웃었다. "내 조리법을 알고 싶지는 않겠구나? 친구 이름이 뭐니?"

먼고는 과연 그것이 중요할까 순간 의구심이 들었다. 비둘기 집에 있는 소년이 아직도 친구인지, 자기가 좋은 행동을 하려다 나쁜 짓을 한 건 아닌지 가늠하기가 어려웠다. "제임스예요. 제임스 제이미슨."

"제임스, 제임스 제이미슨." 캘훈 씨는 조용히 중얼대며 주먹 관절로 창턱을 두드렸다. "제임스. 구식이고 딱히 특색 있는 이름은 아니구나. 하지만 좋은 이름이야. 제임스라는 이름을 가진 사람들은 대개 한결같지. 네가 믿어도 될 친구 같구나."

"그래요?"

"그래. 벌써 네 친구가 마음에 드는데." 딱한 치키는 뒷마당 쓰레기장 너머 공영주택의 꼭대기층을 가리켰다. "저기 사는 아이지? 그 애 아버지랑 아침에 출근하는 길에 같은 버스를 타곤 했다. 덩치는 산만한 사람이 어찌나 퉁명스러운지, 아무한테도 눈길 한번 주지 않았어.

치아를 싹 다 새 걸로 맞추어준다고 해도 웃지 않을 사람이야."

"제가 자기네 집 카펫에 진흙이라도 묻힌 것처럼 보던데요. 그 아저씨랑 같이 일하셨어요?"

"아니. 나는 시의회에서 지붕 이는 일을 했다. 그 사람은 노조 가방을 들고 다니던데 아마 조선소에서 일하는 것 같았어. 구조 조립이나 용접을 할 것 같았지." 딱한 치키가 깨끗한 손톱으로 창문을 두드렸다. 비둘기가 눈을 껌벅였다. "네 친구가 창밖을 내다보는 걸 몇 번 봤다. 밤늦게까지 우두커니 서서 그러고 있더구나. 가끔은 아침에 그러고 있고."

"파우터 비둘기를 찾고 있었을 거예요."

딱한 치키는 고개를 끄덕였지만, 진심으로 동의하지 않는 것처럼 아랫입술을 내밀었다.

"괜찮은 녀석 같더구나. 조용히 자기 혼자 다니던데." 먼고는 화제를 바꾸고 싶은 듯 고개를 흔들었다. "글쎄요. 비둘기 집에서는 되게 재밌고 활발해요. 한 번도 저를 서운하게 한 적 없어요." 딱한 치키는 무슨 뜻인지 궁금해하는 표정이었다. "어떤 사람들은 자기가 좋아하는 걸 남이랑 절대 공유하지 않잖아요. 하미시 형은 핑크 플로이드 앨범이 있는데 제가 보지도 못하게 해요. 시디 재킷을 펼치면 멋진 그림이 많아서 단지 그걸 보고 싶은 건데 만지지도 못하게 한단 말이에요. 또—또, 캠벨 부인은 제가 복도 탁자에 있는 장식품을 만지면 안 좋아해요. 그런데 제임스는 그렇지 않아요. 비둘기를 좋아해서 거기서 종일 지내는데, 저랑 만난 지 얼마 되지도 않아서 한 마리를 안게 해줬어요. 친절한 거 같아요."

딱한 치키는 다시 창턱을 두드렸다. "착하고 친절한 제임스." 그가 잠시 생각에 잠겼다. "친구네 비둘기 집은 지붕이 뭘로 되어 있니?"

먼고는 으쓱했다. "몰라요. 타르지?"

캘훈 씨는 콧수염을 손가락으로 쓱 훑었다. "안 돼, 그걸로는 안 되지. 귀찮게 자꾸 갈아줘야 해서. 지붕 각도가 어떠니?"

각도에 대한 감각이 전혀 없는 먼고는 양손의 손가락 끝을 맞대어 삼각형을 만들고 어깨를 으쓱했다. 딱한 치키는 먼고의 손을 잡고 조정해가며 먼고의 기억과 유사한 각도를 찾았다. 손바닥 사이를 넓게 벌렸다가 오므리기를 반복한 끝에 먼고는 대략 15도였다고 동의했다.

"그럼 안 되는데. 오래 못 가. 너무 평평해. 서릿발 몇 번 맞고 나면 타르지가 물을 막은 만큼 먹었을 거다." 캘훈 씨는 소년의 손을 잡은 채로 생각에 잠겼다. 먼고의 한쪽 얼굴이 떨리기 시작하자 딱한 치키는 퍼뜩 상념에서 빠져나와 소년의 손을 놓았다. "미안하구나. 오래된 습관은 고치기 힘들지. 지붕 이야기가 나와서 말이야. 가끔은 나도 모르게 이런단다."

"괜찮아요." 먼고는 손을 내리며 말했다. "음료수 잘 마셨어요."

딱한 치키는 소년이 더 머무르기를 바라는 듯이 손을 내밀었다가 생각을 바꾸었다. "나중에 또 놀러 올래? 베이컨 한 줄 주면 내털리가 묘기도 부린단다."

먼고는 다시 안 올 걸 알면서도 예의를 지키려고 말했다. "네."

"착하고 친절한 제임스한테 타르지 위에 슬레이트를 깔고 못으로 박으라고 말해라. 여기서는 잘못 만들어진 건 전부 망가지기 마련이니까." 캘훈 씨는 짧은 복도까지 배웅을 나왔다. 현관문에 자물쇠가 다섯 개나 달려 있어서 여는 데 한참 걸렸다.

## 9

잠들었던 먼고가 싸늘한 진흙 위에서 깨어나보니 텐트 속에서 햇빛이 아롱아롱 춤추고 있었다. 갤러게이트가 불규칙하게 숨쉴 때마다 뜨거운 숨에서 술내가 퍼졌다. 갤러게이트의 팔이 먼고의 갈비뼈 바로 밑을 무겁게 짓눌렀다. 두 사람 다 셔츠가 말려 올라가서, 갤러게이트의 배에서 흘러내리는 땀이 먼고의 우묵한 등허리에 고였다. 술 취해 곯아떨어진 갤러게이트는 죽은 듯이 꼼짝도 안 했지만 신체의 한 부위에서는 소생의 기미가 엿보였다. 부푼 그것이 먼고의 엉덩이를 찔렀고, 갤러게이트의 이탈리아제 청바지 속에서 팽창할 때마다 꿈틀거리고 박동하는 것이 느껴졌다.

먼고는 주먹을 꽉 쥔 채로 잤다. 하얗게 피가 빠진 주먹을 펴자 긴장이 풀리며 손에 전기가 올랐다. 먼고는 날짜를 계산했다. 토요일 밤과 일요일 밤을 자고 나면 집에 갈 수 있다.

자갈들이 이슬에 여전히 젖어 있는 이른 아침의 고요 속에서 갤러게이트는 먼고를 데리고 호수로 나갔다. 생선 내장에 추를 달고 완충 고무링을 끼워 낚싯줄을 준비하는 법을 가르치고, 뾰족한 낚싯바늘을 뭉뚝한 매듭에 단단히 고정한 뒤에 물에서 가장 어두운 부분에 찌가 떨어지게 낚싯줄을 던지는 법을 보여주었다. 악취가 풍기는 칠성장어 덩어리를 아이스박스 속의 밀봉 봉지에서 꺼내 미끼로 썼다. 어찌나 냄새가 고약한지 갤러게이트는 구역질을 참느라 계속해서 꺽꺽대며 침을 삼켰다.

먼고는 운동화를 벗고 얼음장처럼 차가운 호수에 허벅지가 잠길 때까지 들어갔다. 차가운 물에 들어가자 카스트라토라도 된 듯이 고음의 소리가 절로 나와서 노래를 하고 싶었다. 이따금 잔물결이 일고 깔따구 무리가 윙윙거리며 지나갈 뿐, 호수는 온통 고요했다. 맑은 하늘 아래 수면이 거울처럼 매끈하게 빛났다. 시선을 내리면 물속에서 꼼지락거리는 발가락이 보였다. 여태 경험해보지 못한 드넓은 무(無)의 공간이 펼쳐져 있었다.

호수의 반대쪽 끝은 푸른 언덕에 가로막혀 있었다. 언덕 뒤로 고도 1킬로미터에 육박하는 벌거숭이산의 험준한 암벽 능선이 끝없이 이어지는 것 같았다. 암벽은 햇빛을 받아 빛나는 동쪽 면을 제외하고 전부 짙은 그늘에 묻혀 있었다. 그늘에 페인트 자국처럼 점점이 눈이 찍혀 있었는데, 마치 부주의한 신이 건성으로 칠한 흰 에멀션 페인트가 이끼로 뒤덮인 산에서 벗겨지고 있는 것처럼 보였다. 산의 능선 하나하나가 커다란 부싯돌이 쩍 갈라지며 떨어져나간 조각의 형태였다. 깎아지른 듯이 유달리 날카로운 능선 하나는 하미시가 직접 제작한 손도끼를 떠올리게 했다.

차디찬 바람이 수면을 쓸고 몰려와 먼고의 점퍼를 휘날렸다. 이처럼 맑은 공기는 처음이었다. 먼고는 갤러게이트가 시선을 돌린 틈을 타서 고개를 뒤로 젖히고 바람에 대고 혓바닥을 내밀었다. 바람의 맛은 봄날의 풀잎처럼 푸르렀지만 태곳적 흙빛을 머금고 있었다. 갈 곳 모르는 바람이 자신의 여로를 찾는 중에 질척한 이탄 골짜기와 고대의 숲을 오래오래 헤매다 온 것 같았다.

먼고가 바람의 향기를 언어로 표현할 수 있었다면 이렇게 말했을 것이다. 소나무 숲의 청량한 솔향과 들버들나무, 살갈퀴, 가시금작화의 알알한 향을 맡았으며, 그 모든 향 아래 짙고 기름진 토양의 축축한 흙내와 끊임없이 내리는 비의 깨끗한 물비린내가 깔려 있었다고. 그러나 먼고에게 바람의 향은 그저 초록빛이고 갈빛이었으며 축축하고 깨끗했다. 마법 같은 냄새였다.

한편 갤러게이트는 신비로운 바람에 아무런 감흥을 느끼지 않았다. 그는 호수에 커다란 가래 덩어리를 뱉어 신비로움을 망가뜨렸다. 가래 덩어리가 성운처럼 소용돌이치며 먼고 앞을 지나갔다. 아침 내내 갤러게이트는 숙취가 심해 말도 하기 힘든 양 시종 침묵으로 일관했다. 무릎 사이에 낚싯대를 낀 채로 다섯 번째 담배에 불을 붙였다. 먼고는 차가운 호수로 더욱더 깊이 들어갔다. 더럽혀지지 않은 자연의 경이를 홀로 간직하고 싶었다.

세인트 크리스토퍼 역시 웅장한 자연에 감명받지 않았다. 청명한 아침에 그는 1인용 텐트 속에서 부들부들 떨고 있었다. 시간이 흘러감에 따라 몸에서 알코올이 점점 더 빠져나갔고, 점점 더 상태가 나빠졌다. 지난밤 이후로 두 사람은 서로 한마디도 하지 않았다. 세인트 크리스토퍼의 텐트를 자꾸만 힐긋거리는 갤러게이트의 표정만 봐도 그가 시비를 걸고 화풀이할 건수를 찾고 있음을 알 수 있었다.

갤러게이트가 갑자기 일어나더니 변을 볼 곳을 찾아 이파리가 긴 풀밭으로 비틀비틀 걸어갔다. 굳이 세인트 크리스토퍼의 텐트까지 걸어가 텐트를 고정한 밧줄을 걷어찼다. 텐트가 시신을 덮는 천처럼 잠들어 있는 남자 위로 내려앉았다. 세인트 크리스토퍼의 코골이 소리에 맞추어 나일론 텐트가 위로 솟았다 내려가기를 되풀이했다.

능선의 동쪽을 비추던 태양이 느릿느릿 중천으로 이동했을 즈음에 세인트 크리스토퍼가 죽음 같은 잠에서 마침내 깨어났다. 모직 양복을 입은 채로 호수 가녘에 꿇어앉아 짐승처럼 첨벙이며 얼굴에 물을 끼얹었다. 그러고는 엉덩이를 대고 주저앉아 한참 동안 눈만 껌벅거렸다. 갤러게이트는 세인트 크리스토퍼를 못 본 척하고 모닥불을 피우는 데 집중했다. 갤러게이트가 모닥불에 콩 통조림 두 개를 올리자 세 사람은 둘러앉아서 초라한 아침을 먹었다. 뜨겁게 달구어진 통조림 캔을 따개 없이 열지 못해 고생하다 갤러게이트가 바위 모서리에 내려찍어 캔을 터뜨렸다. 콩이 자갈밭으로 튀었다. 세인트 크리스토퍼는 담뱃진에 찌든 노란 손가락으로 콩을 주워 입에 넣었다. 이따금 조그만 돌 부스러기가 입에 들어가면 깨진 이빨이 음식을 씹어대는 소리가 멈추었고, 그는 콜록거리며 돌멩이를 야영지 위로 뱉었다.

먼고가 모닥불에서 물러나 혼자 멀찌감치 앉아 있는데 커다란 먹구름이 몰려오기 시작했다. 높다란 산봉우리에 가로막힌 듯했던 구름이 틈새를 비집고 들어와 평화로운 골짜기로 몰려왔다. 방을 채우는 담배 연기처럼 먹구름이 뭉치고 두꺼워지며 내려앉았다.

기이한 광경이었다. 빛이 달라짐에 따라 풍광이 색을 갈아입었다. 아침 햇빛 속에서 언덕은 고사리와 이끼와 구리색으로 빛났었다. 이제는 양털 같은 구름이 무거운 커튼처럼 내려오며 모든 것을 우중충한 잿빛과 갈빛으로 적셨다. 땅은 자기만의 색깔이 없는 듯했다.

잿빛으로 온통 바랜 초록빛을 보면서 먼고는 제임스를 떠올렸다.

경고 없이 순식간에 탁해진 그의 눈을 떠올렸다. 그 눈에 초록빛과 금빛이 다시 빛나기를 바랐다. 먼고는 제임스 생각을 애써 떨쳐냈다. 제임스의 눈에서 아롱대던 빛깔을 두 번 다시 볼 수 없을 것이다.

세인트 크리스토퍼와 갤러게이트는 떨림을 잠재워줄 술을 찾아 빈 가방들을 샅샅이 뒤지고 있었다. 짜부라트린 맥주캔들이 달그락거렸다. 처음으로 먼고는 선명한 햇빛 속에서 갤러게이트를 자세히 관찰할 수 있었다. 하미시보다 몇 살 많지 않을 것이다. 화려한 바지가 헐렁하게 걸쳐져 있는 몸에서 지방이라고는 눈 밑의 땡땡 부은 주머니뿐이었다. 갤러게이트는 몸을 숙이고 가방에 남은 것들을 꺼내 바위에 올려놓았다. 술이 꽤 많이 남았다. 맥주캔 한 묶음과 위스키 한 병, 작은 병에 담긴 투명한 액체. 먹을 것은 초콜릿 두 개가 있었다. 포장지 옆면에 개구리가 그려진, 이갈이를 시작한 아기들에게나 줄 법한 아주 엷은 색의 밀크 초콜릿이었다. 먼고는 그것이 자기를 위한 것인지, 낯선 소년의 호감을 사려고 가져온 군것질거리인지 궁금했다.

배 속에 새로 맥주를 채우고 기운을 차린 세인트 크리스토퍼가 호수에 들어갔다. 몸의 떨림이 아까만큼 눈에 띄지 않았다. 세인트 크리스토퍼는 미끼로 쓴다고 청어를 싸 왔는데, 반쯤 상한 생선을 휴지로 둘둘 말아서 재킷의 가슴 주머니에 넣어두었다. 그에게서 왜 그런 악취가 났는지 인제 알았다. 세인트 크리스토퍼가 청어에 낚싯바늘 꿰는 법을 보여줄 때 먼고는 숨을 꾹 참고 있었다. 세인트 크리스토퍼는 잔잔한 호수에 릴을 던지고, 나머지 생선을 가슴 주머니에 도로 넣었다.

"이보다 좋을 수는 없다, 그치? 남자들끼리 낚시하는 거 말야, 응?"

여하튼 세인트 크리스토퍼는 죽상인 갤러게이트보다는 기분이 좋은 듯했다. "낚시를 한 번도 해본 적 없다니, 도저히 못 믿겠구먼. 안타까운 일이야. 자라나는 남자애한테 앞가림하는 법을 가르쳐줄 사람이 없으니 원. 저번에 길에서 본 어떤 녀석은 펑크 난 자전거 바퀴 고치는 법을 모르더라고. 그냥 자전거를 통째로 운하에 던져버리더라니까."

"왜요?"

세인트 크리스토퍼가 낚싯줄을 흔들었다. "글쎄다, 어쨌든 나는 그 녀석이 사라질 때까지 기다렸다가 물속에 들어가서 그걸 건졌다. 전당포에서 25파운드 받았다는 거 아니냐."

"저는 자전거 고칠 줄 알아요. 공부는 잘하지 못하지만, 그런 거는 할 줄 알아요. 그리고 비둘기에 대해서도 알아요."

"공부 같은 거 못해도 되니까 신경 쓰지 마라. 손재주 있는 사람은 어떻게 해서든지 먹고사는 법이다. 글래스고는 노동자들의 도시야."

먼고는 하미시가 조선소에 대해 한 이야기를 떠올렸다. 매달 수백 명의 남자가 일자리를 잃고 있다. 세인트 크리스토퍼는 다른 시대에 갇혀 있는 모양이었다. 먼고는 수면 위로 물수제비를 떴다. "이 호수는 이름이 뭐예요?" 먼고는 짐짓 아무렇지 않은 척 물었지만 사실은 아직도 자신이 어디 있는지 몰라서 불안했다.

"몰라도 된다." 세인트 크리스토퍼가 대꾸했다. "니한테 말하면 온갖 도시 녀석들이 튜닝한 에스코트 오토바이며 BMX 자전거를 끌고 와서 깽판 칠 거 아냐. 그래, 니 엄마가 니 형에 대해 말했다." 세인트 크리스토퍼는 생각에 잠겼다. "어째 니 형은 낚시를 안 가르쳐줬냐?"

"낚시 같은 거 형한테는 지루할 거예요."

"가르쳐줄 아빠는 없구?"

"돌아가셨어요."

"아, 안됐구나. 아직 어린데. 보고 싶겠네."

먼고는 아버지가 얼마나 보고 싶은지 말할 수 없었다. 단어로 표현하기에는 너무 벅찬 감정이었다. "제가 태어나기 전에 돌아가셨어요."

세인트 크리스토퍼는 안타까워하며 한숨을 쉬었다. "이상하네. 나는 니 엄마가 이혼녀인 줄 알았는데. 쪼그만 여자가 화가 잔뜩 나 있더라고. 꼭 사기를 당해서 무언가를 뺏긴 사람처럼."

먼고는 무어라 대답해야 할지 몰랐다. 세인트 크리스토퍼가 금세 다시 입을 열어 침묵을 깨서 다행이었다. "우리 엄마는 아버지가 죽었을 때 쾌재를 불렀다. 아버지가 나쁜 사람은 아니었는데 말야. 다만 경마에 환장해서 문제였지. 첨엔 엄마가 재혼할 줄 알았어. 인물은 별로지만 꽤 젊었으니까." 세인트 크리스토퍼가 먼고를 힐끗 보았다. "자기 엄마에 대해 이렇게 말하면 안 되겠지?"

먼고는 어깨만 으쓱했다.

"아냐? 뭐 어쨌든 사실이야. 어디 가서 미인이라고 불릴 일은 없었지만 그래도 성격이 좋았어. 책도 많이 읽었구." 세인트 크리스토퍼는 다시 호수로 시선을 돌리고 낚싯줄을 팽팽하게 당겼다. "니네 엄마는 재혼했냐?"

먼고는 고개를 가로저었다. "그러려고 노력하고 있어요. 아저씨네 엄마는요?"

"에이, 안 했다. 한참 전 일인데, 아버지 돌아가신 다음에 엄마는 집을 판 돈으로 고번에 방 한 칸짜리 아파트를 샀어. 우리 형제들한테 현금을 조금씩 나눠준 다음에 잘 살라고 하더라. 다른 말로 하면 이 뜻이지. '이거 먹고 떨어져라.'" 세인트 크리스토퍼가 웃었다. "그래, 우리 엄마는 재혼 안 했다. 아니, 남자랑 다시 잔 적도 없을걸. 결국에는 늘 원하던 걸 얻은 거지, 뭐."

"그게 뭔데요?"

세인트 크리스토퍼는 뻔하지 않냐고 말하듯이 쿡쿡 웃었다. "남자로부터의 자유."

먼고는 손에 남은 마지막 조약돌로 물수제비를 떴다.

세인트 크리스토퍼는 낚싯줄을 물에서 뺐다. 어느새 미끼가 사라졌다. 남은 것이라고는 너덜너덜해진 붉은 간과 심장 몇 가닥이 엉겨 붙어 있는 우윳빛 내장 덩어리뿐이었다. 낚싯바늘이 얼마나 깊이 박혀 있었는지, 내장까지 찢어진 생선은 두 번 죽임을 당한 꼴이었다. "빌어먹을! 내 미끼를 먹고 튀었잖아. 니가 잘 보고 있었어야지, 인마. 빌어먹을 강꼬치고기였을 거다. 내가 입질을 왜 못 느꼈지?" 먼고가 아니라 호수의 신에게 물어보는 듯한 말투였다.

먼고는 이 남자에게 감각이 남아 있기나 할는지 의심스러웠다. 얼굴과 손등과 위팔을 뒤덮은 울퉁불퉁한 핏줄은 마치 무엇이라도 느끼고 싶어서 피부를 밀고 올라오는 것처럼 보였다. 황달이 있는 눈에도 핏줄이 섰는데, 그걸 보니 가리발디네 바닐라 아이스크림이 떠올랐다. 빨간 산딸기색 소스를 뿌린 노란 아이스크림 덩어리.

세인트 크리스토퍼는 낚싯바늘에서 내장을 긁어내고 다시 물속에 던졌다. 그러고는 어깨 뒤로 먼고를 보며 내뱉었다. "전부 니 탓이다. 괜히 엄마 이야기를 꺼내게 만들어 가지구. 저리 꺼져. 니는 운이 나쁜가 보다." 그리고 혼잣말처럼 중얼거렸다. "원래 이거보다 잘하는데."

먼고는 대꾸하지 않았다. 세인트 크리스토퍼가 완전히 망가진 남자인지, 아니면 망가지고 자시고 할 것도 없이 처음부터 엉망이었을지 궁금했다. 여태 세인트 크리스토퍼가 한 일이라고는 먼고에게 낚시를 가르쳐준 게 전부였다, 인류의 역사에서 아득한 옛날부터 전해 내려온 그 기술 말이다. 스코틀랜드라면 어디나 그렇듯이 이 호수에도 물고기가 가득했다. 그렇지만 슈퍼마켓에서 산 청어가 홀라당 먹힌 꼴을 보니 세인트 크리스토퍼는 이것마저 실패했다.

세인트 크리스토퍼는 재킷의 소매를 걷어붙였다. 팔이 너무도 가늘어서 모직 재킷 소매를 팔꿈치까지 몇 번이나 접을 수 있었다. 낚싯바늘에 새로 청어를 끼고 물속에 던졌다. 곧바로 낚싯대가 한 번 까닥거리더니 미끼가 사라졌다. "교활한 물고기 자식들 같으니라구!"

세인트 크리스토퍼는 무릎까지 흥건히 젖었다. 그는 정장 바지를 벗은 다음에 허리가 잠기는 곳까지 걸어갔다. 팬티가 낡은 이불로 만든 것처럼 헐렁했다. 양팔을 뻗은 채 죽은 나무처럼 꼼짝도 하지 않고 서 있다가, 물고기 한 마리가 가까이 오자 맨손으로 잡을 기세로 덮쳤고, 그러다 고꾸라져 수면 아래로 가라앉았다. 팔을 휘저으며 수면 위로 솟아오른 세인트 크리스토퍼는 손으로는 팬티가 내려가지 않게 붙들고 입으로는 물을 뿜으며 욕설을 씨불였다. 먼고는 낚싯대를 내려놓고 양해를 구한 뒤에 볼일을 보러 갔다. 터져 나오는 웃음을 들키지 않으려고 얼른 뒤돌아섰다.

세인트 크리스토퍼는 긴 호수의 둘레를 배회하는 먼고에게 주의를 기울이지 않았다. 조그만 관목들이 호수의 가녘까지 늘어서 있었다. 관목들 사이를 요리조리 돌아가다보니 진흙이 신발을 삼키고 그다음엔 맨다리를 타고 스멀스멀 올라왔다. 먼고는 숲속으로 더 깊이 들어갔다. 호수가 조용하다고 생각했는데, 잔잔한 물소리조차 들리지 않는 숲속은 고요 그 자체였다. 먼고는 이끼 낀 바위 위에서 빈둥거리다가 쓰러진 나무의 줄기에 조심스레 올라가기도 했다. 성긴 나뭇잎 사이로 땅에 점점이 비치는 햇빛이 아름다웠다. 몸을 숨기고 무엇이 나타날지 기다렸지만 숲에서는 아무런 움직임도 없었다. 이토록 외진 골짜기에 마지막으로 누구의 발길이 닿았을지 궁금했다. 자신이 완벽하게 혼자라는 생각이 엄습했다.

숲속을 헤매던 먼고는 콸콸 흐르는 개천에 다다랐다. 드넓은 호수로 흘러드는 민물 지류였다. 미네랄이 풍부한 까닭에 가녘에 물거품이 잔뜩 일었다. 바위를 굽이돌며 흐르는 냇물 여기저기에서 수많은 갈색 물고기 떼가 자유롭게 헤엄치며 빠르게 지나갔다. 먼고는 허리까지 오는 물을 헤치며 나아갔다. 산봉우리의 눈이 녹아 흘러내리며 이루어진 개천은 호수보다 더 차가웠다. 강바닥의 이끼에 발이 미끄러져 넘어진 순간 얼음장처럼 차가운 물에 충격을 받아서 숨도 쉴 수 없었다. 갑작스레 정신이 번쩍 든 먼고는 꽥 소리를 지르며 펄쩍 뛰었고, 옆에 있는 바위로 기어 올라갔다. 커다란 갈색 물고기가 개천을 건너는 먼고를 보고 있었다.

주변의 나무가 점차 줄어든다 싶더니 호숫가가 다시 눈앞에 나타났다. 두 남자로부터 멀리 떨어진 지점이었다. 먼고는 호수의 둘레를 따라 걷다가 이따금 걸음을 멈추고 물수제비를 뜨기에 적당한 납작한 돌멩이를 주웠다. 호수의 커브를 돌자 눈앞에 고대 성의 유적이 나타났다. 유적은 근처의 산과 마찬가지로 잿빛과 회갈빛 바위로 이루어져 있어서, 마치 지구 표면의 화강암을 쩍 가르고 솟아오른 것 같았다. 한때는 대단히 웅장했을 터이다. 성벽이 작은 언덕 여러 개에 걸쳐 호수로 둘러싸인 삼각 지대까지 이르렀다. 거대한 회당의 세 벽면과, 탑의 모양을 그럭저럭 유지하고 있는 4~5층 높이의 벽이 남아 있었는데, 벽에는 그 옛날 궁수가 활을 쏘던 가느다란 화살 구멍이 나 있었다.

먼고는 무너진 벽 하나를 넘어서 폐허가 된 회당에 들어섰다. 지붕이 무너져 내린 탑의 일부는 성의 중심부에 쓰러져 있었다. 무너지지 않고 남아 있는 벽은 요새처럼 두꺼웠다. 하미시와 컬지언 성에 무단 침입한 그때를 제외하면 먼고는 성안에 들어가보기는커녕 밖에서 본 적도 없었다. 학교에서 스털링이나 에든버러로 수학여행을 갈 때 모모는 먼고를 보내지 않았다. "니가 쓸데없이 태피스트리나 만지작거리라고 내가 뼈 빠지게 일하는 것 같니?" 4파운드 50펜스가 더 요긴하게 쓰일 곳은 늘 있었다.

먼고는 스코틀랜드에서 태어나서 15년을 살았건만 골짜기나 호수, 숲이나 유적지를 본 적이 없었다. 아니, 본 적은 있지만 비스킷 깡통이나 관광버스 옆면에 붙은 사진으로만 보았다. 먼고는 벽난로 바닥의 일부였던 커다란 돌에 앉았다. 머리가 핑핑 돌았다. 알딸딸한 기분이었다. "야아아호오오." 지붕 없는 성안에서 목소리가 울렸다. "구구구구구, 구구구구구, 구구구구구." 먼고는 하늘에 대고 외쳤다.

집에 가면 어떤 기분일지 궁금했다. 하루 만에 15년 평생을 통틀은 것보다 더 많은 것을 보고 난 지금, 앞으로 어떻게 동네에만 머무를 수 있을까? 벗어나고 싶지 않을까? 제임스가 옳았다. 제임스가 지금 같이 있었으면 너무나 좋겠다고 생각했다. 조디가 있어도 좋았겠지만, 제임스가 더 그리웠다. 이 새로운 경험을 누군가에게 전부 말할 수 있으면 얼마나 멋질까. 거짓으로 지어내는 거라고 의심하지 않을 사람에게 말하고 싶었다. 먼고는 바위에서 황토색 이끼를 뜯어냈다. 조디나 하미시나 모모에게 자신이 본 광경을 적절히 묘사할 표현이 떠오르지 않아 답답했다. 제대로 묘사하더라도 그들은 관심을 가지지 않을 터이다. 아직 다림질하지 않은 옷에 드러눕지 말라고 잔소리하거나, 훔친 자동차 라디오를 들고 있으라고나 하겠지. 지루해하는 표정으로 껌을 씹으며, 황록빛 장소에 대해 그가 입을 다물기를 기다릴 것이다.

그렇지만 제임스는 다를지도 모른다. 제임스는 이야기를 끝까지 들어주고, 숫양의 해골 사진을 보여주면 악취가 풍겼는지,(악취는 나지 않았다) 해골 아래에 털이 삐져나와 있었는지(크림색 구불구불한 털이 보였다) 따위를 물을지도 모른다. 제임스가 지금 같이 있기를 바랐다. 제임스는 관심을 가졌을 것이다.

먼고는 뒤통수로 머리 뒤의 벽난로를 두드렸다.

그러다 벌떡 일어났다. 먼고는 불안한 말처럼 느리게 뛰기 시작했다. 움직여야 한다. 가톨릭 녀석에 대한 수치스러운 생각을 머리에서 내보내야 한다. 썩은 벽난로 선반 옆에 서서 먼고는 발뒤꿈치를 맞댔다. 텅 빈 회당에 대고 깊이 허리 숙여 인사하고, 발뒤꿈치에서 발끝으로 무게를 옮겨가며 스트립-더-윌로 춤의 첫 라운드 스텝을 폴짝폴짝 밟았다. 날씨가 유난히 지독했던 어느 겨울에 학교에서 배운 춤이다. 체육 선생은 몹시 불만스러운 기색으로 야외 수업을 취소했고, 서로의 머리통에 하키 스틱을 휘두를 때면 놀라운 운동신경을 발휘하는 공영주택 소년들은 싸늘한 실내운동장에서 마지못해 짝을 지어 춤을 연습했다. 먼고는 그때를 기억하며 빙빙 돌았다. 먼고는 스코틀랜드 전통 춤을 좋아했다. 남들 앞에서 인정하지 못할 뿐이다. 쭉 뻗은 팔 끝으로 조디를 돌리고 있다고 상상하며 무너진 회당 안에서 열정적으로 춤췄다.

"소질 있네." 보이지 않는 사람의 목소리가 들려왔다.

먼고는 움직임을 멈추었다. 갤러게이트가 무너진 벽 뒤에서 불쑥 나왔다. 주머니에 손을 넣은 채로 담배를 피우며 걸어 나왔다. "이 같잖은 게 여기 있다는 걸 잊고 있었군." 갤러게이트는 그새 기분이 다소 풀린 듯했다. 그는 맥주캔을 꺼내 네 모금에 해치웠다. "여기서 굶어 죽기 싫으면 가게를 찾아야 한다." 갤러게이트는 손안에서 캔을 짜부라트리고 무너진 벽의 그늘로 던졌다. "아님 물고기 죄다 쫓기 전에 멍청한 늙은이를 잡아먹던가."

먼고는 그들이 아무것도 못 잡기를 내심 바라고 있었다. 빈속에 들이부은 위스키에 취해서 얼른 잠들기를 바랐다.

갤러게이트는 무너진 벽을 넘어 성에서 나갔다. 먼고는 신발 끈을 묶는 척 시간을 끌다가 벽 뒤로 재빨리 달려가 그가 버린 테넌츠 맥주캔을 주웠다. 맥주캔을 점퍼 안쪽에 숨기고 벽을 타 넘었다. 벌써 갤러게이트는 그들이 왔던 길로 휘청휘청 가고 있었다. 먼고는 잠시 서서 자신의 성을 둘러보았다. 일회용 카메라의 필름을 감은 다음에 아무도 관심을 주지 않을 사진을 정성껏 찍었다.

시계가 없어서 시간을 재지 못했지만 적어도 몇 시간은 걸은 듯싶었다. 호수 둘레를 따라 걷고 야영지를 지나서도 계속 걸었다. 두 사람은 대화도 나누지 않고 멀찍이 떨어져 걸었다. 먼고는 뒤에서 꾸물거렸다. 조디에게 주려고 야생꽃을 한 움큼씩 따서 가슴 주머니에 넣었다. 꽃을 딸 때마다 이름을 지어냈다. 안돼꽃, 늙수레국화, 불룩벨.

그들이 도착한 마을에는 마을 같은 구석이 조금도 남아 있지 않았다. 흘러가버린 시대가 남긴 자연석 오두막들이 띄엄띄엄 흩어져 있을 뿐이었다. 그들이 지나친 집 서너 채는 아주 오랜 시간 비어 있던 것 같았다. 먼고는 오두막을 지나칠 때마다 창문을 들여다보았다.

도로에 가장 근접한 가게는 때로 우체국 역할도 겸했지만 대부분 시간에는 불친절한 인상인 주인의 가정집이나 다름없었다. 가게 안의 모든 것에 먼지가 뽀얗게 앉아 있었다. 비바람에 거칠어진 여자의 멍한 감시 속에서 갤러게이트는 가게에 남은 컵라면 전부와 담뱃잎을 샀고, 남은 돈은 모조리 맥주에 썼다. 가겟집 여자는 단 한 번도 미소를 짓지 않았다. 여자는 먼고가 처음 들어보는, 노래하는 것처럼 음정이 실린 사투리로 말했다. 목소리가 아름다워서 계속 듣고 싶었지만 여자는 갤러게이트를 보자마자 적대감을 드러냈고, 다시 혼자 멍하니 앉아 있을 수 있게 그들을 한시바삐 내보내려는 듯했다. 여자는 두 사람이 입고 있는 얇은 재질의 옷이 마뜩잖았다. 외지인이라는 뜻이니까. 여자의 못마땅한 시선이 먼고의 운동복 반바지와 파래진 다리, 더러운 운동화를 훑었다. 갤러게이트의 단조롭고 투박한 악센트를 처음 들었을 때는 눈살을 찌푸렸다. 글래스고에서 왔군. 여자는 이렇게만 말했다. "떠날 때 쓰레기 싹 다 챙겨 가요. 도시 사람들이 호수를 대형 쓰레기통 취급하는 건 질색이니까."

하이랜드 여자가 시선을 돌렸을 때 갤러게이트는 가운뎃손가락을 내밀고 초콜릿을 소매에 슬쩍 넣었다. 야영지로 돌아가는 길에 그는 뜨듯해진 초콜릿을 먼고에게 주었다. "이거 주면 웃는 거 볼 수 있냐?"

옹기종기 모여 있는 오두막집들을 지나치는데 빨간 공중전화 부스가 눈에 띄었다. 전화 부스는 무성하게 웃자란 주목 아래에 자리하고 있었다. 먼고는 문득 발걸음을 멈췄다. "엄마한테 전화해도 돼요?"

"잔돈 없다." 거짓말이란 걸 먼고는 알았다. 가겟집 여자가 잔돈을 거슬러주는 것을 보았다.

먼고의 눈꺼풀이 경련을 일으킬 것처럼 떨렸다. 먼고는 실망감을 삼키고 자신의 점퍼 주머니를 뒤져 은색 동전 두 개를 찾았다. "괜찮아요. 저 돈 있어요."

전화 부스에 들어갔는데 지린내가 나지 않아 몹시 생경했다. 누군가 부스 안에 무늬가 있는 카펫을 깔고 전화기 아래 낡은 부엌 의자를 놓아 안락하게 꾸몄다. 전화번호부가 있어야 할 선반에는 방향제와 조화가 아닌 진짜 식물이 담긴 화분이 놓여 있었다. 화분 속의 흙을 손가락으로 눌러보자 얼마 전에 물을 준 것처럼 폭신했다.

먼고는 전화기에 동전을 넣었다. 다이얼에 손가락을 대고 한참을 머뭇거렸다. 이내 발신음이 멈추고 전화기가 동전을 토해냈다. 제임스에게 전화할 수만 있다면. 목소리를 듣고 싶은 유일한 사람에게. 하지만 전화번호가 확실히 기억나지 않는 데다가 제이미슨 씨가 크림색 전화기를 유전으로 가져갔을 것이 뻔했다. 멍청하긴. 이제 와서 무슨 근거로 제임스도 자기와 이야기하고 싶어 할 거라고 생각했을까?

그래서 먼고는 집에 전화했다가 누가 받기 전에 끊었다. 동전이 다시 굴러 나왔다. 먼고는 동전을 또 넣고 다시 전화했다. 신호음이 한 번 울리자마자 모모가 전화를 받았다. 먼고는 화들짝 놀랐다. 모모가 그녀의 새 가족인 조키와 그의 아이들과 있으리라 예상했었다.

"여보세요?" 모모는 이 시간부터 신경이 곤두서 있는 듯했다. "5, 5, 4,… 음, 6, 1, 음,… 2, 2."

"나예요."

"먼고. 먼고, 아가. 정말 너니? 괜찮아? 어디야?" 모모가 숨 돌릴 새 없이 질문을 쏟아냈다.

"네, 저예요. 괜찮아요." 먼고는 마지막 질문에 답하려고 했지만 답을 몰랐다. "여기가 어딘지 모르겠어요. 나무가 많고 엄청 깊은 호수랑 옛날 성이 있어요. 밤에 도착하는 바람에 표지판을 못 봤어요."

"그 사람들이 잘 챙겨주고 있니?"

"그냥저냥요."

모모는 비로소 숨을 쉬는 듯했다. "다행이다."

갤러게이트가 서두르라는 표시로 손을 돌렸다.

"모닥불 지피는 법을 배웠어요. 낚싯바늘에 미끼 끼우는 거랑요."

"그렇지!" 모모가 안심한 듯이 외쳤다. "내가 조디한테 딱 그렇게 말했어. 니가 그런 걸 배우라고 보낸 거야. 남자들이 하는 취미 생활. 니가 남자다워지게 말이야."

먼고는 전화 부스의 유리창을 등지고 서서 무늬접란의 잎사귀를 잡아당기며 수화기에 대고 속삭였다. "이제 집에 가고 싶어요."

"그래, 와."

모모가 선뜻 수긍할 줄 몰랐다. 먼고는 기운이 쭉 빠졌다. 여기로 보내놓고서 갑자기 이제 됐으니까 그만두고 돌아오라는 것이다. "못 가요. 여기 오는 데 한참 걸렸어요. 이 아저씨들은 월요일 전에 떠나려고 하지 않을 거예요."

"그럼 거기가 어딘지 나한테 말해."

전화기가 삑 소리를 세 번 냈다. 연결이 끊어지기 일보 직전이었다. 먼고는 얼굴에 경련기를 느꼈다. "여기가 어딘지 몰라요."

"아, 아들. 먼고—"

전화가 끊어졌다. 잠시 먼고는 수화기를 뺨에 댄 채로 통화하는 시늉을 하며 경련을 가라앉히려고 애썼다. 그렇게 서 있는데 갤러게이트가 반지로 전화 부스의 창을 두드렸다. "빌어먹을, 이러다 날 저물겠다. 깔따구한테 산 채로 뜯어 먹히겠네."

야영지로 돌아왔을 즈음에 먼고의 두 다리는 벌레 물린 자국으로 벌겋게 부어 있었다. 술을 구해서 마음이 놓인 갤러게이트는 돌아오는 내내 수다를 떨었다. 세인트 크리스토퍼가 한 마리라도 잡았다면 생선 배를 가르는 법을 가르쳐줄 것이며 토끼 덫을 놓는 법도 알려주겠다고 했다. 일요일 밤에는 토끼 스튜를 푸짐하게 끓여 먹을 것이다. 라면에 토끼 고기를 넣고 끓일 건데, 그렇게 맛있는 음식은 난생처음일 거라고 갤러게이트는 장담했다.

먼고는 갤러게이트를 유심히 지켜보면서 적절한 때에 웃으려고 노력했다. 벌써 갤러게이트는 네 번째로 다른 얼굴을 보여주고 있었다. 먼고는 그것들을 헷갈리지 않고 잘 기억해두기로 했다. 버스에서의 뚱한 남자, 모닥불 앞에서 음담패설을 늘어놓던 음탕한 남자, 상처받은 표정으로 낚시하던 예민한 남자, 그리고 지금, 친형 행세를 하며 절친을 자처하는 이 남자.

먼고는 눈치가 없어서 하미시의 속임수에 곧잘 넘어갔다. 동생을 달콤한 말로 살살 꾀어서 부려 먹지 좀 말라고 조디가 소리치는 걸 듣고서야 자신이 속았다는 걸 깨달았다. 이런 일은 대개 하미시가 이유 없이 이상할 정도로 잘해준 다음에 벌어지곤 했다. 그래서 먼고는 타인의 친절을 경계하기 시작했는데, 제임스를 만나고서부터 달라졌다. 지금 먼고는 두꺼운 고사리를 헤치며 건들건들 뒷걸음질로 나아가는 갤러게이트를 보고 있었다. 갤러게이트는 신이 나서 올가미와 상자 덫 만드는 법을 설명했다. "내가 아는 건 다 가르쳐줄게." 갤러게이트가 말했다. "너는 참 운도 좋다, 그치?"

마침내 야영지로 돌아왔을 때 세인트 크리스토퍼는 연기가 피어오르는 불 옆에서 양복을 말리고 있었다. 추레하게 늘어진 팬티 위로 얇은 피부에서 척추의 뼈마디가 완두콩처럼 울룩불룩 튀어나왔다. 그 야윈 모습이 안쓰러웠다. 텔레비전에서 본 아프리카 아이들 같았는데, 그 아이들은 배가 불룩하게 튀어나온 반면에 세인트 크리스토퍼의 배는 등가죽과 맞닿을 것처럼 우묵했다.

세인트 크리스토퍼는 두 사람을 보고 기뻐했다. 바위에 조그만 생선 일곱 마리가 가지런히 올려져 있었는데, 비늘의 영롱한 빛깔이 벌써 바래고 벗겨졌다. 세인트 크리스토퍼가 뿌듯한 집고양이처럼 두 사람 주변을 빙빙 돌았다. "별거 아니다." 세인트 크리스토퍼는 생선을 한 마리씩 손바닥에 올리고 조심스레 만지며 말했다. "하지만 내일은 이걸 미끼로 삼아서 민물농어나 갈색 송어를 잡아보자구."

"좋다." 갤러게이트가 비닐봉지를 흔들며 말했다. "좋은 생각인데."

세인트 크리스토퍼가 축하하자고 마지막 위스키 병을 열었다. 두 모금을 길게 들이켜고 넘겨주자 갤러게이트 역시 똑같이 두 모금을 길게 들이켜고 먼고에게 술병을 내밀었다. 먼고는 술병을 입에 가져가기는 했지만 혀끝으로 주둥이를 막았다.

갤러게이트가 먼고의 등을 철썩 때렸다. "계집애처럼 굴지 말고 마셔라." 갤러게이트는 먼고의 뒤통수를 자기 몸에 붙이고 고개를 뒤로 젖힌 다음에 술병을 입술에 대고 기울였다. 화가 난 것처럼 뜨거운 느낌이 식도를 태우며 내려갔다. 폐에 불이 붙은 것처럼 숨을 쉴 수 없었다. 갤러게이트는 먼고가 꺽꺽거리는 것을 멈출 때까지 기다렸다가 다시 술을 목구멍에 들이부었다. "더 마셔! 더! 더!"

먼고는 금세 취했다.

저녁이 깊어가는 동안 먼고는 숲에서 기다란 나뭇가지를 주워서 불에 떨어뜨렸다. 팔이 달린 것 같은 모양의 가지를 귀부인처럼 조심스레 품에 안았다. 나뭇가지를 안고 모닥불의 불빛 속에서 빙빙 돌며 춤췄다. 호숫가의 자갈밭에서 비틀거리며 춤추는 먼고를 보고 두 남자가 환호했다. 빈 통조림 캔에 호수 물을 붓고 끓였다. 계속해서 물을 길어다가 끓여서 달콤짭짤한 중국산 컵라면에 부었다. 마침내 익은 짜디짠 면발을 각자 적어도 두 그릇씩은 먹었다. 끓인 호수 물과 전분으로 배를 가득 채운 세 사람은 만족스러운 기분으로 드러누웠다.

먼고는 허공을 응시했다. 눈꺼풀이 무거워졌고, 안구 뒤로 맥박이 느껴졌다. 커다란 빗방울이 모닥불에 떨어질 때마다 쉿쉿 소리가 났다. 얼마 안 가 장대비가 쏟아졌다. 세 사람은 초라한 생선과 트위드 양복과 남은 술을 허둥지둥 챙겼다. 두 남자가 비를 피할 곳을 찾아 번개같이 사라지자 먼고는 홀로 남았다. 두 남자는 2인용 텐트에 들어갔다. 먼고는 물가에 맞닿은, 반쯤 무너진 1인용 텐트로 기어 들어갔다.

먼고는 갤러게이트가 준 미지근한 맥주를 마셨다. 위스키가 태우고 간 자리를 김빠진 맥주가 부드럽게 달래주었다. 대자로 드러누웠다. 정말 오랜만에 평화로운 기분이었다. 빨간 텐트와 등 아래에서 땅이 출렁거렸다. 조그만 물줄기들이 그의 몸 옆으로 흘러 호수로 향하고 있었다. 흐르는 물의 냉기가 느껴졌지만 몸이 젖지는 않았다. 먼고는 맥주를 마셨다. 그리고 눈을 감았다. 난생처음 취한 먼고는 빗줄기에 실려 흘러가고 있었다.

## 10

귀를 카펫에 바짝 붙이고 엉덩이는 위쪽으로 하고 엎드려 있는 두 사람은 기도를 올리는 것처럼 보였다. 거실 한가운데에 그렇게 엎드린 채로 아이들은 남자의 주먹이 여자의 부드러운 살을 내려치는 소리를 듣고 있었다. 남자는 여자를 구타하고 있었다. 남자가 주먹을 휘두를 때마다 여자는 고통의 비명을 내질렀다. 그러나 가냘픈 비명은 입 밖으로 터져 나오기가 무섭게 여자가 수치스러워하며 되삼킨 것처럼 뚝 끊어졌다. 여자는 얻어맞으면서도 자신을 때리고 있는 남자의 평판을 걱정하고 있었다.

"이러다 아주머니 죽겠어." 조디가 말했다. "뭐라도 해봐, 먼고."

"내가 뭘 어떻게 해." 먼고는 귀를 틀어막고 싶었다.

"나도 몰라." 조디의 손안에서 지리학 숙제가 꼬깃꼬깃 구겨졌다. 조디는 어쩔 줄 몰라 하며 거실을 오락가락했다. "하미시 오빠가 있었으면 뭐라도 했을 텐데."

올드펌 축구 경기에서 레인저스팀이 패배했다. 봄기운이 완연한 이날 하루는 아름답게 시작되었다. 저마다 활짝 열어놓은 공영주택의 열린 창문을 통해 축구 경기 소리가 골목에 울려 퍼졌다. 빅 오길비와 쌍둥이 아들은 언제나처럼 레인저스팀의 상징색인 파란 제복을 입고 퇴창 앞에서 파이프를 불어댔다. 뿜뿜뿜. 오렌지단의 자부심이 골목을 뒤흔들었다. 그렇지만 셀틱팀이 경기 초반에 점수를 내자 온 거리에 날 선 정적이 드리웠다. 심지어 오길비의 쌍둥이 아들도 연주를 멈추었다. 전반전에서 콜린이 한 골을 넣고, 후반전에서 페이턴이 또 한 골을 넣으며 셀틱팀이 압도적으로 우세를 보였다. 레인저스팀은 황급히 에이스 선수인 맥코이스트를 투입했지만 한번 기울기 시작한 전세는 좀처럼 뒤집히지 않았다. 84분째에 해이틀리가 마침내 한 골을 넣었다. 온 동네에서 절박한 함성이 터져 나왔다. 끝에 가서 중요한 것은 셀틱팀이 이겼다는 사실이 아니었다. 셀틱팀은 어차피 리그에서 우승할 가능성이 없었다. 그렇지만 그들은 챔피언스 리그에서 45경기 무패라는 기록을 남길 것이다. 이날 글래스고의 가톨릭교도는 죄다 베어드 바에 모여서 자축할 것이다. 캠벨 씨는 경기 결과에 유달리 큰 충격을 받았다.

“뭐라도 해야 해.” 조디가 다시 말했다.

“뭘?”

“나도 모른다니까. 한 번이라도 니가 좀 남자답게 나서면 안 돼?”

말은 그렇게 했지만 조디 해밀턴은 남자가 해결하기를 두 손 놓고 기다리는 여자가 아니었다. 캠벨 씨가 자기 부인을 복도의 카펫 위로 질질 끌고 가는 동안에 조디는 현관문에서 뛰쳐나가 공영주택의 계단을 내려가고 있었다. 조디는 대출 수금업자 같은 기세로 캠벨 씨네 문을 두들겼다. 먼고도 슬그머니 내려왔지만 조디 옆에 서는 대신 한 발짝 뒤에 섰다. 먼고는 발뒤꿈치에 힘을 주었다. 의지를 끌어모아 간신히 누나 앞으로 나섰다. 캠벨 씨네 현관문이 열렸을 즈음에야 조디는 동생이 양동이와 대걸레를 가져온 것을 알아차렸다. 남매는 캠벨 씨가 서 있는 모습을 오랜만에 보았다. 막상 일어난 캠벨 씨는 문틀을 꽉 채울 정도로 키가 컸다. "뭐냐, 니들은? 왜 왔어?"

조디는 용감했는데, 자기가 남자에게 맞을지도 모른다고는 꿈에도 생각해본 적 없는 여자의 용기였다. 어머니가 남자친구에게 맞는 모습을 여러 번 목격한 적이 있다는 사실을 고려하면 상당히 이해하기 어려운 마음가짐이다. 조디는 그 누구도 두려워하지 않고 소신껏 말했다. 먼고는 조디의 이런 면모를 존경하긴 했지만, 한편으로는 누나가 남자들의 인성을 지나치게 신뢰하는 건 아닌지 걱정스러웠다. 이러한 믿음과 용기를 지닌 덕에 조디는 거침없이 말했다. 어렸을 때도 불량배들에게 입바른 소리를 곧잘 해서 나중에 하미시가 책임져야 했다. 먼고 역시 처음 보는 소년에게 한 방 맞은 뒤에 누나한테 입조심하라고 전해달라는 말을 적어도 한 번 이상 들었다.

먼고는 조디가 입을 열기 전에 얼른 말했다. "안녕하세요, 캠벨 씨." 애써 꾸며낸 명랑한 말투였다. "저희 집이 복도를 청소할 차례인데 가루비누가 없어서요. 아주머니에게 좀 빌려도 될까요?"

남자의 얼굴은 짙은 라일락색으로 물들어 있었다. 한나절 사이에 지난 몇 년을 합친 것보다 몸을 격하게 움직인 탓에 땀을 뻘뻘 흘리고 있었고, 지방이 낀 혈관은 몸뚱어리에 피를 전달하려고 기를 쓰고 있었다. 뒤로 넘긴 숱 없는 머리칼이 앞으로 흘러내렸다. "애니는 지금 못 나온다. 몸이 안 좋다. 누워 있어."

먼고는 실망한 표정을 지으려 했지만 몸에서는 아드레날린이 돌고 있었다. "아주머니 괜찮으세요?"

"니가 뭔 상관이냐?"

"아주머니가 못 나오시면 제가 들어가도 될까요? 가루비누를 어디에 보관하시는지 잘 알거든요. 잠깐만 들어갔다가 금방 나올게요."

캠벨 씨는 대걸레를 든 소년을 무어라 생각해야 할지 알 수 없어 당혹스러운 듯했다. 일그러진 얼굴만 보아도 인내심이 한계에 다다랐음을 알 수 있었다. "아니, 안 된다. 그 양동이는 니네 누나 주고 당장 꺼져라."

그때 건물 아래층에서 움직임이 보였다. 반 층 아래 계단참에서 조그만 얼굴이 난간 위로 불쑥 나오더니 캠벨 씨네 문 앞에 서 있는 아이들을 올려다보았다. 아무도 그에게 주의를 기울이지 않았다. 캠벨 씨는 문을 닫으려고 팔을 뻗었다.

"죄송한데, 아주머니 괜찮으신 거 맞아요?" 이러다 문이 닫혀버리면 큰일이겠다는 생각에 조디가 얼른 끼어들며 동생보다 단도직입적으로 물었다. "아까 쾅 소리가 들렸어요. 저희 집 진열장에서 여왕 즉위 기념 접시들이 단체로 흔들릴 정도였어요."

"애니가 살짝 넘어졌다." 캠벨 씨가 말했다. "먼지 털 때 부엌 의자에 올라서지 말라고 내가 그렇게 말했는데." 캠벨 씨의 입에 미소가 걸렸다. "하지만 이제는 말을 듣겠지." 조디가 뭐라 대답할 새도 없이 캠벨 씨는 문을 밀었다. 문이 닫히려는 찰나 계단에서 목소리가 울렸다.

"그레이엄!" 또렷한 목소리에 위엄이 실려 있었다. "왜 이렇게 소동을 피우는 게야?"

딱한 치키가 천천히 계단을 올라오고 있었다. 키와 몸집이 캠벨 씨의 절반이었다. 치키는 두꺼운 스웨터를 허리춤에 넣고 벨트를 손으로 한 번 쓸었다. "술 마시고 놀았으면 이제 들어가서 자라."

"어디 감히—"

"막말하지 마라." 노총각이 캠벨 씨의 말허리를 끊었다. "나는 니 안 무섭다, 그레이엄. 우리 아버지가 마누라 패는 양아치였거든."

"어쭈?"

"그래. 그래서 내가 울화병이 있다더라. 의사가 그랬어. 내가 속에서 화 좀 내보내게 니가 도와주려냐?"

그레이엄 캠벨은 평생 쇠를 구부리는 일로 생계를 마련했다. 찰스 캘훈쯤이야 차갑게 식은 쇠판처럼 동강 낼 수 있을 것이다. 캠벨 씨는 화가 나서 몸이 부풀어 오르는 것처럼 보였다. 얼굴의 라일락색이 자줏빛으로 짙어졌고, 불끈 쥔 주먹은 족발을 연상케 했다. 캠벨 씨가 왜소한 남자에게 한 발 다가섰다. "야, 기생오라비 같은 자식아." 이 괴짜를 밟아버리면 동네 사기가 올라갈 것이다. 듀크 스트리트에 있는 모든 바에서 위스키 반병과 미지근한 맥주를 서비스로 받을 것이다.

"아이고 무서워라." 딱한 치키가 말했다. 그는 물러서지 않았다. "도와달라는 구조 신호냐? 그런 사람들이 있다고 들었지. 내가 잠깐 들어가서 안아주랴?" 딱한 치키가 한쪽 골반에 손을 얹고 아랫입술을 한 번 핥았다. "그래? 포옹이 필요해? 치키가 재워주랴?"

친절했다. 용감했다. 그럴 가치가 없는 상대에게 지나치게 관대했다. 찰스 캘훈에게 지킬 평판이 한 줌이라도 남아 있었다면 방금 한 말이 끝장냈다. 위스키 반병과 미지근한 맥주는 여전히 캠벨 씨를 기다리고 있을 것이다. 그는 영웅으로 남을 수 있다. 확 밟아버리려고 했는데 그 자식이 뭐라 했는지 알아? 들어봐. 내 똥구멍에 손가락을 넣을까봐 얼른 피해야 했다니까. 내가 빌어먹을 손가락 인형이 아니잖냐, 나 참, 드러운 변태 자식.

동네 불량배들은 이 사건에 대해 듣고 두고두고 우려먹을 것이다. 어이! 어이! 캘훈 씨. 나도 좀 재워주지 그래요?

호흡하는 법을 오래 잊고 있던 사람이 숨을 크게 들이쉬는 듯한 소리가 들렸다. 캠벨 부인이 지금껏 쭉 현관문 뒤에 있었던 것처럼 어둑한 문가에 나타났다. "쓸데없는 소리 할 필요 없어, 칙. 난 아무렇지 않아. 그냥 넘어진 거야."

창백한 얼굴이 턱에서 눈두덩까지 퍼렇게 멍들었다. 눈 밑 피부가 찢어졌는지, 손수건이 피로 얼룩져 있었다. 왼팔이 몸 옆으로 축 늘어져 있었고, 앞치마 주머니에 넣고 있는 손의 각도를 보면 날개 꺾인 새가 생각났다.

잠시 침묵이 흘렀다. 공영주택 위층과 아래층에서 현관문의 외시경으로 내다보던 주민들이 꼼지락대고 속닥거리는 소리가 들려왔다.

조디가 침묵을 깼다. "아, 캠벨 부인. 제가 바보같이 저녁을 만들다가 또 태워버렸지 뭐예요, 하아—하." 뻔한 거짓말이었지만 아무도 대놓고 지적하지 못했다. 조디의 눈에 연민의 눈물이 맺혀 있었는데, 스테이크와 콩팥 파이를 태워서 속상한 척하는 편이 차라리 쉬웠다. "엄마한테 혼나기 전에 좀 도와주세요." 조디는 어두운 현관으로 손을 뻗었다. 문턱을 넘는 조그만 손에서 여자아이의 용기와 어리석음이 동시에 느껴졌다. 캠벨 씨를 지나쳐 캠벨 부인에게 다가가는 누나의 손을 먼고는 보고 있었다. 홧김에 캠벨 씨가 묘목의 가지처럼 꺾어버릴까봐 숨을 참고 조마조마한 심정으로 지켜보았다. 캠벨 부인이 자신을 향해 뻗은 손에 다가서기까지 까마득한 시간이 흐른 것 같았다. 마침내 캠벨 부인이 나왔다. 조디는 안심하며 울음을 삼켰다. "아, 고마워요. 아주머니 없었으면 정말 어쩔 줄 몰랐을 거예요."

"그래, 아가." 캠벨 부인은 아련하게 말하고 조디의 부축을 받으며 위층으로 올라갔다. 길을 모르는 것처럼 걸음을 뗄 때마다 머뭇거렸다. 캠벨 씨는 여전히 문턱에 서서 집 안에서 흘러나오는 빛을 가로막고 있었다. 캠벨 부인은 남편을 돌아보고, 손수건을 뺨에 댄 채로 조용히 말했다. "술 많이 마셨어, 그레이엄. 이제 자요, 여보. 다시 내려와서 저녁 차려줄게."

딱한 치키는 할 말이 더 있지만 참기로 한 모양이었다. 주먹 관절로 계단 난간을 두드렸다. 사건이 일단락되었으니, 이 아픔을 다시는 입에 올리지 말자는 암묵의 제안이었다. 오늘, 그리고 언제까지나. 치키는 뒤돌아서 조용히 아래층으로 내려갔다. 캠벨 씨도 사나운 수탉처럼 집 안으로 뒷걸음질 쳤다.

먼고는 여자들을 따라 위층으로 올라갔다. 조디는 한 팔로 캠벨 부인의 등을 감싸고 있었다. 나이 든 여자가 너무 작아 보여서, 조디가 번쩍 안고 갈 수도 있을 것 같았다. 하지만 조디는 캠벨 부인을 재촉하지 않았다. 장례 행진처럼 두 여자는 한 계단씩 천천히 올라갔다. 먼고는 양털 모카신 속에서 언뜻언뜻 보이는 캠벨 부인의 발뒤꿈치에 시선을 고정했다. 혈액순환이 나빠서인지 발목이 파르스름했다. 먼고는 집에 가면 캠벨 부인에게 두툼한 스포츠 양말을 한 켤레 찾아 주겠다고 결심했다.

중간 계단참에 다다르자 창문의 스테인드글라스를 통해 들어오는 햇빛이 부인 얼굴의 멍 자국을 선명히 부각했다. 캠벨 부인이 말했다. "저이는 춤을 끝내주게 잘 추었어. 저 덩치에 얼마나 유연하게 움직이는지 니넨 모를 거다." 혼잣말처럼 나직했다.

조디는 코로 숨을 크게 들이쉬었다. "남자들이 축구 때문에 저렇게 열 내는 게 한심해요. 얼간이들."

그때 캠벨 부인이 몸을 비틀어 조디의 품에서 빠져나갔다. 부인은 몇 계단을 앞서 올라가다가 걸음을 멈추고 뒤돌아보았다. 혼란스러운 표정이었다. "축구 때문이 아니야."

"축구 때문이잖아요. 남자들은 축구 핑계로 코가 비뚤어지게 마시고 싸우고 화풀이하는—"

"너는 어려서 남자들이랑 그들 가슴에 쌓인 화를 모른다." 부인은 앞치마 주머니에서 다친 팔을 꺼내 쓰다듬고는 불쌍한 양을 안아주듯이 다른 팔로 받쳤다. "저이는 지난 27년간 매일같이 조선소에 나갔어. 버스만큼 커다란 철제 대들보가 체인에 매달린 채 휙휙 지나가고, 몇 톤짜리 쇳덩이가 머리 바로 위에서 언제 떨어질지 모르는 곳이야. 운 나쁘게 죽기라도 했으면 나한테 세 아이랑 푹 꺼진 매트리스밖에 못 남겨주었을 거다. 그 사실을 저이도 알았어. 거기 일하는 남자들 다 알았다."

조디는 표정을 굳혔다. "그럼 이제 그런 곳에서 일하지 않아도 되어서 다행이라고 생각해야죠."

캠벨 부인의 시선이 알록달록한 창문을 지나 공영주택 뒷마당의 쓰레기장에 가닿았다. 조각난 초록빛과 파란빛에 물든 부인은 정육점에 걸려 있는 고기 그림처럼 여러 부위로 나뉜 듯이 보였다. "어떤 남자들은 점심시간에 맥주를 예닐곱 잔씩 마셨대. 고작 한 시간 쉬면서 숨이 찰 정도로 연거푸 들이켜는 거야. 내가 듣기로는 바텐더가 아침에 맥주잔 수천 개를 줄줄이 세워놓아서 점심시간 종이 땡 치자마자 남자들이 곧바로 집어 들 수 있게 준비해놓는단다. 아, 눈썹이 휘날리게 뛰어갔다지! 행복한 사람들이 그러겠니?"

“죄송해요, 캠벨 부인. 하지만 저도 불행한 사람들 많이 알아요. 단지 자신이 불행하다고 해서—” 조디는 캠벨 부인의 얼굴을 고갯짓으로 가리켰다. 차마 직접적으로 말하지 못하겠다는 듯이.

먼고는 캠벨 부인의 시선이 조디에게 꽂혔다가 그대로 뚫고 지나가는 것을 보았다. 세상 물정 모르는 어리석은 아이를 보는 눈빛이었다. 먼고는 놀랐다. 아무도 조디를 그런 식으로 보지 않았다.

“저이가 퇴근하고 와서 밥상에 앉으면 나는 하루가 어땠냐고 물어보았고, 그럼 저이는 ‘음, 괜찮았어. 나쁘지 않았어.’ 이렇게만 말했어. 그럼 나는 아무개가 새로 멋쟁이를 만난다네, 메리 매클루어가 신임 목사를 마뜩잖아한다네, 따위 실없는 동네 소문을 들려주었지.” 캠벨 부인은 한숨을 쉬고 몸서리쳤다. “가슴속을 꽉 메운 그 두려움과 좌절감을 생각해보렴. 자신의 행복에 아무도 관심을 가져주지 않고, 요새 심정이 어떠냐고 물어봐주는 사람도 없고, 견딜 만한지 걱정해주는 사람도 없고. 거기서 일하는 남자들은 자기 속내를 드러낼 수 없었다. 입을 열었다간 울고 말았을 테니까. 이 도시는 이미 충분히 젖어 있지 않니.”

캠벨 부인은 손수건으로 상처를 잠깐 눌렀다가, 잠시 후에 손수건을 떼고 얼룩진 피를 바라보았다. “그토록 고생한 대가로 뭘 얻었니? 지도에서 글래스고를 찾지도 못하는 웨스트민스터 양복쟁이가 죄다 해고했지. 이 남자들한테 먹여 살릴 가족이 있다는 사실엔 신경도 쓰지 않고 말야. 그러고는 이들한테 당신들이 이 나라의 문제네, 나라의 발전을 가로막고 있네, 열심히 일할 생각이 없네, 이따위 소리를 해댔지. 그담엔 웬 거만한 빨간 머리 잡년이 만년필을 쓱쓱 움직여서 이 남자들 인생을 쫑낸 거야. 끝, 여기까지, 망가졌어.”

아이들 앞에서 캠벨 부인이 딴사람으로 거듭났다. 더는 연약해 보이지 않았다. 부인은 이제 분노에 휩싸여 아이들을 보고 있었다. "그러니까, 조디, 축구 때문이 아니다. 술에 환장해서도 아니고, 내 음식을 싫어해서도 아냐. 너는 그냥 세상 모르는 어린 계집아이다. 정말 뭐가 문제인지 몰라. 아무것도 몰라."

조디는 양손을 맞잡았다. "제발요! 아주머니는 그렇게 자기 자신을 설득하고 있는 거예요. 저런 행동을 용인해주는 거라고요."

캠벨 부인은 계단을 도로 내려가기 시작했다. 조디가 말리려 했지만 부인은 손을 뿌리쳤다. 자기 층에 다다랐을 때 부인은 뒤돌아서 해밀턴 남매를 올려다보았다. "나는 너들을 기저귀 차는 나이였을 적부터 알았잖니. 이기적인 너네 엄마는 그보다 더 오래 알았지. 사랑하는 사람을 위해 핑계 대는 걸 너네가 이해하지 못하면 누가 해주겠니?"

## 11

세인트 크리스토퍼가 부루퉁해서 먼고의 텐트로 들어왔다. 갤러게이트와 세인트 크리스토퍼는 2인용 텐트 안에서 언쟁했다. 만취한 두 남자는 혀가 꼬일 대로 꼬인 채로 맥없이 다투었다. 자기 연민에 찌든, 한심스러운 투정이었다. 오래전에 기분 나빴던 말을 들먹이고, 이미 망가진 자존심에 또 하나의 흠집을 낸 사건을 곱씹고, 서로 자기가 더 의리 있다고 우겼다. 두 사람 다 상처받은 듯했다. 먼고는 빗소리 사이로 파고드는 몇 마디밖에 듣지 못했지만, 세인트 크리스토퍼가 흐느낀 것 같았다. 어쩌면 두 남자 다 울었는지도 모른다. 그다음에는 함께 웃고 있거나 서로를 비웃는 듯한 소리가 들려왔다. 확신할 수 없었다. 먼고는 잠이 들었다가 깨어나기를 반복하고 있었다.

그런데 눈을 떠보니 세인트 크리스토퍼가 축축이 젖은 양복 차림으로 옆에 누워 있었다. 두 사람이 눕기에는 터무니없이 작은 텐트를 비집고 들어왔다. 흥건히 젖은 재킷을 걸칠 정도 체면은 차렸지만 맨다리에 양말도 신지 않았고, 멀끔한 교회용 구두 속에서 피투성이 발을 꼼물거리고 있었다. 세인트 크리스토퍼는 한마디도 하지 않고 먼고를 보고 있었다. 먼고는 눈을 껌벅였다. 지금 자기가 보고 있는 남자가 진짜 앞에 있는지 아리송했다. 배 속에서는 위스키가 꿀렁거렸다. 전부 토해내고 싶었다.

먼고는 텐트 측면에 등을 바짝 붙이고 무릎을 가슴께로 올렸다. 빗방울이 느껴졌지만 이상하게 몸이 젖지는 않았다. 텐트 위로 여기저기 물웅덩이가 생긴 바람에 텐트가 폭삭 꺼지지 않게 방수천을 잡아당겨 물을 털어내야 했다. 어스름 속에서 빤히 보고 있는 세인트 크리스토퍼의 눈은 고인 물처럼 가만했다.

먼고는 어스름을 채우고 싶었다. 하미시가 자전거 타는 법을 가르쳐준 일화를 주저리주저리 떠들기 시작했다. 그러나 세인트 크리스토퍼는 이야기를 들을 생각이 없었다.

"조용히 해." 세인트 크리스토퍼가 먼고의 무릎뼈를 두드렸다. 살짝 두드리다가 나중에는 주먹을 꽉 쥐고 세게 쳤다. 딱지가 앉은 상처에 둔한 통증이 느껴졌다. "니가 이렇게 뾰족한 뼈로 찌르고 있음 내가 어떻게 자냐."

"왜 저기서 자지 않아요?"

"저 자식이 쓰레기니까. 사람 속여 먹을 생각만 하고 말야. 그래서 여기로 왔다."

먼고가 다리를 내리자 세인트 크리스토퍼는 편히 드러누웠다. 먼고는 다시 등을 대고 누울까 했지만 그럼 이 남자의 지독한 입냄새가 콧구멍을 타고 올라올 터인데, 도저히 견딜 수 없을 것이다. 게다가 텐트가 너무 좁아서 두 사람이 어깨를 맞대고 누울 수 없었다. 세인트 크리스토퍼는 먼고가 결국 뒤돌아누울 때까지 좁다고 투덜거렸다. 텐트의 차가운 나일론 천에 먼고의 얼굴이 닿았다. 비는 계속해서 쏟아졌다. 몸 아래서 진흙이 뭉개지고 있었다. 그때 팔 하나가 슬그머니 올라왔다. 전날 밤과 마찬가지였지만, 이번엔 남자가 자고 있지 않다는 것을 알 수 있었다.

무언가 먼고의 다리 뒤를 건드렸다. 손가락 두 개가 맨다리 사이 틈을 찾아 파고드는 느낌과 다르지 않았다. 뜨듯한 그것은 스스로 배출한 액체로 끈적하게 젖어 있었다. 체온이 다른 피부끼리 맞닿았을 때 그러하듯이 축축하고 미끄덩한 그것이 보송보송하게 건조한 먼고의 피부에 들러붙었다. 이내 그것이 먼고의 허벅지 사이로 파고들었다. 세인트 크리스토퍼가 신음했다.

남자는 처음엔 그것으로 만족한 듯했다. 그러나 이내 앞뒤로 움직이기 시작했다. 남자의 역한 숨이 소년의 머리칼을 헝클어뜨렸다.

"하지 마요!" 먼고는 허벅지를 꽉 붙이고 발목을 겹쳤다. "뭐 하는 거예요?" 먼고가 몸을 비틀어 빠져나가자 세인트 크리스토퍼가 아파하며 낑낑댔다. 먼고는 텐트 한쪽 끝에 바짝 몰려 있었다. 물러날 곳이 없었다.

전날만 해도 발사나무 판재처럼 속이 비고 영양실조에 걸린 듯 비실해 보이던 세인트 크리스토퍼가 이제는 아귀가 들린 듯했다. 굶주림을 더는 참지 않겠다는 의지를 내비쳤다. 그는 한 손으로 먼고의 목을 움켜쥐었다. 손가락 하나하나가 바이스처럼 목을 죄었다. 날카로운 손톱으로 먼고의 후두를 찌르고 숨통을 끊어버릴 기세로 힘껏 당겼다. 그다음에 한쪽 맨다리를 소년의 몸 위로 올렸다. 세인트 크리스토퍼의 구두 이음매가 먼고의 종아리를 긁었다. "멍청하게 굴지 마라. 니가 반항할수록 더 오래 걸리니까."

"제발 이러지 마요." 먼고는 목을 졸린 채로 헐떡였다.

남자는 대답하지 않았다. 먼고의 허벅지 사이로 뜨듯한 그것을 다시 밀어 넣고 혼자 흥얼대기 시작했다. 흥얼거리고 또 흥얼거리면서, 밀어 넣고 또 밀어 넣었다.

재킷의 소매는 팔 위로 둘둘 말려 올라가 있었다. 세인트 크리스토퍼는 기다란 손가락으로 소년의 두 손목을 꽉 쥐었다. 다른 손으로는 목을 졸랐다. 하루의 마지막 날빛 속에서 먼고는 남자의 팔을 뒤덮은 털을 보았다. 눈밭 위로 보이는 숲의 우듬지처럼 창백한 피부에 검은 털이 솟아 있었다. 먼고가 힘겹게 헐떡거릴 때마다 남자의 털이 강변의 긴 풀처럼 휘날리고 방향을 바꿔 누웠다. 먼고는 아름다웠던 산을 생각하려고 애썼다. 세상이 끝날 것처럼 비가 쏟아지고 있었다.

먼고가 텐트의 가장 깊숙한 구석에 웅크리고 있는데 갤러게이트가 텐트 입구의 덮개를 들쳤다. 붉은 텐트 속은 거의 암흑에 잠겨 있었지만 모닥불의 희미한 불씨가 갤러게이트의 옆얼굴에 빛을 뿌렸다. 세인트 크리스토퍼가 호수에 오줌을 갈기는 소리가 들려왔다. 만족스럽고 홀가분한 기분으로 등을 잔뜩 젖히고 있을 터이다. 높게 포물선을 그리며 쏟아지는 오줌이 수면을 요란하게 때렸다. 세인트 크리스토퍼는 배에 힘을 빼고 어둠 속으로 방귀를 뀌었다.

"괜찮냐?" 갤러게이트가 조용히 물었다. "무슨 일 있었어? 저 인간은 왜 휘파람을 불고 있냐?"

먼고는 고개를 저었다. 도저히 감당할 수 없는 여러 감정이 입속에 차올랐다. 세인트 크리스토퍼가 자신에게 한 짓을 설명할 말이 생각나지 않았다. 알았더라도 수치심에 입을 열지 못했을 것이며, 다친 목청에서 소리가 막혔을 터이다.

갤러게이트가 침낭 속을 더듬었다. 손끝으로 무언가를 만지고 코를 킁킁거리더니 흠칫했다. 그러고는 먼고를 어둠 속에 내버려두고 바깥의 어둠으로 나갔다. 갤러게이트가 세인트 크리스토퍼를 때렸는지 밀쳤는지는 알 수 없었지만, 당황해서 첨벙거리는 소리가 들리더니 세인트 크리스토퍼가 물속에서 일어나려고 버둥거리며 헉헉대는 소리가 들렸다. 갤러게이트가 텐트의 덮개를 다시 열었다. 진심으로 화가 난 듯했다. "선을 넘었어, 이 더러운 자식아! 내가 경찰 부를 거다, 빌어먹을."

세인트 크리스토퍼가 킬킬거렸다. 무겁게 젖은 재킷이 바위에 철퍼덕 떨어졌다. 숨을 몰아쉬며 다른 텐트로 들어가는 소리가 났다. 나른한 몸을 침낭에 누이며 만족스러운 한숨을 토해냈다.

갤러게이트는 먼고를 찾아 어둠을 더듬었다. "자, 자." 구석에서 나오라고 손짓하며 달랬다. "진짜 미안하다. 아침 되면 내가 저 자식한테 한마디 해주마. 괜찮을 거야."

먼고의 목소리는 마치 먼 곳에서 울리는 듯했다. 세인트 크리스토퍼가 조른 목이 잔뜩 부어 있었다. 침을 삼킬 때마다 아팠다. "저 자식이 날 건드렸어요. 씨발, 나를 건드렸다고요! 그러면 안 되는 거예요."

목소리가 너무나 가냘파서 무슨 말을 하는지 들으려면 가까이 가야 했다. "맞아."

"우리 형이 저 자식 죽여버릴 거예요. 정말로 죽일 거야."

"그래."

"나, 집에 가고 싶어요. 제발요."

"그래, 그래. 갈 거다. 아침에 가자." 갤러게이트는 소년을 끌어당기고 어깨를 감쌌다.

먼고는 하미시가 세인트 크리스토퍼를 어떻게 작살 낼 건지 이야기하며 자기 자신을 위로했다. 청바지 허리춤에 손도끼를 찔러 넣은 채 솔트마켓부터 트롱게이트, 브리게이트, 구름다리 아래의 어두침침한 펍을 하나도 빠짐없이 찾아가 샅샅이 뒤질 것이다. 하미시는 자신이 노리는 표적을 끝내 찾고야 말았다. 그날엔 날카로운 도끼날이 피의 노래를 부르리라.

갤러게이트는 시기적절하게 한숨을 내쉬고 이야기를 들어주며 소년이 진정하기를 기다렸다. 인내심 많은 아버지가 체한 아들을 달래듯이 먼고의 등을 위아래로 쓰다듬고 있었다. 정적 속에서 먼고의 점퍼가 바스락거리는 소리밖에 들리지 않았다. 먼고는 경련이 일어난 얼굴의 피부를 잡아 뜯었다.

"갤러게이트."

"그래."

"지금 간다고 하면, 그러니까 당장 떠난다고 하면, 어느 방향으로 가야 돼요?"

"가만가만, 좀 있으면 해가 뜰 거다. 해가 뜨면 기분이 나아질 거야." 갤러게이트는 팔이 저리기 시작한 모양이었다. 아버지처럼 인자하게 쓰다듬던 손이 등을 둥글게 어루만지기 시작했다. 둥글게 둥글게 원을 그리며 점점 아래로 향하다가 허리께를 조이는 점퍼의 고무줄 아래로 내려갔다. 엉덩이 바로 위쪽의 따뜻하고 우묵한, 잔털이 나기 시작한 골을 부드럽게 만졌다. 먼고는 움찔했다. 갤러게이트의 차가운 인장 반지가 먼고의 척추뼈를 훑었다.

갤러게이트가 뚝 그치라고 을러대기 전까지 먼고는 자신이 울고 있다는 것도 몰랐다. 어려서부터 먼고는 여간해서는 울지 않았다. 아주

어렸을 때부터 하미시는 먼고의 울음보를 터뜨리는 데서 즐거움을 얻었다. 사람이라면 누구나 속에 품고 있는 눈물 풍선을 찾아서 터뜨리고야 말았다. 하미시는 먼고의 가슴을 깔고 앉아서 타자기를 두드리듯이 가슴뼈를 세게 눌렀다. 문장 하나를 마칠 때마다 자동차 키를 돌려 시동 걸듯이 귀를 비틀고 손바닥을 펼쳐 뺨을 때렸다. 다음 문장.

왜 나, 먼고 해밀턴은, 계집애 같고 멍청한가? 타이핑, 시동 걸기, 철썩. 다음 문장.

왜 나, 먼고 해밀턴은 늘 사고를 칠까? 타이핑, 시동 걸기, 철썩.

심지어 조디도 먼고가 울음을 잘 참는 것을 자기 목적에 이용하곤 했다. 모모가 숨겨놓은 감자 스콘을 먹자고 꾀어서 훔치게 만든 다음에, 조용한 건조 옷장에 같이 숨어서 세모난 지방 덩어리를 배 터지게 먹었다. 그러다 걸리면 조디는 먼고가 먹고 싶어 했다고 핑계를 댔고, 모모는 가죽 샌들로 먼고의 종아리를 후려쳤다. 종아리는 빨갛게 부었지만 눈은 빨갛지 않은 먼고가 방에 돌아오면 문 뒤에 숨어 있던 조디는 동생을 안고 달랬다. 울음을 잘 참아서 때린 사람에게 만족감 따위 주지 않는 네가 총대를 메는 게 당연하다고 설득하며.

갤러게이트가 닥치라고 위협했다. 어느새 그는 먼고의 반바지를 끌어 내리고 있었다. 먼고는 몸에 남은 힘을 다해 한 손으로 바지춤을 잡고 다른 손으로 갤러게이트의 가슴을 밀었다. 하미시를 상대로 자신을 방어해온 먼고는 놀라울 정도로 다리 힘이 강했다. 몸을 둥글게 말고 입을 다문 조개처럼 버틸 수 있었다. 찰나의 순간에는 먼고가 갤러게이트를 밀쳐낼 수 있을 듯했다.

죽어가는 잉걸불의 마지막 불빛이 갤러게이트의 눈에서 번뜩였다. 꽉 다문 입에 굳은 결심이 서렸다. 갤러게이트는 하미시는 절대 한 적 없는 방식으로 먼고의 얼굴에 주먹을 퍼부었다. 이미 다친 목을 팔꿈치로 누르고, 먼고의 고개가 뒤로 넘어갈 때까지 밀었다. 그리고 소년을 돌려 눕혔다.

# 12

느닷없이 집에 돌아온 뒤로 몇 주간 모모는 여기에도 저기에도 정착하지 못했다. 조키가 전화하면 즉시 자기 인생을 핸드백에 쑤셔 담고 그의 품으로 돌아갔다. 대략 닷새 후에 조키는 연체된 도서관 책을 반납하듯이 모모를 돌려보냈고, 그럼 모모는 귀퉁이가 온통 접히고 목욕물에 젖은 책처럼 너절한 만취 상태로 돌아왔다. 낮이건 밤이건 내키는 대로 전화하는 조키를 보고 조디는 모모의 남자 역시 술버릇이 나쁜 것 같다고 말했다. 당신은 참 사랑스럽다고 속삭이는 조키의 목소리가 수화기에서 흘러나왔다. 모모는 그 말을 믿고 싶어 했지만 자신이 사랑스럽지 않다는 걸 내심 알고 있었다. 이제는 너무 지쳐서 사랑스러울 수 없다고 모모는 조키에게 말했다.

야간 근무를 하면서 모모는 야행성으로 바뀌었다. 먼고가 아침에 일어나면 현관문이 활짝 열려 있고 모모가 두꺼운 코트 차림으로 식탁에 앉아 있었다.

갈색 핸드백 속의 내용물이 바닥과 현관문 밖에 온통 널려 있었다. 모모가 비틀거리며 귀가하는 길에 열쇠를 찾아 핸드백을 뒤지다가 흘린 물건들이 공영주택 곳곳에 떨어져 있었다.

캠벨 부인은 일주일에 두 번 찾아왔다. 보랏빛 얼굴에 노란 눈두덩을 하고서는 먼고에게 학교에 잘 다니고 있냐고 물었다. 모모의 흰 브래지어를 먼고의 손에 슬쩍 쥐여주고, 그것을 언급하기는커녕 내려다보지도 않고 우중충한 날씨에 대해서만 계속 이야기하면서 브래지어 끈을 먼고의 손에 살며시 감아주었다. 모모 흉은 한마디도 보지 않았다. 때로 자기가 오븐에서 직접 구운 프레이 벤토스 스테이크와 콩팥 파이를 가져왔는데, 다른 손에는 모모가 전날 밤에 흘린 물건이 담긴 비닐봉지를 들고 있었다. 팬티라이너 대여섯 개와 에이본 향수병, 해동된 사각 모양 소세지 묶음 따위였다.

먼고는 현관문을 닫고 모모의 물건을 핸드백에 신중히 다시 넣었다. 어머니는 또 브래지어를 안 하고 있었다. 브래지어를 식탁에 걸쳐 놓고 모모는 땅콩 껍질을 벗겨서 컵에 버리고 있었다. 식탁에는 텅 빈 강화 포도주 병도 놓여 있었다. 동이 트기도 전부터 그 자리에 앉아서 술을 마시며 담배를 피운 모양이었다.

“일찍 영업 끝냈어.” 모모가 아무도 묻지 않은 질문에 답했다. “도저히 못 견디겠더라구.”

먼고는 어머니의 따뜻한 정수리에 입을 맞추었다. 돈도 없으면서 그새 또 파마를 했다. 정수리에서 화학 약품으로 태운 것 같은 냄새가 났다. 먼고는 주전자에 물을 올리고 어머니가 좋아하는 대로 홍차를 두 잔 진하게 끓였다. 모모는 취침 시간을 넘긴 아기처럼 고개를 가슴까지 떨구고 꾸벅거렸다. 잠과 싸우는 어머니를 지켜보던 먼고가 타들어가는 담배를 손가락 사이에서 빼려고 했지만 모모는 뿌리쳤다.

“호들갑 좀 그만 떨어. 꼭 무슨 여자애처럼.” 모모는 레깅스에 떨어진 담뱃재를 바닥으로 털어냈다. 면박을 당한 먼고는 재를 쓸어낼 엄두가 나지 않았다.

공영주택 뒷마당의 쓰레기장 너머로 건너편 건물에 벌써부터 불이 들어오고 있었다. 먼고는 불빛이 비치는 제임스의 집을 건너다보았다. 제임스가 신경 써서 끄고 나가는 전등에 불이 들어왔다. 제임스는 비둘기 집에 가려고 일찍 일어났을 것이다. 한 시간쯤 머물면서 먹이를 주고, 다른 비둘기꾼들의 비둘기들이 접근하기 전에 새장에서 잠시 내보내 운동을 시킬 것이다. 이스트엔드에 거주하는 비둘기꾼들은 대부분 실직 상태였기 때문에 아침마다 출근하지 않았다. 언제 비둘기를 날려 보낼지 모르는 일이었다.

환한 부엌의 불빛에 제임스의 실루엣이 비쳤다. 제임스가 창밖으로 시선을 돌리고 자신을 보고 있는 먼고를 발견했다. 여태 두 사람은 만나서 이야기를 나누지 않았지만, 제임스는 먼고를 보고 무언가를 묻는 표정으로 엄지를 척 들어 보였다. 먼고는 엄지를 아래로 내리는 것으로 화답했다. 제임스가 웃었다.

"창문에서 좀 떨어져." 모모가 말했다. "출근 준비하는 여자들 그만 훔쳐보고. 변태 아들이라니, 그건 감당이 안 되겠다."

모모는 스낵바에서 음식을 훔치는 데 맛을 들였다. 블랙푸딩의 끄트머리나 반쯤 해동된 베이컨 따위였다. 먼고는 전기 레인지를 켜고 모모의 속을 달랠 아침 식사를 준비하기 시작했다. 프라이팬에서 달걀이 허여멀건하게 퍼지며 베이컨 조각의 기름과 하루 지난 블랙푸딩과 섞였다. 먼고는 달걀 가운데가 불투명해질 때까지 기다렸다가 조심스레 뒤집었다. 접시를 식탁 위로 밀자 끼익, 마찰음이 울렸다. 모모의 입맛에 딱 맞춘 아침식사였다.

모모는 구역질하는 소리를 냈다. "쳐다보지도 못하겠어."

"죽을 끓여줄까요?"

"부산 좀 그만 피우래도." 목소리에서 피로가 묻어났지만 모모는 잠들 낌새가 아니었다.

"침대로 가서 누울래요?"

모모는 담배를 에그롤에 비벼 껐다. 눈빛이 또랑또랑했다. 밤에 일하면서 몸에 밴 습성 탓이었다. "밖에 나가고 싶어."

모모는 제대로 걷지도 못할 만큼 취해 있었다. 먼고는 어머니에게 어깨를 빌려주고 부축해서 계단을 같이 내려갔다. 모모가 계단 난간에 올라타 뻗대는 바람에 소원대로 난간을 타고 내려올 수 있게 잡아주어야 했다. 야아아아호오오. 모모가 킥킥거렸다. 모모의 들뜬 기분은 전염성이 강했다. 조디가 보았으면 노발대발했을 터이다. 집 밖으로 못 나가게 막고, 살살 설득해서 푹신한 소파에 앉힌 다음에 재우지 않고 뭘 하는 거냐며.

연한 파란빛 여명이 닿는 것마다 생기를 앗아가며 행인들의 얼굴을 우울한 색으로 물들였다. 먼고는 어머니가 퍼레이드 대로로 나가지 못하게 양팔로 껴안고 붙잡아야 했다. 가끔은 모모가 너무나 무겁게 기대와서 몸무게 전체를 지탱하는 것처럼 버거웠다. 그러다 모모가 방향을 꺾어 비틀비틀 몇 발짝 나아가면 먼고는 휘청휘청 따라갔다. 어머니랑 같이 도랑에 자빠지지 않으려고 온 힘과 정신력을 쏟고 있었다.

일찍 출근하는 사람들이 따뜻한 버스 안에서 두 사람을 빤히 구경했다. 그들의 얼굴에 번져 있는 연민을 보고 먼고는 자신들이 얼마나 한심스러운 꼴인지 짐작할 수 있었다. 허리를 곧게 펴고 시선을 들어,

확실한 목적지에 가고 있는 듯한 모습을 연출하려고 했지만, 사실 두 사람은 정처없이 방황하고 있었다. 싸돌아다니기로 작정한 모모를 말릴 힘이 없었다.

"니가 어렸을 때는 이렇게 나랑 자주 산책했어." 모모는 술이 깨지는 않았지만 찬 공기에 코가 빨갛게 물들고 잠이 완전히 달아난 듯했다. 모모는 자신의 허리를 감싸고 있는 먼고에게 양팔로 매달려 있었다. 두 사람은 어린 연인처럼 보였다. "니가 하도 치마를 붙잡고 늘어져서 문턱을 건널 수가 없었다는 거 아니니. 니 형이랑 누나는 내가 나가서 버스에 치이든 말든 상관도 안 했는데, 넌 늘 내 곁에 있어줬어."

모모는 도심지 쪽으로 먼고를 이끌었다. 카지노가 아직 영업 중일지도 모른다. 중앙역 아치 아래 슬롯머신에 갈 수도 있다. 태티보글은 화려한 불빛을 좋아했다. 먼고는 모모가 지쳐서 도중에 포기하기를 바랐지만 그렇게 되지 않았다. 술은 때로는 그녀의 기운을 쏙 빼놓았지만 또 다른 때는 왕성한 활력을 불어넣었다. 둘 중 어떤 상태인지 예측할 수 없다는 것이 최악이었다.

시내로 가려면 네크로폴리스 묘지를 지나쳐야 한다. 그쪽은 공기가 더 맑고 언덕길이 가팔라서 술 깨는 데 안성맞춤이다. 게다가 이른 아침이라 한적할 터이니 힘들고 창피해서 구겨진 얼굴을 볼 사람도 없을 것이다. 먼고는 조심스러운 인양선처럼 모모에게 몸을 붙인 다음에 묘지 쪽으로 이끌었다. 네크로폴리스 묘지가 자리한 언덕에서는 도시를 내려다볼 수 있었다. 사이트힐의 길쭉한 손가락 같은 고층 아파트와 도시의 중심부를 빽빽하게 메운 빅토리아 양식 건물들이 눈에 들어왔다. 테넌츠 브루어리는 벌써부터 효모 향 짙은 연기를 하늘로 뿜어대고 있었다.

"조키가 나를 사랑하지 않는 것 같아." 존 녹스 조각상 아래 계단에 앉혔을 즈음에 모모의 미제 운동화는 진흙투성이가 되어 있었다. "날 우습게 보는 거 같아."

먼고는 인상을 찌푸리고 있는 목사의 조각상 옆에 쪼그려 앉아서 철 지난 크로커스 꽃을 땄다. 꽃은 대부분 시들어서 옆으로 누워 있었다. "술 마시는 걸 싫어하는지도 몰라요."

"흥, 난 서른네 살밖에 안 됐어. 한창 마실 나이인데 뭐. 술 마시고 춤추고 신나게 웃을 나이야." 아침 햇살 속에서 모모는 핼쑥해 보였다. 모모는 핸드백에서 강화 포도주를 꺼냈다. 먼고는 눈꺼풀에 전기가 오르는 느낌이 들었다. 집을 나서기 전에 틀림없이 핸드백에서 술을 뺐는데, 잠깐 방심한 사이에 또 슬쩍 넣어둔 것이다. "니가 보기에는 서른네 살이 엄청 늙은 것 같지? 나는 너보다 몇 살 안 많았을 때 하미시를 낳았어. 니 아빠는 얼이 빠졌었지. 니 아버지의 엄마 되는 사람이 나를 뭐라고 불렀는지 니가 들었어야 하는데."

먼고는 친할머니를 기억하지 못했다. 짭짤한 크래커에 잼을 바른 다음에 고급 비스킷인 척하던, 허세 많은 장로교 신자의 여운이 어렴풋이 남아 있을 뿐이었다. "아빠가 어떤 사람이었는지 말해줘요."

"아, 또 시작이야." 모모는 구부러진 담배에 불을 붙이려고 애쓰고 있었다. 먼고는 자신의 질문이 까맣게 잊힐까봐 걱정했지만 니코틴이 각성 효과를 일으킨 듯했고, 잠시 후에 모모는 입을 열었다. "별로 특별할 것 없는 사람이었어. 니 아빠보다 잘생긴 사람은 깔렸지. 하지만 당차서 사람을 끄는 매력이 있었어. 덩치도 크고. 하미시처럼 용감하면서도 속은 니처럼 다정했지." 모모는 뱀처럼 도시를 휘감은 클라이드강 너머 어딘가에 시선을 고정한 채로 말했다.

"아기가 있는데 왜 패싸움에 나가게 내버려두었어요?" 이미 수천 번은 물어봤었다. 세 아이 모두 그랬다.

"말릴 수 없었어. 설득하려고 했지만, 사실 니 아빠는 내 남자라고 할 수도 없었거든. 칼 맞아 죽기 전에 우리는 반년 정도밖에 동거하지 않았어. 하미시한테 침대를 사줄 형편이 안 되어서 그때까지 조디는 유모차에 재웠지. 우리는 소꿉놀이하는 애들이나 마찬가지였어." 찬바람에 모모의 눈이 촉촉해졌다. "그러니까, 경찰이 제일 먼저 연락한 사람도 내가 아니었어. 그날 밤에 집에 들어오지 않길래 니 할머니한테 전화했지. 칼에 찔렸다고 그제야 들었어. 가구도 제대로 갖추지 못한 아파트에서 아기 둘을 데리고 있었는데, 니 할머니라는 사람은 나한테 전화해줄 생각도 안 했다."

시들시들한 크로커스 꽃다발은 원래 어머니에게 선물하려고 딴 것이었다. 먼고는 손에 힘을 빼고 꽃이 언덕 밑으로 날아가게 내버려두었다. "슬프게 하려고 물어본 건 아니었어요."

모모가 손을 뺀자 먼고는 어머니 옆에 앉았다. "쓸데없는 소리. 넌 한 번도 나를 슬프게 한 적 없어." 모모는 코를 훌쩍였다. "널 임신한 걸 알고 얼마나 놀라면서도 기뻤는지 몰라. 니 아빠를 화요일에 묻었는데 그다음 주 월요일에 닥터 도크가 내가 임신했다고 하지 않니."

"깜짝 놀랐을 거 같아요."

"맞아. 그날 우울증 약을 받으러 간 거였거든." 모모는 다 피운 담배를 묘비 위로 튕겼다. "그것들이 날 보러 왔었다."

"누구?"

"니 아빠 찌른 놈들. 어린 가톨릭 애들 네 명이었어. 자기네들 엄마가 시켰는지 몰라도 성찬식에서 입을 법한 양복을 빼입고 왔어. 개네가 문을 두드렸을 때는 무슨 외교 사절단 같았지. 그 유명한 빅 하하를 죽인 다음에 우리 동네에 제 발로 걸어온 걸 보면 제법 용감해. 죄책감에 온 것 같았어. 비에 흠뻑 젖어서 덜덜 떨고 있던 게 기억나. 비바람이 한 번 휘몰아칠 때까지 기다렸다가 온 거야. 그게 더 안전하니까."

"그 애들 죽여버리고 싶었어요?"

"첨엔 그랬어. 미친 듯이 소리치고 고래고래 악을 썼어. 조디 고년은 어릴 때부터 까탈스러워서 젖을 안 먹고 뻗대는 데다가 니 아빠는 죽었지, 정말 꼭지가 돌기 일보 직전이었거든. 근데 문밖에 서 있는 애들이 너무 어려 보이는 거야. 지금 니보다 한두 살 많았을 거다. 첨엔 니 아빠를 찌르고 의기양양했을 거야. 하지만 사건이 신문에 온통 깔리고 니네 아빠한테 애기가 둘이나 있었다는 게 알려졌는데, 걔네 엄마들이 얼마나 마음이 안 좋았겠니. 찾아가서 사죄하라고 등 떠밀었겠지. 결국에 죄책감은 늘 여자들이 짊어지고 살아. 걔들은 그냥 가위 들고 동네에서 설치는 남자애들일 뿐이었고."

"하미시 형이 언젠가는 복수할 거예요."

"그럴 거라고 다짐하는 거 들었어. 웃긴 건, 걔들이 하미시 기저귀를 사다 주곤 했어. 한동안 돈도 보냈고. 대부분 프로비던트 대출회사에서 받은 수표였지. 가끔은 크리스마스에 10파운드짜리 지폐를 보냈어." 모모는 깊은 한숨을 내쉬었다. "아, 누구 한 명이 애꾸눈 될 때까지는 그저 재밌는 게임이지, 안 그래?"

마음이 슬플 때마다 모모는 가만가만 달래는 말투를 꾸며내곤 했다. 모모는 한 손바닥을 펴서 다른 손에 올려놓고 고급 장갑이라도 끼고 있는 양 손가락을 하나씩 쓰다듬으면서 손가락 사이 물갈퀴를 살며시 눌렀다. 먼고는 돈을 모아서 어머니에게 장갑을 사주어야겠다고 생각하고 있었다. 갑작스레 모모가 벌떡 허리를 곧추세웠다. 돌계단에서 찬기가 올라왔던 것이다. "니 이름을 왜 먼고라고 지었는지 내가 얘기해줬니?"

"네, 백 번쯤요."

"지루하다, 이거야? 아무튼 그런 이름을 지어주다니, 내가 미쳤었나봐."

"페니언 이름이잖아요."

모모는 허튼소리 말라고 하듯이 손사래 쳤다. "아냐. 성인은 가톨릭, 개신교 따지지 않고 다 모시는 거야. 하지만 시청에서 접수원이 나를 정신병자처럼 쳐다보더라. 사실 제정신이 아니었지 뭐. 난 과부도 아니었어. 스스로 과부라고 칭할 수도 없었지. 니네 아빠는 언제나 '딱한 조슬린 해밀턴의 아들'이었지, 한 번도 내 남자인 적이 없었어. '딱한 모린 뷰캐넌의 서방'인 적이 없다고. 단지 나는 너를 글래스고와 이어주고 싶었어. 니 아빠는 이 도시를 진심으로 사랑했으니까. 그래서 그 이름을 지어주면 평화가 찾아올까 싶었지."

"나한테는 그렇게 되지 않았어요."

"하지만 너는 내게 평화를 가져다줬어. 너는 내 귀염둥이야." 모모는 먼고의 손등을 쓰다듬었다. "이름 때문에 고생 많은 건 알아."

"스티븐은 괜찮았을 텐데. 데이비드나 존도 나쁘지 않고."

언덕 꼭대기에 앉아 있자니 시린 아침 공기에 배어 있는 들큼한 디젤 냄새가 콧속으로 파고들었다. 퍼레이드 대로는 잿빛 도시로 진입하려는 차들로 벌써부터 꽉꽉 막혀 있었다. 모모가 먼고의 차가운 뺨에 입을 맞추었다. "난 슬퍼서 죽고 말 거야."

"네?"

"니가 여자를 만나서 집을 나가고 나면 말이야."

"집 나간 사람이 누군데!" 목소리가 창피할 정도로 새되게 나왔다.

모모는 너는 이해하지 못한다고 말하는 것처럼 손을 내저었다. "나는 조디가 니 엄마 행세하는 것도 간신히 참아주고 있어." 어떻게 보면 이 말은 진실이었다. 그 진실이 두 사람 사이에 불편하게 걸려 있었다. "니 누나는 내가 형편없는 엄마라고 생각하지. 틈만 나면 지 혼자 너를 키울 수 있다고 넌지시 알리지 않니. 지만 잘난 줄 알고 지적질 해대는 짜증 나는 계집애."

"엄마!"

모모는 먼고의 무릎을 찰싹 때렸다. "그렇게 부르지 말랬지!" 그래도 모모는 자기가 때린 무릎을 어루만져주었다. "하지만 나 정말 죽고 말 거야. 니가 여자애들 꽁무니 쫓아다니기 시작하면." 먼고는 모모를 보지 않고도 다음 질문을 예상할 수 있었다. 모모는 은근한 사람이 아니었다. 모모의 눈동자가 데구루루 옆으로 구르는 소리가 들리는 것 같았다. "그래서, 만나는 애 있니?"

"아뇨." 먼고는 모모를 자기 옆으로 바짝 끌어당겼다. "나한테 여자는 모모밖에 없어요."

먼고에게서 몸을 떨어뜨리는 모모의 얼굴에 웃음기는 없었다. "아가, 이제 걱정이 되려고 한다. 이번 크리스마스에 열여섯 살이 되잖아. 한창 여자애들 쫓아다닐 나이야. 하미시가 네 나이였을 때는 고번부터 로이스턴까지 온 동네 아빠들이 우리 집에 찾아와서 문을 두들겼어." 모모는 잠시 침묵을 지켰다. "무슨 문제 있니?"

"아뇨." 얼굴이 뜨겁게 달아올랐다.

뜻밖에도 모모는 진심으로 걱정하는 표정이었다. 가족이 싹 다 공영주택에서 퇴거당할지 모른다고 조디가 말했을 때도, 하미시가 아직 어린애나 다름없는 소녀를 임신시켰을 때도 눈썹 하나 까닥하지 않았다. 그런데 지금 먼고의 눈을 들여다보고 있는 모모는 진심으로 걱정하고 있었다.

"별로 관심이 없어요." 먼고는 희망을 담아 덧붙였다. "아직은요."

모모는 콧물을 들이마셨다. "들어봐. 내가 집에 없었다고 너 생각을 안 한 건 아냐. 캠벨 부인이 니가 뭐 하면서 지냈는지 전부 말해줬어. 치키네 집에 갔었다며."

"캘훈 씨가 도움이 필요했어요."

"그래, 퍽이나 필요했겠지!" 모모는 싸울 태세로 턱을 내밀었다. "보드랍고 조그만 니 손이 아주 큰 도움이 되겠지. 그 사람 조심해라, 먼고. 알았어? 난 노총각 키울 생각 없으니까."

먼고는 일어날 때가 되어서 다행이라고 생각했다. 모모의 얇은 점퍼 후드를 정돈해주었다. 인조 코요테 모피가 모모의 얼룩덜룩한 염색 머리칼과 짝을 이루었다. "이제 집에 가요. 꼭 살아 있는 시체처럼 보여요."

"아이고, 고맙다." 모모는 눈 밑에 번진 마스카라를 닦았다. 먼고가 일으켜주다가 두 사람 모두 크로커스 꽃밭 위로 나동그라질 뻔했다.

"니 도움이 필요해, 알겠어? 술을 줄이고 싶단 말야. 이번엔 진짜야." 모모는 모순이라고는 전혀 느껴지지 않는 태도로 병에 남은 강화 포도주를 마저 들이켰다. 그러고는 작은 가슴을 주먹으로 두드리고 끌어모아서 몇 센티 올렸다가 가슴이 다시 처지자 한숨을 내쉬었다. "봐, 난 조키를 놓칠 수 없어. 이번에 놓치면 다시는 남자를 못 구할지도 몰라."

먼고는 침묵했다. 진흙투성이 언덕에서 어머니를 부축하며 내려가다 모모가 넘어지면 일으켜 세웠다.

그날 먼고는 학교에 가지 않았다. 다른 아이들이 첫 종소리가 울리기 전에 교문에 들어가려고 뛰어갈 때 먼고는 어머니를 위해 미지근한 목욕물을 받았다. 수건 여러 장을 오븐에 넣어 데우고, 어머니를 침대에 눕힌 다음에 따뜻해진 수건으로 덮어주었다. 모모는 신경이 바짝 곤두서서 안절부절못했다. 먼고는 교복을 벗고 옆에 누워서 모모가 떨림을 멈추고 잠들 때까지 안고 있었다.

하늘에 어둠이 다시 깔릴 무렵에 조디가 학교에서 돌아왔다. 조디는 방문을 살짝 열고 들여다보았다. 남매의 눈이 정적 속에서 마주쳤다. 먼고는 조디가 안심하리라고 생각했지만, 조디는 언제나처럼 실망한 표정이었다.

저녁 뉴스가 시작했다. 먼고는 토스트를 접시에 수북이 담아서 어머니에게 주었고, 모모는 먹으려고 노력했다. 혹여나 모모가 숨겨놓은 술을 찾아 떨림을 가라앉히려고 할까봐 먼고는 잠시도 눈을 떼지 않고 지켜보았다. 그다음에 모모가 입을 옷을 골라주었고, 두 사람은 같이 버스를 타고 시내의 모임 장소로 향했다.

먼고는 AA 모임에 여러 번 가보았지만 대개 조디와 함께 갔다. 지난 몇 년간 모모는 12단계 치료법을 시도했는데, 늘 건성건성이었고 금방 포기했다. 자신은 보조바퀴 없이 곧바로 자전거를 탈 수 있다고 믿는 대담한 아이처럼 모모는 몇 주만에 자기가 완쾌했다고 선언했다. 그러고는 금세 무너져 술독에 빠졌다. 모모는 술에 중독된 것과 한잔하는 것에는 차이가 있다고 입이 닳도록 우겼다. 조디의 보살핌을 받으며 AA 모임 장소의 뒷자리에서 수많은 시간을 보낸 덕에 먼고는 알코올중독자에게는 한 잔과 백 잔이 진배없다는 걸 알았다. 모모는 동의하지 않았다. 맨정신은 지루하다며.

모임은 프리메이슨 집회소인 고건물 후면의 회의실에서 열렸다. 바닥의 마룻널에 페인트가 칠해져 있고 앞쪽에 계단 한 층 높이의 나무 단상이 설치되어 있어서 교실에 있는 듯한 기분이 들었다. 복도 끝에는 창문이 없는 작은 부엌이 있었다. 뜨거운 찻주전자 옆에 사람들이 모임 전후로 모였다. 먼고는 이곳에 있을 때 마음이 가장 편했다. 모임이 시작하면 먼고는 모모의 코트를 팔에 걸친 채로 찻주전자에 기대어 온기를 느끼며 사람들의 고백을 들었다.

모임이 끝나면 알코올중독자들은 접이식 테이블 옆에서 담소를 나누었다. 이곳에 나오는 사람들은 관계가 끈끈했다. 잘살고 못살고를 떠나 서로 공감하는 소탈한 사람들이었다. 먼고는 이들과 함께 있는 것이 좋았다. 자욱한 담배 연기 탓에 눈이 시큰거리긴 했지만 북적북적한 회의실 안을 돌아다니며 이들의 패딩 점퍼가 포옹하듯이 자신의 몸을 누르는 감각을 즐겼다.

모모는 먼고의 손을 잡고 훈제 햄을 먹으며 수다를 떨고 있는 여자들에게 다가갔다.

"그을쎄, 쑥쑥 자라고 있네. 불과 얼마 전에 니가 내 카펫에서 앞구르기를 했는데." 격주 수요일 노라가 차가운 손을 먼고의 뺨에 얹었다. 노라의 담배에서 연기가 구불구불 올라왔다. 먼고의 눈이 심하게는 아니지만 눈에 띌 정도로 떨리고 있었다. 모모가 한숨을 쉬었다.

"그을쎄, 얼굴이 아직두 글케 말썽이니?" 격주 수요일 노라는 먼고를 볼 때마다 똑같이 물어봤다. 로이스턴힐에 살며 가사도우미로 일하는 노라는 어깨가 떡 벌어지고 눈빛은 예리했으며 피부는 오래된 부엌 벽지처럼 누리끼리했다. 희끗희끗한 머리를 짧게 쳤고, 입가에는 지난 마흔 해 날마다 담배 마흔 개비를 피운 만큼 주름이 가 있었다. 무슨 말을 하든지 간에, 발음을 길게 늘어뜨린 '그을쎄,'로 운을 뗐다. '내가 뭘 알아?'라는 뜻이었다. 자기 의견은 중요치 않다고 미리 암시하는 것이었다. 행여나 하나님이 하강하여 반대 의견을 내놓을까 봐 지레 겁먹은 듯이.

"그을쎄, 얼굴 그러는 거 신경 쓰지 마라. 어째, 여자애들 좀 울리고 다니니? 여자애들이 니를 가만 놔두지 않을 것 같은데." 노라가 모모에게 눈을 찡긋했다. 이것 역시 노라가 먼고를 볼 때마다 하는 말이었다.

"좀 그랬으면 좋겠어, 노라. 얘는 좀 늦는 것 같아."

"그을쎄, 운 좋은 줄 알아. 아직 엄마 찾을 때를 즐겨. 난 이제 아들 내미들 얼굴 보기도 힘들어. 어찌나 한심스러운 것들이랑 결혼을 해 버렸는지."

모모는 먼고의 바짓가랑이를 가리켰다. "우리 하미시 시켜서 확인 해보라고 했어. 달릴 거 다 달리고 멀쩡하게 작동한다더만."

"엄마!" 먼고의 목소리가 새되게 찢어졌다. 몇몇 사람이 입에 담배를 문 채로 돌아보았다.

"말은 드럽게 안 들어. 한 번만 더 엄마라고 부르면…."

둥글게 모인 여자들이 2등급 수소를 점검하듯 먼고를 위아래로 훑어봤다. 격주 수요일 노라는 달래듯이 먼고에게 손을 얹었다. "그을쎄, 니네 엄마는 걱정되어서 그런다. 여자 혼자 아들 키우는 게 여간 어려운 일이 아니야." 그러고는 모모를 돌아보며 말했다. "그니까 우리 맏아들을 봐. 새 자동차 사고, 유리 온실 짓고, 토레몰리노스에 휴가

가서 식사랑 교통편까지 몽땅 제공하는 호텔에서 놀다 왔어. 그 녀석은 그러고 사는데, 나는 로이스턴에 처박힌 채로 벽지마저 너덜거리는 부엌에 앉아 있단 말이지." 노라는 담배꽁초를 종이컵에 떨어뜨렸다. "로드 스튜어트에게 맹세코, 처음부터 다시 할 수 있으면 딸만 낳을 거야."

모모는 코웃음 쳤다. "아휴, 그것만은 사양이야."

## 13

조디는 논갈이가 끝나고 휴한기에 들어선 노스에어셔의 밭을 건너다보았다. 트랙터가 지나간 자리에 때늦은 서리가 내린 논밭은 눈처럼 새하얀 실로 박음질한 퀼트처럼 보였다. 갈색 논밭이 목탄처럼 거뭇한 바다가 우중충한 잿빛 하늘과 만나는 지점까지 펼쳐져 있었다. 무(無)의 경계로 덜컹덜컹 나아가는 버스 안에서 긴장감은 오래전에 닳아버렸다. 먼고는 입을 꾹 다물고 있었다. 차마 누나를 볼 수 없어서 후드를 깊이 눌러썼다.

길레스피 씨가 도망쳤다. 길레스피 씨와 조디는 감쪽같이 관계를 숨기고 있었으므로 조디는 길레스피 씨가 학교에 출근하지 않았다는 사실을 먼고가 말해주기 전까지 몰랐다.

조디와 길레스피 씨는 드넓은 교정의 다른 건물에서 각자 활동했다. 조디는 조용한 인문학 건물을 선호했고 길레스피 씨는 교사 휴게실에 틀어박혀 있었다. 이따금 조디가 고개를 들면 길레스피 씨가 학교의 주계단 꼭대기에서 안전망이 쳐진 유리창을 통해 그녀를 내려다보고 있었다. 선생의 얼굴에 미소가 번졌고 눈에서 욕정이 번뜩이다가 스러졌다. 조디는 그것이 흡족했다. 자신이 꽤나 노련하다고 느낀 것이다.

두 사람은 목요일에 만나서 같이 잤다. 가끔은 토요일에 길레스피 씨가 아내에게 골프 치러 간다는 핑계를 대고 조디를 만났지만, 대개 목요일 저녁마다 캐러밴 야영지로 갔다. 이전에도 가끔 길레스피 씨가 말도 없이 바람맞혀서 조디는 공동주택의 그림자에서 한참을 기다려야 했다. 나중에 그는 아이가 홍역에 걸려 아팠다느니 마누라가 허리를 다쳤다느니 변명을 늘어놓았고, 그다음 주에는 한결 더 집요하게 조디의 향긋한 자취를 찾아 복도를 헤매다 소소한 꾸중거리를 지어내 그녀를 부르기도 했다. 자신의 그림자를 조디 위로 드리우고, 그녀의 담갈색 시선을 끌려고 아무 말이나 급조했다.

지난주 목요일에 길레스피 씨가 약속 장소에 나타나지 않자 조디는 그의 부재가 불러온 평화를 반겼다. 그런데 주말이 지나고 새로운 주가 시작되었는데도 복도에서 그녀를 찾는 모습이 보이지 않았고 평소처럼 현대학 건물에 있지도 않았다.

동생이 전기난로 앞에서 옷을 입으며 흥얼거렸다. "나는 누나가 모르는 거 알지." 먼고는 교복 셔츠의 단추를 채우다 말고 허리를 숙여 시리얼을 입속 가득 채워 넣기를 되풀이하고 있었다. 시선은 텔레비전의 만화에 고정되어 있었다. "뭔지 안 물어볼 거야?"

먼고는 갓난아기처럼 천진하게 발가벗고 있었다. 집에서 따뜻한 곳이 전기난로 앞뿐이라고는 하지만 그래도 열다섯 살이나 된 남자아이가 누나 앞에서 알몸을 보이면 안 되었다. 몸은 젊은 남자였지만 정신은 어린애였다. 연갈색 털이 사타구니와 허벅지에 돋아나기 시작했고, 둥그렇고 통통하던 엉덩이에 살이 빠지며 네모나게 근육이 잡혔다. 먼고가 조디를 향해 엉덩이를 실룩였다.

"그만두고 얼른 바지나 입어." 조디는 다 커버린 동생의 귀염둥이 시절을 그리워하며 말했다. 밤이면 먼고가 급히 문지르다 너무도 빨리 끝내는 소리가 벽을 통해 들렸다. 샤워를 한답시고 들어가서 보일러의 온수를 죄다 써버릴 때까지 나오지 않는 이유도 알았다. 한때는 씻는 걸 질색해서 수건을 들고 쫓아다녀야 했는데.

"나는 누나가 모르는 거 알지." 먼고가 히죽거리며 다시 도발했지만 조디는 궁금해하지도 않았다. "아이씨, 알았어! 뚱땡이 길레스피가 토꼈대. 앞으로 구다트 씨가 그 수업 담당한댔어. 전화도 안 하고 통보 없이 무단결근했대. 그냥 사라진 거야." 먼고는 기다란 검은 양말을 신고 있었다. "길레스피가 숙제 내준 거 있냐고 물어봤는데 애들이 없다고 거짓말했지." 먼고는 한쪽 무릎을 꿇고 앉아서 보이지 않는 기타의 줄을 튕겼다. 조디가 갑자기 울음을 터뜨릴 것이라곤 상상도 하지 못했다.

조디는 발아래 바닥이 기우는 것 같았다. 자신이 쓰고 다니던 가면이 마치 철거하는 지붕의 박공처럼 떨어지며 속의 비밀을 드러내는 것 같았다. 조디는 허물어지고 있었다. 가슴속에 엉망으로 쌓아둔 흉한 이불들이 모두가 보는 앞에 쏟아졌다. 조디는 길레스피가 왜 사라졌는지 알았다. 자신이 어떻게 그것을 초래했는지도 잘 알았다.

먼고는 버스에서 조디 옆에 앉기를 거부했다. 통로 건너편 기다란 벤치 좌석에 앉아서 차창에 몸을 바짝 붙이고 거무스름한 들판 어딘가에 시선을 고정했다. 조디는 마지막으로 동생을 이토록 실망시킨 것이 언제였는지 기억나지 않았다.

한참 후에야 조디는 간신히 울음을 멈추었다. 울음을 그치고 나서 길레스피 씨와 그의 휴가용 캐러밴, 드넓은 바다 앞 야영지와 왁자지껄 떠들며 왈츠를 추던 사람들에 대해 고백했다. 그래도 도저히 말할 수 없는 것이 있었다. 예컨대 길레스피 씨가 그녀의 가능성을 믿는다고 말했던 것이라든지, 또는 그가 얼마나 쉽사리 어리석은 여자아이로 하여금 자신이 이 도시를 벗어날 수 있다고, 모두가 갇혀 있는 암담한 골목길과 형제들을 돌보는 부담에서 자유로워질 수 있다고 믿게 만들어버린 것이라든지. 물론 조디는 똑똑했다. 하지만 똑똑한 아이는 쌔고 쌨다. 그녀는 특별하지 않았다. 어쨌든 개인 과외 교사를 둔 퍼스 출신 여자아이들이나 명망 높은 사립학교 메리 어스킨에 다니는 에든버러의 상류층 여자아이들과 비교하면 별 볼 일 없었다. 아무리 똑똑해도 조디가 진정 비상하려면 그의 도움이 필요했다. 그의 손이 팬티 속에 들어온 날부터 그녀가 자기 자신보다 그를 더 믿기 시작했다고 동생에게 어떻게 말하겠는가?

길레스피 씨는 조디가 글래스고 대학에 갈 수 있게 도와주겠다고 약속했는데, 조디는 자신이 그걸 스스로 해낼 수 있을 만큼 똑똑한지 확신이 없었다. 대학은 낯선 도시처럼 느껴졌다. 그녀 같은 이스트엔드 출신 여자아이들이 들어오지 못하도록 성벽을 두른 것 같았다. 유구한 역사를 지닌 배움의 장소는 지체 높은 잉글랜드 남자들이 훌륭한 교육을 받는 동시에 개척자의 흥분을 느낄 수 있는 곳이다. 물론 학교에 다니는 4년 동안 폭탄주와 엑스터시에 취한 토박이 여자아이들과 놀아나면서 말이다.

이들 대학생 부류에 대해 하미시는 전문가를 자처했다. 하미시는 수중에 대마초가 들어오는 족족 대학교 신입생들에게 팔았는데, 대마초에 일반 담뱃잎을 섞고 옥소 브랜드의 가공 소고기 분말을 뿌렸다. 이렇게 양을 불린 덕분에 극히 적은 양의 대마초로 한 학년 전체의 수요를 충족시킬 수 있었다.

대학생을 상대로 하는 장사는 타이밍이 전부였다. 학생들이 조부모한테 받은 용돈을 여전히 가지고 있지만 글래스고의 진면목을 아직 파악하지 못한 학기 초의 간극을 노렸다. 토비나 돔 따위 이름을 지닌 대학생들은 모모의 유통기한 지난 비스토 육수 분말과 담뱃잎이 섞인 대마초를 킁킁거린 다음에, '인도의 고아에서 피운 물건'만큼이나 냄새가 좋다고 감탄했다. 하미시는 웃음을 꾹 참았다.

하미시는 9월 마지막 주를 '자두 수확철'이라고 불렀다. 열매가 농익기 전에, 글래스고의 영향을 받아 넝쿨에 달린 채로 썩기 전에 따야 한다. 얼마 안 가 글래스고는 자신의 진짜 얼굴을 보여줄 터인데, 그러면 기회를 놓치고 만다. 신입생들을 상대로 3년간 장사한 끝에 하미시는 모모의 프로비던트 대출금을 싹 다 갚고도 돈이 남아서 비디오 플레이어를 사고 새미조를 위해 태닝베드를 빌렸다.

지난해 하미시가 신입생들의 돈으로 주머니를 채우고 돌아왔을 즈음에 조디는 이미 길레스피 씨 옆에 누워서 웨스트엔드로 진출할 날을 꿈꾸고 있었다. 하미시가 대학생들이 거주하는 바이어스 로드의 근사한 공동주택을 묘사하며 넓은 나뭇바닥과 높은 천장, 눈이 아프게 아래쪽을 쏘는 대신 위로 빛을 뿜는 커다란 천장 중앙등에 대해 이야기해주면 조디는 입을 헤벌리고 몽상에 빠져들었다.

자두 수확철마다 잉글랜드 학생들이 어머니의 낡은 폭스바겐을 몰고 왔다. 자신들의 부를 과시하지 않는 편이 낫다고 판단한 것이다. 이 북부 지방에서 벤츠를 몰고 다닐 수는 없는 노릇이니까. 학생들은 후줄근한 코듀로이 바지에 번들거리는 바버 왁스 재킷을 입고 그레이트 웨스턴 로드를 어슬렁거렸다. 머리는 세련되게 헝클어졌고, 캔버스 가방 덮개 아래에서 귀퉁이가 잔뜩 접힌 낡은 프루스트의 책이 여봐란 듯이 고개를 내밀고 있었다. 애버딘셔에서 뇌조를 사냥할 때나 적합할 듯한 차림새였다.

"글래스고에 노조가 바글거린다고 지네 엄마가 말해줬을 때 워크맨으로 음악을 존나 크게 듣고 있다가 뇌조라고 잘못 들은 게 아닌가 싶다, 얼간이 자식들." 하미시는 개신교 부하들 모두에게 이 농담을 했고, 조디에겐 두 번이나 했다. "여유가 있는 놈들이나 그딴 식으로 무신경하게 입을 수 있지. 그니까, 자기가 돈이 얼마 있는지도 모르는 부자들 말이야."

주머니 사정이 허락하는 한에서 제일 좋은 옷으로 빼입고 화장을 떡칠하고 바디스프레이를 뿌린 글래스고 아이들은 헐렁한 코듀로이를 대충 꿰입고 버스 위층에 앉아 있는 잉글랜드 학생들을 보며 아릿한 수치심을 느꼈다. 우아한 고급 옷을 꿈에서만 입어볼 수 있는 이 아이들에게 고급 옷을 마다하고 자기 멋대로 입는 것은 꿈도 꿀 수 없는 사치였다.

하미시는 신속히 그들 돈을 챙겼다. 이 학생들에게는 이름이 꼭 틸리나 타냐나 테스 따위인 누이가 있었고, 이들이 누이를 만나러 세인트 앤드루스 대학이나 로버트 고든 대학에 간다고 말하면 하미시는 콧방귀를 뀌었다. 스카이섬이 어느 계절에 가기 좋냐고 물어보면 이렇게 쏘아붙였다. "그걸 내가 어떻게 아냐? 내가 관광 안내인처럼 보이냐?"

잉글랜드 출신 대학생들은 방학 때마다 고향에 돌아갔다. 고향에서 누가 어디서 공부하냐고 묻기라도 하면 글래스고라고 답했고, 그럼 상대는 흡족하게 고개를 끄덕였다. 도미니크 벅스턴은 똑똑하고 자립심이 강할 뿐 아니라 적당히 즐길 줄도 아는군. 이들은 졸업 후에 반드시 잉글랜드로 돌아갔다. 이곳에 정착할 생각은 추호도 없었다.

그렇지만 잉글랜드 출신 대학생들보다 하미시가 심지어 더 적대하는 무리가 있었으니, 그들은 다름 아닌 퍼스나 에든버러, 혹은 글래스고의 웨스트엔드 출신인, 줏대 없고 물러터진 스코틀랜드 얼간이들이었다. 이 스코틀랜드인들은 이튼 칼리지 학생들 빰치게 완벽한 표준 악센트를 구사하고 로버트 번스 시를 적어도 한 개 이상 암기하고 있으며 케일리 전통 춤과 백파이프를 진심으로 애호했다. 또한 보일 호수 주변 최고의 하이킹 코스를 줄줄이 꿰고 있으며, 드로버스 인 식당의 일요일 특식 로스트가 일품이지만 관광객 때문에 수준이 떨어졌다고 한탄했다. 하미시가 보기에 이들은 자기 자신을 민스트럴 인형처럼 꾸민 것에 불과했다. 중산층 글래스고 토박이들이 단연 최악이었다. 의리라고는 눈곱만큼도 없는 이들은 유행하는 재킷을 걸치듯이 자기에게 유리할 때만 출신 지역을 이용했다. 도시에 만연한 싸늘함과 절박함에 대해서는 아무것도 몰랐다. 한편 잉글랜드인들은 이들을 제법 이국적이고 너무나도 흥미로운 대상으로 여겼다. 이들의 아버지들은 클라이드강의 조선소에서 해고되지 않았고 칼도완의 광산에서 광재를 들이마시고 있지도 않았다. 아니, 이들의 아버지들은 국내선 비행기를 타고 런던에 가고, 커내리 워프에서 열린 임원 만찬에서 스코틀랜드산 훈제연어를 먹었다. 귀리 팬케이크에 프랑스제 파테를 곁들이고, 위스키를 병이 아니라 잔으로 시켜 마셨다.

하미시는 이들을 보자마자 적대감을 느꼈다. 모든 면에서 질투했다. 그러고는 그들의 순진함을 비웃으며, 육수 분말을 섞은 대마초를 바가지 씌워 팔았다.

하미시는 조디에게 대학은 꿈도 꾸지 말라고 일렀다. 대학은 그녀 같은 진짜 글래스고 출신 여자아이를 위한 것이 아니라면서.

귀 따가운 갈매기들의 우짖음 속에서 조디는 이런 것들을 먼고에게 설명할 수 없음을 깨달았다.

전에 말해준 것만으로 충분했다. 턱에서 우유를 질질 흘리고 있는 먼고에게 조디는 길레스피 씨가 자신의 배에 넣은 아기에 대해 말했다. 그 탓에 선생이 달아난 것이다. 자기 아기가 아니라고 우겼다. 갓길에 차를 세워놓은 채로 스태퍼드셔 테리어에게 몰린 쥐새끼처럼 공황에 빠져 소리소리 질렀다. 임신한 사람은 정작 조디인데 마치 자신이 덫에 걸린 것처럼 행동하는 게 우스웠다. 그는 주먹이 하얘지도록 자동차 핸들을 쥐고서는 조디의 동급생 남자아이들의 성을 줄줄이 불렀다. 출석을 부르듯이 알파벳 순서로 퉁명스럽게 이름을 내뱉었다.

"맥코나치냐?"

"아뇨."

"니일리?"

"아뇨."

"니콜슨?"

"아아뇨."

"래트레이?"

"Nein!"

"아, 이러지 마라. 거짓말하지 말라고. 래트레이 맞잖아. 너희 둘이 키득거리는 것도 봤고, 너 책상 안쪽에 걔 이름을 칼로 새겨놨잖아."

“기가 막혀서, 정말 아니에요.” 대담한 래트레이의 아기가 아니었다.

“뷰캐넌?” 길레스피 씨가 물었다. “그럼 뷰캐넌이냐?”

“잠깐, 뭐라고요? 뷰캐넌은 래트레이 다음이 아니잖아요.” 조디가 비웃었다. “정신을 어디에 두었어요?”

길레스피 씨가 자동차 핸들을 흔들었다. “머치슨?”

“아뇨!” 조디는 긴 한숨을 내뱉었다. “딴 사람이랑 잔 적 없어요.” 길레스피 씨의 얼굴이 지나치게 오래 삶은 양배추처럼 허예졌다. “선생님, 당신 아기예요.”

평소에 길레스피 씨는 조디에게서 선생님 소리 듣기를 좋아했다. 그녀에게 올라타서 선생님이라고 불러달라고 부탁하기도 했다. 하지만 지금은 아니었다. 그는 조디 배 속의 태아가 자신의 것이라는 사실을 믿기를 거부했다. “너 같은 계집애들이 다 그렇지 뭐. 발정 난 암캐처럼 골목을 쏘다니고. 이럴 줄 알았어. 너도 그 동네 난잡한 계집애들이랑 똑같다는 걸 진즉에 알았지.” 길레스피 씨는 자신의 어리석음을 한탄하며 혼잣말하듯 끊임없이 중얼댔다. “너는 이제 대학은 다 갔다.”

그의 몸뚱이 아래에 깔릴 때마다 너무 끔찍했다고 차마 말할 수 없었다. 얼마나 끔찍했던지, 조디가 다시 남자를 받아들이기까지 아주 오랜 시간이 걸릴 것이다.

그날 길레스피 씨는 조디를 이스트엔드로 데려다주지 않았다. 커킨틸록의 카우게이트에 있는 자기 집 근처에서 내보냈다. 여기가 어디냐고 묻자—조디는 그 지역을 전혀 몰랐다—그는 “카우-게이트.”라고 말한 다음에 문을 꽝 닫아버렸다. 길레스피 씨의 출석부에 있는 소년들도 그보다는 성숙하게 대처했을 것이다.

이제 길레스피 씨는 사라졌고, 남매는 라그스행 버스 안에 있었다.

라그스에 도착하면 웨스트킬브라이드행 버스로 갈아타고, 그다음에 캐러밴 야영지로 갈 것이다. 캐러밴 야영지로 찾아가자고 먼고가 제안했다. 상당히 어리석은 제안이었지만 조디도 별다른 뾰족한 수가 없었다.

조디는 버스 통로를 건너 동생 옆에 앉았다. 자기를 상대해줄 때까지 동생을 버스 창문으로 밀었다. 화가 나고 실망한 표정을 예상했다. 그렇지만 먼고는 한없이 슬픈 얼굴로 돌아보았고, 거울 같은 그 눈에 비친 자신의 모습이 싫었던 조디는 먼고가 다시 고개를 돌리기를 바랐다. 먼고가 주먹을 폈다. 수중의 젤리 베이비에서 조디를 위해 따로 모아놓은 빨간 젤리를 한 움큼 건네주었다.

먼고는 해가 떠 있는 시간에 바다를 본 적이 없었다. 라그스에서 버스를 갈아타기 전에 먼고는 조디를 바다 쪽으로 이끌었다. 조디는 동생이 바다를 볼 수 있게 기다려줄 수 없어서 미안했다. 마지막 버스는 남매를 캐러밴 야영지 입구에 내려주었다. 두 사람은 말굽 모양의 아스팔트 길을 걷다가 조디에게 너무도 익숙한 캐러밴 앞에서 멈췄다. 날씨가 아직 쌀쌀했지만 글래스고의 은퇴자들은 벌써부터 짧은 여름을 맞이할 만반의 준비를 갖추어놓았다. 위스키 통에 소형 제라늄을 분갈이하고 얼어붙어 있던 수도관을 다시 연결했다. 노인들은 수상쩍은 눈빛으로 남매를 지켜보았다. 조디는 교복 차림으로 온 것을 후회했다. 길레스피 씨가 이곳에 있을 리 만무했지만 그래도 조디는 혹시나 하는 기대를 떨칠 수 없었는데, 다른 곳에 있는 그를 상상할 수 없었기 때문이다. 조디의 머릿속에서 길레스피 씨는 남아프리카공화국 지도를 걸어놓은 칠판 앞에 서 있거나 접이식 테이블에 누워 있는 그녀를 올라타고 있었다. 그가 거리를 걷는 모습조차 본 적 없었다. 길레스피 씨는 캠벨 씨처럼 〈빌리 보이〉를 휘파람으로 불면서 걸을까, 아니면 하미시처럼 건들건들 걸을까? 수업시간에 학생들을 가르칠 때나 수업이 끝나고 자신에게 그 짓을 하고 있을 때가 아니면 그가 어떤 사람인지조차 몰랐다. 그녀의 정신에 준 것과 그녀의 몸에서 가져간 것이, 길레스피 씨에 대해 조디가 아는 전부였다.

베이지색 양철 깡통 같은 캐러밴은 차가웠다. 두 사람은 단정히 드리운 레이스 커튼 사이로 텅 빈 실내를 들여다보았다. 먼고가 문손잡이를 잡아당기기 시작했다.

"뭐 하는 거야?" 조디는 최소한 열두 쌍의 눈이 자신들을 지켜보고 있다는 것을 알았다. 그들 같은 저소득층 동네 아이들은 꽃밭을 관리하는 곳에 속하지 않았다.

"쪽지 같은 걸 남겼을지도 모르잖아." 먼고가 말했다. "아니면 안에 진짜 주소가 있거나. 그 인간을 찾아서 책임지게 해야지."

조디는 그 정도로 앞을 내다보지도 않았다. 길레스피 씨에게 무엇을 바라는지조차 생각해보지 않았다. 어리석은 바람이지만, 길레스피 씨가 이 상황을 제대로 이해한 건지, 자신이 행여나 오해한 건 아닌지 확인하고 싶었을 뿐이다. 사람을 잘 믿는 성격은 본인에게 짐이 된다. 때로 조디는 사람이 그토록 나쁠 수 있다고 도무지 믿지를 못했다. 평생 모모한테 그렇게 당했으면서.

먼고는 녹슨 문손잡이를 다시 잡아당겼다. 얄팍한 문은 하미시의 발길질 한 번에 떨어져나갈 듯했다. 하미시라면 정확히 어디를 차야 할지 알았을 터이다. 먼고는 점퍼 주머니를 뒤적여 하미시가 준 주머니칼을 꺼냈다. 자물쇠 따는 법은 몰랐지만 이것은 자물쇠라고 부르기도 애매할 정도로 허술했다. 빗장에 칼을 찔러 넣자 문이 벌컥 열렸다.

캐러밴의 실내는 깨끗하고 싸늘했다. 길레스피 씨네 가족은 캐러밴을 팔 수 있을 정도의 기본 가구만 남겨놓았다. 길레스피 부인의 조잡한 물건들이 빠지고 난 공백이 낯설었다. 실수로 다른 캐러밴에 들어온 건 아닌지 확인해야 했다. 아니, 제대로 찾아왔다. 조디가 접이식 식탁 아래를 손으로 훑자 딱딱하게 굳은 코딱지들이 만져졌다. 길레스피 씨는 정사를 나눈 뒤에 코를 파고 그 아래 슬쩍 묻혀놓곤 했다. 이 캐러밴이다.

"꼭 마술사의 모자 속 같네." 먼고가 감탄하는 눈으로 텅 빈 실내를 둘러보며 말했다. 길레스피 부부는 응석쟁이 아이 두 명을 오냐오냐 키웠고, 사치를 부려 캐러밴도 디럭스로 업그레이드했다.

먼고는 탈취제가 들어 있는 변기에 요란하게 오줌을 누었다. 싸구려 플라스틱 양동이에 쏟아지는 소리처럼 들렸다. "이런!" 먼고가 발을 높이 들며 소리쳤다. "변기가 배수구에 연결되어 있지 않나봐." 설탕이 잔뜩 섞인 노란 오줌이 변기 밑으로 새어 나왔다. 조디는 본능적으로 행주를 찾아 두리번거렸다.

"뭐 해?" 먼고가 변기에서 물러나며 물었다. 그러고는 조디가 미처 대답하기 전에 손을 들어 벽에 남아 있는 액자들을 떨어뜨렸다. 인버래리 흑백 사진에 수채화로 색을 입힌, 감상적인 사진이었다. 액자가 바닥에 떨어져 깨졌다. 먼고는 씩 웃었다.

순간 조디는 피가 끓었다. 조디는 2인용 침대의 시트를 벗겼다. 길레스피 씨가 아내 것이라며 조디는 눕는 것조차 허락하지 않은 침대였다. 싸구려 조디는 접이식 테이블이나 우둘투둘한 부클레 커버를 씌워놓은 벤치에 눕혀졌었다. 진짜 급할 때면 길레스피 씨는 낱붙이들이 달그락거리는 양철 싱크대에 조디를 밀어붙이고 교복 치마를 엉덩이 위로 걷어 올렸다.

조디는 길레스피 씨의 베개를 손으로 훑었다. 갓 세탁했는데도 그가 곤히 자면서 남긴 땀과 포마드 자국이 남아 있었다. 그의 몸내가 배어 있었다. 조디는 베갯잇을 잡아 빼고 거위털을 마구 뜯었다. 새빨개진 얼굴로 베개 두 개를 뜯어놓은 조디는 숨이 찰 때까지 소리를 질렀다. 조디가 헉헉거리며 분노를 내쉴 때마다 조금씩 둥글게 굽어지는 어깨를 먼고는 조붓한 문가에서 보고 있었다. "뭐야, 베개에 깃털이 꽉 차 있네?" 먼고의 눈이 휘둥그레졌다. "개자식!" 먼고는 베개를 들어 조디를 내려쳤다. 조디가 자단 벽에 부딪치며 어깨로 베니어판을 망가뜨렸다. 먼고가 다시 베개를 휘두르자 거위털이 눈처럼 흩날렸다. 조디도 베개를 집어 들었고, 남매는 침대에서 벤치로 캐러밴 안을 펄쩍펄쩍 뛰어다니며 서로 사정없이 후려쳤다. 어수선하고 거친 전투가 지나간 자리에 파괴의 잔해만 남았다. 캐러밴이 바퀴 위에서 삐걱거리고 흔들거렸다.

두 사람은 마지막 베개마저 납작해진 뒤에야 멈췄다. 조디는 금색 후프 귀걸이가 떨어진 귀에서 피가 흘렀지만 먼고에게 화를 내지 않았다. 깃털과 솜이 캐러밴 안의 모든 표면을 뒤덮었다. "꼴좋다." 먼고가 흐뭇해하며 말했다. 그렇지만 유치한 복수였다. 복수라고 할 수도 없었다.

두 사람이 밖으로 나오자 겨울 해가 구름 뒤로 기울고 있었다. 바다와 하늘이 나뉘는 지점이 마침내 드러났다. 남매는 머리와 교복에 깃털을 뒤집어쓰고 있었다. 먼고는 캐러밴 밑에 쭈그려 앉아 뒷바퀴를 고정해놓은 벽돌을 뺐다. 조디는 불안하게 킥킥거리며 동생을 지켜보았다. "시간 낭비야. 이거 팔려고 내놓았잖아. 다시는 돌아오지 않을걸."

동생은 잠시 고민했다. 이 캐러밴에서 휴가를 보내려는 다음 사람에게 몹쓸 짓을 하고 싶지는 않았다. 하미시라면 그런 배려 따위 하지 않았겠지만, 먼고는 알지도 못하는 사람들이 아일랜드해로 굴러떨어지게 내버려둘 수 없었다.

"재미없긴." 먼고는 투덜거리기만 할 뿐 벽돌을 다시 끼우지는 않았다. 그대신 캐러밴 앞면에서 튀어나온 고정대를 해체하고 재키휠을 땅에 내려놓았다. 힘을 주어 밀자 캐러밴이 덜컹 들렸고, 언덕 내리막길로 구르기 시작했다. "아, 아, 썅!" 먼고가 외쳤다. "튀자! 뛰어!"

조디는 안락의자에 몸을 둥글게 말고 앉아서 존 던의 시를 이해하려고 끙끙대는 먼고를 못 본 체하고 있었다. 먼고는 머리가 터질 것 같아 얼굴까지 빨개졌지만 조디는 본 척도 하지 않았다. 딴생각에 빠져 있었다. 먼고는 조디의 뺨을 타고 흐르는 눈물을 알아채지 못했다.

"맥그레거가 미쳤나봐. 어떻게 우리한테 이럴 수 있지?" 먼고는 신음했다. "스코틀랜드인한테 표준어를 쓰라고 강요하는 것도 불공평한 마당에 이런 개똥 같은 과제로 사람을 당혹스럽게 하다니."

맥그레거 씨는 악명이 자자했다. 특별한 아이들, 즉 성취를 이룰 가능성이 없는 아이들에게 늘 '거장 던'을 처방했다. 자기 힘으로 이 아이들을 돕기는 무리라는 것을 알기에, 마치 결핵으로 죽어가는 이들에게 막대한 양의 페니실린을 주사하듯 세상 최고로 난해한 시인의 시를 던져주었다. 어차피 수업을 따라오지 못할 마당에 『캐스터브리지의 시장』을 이해시키겠답시고 시간을 낭비하지 않을 것이다. 이 아이들은 교실 뒤쪽에 앉아서 거장 던의 시를 공부해야 했다. 대부분 아이들은 책 표지 안쪽에 낙서하며 시간을 때웠다. 맥그레거 씨는 개의치 않았다.

*"나를 먼저 빨고 그대를 빨았으니*
*벼룩 속에서 우리 피가 섞이네"*

먼고는 몸을 긁적였다. "피부병이 있는 여잔데, 이 남자는 그것에 대해 사랑 시를 쓰고 있어. 맥그레거는 우리가 Home을 호움이 아니라 헤임이라고 발음하면 자로 때리는데, 이 시인이라는 작자는 꼴리는 대로 철자를 쓰고도 '거장'이라고 불리지." 먼고는 얇은 책자를 방 건너편으로 던졌다.

"난 그 시 좋아해." 조디가 혼잣말처럼 중얼댔다. 조디는 눈물을 닦고 애써 웃어 보였다. "시인이 여자랑 자려고 구슬리고 있는 거야. 여자애들 가슴이 나오자마자 이 시를 가르쳐야 해."

먼고는 고개를 절레절레 저었다. "존 던의 해골을 파낸 다음에 한 방 치고 싶어."

"한 방 친다고? 네가 정말 그럴 수 있어?"

"당연하지." 먼고는 수상쩍어하는 눈빛으로 조디를 보았다. "누난 표정이 또 왜 그래?"

조디는 모직 스타킹의 주름을 폈다. 의자에서 일어나 방 중앙으로 걸어갔다. "내 부탁 들어주면 치즈 토스트 해줄게."

이것이다. 느닷없는 친절. 그래서 먼고는 자신이 이용당하기 직전이라는 걸 알았다. "배 안 고파."

"네 도움이 필요해. 내가 부탁 하나 할 건데, 제발 좀 남자답게 해줘."

또 그 소리였다. 남자답게 굴라는 그 말. 주변 사람 모두가 먼고에게 남자다운 모습을 바랐다. "뭔지 말해주기 전엔 약속 안 해."

"음." 조디는 입을 다물었다. "네가 할 수 있는 한 가장 세게 나를 때려줘."

먼고는 심술궂은 소리로 커다랗게 웃었다. 그러나 조디의 얼굴에는 웃음기가 없었다. 조디는 먼고의 손을 잡아 자신의 배에, 울룩불룩한 아크릴 스웨터에 가져다 댔다. 긴장한 것처럼 굳어 있는 배에서 골고루 온기가 스며 나왔다. "이 아기를 낳으면 난 다시는 시 같은 거 공부하지 못할 거야."

먼고는 손을 거두었다. "미쳤어?"

조디는 먼고에게 매달렸다. "별거 아니야. 아직 아기도 아니야. 조그만 올챙이 같은 거야. 더 기다리면 신경이 발달할 거고, 귓불이 생길 거고…" 생물학에 빠삭한 조디는 자신의 지식을 이용해서 먼고를 압박하고 있었다. "걱정하지 마. 지금은 그냥 점막이랑 세포 덩어리야. 몸에서 그냥 내보낼 수 있다고."

"못 해. 아기잖아."

"아니라니까. 한번 내보내고 나면, 처음부터 있지도 않은 거나 다름없어." 조디는 한숨을 내쉬고 말투를 부드럽게 바꾸었다. "먼고, 아기를 낳으면 난 모모처럼 살게 될 거야. 그걸 원하진 않지?"

"물론 그건 싫어. 하지만 어쩜 내가 도울 수 있을지도 몰라. 내가 어딜 가겠어? 그니까 나쁠 게 뭐야. 누나는 계속 학교 다녀. 대학도 가고. 시의회에서 우리가 살 만한 조그만 아파트를 지원해줄 거야. 생활

보조금도 엄청 받겠지."

조디는 생각만 해도 끔찍했다. 동생에 아기까지 데리고 사는 것은 상상해보지도 않았다. "아니, 난 그렇게 살 수 없어. 네가 지금 안 도와주면 난 일자리를 찾아야 할 거야. 매과이어스에서 견습생 뽑고 있더라. 나도 카드보드지는 접을 수 있어." 조디는 먼고의 마른 얼굴을 쓰다듬으며 미소 지었다. "하지만 네가 도와줄 거잖아. 난 알아."

"싫어."

조디는 한 걸음 물러났다. 매끈한 일련의 동작으로 의자를 딛고 창턱에 올라섰다.

"뭐 하는 거야?"

조디가 뒤돌아보았다. "태티보글이 모모한테 뛰어내리라고 부추길 때 알지? 니가 안 도와주면 난 정말 뛰어내릴 거야." 먼고는 또렷이 기억했다. 어머니가 젖은 창턱에 서 있는 모습을 어떻게 잊겠는가. 아이들이 자신을 충분히 사랑하지 않는다고 느낄 때마다 모모는 창턱에 올라섰다. 조디의 눈에 그림자가 스쳤다. 유난히 까다로운 문제를 풀어야 할 때 종종 보이는 눈빛이었다. "흠, 이제는 엄마가 왜 그랬는지 알 거 같아. 난 이렇게 살지 않을 거야."

먼고는 조디의 허리를 안고 끌어 내렸다. 그러고는 조디가 안락의자로 나자빠져 발바닥이 위로 들릴 정도로 세게 밀쳤다. "좆까."

"먼고—"

"좆까라고."

먼고는 어둑어둑한 부엌에서 침울하게 침묵했다. 손가락으로는 올록볼록한 벽지의 야생꽃 무늬를 훑고 있었다. 제임스네 공영주택의 후면을 바라보았다. 제임스가 울음을 터뜨린 날 이후로 여태 서로 한

마디도 않았다. 먼고는 지금 친구가 절실히 필요했다.

수납장 중간 칸에 맥주잔이 가득했는데, 노인들이 즐겨 가는 듀크 스트리트의 바에서 모모가 훔쳐 온 것들이었다. 먼고는 맥주잔을 하나 꺼내서 어머니의 부엌에 있는 모든 액체와 소스를 붓기 시작했다. 갈색 소스, 빨간 소스, 노란 소스, 상해서 층이 분리된 우유 등등. 날달걀과 애스킷 진통제 가루와 후추 반 통도 넣었다. 그 위로 설거지 세제를 듬뿍 짜내고 표백제를 몇 방울 뿌렸다. 마무리로는 가래침을 뱉었다.

"자, 이거 마셔." 먼고는 액체를 조디에게 내밀었다.

조디는 창턱에 앉아서 비좁은 골목길을 내려다보고 있었다. 다시 울고 있었다. 돌연 조디가 웃음을 터뜨렸다. 그다음에는 웃음과 울음 중간쯤 되는 소리가 새어 나왔다. 화가 난 먼고는 조디에게서 몇 걸음 물러났다. "도움이 필요하다며. 이거 마셔."

조디는 먼고의 어깨를 두 팔로 감싸고 목덜미의 머리칼을 헝클어뜨렸다. 기분 좋은 촉감이었다. "멍청아, 그 둘은 관계없어. 자궁이랑 위장 말이야. 설사만 된통 하고 자궁 속에 있는 건 꿈적도 안 할 거야." 조디는 역겨운 액체가 든 맥주잔을 창턱에 내려놓았다. 냄새가 부엌 전체에 퍼졌다. "주먹으로 쳐. 발로 차거나. 네가 원하는 대로 해. 딱 한 번이면 돼. 약속할게."

먼고는 얼굴이 잿빛으로 질린 채 고개를 저었다.

먼고가 왜 이렇게까지 거부감을 보이는지 조디는 이해할 수 없었다. 수없이 많은 여름날에 두 사람은 서로 얼굴에 문짝을 처닫으며 놀았다. 상대가 문턱에 발을 디딜 때까지 기다렸다가 온 힘을 다해 문을 쾅 밀었다. 맞은 사람이 차를 한 잔 들고 있었으면 보너스로 득점했다.

"생각해봐." 조디는 조용히 운을 뗐다. "내가 건조 옷장에서 너를 달래준 그 많은 날을 기억해봐. 그런데 넌 이거 하나 못 해주는 거야?" 조디가 눈물을 닦았다. "니가 나를 사랑하는 줄 알았는데, 하아—하."

"사랑해."

"아니, 안 해. 너는 그저 내가 너를 위해 해주는 일들을 사랑하는 거야. 너도 다른 사람들만큼 나빠."

먼고는 움찔거리는 눈두덩을 엄지 관절로 눌렀다. "정말 딱 한 번이면 돼?"

조디가 고개를 끄덕였다. "응, 딱 한 번."

"다시 말해. 딱 한 번이면 된다고." 증거로 삼으려면 확실히 들어야 했다.

조디는 먼고의 눈을 가린 앞머리를 뒤로 넘겼다. 다 괜찮을 거라고 달래는 것이었다. "딱 한 번."

먼고는 한참 뜸을 들였다. 조디에게 차마 손을 대지 못하고 그녀가 마음을 바꾸기를 기다리며 우물쭈물했다. 조디가 빨리 하라고 소리를 질렀다. 결국에 동생은 주먹을 뒤로 당겼다가 처절한 소리를 내지르며 누나의 배를 때렸다. 그렇지만 닿기도 전에 주먹에 힘이 빠졌다. 조디의 입에서 아무런 소리도 나오지 않을 정도로 약했다. 그렇지만 조디는 필요했던 추진력을 얻었다. "잘했어. 다시 해, 먼고. 더 세게."

"딱 한 번이면 된다며."

"그래, 하지만 제대로 해야지."

다시 쳤다. 이번에는 좀더 세게 쳤지만 배에 닿은 순간 손목이 구부러졌다.

"더 세게."

다시 쳤다. 하지만 헐떡거리는 사람은 조디가 아니라 먼고였다.

"세게."

다시 쳤다. 조디는 비틀거리지도 않았다.

조디가 이를 악물었다. "제발, 먼고. 딱 한 번만이라도 남자답게 쳐 봐."

먼고는 주먹을 뒤로 당겼다. 눈앞이 온통 하얗고 빨갰다. 주먹을 휘둘렀다. 좁은 어깨의 힘을 모조리 끌어모아 주먹이 구부러지는 대로 팔을 휘둘렀다. 주먹이 배를 친 순간 조디의 입에서 헉, 소리가 터져 나왔다. 먼고는 그런 느낌을 예상하지 못했다. 조디의 부드러운 몸은 단단한 주먹에 맞서는 대신 충격을 흡수했다. 앞으로 고부라지는 조디를 보고 먼고는 여성의 우월한 신체에 경탄했다. 자신에게 가해진 공격마저 따뜻하게 품고 감싸주었다. 남자를 치는 느낌과 딴판이었다. 아주 가끔이지만 먼고가 복수로 하미시에게 주먹을 휘두르면, 하미시의 몸을 이루는 모든 섬유질이 뼈와 힘줄과 근육을 이용해 먼고의 팔에 고통을 되돌려주었다. 남자들은 당한 대로 돌려주었다.

먼고의 뇌리에 캠벨 부인의 얼굴이 스쳤다. 자기 자신이 가증스러웠다.

숨을 고르고 정신을 다잡은 조디는 먼고를 끌어안았다. 먼고는 하얗게 질려 있었다. 핏기가 가신 얼굴에 경련도 일어나지 않았다. 배에 멍이 든 사람은 조디였지만 또다시 조디가 그를 위로하고 있었다. 언제나 그랬듯이 이번에도 먼고는 조디를 돕지 못했다. 두 사람 다 생각했지만 입 밖에 내지는 않았다. 쓸모없는 아이.

"고마워, 먼고." 조디는 동생을 달랬다. "캠벨 부인이 준 육수 데워줄까? 밥 먹고 같이 텔레비전 보자. 좀 있으면 〈스쿠비두〉 시작할 거야."

결국에 그 주먹질은 소용없었다. 그렇지만 조디는 먼고에게 말하지 않았다. 그 사건을 다시는 입에 올리지 않는 편이 나았다. 여린 영혼에게 폭력을 강요한 조디는 갓 내린 눈을 밟은 기분이었다.

주먹질은 소용없었기에 조디의 배는 점점 불러왔다. 레이스 커튼 뒤에서 늘 유심히 보고 있던 딱한 치키는 행복해 보이던 소녀의 얼굴에서 미소가 사라진 걸 알아챘다. 치키는 캠벨 부인에게 말했고, 캠벨 부인은 조디에게 스테이크와 콩팥 파이를 가져다주었다. 그다음 주에 캠벨 부인은 자신이 소녀였을 적에 여자아이들이 하던 대로 조디를 캘턴의 집시족 여자에게 데려갔다. 존재하지 않았던 아기는 사라졌고, 먼고는 제 탓인 줄만 알았다.

## 14

먼고는 땅에 납작하게 누워 있었다. 남자들이 그의 몸을 이용하고 떠난 뒤에 그는 잠을 자지도, 움직이지도 않았다. 죽은 척하고 있으면 죽음이 와서 자신을 데려갈지도 모른다고 기대했다. 여러 번 숨을 참았다. 조디가 수영하면서 가르쳐준 것처럼 숨을 크게 들이쉬고 머금고 있는 게 아니라, 날숨 끝에 호흡을 멈추고 숨을 들이쉬지 않았다. 그렇지만 번번이 실패했다. 다시 또다시 육신이 정신을 배신했다.

동이 일찍 텄다. 비는 그쳤지만 공기는 물기가 만져질 것처럼 습했다. 해가 떠오르며 붉은 텐트를 비롯한 풍광 전체를 사나운 체리 빛깔로 물들였다. 갤러게이트는 텐트에서 나가기 전에 지퍼도 올리지 않았지만, 거의 다정하기까지 한 손길로 먼고의 몸을 닦고 반바지를 허리께로 다시 끌어올렸다. 덮개가 바람에 펄럭거리는데도 텐트 속의 공기는 텁텁하고 숨 막혔다. 땀구멍에서 새어 나오는 술 냄새가 피와 묽은 똥의 냄새와 뒤섞여 악취를 풍겼다. 큼직한 말파리 몇 마리가 먼고 얼굴 옆의 나일론 천에 앉아 교배했다.

먼고는 한쪽 눈이 멍든 것을 알았다. 손가락으로 살짝 건드려도 몸서리가 쳐지게 아팠다. 먼고는 한참을 망설이다 자신의 몸을 훑었다. 침낭의 지퍼에 걸려 찢어진 턱 끝 상처가 방수천에 문대지며 더 크게 벌어졌다. 갈비뼈가 욱신거렸고, 갤러게이트가 머리칼을 움켜쥔 채로 내리누르고 있던 정수리가 지끈거렸다. 그의 몸에서 나온 피와 똥, 그리고 그의 것이 아닌 무언가가 다리를 끈적하게 적시고 있었다. 하지만 가장 아픈 곳은 몸속이었다. 배와 심장 중간 어디쯤이었다. 손가락으로 짚어보았지만 정확한 위치를 찾을 수 없었다. 통증은 점점 심해졌다.

붉은 텐트 밖에서 그 누구의 목소리도 들리지 않았다. 호수의 물이 잔잔히 찰랑이고 말파리가 느긋이 날아다니는 소리뿐이었다. 호수로 가야 했다. 얼얼하게 차가운 물에 몸을 담그고 전부 씻어내야 했다. 수면 밑으로 가라앉은 뒤에 두 번 다시 올라오고 싶지 않았다.

몸을 뒤집었다. 그러자 몸속에서 또 다른, 새로운 느낌이 났다. 변기에 앉아서 모조리 쏟아내야 할 것 같은 느낌이었다. 먼고는 양말을 벗었다. 맨다리에서 제일 지저분한 부분을 닦았다. 그리고 텐트 밖으로 기어 나갔다.

두 남자는 죽은 모닥불 앞에 말없이 앉아 있었다. 아기들에게 줄 법한 연한 초콜릿이 토끼 덫처럼 바위에 놓여 있었다.

"아이고, 지금이 몇 시냐?" 세인트 크리스토퍼가 죄책감이라곤 추호도 없는 눈으로 먼고와 시선을 마주쳤다. 먼고는 반발하면서도 눈을 내리깔았다. 세인트 크리스토퍼의 눈을 똑바로 보고 그가 시선을 피하게 만들고 싶었지만 도저히 할 수 없었다. "종일 자려는 줄 알았다. 하루가 아깝게 말이야. 송어 잡아야 하지 않겠냐."

갤러게이트는 소년을 등지고 앉은 채로 침묵했다. 세인트 크리스토퍼가 가까이 다가오더니 실눈을 뜨고 멍을 살펴보았다. "이런 제길, 지독하게 멍들었네. 우리가 어제 그렇게 취했었냐?" 목소리에서 야릇한 뿌듯함이 묻어났다. 세인트 크리스토퍼는 자신들이 거나하게 취해서 신나게 놀았다고 진심으로 믿는 것 같았다. 먼고는 늙은 술꾼이 어젯밤의 일을 기억이나 하는지 궁금했다. "제기랄, 필름이 완전 끊겼었나 보네. 나는 술에 한번 취하면 텅 빈 관 속에서도 싸움을 벌인다니까."

먼고는 그들을 보면서 뒷걸음질 쳤다. 그렇게 숲을 향해서, 불과 하루 전에 자유롭고 해방된 기분을 즐긴 서늘하고 고즈넉한 장소로 슬금슬금 물러났다.

"어디 가?" 세인트 크리스토퍼가 물었다. "내가 끓인 라면 안 먹냐?"

"그냥—" 먼고는 어렵사리 목소리를 짜냈다. "볼일 보러 가요." 쉰 목소리가 입술 사이로 맥없이 새어 나왔다. 먼고는 잔뜩 부은 목을 더듬었다.

갤러게이트는 조그만 농어의 배를 가르다 말고 몸을 반쯤 틀더니 숲으로 뒷걸음질 치는 먼고를 지켜보았다. 그리고 어깻죽지 위로 말했다. "너무 멀리 가지 마라, 먼고. 어두운 숲에서는 소년들에게 나쁜 일이 생기니까."

먼고는 숲속 깊이 들어갔다. 물이 콸콸 흐르는 내에 다다를 때까지 쉬지 않고 뛰었다. 키 큰 고사리 옆에 쭈그리고 앉아 속을 비웠다. 아릿한 통증을 느끼고 그곳 살이 찢어졌음을 알았다. 볼일을 마친 다음에 옷을 전부 벗고 물에 들어갔다. 얼마 전에 글래스고에서 생긴 멍이 푸르게 바랬고, 그 위로 새로이 보라색 멍이 들었다. 어제는 물이 너무 차가워서 웅크리고 소리를 질렀었다. 지금은 온몸이 잠기도록 들어갔는데도 몸속을 태우는 열기 때문에 찬기가 거의 느껴지지도 않았다.

먼고는 물가에서 구멍이 송송 뚫린 조약돌을 찾았다. 각질을 벗기듯이 온몸을 벅벅 문질렀다. 차가운 몸이 빨갛게 붓도록 거친 돌로 문질러댔지만 소용없었다. 스스로가 더럽게 느껴졌다. 다음 순간 먼고는 토했다. 노랗고 암갈색인 토사물이 크게 포물선을 그리며 쏟아져 나왔다. 먼고는 물살에 실려 흘러가는 토사물을 바라보았다.

"그냥 장난 좀 친 거다." 갤러게이트가 말했다. "일이 좀 커진 것뿐야."

먼고가 옷을 벗어놓은 너도밤나무에 갤러게이트가 기대 서 있었다. 담배를 피우며, 생선 배를 가르던 칼로 엄지손톱 밑에 낀 진흙을 긁어내고 있었다. 칼날이 빽빽한 나뭇잎 틈새로 비집고 들어온 빛줄기 하나를 반사하며 섬뜩하게 빛났다.

먼고의 아랫입술이 바들바들 떨리기 시작했다. 먼고는 아랫입술을 잡고 떨림이 멈출 때까지 손톱을 찔러 넣었다. "나한텐 장난이 아니었어."

"에이, 남자들이 다 그렇지 뭐. 누구나 한 번쯤 하는 일이야. 그러면서 크는 거다. 여자애들 꼬시는 것보단 쉬우니까."

먼고는 자기 자신에게 화가 났다. 갤러게이트의 얼굴을 똑바로 볼 수가 없어서 냇물에 대고 말하고 있었다. 자신의 것 같지 않은, 쉰 목소리가 나왔다. "두고 봐. 우리 형한테 말하면 어떻게 되는지. 다 죽여버릴 거니까. 우리 형이 가지고 다니는 손도끼로 그 더러운 대가리를 동강 낼 거야."

하하의 전설을 모르는 갤러게이트는 자신의 단정한 앞머리를 만지작거리며 쿡쿡 웃었다. "머리 모양 망가지면 안 되는데."

먼고가 몸을 문지르던 돌을 던졌지만 갤러게이트는 재빠르게 피했다. 돌멩이는 그루터기에 맞고 튕겨서 고사리 숲으로 굴러갔다. 나무 아래 덤불이 소리를 흡수했다. 다시 두 사람만 남겨졌다. 갤러게이트는 칼날을 접고 주머니에 넣었다. "내가 좀 지나쳤을 수도 있겠네. 하지만 진짜 하나도 안 좋았냐?" 이제 갤러게이트는 조그맣고 날카로운 이를 드러내며 웃고 있었다. "아주 조금도?"

먼고는 천천히 고개를 저었다. "전혀."

갤러게이트는 잇새로 숨을 들이쉬었다. "아, 염병, 그럼 진짜 미안하게 됐네." 갤러게이트는 잠시 생각에 잠겼다. 심지어 후회도 조금 하는 것 같았다. "좀 뜻밖이긴 하다. 모모한테 들은 게 있어서 말야."

몸에 피라고는 한 방울도 남지 않았지만 모든 세포에 분노가 차올라 터질 듯한 기분이었다. 먼고의 얼굴이 하얗게 질리는 동시에 새빨갛게 달아올랐다. "내가 뭘 했다고 들었는진 모르지만—절대 이런 건 아니었어."

"그러냐?" 갤러게이트는 찰나 반성하는 듯했지만 다음 순간 날카로운 어금니로 아랫입술을 깨물며 짐승으로 되돌아갔다. "내가 들은 이야기랑 다르네. 니가 왜 우리랑 여기 온 것 같아? 다 그것 때문 아냐? 니 정신 차리게 만들려고. 남자답게 만들려고 보낸 거 아냐."

"그게 나를 남자답게 만드는 방법이야?"

"그건 아니지." 갤러게이트가 인정했다. "하지만 우린 정말 좋은 마음으로 널 도와주려고 여기까지 데려와서 멋진 산도 구경시켜줬잖아. 그니까 고마운 줄 알고 치사하게 굴지 마라. 받은 게 있음 어떤 식으로든 갚아야지." 갤러게이트는 먼고의 티셔츠와 속옷을 집었다. "발리니 교도소에선 자기 옷도 못 입는다. 맨날 다른 속옷을 배정받는데, 몸에 맞는 게 맹세코 한 벌도 없었지. 빨래를 해도 웬 놈 몸내가 배어 있고, 백 명이 입었던 느낌이 남아 있었어." 갤러게이트는 회색 면 속옷을 손가락으로 한 번 훑더니 개천으로 던졌다. "이것도 빨아라. 무슨 짐승도 아니고 말야, 청결을 지켜야지."

먼고는 옷을 건지러 물살을 따라 어기적어기적 내려갔다. 지금껏 수천 번 입은 익숙한 옷이 돌연 낯설었다. 이제 그것들이 누구에게 속하는지도 알 수 없었다.

갤러게이트는 물속에서 허둥거리는 소년을 보는 데 질린 모양이었다. 몸에서 알코올이 빠져나가 짜증이 나 있었다. "하여간에 빨리 와라. 크리시 아저씨가 송어 잡는 법 가르쳐준댄다. 뭐, 웃기긴 하겠지." 갤러게이트는 야영지로 돌아서다 문득 멈추고, 꽁초를 먼고 쪽으로 튕겼다. "니가 엉뚱한 생각을 할까봐 하는 말인데, 여기서 있었던 일을 어디 가서 말할 생각하지 마라. 니네 엄마나 형한테도 말야. 니가 한 짓이랑, 니가 그걸 얼마나 좋아했는지 사람들이 알게 되면 다시는 남자 취급 안 해줄 거다."

"좋아하지 않았어." 먼고는 할 수 있는 한 가장 단호하게 말했다.

"진짜?"

그 순간 먼고에게 모든 것이 달라졌다. 이 사건은 엄마가 위로해서 덮어줄 수 있는 일이 아니다. 형이 칼로 찔러서 없애줄 수 있는 일도 아니다. 아무도 해결해줄 수 없다. 수치심과 죄책감은 오롯이 혼자 짊어지고 가야 할 짐이었다. 먼고는 갤러게이트가 옳다는 것을 알았다. 아무에게도 말할 수 없었다.

"그리고 말야." 갤러게이트가 고사리 숲으로 사라지며 말했다. "니가 드러운 호모라는 건 세상 사람 다 안다, 남색꾼 자식아. 사람들이 니 말을 믿겠냐, 내 말을 믿겠냐."

그때 먼고는 그들이 자신에게 또 그 짓을 하리라는 걸 알았다.

먼고가 야영지로 돌아왔을 때 갤러게이트는 마을에 있는 가게에 가려고 먼고의 가방을 비우고 있었다. 먼고는 자갈 위로 쏟아지는 보드게임과 스케치북을 물끄러미 지켜보았다. 어린 소년의 물건들. 더는 자신의 것처럼 느껴지지 않았다. 호수 저 멀리 던져버려도 아쉽지 않을 것이다.

갤러게이트는 술이 얼마나 남았는지 세었다. 위스키는 간당간당했으며 맥주는 몇 캔 남지 않았다. 두 남자의 얼굴에 불안이 드리웠다. 그들은 우왕좌왕 투덜거리면서 주머니란 주머니는 전부 샅샅이 뒤졌다. 세 사람 다 배를 주렸지만 갤러게이트는 자신이 목까지 마르리라는 사실을 알아차린 뒤에야 가게로 가기로 마음을 굳혔다.

먼고는 기회를 노렸다. "술 들고 오는 거 도와줄게요." 가능한 한 담담한 말투를 꾸며냈다. 우체국 역할을 겸하던 가게까지만 가면 하이랜드 여자에게 여기가 어딘지 물어볼 수 있을 것이다. 모모에게 전화하면 모모가 하미시에게 연락할 터이고, 그럼 하미시가 손도끼를 차고 달려와서 이 남자들을 작살 낼 것이다. 그 조그만 우체국으로 돌아가야만 했다.

갤러게이트는 먼고의 일그러진 미소를 보고 웃음을 터뜨렸다. "먼고, 누굴 속이려드냐. 그 얼굴로 어떻게 가게에 가려고."

"왜요?" 먼고는 한 손을 들어 욱신거리는 눈을 더듬었다. 눈두덩이 부어서 눈이 자꾸 감겼다. 시야가 가로막혔지만 어쨌든 눈에 경련은 일어나지 않았다. 심하게 다치고 부은 눈꺼풀은 기가 죽은 양 잠자코 있었다.

"왜긴 왜야." 갤러게이트는 내용물을 비운 가방을 어깨에 둘러맸다. "그 하이랜드 촌년은 처음부터 우리를 양아치 취급하던데, 니 얼굴 보면 경찰 부를 거 아니냐. 쌈박질했다고 빵으로 도로 끌려갈 텐데, 그건 안 돼. 니는 여기 있어라. 저 멍청이가 물에 빠져 죽지나 않게 잘 지켜봐." 갤러게이트는 뒤돌아서 걷기 시작했다. 고사리 숲에 이르기 전에 잠시 걸음을 멈추고 말했다. "쓸데없이 헤매고 다니지 마라. 멍청한 수작 부리지 말라구. 결국 니 말 아님 내 말이야. 니 가족은 니가 어떤지 벌써 안다." 갤러게이트는 그 말을 남기고 숲으로 사라졌다.

먼고는 이끼 낀 바위에 털썩 주저앉았다. 걸을 수 있다. 뛸 수도 있다. 하지만 어디로? 모모가 이 남자들에게 대체 무슨 말을 했는지 알고 싶었다. 왜 가족들이 자신이 아니라 낯선 사람의 말을 믿을까? 얼굴에서 뜨겁게 열이 나고 속이 욱신거렸다. 먼고는 무릎을 가슴으로 당기고 다치지 않은 눈을 무릎에 가져다 댔다. 세상에 홀로 남은 듯한 기분이 다시금 엄습했는데, 어제처럼 황홀하게 느껴지는 대신 몸에서 온기가 모조리 빠져나가는 듯 선득했다. 다시는 집에 못 갈지도 모른다는, 조디나 제임스를 두 번 다시 못 볼지도 모른다는 두려움이 덮쳤다.

"야, 기운 내라, 세상이 내일 끝날 것 같은 얼굴을 하고 앉았냐."

무의식중에 먼고는 조그만 연준모치를 낚싯바늘에 끼우고 호수에 담그는 세인트 크리스토퍼를 보고 있었다. 세인트 크리스토퍼는 물고기가 가까이 오기도 전에 흥분해서 낚싯대를 자꾸 건드렸다. 그는 허리를 구부려 수면에 얼굴을 바짝 들이대고 물고기를 찾고 있었다. "염병! 이 빌어먹을 호수 전체에 물고기가 한 마리도 없냐." 딱히 누구한테랄 것 없이 불평을 쏟아냈다. "어렸을 때 토요일마다 아버지랑 카트

강에 가서 낚시를 했지. 팔뚝만 한 쌩쌩한 농어를 양동이 가득 담아서 돌아왔어. 지독한 비린내를 풍기면서 말야. 어찌나 많이 잡았는지 아버지가 나를 시켜서 동네 이 집 저 집에 거저 주다시피 했다." 세인트 크리스토퍼는 모자를 벗고 벗어진 정수리를 긁적였다. "이 호수는 오염된 게 틀림없어."

갤러게이트는 한참이 지나야 돌아올 터인데 먼고는 세인트 크리스토퍼의 칭얼거림이나 듣고 있을 수 없었다. 세인트 크리스토퍼를 어디 멀리 보내야겠다고 생각했다. 앞으로 어떻게 할지 찬찬히 생각할 시간이 필요했다. "저쪽에 개천이 하나 있는데, 이만한 물고기가 바글바글했어요." 먼고는 양손을 어깨너비로 벌렸다.

세인트 크리스토퍼의 눈이 휘둥그레졌다. "녀석들이 거기 숨어 있었구먼." 세인트 크리스토퍼는 낚싯줄을 감기 시작했다. "어딘지 보여줘봐."

세인트 크리스토퍼를 데리고 숲을 가로지르려니 혼자 탐험할 때보다 훨씬 오래 걸렸다. 남자는 쓰러진 나무줄기에 단번에 못 올라갔다. 일단 걸음을 멈추고 나무에 앉은 다음에 한 다리씩 넘겼다. 후줄근한 양복 차림 남자가 무성한 고사리를 헤치며 나아가는 모습이 영 이상했다. 때때로 나뭇잎이나 가지에 낚싯바늘이 걸려서 먼고가 떼어줘야 했다. 서너 번째로 그런 일이 벌어졌을 때 먼고는 배배 꼬인 생선 내장을 능숙하게 떼어내며 남자의 얼굴을 오래도록 관찰했다. 천막처럼 머리 위로 드리운 나뭇잎을 비집고 들어오는 햇빛이 남자의 눈을 비추며 먼고가 전에 보지 못한 얇은 막을 드러냈다.

이제야 먼고는 세인트 크리스토퍼가 왜 그렇게 수면에 얼굴을 바짝 들이댔으며 자꾸만 바위에 걸려 넘어졌는지 알았다. 세인트 크리스토퍼는 시력을 잃고 있었다. 눈뜬장님이나 다름없었다.

먼고를 따라오는 길에 세인트 크리스토퍼는 쉬지 않고 떠들었다. 먼고는 듣고 있지 않았고, 고즈넉한 골짜기의 아름다운 풍광도 눈에 들어오지 않았다. 다 망가졌다. 이제 먼고는 커다란 초롱꽃의 꽃송이를 걷어차고 고사리 줄기를 거칠게 헤집어서 겹잎을 벗긴 다음에 죽게 내버려두었다. 개천에 도착한 그들은 수심이 가장 깊은 곳을 찾았다. 물길의 폭이 넓어지는 지점에서 물고기들이 수면의 벌레를 잡아먹고 있었다. 먼고는 물고기 떼를 가리키고, 자신의 팔을 따라가는 세인트 크리스토퍼의 시선을 주시했다. 세인트 크리스토퍼의 눈에는 물고기가 보이지 않는다는 것을 이제는 알았다. 세인트 크리스토퍼는 물이 흐르는 방향으로 낚싯줄을 던지고 두 바위 사이에 고정했다. 그러고는 담배를 꺼내 불을 붙이고, 버스정류장에 서 있기라도 한 양 주머니에 손을 찔러 넣었다.

먼고는 물살을 헤치며 개천에 들어갔다. 남자의 악취로부터 멀어지고 싶었다. 비가 처음 내렸을 때부터 몸은 젖어 있었지만, 물은 다른 효과를 냈다. 얼굴을 쑤시는 욱신거림과 갈비뼈를 따라 서서히 퍼지고 있는 둔한 통증을 잊게 해주었다. 천천히 나아가면 안정적으로 걸을 수 있었는데, 강바닥에 흔들거리는 바위가 딱 하나 있었다. 발아래 바위가 기우뚱하는 걸 느끼고 먼고는 얼른 중심을 잡았다. 자칫하면 물살에 쓸려 갈 것이다. 유치한 복수이지만, 흔들거리는 바위에 대해서 세인트 크리스토퍼에게 말해주지 않기로 했다.

냇물에 쓸려 내려온 나무 하나가 반대쪽 기슭의 질척한 진흙에 박혀 있었다. 나무줄기 위로 올라서자 축축한 흙에서 방귀처럼 공기가 새는 소리가 났다. 먼고는 조금씩 내려앉는 나무를 발로 흔들며 덤불을 가로질러 도망치는 것을 상상했다. 고사리 숲을 얼마나 빨리 가로지를 수 있을지 예상해보았다.

"안 되겠다." 세인트 크리스토퍼가 끝내 말했다. "놈들이 당최 물지를 않네."

먼고는 낚싯줄이 물살에 떠 있는 지점을 보았다. 세인트 크리스토퍼는 먼고가 알려준 지점을 찾지 못했다. 빨간 낚싯봉이 세찬 물살에서 흔들거리고 있었다. "왜 그랬어요?" 먼고가 물었다.

"니가 여기 가리킨 줄 알았는데."

"낚시 얘기하는 거 아니에요. 어젯밤에 나한테 왜 그랬냐고요."

세인트 크리스토퍼는 불과 몇 발짝 떨어져 있었다. 그가 서 있는 지점에서 개천의 너비는 고작 6미터 남짓이었다. 그렇지만 먼고는 남자가 자신의 위치를 제대로 파악하지 못한 것을 알았다. 본인은 똑바로 보고 있다고 생각할지 모르지만, 시선이 빗나가 있었다. "너는 보이 스카우트 안 해봤냐?"

모모는 보이 스카우트 유니폼을 사줄 여력이 없었다. 게다가 매듭 묶는 기술이며 천문학 배지가 이스트엔드의 뒷골목에서 무슨 쓸모가 있겠는가?

"뭐, 거기선 다들 그러고 논다. 남자들끼리 있으면 하는 거지. 재미 좀 보는 거다. 게다가 어떤 사람들한텐 그게 일종의 전통이야. 가난한 사람들이야 입 밖에 내면 안 되지만, 돈깨나 있는 놈들은 말이다, 하, 하, 하, 부잣집 남자애들은 다 그러고 논다. 옥스퍼드 대학에선 그런 일이 다반사야. 기숙학교도 마찬가지지. 거기선 가볍게 재미 보는 걸 다들 좋아한다, 이 말이야." 세인트 크리스토퍼가 유아용 초콜릿을 주머니에서 꺼내 먼고에게 내밀었다.

이런 이야기를 소년들에게 얼마나 많이 했을까? 혓바닥에서 술술 굴러 나왔다. 훌쩍이는 소년에게 초콜릿을 몇 번이나 건네주었을까? 먼고는 머리가 지끈거렸다.

"감옥에 간 게 노수 행위…" 먼고는 단어를 잘 몰라 더듬거렸다.

"노숙 행위 말이냐?" 세인트 크리스토퍼가 재빨리 물었다. "그래, 그것 때문에 간 게 아니니다."

그 뒤로 침묵이 깔렸다. 그들 사이로 냇물이 세차게 흘렀다.

먼고는 갤러게이트가 두려웠다. 머리를 깐닥거리는 품을 보면 투견이 떠올랐다. 울퉁불퉁한 근육질 몸은 마치 무딘 칼날로 도려낸 뒤에 사포질을 하지 않은 조각 같았다. 그렇지만 세인트 크리스토퍼는 두렵지 않았다. 어쨌든 더는 두렵지 않았다. 오히려 이 노인네한테 당한 걸 생각하니 화가 치밀었다. 먼고는 침을 한 번 삼키고, 다친 목에서 낼 수 있는 한 가장 크게 소리를 질렀다. "초콜릿은 니 뒷구멍에나 쑤셔 넣어."

세인트 크리스토퍼는 개를 꾀듯이 초콜릿을 물가에 내려놓았다. "좋을 대로 해라. 그거 아냐, 니도 좋아하게 될 거다. 계집애한테 골칫거리 안겨주는 것보다는 훨씬 안전하니까."

또 그 거짓말. 먼고는 조디와 조디의 골칫거리를 떠올렸다. 자그맣게 볼록 튀어나온 배를 떠올렸고, 그 남자가 캐러밴에서 강제했을지도 모른다는 생각이 들었다.

세인트 크리스토퍼는 한숨을 내쉬었다. 수염이 짧게 자란 뺨을 긁적이더니 마치 두 사람이 지금껏 날씨 이야기를 하고 있던 것처럼 덤덤하게 화제를 바꾸었다. "먼고, 니가 말한 물고기들은 대체 어딨냐?"

먼고는 개천의 반대쪽에 있었다. 곧바로 뒤돌아서 높다란 고사리 덤불로 사라질 수 있을 것이다. 세인트 크리스토퍼는 그를 따라올 수 없었다. 하지만 어디로 가지? 먼고는 자신이 어디 있는지 몰랐다. 집에서 천 마일 떨어져 있을 수도 있다. 아니면 산 하나만 넘으면 글래스고가 나올지도 모른다.

굵은 빗방울이 나뭇잎을 때리기 시작했다. 갤러게이트는 물에 빠진 생쥐 꼴이 날 것이다. 먼고는 발치에 있는 물고기 떼를 가리켰다. 물고기들은 사실 갈색이 아니었다. 비늘이 무지개처럼 다채로운 색으로 은은히 빛났다. "거기선 못 잡을 거예요. 미끼가 물살에 휩쓸리잖아요. 저기 큰 바위를 딛고 여기로 건너오면 잡을 수 있어요." 먼고는 다시 눈물이 나올까봐 불안해하며 돌아섰다.

뒤돌아서 초롱꽃 꽃잎을 뜯고 있는데 세인트 크리스토퍼가 물속에 들어온 소리가 들렸다. 숨이 턱턱 막힐 정도로 차가운 물에 놀란 그가 기도 구절을 내뱉었다. 먼고는 고소해하며 살짝 웃었다. 파란 꽃잎을 물에 적시고 반죽으로 짓이기면서 세인트 크리스토퍼가 물살을 헤치며 다가오는 소리를 들었다. "으억, 하나님 예수님, 크악, 하나님 예수님." 그가 거의 다 건너왔을 즈음 신음 소리가 멈췄다.

흔들거리는 바위를 디딘 것이다. 가죽 구두가 강바닥을 뒤덮은 이끼에 미끄러졌다. 수심은 고작 허리께였지만 세인트 크리스토퍼는 수면에 얼굴부터 박으며 넘어져 낚싯대와 가방을 놓쳤다. 겁에 질리고 아파서 비명을 지르는 남자의 모자가 떨어졌고, 먼고는 물살에 실려 가는 모자를 지켜보았다.

자칫하면 그가 물에 빠져 죽을지도 모른다는 생각에 겁이 난 먼고는 주저 없이 개천에 뛰어들고 허우적거리며 다가갔다. 세인트 크리스토퍼는 물을 거푸 먹으면서 양팔을 휘젓고 다친 발로 똑바로 서려고 애쓰고 있었다. "발목을 삐었어!" 먼고는 손을 뻗어 남자의 옷깃을 붙들었다. 속이 빈 뼈다귀를 담은 자루처럼 무게감이 없었다. 먼고는 소용돌이치며 흐르는 물살 속에서 남자를 잡고 온 힘을 다해 일으켜 세웠다.

수십 년간 앉아서 담배만 피워댄 탓에 폐가 약한 세인트 크리스토퍼는 꺽꺽대며 물을 토했다. 먼고가 자기 쪽으로 잡아당기자 세인트 크리스토퍼는 멀쩡한 발로 바닥을 딛고 먼고의 팔을 붙들었다.

그 순간에 주의를 끄는 것은 많았다. 꼴사납게 허우적거리는 남자, 차디찬 빗줄기 속에서 거의 따뜻하게 느껴지는 냇물, 망가진 낚시 장비 등등. 그런데 소란 중에 그토록 하찮은 것이 이상하게도 시선을 잡아끌었다. 먼고는 자신의 팔을 휘감은 기다란 손가락을 노려보고 있었다. 담뱃진에 누렇게 찌든 손끝에서 나무껍질처럼 갈색인 손톱이 휘어 있었고, 검은 털이 돋아난 관절은 접목한 가지처럼 울퉁불퉁했다. 전날 밤에 그를 꼼짝 못 하게 붙든 손가락들이었다. 진흙이 두껍게 낀 손톱으로 그의 손목 피부를 찢고, 지저분하고 냄새나는 성기를 그의 허벅지 사이 따뜻한 곳에 밀어 넣었다.

언젠가 하하가 먼고에게 싸움 기술을 하나 가르쳐주었다. 꽤 영리한 기술이었다. 하하는 그 기술을 '명랑한 친구'라고 불렀는데, 싸움을 걸려고 다가오는 놈들을 방심하게 만들었기 때문이다. 하하는 양미간에 적의나 불안한 기색을 띠지 말고 상대를 똑바로 보라고 가르쳤다. 그다음에 미소를 짓는다. 입으로만 웃는 것이 아니라 눈을 접어가며 활짝 웃는다. 바구니 안에서 꼼지락거리는 강아지나 가이 포크스 데이에 밤하늘을 수놓은 불꽃놀이를 볼 때처럼 환하고 따뜻하게 웃는다. 상대가 영문을 몰라 어리둥절해하는 틈을 타서 오른 다리를 상대의 양쪽 발목에 걸고 온 힘을 다해 가슴팍을 밀친다. 그리고 칼을 가지고 있다면—칼은 늘 지니고 다녀야 한다—찌른다.

세인트 크리스토퍼의 딸기 같은 코끝에서 물이 뚝뚝 떨어지고 있었다. 먼고는 미소를 지었다. 먹구름 낀 하늘을 밝힐 만한 미소였다.

먼고는 세인트 크리스토퍼의 멀쩡한 다리에 발을 걸고 옷깃에 손을 댄 채로 떠밀었다. 먼고의 손목을 놓친 세인트 크리스토퍼가 짚을 곳을 찾아 허우적거렸지만 사방으로 물만 넘실댔다. 먼고는 그 자리에서 세인트 크리스토퍼를 내리누르고 다섯을 세었다.

하하의 가르침에도 불구하고 먼고는 착해빠진 순둥이였다. 열까지 센 다음에 옷깃을 잡고 세인트 크리스토퍼를 일으켰다. 그저 겁을 줄 생각이었다. 그 손가락들을 자신의 몸에서 떼어내고 싶었을 뿐이었다.

간헐천처럼 세인트 크리스토퍼의 입에서 물이 뿜어져 나왔다. 쿨럭거리면서 폐에 가득 찬 물을 먼고의 얼굴에 뿜었다. 침침한 눈이 데굴데굴 굴렀다. 궁지에 몰린 동물처럼 절박하고 공황에 빠져 있었다. 좋아. 먼고는 생각했다. 무서워하라고 해.

먼고가 경고하려고 입을 연 순간 세인트 크리스토퍼가 엉성하게 쥔 주먹을 휘둘러 먼고의 멍든 눈 아래 시큰거리는 부위를 때렸다. 세인트 크리스토퍼를 잡고 있던 손이 미끄러졌고, 먼고는 지난밤에 다친 등으로 넘어졌다. 물속에서 몸이 뒤집히며 순간 세상이 시야에서 사라졌다.

중심을 잡고 다시 일어났을 때 먼고는 돌을 쥐고 있었다. 크리스마스에 먹는 귤처럼 조그마했지만, 그것을 휘둘러 세인트 크리스토퍼의 관자놀이를 후려치자 남자는 냇물 속으로 나자빠졌다.

먼고는 세인트 크리스토퍼의 옷깃을 다시 붙들었다. 한쪽 무릎을 남자의 가슴에 대고 젖 먹던 힘을 다해 내리눌렀다. 남자의 몸이 바닥에 일자로 뻗을 때까지 눌렀다. 그러고는 그의 몸을 밟고 올라섰다. 구해달라고 위로 뻗은 손가락을 무시했다. 세인트 크리스토퍼가 익사하기까지 얼마 걸리지 않았다.

## 15

뒤에서 꾸물거리는 소년이 없는 덕분에 갤러게이트는 빠르게 나아갔다. 호수 저편의 능선 사이에 구름이 갇혀 있는 것처럼 뭉게뭉게 모여 있었다. 돌풍이 갈기를 바짝 세운 채로 능선을 따라 우르르 몰려와 호수에 채찍질을 해댔다. 호수는 화가 나고 불안해 보였다. 비가 장대처럼 쏟아지기 시작했다. 가게에 도착했을 때 갤러게이트는 속옷까지 흠뻑 젖어 있었다.

갤러게이트는 가게의 하나뿐인 통로에서 물을 뚝뚝 흘리며 라비올리 통조림과 푸르트칵테일 통조림을 집었다. 가겟집 여자는 그를 뚫어지게 보고 있었다. 술 종류가 몇 개 없는 선반은 가난한 집의 찬장처럼 허전했다. 마지못해 갤러게이트는 병나발을 불기에는 너무 비싼 고급 위스키와 뚜껑에 먼지가 두껍게 쌓인 라거 한 묶음을 집었다.

"사장님 미소는 얼마 내면 볼 수 있습니까?" 갤러게이트가 시간을 끌려고 농을 쳤다. 그렇지만 여자는 그의 애교를 무시했다. 빗속으로 내보낸 다음에 그의 등 뒤에서 문을 잠갔다.

갤러게이트는 비를 피하려고 빨간 공중전화 부스로 들어가 나무 의자에 앉았다. 빗줄기가 유리창을 때렸지만 부스 안은 젖지 않았다. 갤러게이트는 젖은 담배를 전화번호부 위에 부상당한 병사처럼 일렬로 눕혔다. 최대한 많이 살리려고 노력하면서, 복구할 수 없을 정도로 망가진 것들은 종이를 찢고 담뱃잎만 살살 빼서 주머니에 챙겼다. 맥주캔 뚜껑 위로 쌓인 먼지를 불어 날리고, 기꺼운 마음으로 크게 한 모금 마셨다.

하늘이 낮게 내려앉았다. 틈 하나 없이 구름으로 덮인 하늘에서 마지막 빛살마저 자취를 감추었다. 비가 그치려면 한참 걸릴 것이다. 갤러게이트는 전화번호부를 넘겨보았다. 등재된 이름이 몇 안 되었는데, 같은 성이 수차례 반복되었다. 이 지역 사람들은 고향을 멀리 벗어나지 않는다. 갤러게이트는 무작위로 이름을 고르고 동전을 손에서 굴렸다. 수중에 돈이 별로 안 남았다. 예산보다 술을 많이 마신 탓이다. 잔돈을 세어보니 세 사람이 글래스고로 돌아갈 차비도 없었다. 갤러게이트는 먼고를 떠올렸고, 이 소년을 집으로 돌려보내도 괜찮을지 고민했다. 집에 돌아가서 무슨 소리를 해댈지 누가 알겠는가.

늘 있는 일이다. 도시에서 온 소년들이 호수에 빠져 죽곤 했다. 호수는 소독약 냄새가 짙은 수영장보다 훨씬 깊고 속이 보이지 않는 법이니까. 야외활동 경험이 부족한 젊은이들이 언덕에서 야영하다가 얼어 죽거나 가파른 절벽에서 떨어져 머리가 깨져 죽었다는 비보가 석간신문에 종종 실렸다. 그럴싸하다. 늘 있는 일이다.

갤러게이트는 전화기에 동전을 넣은 다음에 번호를 누르고 기다렸다. 전화를 끊으려는데 수화기에서 자그마한 목소리가 대답했다.

"여보세요, E. 비턴 부인 댁 맞나요?"

여자는 전화기까지 한참 걸어온 것처럼 숨을 가쁘게 몰아쉬었다.

어쩌면 이 여자도 오두막이 모여 있는 동네 한복판에 설치된 공중전화까지 와서 전화를 받았는지도 모른다. 아니면 욕조에 몸을 담그고 있다가 헐레벌떡 나왔는지도. "여긴 병원입니다. 닥터 프럭터예요. 저기, 대형병원에서 전화하는 겁니다."

"의사 선생님, 무슨 병원이라고요? 병원에 간 적 없는데요."

"크으으은 병원 말이에요. 에든버러에 있는 거. 검사 결과가 나왔습니다. 네, 담당한 일반의가 소견서를 보냈네요. 네, 닥터 디컨 말입니다. 소견서를 보냈는데, 안타깝게도 양쪽 다 잘라내야 할 것 같습니다."

"양쪽이라뇨?" 여자가 말했다. "그냥 기침 때문에 닥터 디컨한테 갔었는데요."

갤러게이트는 수증기가 낀 창에 꽃을 그리고 있었다. "바로 그겁니다, 비턴 부인. 기침을 치료하려면 두 다리를 잘라내야 할 것 같아요. 우리 몸은 다 연결되어 있어요. 울지 말고요. 무릎까지만 절단하려고 노력해보겠지만 외과의사가 직접 보고 판단해야 할 것 같습니다." 전화가 세 번 삑삑거리고 끊겼다. 갤러게이트는 혼자 킥킥거렸다.

이제 빗줄기가 비스듬히 쏟아지고 있었다. 호수가 시야에서 사라지더니 하얀 오두막들이 스르르 사라졌고, 마지막으로 주목도 사라졌다. 갤러게이트는 다시 전화번호부를 들척였다. 발음이 마음에 드는 이름을 골랐다. 전화해서 오래전에 잃어버린 아들이라고 할 작정이었다. 늙은 여자이길 바랐는데, 어차피 이 동네 사람들은 죄다 늙은 것 같았다. 젊음의 기운이 남아 있는 이들은 이미 도시나 남쪽으로 떠났다.

발리니 교도소에 수감되어 있을 당시에 갤러게이트는 장난 전화로 많은 시간을 때웠다. 전화할 사람이 없었던 그는 아무 글래스고 전화번호나 누른 다음에 전화를 받은 사람에게 이런저런 이야기를 해댔다. 대부분 사람은 친절했다. 당혹스러워하면서도 친절히 대답해주었다. 창가로 가서 날씨가 어떤지 제법 자세히 묘사해주었다. 비가 오네요. 글래스고에서 비야 거의 항상 내리지만 수많은 타인이 수천 가지 비를 자기만의 방식으로 묘사하는 걸 듣고 있자면 마음이 진정되고 기분이 나아졌다. 어떤 사람들은 『이브닝 타임스』를 펼치고 그날의 주요 기사를 읽어주었다. 때로 그들은 자신이 누구와 통화하고 있는지 잊고 살인이나 강간에 대한 기사를 읽어주다가 중간에 아차, 하며 입을 다물고는 지역 정치에 관한 기사를 대신 읽었다. 고독한 노인들이 가장 좋은 말상대였다. 올드펌 경기에 대해 어찌나 자세히 설명하는지 갤러게이트는 마치 자신이 파크헤드 경기장의 피치 헤드 자리에서 셀틱팀의 승리를 목격한 것 같았다.

가끔은 엄마가 장을 보러 가고 집에 혼자 남은 아이가 전화를 받았다. 어린 소년이 받으면 갤러게이트는 거의 곧바로 전화를 끊었다.

지금 갤러게이트는 임의로 고른 전화번호를 누르며 이 여자의 아들은 어떤 사람일까 생각하다 돌연 전화를 끊었다. 동전이 도로 굴러 나오기를 기다렸다가 다른 번호를 눌렀다. 머릿속 깊은 곳에 저장되어 있는 번호였다.

여자아이가 전화를 받았다. 배경에서 팝 음악이 희미하게 들렸고, 여러 목소리가 웅성거리는 것으로 미루어 사람들이 모여 즐거운 시간을 보내고 있는 듯했다. "여보오오세요." 여자아이가 노래하듯이 전화를 받았다.

"재클린? 나야. 앵거스 오빠야."

여자아이의 얼굴이 굳는 소리가 들리는 것 같았다. 입술에 맴돌던 노래도 사라졌다. "무슨 일이야? 여기 전화하면 안 되는 거 몰라?"

"알아. 하지만 나 출옥했어. 다시 세상에 나와 살면서 도움도 받고 있어. 나아지고 있다고."

"세상에 나와 살다니, 어디? 지금 어디 있어?" 여자아이가 긴장한 목소리로 물었다. 복도의 수납장이나 소파 뒤에서 불쑥 나타날까봐 두려워하며 주변을 둘러보는 모습이 머릿속에 그려졌다.

"북쪽 지역에 있어. 친구들이랑 주말 낚시 여행 왔어. 오늘이 무슨 날인지 기억나서 전화한 거야." 갤러게이트는 먼지투성이 맥주캔을 한 입 들이켰다. "술도 끊었어, 재크. 다 지나간 일이야. 그러니까, 엄마랑 통화해도 돼?"

재클린은 대답하지 않았다. 송수화기를 탁자에 살며시 내려놓고 다른 방에 있는 사람에게 무어라고 말했다. 이윽고 문 몇 개가 연달아 닫히고, 음악 소리가 잦아들었다. 송수화기 반대쪽에서 익숙한 목소리가 울렸다. "앵거스? 무슨 일이니? 왜 전화했어?"

"안녕하세요, 엄마." 갤러게이트는 동전을 몇 개 더 넣었다. "그냥 통화하고 싶었어요."

"알았다. 그게 다니?"

갤러게이트는 어머니가 이제 어떤 모습일지 궁금했다.

행복하던 시절의 어머니가 떠올랐다. 한번은 페어포트나이트 휴일에 어머니가 솔트코츠 해변에서 크림색과 적포도주색이 섞인 캐러밴을 빌렸다. 어머니는 세 아이를 데리고 기차를 탔다. 앵거스, 재클린, 그리고 어린 에번. 그 주 내내 비가 억수로 쏟아졌다. 굵은 빗줄기가 캐러밴의 양철 지붕과 차창을 귀 따갑게 두드렸다. 첫날 오후에 어머니는 창밖의 빗줄기를 내다보며 울었다. 어머니가 얼마나 고생해서 휴가 갈 돈을 모았는지 그는 알았다. 학교에서 청소부로 일하며 받는

푼돈을 바득바득 모으며 1년 내내 여름 휴가를 준비했다.

아이들이 캐러밴의 벤치에서 노는 동안에 어머니는 해변으로 내려갔다. 축축한 진흙을 양동이 가득 담아 와 캐러밴의 리놀륨 바닥에 부었다. 오후 내내 어머니는 빗속에서 해변을 오가며 아이들이 가지고 놀 진흙을 날랐다. 빗소리를 들으며 캐러밴 안에 자기들만의 해변을 만든 그 주말은 갤러게이트의 기억 속 가장 행복한 순간이었다. 가스난로 앞에 쪼그려 앉은 어머니의 젖은 몸에서 수증기가 올라왔었다.

그러나 이제 어머니의 목소리는 차갑기만 했다. "여기 전화하지 말라고 했잖니."

"알아요. 다만 출옥했다고 말하고 싶었어요, 엄마. 그리고 내가 노력하고 있다고요."

"그렇다고 들었다."

갤러게이트는 전화기의 송화구를 엄지로 문질렀다. "일자리도 찾았어요. 대단한 건 아니고요. 로이스턴 로드에서 카펫 까는 일이에요." 어머니가 무슨 말이라도 하길 기다렸지만 침묵만이 이어졌다. "저녁에는 AA 모임에 가요. 술을 안 마시려고 노력하고 있어요."

"지금 어디서 전화하는 거니?" 어머니의 목소리에서 여동생과 같은 종류의 불안함이 묻어났다.

"걱정 마세요." 갤러게이트가 말했다. "집 근처 아니에요. 낚시 여행 왔어요."

어머니가 그 대답을 듣고 긴장을 풀 거라고 예상했다. 집에서 한참 멀리 떨어져 있지 않은가. 가족을 성가시게 할 염려는 없었다. 그러나 어머니는 안심하는 대신 한층 높아진 목소리로 물었다. "누구랑?"

"그냥 아는 사람요. AA 모임에서 만난 노인네예요."

어머니가 송수화기에 입을 바짝 가져다 댔는지, 입을 막고 말하는 것처럼 목소리가 잠겼다. "앵거스, 너 지금 어린아이랑 같이 있니?"

"아뇨, 나도 규칙을 알아요."

갤러게이트는 타고나길 거짓말쟁이였다. 어렸을 때 거짓말하는 버릇이 들었는데, 자신이 원하는 걸 얻어내는 데 거짓말이 최고라는 걸 알게 된 뒤로 그랬다. 그것이 사람들의 연민이든 달걀 모양 초콜릿이든 신상 디아도라 축구화든 학교를 빠지는 것이든, 아니면 옆집 소년의 은밀한 신체 부위를 보는 것이든, 한동안은 원하는 걸 모조리 얻어낼 정도로 거짓말에 능했다. 은근하게 시작된 이 버릇은 그가 발리니 교도소에 수감되었을 즈음에는 단순히 삶을 쉽게 사는 수단이 아니라 성정으로 자리매김했다. 갤러게이트는 천성이 거짓말쟁이였다. 그의 어머니는 크나큰 아픔을 통해 그 사실을 깨달았다.

"세상에." 어머니가 중얼댔다. "앵거스, 부탁이다. 아이를 해치지 마."

어머니가 정확히 언제 자신을 사랑하길 멈췄는지 알 수 없었지만 갤러게이트는 그 순간을 찾아서 그 전으로 돌아가고 싶었다. 결국에 어머니는 그의 진정한 모습을 보고 인정했다. 에번의 편을 들어 동생의 이야기를 믿고 경찰에 신고했다. 마지막 동전으로 산 통화 시간이 끊기기 전에 갤러게이트는 자기 가족 넷이 솔트코츠 해변의 크림색과 적포도주색 캐러밴에서 함께 모래 장난을 칠 일은 두 번 다시 없을 거라는 사실을 받아들였다. 전화기가 세 번 삑삑거렸다. 갤러게이트는 어머니가 내쉰 한숨의 여운을 음미했다. 사포질하듯이 까슬한 그 한숨 소리는 담배를 끊을 수 있는 시기가 오래전에 지났음을 뜻했다.

## 16

먼고는 비둘기 집 주변의 풀밭을 어슬렁댔다. 이따금 멈추어서 발치에 있는 무언가가 주의를 끈 척 내려다보았다. 누구의 눈에도 띄지 않고 비둘기 집에 한 발씩 다가가다가, 단순히 근처를 지나가는 척할 수 없을 만큼 바로 앞까지 갔다. 제임스가 안에 있었다. 제임스는 새장 속의 갈색 비둘기 위로 허리를 숙이고 있었다. 비둘기에게 약을 주고 있었는데, 조용조용 달래면서 주삿바늘을 목구멍에 넣고 약을 흘려 넣었다. 온통 침침하고 어둑한 가운데 천창으로 들어오는 빛줄기 하나가 제임스와 비둘기들을 감싸고 있었다. 마치 천국이 내려다보며 미소 짓고 있는 것 같았고, 제임스는 회화 속의 인물같이 보였다. 제임스의 정수리가 설탕을 빚어서 만든 왕관처럼 은은하게 빛났다.

먼고는 문틀에 기댄 채로 페인트칠된 나무에 뺨을 가져다 댔다. "내가 아는 아주머니가 남편한테 맞아 죽을 뻔했어."

제임스는 먼고의 목소리를 듣고 움찔하거나 놀라지 않았다. 그래서 먼고는 제임스가 밖에서 서성대는 자신을 보고도 부르지 않았다는 사실을 눈치챘다.

무엇이라도, 아무거나 할 말을 찾아 머릿속을 샅샅이 뒤졌다. 비둘기 집 구석의 제일 낮은 벤치 밑에 지붕 슬레이트가 두 더미 쌓여 있었다. 먼고는 그것을 화제 삼아 운을 뗐다. "지붕 타일 샀어?"

제임스가 슬레이트를 힐끔 보았다. "아니." 대화를 싹둑 자르는 듯한 말투였다. 먼고는 자신의 몸이 문틀에서 떨어지는 것을 느꼈다. 우정이 끝장난 게 확실했다. 이제 떠나야 한다. 그때 제임스가 다시 입을 열었다. "밤에 와보니까 타일 두어 개가 문에 기대어 세워져 있었어. 다음 날에 몇 개가 더 생겼고. 엄청 무거워. 진짜 신기하지?"

"하늘에서 뚝 떨어진 것처럼 나타난 거야?" 하지만 먼고는 그것들이 홀연히 나타난 것이 아님을 알았다. 딱한 치키가 힘겹게 가져왔을 것이다. 이것들을 나르느라 많은 밤에 다녀갔을 것이다. 삐걱거리는 쇼핑 카트에 타일을 싣고 초조해하는 내털리를 동행 삼아, 어둠을 틈타 그림자에 붙어 다니면서 타일을 날랐을 것이다.

제임스가 봉투를 하나 건네주었다. 봉투에는 슬레이트 못 한 움큼과 타일 펀치, 그리고 타일 어디에 못을 박아야 하는지 정확히 명시되어 있는 도안이 들어 있었다. 먼고는 풀스캡 인쇄용지를 펼쳤다. 깔끔하게 그려져 있었지만 서명은 없었다. "와, 슬레이트 지붕이라니. 근방에서 제일 폼 나는 비둘기 집이 되겠네."

"그러게 말야." 그렇지만 제임스는 별로 즐거워 보이지 않았다. 여전히 먼고의 눈을 똑바로 보지 못했다.

제임스의 수줍음과 부끄러움을 이해한 먼고는 순간 애틋한 감정이 차올랐다. "여기에 수도관만 설치하면 일주일에 45파운드는 벌 수 있을 거야. 이층집이나 다름없잖아. 여섯 아이에 핏불 네 마리 키우는 싱글맘한테 살 곳을 줄 수도 있어."

제임스는 농담할 기분이 아닌지, 다시 등을 돌리고 새장 위로 수그린 다음에 비둘기 발톱 사이에서 톱밥과 똥을 긁어냈다. 혼자 있고 싶은 듯했다.

먼고는 얼굴에 경련이 일어나기 전에 얼른 돌아섰다. "저기, 내가 뭘 잘못했는지는 잘 모르겠는데, 아무튼 미안해. 정말이야." 먼고는 신발 밑창을 땅에 문질렀다. 발아래 유리 조각이 부스러졌다. 어머니를 그리워하는 친구를 위로한 것뿐이다. 불건전한 의도라고는 전혀 없었지만, 전부 옳지 않게 느껴졌다.

"쓸데없는 소리 하지 마." 천창에서 쏟아지는 빛이 제임스의 얼굴에 강한 음영을 주었다. 귀가 한층 더 튀어나와 보였다.

"나는, 이상한 거 하려던 것 아니었어. 혹시 니가 그렇게 오해했다면 말야. 그냥 위로해주고 싶었어. 아무 뜻도 없었어."

"알아." 제임스는 못이 들어 있는 봉투를 다시 봉하고 옆으로 던졌다. "너 요새 또 입술 뜯고 있더라." 제임스가 잠시 입을 다물었다가 말했다. "케이크 먹을래?"

"케이크?"

제임스는 구석을 향해 고갯짓했다. 벤치에 하얀 상자가 하나 놓여 있었다. 뚜껑을 여니 상자 안에 노르스름한 빵 사이로 생크림을 잔뜩 바른 빅토리아 스펀지 케이크가 들어 있었다. 곰인형 장식이 올려져 있었고, 식용 색소 크림으로 Birtday Boy라고 잘못된 철자가 쓰여 있었다. 먼고는 오랫동안 케이크를 응시했다. 이루 말할 수 없이 속상했다. "너 자전거 있어?"

"왜? 내 선물로 자전거 샀냐?"

"제임스, 너 생일인 줄 몰랐—"

"농담이야. 어, 자전거 있어."

"그럼 가자."

"어디?"

"몰라. 아무 데나 좋은 데. 우리가 안 가본 곳."

"그러니까 어디?"

먼고는 어깨를 으쓱했다. 한쪽 팔을 쭉 뻗고 집게손가락을 내민 다음에 제자리에서 천천히 돌기 시작했다. "언제 멈출지 말해."

이날 처음으로 제임스가 미소를 보여주었다. 희미하고 비딱한 미소였지만 그들 위로 쏟아지는 햇살보다 눈부셨다. "참 나, 너 같은 멍청이도 없을 거다." 제임스는 제자리에서 도는 먼고를 잠시 지켜보았다. "알았어, 알았다고. 멈춰."

먼고가 멈췄다. 팔이 동쪽을 가리키고 있었다. 어느 방향이었어도 똑같이 완벽했을 것이다.

두 사람은 제임스의 학교 가방에 달콤한 탄산음료와 하얀 케이크 상자를 넣었다. 쉭쉭거리는 축구공 펌프로 제이미슨 씨의 래트레이 자전거 바퀴에 바람을 넣었다. 자전거는 오랫동안 방치되어 녹이 슬고 고무 핸들은 땀투성이 손에 닳아 있었다. 공영주택 입구에서 끌고 나오기만 했는데도 손이 새까맣고 끈적해졌다. 자전거의 하얀 몸체에는 금색과 녹색 누수 방지용 테이프가 번갈아 둘려 있었다. 페니언의 자부심. 제임스는 먼고가 좁은 뒷좌석에 앉기를 저어하는 것을 눈치챘다. "그래도 교황이 직접 축복한 자전거야."

"이건 좀 심했다. 나 칼 맞아 죽을걸."

제임스가 낡은 래트레이의 페달을 밟고 먼고는 뒷좌석에 앉았다.

먼고는 허리를 뻣뻣하게 세우고 제임스의 허리를 아주 살짝 잡았다. 제임스는 앞으로 몸을 기울이고 위아래로 들썩이며, 두 사람의 무게를 실은 자전거를 굴리려고 짐말처럼 페달을 힘껏 밟았다. 처음에는 익숙한 골목길을 누비고 다녔다. 매일 보는 얼굴들을 지나치면서 먼고는 제임스가 자전거를 세우고 집에 간다고 할까봐 두려워하다 다음 순간에는 하하의 패거리와 마주쳐서 셀틱팀의 상징색으로 장식된 자전거를 탄 죄로 죽도록 얻어맞을까봐 두려워했다.

"그렇게 하는 거 아냐. 네가 정한 방향으로만 가야 해. 그게 유일한 규칙이야."

제임스는 콧방귀를 뀌었지만 자전거를 동쪽으로 돌렸고, 동쪽이 아닌 방향으로 골목이 뻗어나가자 다음 골목에서 왼쪽으로 꺾어 오후의 해를 등지고 달렸다. 몇 번이나 제임스는 포기할 낌새를 보였다. 초반에는 길이 점점 더 나빠지는 것 같았다. 결핍과 빈곤의 색이 두텁게 드리운, 공영주택이 빽빽이 들어선 비좁은 골목을 지나쳤고, 그다음에는 모든 창문이 보호 덮개에 가려져 있는 철거된 아파트 사이를 달렸다. 먼고는 머뭇거리는 제임스의 옆구리를 찌르고 말했다. "계속 가, 계속. 계속 밟아." 다른 풍경이 기다리고 있을 것이다.

마침내 숨을 내쉬듯 도시가 넓어졌다. 집들 사이 간격이 넓어졌고, 사암 벽보다 하늘이 더 많은 공간을 채웠다. 시의회가 관리하는 공영주택 대신에 네 가구가 모여 사는 2층 주택이 나타나기 시작했는데, 이 집들도 대부분 관리가 허술하여 좁은 마당에 잡초만 무성했다. 발리니 교도소로 이어지는 막다른 길에 들어섰을 무렵에는 먼고도 패배를 인정하기 직전이었다. 오르막길을 올라오느라 제임스는 숨이 차서 헉헉거렸다. 두 사람은 자전거를 세운 다음에 철조망으로 에워싸인, 빅토리아 시대의 구빈원만큼이나 거대하고 무시무시한 교도소 건물을 올려다보았다.

"패디 그랜트라고, 우리 삼촌이 저기 있어. 가중 폭행죄로." 제임스가 말했다.

"모 맥코나치도 저기 있어." 먼고가 말했다. "조 맥코나치도." 누구나 발리니 교도소에 아는 사람이 한 명쯤은 있었다.

이게 전부인가? 두 다리로 갈 수 있는 길의 끝에 겨우 이것밖에 없는 걸까? 먼고는 친구에게서 열의가 빠져나가는 것을 느꼈다. 그래서 자리를 바꾸자고 제안하고, 덩치가 더 큰 친구를 좁은 뒷좌석에 앉혔다.

"10분만 더 달려볼게. 그래도 별거 안 나오면 내가 집까지 운전할게, 좋아?"

"그래, 좋아."

다시 출발했지만 마음이 무거워서인지 속도가 느렸다. 두 사람은 시끄러운 고속도로 위로 뻗은 고가도로를 건널지 말지를 두고 논쟁했다. 먼고는 늘 다리를 경계했다. 개신교 빌리 보이 갱단과 가톨릭 보이스턴 갱단의 영역을 갈라놓는 건 달랑 육교 하나였다. 다리 너머로 또 다른 공동주택 단지가 보였다. 그 뒤로는 나지막하게 나무가 늘어서 있을 뿐, 지평선을 어지럽히는 고층 아파트나 석탄 가스 공장이 없었다.

나무들이 늘어선 곳을 향해 달리던 두 사람은 눈앞에 나타난 푸른 언덕을 보고 기뻐했다. 언덕 한쪽에 자리한 골프장에 사탕처럼 알록달록한 파스텔 색깔 옷을 입은 뚱뚱한 중년 남성들이 있었다. 골프장을 지나자 작은 호수라고 불러도 무방한 커다란 못이 보였다. 말무리로 뒤덮인 못은 백내장이 생긴 눈처럼 탁했지만 그래도 녹색 수면 위로 예쁜 백조들이 미끄러지듯 나아가고 있었다. 평화로웠다. 두 사람밖에 없었다.

"봤지. 내가 말했잖아. 생일 축하해."

제임스는 먼고의 옆구리를 가볍게 꼬집었다. "까분다." 그렇지만 제임스는 웃고 있었다.

먼고는 크고 완만한 커브로 못의 둘레를 달리면서 제임스가 떨어지기 직전까지 자전거를 옆으로 기울였다. 한동안 두 사람은 상대를 물가로 끌고 가 백조 똥이 둥둥 떠 있는 못에 밀어 넣으려 하며 신나게 놀았다. 이들의 장난에 질렸는지 백조들이 날아가버리자 두 소년은 나지막한 둑에 올라갔다. 기다란 풀 사이로 낡은 자전거를 밀고 올라가다보니 바큇살마다 반짝이는 이슬이 맺혔다. 언덕 꼭대기에서 내려다본 풍경의 왼쪽으로는 빽빽이 건물이 들어찬 잿빛 도시가 펼쳐져 있었다. 반대쪽에는 밝은 오렌지색 벽돌로 반쯤 지은 새 주택들이 여유롭게 띄엄띄엄 들어서 있었다. 자가용을 소유하고 봉급이 두둑한 가족들을 위한 집이었다.

제임스가 상자를 열었다. 케이크는 납작하게 뭉개졌고 글자는 빵에 스며들었다. 상관없었다. 두 사람은 끈적한 손으로 케이크를 한 움큼씩 입에 넣고 잔디에 드러누웠다. 미지근한 크림에 목이 메었다. 제임스는 점퍼 주머니에서 조그만 페이머스 그라우스 위스키 병을 꺼내더니 한 모금 가득 마시고 먼고에게 권했다. "마셔, 속이 뜨끈해질 거다. 자전거를 음주 운전했다고 잡히진 않을 테니까."

먼고는 몇 방울만 홀짝였다. 술이 두려웠지만 그것을 제임스에게 들키고 싶진 않았다. 위스키가 목청을 따끔하게 태우며 내려갔다. 그렇지만 낮게 깔린 구름과 푸른 잔디 사이에서 먼고는 이탄과 장작 숯의 냄새가 배어 있는 위스키 향을 즐기고 있었다. 꼭 모닥불을 태우는 것 같았는데, 아이들이 낡은 자전거 바퀴를 던져 넣거나 하하가 헤어스프레이를 폭발시키기 전 순수한 모닥불의 향이었다.

제임스가 구부러진 담배가 들어찬 담뱃갑을 꺼냈다. "이거 봐라." 얼굴을 숨겼다가 고개를 다시 돌린 제임스는 담배 네 개비를 잇새에 끼고 있었다. 제임스가 히죽 웃으며 눈을 굴렸다.

"또라이 자식." 먼고는 웃음을 터뜨렸다. "진짜, 너처럼 기분이 들쭉날쭉한 사람은 처음 본다. 멍청이처럼 실실대긴. 두 시간 전만 해도 비둘기 집 지붕에서 뛰어내릴 것 같았으면서."

"뭐, 너 덕분에 기분이 나아졌어."

제임스가 담배에 불을 붙여 권했지만 먼고는 고개를 가로저었다. 아침에 모모가 쿨럭거리면서 꽁초를 찾아 재떨이를 뒤적이는 모습을 본 사람이라면 누구나 담배 피울 생각이 뚝 떨어질 거야. 조디의 목소리가 귓전에 울렸다. 위선자. 흡연보다 훨씬 더 나쁜 걸 했으면서.

제임스가 눈살을 찌푸리고 먼고를 보았다. "넌 또 왜 그러냐?"

먼고는 자기가 인상을 쓰고 있는지도 몰랐다. "니네 가톨릭 학교에서는 선생들이 학생이랑 그거 하려고 막 꼬시고 그래?"

"아니, 뭔 헛소리야. 우리가 변태라고 부르던, 체육 담당 피터 신부라고 있었어. 탈의실 구석에서 우리를 감시했었지. 하지만 그냥 징그럽다고만 생각했어." 제임스는 허공에 대고 연기를 뿜었다. 두 사람은 못으로 흘러가는 담배 연기를 지켜보았다. "왜? 개신교 학교에서는 선생이 너 건드리냐?"

"아니, 나는 아냐." 먼고가 말했다. "하지만 다시는 수학 수업 안 들어도 된다고 하면 만지게 해줄 거야."

"아, 선생님, 넣어주세요. 10분의 1만 더요!" 제임스가 웃음을 터뜨렸다. 두 사람은 연못가를 느릿느릿 산책하는 노인들을 보았다. "난 수학 싫어하지 않아. 오히려 언어에 약하지. 신부들은 라틴어를 존나 좋아해."

"맨날 성당 가야 해?"

"아니, 하지만 거의 매일 아침에 학교에서 기도를 올려."

먼고는 이에 대해 잠시 생각해보았다. 개신교 학교에서는 주에 한 번 예배에 참석해야 했고 점심시간에 주기도문을 읊었다. 그러니까, 가톨릭과 개신교가 뭐가 그렇게 다른 걸까? 가톨릭의 무엇을 미워해야 하는 걸까? "춤은 어떻게 다 외워?"

"의식 말이야? 아이고, 그건 어렸을 때부터 가르쳐. 그래서 몸이 기억하는 거야. 가톨릭은 원래 좀 프리스타일이 아니잖냐." 제임스는 손으로 성호를 그었다. "어쨌든 그건 다 학교에서 하는 거야. 우리 집은 이제 일요일에도 성당에 안 나가. 엄마 돌아가신 다음부터는. 아빠는 말쑥하게 빼입고 신도석에 앉아 있는 거 안 좋아해. 쓸 만한 찻주전자 하나 없는 고급 도자기 찻상이나 다름없대."

"시적이시네. 로버트 번스 버금가는데." 제임스의 눈이 옅은 머리칼 아래서 빛났다. 비둘기 집에서의 침울한 모습과 딴판이었다. 이제 행복해 보이니까 좀 놀려도 괜찮을 성싶었다. 그래서 먼고는 손으로 한쪽 골반을 짚고 무릎을 살짝 구부려 몸을 찻주전자 모양으로 만든 다음에 말했다. "하여튼 찻주전자는 너잖아, 게이 자식아."

두 사람 사이에서 무언가 파르르 떨렸다. 잘못 판단했다. 선을 넘었다. 잠시 먼고는 제임스의 눈에 다시금 블라인드가 드리울 것이며 반짝이던 눈은 땅으로 떨어질 거라고 생각했다. 그런 장난을 친 것이 너무도 후회스러웠다. 그때 제임스가 담배를 마지막으로 한 모금 빨고 말했다. "찻주전자? 글쎄, 끼리끼리 알아보는 법이지."

다음 순간 두 사람이 소리 내어 하지 않은 말이 먼고를 불안하게 했다. 제임스는 입을 다문 채로 계속해서 먼고를 응시했다. 그러다 입술이 살짝 벌어졌다. 제임스의 미소가 서서히 피어남에 따라 먼고의 미소도 피어났다. 두 사람은 뺨이 욱신거릴 때까지 그렇게 웃고 있었다.

"너, 너네 아빠 닮았어." 먼고가 마침내 입을 열었다.

"지랄, 안 닮았거든."

"닮았어. 네가 더 상냥한 인상이긴 하지만. 네가 기분 좋을 때는 말야." 먼고는 괜스레 풀을 잡아 뜯었다. "맨날 너무 슬퍼하지 않으려고 노력해봐."

그때 제임스가 손을 뻗어 먼고의 눈에서 머리칼을 걷어 올렸다. 너무도 순식간에 벌어진 일이라 실제로 일어났다고 믿기가 어려웠다. 제임스의 손은 조심스럽고 빨랐다. 푸드덕, 날아가는 비둘기 같았다.

먼고의 가슴속에서 여태 존재하는지도 모르던 틈이 벌어졌다. 벌어진 틈새에 허전한 느낌이 들었는데, 처음으로 먼고는 이것의 쓸쓸함을 느꼈다. 제임스의 손이 훑고 간 머리칼을 자신의 손으로 만져보고 싶어서 애가 탔다. 불이 붙은 것처럼 뜨거웠다. 그 손이 남긴 온기를 느낄 수만 있다면 당장 죽어도 여한이 없을 것 같았다. 먼고는 눈을 감고 중얼댔다. "토할 거 같아."

제임스의 얼굴 위로 먹구름이 지나간 것 같았다. 빗줄기가 보였다. 두려움이 보였다. 먼고는 그 변화를 보았다. 먼고는 제임스를 쳐다보았다. 두 사람은 언덕 위에서 가까이 앉아 있었지만 마치 클라이드 골짜기를 사이에 두고 있는 것처럼 서투르게 수기 신호를 보내고 있었다. 그때 제임스가 둘 사이의 빈 공간 위로 몸을 기울여 먼고에게 입을 맞추었다. 제임스의 입술은 바짝 말라 있었고, 윗니가 먼고의 아랫입술을 긁었다. 두 사람의 머리가 맞부딪쳤다.

먼고는 이마를 문질렀다. "지금 나한테 박치기한 거야?"

"니가 원하면 그냥 박치기한 걸로 칠 수도 있어." 제임스의 입술에서 다시금 미소가 스러지고 있었다.

"뭔 헛소리야." 먼고는 언덕을 위아래로 둘러보고 얼른 제임스에게 입을 맞추었다. 오랫동안 굶주린 끝에 먹은 따뜻한 버터 토스트 같았다. 그토록 좋았다.

제임스의 어머니는 바람 잦은 봄날에 램힐에 묻혔다. 바람이 나무에서 떨군 흰 꽃잎이 검은 영구차에 달라붙었다.

장례식이 끝난 뒤에 제임스의 아버지는 제임스를 데리고 비둘기 집을 같이 지었다. 제임스의 아버지가 제안한 것이었다. 비둘기를 키우는 건 남자답고 생산적인 취미로, 자신보다 작은 생명체를 돌보는 일에 필요한 성실함과 책임감을 길러줄 것이다. 게다가 비둘기를 돌보며 바쁘게 시간을 보내면 죽은 어머니에 대해 이야기할 필요가 없다.

제임스의 아버지는 근무 주기를 세 차례 빠졌다. 가능한 한 오랫동안 출근하지 않았다. 제임스의 아버지가 약속했다. "봐라, 비둘기 집에서 매일 한 시간씩 보내다보면 내가 금세 돌아와 있을 거다." 그러고는 심해 유전으로 떠났다. 두 사람이 함께 흘리지 못한 눈물과 제임스를 텅 빈 집에 남겨둔 채로.

제임스는 어머니 없는 집에서 침대에 누웠다. 침대보는 깨끗했지만 쉰내가 났다. 아버지가 빨래를 널어놓기만 하고 뒤집거나 바람을 쏘이지 않고 오래 내버려둔 탓이다. 이런 사소한 것들이 제임스를 가장 슬프게 했다. 엄마라면 알아서 척척 해주었을 사소한 것들.

제임스는 아버지의 조언을 따랐다. 학교가 끝나면 비둘기 집으로 갔다가 날이 어두워지기 직전에 귀가했다. 혼자 놀고 혼자 밥을 차려 먹고 또 혼자 놀았다. 들뜬 기분이 몸에서 빠져나가면 또다시 혼자 보내야 하는 공허한 저녁의 적막만 남아 있었다. 부엌의 라디오와 거실의 텔레비전을 틀어놓고 침대에 누워서, 자신이 무언가 잘못해서 벌을 받는 게 아닐까 생각했다.

머릿속에 파고드는 이미지들을 떨쳐내려 했지만 쉽지 않았다. 새해에 시작되었다. 가톨릭 소년들이 노스필드로 내몰려 파랗게 질린 다리로 신티 경기를 하던 때였다. 진흙투성이 경기장에서 끊임없이 움직이지 않으면 비바람의 채찍질을 당했다. 양말을 반바지 아랫단까지 바짝 올렸지만 스트라찬 신부는 꼴사납게 굴지 말라고 고함쳤다. "추우면." 신부가 긴팔 플리스 재킷의 높은 목깃 위로 외쳤다. "더 빨리 뛰어라."

나무 스틱으로 서로 90분간 후려친 뒤에는 미지근한 물로 하는 샤워조차 감사했다. 미지근한 물은 발가락에 감각이 간신히 돌아오고 다리에서 붉은 진흙을 씻어낼 수준이었다. 제임스는 맨 끝에 있는 샤워기 아래 섰다. 추워서 파랗게 언 손가락을 입속에 넣었다. 패디 크리크의 느긋한 미소와 넓은 근육질 어깨를 힐끔거리지 않으려고 노력했다. 패디의 등에서 엉덩이 골로 흐르는 샴푸 거품도 보지 않으려고 했다. 아크릴 스웨터에서 자꾸만 삐치는 실오라기처럼, 보이지 않는 묘한 정전기가 자꾸만 그의 시선을 잡아끌었다. 제임스는 뒤돌아섰다.

훔쳐보다 들키기라도 하면 스스로 정체성을 찾기도 전에 수백 가지 모욕적인 꼬리표가 달릴 것이다.

제임스는 좁은 침대의 가장자리에서 다리를 쭉 뻗고 흔들었다. 머리 위로 손을 뻗어 침대의 헤드보드와 벽 사이에 끼워놓은 신문을 집었다. 크림색 전화기를 침실로 가져와서 신문 뒷면에서 찾은 번호에 전화를 걸었다. 번호를 다 외워버려서 안 보고도 누를 수 있었다. 세 번쯤 번호를 다 누르지 않고 중간에 끊었다가 가까스로 마음을 굳게 먹고 끝까지 눌렀다. 기계적인 달칵, 소리가 났고, 인사말이 조그맣게 흘러나왔다.

당신 같은 남자가 당신 같은 남자들을 만날 수 있는 곳.

통화방에 몇 명이나 있는지 짐작할 수 없었지만 어둠 속에서 여러 목소리가 들려왔다. 어떤 목소리는 자신과 비슷했다. 목이 막힌 듯한 글래스고 특유의 묵직한 발음이었다. 그렇지만 다른 목소리들은 스코틀랜드의 머나먼 지역의 소리였다. 노래처럼 음높이 변화가 심한 악센트, 세련된 악센트, 학력이 높은 듯한 악센트, 모음을 똑바로 발음하라고 지적 꽤나 당했을 듯한 악센트 등 갖가지였다. 다들 이야기하며 웃고 있었다. 그들은 음악과 단골 술집과 가끔 가는 펍에 대해 이야기했고, 어디서 서로 만날 수 있을지, 집에서 마음 편히 같이 맥주 한 잔할 수 있게 편의를 봐주는 너그러운 집주인이 있는지 등에 대해 이야기했다. 몇몇 나이 든 남자는 유난히 저돌적이었다. 그들은 자신이 원하는 바를 단도직입적으로 말했는데, 제임스는 그들이 쓰는 단어의 뜻을 몰랐지만 소리가 좋았다. 이따금 서로 통한 남자들은 만날 약속을 정하고, 더 많은 돈을 내야 하긴 하지만 단둘이 이야기할 수 있는 통화방으로 옮겨갔다.

대개 제임스는 듣기만 했다. 듣고만 있어도 마음이 평온해졌다. 이날 밤 제임스는 그중 몇 명이 자위하고 있다는 걸 눈치챘다. 처음에는 충격을 받아서 송수화기를 손으로 막고 킥킥 웃었다. 하지만 얼마 안 가 그 규칙적인 소리에 익숙해졌다. 송수화기를 턱과 가슴 사이에 끼워놓은 채로 손으로는 지저분한 행위를 하면서 벌름거리는 콧구멍으로 거칠고 가쁘게 숨을 몰아쉬는 소리가 귀에 익었다. 이런 행위는 쉽사리 시작되었다. 때로는 제임스가 통화방에 들어왔을 때 이미 한창 진행 중이었다. 한 사람이(늘 나이가 많은 듯한 남자였는데) 몸을 묘사해달라고 부탁하면 젊은 측은 자신의 피부색과 배를 가로지르는 옅은 털과 엉덩이의 단단한 근육을 세세히 말해주었다.

"수영 선수 같은 몸이에요. 우락부락한 근육질이 아니라 늘씬하고요. 무슨 말인지 알죠?" 던디 출신 남자가 말했다.

"나 그런 몸 좋아해." 퍼드셔 농부가 헐떡였다. "손가락 몇 개나 넣을 수 있어?"

통화방에 모인 낯선 이들은 젊은이의 이야기를 들으며, 그가 자신에 대해서 하는 근사한 이야기들이 사실이기를 바랐다.

농부가 사정했다. 몇 사람이 통화방에서 나가고 새로운 목소리가 지직거리며 합류했다. 뒤에서 다른 목소리가 들려왔다. 선율감이 있는 가벼운 목소리는 수많은 목소리 중에서 제임스가 기다리기 시작한 목소리였다. "여보오세요." 목소리가 말했다. "거어기 누구 있나요?"

"프레이저, 너야?" 제임스가 물었다.

"아, 잘됐다." 게일어를 쓰는 소년이 명랑한 영어로 말했다. "니가 있기를 바랐어, 토널트."

사람들이 이름을 물어봤을 때 제임스는 거짓말했다. 도널드. 글래스고 사투리 특유의 강세 없는 D 소리 때문에 드-어널-드라고 들렸다. 제임스는 노래처럼 들리는 프레이저의 악센트를 선호했다. 토널트. "토널트, 나 그 노래 들어봤어." 프레이저가 말했다. "라디오에서 나오길 기다리느라 밤을 거의 꼬박 새웠다니까."

"마음에 들었어?"

"응." 소년이 진심으로 기뻐하는 어조로 말했다. 옷장에 숨어서 입술을 송화구에 바짝 가져다 대고 통화하는 것처럼 목소리가 희미하고 성겼다. "카세트테이프로 녹음도 했어. 그런데 카세트가 씹혔지. 담번에 인비어르니스에 가면 레코드판을 사야겠어. 근데 울 엄마는 벌써 짜증이 어금니까지 뻗쳤어. 헤드폰 살 돈이나 먼저 모으래."

제임스는 프레이저가 이야기 중에 가끔씩 흘리는 게일어가 좋았다. 게일어 단어들이 벽에 완전히 박히지 않은 못처럼 문장 중간중간 튀어나왔다. 한번은 동성애자를 뜻하는 속어를 게일어로 번역하면서 한 시간이나 배를 잡고 웃었다. 프레이저가 단어를 소개하고 반복하여 발음을 들려주는 동안 모두 숨을 죽이고 귀 기울였다. *Càm, càm*. 얼굴 없는 남자들이 야간 수업을 듣는 유학생처럼 하나씩 단어를 따라 읊었다. *Fliuch, boireanta*. 제임스가 가장 좋아하는 단어는, 뻔하게도, 소년과 엉덩이를 이어 붙인 접속사였다. *Gille-tòiin.*

"내가 레코드판 보내줄 수 있는데." 제임스가 말했다. "니 주소 말해주면."

"괜찮아, 토널트. 다음번에." 프레이저는 거절했다. 수많은 사람이 모여 있는 통화방에서 주소를 공개하지 않는 편이 안전하다. "이번 주말에 아빠랑 배 타고 토바 모히에 갔었어. 부두에 길 잃은 것 같은 회색 비둘기가 있었는데, 얼빵해 보이더라. 그거 보고 너 생각했어."

"내 비둘기일지도 몰라." 제임스가 웃음을 터뜨렸다. "남의 비둘기를 어떻게 꾀는지 감이 안 잡혀. 데려오는 애들보다 잃어버리는 애들이 더 많아."

프레이저가 혀를 찼다. "안됐다. 그냥 잡아서 넣으면…"

"내가 넣어주마, 꼬마야." 거친 목소리가 말했다. 제임스는 움찔했다. 통화방에 다른 사람들이 있다는 사실을 잊고 있었다.

"내가 제대로 넣어주마."

오후 내내 먼고와 제임스는 풀이 기다란 풀밭에 누워서 캠시힐스의 능선을 따라 흘러가는 구름을 보았다. 먼고는 누워 있어서 다행이라고 생각했다. 서 있었다면 팔다리를 어떻게 가누어야 할지도 몰랐을 터이다. 황홀함이 몸을 쓸고 지나가면 뒤이어 수치심의 파도가 몰려왔다. 욕조에 이미 몸을 담그고 있는데 조디가 뜨거운 물과 찬물을 번갈아 틀면서 온도를 맞출 때처럼 상반되는 감정이 번갈아 밀려왔다. 하지만 이번에는 무릎을 끌어안고 피할 수 없었다. 그 자리에서 열기와 냉기를 견뎌야 했다. 물러날 곳은 없었다.

두 소년은 적당한 거리를 사이하고 누워 있었다. 제임스의 새끼손가락이 꼬물꼬물 다가와 먼고의 새끼손가락을 찾았고, 두 손가락이 제임스의 방에서 처음 잤던 날처럼 얽혔다. "싫어?" 깍듯이 예의를 차린 조심스러운 말투였다. 마치 어둠 속에서 발을 디딜 다음 계단을 찾는 것처럼.

"아니, 안 싫어." 먼고가 답했다. "제임스?"

"응."

"너네 아빠가 나 싫어하서?" 이제껏 마음을 무겁게 누르고 있던 질문이었다. "내가 뭘 잘못했어?"

"아무 잘못도 안 했어. 게다가 너를 싫어하는 게 아니야. 나를 싫어하는 거지."

"자기 아들을 싫어하는 아버지가 어딨어?"

제임스는 돌아눕고 팔꿈치로 턱을 괴었다. 말하려고 입을 몇 번이나 열었다가 번번이 삼키고 침묵했다.

"나한테 말해도 돼. 난 비밀 잘 지켜."

결국에 제임스는 신문에서 찾은 전화번호와 통화방에 대해 말해주었다. 패디 크리크에 대한 생각을 멈출 수 없게 된 뒤로 줄곧 그 신문을 지니고 다녔다고 말했다. "…통화방은 저질스러운 곳이 아니었어. 그냥 이런저런 이야기만 했어. 음악이나 자기가 좋아하는 옷가게 같은 시시한 얘기들 있잖아. 가끔은 나이 많은 아저씨가 지저분한 이야기를 꺼내기도 하지만, 대부분은 우리 또래가 재밌게 놀고 농담 따먹기 하는 그런 공간이었지."

제임스는 몸을 일으키고 무릎을 가슴에 끌어안았다. "프레이저라는 애가 있었는데, 세상에서 최고 웃긴 악센트로 말했어. 무지하게 슬픈 이야기를 해도 꼭 정신 나간 새가 짹짹거리는 것처럼 들려서 웃음을 꾹 참아야 했지. 그 애가 제일 좋았어. 걔네 아빠는 양 농장을 해서, 프레이저는 주변에 이웃도 없는 곳에서 검은 얼굴 양만 종일 보고 산다고 불평했었어. 심심해 죽겠다고 징징거렸는데, 나는 그 애 삶이 부러웠어. 매일매일 자기 본모습을 숨기고 다른 사람 흉내를 내며 살지 않아도 되니까. 그게 어떤 느낌인지 알고 싶었어."

"그런데 이게 너네 아빠랑 무슨 상관이야?"

제임스가 고개를 저었다. "좀 기다려봐. 금방 말해줄게. 그전에 내가 통화방에서 거의 말을 안 했다는 걸 알아줬으면 해." 제임스는 손바닥에 묻은 진흙을 청바지에 문질러 닦았다. "나는 그 통화방이 그렇게 비싼 줄 몰랐어. 내가 그걸 어떻게 알았겠어? 하늘에 맹세해. 아빠가 유전에서 돌아와서 청구서를 본 거야. 내가 학교에 있을 때 전화국에 연락해서 물어봤더니 거기서 이렇게 말했나봐. '남자를 좋아하는 남자들을 위한 폰섹스 통화방'이라고." 제임스가 다시 고개를 저었다. "꼭 그런 것만 하는 곳은 아니었어. 정말이야."

먼고는 몸을 일으켜 앉았다. 조디가 몸 위로 뜨거운 물을 튼 것 같았다. 수치심의 열기가 목까지 올라왔다.

"아빠는 알아. 내가 어떤지 안다고." 제임스는 자신에게 벌을 주듯이 위스키를 마셨다. "그다음부터 나를 똑바로 보지도 못해."

제임스는 먼고보다 컸다. 머리 하나가 더 크고 나이도 한 살 많았다. 어두운 길이 앞에 놓여 있었는데, 거기에 제임스가 있었다. 따라가면 안 된다는 걸 알았다. 그 길에 발을 들이면 안 된다. 지금이라도 돌아설 수 있다. 제임스가 먼고를 보았다. 무슨 생각을 하는지 눈에 훤히 보인다는 듯 손가락을 먼고의 움찔거리는 뺨에 얹고 말했다. "나처럼 되지 마, 먼고. 너는 아직 늦지 않았어."

그러나 이미 늦었다. 처음부터 늦었다. 어렸을 적에 하미시와 먼고는 화장실에서 놀면서 조개껍데기 모양 세면대에 물을 채운 뒤에 액션맨을 물속에서 마구 패댔다. 한번은 세면대에서 튀어나온 부분에 하미시가 기대앉아 있었는데, 먼고는 그걸 보지 못하고 펄쩍 뛰어서 똑같이 앉았다. 사기 세면대에 아주 작은 흠집이 있었다. 모모가 유리 재떨이를 떨어뜨려 낸 흠집이었다. 두 아이의 무게가 가해지자 틈이 벌어지며 물이 사방으로 흘렀다. 틈새가 쩍 벌어지기 전에 먼고는 손바닥으로 물을 막았다. 처음에는 막을 수 있었지만 곧 물이 새어 나왔다. 먼고는 깨진 사기에 손을 베고 흠뻑 젖었다. 오후 내내 노력했지만 갈라진 틈을 다시 붙일 수는 없었다.

먼고는 팔꿈치를 짚고 몸을 일으켜 제임스에게 입을 맞추었다. 조금 전에 했던 것이 아니라 이것야말로 진정한 첫키스처럼 느껴졌다. 입술에 힘이 너무 들어가고 서투르기 짝이 없는 첫키스. 먼고는 코끝을 제임스의 뺨에 파묻었다. 제임스의 혀에서 은밀한 온기가 전해졌을 때 먼고는 숨이 턱 막혔다. 전율이 흘렀다. 제임스의 혀는 크림과 바닐라 파우더처럼 달콤했고 입속은 불붙은 이탄과 금색 담뱃잎처럼 뜨거웠다.

제임스가 먼고의 가슴에 손을 얹고 살며시 밀었다. 이처럼 교도소와 가까운 언덕은 안전하지 않다.

제임스는 옆으로 눕혀놓은 자전거의 앞바퀴를 손으로 굴려 얼마나 빨리 회전시킬 수 있는지 시험했다. "맞아도 싼 경우였어?" 제임스가 한참 뒤에 물었다. "남편한테 맞아 죽을 뻔했다던 아주머니?"

먼고는 캠벨 부인과 보랏빛 멍을 생각하고 싶지 않았다. 특히나 지금은 싫었다. "아니, 그렇게 맞아도 싼 사람은 세상에 없어."

제임스가 자전거 바퀴에 발을 올리자 곧바로 회전이 멈췄다. "그래? 우리 아빠한테 물어봐라."

"아빠가 주먹을 많이 써?"

"아니. 하지만 툭하면 손등이 날아오지. 우리가 방금 뭘 했는지 알아내면 나를 때려죽일걸." 제임스는 다시 자전거 바퀴를 돌리고 웃었다. "너를 먼저 죽이겠지만."

다시금 나타났다. 그 길, 그리고 돌아서라는 경고. "아니. 난 해밀턴

이야. 인마." 먼고가 용감하게 말했다. "그깟 페니언 따위 밟아버릴 수 있다고."

제임스가 먼고를 밀었다. "페니언이랑 붙어먹었으면서, 뭘. 떨떨한 자식."

뚝뚝 떨어지는 뜨거운 물. 불어나는 수치심.

"절대 우리 아빠한테 걸리면 안 돼, 먼고. 무서운 사람이야. 정말이야." 제임스는 자전거 바퀴를 세게 돌렸다. "어렸을 때 내가 설거지 당번인 날에 수납장이나 서랍을 끝까지 닫는 걸 가끔 깜박했어. 그러니까 거의 닫긴 했는데 완전히 닫지를 않았지. 그때 아빠가 즐겨 하던 게임이 뭔지 알아? 내가 잠들 때까지 일단 기다려. 발을 쭉 뻗고 매트리스에 푹 안겨서 꿈나라로 둥둥 떠 가는 달콤한 기분 알지? 정확히 그 순간까지 기다렸다가 문을 벌컥 열고 들어와서 불을 번쩍 켜고 깨웠어. 제꺽 일어나서 수납장 제대로 닫으라고 소리치면서. 부엌으로 가는 내내, 그리고 침실로 돌아오는 내내 뒤통수를 때렸지."

"고작 수납장 문 때문에?"

"그래. 온종일 모른 척하고 내버려둔 다음에 습격한 거야. 자기가 손가락으로 툭 건드리면 닫을 수 있는데."

"심지어 우리 형도 그렇게 악독하진 않은데."

"한번은 제럴딘 누나가 탁자에 앉았다가 뚱뚱한 엉덩이로 유리를 깨뜨렸어. 근데 누나가 내가 그랬다고 뻥쳤어. 덕분에 난 아빠한테 얻어맞았고, 그 뒤로 1년이나 주말마다 파크헤드에 있는 유리 가게에서 견습을 했지. 유리의 가치를 가르친답시고 보낸 거야. 그때 난 고작 열두 살이었는데."

"그래서 유리의 가치가 어떤데?"

"젠장, 내가 그걸 어떻게 아냐? 거기서 난 아저씨가 밴을 이중주차한 동안 차에 앉아 있는 게 다였어." 제임스는 다시 바퀴의 회전을 멈추었다. "1년이나 그 하얀색 밴에서 주말을 보냈다고. 그러고 나서 아빠는 나한테 왜 친구가 없냐고 물어보더라. 기가 막혀서 진짜."

"미안."

"뭘 미안해, 니 잘못이 아닌데. 하지만 저번에 내가 한 말은 진심이야." 제임스는 케이크 부스러기를 뒤적였다. 그러고는 곰인형 장식을 손바닥에서 굴렸다. 대충 칠하고 조립한 싸구려 플라스틱 장식은 반쯤 녹아내린 것처럼 보였다. '열여섯 살'이라고 쓰여 있는 견장을 달기에는 너무 유치한 장식이었다. 어쨌든 제임스는 이제 성인이었다. 하고 싶은 대로 할 수 있었다. 남자였다. "가능한 한 오래 머무르겠지만, 때가 되면 떠날 거야."

제임스가 곰인형을 멀리 던지려고 하자 먼고는 그러지 말라고 말리고 자기가 받아서 설탕을 핥았다. 그리고 제임스가 딴 곳을 볼 때 슬쩍 주머니에 넣었다.

제임스는 이스트엔드를 향해 내리막을 달렸다. 래트레이 자전거가 비의 장막을 갈지자로 가르며 강아지처럼 가볍고 날래게 나아갔다. 아까 올 때와 마찬가지로 먼고는 제임스로부터 멀찍이 몸을 떨어뜨리고 앉았지만, 지금은 손의 모든 면적을 이용해 제임스의 뾰족한 골반을 잡고 있었다. 엄지손가락이 제임스의 꽈배기 스웨터를 천천히 파고들어가 따뜻한 피부에 닿게 내버려두었다. 별거 아니면서도 세상 무엇보다 소중한 느낌이었다.

도로가 혼잡해지자 소년들은 보도로 올라가 퇴근하는 사람들 옆에서 연석을 오르내리며 달렸다. 빗줄기가 닿는 곳마다 물이 맺혔다. 코끝에서 뚝뚝 떨어지고 속눈썹에 맺혀서, 뇌진탕에 걸리기라도 한 것처럼 눈앞에서 전조등의 불빛이 펑펑 터졌다.

"임자 있는 줄 알았는데." 먼고가 시내버스의 엔진음 위로 말했다.

"내 비둘기?"

"아니, 너 말이야. 여친 있는 줄 알았다고."

"누구? 전에 분수 앞에 있던 애들?" 제임스는 페달 밟기를 멈추고 안장에 엉덩이를 붙인 다음에 먼고의 다리 사이로 기대앉았다. 두 사람은 이날 하루를 통틀어 몸을 가장 밀접하게 붙인 채로 언덕길을 천천히 내려갔다. "아니, 여친 없어." 제임스가 말했다. "만들려고 무지 애쓰긴 했지. 아빠가 전화 요금 청구서를 보고 온갖 욕을 쏟아부은 다음에 집에서 내쫓았어. 비둘기 집으로 갔는데, 바닥이 온통 파편투성이라 구석에서 웅크리고 잤지. 11시 반쯤 되었는데 아빠가 오더니 내가 안에 있는데도 비둘기 집을 때려 부수려는 거야. 내가 말리지 않았으면 비둘기 목을 전부 꺾어버렸을걸. 물론 내 목도. 천창으로 도망쳐서 뒤쪽 경사를 타고 빠져나왔어. 아빠는 나를 동네로 끌고 가면서 평생 처음 들어보는 온갖 욕설을 쏟아냈어. 어찌나 크게 고함치면서 욕했는지, 컬로든부터 발린다로크까지 아줌마들이 죄다 창밖으로 고개를 내밀고 구경했다니까."

먼고는 제임스의 어깨에 턱을 얹었다.

"다음 날 아침에 윽박질렀어. 자기 집에 계속 살고 싶으면 여자친구를 만들라고. 원하면 '임신시켜도 된다.'라고 했어. 아무래도 상관없다고. 하지만 여자친구를 못 만들면 집에서 나가라고 하더라." 전조등의 불빛이 두 소년을 훑고 지나갔다. "노력하겠다고 약속했어. 어쨌든 내가 돌이킬 수 없는 짓을 저지르진 않았으니까. 그래서 담배 한 갑 들고 공원에 가서, 한번 같이 자줄 만한 여자애를 찾아다녔어. 같은 반 여자애들 중에서 아빠 없는 애들 몇 명 알거든. 그런 애들한테 나는 아이스크림 트럭이나 다름없어. 걔네랑 나는 서로 이용하는 거야."

먼고는 갑작스레 선물을 뺏길 위험에 처한 아이처럼 얼굴이 굳었다. 제임스를 꽉 붙들고 있던 다리에 힘이 풀렸다. 제임스의 온기가 머물던 자리에 축축한 한기가 파고들었다.

교도소를 지나칠 때 제임스는 말없이 비좁은 안장에서 자세를 고쳐 앉았고, 이번에는 먼고에게 몸을 바짝 붙이며 기대왔다. 마른 등뼈의 척추 한 마디, 한 마디가 먼고의 가슴에서 가장 저릿한 곳을 주먹 관절처럼 지그시 눌렀다. 먼고는 모랫빛 머리칼에 대고 숨을 내쉬었다. 팔이 의지에 반하여 제임스의 허리를 껴안았다. 셰틀랜드 모직에 얼굴을 묻고 제임스의 겨드랑이에서 풍기는 체취와 기름진 라놀린의 냄새를 들이마셨다. 제임스는 몸을 가능한 한 뒤로, 먼고는 가능한 한 앞으로 기울이고 있었다. 옆으로 지나가는 디젤 트럭의 공기브레이크가 빗속에서 치익, 거친 숨을 내쉬었다.

그때 제임스가 말했다. "저기, 혹시 니가 원하지 않으면, 다시는 이런 거 안 해도 돼."

## 17

고부랑이 자작나무 한 그루가 개천 굽이의 물가에 바짝 붙어 서 있었다. 흙이 쓸려가며 점차 무너지고 있는 물기슭은 지면 위로 드러난 뿌리에 매달리듯이 붙어 있었다. 먼고는 물 위로 뜬 노인의 시선을 등 뒤로 끌고 와 자작나무의 뿌리 아래로 밀어 넣었다. 부식되고 있는 땅과 나무가 만들어낸 어두운 동굴 속에서 세인트 크리스토퍼는 영원한 안식을 취할 것이다.

세인트 크리스토퍼의 낚싯대와 가방은 멀리 떠내려가지 않았지만 트위드 모자는 아무리 찾아도 보이지 않았다. 먼고는 이를 딱딱 부딪치며 물가로 올라왔다. 우박처럼 묵직한 빗방울이 쏟아지고 있었다.

야영지로 돌아왔을 즈음 먼고는 머리부터 발끝까지 달달 떨고 있었다. 갤러게이트가 마구 내던진 물건들이 망가진 채로 널려 있었다. 보드게임은 자갈밭 위로 흩어져 있었고, 먼고가 제일 좋아하는 스케치북은 축축하게 젖고 잉크가 번졌다. 덮개가 열려 있던 2인용 텐트는 입구가 빗물 웅덩이에 잠겼다. 침낭과 낚시 장비 따위가 전부 흠뻑 젖어 있었다. 텐트 안으로 기어 들어가 물을 퍼냈지만 소용없었다. 먼고는 맨 구석까지 들어가 등을 기대고 앉았다. 몸에서 아드레날린이 서서히 빠져나갔다.

하늘에 침침한 파란빛 박명이 깔려 있었다. 나지막한 구름 아래에서 갤러게이트가 힘겹게 길을 찾아 돌아왔다. 오두막의 잔해가 없었다면 야영지를 못 보고 지나쳤을 터이다. 가차 없는 빗줄기에 고정줄 몇 개가 풀어진 텐트는 반쯤 무너진 모습이 패색을 풍겼다. 아무도 불을 지펴놓지 않았다.

야영지가 묘하게 고요했다. 갤러게이트는 세인트 크리스토퍼가 술에 목말라서 잔뜩 신경이 곤두서 있으리라 예상하며 2인용 텐트로 갔다. 어둠을 더듬다보니 젖은 폴리에스터 천이나 빗물 웅덩이가 아닌 것이 손에 닿았다. 갤러게이트의 손가락이 피부를 쓸었다. 다리였다. 차디찬 다리였다. 라이터를 켜자 소년이 몸을 일으켜 앉았다.

"크리시는 어딨냐?"

"다른 텐트에요." 목소리를 내는 것조차 고통스러웠지만 먼고는 말했다. "막 화를 내면서 자러 갔어요."

갤러게이트가 뒤로 엉금엉금 기어 나가려고 했다. 먼고는 갤러게이트의 손목을 붙들고, 애써 덤덤한 표정을 꾸며내며 말했다. "내버려둬요. 잠들었으면 어차피 술 안 마셔도 되잖아요." 먼고가 말했다. "게다가 난 차라리 형이랑 텐트 쓰고 싶어요."

갤러게이트가 씩 웃었다. 입속의 하얀 이가 스러져가는 박명의 마지막 파란빛을 받아 거의 형광색으로 빛났다. 갤러게이트는 빗속에서 점퍼를 벗고, 등을 대고 누운 뒤에 흥건히 젖은 청바지를 벗었다. 텐트 속에 고인 물을 몇 바구니 퍼내고 덮개의 지퍼를 채웠다. 두 사람은 어둠 속에 같이 앉아 있었다. 라이터 켜는 소리가 들렸고, 곧 조그만 양초의 불빛이 두 사람 사이의 공간을 희미하게 밝혔다. 갤러게이트는 크리스마스에 중국 음식점에서 창가에 놓는 종류의 조그만 양초를 사 왔다. 유쾌한 축제의 분위기를 풍기는 양초였다. 먼고는 촛불로 텐트에 불을 지를 수 있을까 생각하며 다친 뺨을 긁적였다.

"낚시는 어땠냐?" 갤러게이트가 조그만 촛불로 몸을 덥히려 하며 물었다. 남자의 벗은 몸은 발목부터 손목까지 문신으로 덮여 있었다.

"엉망이었어요." 먼고는 무어라고 말해야 할지 막막했다. 거기까지 미처 생각해보지 못했다. 무엇을 어떻게 하든지 간에, 뛰어서 달아날 수 있는, 비가 내리지 않는 아침에 실행하리라 결심했다.

먼고는 가방을 열고 라비올리 통조림과 아일 오브 스카이 위스키를 꺼내는 남자를 지켜보았다. 통조림을 건네받으며 지난밤부터 아무것도 먹지 않았다는 것을 문득 깨달았다. 고리를 잡아당기자 통조림 뚜껑이 쉽게 열렸다. 뚜껑의 가장자리는 칼날처럼 날카로웠다. 먼고는 뚜껑을 핥고, 혀끝을 스친 날카로운 감각에 마음이 진정되는 것을 느끼며 옆에 조심스레 내려놓았다. 촛불로 통조림을 데워보려 했지만 검은 연기만 올라올 뿐이었다. 금세 포기하고 차가운 라비올리를 먹었다. 굶주렸던 먼고는 곤죽 같은 라비올리를 입에 가득 욱여넣으며 조금이라도 더 빨리 삼키려고 코로 숨을 내쉬었다. 갤러게이트는 위스키 뚜껑을 열고 먼고에게 권했다. 먼고는 거뜬히 몇 모금 들이켰다. 벌써 위스키 맛에 익숙해졌다.

"내일 집에 가니까 좋냐?"

먼고는 손등으로 입술을 닦았다. 소스가 뺨에 묻었다. "네, 언제 출발해요?"

"아이고, 서두를 거 없다." 갤러게이트가 말했다. 음식에는 일말의 관심도 보이지 않았다. "크리시가 빌어먹을 송어 잡을 기회를 주자고, 응?"

먼고의 가슴속에서 희망 비슷한 것이 축 처졌다. 그때 갤러게이트가 손을 뻗어 먼고의 무릎을 움켜쥐었다. "어라!" 갤러게이트가 외쳤다. "여긴 언제 다쳤냐?"

종아리가 찢어져 있었는데 상처가 깊지는 않았지만 길었다. 세인트 크리스토퍼의 몸에서 마지막 숨을 쥐어짜낼 때 바위 모서리에 긁힌 모양이었다. 갤러게이트는 위스키를 자기 입에 부은 뒤에 먼고의 종아리 위로 고개를 숙이고 입에서 위스키를 흘렸다. 위스키가 닿자 상처가 타는 것처럼 화끈거렸다. 다리를 빼내려고 했지만 갤러게이트가 무릎 아래를 꽉 잡고 있었다. 갤러게이트는 위스키에 뜨겁게 젖은 혓바닥으로 상처를 핥았다. 퍼레진 종아리를 달콤한 아이스케키처럼 핥고 내려갔다. "침이 상처를 아물게 하는 법이다. 좀 낫냐?"

"그거 하고 싶지 않아요." 먼고는 가능한 한 단조롭게 말하고 무릎을 구부려 다리를 점퍼 속에 넣었다.

갤러게이트는 위스키를 또 한 모금 들이켰다. 양초의 불빛이 갤러게이트의 그림자를 텐트의 반대쪽 천에 그렸다. "하기 싫음 왜 니 옆에 내 자리를 마련해놨냐?" 갤러게이트는 먼고의 얼굴에 붙어 있던 라비올리 조각을 떼어내 촛불에 태웠다.

먼고는 자신의 실수를 깨달았다. 세인트 크리스토퍼의 행방을 숨기는 데 급급하여 그다음 일은 생각하지 못했다. 갤러게이트는 자세가 불편한지 몸을 틀었다. 왼 다리를 뻗었는데, 무릎 위에 선명한 파란색 잉크로 굵은 글자가 둘려 있었다. 물러나지 않는다. 항복하지 않는다.

"이상하네." 갤러게이트가 말했다. "니네 엄마한테 들은 이야기가 있어서 난 니가 좋다고 여기 따라오는 줄 알았는데. 니네 엄마가 얼마나 역겨워하는지 알지? 너 좀 데리고 가달라고 빌다시피 했다. 같이 놀아나고 있다는 페니언 녀석처럼 될까봐 걱정이 태산이던데."

얼굴이 땅기기 시작했다. 탱탱 부은 눈꺼풀이 경련을 일으키려고 했다. 텐트의 측면에 등을 대고 있던 먼고는 구부린 몸의 각도로 미루어 자신이 맨 구석에 있다는 것을 알았다. 갤러게이트가 다시 손을 내밀어 먼고의 목덜미를 쥐고 끌어당겼다. 고개를 틀어 먼고의 입술에 자기 입술을 포갰다. 혓바닥이 마구 파고들며 입을 벌렸다. 순간 먼고는 입을 벌려 갤러게이트의 혓바닥을 들인 다음에 깨물어 잘라버리는 걸 상상했다. 혓바닥이 잘려나가 모모가 무척 좋아하는 정육점 고기처럼 싱싱하게 팔딱거릴 때까지.

"그만." 먼고는 갤러게이트를 밀어낼 수 없어서 힘을 빼고 뒤로 누워 빠져나왔다. "싫다니까요."

갤러게이트의 입술은 본인의 침에 젖어 있었다. 상처받은 눈빛이었다. "흠, 두고 보자고." 갤러게이트는 입술을 닦고 위스키를 다시 한입 마셨다. "우리가 친구가 아니면 내가 너를 글래스고로 호락호락 보낼 거 같아? 여기저기 싸돌아다니면서 쓸데없는 이야기를 지껄이게 둘 수는 없거든. 안 그러냐?"

"아무한테도 말 안 할 거예요." 먼고는 진심이었다. 이미 가족들은 그를 사람 취급하지도 않는다. 수치를 견딜 수 없을 것이다. 먼고는 죽은 어머니 집에서 여태 살고 있는 치키 캘훈을 떠올렸다. 그의 폭신한 실내화와 안경테를 이용해 부드러운 앞머리를 넘긴 모습도. 동네 사람들이 딱한 치키를 어떤 눈으로 보는지 잘 알았다. "제발요."

갤러게이트는 마음속에서 무언가를 저울질하는 표정이었다. 고개를 가로젓고, 불쌍히 여기는 눈으로 먼고를 보았다. "널 믿을 수 있을지 모르겠다, 먼고."

텐트의 방수천 아래서 비에 젖은 땅이 출렁였다. 텐트 밑에서 조그만 강줄기 같은 빗물이 소년의 몸을 돌아 낮은 땅으로 흘러내렸다. 먼고는 자신의 머릿속도 빙글빙글 도는 것 같았다. 모든 게 흔들거렸다. 갤러게이트의 여섯 번째 얼굴을 보았다. 피해자, 상처받은 사람, 먼고에게 실망한 사람.

먼고는 글래스고를 떠올렸다. 조디와 따뜻한 거실, 형제들과 같이 세상으로부터 숨어서 텔레비전을 볼 때 거실에 깔려 있던 정전기 냄새를 떠올리며 정신을 다잡았다.

"믿어도 돼요." 먼고는 미소를 지어 보였다.

갤러게이트는 먼고의 손목을 붙잡았다. 텐트가 바람에 몸을 떨었다. "우리가 친구가 아니면, 내가 계속 잘해줄 이유가 없잖냐."

## 18

지난 며칠간 먼고는 행복에 취해 제대로 생각할 수 없고 세상이 온통 장밋빛으로 보였다. 그러나 이제 행복의 술병이 동났다. 새롭게 찾아온 자신감이 싹 다 사라지고 난 지금, 먼고의 어깨는 늘 그랬듯이 맥없이 처져 있었다. 조그맣게 몸을 움츠리고 창피해서 어쩔 줄 몰라 하며, 선물을 등 뒤에 감춘 채로 아무 말도 하지 말 걸 그랬다고 후회하고 있었다.

제임스는 남색 카펫에 벌러덩 드러누워 아버지의 소파에 뒤통수를 기대고 있었다. 목이 꺾인 것처럼 보였다. "에이, 그러지 말고."

"그냥 못 들은 걸로 해."

제임스는 몸을 일으켜 앉고, 원숭이들끼리 하듯이 양팔과 양다리로 먼고를 끌어안았다. 어쩌면 먼고는 이것을 줄곧 원했는지도 모른다. 제임스는 먼고의 눈치를 살피며 꾸러미를 채갈 기회를 노렸다. 먼고가 팔을 옆으로 뻗었지만 제임스의 팔이 더 길었다. "알았어, 알았다고. 좀 놔봐."

"좋으면서." 제임스는 히죽거렸지만 먼고를 놓아주었다.

먼고는 털썩 주저앉아 조그만 선물을 마지못해 건네주었다. 선물을 포장한 종이에 손수 페이즐리 무늬를 그렸다. 구름이 뭉게뭉게 떠 있는 하늘을 빙빙 도는 수십 마리의 비둘기였는데, 줄무늬 날개를 활짝 펼치고 있었다. 특별히 제임스를 위해 그린 것이었고, 이것을 그린 종이를 스케치북에서 잘라낼 때는 숨까지 참았다. 촉이 가는 펜으로 몇 시간이나 걸려 완성한 그림은 여느 투알드주이 벽지 못지않게 정교했다.

제임스는 포장을 벗기고 꺼낸 카세트를 손바닥에서 돌렸다. "어떤 음악이야? 레이브는 아니지?"

먼고는 어깨를 으쓱했다. "별거 아냐. 그냥 차트에서 내가 좋아하는 음악."

제임스는 흥미 없다는 몸짓으로 카세트테이프를 옆에 내려놓았다. 먼고는 뺨을 긁적였다. 벌써부터 근육을 찌르는 마음의 상처가 퍼지기 전에 통제하려는 것이었다. 결국에는 고작 카세트테이프다. 그렇지만 먼고는 자신의 마음이 그렇게 무시당한 기분이었다. 그런데 다음 순간 제임스가 뜻밖의 행동을 했다. 제임스는 포장 종이를 조심스레 펼치더니 세상에서 제일 아름다운 것을 보는 눈빛으로 햇빛에 비추었다. 종이에 그려진 무늬를 부드럽게 더듬는 제임스의 손가락을 먼고는 눈으로 좇았다. "이것도 나 주는 거야?"

"네가 원하면."

"응, 정말 멋지다."

"마음에 없는 소리 안 해도 돼."

문득 제임스는 앞으로 몸을 당겨 앉고 먼고에게 입을 맞추었다. 이제 익숙해졌다. 어색한 입맞춤과 애무 단계를 졸업했다. 먼고는 자기 자신이 너무 서툴게 느껴져서 자꾸만 도중에 멈추고 사과했는데, 그럴 때마다 제임스는 먼고의 두 뺨을 감싸고 다시 끌어당겼다. 이제 두 사람의 키스는 부드럽고 다정했으며 거부에 대한 두려움이 없었다. 몇 시간이고 입을 맞추었다. 입술을 포갠 채로 누워서 먼고는 제임스의 뺨에서 우묵한 부분에 코를 묻었다. 말없이 산책하는 중에 한 사람이 방향을 틀면 상대가 따라오는 것처럼 서로 이끌었고, 팔에 쥐가 나거나 전자레인지가 삑삑거릴 때까지 입맞춤은 계속되었다. 때로 손이 티셔츠 아래로 들어가긴 했지만 감히 그 이상은 시도하지 못했다. 이 소년과 입을 맞추며 평생을 보내고 싶다는 것을 알았기에 서두를 필요가 없었다.

먼고가 움찔했다. 끝을 모르는 애정 행위에 입술 주변 피부가 까졌다. 장밋빛으로 붉어진 피부가 벌에 쏘인 것처럼 살짝 부어 있었다.

“좀 쉴까?” 평소에 제임스는 멈추지 않았다. 그 대신 입술로 먼고 뺨의 둔덕과 귓불 아래를 훑고, 셔츠 목깃이 가린 창백한 흰 쇄골을 따라 입을 맞추었다. 이제껏 두 사람은 운이 좋았다. 몇 번은 무아지경에 빠져 조심하지 않은 탓에 먼고는 복도의 거울 앞에서 20분간 초조히 서성이며 자국이 남지 않았는지 확인했고, 제임스는 뒤에서 안절부절못하며 얼음을 들고 기다렸다.

두 사람은 바닥에 내던진 학교 가방과 다 먹은 과자 봉지 등 자신들의 쓰레기 더미 가운데 둥지를 틀고 있었다. 커다란 텔레비전 앞에는 시리얼 그릇들이 제사상처럼 둥글게 놓여 있었다. 백과사전을 위장한 케이스에서 빠져나온 비디오테이프는 중간쯤에 중단된 채로, 연인들의 사랑놀이에 뒷전으로 미루어진 숙제와 함께 카펫 여기저기에 널려 있었다. 『파리대왕』이 입맞춤만큼 즐거웠다면 좀더 집중할 수 있었을 것이다.

먼고는 제임스의 옷과 사적인 물건들을 은근슬쩍 빌리기 시작했다. 품질은 썩 좋지 않지만 흠잡을 데 없이 깨끗한 자기 옷을 두고 제임스의 옷을 입었다. 처음에는 두꺼운 양말 한 켤레로 시작되었다. 목이 바싹 마르고 머리가 지끈거릴 정도로 난방이 뜨끈한 제임스의 집에서 먼고는 춥다고 징징대며 양말을 빌렸다. 그다음에는 빨래 건조대에 걸려 있던 사각팬티를 훔쳐서 사흘간 입었는데, 몸통에 비해 너무 큰 팬티를 입은 탓에 교복 바지가 빅토리아 시대의 바지처럼 불룩 튀어나왔다.

일주일 내내 두 사람은 아침마다 비둘기 집에서 만났다가 각자 학교로 갔고, 다시 비둘기 집에서 만나 제임스네 집으로 와서 기나긴 저녁을 함께 보냈다. 침울한 하늘을 내다보는 꼭대기층에서는 사람들의 눈에서 벗어날 수 있었다. 공영주택 뒷마당을 사이한 각자의 방으로 돌아간 뒤에는 창가에 앉아서 웃음을 꾹 참으며 상대에게 가운뎃손가락을 날리거나 살해당하는 척 괴상한 표정을 지으며 놀았다.

이날 오후에 조디가 설거지하고 있는데 등 뒤에서 먼고가 부엌과 거실을 초조히 오락가락했다. "조용! 저기 창문에서 새어 나오는 빛이 무엇이냐?"

"뭐?" 먼고는 김이 서린 창에 뺨을 대고 찬기를 즐기고 있었다.

"그 애 이름이 뭐야?" 조디가 물었다.

"신경 꺼." 더는 외톨이가 아닌 먼고는 제법 거만해졌다.

"비밀로 하는 거야? 나쁘네." 조디는 먼고의 부르튼 입을 주시하며 간지럼을 태웠다.

"내가 나쁘다고?" 먼고가 심술궂게 소리쳤다. "누나야말로 비밀 대마왕이잖아." 먼고는 조디의 배를 쿡 찔렀다. 조디가 흠칫했다. 먼고는 자기가 한 말이 어떻게 해석될지 미처 생각하지 못했다. 사실은 두 사람이 토요일 아침마다 즐겨 보던 광고를 암시한 것이었다. 광고에서 미국 여자아이들은 하찮은 비밀이 담긴 쪽지를 곰인형 배 속에 숨겼다. 학교 선생의 아이를 배에 품은 적 없는, 진정 심각한 비밀 따위 없는 여자아이들이 멍청하게 실실거렸다.

조디는 자신의 배를 찌른 먼고의 손을 쳐냈다. "점점 하미시 오빠를 닮아가고 있어."

"아, 누나, 미안해. 미처 생각 못 했어. 그거 얘기한 거 아냐."

"저녁은 알아서 차려 먹어, 로미오." 조디는 먼고에게 행주를 던졌다. "입술을 그 정도로 부르트게 하는 여자애라면, 진도 더 나가기 전에 잘 생각해."

제임스와 떨어져 있을 때는 시간이 달팽이처럼 굼뜨게 지나갔다. 먼고는 조디가 짜증 낼 정도로 안절부절못하며 다리를 떨었다. 시간이 공허하기 그지없었다. 단순히 먹고 자고, 사소하지만 제임스가 기꺼이 들어줄 이야기들을 미리 연습하며 보내는 시간이었다.

어느 오후에 제임스네 거실에 나란히 누워서 텔레비전을 보고 있었다. 무슨 연유에서인지 제임스는 가만히 있지 못하고 신티 스틱을 휘둘러댔다. 그러더니 돌연 정신 나간 표정으로 일어났다. 혼자 키득거리면서 담요와 수건을 어깨에 두르고, 쓰고 있던 모자의 챙을 젖혀 뾰족한 교황 모자 비슷하게 만들었다. "기다려. 기다려봐." 제임스는 신티 스틱을 예식용 곤봉처럼 들고 먼고를 돌아보더니, 버스를 부르듯이 검지와 약지를 세운 채로 오른손을 뻗었다. "내가 누군지 맞춰봐."

먼고는 콧방귀를 뀌었다. "몰라. 수건 두른 저능아?"

"아냐, 너잖아."

바닥에는 두 사람이 같이 마시는 물컵이 있었다. 같은 컵으로 마시면 물도 왠지 더 맛이 좋았다. 먼고는 제임스에게 컵을 건네달라고 손짓했다. "꺼져, 그게 왜 나야?"

제임스는 자비를 베푸는 성인처럼 양팔을 활짝 펼쳤다. 신도들에게 가까이 다가와 숭배하라고 하는 것처럼 손가락을 까딱거렸다. "내게 오라, 어린 양이여."

먼고는 잠시 생각했다. 복종하고 싶었다.

"너잖아, 세인트 먼고." 제임스는 햇빛이 스며드는 창으로 고개를 돌렸다. "켈빈그로브 박물관 앞에 있는 세인트 먼고 조각상 말야. 본 적 없어?"

켈빈그로브 박물관은 고작 몇 마일밖에 떨어져 있지 않지만 먼고는 가본 적이 없었다. 웨스트엔드에 발을 들인 적도 없었다. 그렇지만 그 사실을 인정하면 열등감이 들 텐데, 먼고는 제임스와 면면으로 동등하고 싶었다. 아니, 똑같기를 바랐다. 먼고는 가소롭다는 듯이 눈알을 굴리고 자기들의 공용 성배나 얼른 건네달라고 재촉했다.

제임스는 교황처럼 엄숙한 몸짓으로 수돗물이 담긴 물컵을 건네주었다. "그대를 축복하노라."

먼고는 물을 크게 한입 마셨다. "잠깐, 그거 너네 누나 트레이닝 바지 아니야?"

제임스의 시선이 곧장 아래로 내려갔다. "아냐!" 지난 사흘간 제임스는 그 바지를 입고 있었다. 빨래가 시급했다. "성인한테 개기지 마라, 꼬마야." 제임스가 다시 시선을 들었을 때 먼고는 혼자 히죽거리고 있었다. "뭘 웃어! 니는 머리가 그게 뭐냐, 바가지야?" 제임스는 성큼 다가와 먼고의 앞머리를 움켜쥐었다. "잠깐, 진짜 바가지 머리네!"

하루 이틀 전에 두 사람의 관계는 새로운 국면에 접어들었다. 조심조심 다정하게 대하는 대신 이제 서로 놀리면서 애정을 표현했다. 두 소년은 달콤한 시간을 누리고 있었다. 솔직하고, 짜릿하고, 유치한 둘만의 시간.

"바가지 머리 아냐." 먼고는 금속 맛이 나는 수돗물을 꿀꺽 들이켜고 이가 나간 물컵 위로 제임스를 흘깃 보았다. "시도는 좋았다, 또라이. 성인이 되면 첫 기적으로 니 귀나 줄이지 그러냐."

"내 귀가 맘에 안 들어?" 제임스는 먼고 바로 위에 우뚝 서 있었다.

"맘에 들어." 먼고는 히죽 웃었다. "근데 왼쪽으로 좀만 비켜줄래? 하늘이 안 보이잖아."

제임스는 물컵을 엎어서 먼고의 무릎에 물을 쏟았다. "아직도 오줌 싸냐?"

먼고는 제임스의 다리에 발을 걸어 쉽게 넘어뜨렸다. 물이 사방으로 튀었다. 아무리 못된 말을 해도 떠나지 않을 사람을 찾았다. 입술이 쓰라려도 상관없었다. 저녁 뉴스 다음 프로그램인 〈코로네이션 스트리트〉의 귀 따가운 트럼펫 소리가 멈추고 한참 지날 때까지 두 사람은 몸을 포갠 채로 키스하며 물고 빨았다. 그토록 진하게 입 맞추면서도 그 이상은 시도하지 않았다. 제임스의 셔츠 아래 손을 넣고, 몸을 비빌 때마다 꿈틀거리는 널찍한 등 근육을 느끼는 걸로 족했다. 한편 제임스는 먼고의 엉덩이 위 우묵한 곳에 자라난 솜털을 살살 쓰다듬는 걸로 만족했다. 제임스가 그곳을 쓰다듬고 있노라면 먼고는 보호받는 기분이 들어 잠이 새록새록 왔다.

이제 두 사람은 한층 세게 몸을 비볐다. 두꺼운 트레이닝 바지를 통해서 제임스가 딱딱해진 것이 느껴졌다. 먼고는 손을 내리고 가장 따뜻한 부분을 손등으로 문지르다가 살짝 손에 쥐었다. 제임스가 나직한 숨을 토해냈다. 제임스는 먼고와 이마를 맞대었다. 시리얼에 타 먹은 우유와 설탕이 배어 있는 달짝지근한 숨이 먼고의 얼굴을 덮었다.
"원해?"

"몰라." 먼고는 제임스가 뜻하는 바를 몰라 아리송했다. 지금까지는 제임스가 앞서 걷고 먼고가 따라가는 격이었다. 제임스가 손을 잡고 이끄는 것이나 다름없었는데, 그러다 문득 멈추고 시선을 맞출 때면 먼고는 귀가 튀어나온 이 소년이 자신이 아닌 누군가와 벌써 이 길을 와봤다는 생각이 들어 가슴이 아팠다. 두 사람이 처음으로 같이 이 길을 걷는 것이기를 바랐다.

제임스는 팔꿈치로 바닥을 짚고 몸을 일으켰다. 바지 앞섶이 축축하고 불룩했다. 제임스가 그대로 거실을 나가버리자 먼고는 속을 훤히 드러낸 채로 버림받은 기분이었다. 무릎을 끌어안고 자신이 무엇을 잘못한 건지 고민했다.

"뭐 좀 보여주고 싶어." 제임스가 잡지 한 권을 들고 돌아왔다. 특정한 페이지를 찾는 것처럼 넘기고 있었다. 싸구려 종이가 바스락거릴 때마다 눈앞을 스치는 기묘한 자세의 알몸을 보자 어떤 잡지인지 짐작이 갔다. "던디에 사는 숙모를 만나러 갔는데 버스정류장에서 팔더라고. 이거 살 용기를 내느라 버스를 두 번이나 놓쳤어."

"너한테 그걸 팔아?"

제임스는 어깨를 으쓱했다. "그럼, 내 돈도 돈이니까."

잡지에는 몸이 잔뜩 부푼 미국인들이 가득했다. 구릿빛 근육질 남자들의 몸에 수영복 자국만 희미하게 남아 있었다. 이들의 몸은 먼고나 제임스와 딴판이었다. 길고 가느다란 팔다리와 부드러운 솜털, 손을 대면 발개지고 온도와 감정에 따라 파르스름해지거나 불그스름해지는 창백한 피부를 지니지 않았다. 잡지 속 미국인들의 몸은 부자연스럽게 땡땡했다. 털을 밀거나 뽑아낸 매끈한 몸으로 드러누워 다리를 올리고 있는 이 남자들은 인간보다는 크리스마스 만찬에 나오는 칠면조와 유사했다. 눈을 빛내고 얼굴을 찌푸리며 거짓으로 쾌감을 표현하고 있었다. 한 남자는 거의 다 쓴 치약을 쥐어짜는 손길로 흐늘흐늘한 성기를 붙잡은 채 카메라를 보고 싱긋 웃고 있었다.

"말도 안 돼. 항문에 넣었잖아." 먼고는 벤치에서 몸을 포개고 있는 야구선수들을 가리키며 말했다.

이런 잡지는 발기된 성기를 보여주지 못하게 되어 있었지만, 겹쳐진 몸만 보아도 그 자세가 의미하는 바는 명백했다. 먼고는 제임스의 엉덩이가 그리는 곡선은 상상해본 적 있지만 그 사이에 숨겨져 있는 어두운 부분에는 생각이 가닿지 않았다. 잡지를 넘기자 한 남자가 다리를 올리고 누워서 자기 손가락을 넣고 있었다. 아파 보였다.

"그래." 제임스는 먼고의 어깨에 머리를 기댔다. "저게 우리가 하는 거야."

"우리가 누구야?" 먼고는 코웃음 쳤다.

"우리 같은 사람들."

"그럼 누가 남자고 누가 여자야?" 먼고는 진지하게 물어보았다.

"음, 니가 여자야."

먼고는 제임스의 머리를 밀어냈다. "너야."

사진을 보니 흥분이 되었다. 이따금—조디는 잠자리에 들고 하미시는 새미조네 집에서 자고 올 때—먼고는 버터처럼 부들부들한 여자들의 사진이 가득한 잡지를 형의 방에서 몰래 가져왔다. 남자가 포함되어 있는 사진이 제일 좋았다. 페이지를 접어서 여자는 뒤에서 쉬게 해주었다. 처음에는 너무 세게 접은 탓에 아무리 깨끗이 펴도 접은 선이 눈에 띄었다. 딱 걸릴 게 뻔했다. 먼고는 조디가 깰까봐 가슴을 졸이며 조심스레 다리미판을 펼친 다음에 잡지의 잉크가 바래기 일보 직전까지 다렸다. 그래도 희미하게 선이 남았다. 그 선은 여자의 입술과, 여자가 혓바닥으로 간지럽히고 있는 흐늘흐늘한 성기를 분리했다.

제임스가 잡지를 넘겼다. 미국인들과 군용 지프 사진이—심지어 차도 근육질처럼 보였다—가득한 가운데 제법 현실적인 외모의 버스운전사와 수업을 땡땡이치고 있는 당돌한 학생이 보였다. 시내버스 위층처럼 꾸며놓은 공간에서 운전사가 남학생을 무릎에 앉히고 손바닥으로 엉덩이를 때리고 있었다. 학생은 카메라를 보고 씩 웃었다.

"월간 교통카드를 잃어버렸나보네." 제임스가 말했다.

"학생인 척해서 반값만 내려고 했나봐."

"맞아, 적어도 마흔다섯 살은 되어 보이는데."

제임스는 잡지를 집어 던졌다. 잡지는 저만치 떨어졌지만 그 속의 이미지들은 이미 망막에 새겨졌다. 퍼레이드 시네마 영화관에서 상영하는 영화처럼 이날 밤 먼고의 이불 밑면에 투영될 것이다.

제임스의 알몸을 처음 본 날, 서로 너무 가까이 붙어 있어서 몸을 제대로 볼 수 없었다. 제임스를 멀찍이 밀어내고 바닥에 눕힌 다음에 위에 서서 가만히 내려다보고 싶었다. 눈썹과 눈썹, 입술과 입술을 맞대고 뒤엉켜 있었던지라 제임스의 몸은 문틈으로 들여다보는 것처럼 언뜻언뜻 눈앞을 스칠 뿐이었다. 눈앞에 흐드러진 것은 설화석고의 흰빛과 장밋빛, 팔 안쪽 빙하처럼 한없이 엷은 푸른빛과 그 위로 강줄기처럼 뻗은 보랏빛 혈관, 입을 맞추고 싶어 애가 타는 팔꿈치의 상처, 창백한 쇄골 위로 카네이션처럼 피어난 붉은 반점. 제임스의 몸은 온통 자라나고 있는 뼈와 잡티 없이 깨끗한 피부로 이루어져 있었다. 페인트 색상표에서 가장 여린 흰색이었다.

등을 대고 누워 있는 제임스의 몸통은 갈비뼈가 튀어나와서 마치 뒤집어진 선체를 보는 것 같았다. 그토록 널찍한 가슴에 우스울 정도로 조그마한 분홍빛 젖꼭지 두 개가 달려 있었다. 줄줄이 튀어나온 갈비뼈 아래 배는 우묵했다. 툭 튀어나온 골반을 보면 아직 성장이 끝나지 않았음을 알 수 있었는데, 등의 근육과 엉덩이의 굴곡으로 미루어 체격이 꽤 커질 것이 분명했다. 제임스의 몸은 흰빛이 감도는 부드러운 금색 털로 뒤덮여 있었다. 꽃가루가 내려앉은 것 같았다. 침침한 오후의 해가 부드러운 빛을 그 위로 뿌렸다.

쿰쿰한 겨드랑이털과 엉덩이 골의 솜털이 먼고의 손끝을 간질였다. 제임스의 피부는 세상 그 어디보다 광활하고 뜻밖인 풍경이었고, 먼고는 기쁜 마음으로 탐험했다. 꽉 끼는 사각팬티의 고무줄이 남긴 철로 같은 자국을 손으로 훑었다. 울룩불룩하고 음악적인 느낌이었다. 두 소년은 서로의 몸을 탐험했다. 깡마른 두 쌍의 팔다리를 어색하고 서투르게 얽은 채로, 새로운 즐거움을 찾는 데 열성적인 손가락을 너무 급히 움직였다.

두 사람의 몸이 떨어지자 제임스는 먼고와 이마를 맞댔다. 밀크티와 캐러멜이 배어 있는 숨이 먼고의 얼굴을 뜨겁게 덮었다.

이제 두 사람은 자기 몸을 만지고 있었다. 따로따로 함께했다. 자신의 쾌감을 추구하면서도 점점 가빠지고 밭아지는 숨을 통해 상대와 공유하고 있었다. 제임스의 아랫입술이 먼고의 코끝을 덮고 끈적한 입술 사이로 계속해서 가빠지는 숨을 몰아쉬었다. 서로 속도를 맞추었다. 시작된 것만큼이나 갑작스레 제임스가 허리를 뒤로 젖혔고, 끝났다.

먼고는 행복하고 얼떨떨했다. 그런데 그날 오후 두 번째로 제임스는 먼고를 카펫에 널브러진 채로 내버려두고 일어났다. 먼고가 손을 뻗었지만 제임스는 이미 무릎을 대고 앉아서 자기 배를 닦고 있었다. 퇴창 밑에서 먼고를 등지고 앉아 있는 제임스의 옆구리와 등에 카펫 자국이 나 있었다. 제임스는 커다란 탄산음료 병을 집고 꿀꺽꿀꺽 들이켰다. 페트병이 찌그러졌다.

열정이 너무 빠르게 그들을 휩쓸고 지나갔다. 이제 제임스는 굳어버린 것처럼 앉아 있었다. 뼈마디가 튀어나온 척추와 갈비뼈를 보니 고번 올드에 전시되어 있는 동물 유골이 떠올랐다. 마침내 제임스는 몸을 돌리고 벽에 기대앉아서 시선을 떨구었다. 두 사람은 페이즐리 무늬 양탄자 하나를 사이에 두고 있을 뿐이었지만, 선생에게 꾸중을 듣고 떨어져 앉은 아이들처럼 서로 보지 않았다.

"내가 뭐 잘못했어?" 먼고가 물었다. 내가 뭐 잘못했어? 입에 붙은 말버릇이다. 너 왜 그래? 혹은 너 괜찮아?라고 묻지 않았다. 늘, 내가 뭐 잘못했어?

제임스는 가래 끓는 기침을 내뱉고 가슴 한복판을 문질렀다. 제임스의 큰 귀와 틈새가 넓은 치아는 평소에 친근하고 만화 캐릭터 같은 인상을 빚어냈지만 지금은 아니었다. 죽어가는 햇빛 속에서 고개를 수그린 채로 눈썹 뼈 아래에서 먼고를 빤히 보고 있는 제임스는 표정이 얼어 있었고 거실을 가로지르는 시선은 외풍처럼 싸늘했다. 여러 색이 점점이 찍힌 눈은 녹색보다 슬레이트의 회색에 가까웠고, 부싯돌처럼 딱딱하고 날카로웠다. "내가 우스워?"

"재밌게 우습냐고, 아니면 이상하게 우습냐고?"

"이상하냐고. 내가… 내가 치키 같아?" 제임스는 흡입기를 빨았다.

먼고는 무어라 답해야 할지 알 수 없었다. 제임스의 말뜻을 짐작해 봤지만 머리칼을 바깥바람에 날리지 않고 활짝 웃지도 않고 공영주택 1층에 숨어 사는 제임스를 상상하기 어려웠다. "방금 그런 거 다시는 안 해도 돼."

"아무한테도 말하지 않을 거지?" 제임스의 눈에서 두려움이 수치심 위로 드리웠다.

"당연하지. 왜? 너는 말할 거야?" 하나 마나 한 질문이었지만 그래도 소리 내어 말함으로써 유대를 증명해야 했다.

"절대." 제임스는 성호를 그었다. 그러고 나자 다소 마음이 놓인 모양이었다. 제임스는 콧물을 훔쳤다. "이 난장판을 봐. 사흘 있으면 제이미슨 씨가 돌아올 텐데. 아직도 여자친구 못 만들었다고 하면 날 죽이려들걸."

"어차피 혼날 거잖아." 먼고가 말했다. "너희 아버지는 우리 형이랑 비슷한 거 같아."

제임스의 눈은 시큰거리는 것처럼 붉게 부어 있었다. 먼고와 함께 누운 그 순간 이래 머나먼 길을 여행했다. 고작 7분 만에 그토록 먼 거리를 지나다니. "너는 어떻게 견디는지 모르겠어."

먼고는 발아래 카펫의 실밥을 잡아당기고 있었다. "너를 만나고부터 좀 쉬워졌어." 먼고는 애써 웃음을 지었다.

"하, 그럼 이번에 아빠 오면 니가 내 여친 해줄래?"

"어떻게? 가발이라도 쓸까? 퍼레이드에 사는 머레이드예요, 이래?"

"그럴 줄 알았어. 니가 여자 맞네." 제임스가 특유의 목이 잠긴 듯한 웃음을 터뜨렸다.

제임스의 입매에 돌아온 미소를 붙들 수 있다면 무엇이라도 할 수 있을 것 같았다. "뭘 봐, 코끼리 귀야?"

"아무것도 아냐." 제임스가 말했다. "너를 보는 게 좋아. 생각해보면 되게 아쉽다. 평생 뒷마당 하나를 사이에 두고 살았잖아."

"괜찮아. 너희 아버지가 오기 전까지 사흘이나 남았어."

"사흘 후에는," 제임스가 말했다. "치키 제이미슨은 사라져야지."

그때 먼고가 달려들어 제임스의 가슴을 때렸다. 그리고 제임스가 받아치기를 기다렸다. 늘 난폭함이 다정함을 앞섰다. 먼고의 세계에서는 언제나 그랬다. 모모는 스콜 샌들로 먼고의 등을 후려쳐 크림색 피부에 보라색 멍을 퍼뜨리고는 그제야 자신이 지나쳤다고 깨달으며 부드러운 가슴으로 안아주었다. 조디는 멍청하다고 야단치고 깎아내린 뒤에 미안해하며 따뜻한 위타빅스 시리얼에 설탕을 듬뿍 뿌려주었다. 하미시는 먼고를 주먹질로 쓰러뜨리고 깔고 앉았다. 먼고가 도와달라고 소리치기 시작하면 하미시는 손으로 얼굴을 쥐었다. 손가락으로 눈을 가리고 손바닥으로 벌어진 입을 틀어막았다. 먼고가 기운이 빠져 쓰러진 풀잎처럼 순순히, 부활절의 양처럼 맥없이 항복할 때까지 그렇게 깔고 앉고 있었다.

아픔이 앞서 오고, 입맞춤이 따라왔다. 제임스는 레슬링을 하는 것처럼 기다란 양팔로 먼고의 허리를 끌어안고 그대로 바닥에서 들어올렸다. 숨이 막히도록 힘껏 안았다. 먼고는 포옹이 끝나지 않기를 소망했다. 그때 제임스가 방귀를 뀌었다. 천둥처럼 큰 방귀 소리가 길게 터져 나왔다. 유제품과 백설탕이 유발한 지독한 방귀였다. 먼고는 제임스를 밀어내려 했지만 꿈쩍도 할 수 없었다. 그래서 기뻤다.

제임스네 집의 화장실은 희끄무레한 민트색이었다. 변기 위로 설치한 4단 선반에서 한 단에만 화장실 용품이 올려져 있었다. 먼고는 데오드란트, 발 소독 스프레이, 용기가 녹슨 치질 크림 들이 담긴 통을 뒤적거렸다. 뒤쪽에는 거품을 내는 면도솔과 일자 면도기가 구비된 구식 면도 세트가 있었다. 먼고는 이런 것을 처음 보았다. 제이미슨 씨의 면도솔을 집고 냄새를 맡아보았다. 솔에 남아 있는 거품 냄새를 맡으니 마치 다른 시대로 시간 여행을 온 것 같았다. 코를 찌르는 멘톨과 솔향, 그리고 석탄산 비누를 연상시키는 아니스 씨앗 냄새가 뒤섞여 있었다. 먼고는 부드러운 면도솔로 아랫입술 아래를 문질렀다. 기분 좋은 촉감이었다.

욕조에 목욕물을 받는 동안 면도솔로 쇄골을 쭉 훑고 목 아래로, 매끈한 가슴에서 왼쪽 젖꼭지 둘레를 차례로 옮겨가며 쓸었다. 고개를 젖히고 화장실 천장에 달려 있는 장식을 올려다보았다. 제임스의 어머니가 직접 설치한 것 같았다. 천장 둘레를 따라 핀을 여러 개 박고 노끈을 하나씩 건 다음에 마크라메 장식과 유사한 무늬로 노끈들을 얼기설기 엮었다. 물탱크에는 포푸리 그릇이 올려져 있었지만 향이 전부 날아갔다. 한때 이 집에 여자가 살았다는 유일한 흔적이었다.

두 사람이 함께 들어갔을 즈음에는 목욕물이 미지근하게 식었다. 먼고가 먼저 들어가서 수도꼭지가 없는 쪽에 자리를 잡았다. 펄펄 끓는 고열을 앓고 난 것처럼 몸이 끈적했지만 온몸 구석구석에서 평화와 행복이 느껴졌다. 제임스가 들어와 긴 다리로 먼고의 몸을 감쌌다.

제임스는 소시지 롤빵이 수북한 접시를 변기 뚜껑에 내려놓았다. 먼고는 접시를 고갯짓으로 가리키며 말했다. "누가 여자인지 이제 확실해졌네."

제임스는 도발에 응하지 않고 빵을 찢었다. 얇고 기름진 빵 껍질이 풀풀 날리다가 제임스의 젖은 가슴에 달라붙고 나머지는 웅덩이의 나뭇잎처럼 목욕물에 둥둥 떴다. 먼고는 빵을 하나 입에 넣었다. 질긴 소시지는 혓바닥이 델 만큼 뜨거웠다. 먼고는 미지근한 목욕물을 손으로 떠 마셨다.

또다시 어부 모자를 쓴 제임스는 입을 벌린 채로 음식을 씹으면서 싱글거리고 있었다. 먼고는 손을 뻗어 모자를 푹 눌러 씌웠다. "그 모자 쓰면 같이 목욕 안 할 거야. 너무 이상해."

제임스는 양손으로 귀를 가렸다. "이렇게 뒤로 고정할 수 있음 좋을 텐데. 이런 귀를 달고 사는 게 어떤지 넌 몰라. 이 꼴로 학교 가는 거 상상해봐. 앞자리에 앉는 건 상상도 할 수 없어."

"나는 너 귀 싫지 않아."

제임스는 소시지 빵을 꾹 눌러 갈색 소스를 입속으로 쏘았다. 김이 모락모락 나는 빵을 입에 넣고 소시지를 문 채로 말했다. "니가 나 좋아하는 거 같아."

"어쩌면." 먼고는 턱을 물에 담갔다. "그 귀를 사흘만 더 보면 되잖아. 그때까지는 토를 참을 수 있을 거 같아."

"사흘이라." 제임스는 잠시 잊고 있었다. 초록빛 눈에 다시금 잿빛 그늘이 드리웠다.

먼고는 발가락으로 제임스의 불알 밑을 찌르고, 제임스가 버둥거려서 욕조의 물이 카펫으로 쏟아질 때까지 밀었다. 몸을 앞으로 당겨 앉고서는, 제임스의 양쪽 뺨을 쥐고 도톰한 입술이 미소로 벌어질 때까지 잡아당겼다. "잘 들어. 앞으로 같이 지낼 시간이 사흘뿐인데, 뾰로통한 얼굴 보고 싶지 않아."

먼고는 다시 욕조에 기대 누웠다. 제임스는 먼고를 노려보며 양쪽 뺨을 문질렀다. "너 따위 한 방에 때려눕힐 수 있어."

"못할걸."

"니가 빽이 있어서 그렇지 뭐." 제임스는 도전하듯이 턱을 치켜들었다. "형 믿고 까부는 거잖아."

먼고는 고개를 끄덕였다. "정답. 그러니까 그 페니언 주둥아리 조심해서 놀려라. 안 그럼 니가 꼬추 보여줬다고 형한테 이를 거야."

"좋아했으면서." 제임스가 목욕물에 파도를 일으켰다.

"맞아. 하지만 내가 형한테 그걸 말하겠어?"

두 사람은 식어가는 물속에 계속 누워 있었다. 먼고는 제임스의 발을 잡았다. 전에는 자세히 본 적이 없었다. 발뒤꿈치가 놀랄 정도로 부드럽고 냄새도 나지 않았다. 먼고는 제임스의 엄지발가락을 입에 넣었다. 그렇게 두 사람은 무표정으로 앉아 있었다. 끝내 제임스가 킬킬거리면서 발을 빼려고 했다. 먼고는 혀끝에 붙은 양말 실밥 한 오라기를 떼어낸 다음에 조그맣게 말했다. "너는 내 목욕물 마실 자격도 없어."

"뭐?" 제임스는 물에 떠다니는 빵 껍질을 손으로 낚시하고 있었다.

"우리 모모가 입에 달고 사는 웃긴 말이야. 예를 들어 정육점에서 웬 아줌마가 자기를 훑어보면 모모는 이렇게 말해. '늙은 암소 같은 년. 내 목욕물 마실 가치도 없는 것이.' 그러니까, 상상해봐. 우리 집 앞 복도에 여자들이 텀블러를 하나씩 들고 줄 서 있으면 하미시 형이 문지기처럼 서 있다가 말하는 거지. '아이린, 아줌마는 안 돼. 그 압박 양말은 못 참아주겠어. 당신 줄 목욕물은 없어."

"니네 엄마 만나보고 싶다. 천상천하유아독존 모린."

먼고는 고개를 저었다. "절대 안 돼. 나 쪽팔리게 할걸."

"재밌는 사람 같아."

"우리 누나는 그렇게 생각하지 않아. 하지만 난 모모가 좋아. 자꾸만 자기 자신을 힘들게 해서 그렇지." 그때 먼고의 머릿속에서 유쾌한 생각이 반짝 빛났다. 먼고는 제임스의 발을 얼굴 옆에 대고 부드러운 발바닥을 다이얼패드처럼 눌렀다. "여보세요, 여보세요? 해밀턴 부인과 약속 잡고 싶으시다고요? 11시에 세 사람요? 늘 앉으시는 자리로 드릴까요?"

발바닥이 간지러웠는지 제임스가 다시 쿨럭거리기 시작했다. "예, 그러죠, 뭐…" 제임스는 흡입기로 손을 뻗었다.

먼고는 제임스의 발을 놓았다. "너 병원 가봐야 해. 그렇게 기침하는 거 걱정돼."

제임스는 맨가슴을 문지르고 헐떡이며 숨을 골랐다. "별거 아냐."

"별거 아니긴. 내 생각엔 비둘기들 때문인 거 같아."

"어쩌면." 제임스는 화제를 바꾸려 했다. 먼고의 이마에 주름 잡힌 걱정을 지우고 싶었다. "누가 나를 걱정해주니까 좋긴 하다."

먼고는 천천히 얼굴을 물에 담그고 헤벌쭉 벌어진 미소를 숨겼다. 불쑥 다시 얼굴을 내밀었다. "그래? 너가 내 남자친구야?"

"니가 내 여자친구 하면."

먼고는 양쪽 무릎을 바깥으로 돌려 제임스의 허벅지 안쪽을 세게 밀었다. 금발 소년이 아프다고 신음하며 항복했다. "알았어! 그건 모모한테 말하지 않겠지만, 알았어. 먼고 해밀턴, 내가 니 남자친구 해줄게. 어쨌든 앞으로 사흘간은 말이야."

이번엔 먼고가 깜박하고 있었다. 잠시 누워서 시간이 얼마나 남았으며 이 달콤한 시간을 어떻게 아껴 써야 할지 고민했다. 물론 제이미슨 씨는 왔다가 곧 다시 떠나겠지만, 지금 이 순간에 그건 무관하게 느껴졌다. 어린애처럼 유치한 생각이 들었다. 제임스네 아버지는 왜 집에 와야 할까? 어두워지는 낮빛을 보고 있던 제임스는 먼고의 몸을 잡고 돌려서 자신의 가슴 위로 눕혔다. 그 난리통에 물이 온통 넘쳐흘렀다. 먼고가 말했다. "알았어, 모모 만나게 해줄게. 하지만 잠깐만이야."

제임스는 먼고가 꼼짝도 하지 못하게 손목을 꽉 잡고는 입술을 귀옆에 대고 말했다. "좋아, 혹시 아니? 내가 니네 엄마랑 데이트하고 니 새아빠가 될지. 그럼 일거양득이잖아. 어쨌든 넌 가정교육이 필요한 거 같아서 말야."

먼고는 일찌감치 모모의 스낵바로 갔다. 모모가 어떤 상태인지 확인하고, 필요하다면 술을 많이 못 마시게 막을 작정이었다. 제임스는 언제 어디로 와야 하는지 알았다. 모모는 먼고에게 입을 맞추고 단골들 눈에 띄지 않게 카운터 아래에 숨겼다. 거짓 미소와 수다로 손님들을 유혹하는 모모를 먼고는 카운터 밑에서 보고 있었다. 모모가 먼고에게 시선을 내릴 때는 입꼬리도 같이 내려갔다.

모모는 종이컵에 담아놓은 술을 슬그머니 한입 마셨다. 먼고가 몰래 내용물을 확인해보니 썩은 과일과 감기약 냄새가 나는 강화 포도주였다. 꽤 오랫동안 같은 컵으로 술을 마시고 또 따르기를 반복했는지, 컵 주둥이에 립스틱이 묻고 잇자국이 잔뜩 찍혀 있었다.

스낵바에서 튀긴 양파의 단내가 났다. 라디오의 심야 프로그램에서 모모의 젊은 시절에 유행한 잔잔한 록 음악을 틀어주었다. 닥터 훅, 에릭 클랩턴, 케니 로저스. 먼고는 플라스틱 아이스박스 위에 앉았다. 모모가 롤빵이 수북한 통을 건네주었다. "여기까지 와서 성가시게 할 거면 도와주기라도 해."

모모는 파마가 과하게 뽀글뽀글하게 나왔다. 롤빵 속에 감자 스콘과 기름진 베이컨을 채우는 중간중간 모모는 지글지글 끓는 프라이팬 위로 머리카락을 쭉 잡아당겨서 곧게 펴려고 했다. "폴린, 멍청한 년. 사람을 이 꼴로 만들어놓고서는 18파운드를 달라고 해? 이 꼴로! 그 년 집에서 파마를 하는데 어찌나 애들이 들러붙던지. 끝나고 나올 즈음에는 내가 꼭 고아 소녀 애니 같았다니까." 모모는 아플 때까지 머리칼을 잡아당겼다. "내일 보면 괜찮아질 거랜다, 지랄."

"나쁘지 않아요." 실은 모모는 감전당한 것처럼 보였다.

"그 집은 심지어 차도 맛없더라."

먼고는 롤빵의 부드러운 속살을 찢어서 입에 넣고 있었다. 플라스틱 나이프로 샛노란 마가린을 빵의 양면에 발랐다. 자기가 일을 꼼꼼히 하고 있다고 흡족히 여기며, 기름이 뚝뚝 떨어지는 빵을 운전사들이 얼마나 좋아할까 생각하고 있었다. 그러나 모모는 뒤집개로 먼고의 손등을 때렸다. "롤빵 좀 그만 먹어. 마가린 낭비하지 말고. 빅 엘라가 나를 죽이려들 테니까."

모모는 다시 머리칼을 잡고 펴기 시작했다. "하여간에 여긴 왜 왔어? 돈 필요해?"

"왜요, 돈 있어요?"

"아니."

"그럼 보고 싶어서 왔어요."

모모는 먼고의 턱 밑을 간질였다. "그랬겠지. 미안, 귀염둥이. 학교에선 잘 하고 있어?"

먼고는 스웨터 앞섶에 묻은 마가린을 훔쳐냈다. "별로. 조만간 그만두고 싶어요. 어디서 견습이나 받는 게 나을 거 같아."

모모는 먼고 옆에 쪼그려 앉고 담배에 불을 붙였다. 사람들 눈에 띄지 않게 카운터 아래 숨어서 담배를 빠금거렸다. "나는 니가 학교 계속 다녔으면 좋겠는데."

"나랑 안 맞는 거 같아요. 일하는 게 나을 거 같아."

"그럼 하고 싶은 대로 해. 내가 어떻게 강요하겠니. 학교 다녔다고 나한테 도움이 된 것도 없는데." 모모는 눈을 가늘게 뜨고 먼고를 보았다. "하지만 먼고, 학교에서 너한테 무슨 일 있는지 확인한답시고 찾아오게 만들면 가만 안 놔둔다."

"그럴 일 없어요. 내가 자퇴한다고 하면 두 팔 벌려 환영할걸요."

"그래, 알았다. 이제 넌 거의 성인이야. 자기 앞가림할 때도 됐지." 모모는 반쯤 뜯어 먹은 것처럼 너덜너덜한 종이컵에서 길게 한 모금 들이켰다. 모모가 종이컵을 새로 채우려고 뚜껑을 따자 벅패스트 강화 포도주의 금속 뚜껑이 떨어져 기름투성이 바닥에서 데굴데굴 굴렀다. "에이." 모모는 어깨를 으쓱하더니 이왕 이렇게 된 거 다 마셔버려야겠다는 듯 병나발을 불었다. 그리고 먼고에게 술을 권했다.

먼고는 고개를 저었다. "술 마시지 말지."

"알딸딸할 정도만 마시는 거야. 일하는 동안 버틸 수 있게." 모모가 덧붙였다. "그리고 술을 마시면 내가 더 발랄해지잖아. 남자들은 발랄한 여자를 좋아해. 그래야 팁을 많이 벌지."

모모가 즐기는 술 가운데 먼고는 벅패스트가 제일 두려웠다. 하하의 패거리는 벅패스트를 '광란주'라고 불렀다. 도수도 셀뿐더러 카페인까지 잔뜩 함유되어 있기 때문에 이걸 마시면 어머니가 만취하기만 하는 게 아니라 신경이 예민해져서 잠도 못 잤다. 먼고는 롤빵을 찢어서 쫄깃한 속살을 어머니에게 내밀었다. 모모는 먼고의 손을 밀어냈다. "살찐 거 안 보여? 여기서 좀만 더 찌면 캐러밴이 폭삭 꺼질걸."

먼고는 빵을 자기 입에 욱여넣었다. "조키는 어떻게 지내요?"

모모의 얼굴이 갑작스레 환해졌다. 양쪽 손바닥을 활짝 펼치고 한 바퀴 빙그르르 도는 걸 보고 먼고는 자신이 노다지를 찾았음을 알았다. 어찌나 들떴는지, 뽀글뽀글한 머리에 환희의 표정이 더해져 모모는 금세라도 발작을 일으킬 것처럼 보였다. "어머, 세상에! 내가 너한테 아직 말 안 했구나! 웬 좀도둑이 조키네 가게에 와서 과붓집에서 훔친 결혼반지를 전당 잡으려고 했어. 그래서 조키가 경찰에 신고했더니 그 과부가 현금으로 사례했다지 뭐니. 그뿐만이 아니야, 감사의 마음을 표현한다고 번트 아일랜드에 있는 자기 캐러밴을 2주간 빌려준다고 했단다. 굉장하지 않니?"

모모의 투명 살색 스타킹에 구멍이 나 있었다. 먼고는 구멍을 만지작거리며 물었다. "나도 같이 가도 돼요?"

모모는 먼고의 얼굴에서 머리칼을 걷고 입술을 오므렸다. "아, 미안, 아들. 아직까지는 우리가 텔레비전에서 '신혼기'라고들 부르는 시기거든. 그래서 우리 둘만의 관계에 집중해야 해. 그게 아주 중요해." 모모는 자신의 허리께를 긁적였다. "아, 스타킹 때문에 갑갑해 죽겠네. 이 철판 앞에서 이런 걸 입으니까 그렇지. 벗어야겠다."

먼고는 스타킹 구멍에 손가락을 넣었다. "내가 해도 돼요?"

모모는 일순 짜증을 내려다가 고개를 끄덕였다. "그래라. 원하면."

먼고의 주먹 관절에 모모의 까칠한 다리털이 닿았다. 스타킹에 난 구멍을 잡아당기자 조그만 실밥이 톡톡 뜯어져 빗방울처럼 모모의 다리에 떨어졌다. 먼고는 손가락을 몇 개 더 넣고 잡아당겼다. 스타킹이 발목에서 치마 끝자락까지 찢어졌다. 먼고는 다른 다리의 스타킹에도 구멍을 하나 내고 찢었다. 모모는 카운터를 붙든 채로 깔깔거렸다. 먼고가 어렸을 때부터 두 사람은 이 놀이를 즐겼다. 스타킹이 봐줄 수 없을 만큼 해지면 모모는 아이들이 스타킹을 찢고 놀게 해주었다. 아이들은 스타킹을 허리 밴드나 발가락 재봉선부터 뜯지 않았다. 어머니의 발을 잡고 의자에서 끌어 내린 다음에, 깔깔거리는 어머니를 바닥에서 질질 끌었다. 그러다보면 닭고기가 포장망에서 빠져나오듯이 어머니의 하얗고 부드러운 다리가 나타나 카펫 위로 들썩였다.

"이제야 숨 좀 쉬겠네." 모모는 찢어진 스타킹을 벗고 운동화를 다시 신었다. 아래쪽 선반에 발을 올려놓은 채로 피부 아래 박힌 털을 몇 개 뽑고 울룩불룩한 정맥을 손으로 훑었다. "이건 니 키우다 생긴 거야. 어찌나 맨날 안아달라고 보채던지 잠시도 내려놓을 수 없었어."

그때 모모의 눈길이 어둠 속의 무언가로 쏠렸다. 모모는 카운터 위로 고개를 빼고 눈부신 형광등 조명 너머를 보았다. "안녕, 학생. 롤빵 사려고?"

먼고는 몸을 일으켜 앉고 카운터 위를 보았다. 거기 있었다. 제임스가 불빛의 원주 끄트머리에 서서 초조히 옴짝대고 있었다. 제임스 제이미슨은 뜨거운 물로 목욕해서 온몸이 벌겋게 익었고 머리는 단정하게 빗어 가르마를 탔다. 잘 보이려고 애쓴 그 모습을 보고 먼고는 웃었다. 나중에 놀려주리라 작정했다. "모모, 내 친구예요. 제임시예요."

"잠깐, 너 친구 생겼어?" 어둠 속으로 몸을 내밀고 제임스와 악수하는 모모의 종아리 근육이 땅겨졌다. "만나서 반갑구나. 난 먼고 큰누나 모린이야."

먼고는 캐러밴 문을 열고 진흙투성이 땅으로 뛰어내렸다. 모모가 호감을 느꼈다는 확신이 들었다. 그런데 제임스가 먼고에게 인사하려고 돌아선 순간 모모는 자기 귀를 납작하게 머리에 붙이며 입 모양으로 말했다. 귀가 참 안타깝네.

"어떻게 둘이 짝꿍이 됐어?" 모모가 물었다.

"아, 진짜. 어린애도 아니고 무슨 짝꿍이에요."

"니네 또래한텐 그 말에 무슨 다른 뜻이 있는지 난 모르지. 이건 어때, 그러니까 언제부터 빙고장에 같이 갔어? 브리지 게임을 하나? 아님 카나스타?" 모모가 빈정대는 미소를 띠고 말했다. "이게 더 나아?"

먼고의 눈꺼풀이 움찔거리기 시작했다. "제임스는 비둘기 집에서 비둘기를 키워요."

모모가 구역질이 나온다는 표정을 지었다. "그걸 왜 하는지 모르겠다. 난 비둘기 눈만 봐도 소름이 끼치던데. 그것들은 나를 보면 꼭 날아와서 똥을 갈겨대려 한다니까." 모모는 서빙 카운터 위로 몸을 빼고 금발 소년을 빤히 보고 있었다. 먼고는 모모가 블라우스 단추를 좀 채우기를 바랐다. 제임스는 자신을 뜯어보는 모모의 시선을 묵묵히 견뎠다. 모모가 이제 알겠다는 듯이 고개를 갸웃하고는 카운터 뒤에서 똑바로 섰다. "너, 지미 제이미슨 아들이구나?" 제임스가 대답하기 전에 모모는 카운터를 손바닥으로 내려쳤다. "맞네, 맞아. 니 아버지 닮아서 덩치 큰 훈남으로 자랐구나."

제임스는 대답하지 않았지만 불편한 낌새였다. 모모는 종이컵을 새로 들고 자기 컵에서 벅패스트를 따라주었다. "여기, 마셔라. 내가 니네 아빠랑 잠깐 사귀었어. 까마득한 옛날에 말야. 내가 개신교라는 말을 듣고 니네 할머니가 경기를 일으켰더랬지. 하지만 난 종교끼리 화합해야 한다고 믿는 주의거든."

제임스는 팔을 뻗고 성배를 받듯이 양손으로 종이컵을 받았다. "평화에 기여해주셔서 감사합니다, 해밀턴 부인."

모모는 곧바로 소년에게 마음을 열었다. 같이 건배하자고 컵을 들었다. "하지만, 먼고, 생각해봐. 제이미슨 씨가 니 아빠였음 어땠을지." 모모는 콧방귀를 뀌고 손을 휘저었다. "아니, 잠깐. 내가 뭔 소리를 하는 거야. 제임스, 내가 니 엄마였으면 얼마나 재밌었을지 생각해보렴."

"좋았겠네요." 제임스는 거짓말했다. 앞니가 벌써 술 색깔로 물들어 있었다. "머리 예쁘게 하셨네요."

"봤지!" 모모는 칭찬에 약했다. 칭찬이 진심인지 거짓인지에는 무관심한 듯했다. 모모는 추궁하듯이 먼고에게 손가락질했다. "친구는 내 아들 한 지 5초 만에 저렇게 예쁜 말을 하는데, 니는 왜 그렇게 여자를 대할 줄 모르니."

## 19

두 번째로 같이 누웠을 때는 처음처럼 열정에 휘둘려 욕심내지 않았다. 서두르지 않았고, 자기 욕구를 우선시하지도 않았다. 끝난 뒤에 두 소년은 3단 전기난로의 불빛 속에 누워 있다가 견딜 수 없을 정도로 더워지고서야 움직였다. 전기난로에 진짜 벽난로를 흉내 낸 가짜 플라스틱 석탄이 수북했다. 석탄 아래 조그만 팬이 빙빙 돌아감에 따라 천장에 인공 불빛이 어른거렸다. 먼고는 파란색 양탄자에 누워서 아른거리는 불빛을 응시했다. 제임스는 어머니가 이 전기난로를 나중에는 무척 싫어했다고 말했다. 아이들이 어렸을 때는 좋아했지만, 임종의 순간이 다가오자 지옥불을 상기했던 것이다.

먼고는 제임스를 꼭 끌어안았다. 제임스는 먼고의 배 위로 손가락을 놀렸다. 두 손가락이 사람의 다리처럼 창백한 배 위를 걷다가 골반의 협곡으로 들어갔고, 다시 가슴뼈로 올라왔다. 먼고 배 가운데를 가로지르는 솜털을 간질였다. 후, 입바람을 불고, 들판 사이의 풀길 같다고 말했다.

“이렇게 조용한 데 산다고 상상해봐. 눈에 걸리는 것 없이 탁 트인 풍경에 들판만 끝없이 펼쳐져 있는 곳."

제임스가 떠나는 것에 대해 말할 때마다 먼고는 신경이 곤두서기 시작했다. 자기 옆에서 지금 이 순간에 집중하기를 바랐지, 아버지가 돌아올 날에 대해 전전긍긍하며 먼 미래를 내다보는 것은 원치 않았다. 먼고는 자신의 몸을 손으로 쓰다듬으며 대담하게 운을 시험했다. "가긴 왜 가? 이게 다 너 건데."

"내 거야?"

먼고는 고개를 끄덕였다.

제임스는 손날로 먼고의 끈적한 배를 가르듯이 비볐다. "그러면 이걸 분할해서 배럿 건설에 팔면 얼마나 받으려나?"

"한 푼도 못 받아. 원하는 사람이 너밖에 없거든."

제임스는 먼고의 성기에서 배꼽까지 난 가느다란 털을 잡아당겼다. "글쎄, 그럼 이걸로는 소를 몇 마리나 먹일 수 있으려나?" 제임스는 먼고의 배에 입술을 대고 털을 살며시 물었다.

가벼운 입맞춤 덕분에 기분이 풀렸다. "떠나면 어디 갈 건데? 에든버러?"

제임스는 먼고 위로 몸을 가로누였다. "아니, 에든버러에 수학여행을 갔었는데, 거긴 치즈 샌드위치 하나가 4파운드야. 다들 자기가 뭐라도 되는 줄 알고. 우리 말투를 얼마나 놀리는지 알아?"

"그럼 런던에 가게?"

"말도 안 돼. 거긴 정말로 비싸. 게다가 거기는 맨날 폭동 나고 난리잖아, 알지? 브릭스턴이랑 그런 곳 말야. 캘턴보다 더 살벌한 거 같더라." 제임스는 〈브릭스턴의 총〉을 엇나간 음정으로 흥얼거리기 시작했다. "*너희는 우리를 짓밟을 수 있겠지, 깔아뭉갤 수도 있겠지, 하지*

만 캘턴 오렌지단의 드럼 소리에 복종하게 될 거다."

더 클래시의 노래를 들으니 하미시가 떠올랐다. 한 번은 하미시가 〈경찰과 도둑〉이라는 노래를 흥얼거리면서 어떤 소년을 기절할 때까지 밟았다. 먼고는 제임스의 입을 손바닥으로 틀어막았다. 그러다 어떤 느낌인지 궁금해서 손가락 두 개를 입속에 넣었다. 부드러운 뺨 안쪽과 삐죽삐죽한 어금니를 손가락으로 훑어보았다. 한참 동안 조용히, 은밀한 촉감을 머릿속에 기록했다.

제임스가 먼고의 손가락을 뱉어냈다. "아드나머칸."

"아드나 뭐?"

"머칸. 바다로 뻗어 나가다, 뭐 그런 뜻의 게일어야. 엄마가 아플 때 요양하러 거기 갔었어. 우리 가족이 마지막으로 함께 보낸 휴가야. 바다로 쭉 뻗어 있는 스코틀랜드의 아주 조용하고 쓸쓸한 땅덩이였어. 사람보다 양이 훨씬 많고, 길이 어찌나 좁은지 차가 한 번에 한 대밖에 지나가지 못해. 하루는 날씨가 너무 음산해서 엄마는 외출하지 못하고 나 혼자 산책하러 나갔어. 한적한 만을 찾았는데, 가파른 내리막길을 내려가야 하는 곳이었어. 무서웠지만 해변에 뭐가 보이길래 궁금해서 갔지. 내려가보니까 그 지역에 한때 살던 사람들이 두고 간 오두막들이 모여 있더라고. 마을 사람이 전부 뿅, 가버린 거야."

"뿅 가?" 먼고가 킥킥거렸다.

제임스는 몸을 다시 굴러 먼고의 배에 얼굴을 대고 털을 느긋이 질겅였다. "그렇게 비밀스러운 곳은 처음 가봤어. 반도 맨 끝에 말굽 모양으로 구부러진 해변이 있어. 거긴 사람들이 좀더 많이 찾는 곳인데, 1년 내내 모래가 새하얗고 물이 투명해. 설탕처럼 완벽한 흰색이야. 엄마랑 아빠가 나더러 수영 좀 해보라고 해서, 바다 멀리 있는 산호섬까지 다녀왔어."

"바닷바람이 기침에 좋을 거 같아."

"흠, 그럼 거기가 내가 가야 할 곳인지도 모르겠다. 아빠 말로는 거긴 너무 외져서 농부들이 일손 구하는 데 애먹는대. 한번은 아빠가 웬 농장에 멈춰서 누나를 팔려고 했어. 멀미 난다고 불평했다고."

먼고는 옅은 황갈빛 머리칼을 손으로 쓸었다. 제임스를 잡고 흔들고 싶었다. 소리치고 싶었다. 그 대신 먼고는 애써 담담한 표정을 꾸며내고 말했다. "내가 열여섯 살 될 때까지 기다려주면 나랑 여비를 분담할 수 있어. 그럼 더 싸게 갈 수 있잖아."

제임스는 질겅이던 입의 움직임을 멈췄다. 먼고가 열여섯 살이 되어서 학교를 마치고 사회보장국의 간섭에서 벗어나기까지 일곱 달이 남았다. 까마득한 시간처럼 느껴졌다. "니 생일까지 못 기다리겠으면?"

"열네 번이야. 너희 아버지가 집에 오는 횟수가 열네 번 남았다고. 그렇게 생각하면 별거 아니잖아." 먼고는 양손을 펼쳤다. "봐, 거의 두 손으로 셀 수 있어."

"아빠가 날 죽일 거야, 먼고. 확실해. 내가 그때까지 못 버티면 어떡해?"

제임스는 먼고의 배에 다시 머리를 누이고 코가 간지러운 것처럼 얼굴을 비볐다. 먼고는 제임스 귀 뒤쪽의 순수한 분홍빛이 좋았다. 아주 살며시 구불거리는 밀이삭 빛깔 머리칼이 귀 뒤에서 목덜미로 이어지며 수천 가지 다양한 색으로 빛났다. 제임스의 몸에 숨겨져 있는 여러 부위 중에서 이곳이 제일 좋았다. 세상에서 오직 자기 한 사람만 이 부위를 아낀다고 생각하면 행복해졌다.

제임스의 목에 블랙헤드가 몇 개 있었다. 먼고는 그것들을 손톱으로 긁으며 말했다. "버틸 수 있어. 이제껏 버텨왔잖아. 어디라도 같이 갈게. 하지만 열여섯 살이 되기 전에 떠나면 성가신 일이 생길지도 몰라. 그리고 모모가 괜찮은지 확인해야 해. 누나한테 무작정 떠맡길 수는 없으니까. 누나는 꼭 대학에 가야 하거든. 얼마나 열심히 공부했는데."

"모모는 괜찮은 것 같던데."

"취한 모습을 니가 못 봐서 그래. 조키한테 차였을 때 누가 옆에 있어줘야 해."

제임스는 몸을 돌려 먼고를 마주 보고, 못 믿겠다는 듯이 눈살을 찌푸렸다. "치키 캘훈."

"뭐?"

"너는 치키 캘훈처럼 될 거야. 이제 알 것 같아."

"그런 말 하지 마."

"니가 뭘 원하는지 정확히 알겠어. 근데 좋지 않아. 너, 조심하지 않으면 여기서 평생 니네 엄마한테 붙들려 살 거야. 딱한 어머니를 부양하느라 카굴 점퍼 차림으로 부지런히 장을 보러 다니는 3층 노총각. 예수처럼 자기 자신을 희생한 거지. 니 하루에서 제일 즐거운 시간은 정육점 밖에서 아줌마들이랑 날씨에 대해 떠드는 시간이 될 거야. 그다음엔 그물망 장바구니에 생선을 담아 집에 가서, 자물쇠를 있는 대로 다 잠그겠지. 뭐를 위해서 그렇게 살아?"

"엄마를 위해서."

"그럼 넌 보이는 것만큼 멍청하구나."

"넌 이해 못해." 먼고는 자기도 모르게 내뱉은 잔인한 말을 도로 빨아들이려는 것처럼 숨을 급히 들이쉬었다. "미안, 미안." 제임스가 판자처럼 뻣뻣해지는 것이 느껴졌다.

"그래, 우리 엄만 죽어서 난 이해 못한다."

"그런 뜻이 아니었어."

제임스는 인상을 쓰고 먼고를 올려다보았다. "기다릴 수 있을지도 모르지. 분숫가에서 여자애들을 더 열심히 꼬셔볼까. 니가 언젠가는 철이 드나 보게."

"그래, 그러든가. 꼭 그래야겠으면." 갑작스레 먼고는 제임스를 밀쳐내고 싶었다. 하지만 비키라고 말할 새도 없이 제임스가 몸을 일으키더니 입가에서 침을 닦았다. "어떻게 이럴 수 있어?"

"내가 뭐?"

제임스는 앞으로 몸을 기울여 전기난로를 껐다. 천장에 아른거리던 불빛이 가물거리다 사라졌다. "빌어먹을, 먼고. 너 취하기라도 했어? 이 동네가 어떤지 까먹었어? 여기 애들이 우리에 대해 알아내면 칼로 찌를 거야. 펍에서 이야깃거리로 삼겠다는 이유 하나로 턱에서 사타구니까지 그어버릴 거라고."

"나도 알아."

"걔네한테 우리는 쓰레기만도 못한 존재야."

"나도 안다고."

"내가 여자애들 만나는 거, 그건 다 너를 위한 거야."

"나? 난 너한테 뭐 부탁한 적 없는데."

두 사람은 서로 빤히 보고 있었다. 제임스는 얼굴을 붉히며 혓바닥을 앞니 틈에 밀어 넣었다. "모르겠어? 여기 살면서 너를 기다리려면 나는 아빠가 하라는 대로 해야 해. 이 집에 사는 동안에는 아빠 말에 복종해야 한다고."

하하가 흔히 쓰는 속임수처럼 느껴졌다. 다 너를 위한 거야, 퍽. 니가 자초한 거야, 퍽. 나중에 나한테 고맙다고 할 거야, 퍽.

두 사람은 서로에게서 몸을 더욱 떨어뜨렸다. 뾰족한 종아리와 툭 튀어나온 쇄골, 파란빛이 감도는 창백한 피부에 싸여 있는 각진 뼈가 전부인 몸을. 반대 방향으로 멀리 떠내려가는 빙하 조각처럼 두 사람은 남빛 카펫의 바다에서 멀어졌다. 먼고는 바닥에 널려 있는 옷을 집었다.

"어디 가?"

"집에."

"안 돼."

"이래라저래라 하지 마."

제임스는 먼고의 발목을 붙들고 자기 쪽으로 잡아끌기 시작했다. 먼고는 카펫에 몸이 쓸려 따가웠다. 몸에 전류가 흐르는 것 같았다. 어떤 감정을 느껴야 하는지 아리송했지만, 제임스의 얼굴을 걷어차고 싶은 충동은 자각했다. 그렇지만 그보다 더, 백배 만배 더, 제임스의 곁에 묶여 있고 싶었다.

제임스가 양팔로 껴안자 얼굴의 경련과 도망치고 싶은 충동이 사그라들었다. 두 사람은 한동안 그렇게 몸싸움을 벌였다. 제임스는 먼고의 턱을 들고 시선을 마주치려고 했지만 번번이 먼고는 손을 뿌리치고 제임스의 목에 얼굴을 묻었다. 설득당하고 싶지 않았다. 어른스럽게 행동하고 싶지도 않았다.

"감정적으로 굴지 좀 마."

"남 말 하네." 먼고가 받아쳤지만 입술이 제임스의 딱딱한 어깨에 묻혀 있어서 웅얼웅얼 소리로밖에 나오지 않았다.

"뭐라고? 뭐라고?" 제임스가 간지럼을 태웠다. 제임스는 먼고의 미소를 한 번 더 보고 싶을 따름이었다. 먼고가 침을 한 사발 흘렸지만 제임스는 어깨에서 닦아내지 않았고, 팔다리에 쥐가 나도 비키라고 하지 않았다. 두 사람은 부둥켜안은 채로 집이 싸늘해질 때까지 오래오래 앉아 있었다. 멀리서 아이스크림 트럭의 종소리가 들려왔다. 제임스가 먼고에게 입을 맞추었다. "걱정하지 마, 니가 내 여자친구라니까. 니가 같이 떠날 수 있을 때까지 나는 최선을 다해 버텨볼게." 제임스는 먼고의 갈비뼈 사이를 손가락으로 누르고 아코디언을 연주하는 것처럼 위아래로 움직였다.

끝에 가서 사흘간의 행복은 이틀 하고 4분의 1로 줄어들었다. 먼고는 사기당한 것처럼 억울했다. 약속받았던 것을 도둑맞은 기분이 들어 온종일 침울했다. 제일 큰 과자 봉지를 골랐는데 내용물은 거의 없고 공기만 차 있을 때처럼 말이다.

"진짜 같이 가고 싶어?" 제임스가 물었다. 네 번째로 물어보는 것이었다. 황혼이 내려앉고 있는 공원은 어둑어둑했다. 멀리서 주황색 가로등 불빛이 빛났고, 도시는 묽은 잿빛에 젖어들고 있었다.

"응." 먼고가 말했다. 제임스를 따라가지 않으면 집에 숨어서 홀로 상상만 할 텐데, 그건 백만 배 더 괴로울 테니까.

두 소년에게서 똑같은 싸구려 애프터셰이브 향이 났다. 겨드랑이에 데오드란트를 어찌나 치덕치덕 두껍게 발랐는지 셔츠 아래 살이 생크림처럼 미끈거렸다. 제임스는 어깨를 부딪쳐 먼고를 보도에서 밀어냈다. "내 말 들어. 왜 너 자신을 괴롭히려고 해? 나는 어쩔 수 없이 하는 거야."

"나 걱정할 필요 없어." 먼고는 웃으려고 노력했지만 웃을 수 없었다. "어쩌면 원 플러스 원 세일을 할지도 모르지. 여자애 한 명이랑 자면 두 번째 애는 공짜."

"적립제 없냐고 물어봐." 제임스가 초록빛 눈을 빛내며 웃었다. "그 다음에 걸음아 나 살려라 도망가."

공원에서는 봄기운이 이제 막 새록새록 돋아나고 있었다. 싸늘한 비가 그쳤지만 모든 곳에 빗방울이 맺혀 있었다. 잔디밭을 구불구불 가로지르는 검은 경로가 축축한 혓바닥처럼 미끈거렸다. 분숫가의 여자아이들은 썩은 벤치 뒤쪽에 모여서, 식빵 끄트머리를 가져오는 노인을 기다리는 비둘기 떼처럼 눈을 반짝이며 고개를 까닥거리고 있었다. 남성용 스웨터 밑에 교복 치마를 짧게 말아서 입었고, 머리칼은 젤을 발라서 뒤로 넘겼다. 한 명도 빠짐없이 숱 없고 빳빳한 앞머리를 냈는데, 롤브러시로 말고 젤을 바른 앞머리는 상점의 차양처럼 둥글고 빳빳하게 굳은 채로 여자아이들의 하얀 얼굴 위로 튀어나와 있었다.

"뭐 가져왔어?" 여자아이 세 명 가운데 가장 덩치가 큰 니컬라가 물었다.

제임스는 점퍼 주머니에서 조그만 MD 20/20 포도주 병과 엠버시 라이트 열 갑을 꺼냈고, 소매에서는 후광을 달고 있는 모리세이의 사진이 표지를 장식한《NME》잡지를 꺼냈다. 제임스는 이것들을 전부 벤치에 내려놓고 한 발 물러섰다.

"뭐야, 완전 옛날 잡지잖아. 표지에 이건 누구야?" 금속 교정기가 입속을 가득 채운 니컬라가 물었다. 제임스가 가져온 잡지는 제임스네 누나 것이었는데, 거의 10년이나 지났다. 니컬라는 못마땅한 눈빛으로 모리세이를 훑어보고는 테이크 댓이나 EMF, 샤먼이 실린 잡지였으면 좋았겠다고 투덜거렸다.

"너희가 고전을 배울 때가 됐어."

"넌 우리 할머니랑 취향이 비슷한 거 같아." 니컬라가 콧방귀를 뀌었다. "어쨌든, 나는 니가 우리 바람맞힌 줄 알았어."

"맞아." 무리에서 가장 조그맣고 예쁜 아이가 말했다. 달빛처럼 창백하고 투명한 피부에 이목구비가 섬세해서 실제 나이보다 어려 보였다. 화장을 시작한 지 얼마 안 되었다는 걸 알 수 있었다. 어머니의 화장대에서 닥치는 대로 덕지덕지 바른 얼굴이 어린애 같았다. 그렇지만 여자아이는 담배를 길게 한 모금 빨고 남자처럼 굵은 목소리로 말했다. 제임스가 말하기를 애슐리는 오빠가 일곱이나 있고, 올드펌 경기 날의 펍 주인처럼 입이 거칠다고 했다. 애슐리가 말했다. "예쁜 아가씨 세 명을 기다리게 만들다니, 부끄러운 줄 알아. 무슨 왕자님을 기다린답시고 여기 앉아 있다가 엉덩이가 벤치에 눌어붙는 줄 알았네."

모직 모자를 만지작거리는 제임스를 먼고는 지켜보고 있었다. "비둘기가 아팠어."

"니 멍청한 비둘기한테 아무도 관심 없어. 쪽팔리게, 무슨 비둘기야." 애슐리는 공원 입구로 눈길을 돌리고 하품했다. "지미 피츠시먼스네 집에 갈 수 있었는데. 걔네 누나가 새로 태닝베드 샀단 말이야."

"그러지 마." 제임스가 말했다. "내가 너한테 꽂힌 거 알잖아."

먼고는 자기도 모르게 움찔했다. 자신이 여기에 온 이유를 잘 알고 있었다. 같이 가게 해달라고 제 입으로 졸랐다. 그런데도 제임스가 다른 사람에게 달콤한 말을 하자 가슴이 아팠다. 애슐리는 먼고를 위아래로 훑어보았다. "이 호모 같은 애는 누구야?"

제임스는 먼고를 소개했다. “먼고가 앤절라 좋아한다고 해서 데려왔어.” 제임스가 아직까지 말을 하지 않은 여자아이에게 고갯짓했다.

“내 이름은 앤절리크야.” 여자아이는 앤드-저르-리-크라고 발음했다. “똑바로 알아둬.” 여자아이는 인상을 쓰고 먼고를 보았다. 먼고가 풍문으로 들은 바에 의하면 이 아이는 뜻밖에도 독일어를 잘하고 동네 어떤 소년보다 더 오래 잠수하고 멀리 헤엄칠 수 있다고 했다. “너 하하 동생이지? 내가 하하한테 새미조 쫓아다니지 말라고 했는데. 걔가 지네 엄마한테서 도망 나오고 자기 집 갖고 싶어서 임신한 거 세상 사람 다 알아.”

“시의회에서 집을 임대 받으려면 오래 기다려야 할 거야.” 먼고가 말했다. “열여섯 살이 되기 전에는 독립할 수 없고, 그다음에도 엄마가 집에서 쫓아냈다거나 하는 정신적 스트레스를 증명해야 해.”

“맞아, 나도 걔한테 말했어. 띨띨한 년.” 여자아이가 쓴웃음을 지었다. 벌써부터 먼고를 친근하게 대하고 있었다. “형보다 훨씬 잘생겼네.”

“키스도 잘해?” 여전히 잡지를 멀찌감치 들고 훑어보고 있던 니컬라가 물었다. 여자아이 세 명이 동시에 까르르 웃음을 터뜨렸다. 갑작스레 여자아이들은 열다섯 살답게 천진해졌다. 결국에는 아직 어린이들이었다.

“너는 뭐 가져왔어?” 애슐리가 물었다. 제임스는 벌써 애슐리의 무릎에 손을 얹고 귓불부터 고운 목선을 따라 입을 맞추고 있었다.

먼고는 점퍼 주머니를 뒤져서 테리 민트 초콜릿을 세 개 꺼냈다.

니컬라가 기다렸다는 듯이 하나를 집고 뜯었다. “뭐? 점심 못 먹었단 말야. 엄마가 동생 데리고 병원 갔어. 애가 부활절 장식을 삼키는 바람에."

제임스는 애슐리와 입술을 맞대고 있었다. 둘 다 입을 워낙 크게 벌렸다 오므리기를 반복해서, 제임스의 턱 근육에 힘이 들어간 것까지 보였다. 입을 맞춘다기보다는 잡아먹는 것처럼 보였지만 어쨌든 애슐리는 좋아 죽겠다는 듯이 나지막한 쾌감의 신음 소리를 내며 제임스를 부추겼다. 손에 들고 있는 담배에 재가 매달려 있다가 젖은 땅으로 떨어졌다.

다른 여자아이들은 초콜릿을 오물거리고 매드독 포도주 병을 주거니 받거니 마셨다. "봐, 초콜릿을 입속에 물고 포도주를 마시면 비싼 칵테일 마시는 거 같아."

먼고는 축축한 오솔길 한복판에 우두커니 서서 제임스를 보지 않으려고 애썼다. 여자아이들은 잡지를 휙휙 넘기며 오래전에 해체한 팝 밴드의 구식 헤어스타일을 비웃을 뿐, 먼고에게 주의를 기울이지 않았다. 당장 이 자리를 떠나도 아무도 부르지 않을 것이다. 앤절리크가 마침내 고개를 들고 잠시 먼고를 훑어보았다. 여자아이의 얼굴은 귀여운 붉은 주근깨로 덮여 있었다. "우리 엄마가 그러는데 니 투렛 있다며? 진짜야?"

"툴렛?"

앤절리크는 눈을 빠르게 연속으로 대여섯 번 깜빡였다. 목이 졸린 개처럼 한쪽 입꼬리로 혀를 빼물고 있었다. "진짜냐고?"

먼고는 퍼레이드 대로를 지나가는 이층버스에 시선을 고정했다. 버스 위층에 올라타서 어딘가로, 여기가 아니라면 어디든 좋으니 떠나는 것을 상상했다. 자신에게 투렛 증후군이 있는지 없는지 잘 몰랐다. 알고 싶지 않았다. 먼고의 눈과 얼굴이 제멋대로 깜박이고 움찔거리기 시작했을 때 조디는 먼고를 병원에 데려갔다. 의사는 대수롭지 않게 생각했다. 스트레스 받는 일이 있냐고, 특별히 불안해하는 일이 있냐고 물었다. 조디가 웃음을 터뜨렸다. 평소의 가식적인 웃음이 아니라, 참으려고 할수록 심해지는 불안한 웃음이었다. 전염성 강한 웃음소리였다. 웃음을 참으려는 누나를 보고 먼고도 웃기 시작했다. 아이들이 킥킥거리자 심기가 불편해진 의사는 자기 시간을 낭비하러 왔냐고 야단쳤다. 조디는 간신히 웃음을 멈추고 사과한 뒤에 말했다. 동생이 스트레스를 받지만, 그건 여태 늘 있던 일이라고.

의사는 얼굴 근육의 경련은 크게 걱정할 일이 아니라고 말했다. 어쨌든 아직은 말이다. 비타민과 마그네슘을 꼬박꼬박 섭취하고, 반년이나 9개월이 지나도 증상이 계속되면 그때 다시 오라고 일렀다. 그런 경우에는 신경에 손상이 갔거나 투렛 증후군일 가능성이 컸다. 그로부터 열네 달이 지났지만 먼고는 다시 상담을 받으러 가지 않았다. 차라리 모르는 채로, 장애가 아닐지도 모른다는 희망을 붙들고 살고 싶었다. 청소년기에 여드름이 돋아났다가 사라지는 것처럼, 언제 그랬냐는 듯이 가뭇없이 사라지길 바랐다.

"몰라." 먼고는 대꾸했다.

그때 오솔길 저만치 위쪽에 남자 다섯 명이 나타났다. 무성한 나뭇잎 아래로 걷는 남자들의 모습이 잿빛 햇살 속에 나타났다가 사라지기를 반복했다. 각자 골프채를 하나씩 어깨에 메고 팔자걸음으로 다가오고 있었다. 먼고는 자리에서 얼어붙었다. 제임스는 애슐리에게서 입술을 떼고 그들을 주시하면서, 깡패인지 진짜 골프를 치는 사람들인지 가늠하고 있었다. 남자아이들은 발꿈치에 살며시 힘을 주었다. 가까워지는 남자들 가운데 한 명이 아이들 사이로 길을 내려는 것처럼 골프채를 휘둘렀다. 먼고는 잔디밭으로 한 발 물러났다. 결국에 남자들은 소동을 일으키지 않고 지나갔다. 먼고와 제임스는 시선을 교환했다. 남자들이 시야에서 사라질 때까지 시선을 떼지 않았다.

"그래서 너는 우리 중에 누가 좋아?" 앤절리크가 물었다.

"뭐?" 먼고는 여자아이를 돌아보며 물었다. 어깨를 으쓱했다. "둘 다 예쁜 거 같은데."

"우리 둘한테 다 키스할 수는 없어. 우리가 변태 같아?"

"나랑 해야 해." 교정기에 초콜릿에 덕지덕지 낀 채로 니컬라가 말했다. "난 재 형이랑 데이트한 적 있어."

"뭐야, 가족 계좌야?"

"그게 아니라, 내가 해밀턴이랑 만나본 거 벌써 다들 안다는 뜻이야. 어차피 얘는 한 명으로 칠 수도 없어. 반점짜리라고나 할까, 그니까 괜찮아."

"Wie du willst." 앤절리크는 독일어로 퉁명스럽게 내뱉고 《NME》 잡지를 다시 들척이기 시작했다. "하지만 덤불 뒤에서 망봐줄 생각은 없으니까 그렇게 알아."

니컬라는 벤치에서 내려와 춤 신청을 받은 것처럼 먼고에게 손을 내밀었다. 먼고는 여자아이의 저돌적인 태도에 겁먹었다. 여자아이는 로도덴드론꽃 덤불로 빽빽이 둘러싸인 진흙투성이 공간으로 먼고를 이끌었다. 덤불 가운데에 침울한 어둠이 깔려 있었다. 여자아이는 한 치의 망설임 없이 몸을 맞대고 먼고를 껴안았다.

니컬라는 제임스보다도 머리 하나는 컸기 때문에 먼고는 등을 뒤로 젖히고 발끝으로 서야만 자신을 내려다보고 있는 여자아이의 입술에 입술을 맞댈 수 있었다. 여자아이에게는 흡연자가 바글거리는 집에 사는 듯한 담배 냄새와 싱그러운 사과향 샴푸 냄새가 섞여 있었다. 여자아이가 쓰레기통 뚜껑처럼 입을 쩍 벌리자 교정기의 뾰족한 모서리가 먼고의 혀를 찔렀다.

먼고는 여자아이가 하는 대로 똑같이 하려고 애쓰며 머릿속으로 천에서 영까지 거꾸로 세기 시작했다. 944까지 세었을 때 니컬라가 먼고를 밀쳐냈다. 니컬라는 먹지 못할 걸 먹은 듯한 불쾌한 기색으로 초콜릿투성이 입술을 쩝쩝댔다. 어둠 속에서 여자아이는 먼고를 뚫어지게 보고 있었다. 이곳과 멀리 떨어진 어딘가에서 죽어가고 있는 하루의 마지막 날빛이 여자아이의 눈동자에서 빛났다.

# 20

먼고는 길이 구부러지는 지점 바로 뒤에 숨어서 가느다란 빗줄기 사이로 훔쳐보고 있었다. 녹슨 울타리에 너덜너덜 붙어 있는 녹색 페인트 껍질을 떼었다. 깔깔거리는 여자아이들을 보면서 페인트 껍질을 손톱 밑에 밀어 넣었다. 날카로운 페인트 껍질이 부드러운 살을 찢는 것을 느끼며 이를 악물었다.

여자아이들은 비가 들지 않는 건물 입구에 모여 있었다. 밀치락달치락, 두 명은 밀고 들어가려고 하는데 체격이 가장 작은 아이가 막고 있었다. 몸짓만 보면 싸우는 것 같지만 아이들은 희희낙락하며 웃고 있었는데, 어찌나 소리가 큰지 동네 공영주택 창문마다 주부들이 목을 빼고 내다보았다. 니컬라는 애슐리의 머리 위로 가볍게 손을 뻗어 주택 입구의 버저를 눌렀다. 인터폰의 비명이 좁은 골목길에 울렸다. 삐이이이. 삐이이이. 삐이이이이이.

"너 죽여버릴 거야." 애슐리가 을러댔지만 얼굴에는 즐거운 기색이 확연했다. 니컬라는 달아나려는 애슐리의 후드를 잡았다. 애슐리는 무슨 일이 벌어지는지 볼 수 있게 손가락을 쫙 펼친 채로 얼굴을 가렸다.

"창피해서 죽을 거 같아."

"네, 누구세요?" 제임스의 목소리가 울렸다. 통화방에서 자위하는 남자들이 반겼을 친근한 목소리였다.

여자아이들은 인터폰에 대고 차례로 깍깍거리면서 사랑을 고백하고, 애슐리가 홀딱 반했다고 놀려댔다. 애슐리가 친구들의 입을 막으려고 손을 뻗었지만 여자아이들은 몸을 비틀어 피했다. 어차피 애슐리는 처음부터 이길 생각이 없었다.

"지금 공원으로 나오면 니가 하고 싶은 거 다 하게 해준대."

애슐리가 비명을 질렀다. "아, 진짜! 그걸 말하면 어떡해."

먼고는 더는 듣고 있지 않았다. 꼭대기층 집의 창문에 정신이 쏠려 있었다. 제이미슨 씨가 호주머니에 손을 찔러 넣은 채 흐뭇하게 등을 뒤로 젖히고 몸을 흔들고 있었다. 창가에 서서, 자기 아들에게 사랑을 고백하는 실없는 여자아이들을 보고 있는 제이미슨 씨의 윗입술에 미소가 걸렸다.

"너 또 텔레비전 리모컨 씹기 시작했지?" 먼고가 현관문을 열고 들어오자마자 조디가 물었다. 이미 답을 알고 한 질문이었다. 대답을 기다리지도 않았다. 대개 무의식적이긴 했지만 먼고는 회색 리모컨을 즐겨 씹었다. 입에 크기가 꼭 맞는 리모컨을 가능한 한 깊숙이 넣고 어금니로 지그시 누르고 있으면 마음이 진정되었다. 입속에서 플라스틱이 만족스러운 끽끽 소리를 냈고, 견고한 리모컨은 먼고가 턱이 떨릴 정도로 세게 물어도 부서지지 않았다. 어금니로 리모컨을 누르고 있으면 몸에 흐르는 전류가 그곳에 집중되었다. 한동안 그만둔 버릇이지만 이날 오후 먼고는 오랜만에 그 익숙한 느낌으로 스스로를 위로

했다. 조디는 치맛자락으로 리모컨을 닦으며 인상을 썼다.

카펫에 책이 여섯 권 펼쳐져 있었다. 예술책이 세 권, 귀퉁이가 잔뜩 접힌 소설 한 권, 페어아일 뜨개질법, 또한 스코틀랜드 전통 직물에 관한 책이었다. 책들은 전부 특정한 페이지가 펼쳐진 채 조디의 물건으로 고정되어 있었다. 조디는 책들을 반원으로 늘어놓았다.

"이게 다 뭐야?" 먼고가 퉁명스럽게 물었다.

조디는 눈을 한 번 깜박이고는 느릿느릿 말했다. "책이라는 거야."

"그것들로 뭐 하려고?"

"읽으려고."

"왜?"

조디는 피곤한 여자가 멍청한 남자에게 던지는 눈빛으로 먼고를 힐끔 보았다. 먼고를 딱하게 여기는 건지, 아니면 이런 먼고를 상대해야 하는 자기 자신을 불쌍하게 여기는 건지 확실치 않았다. 아르바이트 유니폼 차림인 조디는 지칠 대로 지쳐 보였다. 산딸기색 주름 장식과 구불구불한 목깃이 달린 구식 유니폼은 깨끗했지만 조금 구김져 있었다. 먼고는 조디의 옷을 빨고 다려줘야겠다고 생각했다. 조디는 종이 모자를 고정하는 실핀을 빼고 그것으로 책을 가리켰다. "사실은 너 읽으라고 가져왔어."

"어쩔?"

"아, 정말, 그렇게 말하지 좀 마. 내가 왜 너 읽을 책을 가져왔는지 알고 싶지 않아? 평생 못 배운 동네 꼬마처럼 말할래?"

먼고는 운동화를 벗고 발을 휘둘러 던졌다. "나를 그렇게 부끄러워하는 줄 몰랐네."

"먼고, 넌 살면서 이루고 싶은 게 없어?" 인내심이 한계에 다다른 말투였다. "너랑 얘기 좀 하고 싶어서 이 책들 가져왔어." 조디는 바닥에 털썩 앉았다. 반원으로 둘러놓은 책들 가운데에 앉아서, 점괘판을 밀어내듯이 책을 먼고 쪽으로 밀었다. 책의 흰 표지에 각기 다른 색의 상자가 첩첩이 쌓여 있는 그림이 있었다. 책의 이름은 『엘스워스 켈리, 현대미술관』이었다. 표지가 벌써 누레졌지만 표지 안쪽에 끼어 있는 대출표에는 첫 대출이라고 표시되어 있었다.

"미첼 도서관에서 빌렸어. 어떤 책들은 몇 달이나 기다려서 받았어."

먼고는 책장을 휘휘 넘겨보았다. 특정한 형태로 배열된 사선 패턴과 매우 정교한 라인 드로잉이 가득했다. 가느다란 선으로 그린 직사각형이 다양한 각도로 겹쳐지며 무늬를 만들고 음영을 이루었다. 모든 것이 철저하고 세밀했다. 그 질서와 통제에서 먼고는 안정감을 느꼈다. "왜 나한테 이걸 보여주는데?"

조디는 한숨을 내쉬고 학교 가방에서 공문서처럼 보이는 편지를 한 장 꺼냈다. 편지를 건네주면서 짧은 완전 문장 여러 개를 띄엄띄엄 끊어 말했다. 쉬엄쉬엄 전달해야 하는 소식이라고 믿는 듯했다. "나 합격했어. 무조건부 입학 허가야. 9월부터 다녀. 대학에 가게 되었어."

"글래스고 대학교?"

"그래. 생물학을 전공할 거야."

먼고는 조디에게 달려들어 쓰러뜨리고 온몸으로 껴안았다. 몸 아래서 조디가 여태 불안했던 만큼 뻣뻣했던 몸의 긴장을 푸는 것이 느껴졌다. 그렇게 소파 옆에 누워 있다가 조디는 먼고를 마주 안았다. "짱이다." 먼고는 조디의 머리칼에 얼굴을 묻고 외쳤다. "난 누나가 해낼 줄 알았어. 난 알았어."

다시 몸을 일으켰을 때 조디는 안도의 눈물을 흘리고 있었다. 눈물에 젖어 축축하고 미끌거리는 얼굴에 머리칼이 달라붙었다. "아, 네가 기뻐해줘서 정말 다행이야. 걱정했거든. 지난주에 합격 통보서를 받았는데 말할 사람이 없었어. 하아아—하."

먼고는 제임스와의 추억에 죄책감이 스며드는 것을 느끼며 광대뼈 위 피부를 뜯었다. 지난 사흘간 욕심을 부렸다. 이기적이었다. "잠깐 기다려." 조디가 말릴 새도 없이 먼고는 거실에서 뛰쳐나갔다. 잠시 후 샌드위치를 산처럼 쌓은 접시를 들고 돌아왔다. 식빵 여덟 장 사이마다 산딸기잼을 듬뿍 바르고, 그렇게 쌓은 샌드위치 산을 둥글게 케이크 모양으로 자른 다음에 4등분했다. 꼭대기에는 반쯤 녹아내린 파란색 생일 양초를 꽂았다.

조디는 손뼉을 치면서 납작하게 눌린 식빵의 개수를 세웠다. "Huit-feuille. 주방장님께 찬사를 바칩니다."

"뭔 소린지 모르겠지만 눈 감고 먹으면 빅토리아 스펀지 케이크랑 맛이 똑같을 거야."

두 사람은 카펫에 책상다리를 하고 앉았다. 조디가 초를 불어서 끄자 먼고는 박수를 쳤다. 조디는 무슨 소원을 빌었는지 말해주지 않았다. 커다란 샌드위치 케이크를 각자 한 조각씩 먹으려고 했지만 한 입 이상 먹을 수 있는 사람은 먼고뿐이었다. 입꼬리에 산딸기잼이 쌓여 갔다.

"그럼. 누난. 의사. 하는 거야?" 먹고 말하면서 숨까지 동시에 쉴 수는 없었다.

조디는 달콤한 샌드위치를 조금씩 뜯어 먹었다. "아니, 바다에 대해 공부하고 싶어. 해양생물학을 전공할 거야. 뚱보 길레스피한테 고마운 게 하나 있다면 바로 이거야. 에어셔 해변에서 시간을 보내면서 내가 바다에 대해 아무것도 모른다는 걸 깨달았거든."
"데이비드 애튼버러 다큐멘터리 보고 배울 순 없어?" 먼고는 입에 빵을 욱여넣었다. "아, 그리고 버스 타고 가려면 얼마나 걸려?"
"어디? 바다?"
"아니. 대학교. 시내에서 버스를 갈아타야 하잖아."
조디는 자신의 접시를 살짝 밀어냈다. "버스 안 탈 거야."
"그렇게 먼 데까지 어떻게 걸어가려고." 먼고는 조디가 바보같이 걸어갈 생각을 했다는 것에 놀랐다. 조디는 바보가 아니었는데.
"그래, 네 말이 맞아." 조디는 입가에 묻은 잼을 닦았다. "웨스트엔드로 이사해야 해. 다른 학생들이랑 같이 기숙사에서 살 거야."
순간 먼고는 제임스를 떠올렸다. "난 거기 같이 못 가는데."
"알아." 조디는 먼고의 머리칼을 얼굴 뒤로 넘겨주었다. "기숙사에는 1인용 침대밖에 없어. 나 혼자 가. 너는 여기 있어야 해. 하아아—하."
"아." 먼고의 얼굴에 여러 표정이 스쳤다. 행복감에서 못 믿겠다는 충격으로 바뀌었고, 끝내 차오르는 서운함과 창피함을 숨기려고 눈과 입에 힘을 주었다.
"먼고, 너 피 나잖아!" 조디가 벌떡 일어났다. 카펫과 엘즈워스 켈리 책의 표지에 피가 묻어 있었다. 조디는 책이 더러워지는 건 질색이었다. 그래서 가족들이 책으로 찻잔을 받치거나 담뱃재를 쓸지 못하게 자기 책은 대부분 방에 보관했다. 조디는 피 나는 먼고의 손을 자기 손에 쥐었다. "엄지손가락에 금속 조각 같은 게 박혀 있어."
"그래?"
"어떻게 이걸 못 느껴?"
조디는 날카로운 페인트 조각을 이로 물고 먼고의 손톱 밑에서 빼냈다. 그러고는 주저 없이 손가락을 입에 넣고 피를 빨았다. 조디의 혓바닥이 빠르게 손끝을 할짝거렸다. 조디는 손가락을 입에서 빼낸 다음에 다시 들여다보았다. "아휴, 진짜 멍청해서 어떡해. 손톱에 이런 게 박혀 있는 걸 어떻게 몰라. 너 파상풍 주사 맞아야 할 거야."

"안 아팠단 말야."

조디는 계속해서 손톱 뿌리를 꾹꾹 눌러 녹가루가 나오는지 확인하고 피를 쥐어짜냈다.

"아무튼 그럼 언제 가?"

"뭐?" 조디는 먼고 손가락을 걱정하느라 자기 일은 까맣게 잊고 있었다. 처음 소식을 들었을 때 먼고의 얼굴을 환히 밝힌 기쁨은 이제 자취를 감추었다. 광대뼈 위가 벌써 움찔거리기 시작했고, 조디에게서 감추고 있는 가슴속 아픔이 눈가를 빨갛게 물들였다.

조디는 모모의 안락의자에 앉았다. 동생을 끌어당겼다. 먼고가 뿌리치려 했지만 꽉 붙잡았다. "이리 와, 키만 큰 아기야." 조디는 먼고를 무릎에 앉히고 바짝 안았다. 이제 먼고는 조디보다 훨씬 키가 컸다. 커버가 찢어진 안락의자의 푹신한 품속에서 먼고는 길고 마른 다리를 비틀어 누나와 함께 한 쌍의 샴고양이처럼 앉았다. "이제 무거워서 안아주지도 못하겠다." 조디는 다친 손가락을 먼고의 입에 넣었다. 잠시 먼고는 손가락을 빨고 있었다. 조디의 침에서 달착지근한 산딸기잼 맛이 났다. "내 새끼 많이 컸네."

"기숙사로 놀러 가도 돼?" 피가 나는 손가락을 문 채로 먼고가 웅얼거렸다.

"원할 때 언제든지. 모르는 사람들 앞에서도 이렇게 안아줄게. 네가 원하면."

먼고는 조디의 땋은 머리 타래를 만지작댔다. "잘했어. 누나. 자랑스러워. 누나 기쁜데 찬물 끼얹으려고 그런 건 아냐."

조디는 발끝으로 카펫에 널려 있는 책들을 가리켰다. "너한테 자극 줄 만한 것들을 같이 이야기해보고 싶었어."

먼고는 엄지손가락을 입에서 빼고 아직도 피가 나나 확인했다. 피는 멈췄지만 계속해서 손가락을 빨았다. 손가락을 질겅이고 맛을 본 다음에 어금니 사이에 끼웠다.

"너 그림 그리는 거 좋아하잖아, 맞지? 고등학교 졸업하면 그 분야에서 진로를 찾을 수 있을지도 몰라."

먼고는 책들을 응시했다. 고개를 떨구고 조디의 어깨에 얼굴을 묻었다. "아니, 난 누나처럼 똑똑하지 않아."

먼고의 어금니가 엄지손가락을 무는 소리에 조디는 소름이 돋았다. "너는 너 자신이 얼마나 똑똑한지 잘 몰라. 충분히 할 수 있어." 조디는 먼고를 꽉 껴안았다. "저기, 너, 모모 때문에 그래?" 먼고는 대답하지 않았다. 조디는 동생의 눈길이 무음으로 켜놓은 텔레비전으로 향하는 것을 보았다. 아이의 눈에서 빛이 흐려졌다.

물어보나 마나 한 질문이었다. 동생의 삶에서는 모든 것이 어머니를 중심으로 돌아갔다. 자식들은 뒷전인 어머니에게 먼고는 자신의 모든 것을 바쳤다. 마치 모모가 인형극을 하듯이 얽히고설킨 줄로 먼고를 조종하는 것 같았다. 먼고의 모든 몸짓은 모모로부터 비롯되었다. 소심한 미소, 불안한 신경, 초조해하며 질겅이는 버릇, 끊임없이 걱정하고 비위 맞추기, 어디에 있든지 간에 자신을 작게 만들려는 듯한 움츠리기, 늘 머뭇거리며 경계하기, 친절, 그리고 한없이 큰 사랑.

이런 먼고를 보고 조디는 때로 감탄하기도 했지만 대개 질색했다.

아무런 보상도 바라지 않고 절대적으로 사랑을 바치는 모습에 거부감이 들었다. 어쩌면 먼고는 자신이 계속해서 사랑을 투자하면 언젠가는 아주 조금이라도 돌려받지 않을까 하는 희망을 품었을 수도 있다. 자신의 사랑이 마치 저평가된 화폐라도 되듯이. 조디는 같이 가정학 수업을 듣는 여자아이들을 떠올렸다. 여름방학이 끝나면 그 아이들은 머리에 구슬을 넣어 땋고 벗겨진 콧잔등부터 쓰라려 보이는 허벅지까지 몸 앞면이 죄다 그을린 채로 돌아왔다. 베니돔에서 2주를 보내고 온 뒤에 갑자기 백만장자라도 된 것처럼 행동했지만 그 아이들이 새로 발견한 부는 단위가 페세타였다. 그 아이들의 재산 가치가 여름방학 전과 조금도 달라지지 않았다는 사실을 조디는 알았다.

끝을 모르는 먼고의 사랑이 조디는 답답하기 그지없었다. 먼고는 자신을 희생해가며 사랑하는 것이 아니었다. 본인도 통제할 수 없는 사랑이었다. 모모가 그리 필요로 하지도 않는 사랑을 먼고는 너무도 많이 쏟아부어서, 밑 빠진 독을 보는 것처럼 안타까웠다. 먼고의 사랑은 아무도 뿌리지 않은 씨앗에서 맺힌 열매이자 아무도 돌보지 않았는데도 봉오리를 터뜨린 덩굴의 꽃이었다. 조디의 사랑이 그랬듯이, 하미시의 사랑이 그랬듯이, 먼고의 사랑도 오래전에 말라버렸어야 합당했으나, 먼고의 사랑은 무르익었는데 수확되지 않은 열매처럼 그의 주변에 널려 있었다.

캠벨 부인은 먼고의 포용력은 가히 성경에 나오는 수준이라고 말했지만 조디는 성경에 딱히 관심이 없었다. 그토록 쉽게 이용당하는 동생이 한심스러울 따름이었다. 딱하고, 나약한 아이라고 생각했다. 하루의 첫 생각과 마지막 생각, 그사이 생각이 온통 자기 자신에게 쏠려 있는 조그만 여자를 그리도 사랑하고 용서했다. 모모는 빵점짜리 어머니였다. 같은 여자로서 조디는 그렇게 재단하고 싶지 않았지만 사실이었다. 형편없는 어머니다. 하미시도 알았다. 조디도 알았다. 먼고가 과연 언젠가는 깨달을지 조디는 궁금했다.

먼고가 내쉰 한숨에 조디의 몸이 진동했다. 아이의 맑은 눈에 텔레비전 화면이 반사되었다. 동공이 커지고 시선이 흐려졌다. "나랑 얘기하자, 먼고."

먼고는 조디를 보지 않은 채 답했다. "매일 얘기하잖아."

"그게 아니라, 네 기분을 나한테 말해줬으면 좋겠다고."

"기분?" 먼고는 잠시 생각하다 대답했다. "또 배고프려고 해. 근데 일어나기가 귀찮아."

조디는 먼고를 밀쳐냈다.

동생은 모모에게 단순히 막내아들이 아니라 그녀가 신뢰하는 친구이자 종이자 심부름꾼이었다. 모모를 가장 아름답게 비춰주는 거울, 비밀을 쏟아낼 수 있는 일기장, 포근하게 감싸주는 전기담요, 그리고 인생 최고의 로맨스였다. 음울한 아침을 밝히는 한 줄기 햇살이자 그녀에게 유일하게 미소를 보여주는 관중이었다.

조디가 다시 밀쳐냈지만 먼고는 칭얼거리며 더 가까이 안겨왔다.

모모 곁을 맴도는 작은 달, 가장 따뜻한 태양, 그리고 그녀가 잊어버린 조그만 위성. 먼고는 영원히 어머니 주위를 공전할 것이 분명했다. 어머니가, 그리고 심지어 자신까지 부서지더라도.

조디는 먼고의 코끝을 손가락으로 튕겼다. "스푸트니크."

"뭐라고? 조용히 좀 해. 이거 보고 있잖아."

조디는 동생의 머리칼을 손가락으로 쓸어내렸다. 동생에게서 낯선 데오드란트 냄새가 났는데, 동물적이고 강렬했다. 동급생 남자아이들이 잔뜩 바르고 다니는 종류로, 페로몬이 가득한 그 향은 몸싸움이나 섹스를 약속하는 듯했다. 먼고에게 어울리지 않았다. 조디는 먼고의 정수리 냄새를 들이마셨다.

"저리 가!" 먼고가 불편하다는 듯이 자세를 바꾸었다. 먼고는 천천히 옆자리로 옮겨가면서도 누나의 몸을 세게 누르지 않게 조심했다. 어쩜 저토록 면면으로 모모에게 맞추어져 있는지. 이것은 마치 모모가 자신의 인생에서 빠진 하나의 퍼즐 조각 모양으로 먼고를 빚어놓았는데, 모모에게 쓸모가 없어진 후에도 먼고는 그 기이한 모양 그대로 남아 있는 것 같았다. 조디는 동생의 앞날이 걱정스러웠다. 어떤 여자가 이런 아이를 사랑해줄까? 먼고의 잘생긴 얼굴과 조심스러운 성격을 고맙게 여길 여자이기를 바랐다. 먼고가 조용히 쏟아주는 관심에 기뻐하고, 아이의 사랑을 오롯이 수용하고 안전하게 지켜줄 여자이기를 바랐다. 어떤 여자들은 먼고에게 모성애를 느끼고 엄마처럼 돌봐주고 싶어 할 것이다. 그 무력한 눈빛을 보고 살뜰하게 챙겨주고 싶은 충동을 느낄 것이다. 그렇지만 또 어떤 여자들은 먼고를 이용할지도 모른다. 자기애가 부족한 여자들은 먼고의 사랑을 약점, 혹은 벌을 받아 마땅한 결함으로 취급할 것이다.

먼고의 눈빛이 다시금 또렷해졌다. 먼고는 고개를 돌려 조디와 시선을 마주쳤다. 그러고는 눈살을 찌푸렸다. "뭘 그렇게 뚫어지게 봐?"

"너를 보고 있어, 먼고. 네가 좋아. 넌 착한 애야."

먼고는 다소 놀란 듯했다.

조디는 바닥에 있는 책들로 먼고의 시선을 다시 끌었다. "모모가 너한테 관심을 주지 않는다고 너까지 자기 자신을 하찮게 여기면 안 돼."

"으! 여성잡지에서 뭔 개소리를 읽는 거야?" 먼고는 엄지손가락을 청바지에 문질렀다. "어쨌든 난 그냥 형 아래에서 메스암페타민이나 팔래. 돈깨나 벌 것 같던데."

조디는 먼고의 가슴 한복판을 철썩 때렸다. 먼고가 깜짝 놀라 눈을 껌벅거렸다. "내 말 들어, 먼고. 네가 원하면 언제든지 예뻐해줄게. 우리가 여든 넘은 노인네가 되어도, 내 골반이 내려앉아도 무릎에 앉혀줄게, 알았지? 다만, 부탁이니까 하미시 오빠랑은 엮이지 마."

먼고는 천천히 고개를 끄덕거렸다. 동생이 거짓말하며 마음 아파하는 것이 조디의 눈에 훤히 보였다. 조디는 먼고의 진로에 대한 이야기를 일단은 접기로 했다. 바닥에 널려 있는 책에 언젠가 스스로 관심을 가지고 들여다보기를 바랄 뿐이었다. 남매는 껴안고 앉아서 〈이스트엔더스〉의 끝부분을 보았다. 조디는 먼고를 기쁘게 해줄 마음 하나로 커다란 샌드위치 케이크 한 조각을 전부 먹었다. 설탕을 많이 먹은 탓에 신경은 곤두서고 동생을 두고 간다는 죄책감에 마음은 무거운 상태로, 잠자리에 누운 뒤에도 오랫동안 잠들지 못했다.

"쌍, 그동안 어디 있었어?" 하미시가 맥코나치네 집에서 현관문을 열어주며 잔뜩 흥분한 눈으로 먼고를 훑어보았다. 한낮이었지만 하미시는 사각팬티 바람이었다. 좁은 허리에 헐렁하게 걸친 팬티가 마르고 단단한 다리 위로 펄럭거렸다. 하미시는 소파에 걸터앉아서 텔레비전을 다시 보기 시작했다. 치즈로 만들어진 달에서 인형들이 꽥꽥거리는 어린이 프로그램이었다.

에이드리아나는 흔들의자에 앉아서 아버지를 올려다보았다. 아기는 통통한 주먹을 입에 넣고 뺨에 침을 잔뜩 묻힌 채로 까르르 웃었다. 하미시는 맨발로 아기 의자를 흔들어주고 있었는데, 초과수당이 없다는 말을 들은 기계공처럼 무성의했다. 텔레비전 프로그램에 정신이 팔린 나머지 의자를 너무 세게 흔들고 있었다. 탁자에는 하미시가 투명 봉투에 나눠 담고 있는 메스암페타민이 수북했다. 매시 매초 아드레날린이 끓고 있는 하미시가 대체 얼마나 오랫동안 집에 틀어박혀 있었나 먼고는 궁금했다.

하미시가 다시 물었다. "어디 갔었어?"

"아무 데도 안 갔어."

"니 도움이 필요하다고 조디한테 말한 게 벌써 나흘 전이야."

먼고는 캠벨 부인이 손주들 앞에서 내던 소리를 흉내 내 아기를 얼렀다. 하미시가 다치게 하기 전에 아기를 얼른 안아 올렸다. 그러고는 텔레비전 화면에서 찍찍거리는 쥐를 가릴세라 후다닥 옆으로 물러섰다. 아기는 땀에 흥건히 젖어 있었다. 먼고는 아기의 옷을 벗겼다. 축축한 옷 속에서 땀을 흘리느니 찬바람을 쐬더라도 몸을 말리는 편이 나을 성싶었다.

쥐가 로켓에서 발사되었다. 하미시는 순간 숨 쉬는 걸 잊었다가 그 신비로운 생명 활동을 새삼 재발견한 사람처럼 길게 숨을 내쉬었다. 탁자에 쌓여 있는 마약을 내려다보다 다시 눈을 들어 동생과 딸을 보았다. 먼고는 하미시가 말을 걸기 전까지 입을 열지 않았다.

"그래서, 어디 있었냐고?" 하미시는 아랫입술을 질겅이고 있었다.

"그냥 근처에." 먼고가 땀띠약 가루를 잔뜩 뿌리자 아기는 놀라서 눈을 껌벅였다. 먼고는 닭고기에 빵가루를 입히듯 아기를 땀띠약 가루 위로 굴렸다.

하미시가 손을 뻗어 메스암페타민을 가렸다. "야, 야, 조심해." 하미시는 잠시 생각에 잠겼다가 땀띠약을 뺏어 뚜껑을 열고, 한 움큼을 메스암페타민과 섞었다. 너무 많이 뿌리지는 않았는지, 손가락으로 찍어 맛을 보았다. 하미시가 인상을 찌푸렸다.

"향 나는 거야."

"나도 이제 알아. 어쨌든, 근처에 있었다니, 그게 무슨 소리야?"

먼고는 아기를 수건으로 감싸서 무릎에 앉혔다. 자신을 하미시로부터 지켜줄 부적이었다. "몰라. 그냥 동네에 있었어. 아님 어디 가겠어?" 먼고는 화제를 바꾸려 했다. "나한테 필요한 거 있어?"

"너한테 필요한 게 있냐고?" 하미시는 인상을 구겼다. "아니, 난 여기서 우리 가족 사업을 일으키랴, 징징거리는 애 돌보랴, 바빠 죽겠을 뿐이다. 게다가 짭새 얼굴을 박살 낸 탓에 숨어 다녀야 하는데, 그게 다 니가 빨간 머리 본드쟁이를 돌본답시고 오지랖을 떨어서 그런 거잖아. 아니, 필요한 거 없다, 먼고. 물어봐줘서 고마운데, 내가 알아서 잘할 수 있어."

텔레비전에서는 두 곰인형이 서로 책을 읽어주고 있었고, 금발 미련퉁이가 그걸 보고도 놀라지 않은 척하고 있었다. 하미시는 잠시 텔레비전을 보면서 혀를 굴려 입술을 핥았다. 입술을 질겅이지 않고는 못 배기겠는 모양이었다. "여자냐?"

"뭐가 여자야?"

"근처에서 같이 짱 박혀 있던 애."

"아니."

하미시는 두꺼운 안경알 뒤에서 눈을 한 번 깜박이고 웃음을 터뜨렸다. 굵고 위협적인, 거짓 웃음이었다. "오늘 좀 개긴다. 좋아, 내가 그런 용기는 높이 사지. 하지만 니가 내 딸을 안고 있어도 거실 반대편으로 날려버릴 수 있으니까, 괜히 고생스럽게 하지 말자고. 똑바로 말해."

"정말로 그냥 동네에 있었어. 친구를 사귀었거든."

"아, 그래. 나는 여기서 전쟁을 준비하고 있는데 너는 노닥거리고 있었다 이거지. 진흙으로 파이라도 만들었냐? 아니면 글래스고 잔디밭에서 연날리기?" 하미시는 웃자고 하는 말이 아니었다. "누구야?"

"형이 아는 애 아냐." 먼고는 덤덤하게 말하려고 노력했다.

"이름이 뭔데."

먼고는 궁지에 몰리는 느낌이었다. "제임스."

하미시는 앞니를 빨았다. "지미 길크라이스트? 김피 지미? 래비네 쌍둥이 제임시 세임지? 스무고개 할 기분 아니니까 말해. 제임스 누구?"

"제임스 제이미슨."

두 사람이 어렸을 때 모모가 즐겨 가던 빙고장에 슬롯머신이 있었다. 모모는 그것을 베이비시터라고 불렀는데, 아이들에게 동전 한 움큼을 주면 20분간 자신을 성가시게 하지 않았기 때문이다. 동전을 슬롯머신에 넣고, 동전이 기계의 배 속에서 여러 단을 거쳐 내려가는 소리를 들었다. 한참이 지나야 슬롯머신에 불이 켜지고 눈이 멀 것처럼 요란하고 화려한 빛이 뿜어져 나왔다. 가끔은 동전이 기나긴 여정 중에 작동 장치를 놓치고 도로 굴러 나왔다. 하미시는 그것을 질색했다. 기다림이 실망으로 끝나는 것. 하미시는 동전에 입김을 불고 반짝반짝 빛날 때까지 문지르며, 그러면 동전이 잘 들어가리라 생각했다. 지금, 먼고는 이를테면 하미시의 동전이 내려가기를 기다리고 있었다. 동전이 작동 장치를 건드리지 않고 그냥 빠져나오기를 바랐다. 그러면 먼고는 시치미 뚝 떼고 제임스의 이름이라는 동전이 소파 밑으로 굴러

가게 내버려둘 것이다.

"제임스 제이미슨?" 하미시는 고개를 가로저었다. 잠시 골똘히 생각에 잠겼다가 역겨워하며 코에 주름을 잡았다. 안경이 위로 살짝 올라갔다. "설마 그 가톨릭 자식 말하는 거냐?" 이제 하미시는 번쩍번쩍 불이 전부 켜진 채로 벌떡 일어나 팔을 뒤로 당겼다.

먼고는 앉은 자리에서 몸을 웅크렸다. 무릎을 재빨리 구부리고 아기를 방패처럼 내밀었다. 하미시가 까르르거리는 아기 뒤로 손을 뻗었지만 먼고는 인간 방패를 재빨리 움직였다. "그냥 친구야. 그냥 같이 노는 거야." 먼고는 소리 지르다시피 말했다. 하미시는 한 걸음 물러나 주먹을 폈다. 관절에 피가 돌아왔다. 하미시는 거실을 서성이기 시작했다. 먼고는 하미시가 말하기 전까지 입을 다물고 있어야 한다는 것을 알았다. 까르르거리는 인간 방패를 내려놓을 엄두가 나지 않았다.

마침내 입을 열었을 때 하미시는 탁자 끄트머리에 걸터앉아서 동생과 무릎을 맞대고 딸과 눈높이를 맞추고 있었다. 의자의 팔걸이에는 세탁한 아기 옷 한 무더기가 걸쳐져 있었다. 하미시는 옷을 한 벌씩 신중히 개키며 먼고는 한 방에 있지도 않은 것처럼 딸을 다정히 얼렀다.

"그 자식이랑 그만 어울려."

"형, 그러지 마."

"내 말 들어. 그 자식이랑 그만 어울리는 거다."

"형은 이제 내 인생에 그런 식으로 참견할 수 없어."

하미시는 고개를 한 번 끄덕였다. 하미시의 어깨 근육이 경직되었다가 풀어지는 것이 보였다. 하미시는 침 흘리는 아기를 얼렀다. 아이고, 세상에서 누가 제일 예뻐? 그리고 나직이 덧붙였다. "너는 두 번 다시 제임스 제이미슨이랑 어울리지 않을 거고, 토요일 밤에 우리 애들이 보이스턴 자식들을 묵사발로 만들 때 내 옆에 있을 거다."

"나 다른 친구 없단 말이야."

이 이쁜 공주님이 누구야? "우리가 기다려온 싸움이야. 리버풀에 일하러 갔던 그 자식들 최고 주먹이 돌아왔다. 벌써 몇 달이나 우리 애들을 괴롭혔어. 그 자리에 너도 올 거고, 페니언 자식들을 같이 때려눕힐 거다."

"난 정말 이해하지 못하겠어, 형. 왜? 왜 그 애들이랑 싸워야 해?"

하미시는 아기의 통통한 배에 입을 맞추었다. 엄마처럼 배가 볼록해지고 있네, 우리 아가. "제임스 제이미슨이 뒷마당 반대쪽 건물 살지, 맞지? 신축 아파트 뒤에 비둘기 집 하나 가지고 있고?"

먼고는 그 질문에 답하지 않을 수 있다면 무엇이라도 할 수 있을 것 같았다. "그랬나?"

"그랬나! 하!" 아이고, 우리 먼고 삼촌은 자기가 꽤나 똑똑한 줄 아나보다. 하미시는 계속해서 조그만 아기 옷을 개켰다. "그랬나!" 하미시가 다시 혼자 쿡쿡 웃었다. "니가 존나 잘난 줄 아나보지? 나보다 똑똑한 거 같아?" 하미시는 고개를 저었다. "글쎄, 니가 조디 해밀턴을 닮긴 닮았나보다. 그따위 잘난 척은 오래전에 싹을 잘라버렸어야 하는 건데."

"가톨릭 애들이랑 왜 싸워야 하는지 모르겠다고 말했을 뿐이야."

"봐, 조디의 문제는, 자기가 우리보다 훨씬 잘났다고 생각하는 거야. 늘 그랬어. 여기를 벗어날 기회만 노리고 있었다고. 걔가 여기를 벗어나고 나면 너를 아는 척이나 할 것 같아?"

"누나는 내 누나야. 언제까지나 누나로 있어줄 거야."

"조디는 너를 동생으로 생각하지도 않을걸. 어쩔 수 없이 떠맡아서 돌봐야 하는 짐으로 본다고. 지긋지긋해하고 있어. 속으로 얼마나 원망하는지 넌 모를 거다."

"그렇지 않아."

"개가 너를 길에서 마주치고 피하는 날이 올 거야. 그때 가서 봐. 조디는 하루빨리 너한테서 벗어나고 싶어서 속이 탈걸. 내가 백 파운드 건다."

먼고는 의자에 기대앉아서 아기에게 팔을 두르고 가까이 끌어안았다. 아기의 정수리에서 땀띠약 가루와 분말 우유의 달콤한 향이 났다. 형제는 잠시 침묵했다. 텔레비전에서는 금발 미련퉁이가 망원경을 만든답시고 휴지 심지를 풀로 붙이고 있었다. 하미시는 입을 헤벌리고 텔레비전을 보았다. 먼고는 기다릴 수밖에 없었다.

하미시는 먼고를 돌아보지 않았다. 쓰레기로 대단한 걸 만들고 있는 남자에게 집중하고 있었다. "먼고, 내 말 듣고 있냐?"

"어."

"똑바로 들어. 니가 토요일 밤에 안 나오면 나는 니 친구 비둘기 집으로 찾아갈 거다. 거기서 그 자식이 못 나오게 문을 잠근 다음에 불을 지를 거야. 제임스 제이미슨이 살려달라고 비명을 지르겠지만 숯불구이가 될 거야." 하미시는 말을 멈추었다가 물었다. "내 말 알아들었어?"

먼고가 고개를 끄덕였지만 하미시는 확인하려고 돌아보지 않았다.

텔레비전 속의 남자가 휴지 심지로 만든 망원경 끝에 파란빛과 장밋빛 필름을 붙였다. 그러자 갑자기 만화경이 되었다. 화면에 아름다운 색깔이 가득 찼다. 하미시는 정신이 나간 것처럼 히죽거렸다. 그러다 문득 몸을 돌리고 먼고의 무릎에 손을 살며시 얹었다. 혓바닥으로 입술을 핥으면서 먼고의 질문에 대해 생각해보았다. "가톨릭 애들이랑 왜 싸우냐고 아까 물어봤지? 명예를 위해서일까? 영역? 명성?" 아기가 손을 뻗어 하미시의 새끼손가락을 잡았다. 하미시는 상냥하게 웃었다. "솔직히 말하면 나도 잘 몰라. 근데 존나 재밌어."

## 21

먼고는 지난 이틀간 도심지에 있는 글래스고 크로스에 세 번이나 순례를 다녀왔다. 걸어가는 데 45분이 걸렸고, 좌절한 기분으로 느릿느릿 돌아오는 데 한 시간 20분이 걸렸다.

전당포는 솔트마켓 뒤편의 지저분한 골목에 있었다. 골목에 늘어선 상점들의 입구에서 주인들이 반쯤 셔터를 내린 채 장사하고 있었고, 모퉁이에는 지극히 실용적으로 보이는 펍이 하나 있었다. 때때로 펍에서 사람이 햇살 아래로 뻐꾸기처럼 비척비척 걸어 나와, 시간을 가늠하려는 듯이 하늘을 보고 눈을 껌벅거리다가, 변함없이 우중충한 하늘을 보고 비척비척 되돌아갔다. 잠깐 문이 열린 새에 먼고는 펍 안을 들여다보았는데, 건장한 여자 여럿이 고정 나사가 풀어져 털털거리며 움직이는 세탁기처럼 빙글빙글 즐겁게 돌고 있었다.

뒷골목은 브리게이트부터 버라스까지 통하는 지름길 같은 느낌을 풍겼다. 먼고는 튀김 가게에서 고깔 모양 종이컵에 담은 감자튀김을 사고 가로등에 기대섰다. 길을 오가는 다양한 사람들을 구경하는 게 즐거웠다. 행상인과 주부들, 번쩍거리는 여피와 번들거리는 중독자들. 펍의 옆문에서 은색 레오파드에 탭댄스 신발을 신은 중년 댄서들이 우르르 나왔다. 빙글빙글, 깔깔깔, 여자들은 자기들만 아는 농담을 주고받으며 담배 하나를 나눠 폈다. 붉은빛 미소를 띤 여자들이 먼고 앞을 나풀나풀 지나갔다.

갈 때마다 먼고는 다른 장소에 몸을 숨기고 전당포를 지켜보았지만 어머니는 보지 못했다. 세 번이나 찾아왔지만 번번이 전당포에 들어갈 용기를 내지 못했다. 적포도주색 외관을 뒤덮은 금색 글자들이 자신만만하게 외쳤다. "여성용 보석, 최고가로 매입합니다", "각종 결혼반지 구비". 그러나 창문의 셔터 틈새로 들여다본 전당포에는 버려진 낡은 잡동사니처럼 보이는 물건들만 수두룩했다. 창문 앞에는 누군가 황급히 옮긴 것처럼 전원 코드로 둘둘 감아놓은 텔레비전과 스테레오, 구식 전자제품 들이 쌓여 있었다. 다른 창문 앞에는 무거워 보이는 다양한 악기와 중고 앵글 그라인더, 구식 목재 대패 따위의 일꾼이 쓰는 도구가 조금 있었고, 선반 하나에는 하미시의 패거리를 떠올리게 하는 스탠리 나이프가 당당히 자리하고 있었다. 진열대에는 액자와 보석함 따위가 있었는데, 무겁기만 하고 녹슨 것이 아무런 가치도 없어 보였다. 그렇지만 조그만 가격표를 보고 먼고는 충격을 받아 허리를 곧추세웠다. 또 다른 진열대에는 근사하지만 누가 실제로 쓰는 모습은 한 번도 본 적 없는 카메라들이 있었다.

먼고는 아기의 세례식 때 선물하는 스푼을 구경하는 척하고 있었지만 사실은 카운터 뒤의 땅딸한 남자를 훔쳐보고 있었다. 조키를 제대로 보기가 힘들었다. 전당포 내부는 불빛이 침침한 데다가 조키는 퍼스펙스의 보안 아크릴 가림막 뒤에서 굳은 얼굴로 돈을 세고 있었다.

먼고가 안에 들어갈 용기를 거의 끌어모았을 때 밴 한 대가 덜컹거리며 연석에 섰다. 검은 작업복 차림의 노동자가 색소폰이나 튜바가 들어 있는 것이 분명한 낡은 케이스를 끌고 서둘러 전당포로 들어갔다. 먼고는 슬금슬금 물러나 창가 자리로 돌아갔다.

"실례합니다, 전당포에서 어떻게 거래하는지 아시나요?" 웬 청년이 품위 있는 말투로 물었다.

갑자기 들려온 목소리에 먼고는 화들짝 놀랐다. 옆을 돌아보니 한 청년이 일제 카메라 앞에 서 있었는데, 심지어 그런 카메라를 작동할 줄 알 것처럼 차분하고 지적인 인상이었다.

먼고가 답했다. "아뇨, 미안해요. 저도 한 번도 안 와봤어요."

"그렇군요. 어쨌든 감사합니다." 청년은 키가 크고 말랐으며 체격에 비해 너무 큰 검은 점퍼를 입고 있었다. 새까만 머리는 다소 길었지만 단정히 가르마를 탔다. 입꼬리에는 근심이 걸려 있었다.

"뭐, 어려워봤자 얼마나 어렵겠어요." 먼고가 말했다. "뭘 가져오셨는데요?"

청년은 어깨에서 가방을 내리고 신중히 열었다. 먼고는 가방 안을 들여다보았다. 부드러운 천에 도자기 장식품 여러 개가 싸여 있었다. 새침한 양치기 소녀와 개구쟁이 새끼 고양이들이 눈에 들어왔다. "얼마를 요구해야 할지도 모르겠어요."

"저도 몰라요, 그건." 먼고는 어깨를 으쓱했다. "얼마가 필요한데요?"

"최대한 많이요. 다음 주에 미용 학교에 입학하거든요. 새 가위랑 도구들을 사려고요."

먼고는 다시 창문 안쪽을 훑어보았다. 어디선가 전기이발기를 본 것 같았다. 한동안 두 사람은 전당포를 들여다보며 조키와 노동자의 흥정 장면을 구경했다. 노동자는 색소폰의 내력에 대해 이야기보따리를 푸는 듯이 손짓 발짓 해가며 말하고 있었지만 조키의 얼굴은 가면처럼 무표정했다.

"어머니는 전당포를 마뜩잖게 여기셨어요." 젊은이가 혼잣말하듯이 중얼댔다. "저급한 곳이라고, 상스럽다고 말씀하시곤 했어요. 필요악이라고요."

"어떻게 거래하는지 어머니한테 물어보지 그래요?"

젊은이의 떨리는 시선이 순간 먼고를 향했다가 금세 옮겨갔다. "음, 그건 불가능해요."

노동자가 전당포 문을 밀어젖히고 나왔다. 얄팍한 지폐 다발을 손에 쥐고 있었다. "에이, 남의 피나 빨아먹고 사는 해적 같은 새끼. 열심히 일해서 먹고사는 사람들의 귀한 물건을 거저먹으려들고, 부끄러운 줄 알아라." 노동자는 창문이 덜컹거릴 정도로 문을 세게 닫았다. 그가 먼고를 돌아보았다. "어이, 조언 하나 해주마. 전당 잡힐 물건이 있으면 딴 데 가져가라. 여기는 빌어먹을 강도 자식이 운영하니까. 니네 할머니 남은 이마저 뽑아갈 놈이다."

먼고는 잠시 말문이 막혔다. 숨을 쉬기도 어려웠다. 노동자의 짙고 기다란 속눈썹 아래 눈동자는 더없이 옅은 파란빛이었다. 먼고는 자기도 모르게 빤히 쳐다보았다. 두툼한 입술이 강인한 턱선과 대비를 이루었고, 화를 내는 중에도 비딱한 미소를 띠고 눈을 빛내고 있었다. "어이, 말할 줄 몰라?" 먼고에게 날리는 미소를 보니 그는 사람들이 넋을 놓고 자기를 보는 것에 익숙한 듯했다.

"무당이라도 불러야 대화가 가능한가?"

먼고는 뒤늦게 정신을 차렸다. 애써 눈길을 돌렸다. "아, 말할 수 있어요. 좀 전에 한 말 들었어요."

근심스러운 표정의 검은 머리 청년이 한 발짝 다가왔다. "실례합니다, 여기가 아니면 이걸 어디에 가져갈 수 있는지 아십니까?" 청년은 가방을 기울여 내용물을 보여주었다. 노동자는 별로 감탄하지 않은 낌새였다.

"약 사려고 엄마 도자기 훔쳤니?"

젊은 미용사는 발끈해서 허리를 꼿꼿이 폈다. "아뇨, 당연히 아닙니다."

노동자는 미소 지었다. 먼고는 빤히 보지 않으려고 시선을 돌렸다. 나중에 이 남자를 상상할 것이다. 청바지 주머니에 찔러 넣은 굵은 손가락, 푸르스름한 짧은 수염으로 덮인 근육질 목이 거친 모직 재킷에 쓸려 불그스름하게 물든 모습을 떠올릴 것이다. 노동자가 웃음을 터뜨렸다. "니네 둘은 뭐냐? 어제 태어나기라도 했어?" 노동자는 젊은이의 가방을 다시 들여다보았다. "조키는 칼이나 특이한 오보에 같은 걸 좋아한다. 나 같으면 웨스트엔드로 가서 바이어스 로드를 돌아다닐 거야. 거긴 고급 저택이랑 골동품 상점 같은 게 있어. 믿기 어렵겠지만 남들 쓰던 물건들을 진짜로 파는 사람들이 있다니까." 말을 마친 노동자는 지폐 다발을 가슴 주머니에 넣었다. 보도를 성큼성큼 걸어가 밴에 타고, 어마어마한 소리를 내며 시동을 켰다. 갑자기 그가 차창 밖으로 몸을 빼고 미용사에게 외쳤다. "어이, 장식품 가져온 친구. 난 피니스턴 웨이로 가는데, 얻어 타고 싶어? 좀 걷긴 해야 할 텐데 그래도 괜찮으면 웨스트엔드 근처에 내려줄 수 있어."

젊은이는 고개를 끄덕이고 차를 돌아 조수석으로 갔다. 노동자는 먼고를 주시하고 있었다. 창밖으로 다시 목을 빼더니, 가까이 오라고 부르듯이 차 문을 두드렸다. 먼고가 다가가자 노동자가 말했다. "어이, 몇 살이야?"

먼고는 잠시 망설이다 대답했다. "거의 열여섯이요."

남자의 미소를 보고 먼고는 심장박동이 빨라졌다. 노동자가 밴 옆면을 가리키며 말했다. "이거 보이니?"

먼고는 손가락이 가리키는 곳으로 시선을 돌렸다. 데이비 맥닐. 배관공사. 화장실 및 부엌 배관 설치. 합리적인 가격에 신속한 설치. 듀크 스트리트. 전화번호 554 6799. 먼고는 어리둥절하여 고개를 끄덕였다. "네, 읽을 수 있어요."

"기억할 수 있겠니?"

먼고는 다시 광고문을 힐끔 보고 말했다. "네, 왜요?"

"좋아, 내가 데이비다. 스물한 살 되면 내가 술 한잔 사도 될까? 나한테 전화 줄래?" 노동자는 파란 눈을 짓궂게 빛내며 윙크했다. 먼고는 부지불식간에 고개를 끄덕였다. 데이비는 핸드브레이크를 풀었고, 밴은 덜컹거리며 멀어졌다. 저녁 퇴근 차량에 합류하는 밴을 먼고는 지켜보았다.

그때 새로운 목소리가 파고들어 먼고의 생각을 끊어놓았다. "거기, 뭐 하는 녀석이냐?"

먼고는 발뒤꿈치로 돌아섰다. 조키가 전당포 문틀에 기대 서 있었는데 한 손에 장도리를 들고 있었다. "이번 주 내내 얼쩡거리더니. 통스 갱단 신입이냐? 니가 여기를 털 수 있을 거 같아?"

먼고는 고개를 저었다. "아뇨, 전 캘턴 출신 아니에요. 아저씨가 조키예요?"

"그렇다면 어쩔 건데?"

"모린 뷰캐넌을 찾고 있어요. 제 이름은 먼고예요. 아들이에요."

먼고는 어떤 반응을 예상해야 할지 몰랐지만 자신의 갑작스러운 출현을 조키가 달가워하지는 않으리라 생각했다. 조키가 여자의 복잡한 개인사를 알고 싶어 하지 않는다고 모모는 암시했었다. 먼고와 형제들은 침대 아래로 밀어 넣어 베드스커트 뒤로 숨긴 더러운 접시 같은 존재였다. 따라서 조키가 장도리를 내리고 "그렇구나, 들어와서 차 한 잔할래?"라고 물었을 때 먼고는 놀라지 않을 수 없었다.

전당포 내부는 창가보다 심지어 더 어수선했다. 한쪽 벽에 직립형 진공청소기 한 부대가 늘어서 있었고, 보안 유리 뒤쪽 진열 서랍에는 외관의 광고판이 약속한 결혼반지들이 꽂혀 있었다. 먼고는 반지들을 훑어보았다. 여자들의 장식품에 대해 무지했지만 먼고가 아는 여자들의 분주하고 민첩한 손에 이런 반지들은 거추장스럽고 불편해 보일 것이다. 조키는 가게 문을 잠그고 먼고를 카운터 뒤쪽으로 안내해 안쪽 창고로 데려갔다. 머그잔 두 개를 씻고 전기 주전자에 물을 올렸다. 한쪽 구석에는 먼지투성이 웨딩드레스가 줄줄이 걸려 있었다.

"이것저것 다 팔아요?"

"그럼. 팔릴 만한 거면 다 팔지." 조키는 분말 우유를 머그잔에 몇 숟갈 넣었다. "하지만 이 장사는 파는 게 요지가 아니다. 가지고 있는 게 중요하지. 설탕 넣니?"

먼고는 고개를 끄덕였다. "전당포에 처음 와봐요."

"아이고, 별거 없다. 커다란 창고라고 생각하면 돼. 돈을 빌려주는 창고 말야. 그렇지 않니?" 조키는 먼고에게 비스킷을 권하고, 먼고가 하나를 받자 또 하나를 밀어주었다. 그러고는 앉으라고 낮은 스툴을 가리켰다. "니랑 이야기하던 녀석 말이다. 그치는 어쩌다 한 번씩 트럼펫을 가지고 오거든. 올 때마다 내가 무슨 바나나 보트를 타고 클라이드강을 올라온 것처럼 얼뜨기 취급을 한단 말야. 그래도 내가 그걸 받고 몇 파운드 주면, 봉급날에 꼭 와서 빌린 돈보다 몇 푼 더 주고 찾아가."

먼고는 부드러운 비스킷을 오물오물 먹었다. "그럼 우리 엄마를 맡아준 값으로 얼마 원하세요?"

우스갯소리였지만 조키는 머그잔을 건네줄 뿐, 못 들은 척 이야기를 이어갔다. "예전에는 전당포도 수입이 짭짤했다. 금요일 주급날까지 버틸 돈이 필요한 정직한 사람들이 주고객이었지. 하지만 이젠 약쟁이들이 자기네 엄마 아파트에서 훔친 전자제품을 들고 오지." 조키는 레코드플레이어 무더기를 고갯짓으로 가리켰다. "게다가 요새 누가 중고를 사겠니? 다들 새것, 새것, 새것 노래하다 망가지면 버리지. 마누라 새 헤어스타일이랑 안 어울린다고 버리고."

먼고는 달라진 시선으로 창고를 둘러보았다. 처음에는 새로운 주인을 기다리고 있는 물건들로 가득한 보물섬처럼 보였던 곳이 이제는 원하지 않는 유품의 매립지 같았다.

조키는 앓는 소리를 내며 스툴에 앉았다. 키가 작고 옆으로 벌어진 체격이었지만 아직은 살이 출렁출렁 늘어지지 않고 근육이 붙어 있었다. 싸움이 나면 제 한 몸쯤 지킬 수 있을 것 같았다. 조키가 차를 들이켰다. "내 주수입이 칼이나 총 따위 무기에서 나오는 건 경찰한텐 비밀이다. 갱단 녀석들이 늘 쌈박질을 해대는 게 나한텐 다행이야. 요새는 돈이 다 거기에 몰려 있거든. 마약이랑 싸움 말이다. 딴 걸로는 아이스크림 한 번 핥아먹을 돈밖에 안 나와."

먼고는 하미시가 여기에 온 적이 있을지 궁금했다.

"무기도 유행을 타는 거 아니? 패션처럼? 어떤 녀석들은 아가씨들이 파리에서 옷을 사 입는 것처럼 유행에 민감하다니까. '아, 싫어요. 보위 나이프는 됐어요. 개나 소나 다 들고 다닌단 말이에요. 좀더 우아한 거요. 딱 봐도 나랑 찰떡인 거요." 조키는 담배에 불을 붙이며 쿡쿡 웃었다. 조키가 담배를 권했지만 먼고는 사양했다. 전당포 사업에 관해 이야기를 나누고 나자 할 말이 동났다. 두 사람 사이의 연결 고리인 여자에 대해서 이야기할 때가 왔지만, 양쪽 모두 모린이라는 화제에 어떻게 접근해야 할지 막막한 듯했다. 침묵이 불편할 정도로 길게 이어졌다. 조키는 담배를 뻐금거렸다. 먼고의 차가 식었다.

"니는 하나도 안 닮았구나. 모린이랑 말이다."

"알아요. 모모는 내가 아빠를 닮았다고 하지만…" 먼고는 굳이 문장을 끝맺지 않았다. "아무튼 모모는 어떻게 지내요?"

"잘 지낸다. 오늘 아침에 퇴근하고 왔을 때 잠깐 봤지." 조키가 담배 연기를 길게 뿜었다. "니네 엄마는 원래 술을 그렇게 많이 마시니?"

먼고는 곰곰이 생각했다. "기분 좋게 해주고, 딴 데 신경을 쏟게 만들면 좀 덜 마셔요. 뭔가 기대할 것이 있을 때 제일 잘 참아요. 대단한 게 아니라도 괜찮아요. 금요일에 영화를 보러 간다던가 시내에 쇼핑을 데리고 가준다거나, 그런 거요. 무엇이든지 간에 기대할 거리를 만들어주면 효과가 좋아요."

"훤히 꿰고 있구나."

"조디 누나가 저보다 더 잘 알아요. 주전부리에 환장한 어린애 돌보는 거랑 비슷하다고 했어요."

조키가 웃었다. "여기 어딘가에 아기용 흔들의자가 있는데."

"몸집에 딱 맞겠네요."

“니가 웃기다는 말은 못 들었는데.” 조키는 손목시계를 힐끔 보고 말했다. 자기가 비싸다고 외치는 듯한 묵직한 은시계였다. “저기 골목 올라가면 만날 수 있다. 이제 일어났을 거야. 아파트 주소를 줄게.”

“아니에요, 괜찮아요.” 먼고는 고개를 숙여 턱을 점퍼 목깃에 묻었다. “부탁 하나만 들어주실래요? 제가 왔었다는 거 비밀로 해주세요. 찾아오지 말라고 했거든요.”

조키가 의자에 앉은 자세에서 몸을 기울이자 두둑한 뱃살이 허벅지 사이로 늘어졌다. “저기, 내 말 들어봐라. 나는 모린한테 애들 있는 줄 몰랐다. 정말이야. 그걸 알게 되자마자 쫓아냈어.”

“아뇨, 그러지 마세요. 저희는 절대 방해하지 않을게요.”

“아이고, 그런 뜻이 아니다. 니네 엄마를 만난 지 3주 되었을 때 알았다. 자기가 새우칵테일이랑 톰 셀렉을 좋아한다는 걸 자식 있다는 사실보다 먼저 말했지. 내가 얼마나 당황스러웠겠니?”

“정말이에요. 괜찮아요.”

“집에 가서 애들 돌보라고 쫓아낸 거였다. 대체 어떤 여자가 애들이 있는데 집에 안 들어가니?”

먼고는 무어라 대답해야 할지 알 수 없었다. 어머니는 축제에서 보는 마술사와 비슷해서, 늘 어떤 속임수를 쓰고 있었다. 힘을 주어 뱃살을 집어넣고, 남자들에게는 다른 얼굴을 보여주었다. 조디는 그런 어머니를 두고 동네 빵집 주인 맥캘럼 씨가 창가 진열대의 오래된 웨딩케이크를 조금씩 돌려서 햇빛에 변색된 크림을 숨기는 것과 비슷하다고 말했다. 어리숙한 손님이 케이크를 한 번 자르고 나면, 케이크가 끈끈히 뭉쳐 있고 냄새 고약한 오래된 술에 절어 있다고 불평해도 이미 늦은 것이다. 조키는 머그잔을 한 번 돌리고 남은 차를 벌컥 들이켰다.

"모린은 너희가 자기를 필요로 하지 않게 되면 혼자 남겨질까봐 걱정하는 것 같아. 니들이 너무 빨리 커버렸다고 하더라. 자식들이 어느 날 훌쩍 커버렸다는 사실을 어머니들은 받아들이기 힘들어하는 법이지."

사실이 아니었다. 먼고는 평생 어머니가 필요할 듯싶었지만 그걸 소리 내어 인정하는 건 허락되지 않았다. "형은 엄마가 자기 인생을 찾아 나섰으니까 우리도 그렇게 해야 한다고 말해요."

모모에 대해 부정적인 생각이 엄습할 때마다 먼고는 어머니에게서 직접 들은 그녀의 어린 시절 이야기를 떠올렸다. 모모는 네 자매 중 막내였는데, 클라이드강에서 곡물 적재 일을 하던 아버지는 아내가 죽자 딸들을 잘 키워줄 법한 가정에 각자 입양을 보냈다. 평소와 다름없던 어느 수요일에 웬 어른들이 교회에 가는 것처럼 말쑥하게 차려입고 찾아와서 자매를 전부 데려갔다.

어른들은 아이들에게 미리 알려주지 않기로 입을 맞추었다. 그 대신에 부부들은 각자 즐거운 나들이를 계획했다. 동물원에 가거나 신발을 사준 다음에, 저녁에 자기네 집으로 데려가고 그걸로 끝이었다. 아이들과 의논 따위 하지 않았다. 네 자매를 전부 데려갈 여력이 있는 사람은 없었다. 그래서 맏언니 캐시는 발라훌리시의 작은 농장에서 친할머니를 거들며 살게 되었다. 앨리스와 진은 잉글랜드에 있는 외가 친척집에 따로 보내져서 꽤 괜찮은 인생을 꾸려나갔다. 세 살배기였던 모린만 글래스고의 이스트엔드에 남겨졌다. 모린을 데려간 부부는 뒷마당 쓰레기장 위쪽 집에 사는 고물상이었다. 거리가 가까운 덕에 아버지는 딸이 잘 지내나 이따금 들여다볼 수 있었다. 그렇지만 아버지는 재혼하고 유니언 커널에서 일하기 시작하며 폴커크로 이사했고, 모린은 여섯 살 이후로 아버지를 본 적이 없었다.

모모는 고물상 부부가 선량한 사람들이었다고, 무뚝뚝하긴 했지만 심성이 선한 사람들이었다고 했다. 먼고는 그 말을 믿었다. 모모는 부드러운 포옹에서도 가시를 찾아내고야 마는 여자였다. 만약 그들이 잔인하거나 인색했다면 그랬다고 말했을 터이다. 그러나 열다섯 살에 모모는 고물상 부부의 인생에 들어왔을 때만큼이나 쉽게 흘러 나갔다. 고물상은 저녁마다 커다란 가죽 헤드폰을 끼고 앉아서 전쟁 전에 유행한 무도회장 노래나 축구 중계를 라디오로 들으며 쉬는 것을 즐겼다. 아내는 소파 옆자리에 앉아서 채널을 돌려가며 텔레비전을 보았다. 같이 있으면서 자기만의 시간을 갖는 것이었다. 모모가 이들 인생에 처음 들어온 날도, 떠나기 전 마지막 날도, 부부는 이렇게 함께 휴식하고 있었다.

먼고는 신발을 내려다보았다. 운동화의 터진 틈새로 엄지발가락이 빠끔히 삐져나왔다. "우리 엄마를 사랑하세요?"

조키는 재빨리 대답했다. "아니, 아니, 안 한다."

먼고는 조키를 쳐다보았다.

"내 말 들어라. 내 나이에 사랑은 골칫거리야. 내가 바라는 건, 화요일 밤에 편하게 같이 쉴 수 있고 집안일 좀 도와주고, 운이 좋으면 두 사람 다 가로누워 자는 김에 한번 하는 거지." 먼고는 농담에 웃어주지 않았다. 조키는 담배꽁초를 머그잔에 버렸다. "쉽게 살고 싶은 거다. 근데 사랑에는 쉬운 점이 하나도 없거든."

먼고는 차를 마저 마시고 찻잔을 싱크대에 놓았다. "부탁 좀 들어주실래요?"

"부탁이 또 있니?"

먼고는 고개를 끄덕였다. "만약 엄마가 자기를 사랑하냐고 물어보면 그렇다고 해주세요. 우리 엄마한테 그 정도는 해줘야 해요."

조키는 좋다 싫다 대답하지 않았다. 인상을 찌푸리고 의자에서 몸을 일으키며 이렇게만 말했다. "종일 계산대 앞에 서 있는 게 척추에 좋을 리 없지. 내가 충고 하나 해주마. 니가 일할 나이가 되면 말이다, 몸을 계속 움직일 수 있는 일을 찾아라. 남들이 버린 물건들 사이에 앉아 있는 일은 피하고."

가게 입구로 돌아가자 젊은 여자가 잠긴 문을 두드리고 있었다. 비디오 플레이어를 안고 있는 여자는 절박한 표정이었다. 조키를 본 여자는 까치발을 하고 울음을 터뜨릴 것처럼 얼굴을 일그러뜨렸다. 조키는 지친 한숨을 내쉬었다. "여자들 치마가 더 짧아지면 아예 안 입고 다니는 거나 마찬가지일 거다."

조키는 바지 주머니에서 파운드 동전을 몇 개 꺼내 먼고의 손에 쥐여주었다. "음, 난 니네 엄마 좋아한다. 정말이야. 하지만 그놈의 술 좀 줄여야 해. 나는 벌써 걱정해야 할 애들이 딸려 있는 사람이야. 종일 앉아서 술을 들이붓는 건 안 된다고."

문을 열어주는 조키에게 먼고는 고개를 끄덕였다. 먼고가 햇빛 아래로 다시 나왔을 때 은빛 댄서들이 빙글빙글 돌며 골목길을 올라가고 있었다.

날이 좋아 비둘기 집 문을 활짝 열어놓았다. 제임스는 고개를 숙이고 무언가에 집중하고 있었다. 새장의 경첩을 고치고 있는 제임스의 입에서 흥얼거림이 새어 나왔다. 끈기가 있는 제임스는 스스로 기술을 익혀 무엇이든 고치거나 만들 수 있었다. 천장에는 벌써 슬레이트 타일이 깔려 있었다. 누구의 도움도 필요로 하지 않았다.

먼고는 일하는 제임스를 응시했다. 타인의 시선을 의식하고 있지 않은 그를 보는 게 좋았다. 앞으로 얼마나 더 이렇게 볼 수 있을지 모르니 가능할 때 이 모습을 머릿속에 새겨 넣고 싶었다.

마지막으로 보았을 때 제임스의 뒷머리는 짤막한 오리 꼬리처럼 목을 간질이는 부분까지 내려왔다. 제임스가 낮잠을 잘 때 먼고는 그곳에 코끝을 가져다 대고는 했다. 이제 제임스의 머리는 일자로 깔끔하게 깎여 있었고 목덜미는 발그레했다. 제이미슨 씨가 아들의 머리를 잡고 면도솔로 목에 거품을 내면서 애슐리에 대해 물어보는 모습이 절로 그려졌다. 먼고는 속에서 불쑥 솟아오르는 질투심 덩어리를 꾹 삼켰다. 목을 타고 내려가 갈비뼈에서 톡톡 튀는 것 같았다. 아이들 장난감 속에 떨어진 구슬처럼 몸속에서 굴러다니는 것이 느껴졌다.

제임스는 펜치를 내려놓고 새장에서 비둘기를 꺼냈다. 제임스가 손에 쥔 순간 비둘기는 두려워하는 듯했지만 부드러운 손길을 느끼고 불안한 고갯짓을 멈추었다. 다소 흥분하고 얼이 빠진 비둘기를 감싼 제임스의 손을 먼고는 보고 있었다. 영문을 모르고 멍청하게 눈만 껌벅거리는 비둘기가 부러웠다. 먼고는 비둘기 집으로 들어가 제임스의 귀 뒤쪽에 숨겨진 분홍빛 살에 입을 맞추었다. 노력했지만 도저히 일주일이나 떨어져 있을 수 없었다.

제임스가 흠칫했다. 시선이 먼고 등 뒤로, 햇볕이 쏟아지는 바깥으로 빠르게 옮겨갔다. "하지 마. 여기선 안 돼. 지금은 안 돼."

제임스의 눈에 서린 표정을 보고 먼고는 제임스가 긴 손가락으로 자신을 안고 진정시켜줄 일은 없다고 확신했다. 무언가를 부수고 싶은 충동이 들었다. 흔들거리는 선반을 뜯어버리고 비둘기들을 새장에서 내보내고 싶었다. 먼고는 양팔을 늘어뜨리고 가만히 섰다. 꼼짝도 하지 않으려고 기를 쓰고 있었다.

"거의 다 끝났어. 이틀이면 다시 떠나. 정말 얼마 안 남았어." 제임스는 고개를 가로저었다. "피터헤드에 사는 여자 만나러 일찍 떠난다고 했어. 이틀만 지나면 우리끼리 지낼 수 있어."

"그래, 너네 아빠가 다시 돌아올 때까지는." 자신이 치기를 부리고 있다는 걸 알았지만 참을 수 없었다.

"그건 내가 어떻게 할 수 있는 일이 아냐." 제임스는 비둘기에게 입을 맞추고 새장에 다시 넣었다. 한동안 부지런히 손을 놀려 마음을 가라앉히고는 물었다. "여하튼 그동안 뭐 하고 지냈어?"

"아무것도 안 했어." 이제 먼고는 이야기를 나눌 기분이 아니었다. 상냥하게 대할 마음의 여유가 남아 있지 않았다. 먼고는 조그만 천창으로 하늘을 올려다보며, 하미시가 들이닥치면 제임스가 저기로 도망칠 수 있을까 궁금해했다. "병신같이 아무것도 안 했다고."

"너도 취미가 하나 있어야 해."

여기 또 있다. 그에게 무엇이 필요한지, 어떻게 행동해야 하는지, 어떤 사람이 되어야 하는지 말하는 사람이. 지금 그대로의 모습으로 괜찮다고 생각하지 않는 사람이.

제임스는 떠나려고 돌아서는 먼고를 지켜보았다. 먼고가 허리를 숙이고 낮은 입구로 나가려는데 제임스가 말했다. "아빠랑 셀틱 파크에 갔었어. 축구 경기는 열두 살 때 가보고 처음이야. 경기장에서 계속 내 어깨에 팔을 두르고 있었어. 나를 자랑스러워하는 것처럼. 그다음에는 웨스트엔드로 가서 나랑 누나한테 카레 사줬어. 펍에 가서 처음으로 맥주도 마셔보게 해줬고. 아들이 막 열여덟 살이 되었다고 바텐더한테 거짓말한 거야."

"니가 그 속도로 나이 들면 내가 열여섯 살 되기 전에 넌 예순 살이 되겠네."

"엄마 돌아가신 이후로 아빠가 그렇게 즐거워 보인 건 처음이야. 그걸 망치고 싶지 않아." 제임스는 자신이 느끼는 행복을 다소 창피해하며 얼굴을 찡그렸다. "그 부잣집 아줌마 이야기는 거의 꺼내지도 않았어."

먼고는 아픔을 참고 숨 쉬려고 노력했다. 제임스의 긴 손가락이 자신을 꼭 끌어안아주어서 더는 방황하지 않을 수 있기를, 이 세상의 누군가가 자신을 아낀다고 느끼고 싶었을 뿐이었다. 긴 못에 고리 자물쇠 하나가 걸려 있었다. 먼고는 다친 엄지손톱 밑을 못에 문질렀다. 상처가 다시 찢어졌다.

"할 이야기가 또 있어. 아빠가 유전에서 일자리를 구해줄 수 있대."

먼고는 못 위로 손톱을 눌렀다. "그래?"

"안 될 이유가 없다고 하더라. 회사에서 아빠를 새로운 유전으로 발령 보낼 건 가봐. 개닛이라고 했나, 아무튼 새로 개발하고 있는 유전이래. 내가 열여덟 살이 되면 유전에서 인부들 식사 공급이나 청소, 아니면 잡역부 같은 일을 구해줄 수 있대. 그런 일 하다가 나중에 유정탑 기사나 심지어 개발 감독 자리까지 올라갈 수 있을 거야. 돈을 많이 준대."

"잘됐네."

"아빠랑 유전에서 일하면 더 많은 시간을 같이 보낼 수 있어."

"너가 떠나면 애슐리가 서운해하지 않겠어?"

"누가 개를 신경 쓴다고?" 제임스는 키를 낮추어 먼고와 눈높이를 맞추고 앞머리 아래로 눈을 들여다보았다. "내가 안 갈 거 알잖아. 하지만 아빠가 그렇게 말해주니까 기뻤어. 그거라도 좀 즐기게 해주면 안 돼?"

"개 좋아해?"

"누구?"

"애슐리."

"아니." 제임스는 짜증이 난 낌새였다. 제임스는 부지런히 새 사료를 컵에 펐다. "오히려 좀 싫어해. 입만 열면 멍청한 소리를 하거나 자기 이야기밖에 안 해. 내가 5분이라도 자기한테 집중하지 않으면 칭얼대고. 머리카락은 늘 젖어 있는 것처럼 보이는데 막상 만지면 건조하고 돌처럼 딱딱하게 굳어 있어. 개가 나를 만질 때마다 머릿속으로 뭘 얻어내려고 계산하는 게 느껴져. 하지만…"

또 다른 생각이 먼고의 머릿속에 파고들었다. "개랑 잤어?"

"아니." 제임스는 손바닥의 두툼한 아랫부분으로 눈두덩을 눌렀다. "근데 계속 하자고 졸라. 자기 엄마랑 새아빠가 다음 주에 마요르카에 가니까 집이 빈다고 말하더라."

"하지만." 조그만 목소리가 기어 나왔다. "우리도 아직 그거 안 했잖아."

"알아." 제임스는 이제 지친 기색이었다. 결국엔 제임스도 그저 다큰 남자인 척, 실제 자기 모습과 전혀 다른 남자인 척하고 있는 아이일 뿐이었다.

먼고는 녹슨 못에서 손가락을 떼었다. "니가 고쳐져서 잘됐다, 제임스. 정상이 되려고 엄청 노력했잖아. 그만큼 노력했으면 보답받을 만하지."

"난 고쳐지지 않았어, 먼고. 그냥 거짓말쟁이가 된 거야."

"뭐, 어쨌든," 먼고는 운동화 밑창에서 유리 파편을 털어냈다. "이미 나는 이런저런 이유로 형편없는 사람이라서, 거짓말쟁이까지 되고 싶지 않아."

순간 제임스는 먼고의 말을 반박하려는 것처럼 보였다. 벌써 거짓말쟁이라고 말이다. 하지만 혀를 물었다. 제임스는 유리 파편으로 뒤덮인 바닥을 가로질러 먼고에게 다가왔다. 침침한 빛 속에서 제임스는 먼고의 목뒤 가운데에 집게손가락을 올려놓았다. 닿을 듯 말듯 희미한 그 손길은 문밖의 쓸쓸한 풀밭에서 인기척이라도 나면 즉시 심술궂은 딱밤으로 탈바꿈할지도 모른다. 제임스는 먼고의 목덜미에 자라난 가느다란 털을 위에서 아래로 쓰다듬었다. 먼고는 고개를 숙이고 눈을 감았다. 계속해서 쓰다듬어주길 바랐다.

"비둘기들이 스트레스 받을 때 이렇게 해줘."

"차라리 목을 부러뜨려서 저세상으로 보내주는 게 친절한 거 아냐?"

제임스가 웃음을 터뜨렸다. "시간이 금세 지나갈 거야. 아무 방향이나 정해서 자전거 타고 떠나자."

"애슐리는?"

"넌 뭘 그렇게 질문이 많냐."

"만약에 개랑 하게 되면, 내가 이해해줄게." 위험한 도박이었지만 그래도 먼고는 말해야 했다. "하지만, 그러니까, 난 죽고 말 거야."

"아니, 넌 보기보다 강해." 제임스는 먼고의 목뒤에서 손가락을 떼고 움찔거리는 뺨을 주먹 관절로 부드럽게 쓰다듬었다. 먼고가 눈을 뜨자 눈앞에 열 손가락이 펼쳐져 있었다. 먼고는 손가락 네 개를 더했다. 제임스가 손가락 하나를 구부렸다. "봐, 이제 열세 번밖에 안 남았어. 아빠가 열세 번만 왔다 가면 니가 열여섯 살이야." 제임스는 먼고가 떠나기 전에 웃어주기를 바라는 것 같았다. 딱 한 번만이라도. 먼고는 그것조차 해줄 수 없었다.

먼고는 손가락 열세 개를 뚫어지게 보고 있었다. 며칠 전만 해도 그 시간은 재림절 달력만큼이나 무해하게 느껴졌었다. 하지만 이제 먼고의 머릿속에는 짐을 다 싸놓은 조디, 자기 부모 침대에 대자로 누워 있는 애슐리, 약에 취한 채로 사이펀이 달린 기름통을 들고 있는 하미시가 있었다. 열세 개의 손가락, 열세 번의 휴가는 너무 먼 미래였다. 두 사람 다 버티지 못할 것이다. 무사하지 못할 것이다. 끝까지 함께하지 못할 것이다. "너만 괜찮으면 난 당장 떠날 수 있어. 오늘밤에 가자. 누가 경찰에 찌르면 어때? 학교가 사회보장국에 신고하면 뭐 어때? 숨으면 되지. 제길, 그냥 가자."

제임스는 뺨 안쪽을 질겅였다. 먼고가 이렇게까지 불안해하리라 예상하지 못했다. 제임스는 먼고 뒤로 손을 뻗어 문을 닫았다. 어둠 속에서 제임스의 강한 손가락이 먼고를 감쌌다. 긴 팔이 먼고를 끌어안으면서 손가락이 갈비뼈를 짚고 등뼈로 옮겨갔다. 먼고는 숨이 막힐 만큼 바짝 안겼다. 따끔한 셰틀랜드 모직의 촉감이 든든하게 위로가 되어주었다. 제임스의 숨이 정수리를 뜨겁게 덮었다. "니가 만들어준 카세트테이프 들었어. 매일 밤 창가에 서서 들어. 근데 차트 톱 40이라고 하지 않았어? 똑같은 노래만 무한 반복이던데."

"부끄러워서 거짓말했어."

"나도 더 스미스 좋아해."

먼고는 제임스의 스웨터에 얼굴을 비볐다. "그런데 왜 모리세이는 글래스고 거리에서는 패닉이 일어나지 않았다고 생각했을까. 여기도 완전히 패닉 상태인데."

"글래스고는 운율 맞추기가 존나 어려워서 아닐까. 하여간에 난 더 스미스 노래 들을 때마다 너 생각할 거야, 빌어먹을 꽃미남아." 제임스는 고개를 숙여 먼고의 입술에 진하게 입을 맞추었다. 그리고 팔 길이만큼 밀어낸 다음에 살짝 흔들었다. "기운 내, 난 너를 사랑해, 먼고 해밀턴."

"하지 마." 먼고 속의 무언가가 사랑받는 걸 견디지 못했다.

"왜? 내가 원하면 사랑하는 거지."

"그럼 내가 더 힘들어질 거야. 전부 망가졌을 때 말이야."

제임스는 손을 거두었다. 불안감이 밀려오면서 먼고는 다시금 비둘기가 된 기분이었다. 눈을 감은 채 무거운 문의 녹슨 경첩이 삐걱이는 소리를 듣고 찬기를 느꼈다. 흐릿한 햇빛이 눈꺼풀 속에서 분홍빛으로 퍼졌다.

"좋은 일이 전부 잘못된다는 법은 없어."

간절히, 먼고는 그 말을 믿고 싶었다.

제임스는 다시 펜치를 집었다. "이틀만 기다리면 다시 만날 수 있어. 토요일 밤에 올래? 그때쯤엔 아빠가 애버딘행 막차를 탔을 거야."

"아, 그래." 먼고는 애써 덤덤히 말했지만 사실은 지금 이 순간부터 그때까지 매분 매초를 셀 것이다. 문득 먼고는 고개를 저었다. 앞머리가 흘러내려 두 눈을 가렸다. "아니, 잠깐. 토요일 밤은 안 돼."

"왜?" 제임스가 몹시 실망한 얼굴로 말했다.

절대 인정할 수 없었지만 먼고는 제임스가 실망한 모습을 보고 기뻤다. 잠시나마 주도권을 쥔 기분이었다. 지난주 내내 시달린 갈망에 대한 막돼먹은 보복이었다. "별일 아니야. 우리 형이 또 쓸데없는 일을 벌여서."

"싫다고 하면 안 돼?"

먼고는 어이없어하며 실소를 터뜨렸다. "웃긴다. 이왕 개기는 김에 형 안경이 구리다고도 말해볼까."

"뭐가 그렇게 중요해서 꼭 가야 하는데?"

"난 가기 싫어. 하지만 토요일 밤에 로이스턴 브리지에서 패싸움이 있을 거야. 보이스턴 갱단이 형네 패거리를 괴롭히고 있었거든. 내가 가서 머릿수를 채워야 한대. 가문의 평판이 달린 문제라나. 난 해밀턴이잖아." 같이 가지 않으면 제임스를 산 채로 태워버리겠다는 협박은 숨겼다. "형한테는 싫다고 못해."

"그러니까 거기 가서 가톨릭 애들을 때리겠다는 거야?"

"솔직히 난 무서워 죽겠어. 일단 가서 얼굴만 비친 다음에 뒤에 숨어 있거나 그러려고." 먼고는 선반에서 페니실린 병을 집어서 마라카스처럼 흔들었다.

"나도 가톨릭이야."

"진짜 가톨릭은 아니지. 너는 달라. 성당도 안 다니잖아."

"아니, 존나 똑같아." 제임스는 먼고에게서 몸을 돌리고 들릴락 말락한 목소리로 말했다. "넌 겁쟁이야."

멍청이, 찌질이, 호모, 겁쟁이.

"너는 정체를 감추려고 더 나쁜 짓도 하잖아."

"적어도 난 다른 사람한테 상처를 주진 않아."

제이미슨 씨는 상처받을 것이다. 애슐리도 상처받겠지만 그 애는 금방 회복하겠지. 먼고는 이 사람들에게 실체를 주어서 자신과 제임스가 공유하는 비둘기 집으로 소환하고 싶지 않았다. "보이스턴이라는 가톨릭 갱단은 나를 노리고 있어. 내가 맞서지 않고 가만히 있다가 언젠가 트롱게이트나 브리게이트에서 마주치기라도 하면 여기서 여기까지 그을 거라고." 먼고는 손톱으로 한쪽 귓불에서 입꼬리까지 긁었다. 힘을 주어 긁은 피부에 하얀 선이 남았다가 가물가물 사라졌다. 마치 하하가 빙의한 것처럼 행동하고 있었다.

제임스는 먼고가 처음 들어왔을 때처럼 망가진 경첩 위로 몸을 숙였다. 이상했다. 그가 애초에 온 적이 없는 것 같았다. 제임스의 하루에 어떤 흔적도 남기지 못한 것 같았다. 그와 무관하게 제임스는 계속해서 자기 삶을 살아갈 것이다. "가톨릭 애들이랑 싸울 거면 토요일에 오지 마. 일요일에도, 월요일에도. 아니, 두 번 다시 오지 마. 그 싸움에 가담하면 난 너랑 끝이야."

## 22

먼고는 잠들 엄두를 내지 못했다. 호숫가에서 보내는 세 번째 밤, 먼고는 꾸벅거리며 잠과 싸웠다. 갤러게이트는 서두르지 않았다. 여기저기서 긁어모은 담뱃가루로 지궐련을 굵게 말고 점차 내려앉고 있는 텐트 속에서 피웠다. 이야기하면서 담뱃불을 인화성 텐트에 너무 가까이 대고 있었다. 상관없었다. 죄다 타버리라지.

거의 소진된 양초의 불빛 속에서 문신투성이 남자가 잉크로 덮인 주먹을 땅에 대고 천천히, 영역을 표시하듯 다가왔다. 갤러게이트는 거의 다정하기까지 한 손길로 먼고를 더듬었다. 먼고는 구역질이 날 것 같았다. 먼고는 갤러게이트의 입에 손바닥을 올렸다. 달콤한 말을 속삭이려들까봐 막은 것이었는데 갤러게이트는 오해했다. 도톰한 손바닥에서 손가락까지, 손가락 사이로 혀를 날름거리며 핥았다.

다정함은 삽시간에 증발했다. 잉크투성이 남자는 무지막지하게 먼고의 옷 아래로 손을 집어넣고 거칠게 만지기 시작했다. 촛불 속에서 본 정욕에 사로잡힌 남자의 눈은 깊이를 가늠할 수 없는 우물 같았다. 난폭한 손이 소년의 살갗에 상처를 냈다. 그다음에 찾아올 것을 먼고는 원하지 않았다. 먼고는 얼른 양손을 오므리고 침을 뱉은 다음에 갤러게이트의 부푼 그것을 감싸 쥐었다. 까물거리는 불빛 속에서 가능한 한 빠르게 손을 움직였다. 남자의 욕망을 빨리 해소해주고 어둠 속으로 떠나보낼 작정이었다.

사정한 뒤에 갤러게이트는 벌러덩 드러누워 십자가에 박힌 것처럼 양팔을 뻗었다. 만족한 표정으로 손을 뻗어 먼고의 머리를 헝클어뜨렸다. 빗줄기가 텐트를 두드렸다. 먼고는 머릿속에서 끓어오르는 질문을 입 밖으로 냈다. 갤러게이트 한 사람이 아니라 우주에 던지는 질문이었다. "이건 아저씨가 게이라는 뜻이에요?"

꿈트럭꿈트럭 다가와 벌거벗은 팔다리로 먼고를 뱀처럼 휘감고 있던 갤러게이트가 문득 소년을 밀쳐냈다. 그 거리감이 먼고는 고마울 따름이었다. "날 또 그렇게 부르면 그땐 죽여버린다."

까무룩 잠이 들었었는지 갤러게이트가 깨웠을 때는 이미 날이 밝고 있었다. 갤러게이트는 알몸으로 텐트에서 기어 나가 오줌을 누었다. 텐트의 덮개 틈새로 청명한 날빛이 보였다. 비가 잠시 그친 듯했다. 먼고는 침낭을 어깨에 두르고 갤러게이트를 따라 호숫가로 나갔다. 끈적하고 악취가 자욱한 텐트에 갇혀 있는 것보다는 바깥에 있는 편이 안전할 성싶었다. 태곳적 바위들이 비에 젖어 빛났고 새로 고인 물웅덩이에 벌써 파리 떼가 모여들었다. 갤러게이트는 물가에 섰다. 심지어 등도 문신으로 덮여 있었다. 날갯죽지 사이에 여자의 눈 한 쌍이 사실적으로 그려져 있었는데, 속눈썹이 날개 깃털처럼 바짝 올라가 있었다. 몸에서 유일하게 문신이 없는 엉덩이가 햇빛 속에서 유령처럼 허옇게 빛났다.

먼고는 1인용 텐트로 시선을 돌렸다. 거의 납작하게 내려앉은 텐트는 사람이 쉴 수 있는 공간이라기보다는 잿빛 호숫가에 생긴 빨간색 물웅덩이에 가까워 보였다. 그 속에 사람이 있을 리 만무했다. 먼고는 침낭을 더 바짝 여미고 오줌을 누는 남자로부터 멀리 걸어가 물가에 웅크리고 앉았다. 수면에서 자신을 마주 보는 얼굴이 낯설었다.

갤러게이트는 추위를 느끼지도 않는 모양이었다. 몸에 남은 술이 속에서 열을 내고 있었다. "그래, 오늘 뭐 하고 싶냐?"

도망가. 집까지 쉬지 않고 뛰어서 도망가. 그러나 먼고는 차가운 물에 얼굴을 담그고 호수가 경련을 얼려주기를 기다렸다. 몸을 한 번 털고, 마음을 다잡은 다음에 어깨를 으쓱했다. "짐 싸서 돌아갈 준비 해야 하지 않아요?"

"벌써 나한테 질렸냐?" 갤러게이트는 마지막 오줌 방울을 털어내고 소년에게 인상을 썼다.

먼고는 웅크리고 있던 자세 그대로 주저앉았다. 하하에게서 훈련을 잘 받았다. 갤러게이트와 그의 형은 참으로 닮았다. 감정 기복이 심한 자아도취적 존재들은 끊임없이 애정을 원하고 별 이유도 없이 발끈했다. 먼고는 위험을 감지했다. 짧은 거리를 걸어가 달래듯이 입을 맞추었다. 처음으로 먼저 갤러게이트에게 입을 맞춘 것이었다.

갤러게이트가 흐뭇해하며 활짝 웃었다. 이제 그는 자신의 매력에 확신을 느꼈다. 먼고가 무엇을 원하는지 처음부터 알고 있었다는, 만족스러운 미소였다. 소년은 그저 이끌어줄 사람이, 아버지처럼 차근차근 가르쳐줄 사람이 필요했던 것뿐이다. 갤러게이트는 턱을 치켜들었다. 날카로운 이빨이 아랫입술을 물고 있었다. "봤지, 우리 친구 맞잖냐." 갤러게이트는 먼고의 허리를 얼싸안았다. "오늘은 토끼 잡는 걸 가르쳐줄까."

"먹지도 않을 거면서 죽이는 건 불쌍해요. 버스에 가지고 탈 수 있어요?"

"당연하지." 갤러게이트는 먼고를 유심히 보고 있었다. "모모가 좋아할 거다. 니가 여기 와서 어떤 모험을 했는지 궁금해하고 있을 텐데 말이야. 두 마리 잡으면 털 실내화 한 켤레 떠줄 수 있지 않겠냐."

먼고는 눈을 내리깔았다. "모모는 신경 쓰지 마요. 어차피 내가 집에 없다는 사실조차 잊어버렸을 거예요. 언제나처럼 자기 생각만 하고 있을 텐데요, 뭘. 그리고 모닥불 피우는 것도 배웠고, 텐트 치는 것도 배웠고, 또…" 먼고는 갤러게이트의 귀에 입술을 대고 마지막 말을 속삭였다.

남자가 얼굴을 붉혔다. "어린놈이 밝히긴." 갤러게이트는 소년의 목을 깨물었다. "처음 봤을 때부터 이런 녀석인 줄 알았지."

먼고는 스웨터 소맷부리로 주먹을 덮고 있었다. 소매에 따뜻한 입김을 불어 넣었다. "그냥 가요. 토끼는 다음에 잡아요."

갤러게이트는 잠시 생각했다. "그래, 약속하냐?"

먼고는 고개를 끄덕였다.

갤러게이트는 소년을 놓아주고 빨간 텐트 쪽으로 돌아섰다. "그럼 늙은이 깨워서 출발하자."

먼고는 갤러게이트와 새끼손가락을 걸었다. "꼭 그래야 해요? 그러니까, 저 아저씨는 그냥 두고 가면 안 돼요? 알아서 찾아오겠죠."

"잘도 그러시겠다."

"난 형 친구 하면서 저 아저씨랑도 친구 할 수는 없어요. 그건 못하겠어요."

갤러게이트는 먼고를 끌어당겨 자신의 겨드랑이 아래에 머리를 끼우고 학교 불량배들이 늘 그러하듯 세게 비틀었다. "그건 걱정 마라. 이제 넌 내 특별한 친구야. 하지만 늙은이를 여기에 두고 갈 수는 없어. 저 텐트는 직장 동료한테서 빌린 거거든. 안 돌려주면 60파운드나 물어줘야 해. 어차피 보상해달라고 하겠지만 말이다. 저 냄새 구린 늙은이가 밤새 방귀를 뀌었을 테니까."

그토록 거짓말을 늘어놓고 좋아하는 척 연기했는데, 부질없는 짓이었다. 텐트 고정대를 걷어차는 갤러게이트를 보고 있자니 먼고는 속이 울렁거렸다. 빨간 텐트가 마지막으로 패배의 한숨을 내쉬며 무너졌다. 침낭의 윤곽이 얼핏 보였지만 세인트 크리스토퍼가 아무리 말랐어도 그 아래 있을 수는 없었다. 갤러게이트는 침낭 위로 내려앉은 텐트를 한쪽 끝에서 반대쪽 끝까지 밟으며 오락가락했다. "염병할, 대체 어디 간 거야?"

먼고는 지칠 대로 지쳤다. 천성이 꾸밈없고 곧이곧대로 말하는 아이에게 이 연기는 너무 큰 부담이었다. 증오밖에 느껴지지 않는 남자를 좋아하는 척하려니 기진맥진했다. "모르겠어요. 낚시 갔나?"

갤러게이트는 호숫가를 비틀비틀 돌아다녔다. 쪼그라든 성기가 우스꽝스럽게 흔들거렸다. 그는 호수의 둑을 위아래로 둘러보았다. "이 시간에? 마지막으로 언제 봤니?"

적당한 대답이 떠오르지 않았다. 그래서 먼고는 어깨에 두르고 있던 침낭을 퀼트로 엮은 날개처럼 활짝 펼쳐 마른 몸을 드러냈다. 침낭 한가운데에 놓인 안짱다리 제물.

갤러게이트는 고개를 저었다. "에이, 뭐 하는 거야. 지금 그럴 시간 없어. 늙은이를 찾아야 할 거 아니냐."

먼고는 침낭으로 다시 몸을 감쌌다. 열심히 거짓말을 늘어놓기 시작했다. 전날에 대한 진실을 반 토막만 말했다. 세인트 크리스토퍼가 하도 낚시를 못하길래 물고기들이 태평하게 헤엄치는, 쉽게 잡힐 만한 지점으로 안내했는데, 거기서마저 미끼를 다 잃어버리더니 짜증을 있는 대로 냈다. 발에서 피를 흘리며 야영지로 돌아온 다음에 술을 찾다가 다 떨어진 것 깨닫고는 화가 잔뜩 나서 텐트로 들어갔다. 땅거미가 깔리고 갤러게이트가 돌아올 때까지 다시 그를 보지 못했다. "혹시 혼자 집에 갔을까요?"

"아니, 십중팔구 금단증상으로 고생깨나 했을 거다." 갤러게이트는 비에 젖은 옷을 입기 시작했다. 날갯죽지 사이의 여자 눈 문신이 옷에 가려지자 먼고는 역한 안도감을 느꼈다.

"확실히 몸을 떨고 있었어요. 되게 괴로워 보였어요."

"그럼 얼른 찾아야겠다. 여기 두고 가면 다음번에 보호관찰 경찰을 무슨 면목으로 보냐." 그 말을 남기고 갤러게이트는 숲속으로 터벅터벅 걸어갔다.

먼고는 침낭을 바짝 여몄다. 찬기가 몸속에서 올라오고 있었다. 침낭을 집어 던지고 반대 방향으로 도망치고 싶었다. 바위와 돌무더기를 뛰어넘어 반대쪽 숲으로 갈 수 있을 것이다. 먼고는 자신이 더 빨리 달릴 수 있다고 확신했다. 오랜 음주가 인체를 어떻게 망가뜨리는지 잘 알았다. 하지만 어디로 뛰지? 어느 방향으로 가야 집에 갈 수 있지? 갤러게이트가 문득 걸음을 멈추었다. 손가락을 튕기고, 개를 부르듯이 휘파람을 불었다. 먼고는 고개를 끄덕이고 남자를 따라 고사리 숲으로 들어갔다.

나무 아래 모든 것이 흥건히 젖어 물을 뚝뚝 흘리고 있었다. 침낭이 금세 젖었다. 침낭이 물을 먹으면서 점점 무거워졌고, 먼고는 피곤했다. 쓰러진 나무의 줄기에 침낭을 걸쳐놓고 점퍼와 반바지 차림으로 몸을 떨었다. 키 작은 나무들 사이로 살금살금 나아가는 갤러게이트의 모습이 왠지 오싹했다. 그곳에 잠들어 있는 혼령들을 깨우지 않으려고 조심하는 것처럼 보였다. 박달나무 아래에서 세인트 크리스토퍼가 번쩍 눈을 뜨고, 누런 얼굴의 오른쪽이 썩어 들어간 채 뻐다귀 같은 손가락으로 자신을 가리키는 모습이 자꾸 상상되는 것을 애써 떨쳐냈다.

개천 반대편에서 노루 한 마리가 나지막하게 뭉쳐 있는 갈퀴덩굴을 먹고 있었다. 먼고는 걸음을 멈췄다. 노루가 고개를 들고 자신들 쪽을 바라보자 먼고는 숨을 참았다. 눈이 껍질을 벗긴 자두알처럼 까맣고 촉촉했다. 노루는 귀를 쫑긋거리면서 숲속의 낯선 소리를 경계하고 있었다. 머리에 돋아난 뿔의 크기로 미루어 아직 어렸다. 먼고는 노루의 어미는 어디 있을지 궁금했다. 갤러게이트가 냇가에 거의 다다랐을 때 노루가 화들짝 놀라며 꼬리를 한 번 흔들고 사라졌다. 나타났을 때만큼이나 순식간에 사라졌다. 갤러게이트가 신이 나서 활짝 웃었다. "니네 엄마한테 방금 본 걸 말해주면 되겠구나. 이걸로 보너스 포인트 좀 받겠어, 안 그러냐?"

개천의 수위는 전날보다 높았고 물살도 먼고가 기억하는 것보다 더 세찼다. 갤러게이트는 친구를 찾아 물가를 훑어보고 있었지만 먼고는 물에 시선을 고정했다. 세인트 크리스토퍼를 때려눕힌 곳 근처에 서 있었다. 강바닥 어딘가에서 은빛 동전이 반짝인 것 같았다.

"여기 봐라." 갤러게이트가 개천의 둑 옆에서 허리를 구부리며 말했다. 손에 트위드 모자를 들고 있었다. 냇물에 실려 왔다가 젖은 모직이 바위에 붙은 모양이었다. 눈에 띄지 않는 칙칙한 회색이었던지라 황망한 와중에 미처 보지 못했다. 갤러게이트는 모자를 빙빙 돌리다가 젖은 이름표를 보여주었다. 크리스토퍼 밀리건. 결국 그는 성인이 아니었다. 먼고는 자신이 이 이름을 평생 기억하리라고 확신했다.

"씨이이발." 갤러게이트의 입에서 긴 신음이 새어 나왔다. "계속 찾아야겠다. 멍청한 노인네가 빠져 죽기라도 했으면 다들 내가 죽인 줄 알 거야. 발리니 교도소로 돌려보내질 건 불 보듯 뻔하지." 처음으로 갤러게이트의 눈에 공포가 비쳤다.

갤러게이트는 계속해서 하류로 걸어갔다. 먼고는 물굽이의 박달나무를 슬쩍 보았지만 세인트 크리스토퍼의 시신은 눈에 띄지 않았다. 꼭꼭 잘 숨겨놓았다. 먼고는 이처럼 한적한 곳은 또 없다고 생각하며 자기 자신을 진정시켰다. 근처에 그 누구의 발자국도 없던 것과 양의 유골이 몇 년이나, 어쩌면 수십 년이나 방치되어 있던 것을 기억했다. 세인트 크리스토퍼는 발견되지 않을 것이다. 아무도 못 찾을 거다. 그 인간에게 이보다 적합한 무덤은 없었다.

갤러게이트는 이제 조심스레 움직이지 않았다. 허둥지둥 물가를 헤매다가 때때로 이끼에 덮인 바위를 밟고 미끄러지기도 했다. 어쩌면 발견할지도 모르는 것을 두려워하는 동시에 그것을 발견하지 못할까봐 걱정하고 있었다. 갤러게이트가 물의 흐름을 따라 호수에 가까운 지점으로 내려왔다. 그가 다음 물굽이에 이르렀을 때 먼고는 숨을 들이쉬었다.

불과 몇 초 사이에 벌어진 일이지만 먼고는 적어도 몇 분은 흐른 것처럼 느꼈다. 허리를 세우고 몸을 일으킨 갤러게이트의 등밖에 보이지 않았다. 갤러게이트가 오른팔을 뻗어 저만치 어딘가를 가리켰는데, 박달나무 근처가 아니라 하류에 있는 얕은 물가였다. 갤러게이트는 침묵하고 있었지만 먼고는 물굽이 너머로 무엇이 보일지 이미 알았다.

세찬 물살이 세인트 크리스토퍼를 나무뿌리 밑의 동굴에서 빼냈다. 냇물이 그를 하류로 싣고 와 삐죽삐죽한 바위 위에 걸쳐놓고 떠났다. 시신은 눈이 크게 벌어진 채로 하늘을 보고 누워 있었다. 목이 부러진 듯한 각도로 머리가 커다란 바위 사이에 끼어 있었다. 앙상한 몸이 냇물에 흔들리며 거짓된 생기를 보였다. 먼고는 심장이 쿵쿵 뛰었다. 먼고가 서 있는 자리에서는 남자가 하늘을 감상하며 평화로이 누워 있는 것처럼 보였다.

## 23

어스름이 하늘을 덮고 구름을 삼켰다. 미끄러운 거리에 가로등 불빛이 들어오기 시작했을 무렵, 개신교 소년들이 저마다 공영주택 입구에서 나와 야행성 청소 동물처럼 서로서로 불렀다. 3층 아파트 창문에서 먼고는 자기보다 나이 많은 개신교 깡패들이 길모퉁이의 구멍가게 앞에 모여드는 광경을 보고 있었다. 공영주택의 입구에서 흘러나오는 불빛 속에 모여 몸을 떠는 모습이 꼭 알록달록한 나방 떼 같았다. 위에서 내려다본 이들은 언제 어떻게 발산될지 모르는 초조한 흥분감으로 차오른 채 명성과 영광을 꿈꾸며 싸움을 기대하고 있었다.

몸을 멀찍이 떨어뜨린 남성 특유의 포옹으로 서로를 친근히 반기는 이들에게서 애정과 분노, 로이스턴의 가톨릭을 찌르고 망가뜨릴 기대감이 스며 나왔다.

먼고는 차가운 유리창에 얼굴을 대고 이마를 굴렸다. 등 뒤의 거실은 후덥고 갑갑했다. 세게 틀어놓은 전기난로의 열기는 담배 냄새와 땀내를 머금고 있었고, 바늘로 콕콕 찌르는 듯한 정전기를 일으켰다. 머리가 지끈거렸다. 종일 집에 틀어박혀 있었던지라 창에 맺힌 수증기가 상쾌하게 느껴졌다. 조키가 또 자기를 또 내쳤다고 우는소리를 하며 연달아 맥주캔을 따고 혀끝으로 이를 훑는 모모를 먼고는 온종일 불안한 마음으로 지켜보았다.

이날은 티파티만큼이나 천진하게 시작되었다. 처음에 모모는 먼고와 조디를 앉혀놓고 독한 맥주를 따랐다. 그다음에 조키의 부당한 처사에 대한 장황한 독백으로 아이들을 붙들어놓았다. 번트 아일랜드로 일주일 휴가를 가기로 약속하고 자기 자식들까지 데려갔다고,(어떻게 감히!) 집의 선반마다 술을 쌓아놓고는 한 입만 마셔도 눈치를 줬다고 투덜거렸다.(구두쇠 자식) 자기연민에 흠뻑 젖어 넋두리하는 모모를 보고 있는 조디의 얼굴이 대리석처럼 딱딱해졌다. 인내심이 한계에 도달하자 조디는 양해를 구하고 어디 간다는 말 없이 조용히 나갔다. 검불이 불을 일으키는 법이다. 이제 조디는 커피숍이나 도서관에 우울히 앉아 있을 터인데, 모모는 청중이 필요했다. 태티보글은 관심에 굶주렸다. 누구든 좋으니 자신의 낭비된 헌신에 대해 들어주어야만 했다.

조키 없이 살아갈 준비가 되지 않았으며 혼자 있는 시간을 견디지 못하는 모모가 이 집 저 집 문을 두드리는 동안 먼고는 그림을 끼적이는 척했다. 캠벨 부인은 조심스레 거절했다. 친절하고 심약한 로버트슨 씨는 집에 없는 척했다. 그렇지만 도널리 씨는 문을 열어주었다. 어머니가 홀아비를 유혹하는 소리를 듣고 있자니 먼고는 속이 뒤집어졌다. "아이, 오늘은 토요일 밤이잖아요." 모모가 되풀이해서 말했다. "자, 자, 자, 나와요." 모모는 도널리 씨를 아래층으로 이끌었고, 길 잃은 개나 도살해야 할 가축처럼 살살 꾀어서 집으로 데려왔다. 그러고는 남자가 자기 집에서 부랴부랴 챙긴 술을 은근슬쩍 채갔다.

목마른 도널리 씨는 처음에는 예의를 갖추어 먼고와 대화를 시도했다. 모모의 채근을 받은 먼고가 비둘기 집에서 배운 것을 이야기하자 도널리 씨는 고개를 끄덕거리며 귀 기울였다. 깡마른 남자는 대사를 치듯이 칭찬을 늘어놓았다. 먼고가 참 똑똑한 것 같네, 모모가 자랑스럽겠네, 하고 주절거렸는데 둘 다 사실이 아니었다. 맥없는 미소를 띠고 있는 모모의 눈은 이내 초점을 잃고 흐리멍덩해졌다. 새해 전날 우울한 노래를 부르는 사람들 특유의 표정이었다. 방구석에 모여 구슬픈 노랫가락을 뽑아내 명랑한 분위기를 망쳐놓고 늙은 여자들의 눈에서 눈물을 자아내는 노인들의 표정이었다. "젊음을 바쳐 저것들 세 명을 키웠는데 내가 보상으로 뭘 받았어?"

먼고는 취해가는 모모와 도널리 씨의 시중을 들었다. 노골적으로 빤히 보는 도널리 씨의 눈빛으로 짐작건대, 그의 어머니는 외로운 홀아비가 좀처럼 보기 힘든 사랑스러운 아가씨인 모양이었다. 도널리 씨는 아래층 이웃집에 오면서 굳이 양복 재킷으로 빼입고 모자와 구두까지 갖추었다. 구식 예법이 머리에 각인되어 있는 그는 오래 놀다 가고 싶다고 인정하길 부끄러워하는 듯했다. 그래서 땀을 흘리면서도 두꺼운 해리스 재킷을 그대로 입고 있었다. 낡은 셔츠 앞섶을 들척이며 소파에서 불편하게 몸을 옴짝거렸다.

모모는 의자에서 다리를 접고 화려한 운동화를 깔고 앉아 있었다. 예능 호스트라도 된 것처럼 남자에게 갖가지 질문을 쏟아냈는데, 남자들이 제일 좋아하는 화젯거리가 바로 자기 자신이라는 걸 알기 때문이었다. 먼고는 쓴웃음을 지었다. 척 봐도 모모는 남자의 대답을 듣고 있지 않았다. 그래도 모모는 계속해서 남자에게 말을 시키고 그가 주절거리는 사이에 자기 몫보다 많은 술을 들이켰다.

먼고는 모모가 더위에 지쳐 잠들기를 바랐다. 그럼 노인의 팔꿈치를 잡고 일으켜서 문으로 데려가고, 와줘서 고맙다고 인사한 다음에 남은 술을 건네줄 것이다. 집을 나서야 하는 시간이 다가오고 있었다. 가야 한다. 어머니를 집에 두고 나간 뒤에 형 옆에 서야 한다. 피할 수 없다. 이번만큼은 불가능하다.

오후 내내 먼고는 싸움에 나가지 않을 핑계를 궁리했다. 집에 돌아온 모모 핑계를 대며, 꼭대기층에 사는 도널리 씨가 왔는데 눌러앉을 낌새여서 도저히 나올 수 없었다고 말할까 생각했다. 하미시가 도널리 씨를 질색하긴 했지만 그 정도로 호락호락 봐주진 않을 터였다. 하미시는 훔친 차에 불을 붙일 때처럼 덤덤하게 제임스를 산 채로 불사를 것이다.

전기난로의 열기 속에서 모모가 몇 차례 눈을 감았다. 뽀글뽀글한 파마머리가 꾸벅거렸지만 그때마다 도널리 씨는 담배에 불을 붙여 모모에게 건네주었다. 니코틴이 모모를 산 자들의 세계로 도로 데려왔고, 그럼 모모는 스낵바에서 일하는 것에 대한 지겨운 이야기를 다시금 시작했다. 먼고는 나사 형태를 끊임없이 그렸다. 모모의 삶에서 행복한 순간들은 하나같이 바퀴 위에, 기반도 기약도 없는 곳에 실려 있는 듯했다.

술 취한 두 사람은 어딘가 먼 곳에 대고 미소를 지으며 자기들만의 조그만 보트를 타고 표류하는 것처럼 고개를 꾸벅거렸다. 어머니를 곧 재울 수 있을 듯했다. 그럼 창문을 활짝 열어 바깥 공기를 들이고 카펫에서 담뱃재를 쓸어낸 다음에 밤의 어둠 속으로 나갈 것이다. 모모가 주절거리다가 중간에 뚝 말을 멈추고 담배를 여유롭게 빨았다. 기다란 담뱃재가 금세라도 떨어져 갈색 스타킹에 구멍을 낼 것처럼 아슬아슬하게 매달려 있었다. 모모의 눈이 감겼다.

도널리 씨는 두툼한 재킷 안을 뒤적여 얇은 지갑을 꺼냈다. 지폐들을 들척이다가 조그만 파란색 5파운드 지폐에서 멈췄다. 결심이 서려 있는 먼고의 얼굴을 힐끔 보고는, 좀더 큰 갈색 지폐를 꺼냈다. 지폐가 바스락거리는 소리에 모모의 눈꺼풀이 파르르 떨리며 열렸고, 모모는 입술 사이에 담배를 느끼고 퍼뜩 놀랐다. 먼고와 모모는 지폐가 말이라도 한 것처럼 뚫어져라 보고 있었다. "어디 가서 영화나 한 편 보지 그러냐?"

모모는 먼고가 예쁜 크리스마스 선물 포장을 뜯는 것을 보듯이 즐거워했다. "어머, 이거 봐. 먼고. 뭐라고 해야 해?" 갑자기 모모는 예의범절을 기억했다. 우스웠다. 본인은 그토록 꼴사나운 상태이면서 다른 사람의 행동거지에 신경 쓰는 것이.

먼고는 지폐를 보며 그걸로 살 수 있는 것들을 떠올렸다. 무엇보다 제임스와 함께 떠날 버스 푯값을 원했다. 어딘가 멀리, 제임스를 안전히 지킬 수 있고 자기 자신이 아닌 다른 누군가인 척 연기할 필요가 없는 곳으로 갈 것이다. 돈을 받기 싫었는데 부지불식간에 몸을 앞으로 기울이고 있었다. "고맙습니다, 도널리 씨."

남자는 다시 눈을 가늘게 떴다. 빳빳한 지폐가 손에서 손으로 옮겨가며 바스락 소리를 냈다. 그래도 먼고가 가만히 앉아 있자 도널리 씨가 돌아보며 말했다. "자, 슬슬 가봐야지?" 도널리 씨는 담배를 한 모금 빨았다. "영화 보러 가렴." 어른들이 기대하는 눈빛으로 먼고를 보았다. 모모는 의식적으로 천천히 고개를 한 번 끄덕였다.

먼고는 스케치북을 주섬주섬 정리했다. 지폐를 한 번, 두 번, 세 번 접고 있자니 새로운 기분이 몰려왔는데, 제 어머니를 팔아넘긴 아들의 자기혐오였다. 먼고는 일어나서 홀아비에게 손을 내밀었다. "자, 이제 배웅해드릴게요."

"뭐?" 한참 후에야 남자의 검은 눈에 초점이 돌아왔다.

"영화 보러 가는 길에 배웅해드릴게요. 우리 집에 엄마랑 단둘이 있으시면 안 되죠."

모모와 홀아비가 시선을 교환했다. 도널리 씨의 얼굴에 여러 표정이 스쳐 지나갔다. 혼란스러워하다가 고약한 장난질인지 의심하다가 사기를 당했다고 억울해하는 것으로 끝났다. "모린, 얘가 무슨 소리를 하는 거예요?"

"먼고, 도널리 씨한테 그렇게 말하면 못 써. 내 집에서 어디 감히."

먼고는 비웃을 기운도 없었다. 탁자 위로 손을 뻗어 남자의 팔꿈치를 잡았다. 도널리 씨는 목욕하기 싫다고 떼쓰는 아이처럼 팔을 뿌리쳤다. 모모는 먼고의 손을 찰싹 때렸다. 모모가 앞으로 몸을 기울이며 일어서려고 했지만 먼고가 밀어서 다시 앉혔다. 먼고는 엄지로 어깨 뒤를 가리키며 말했다. "도널리 씨, 제가 하미시 형을 부르길 정말 바라세요?"

남자가 도와달라는 눈빛을 보냈지만 모모는 놀라서 입을 떡 벌리고 있었다. 먼고는 다시 한번 남자의 팔꿈치를 잡고 일으켜 세웠다. 다른 손으로는 가능한 만큼 남자의 물건을 집었다. 현관문까지 데려간 뒤에, 눈부신 입구 앞에서 눈을 껌벅거리는 남자의 한 손에는 맥주캔을, 다른 손에는 모자를 쥐여주었다.

거실로 돌아가자 모모는 심통 난 아이처럼 팔짱을 끼고 있었다. 성난 시선은 어스름이 깔린 하늘을 향했다. 먼고는 안락의자에 앉아 운동화 끈을 매기 시작했다.

"대체 니가 뭔 줄 알고 그러는지 모르겠다." 모모가 내뱉었다.

"그래요? 나도 몰라요."

싸울 태세를 갖추고 있던 모모는 이 말을 듣고 맥이 빠진 듯했다. 먼고는 점퍼를 머리 위로 뒤집어썼다. 두 사람은 잠시 침묵 속에 앉아 있었다. 먼고가 말했다. "우리 엄마잖아요. 하나밖에 없는 엄마잖아요. 난 그냥 엄마를 지켜주고 싶은 거예요."

모모는 혀를 빼물고 여기저기 남아 있는 맥주를 한 컵에 모았다. "젠장, 텔레비전에 볼 게 하나도 없네." 모모는 슬로모션처럼 느리게 움직였다. 동작 하나하나에 집중해야 한다는 것 자체가 취할 대로 취했다는 증거였다. "하여간에 넌 거짓말쟁이야. 니네 형이랑 누나랑 똑같아. 너 편해지자고 내가 행복하길 바라는 거잖아. 나한테 뭘 받아낼 수 있을지, 그것만 관심 있잖아. 아주 넌더리가 나."

먼고는 공영주택 입구에서 나와 황무지로 향하는 개신교 무리에 합류했다. 앳된 얼굴의 전사들 틈에서, 깡마른 다리로 다른 아이들의 건방진 걸음걸이를 흉내 냈다. 어깨를 귀까지 치켜올리고 얼굴은 잔뜩 찌푸렸다. 반항적인 태도는 여느 축구 저지만큼이나 동일한 제복이었다. 건들건들 앞으로 나아가는 소년들은 대담한 안짱다리 족제비처럼 고개를 잔뜩 수그리고 시선은 눈앞의 적에게 고정한 채 주먹이나 은빛 칼날을 빼들고 덤빌 만반의 준비를 갖추고 있었다. 먼고는 다른 아이들과 똑같이 보이려고 최선을 다했지만 거짓인 티가 나는 것 같았다. 형편없는 연기였다.

보슬비가 몸을 흥건히 적셨다. 가느다란 빗줄기는 옷의 틈새와 신발 속으로 스며들어 하얀 양말을 적시고 더럽혔다. 발부터 적시기 시작해서 청바지 안쪽을 서서히 타고 올라와 팬티에 스며들었다. 오렌지색 가로등 불빛의 원주에 들어갈 때만 빗줄기가 보였다. 오렌지색 불빛이 잿빛 오후에는 느끼지 못한 따뜻한 분위기를 자아냈다. 때때로 소년들은 걸음을 멈추고 가로등 밑에 모였고, 그 아래에서 장난감을 돌려 보듯이 집에서 제조한 칼날과 벽돌을 주고받았다.

하하와 다른 연상 소년들이 있는 곳에 다다랐을 즈음에 먼고는 달달 떨고 있었다. 하미시는 메스암페타민에 취해 있는 듯했다. 어금니를 갈면서 혼자 권투 연습하듯이 발을 놀리는 모습에서 약 기운이 느껴졌다. 하미시가 동생의 등을 치며 말했다. "잘 생각했다, 멍청아. 좀 아쉽긴 하네. 모닥불을 피우고 싶었는데. 존나 아름답잖아."

어수선한 무리가 모퉁이를 꺾어 어둠 속에 들어섰다. 황무지에는 어린 소년들이 나무판자와 낡은 팰릿으로 지은 요새와 판잣집이 들어서 있었다. 잡초로 뒤덮인 진흙땅에 세워져 있는 모습이 중세시대의 거주지를 떠올리게 했다. 어떤 판잣집은 나지막한 출입구를 내고 안쪽 바닥에 무늬가 있는 리놀륨을 깔아놓았다. 여성스럽게 꾸미고, 망가지기 전에는 제법 근사했을 듯한 가구를 들여놓은 곳도 있었다. 제일 조그만 집을 하하가 발로 차자 소년 대여섯 명이 안에서 뛰쳐나왔다. 조그만 정착지는 곧 작은 마을처럼 복작거리기 시작했다. 나이 많은 소년 한 명이 성인 잡지에서 찢은 페이지 한 장을 하하에게 보여주었다. 다리를 벌리고 있는 여자의 뒷모습이었다.

"그건 누구냐?" 하하가 여자 사진을 다른 아이들에게 넘기며 물었다. "니네 엄마?"

먼고는 이 초라한 마을에 남고 싶었다. 비둘기 집처럼 영혼에 좋은 곳이었다. 이 소년들은 생산적으로 협력하여 작은 마을을 일구고 버려진 쓰레기에 쓸모를 주었다. 제임스가 그리하듯이.

하하는 외설적인 사진을 낚아채 자신의 점퍼 아래 쑤셔 넣었다. "나랑 다리 건널 사람? 자, 가자고!" 피리 부는 사나이처럼 하하는 황무지의 소년들을 줄 세워 어둠으로 이끌었다. 다 같이 음정을 맞추어 전투 노래를 휘파람으로 불렀다. 먼고는 뒤로 처졌다. 여덟아홉 살배기 꼬마들도 있었는데, 상당수 아이들이 티셔츠나 얇은 스웨터 차림으로 걸으면서 혓바닥으로 코끝에 맺힌 콧물을 핥는 데 집중하고 있었다. 다 큰 성인인 하하의 측근 대위들도 몇 명 끼어 있었다. 그들은 프리메이슨 아버지들로부터 물려받은 묵직한 의식용 칼을 찼고, 정부가 철거한 공영주택의 잔해에서 훔친 납 파이프를 들고 있었다. 빨간 머리 청년은 여전히 팔에 석고붕대를 하고 있었지만 다른 손에는 날이 톱니처럼 삐죽삐죽한 어머니의 빵칼을 들었다.

황무지에는 가로등이 없었지만 저만치 앞 육교는 인공 불빛으로 빛나고 있었다. 좁은 육교가 고속도로 위로 개신교 동네와 가톨릭 동네를 연결했다. 어린 개신교 전사가 혼자서는 절대로 건너지 않을 다리였다.

고속도로는 토요일 당일치기 여행객들을 실은 차들로 약동하고 있었다. 차 안에는 에든버러 성에 가서 그레이프라이어스 보비 동상의 코를 만져본, 행복한 아이들이 타고 있을 것이다.

먼고는 후드를 뒤집어쓰고 다리 어귀에서 어슬렁대는 형체들을 보았다. 먼고보다 나이 많은 개신교 소년들 열댓 명이 차가운 비를 맞으며 싸늘한 표정으로 모여 있었다. 그들이 하하를 위해 길을 열었다. 제법 많은 아이들이 나왔다. 하하는 자부심으로 부풀어 있었다.

한 아이가 진흙 위로 몸을 구부리더니 한 손에 돌멩이를 집고 다른 손으로 음료수 병을 들었다. 어린 소년들이 감자 농부처럼 땅을 뒤적이며 무기로 쓸 만한 것을 찾았다. 먼고는 발치를 내려다보았다. 다른 전투에서 쓰고 남은 듯한, 묵직한 붉은 벽돌 반 토막이 박혀 있었다. 벽돌을 땅에서 파내었다. 모서리가 날카롭고 폭력적인 벽돌을 보자마자 다시 내려놓고 뒤돌아서 제임스에게 달려가고 싶었다.

후드를 뒤집어쓴 연상 소년 한 명이 담배 연기를 깊이 들이마시며 먼고에게 다가왔다. "드디어 해밀턴 막내가 나왔네, 오래도 걸렸다, 개자식아." 소년의 입속에는 깨진 치아가 가득했다. 부서진 비석이 들어찬 묘지를 연상케 하는 미소였다. "니가 가문 이름에 먹칠할까봐 걱정했다. 호모라고 밝혀지거나 해서."

먼고는 의지를 끌어모아 허리를 꼿꼿이 세웠다. 지금 이 순간 자신이 무슨 말을 하는지는 무관하다는 걸 알았다. 모든 것은 말투에 달렸다. "병신 새끼, 옥수수 더 털리고 싶지 않으면 닥쳐라." 이 소년은 진실에 너무 가까이 접근했다. 먼고는 가슴속에서 두려움이 아드레날린으로 전환하는 걸 느끼며 벽돌을 고쳐 잡았다. 우글우글 모여 있는 전사들 뒤쪽 어디선가 하하가 흡족하게 고개를 끄덕였다. 소년들이 한 명씩 돌아섰다.

이제 무리는 마흔 명에 다다랐다. 저 아래 도로에서 귀가 차량이 질주했다. 소년들은 손은 주머니에, 귀는 후드에 깊숙이 넣은 채 레인저스팀의 응원가를 부르며 가로등 아래 모였다. 노래하는 소년들의 입에서 뿜어져 나오는 따뜻한 숨이 굴뚝처럼 바짝 치켜세운 점퍼의 목깃 위로 피어올랐다. 소년들은 외설스러운 농담을 주고받으며 서로 상대 어머니를 따먹었다고 거짓으로 으스댔다. 열한 살인데 벌써 턱에 남성스러운 선이 잡힌 금발 소년의 어머니가 가장 맛있게 생겼다고 의견이 모였다. 나이 많은 소년 몇 명이 앞으로 나서 자기가 금발 소년의 아버지라고 우겨댔다. "나랑 똑 닮았잖아." 한 명이 새된 목소리로 외쳤다. "아니, 나를 빼다 박았는데 뭘." 한동안 그들은 어린 소년에게 주먹을 내밀고는, 진흙 위에서 무릎 꿇고 도금한 반지에 입을 맞추게 하며 노닥거렸다. 금발 소년은 선배들의 관심을 받아 그저 영광이라는 듯한 표정이었다.

누군가 벅패스트를 꺼내 돌리자 다들 벌컥벌컥 들이켰다. 어린 소년 몇 명이 인정받으려고 손을 뻗었다가 시큼한 강화 포도주가 목구멍으로 넘어가자 얼굴을 구겼다. 먼고는 젖은 양말이 발가락 사이로 파고드는 것을 느끼며 초조히 옴짝댔다. 주머니 속에서는 20파운드 지폐를 접었다 펴기를 반복하고 있었다. 제임스가 역겨워하며 돌아서던 모습이 떠올랐다. 기억하기 싫은데도, 제임스가 목에 키스했을 때 뒤돌아보며 눈을 빛내던 애슐리를 기억했다. 이제 애슐리는 그가 결코 알지 못하는 방식으로 제임스를 알게 될 것이다.

소년들의 머리 위로 새된 외침이 길게 울렸다. 육교 위에 누군가 있었다. 삽시간에 소년들은 벽돌 쥔 손을 올리고 주머니에서 은빛 칼날을 빼들었다. 어떤 소년 두 명은 트레이닝 바짓자락에서 기다랗고 녹슨 칼을 꺼냈다. 먼고는 조그만 소년이 도끼를 꺼내드는 것을 보았는데, 무거워서 두 손으로 간신히 들고 있었다. 무기가 모습을 드러낸 것만큼이나 빠른 속도로 무리가 흩어졌다. 소년들이 양쪽으로 갈라서자 좁은 길이 났고, 그 사잇길로 돌처럼 표정이 딱딱한 여자아이가 걸어왔다. 여자아이는 끈적해 보이는 아기를 태운 유모차를 덜컹덜컹 밀고 있었다. 남자아이들과 마찬가지로 헐렁한 트레이닝복을 입었지만 커다란 후프 귀고리와 연분홍색 운동화로 여성스러운 멋을 냈다. 황무지에 난 지름길로 여자아이는 플라스틱 유모차를 끌었다. 삐걱거리는 바퀴가 잡초 위로 미끄러질 때마다 아기가 들썩였다. "나잇값 좀 해라. 쪽팔린 줄도 모르고." 여자아이는 전사들의 여왕 같은 태도로 말했다. 머리를 뒤로 넘긴 큐빅 머리띠에서 가짜 보석이 빠진 자리가 마치 눈알이 빠져 있는 안구 같았다. 개신교 깡패들을 무사히 지나치고 나자 여자아이는 비웃으며 등 뒤로 외쳤다. "가톨릭 애들한테 죽도록 처맞았음 좋겠네."

남자아이들은 이 모욕에 어떻게 대처할 것인지 결정할 대장을 찾아 서로 힐끔거렸다. 그때 병 하나가 날아와 여자아이의 발치에서 깨졌다. 남자아이들은 입을 모아 환호했다.

끈적한 아기가 울음을 터뜨렸다. 글래스고 여자라면 누구나 그렇듯이 싸움에 길든 여자아이는 제꺽 반응했다. 유모차를 놓고, 남자아이들을 갈기갈기 찢어버릴 기세로 너덜너덜한 손톱을 세우고는 말총머리를 휘날리며 진흙투성이 길을 되돌아왔다. 개중 가장 입이 험한 남자아이의 머리털을 그러잡고 목과 머리에 주먹을 퍼붓기 시작했다. 남자아이가 도망치려 했지만 여자아이는 남자아이의 후드를 붙잡고 계속해서 때렸다. 다른 아이들은 웃음을 멈추었다. 병을 던진 아이는 무리 속에 숨었다. 얻어맞던 남자아이는 스웨트셔츠를 벗어서 손톱의 사정거리에서 간신히 빠져나간 뒤에 맨몸으로 비를 맞으며 떨었다. 전사에게 이보다 수치스러운 일은 없었다. 남들 다 보는 데서 여자아이한테 밟히는 것.

먼고는 무리의 가녘으로 슬금슬금 물러났다. 다들 정신이 팔린 틈에 슬쩍 빠져나갈 수 있을까 고민했다. 어느새 패거리는 맨몸인 소년을 에워쌌다. 개싸움에 암탉을 던져 넣듯이 침 튀기며 벼르고 있는 여자아이 쪽으로 소년을 밀었다. 여자아이의 손톱이 남자아이의 팔에 기다란 분홍빛 줄을 그으며 피부를 찢는 소리와 금빛 머리털을 잡아 뜯는 소리가 흥분한 소년들의 환호를 뚫고 들려왔다. 남자아이가 도망치려 할 때마다 다른 소년들이 길을 막고 어린 엄마에게 도로 밀었다. 여자아이는 남자아이의 하얀 몸을 걷어차고 진흙 묻은 발로 검게 더럽혔다.

그때 갑작스레 또 하나의 병이 밤공기를 가르며 날아왔다. 병은 조그만 소년의 관자놀이를 치고 깨지며 디스코볼처럼 반짝이는 파편을 날렸다. 쓰러지는 어린 소년에게서 뿜어져 나온 피가 커다란 아치를 그리며 맨몸인 소년에게 튀었다.

다들 성난 여자아이에게 정신이 팔려 좁은 육교의 꼭대기에 어느새 자리 잡은 페니언들을 미처 보지 못했다. 녹색과 흰색으로 맞추어 입은 가톨릭 소년들이 침침한 불빛 속에서 싱글거리고 있었다.

대장을 잃어버린 벌 떼처럼 우왕좌왕하는 개신교 소년들에게 하하가 외쳤다. "정신들 차려라." 그러고는, "쌍놈들 다 죽여버려."

갱원들이 증오심 가득한 함성을 질러대며 대열을 정비했다. 첫 발사물이 하늘 높이 날아가 눈부신 고속도로의 불빛 속으로 들어갔다. 보이스턴 갱단이 덩실덩실 물러나자 그들의 발치에서 유리병이 깨졌다. 무기가 반짝이로 변하는 것을 보고 있던 소년들은 녹색 셔츠로 밝은 불빛을 반사하며 황무지로 우르르 내려왔다. 가톨릭이 유리했다. 고지대에서는 더 멀리 던지고 수월히 겨냥할 수 있었다. 반쪽짜리 벽돌이 남자아이들의 몸을 치고 둔탁한 소리를 내며 부서졌다. 오줌으로 채운 병이 발치에서 깨지자 소년들은 나일론을 씌워놓은 허수아비처럼 혼비백산 흩어졌다.

일제히 발사된 종교적 증오심이 대기에 자욱했지만 소년들은 나름 신이 나서 젊음을 즐기고 있었다. 가톨릭 소년들이 던진 벽돌과 돌이 데니스툰의 진흙을 묻힌 채 되돌아갔다. 어린 소년들이 던진 돌은 육교에 미치지도 못하고 그 아래 고속도로로 위험하게 떨어졌다. 차들의 경적 소리가 대기를 찢었다.

먼고는 발에서 뿌리가 내린 듯이 서 있었다. 손은 벽돌을 놓쳤고 다리는 뛰라는 명령을 거부했다. 사방팔방 미사일이 날아다니는 가운데 부상당한 소년들은 조그만 판잣집 정착지로 후퇴하기 시작했다. 파르스름한 팔에 보랏빛 멍이 들었고, 피범벅이 된 손으로는 고통으로 윙윙거리고 있을 것이 분명한 귀를 막고 있었다. 반쯤 성장한 남자들이 깨진 머리통을 붙잡고 쓰러졌다. 최고로 용맹한 전사들이 엄마를 찾아 비명을 질렀다.

돌연 정적이 깔렸다. 유리가 깨지고 돌이 뼈를 가격하는 소리가 멈췄다. 부상당한 가톨릭 아이들이 로이스턴으로 후퇴한 지금, 육교 위의 보이스턴 갱원 수가 부쩍 줄어들었다. 데니스툰의 개신교 소년들은 차가운 손으로 손뼉을 치며 고속도로 위로 함성을 질렀다. 함성은 겁먹은 소년들의 가슴에 용기를 불어넣고, 그들의 입에서 〈아버지의 군장 띠〉 노랫소리로 전환되어 나왔다. 보이스턴 갱단은 유리한 고지를 뺏겼다. 적의 수가 얼마 남지 않은 것을 확인한 개신교 청년 몇 명이 망치와 칼을 빼들고 육교를 향해 진격했다. 병사들은 헤더꽃 덤불에서 뇌조를 쫓는 양팔을 넓게 휘둘렀지만 하하는 달랐다. 하하는 적군을 잡겠다는 일념으로 달렸다. 먼고는 가톨릭 소년들을 쫓고 있는 형이 안전한 지점을 훨씬 벗어나 로이스턴으로 들어가는 것을 보았다. 손도끼의 날이 자동차 전조등을 반사하며 번쩍였다.

다친 개신교 소년들이 응원의 함성을 내질렀다. 팔이 부러진 빨간 머리 보비 바는 삐죽삐죽한 빵칼을 쳐들고 외쳤다. "팀, 그 탈색 머리 개새끼 잡기만 해봐라. 밟아버려야지." 다른 소년들도 비슷한 맹세를 하며 자신이 어떻게 복수할 것이네, 누가 잘 싸웠네, 누가 던진 병이 타격을 입혔네, 따위 소리를 떠들어댔다. 으스대고 젠체하는 그들의 태도가 먼고는 역겨웠다. 비겁하다고 생각했다. 이제 다 끝나서 다행일 따름이었다. 먼고는 어둠 속으로 슬며시 물러났다.

강요받은 일을 해냈다. 무엇보다 아무에게도 해를 입히지 않았다. 먼고는 제임스에게 얼른 말해주고 싶어서 조바심이 났다. 지금 당장 갈 것이다. 동네까지 달려가서 공영주택의 버저에 얼굴을 들이밀고, 애슐리가 했던 것처럼 떳떳하게 열정적인 사랑을 고백할 것이다. 그러지 않을 이유가 무엇이란 말인가? 먼고는 희망에 취한 기분이었다. 고개를 뒤로 젖히고 얼굴의 열기를 식혀주는 차가운 빗방울을 즐기며 가슴속에 모아두었던 숨을 길게 내뿜었다.

동네 쪽으로 반쯤 돌아섰을 때 옆머리에서 느꼈다. 두개골이 폭발한 것처럼 큰 소리가 났다. 팽팽하게 당기고 물을 채운 드럼통을 내려치는 소리였다. 불꽃놀이로 수놓인 하늘처럼 눈앞이 번쩍거렸다. 다음 순간 모든 것이 백색에 휩싸였다.

옆머리가 불붙은 듯이 아팠다. 먼고는 주머니에 손을 넣은 채 옆으로 쓰러졌다. 백색 빛이 희미해지고 마침내 눈을 떴을 때는 개신교 소년들이 놀란 양처럼 꼬리를 감추고 껑충껑충 사방으로 흩어지고 있었다. 주먹세례를 막으려고 팔을 미친 듯이 휘두르며 뒤로 뛰는 아이들도 있었다. 땅에 쓰러진 채로 먼고는 녹색과 흰색 줄무늬가 선명한 파란색을 흩트리는 것을 보았다. 제일 용감한 한두 명만이 무기를 들고 버티고 있었다. 곧 그들마저 무너졌다. 앳된 얼굴이 커터칼로 베이고, 테니스 라켓에 머리가 깨졌다. 보비 바는 도망치다가 옆구리를 부츠로 걷어차였다. 고통으로 얼굴이 일그러졌지만 숨이 막혀서 비명도 지르지 못했다.

먼고가 진흙 위에서 고통스러워하며 눈을 껌벅이고 있는데 부드러운 갈색 눈동자가 그를 내려다보면서 완벽하게 눈부신 미소를 지었다. 소년은 아름다웠다. 먼고는 몽롱한 중에도 소년의 아름다움에 감탄했다. 소년의 코는 기품 있는 셰틀랜드 망아지처럼 널찍했고 눈썹과 머리가 새까맸다. 풍성한 머리칼은 신부처럼 단정하게 양쪽으로 갈랐다. 소년이 무어라 말하고 있는 듯했지만 먼고는 머릿속이 울려서 알아들을 수 없었다. 도와달라고 손을 내밀었다. 다음 순간 소년의 발이 높이 올라가더니 먼고의 옆머리를 걷어찼다.

다시 백색이 몰려왔다. 어둠 속에 홀로 앉아 있는데 조디가 불을 켜서, 갓도 씌우지 않은 큰 전등의 알전구가 빛을 뿜으며 두개골을 태우는 것 같았다. 발이 날아왔다. 다시, 또다시. 소년은 먼고의 머리를 몸에서 떼어내려고 작정한 듯했다. 운동화의 고무 밑창이 끽끽 소리를 내며 얼굴을 내려쳤다. 귀에서 흐르는 피와 눈에서 흐르는 물의 짠맛이 입속에 퍼졌고, 뒤늦게 먼고는 손을 들어 얼굴을 가렸다.

소년은 쾌활한 박자에 맞추어 발을 휘두르기 시작했다. 먼고는 너무 아파서 앞이 보이지 않았다. 발이 다시 내려와 먼고의 몸을 머리부터 다리까지 밟았다. 아름다운 소년은 만화 속의 나치 병사처럼 행진하듯이 먼고를 밟고 있었다. 먼고의 머리께에서 소년은 되밟을 기세로 발뒤꿈치로 돌아섰다. 그러나 발은 다시 내려오지 않았다.

하하가 왔다. 머리 위로 치켜든 손도끼가 아름다운 가톨릭 소년에게 떨어진 순간 소년은 수명이 다한 묘목처럼 쓰러졌다. 형의 옆얼굴이 시뻘겠다. 귀에서 입으로 피가 철철 흐르고 있었다. 상처의 언저리는 벌써 베이컨에서 뜯어낸 지방처럼 하얗게 부풀었다. 하하는 발끝으로 먼고를 툭 한 번 건드리고는, 도끼를 머리 위로 쳐들고 뒤돌아서 페니언의 숲을 벌목하기 시작했다.

먼고는 젖은 땅에 누워 있었다. 발길질이 그를 파묻은 자리에서 일어날 수 없었다. 동상에 걸릴 것처럼 추웠지만 고통의 열기가 몸을 달구었다. 머리 위에서는 격전이 몰아치고 있었다. 눈꺼풀이 감겼다.

가톨릭 소년들은 육교로 후퇴했다. 그들을 뒤쫓으며 달콤한 살육과 강간을 다짐하는 하하의 외침이 들려왔다. 진흙 속에 누워 있는 먼고의 얼굴 위로 차가운 빗방울이 떨어졌다. 더러운 손가락으로 입속을 조심스레 훑어보았다. 뺨이 찢어졌고 적어도 어금니 한 개가 깨졌다. 일어나려고 했지만 진흙은 좀체 그를 놓아주지 않았다. 몇 번이나 다리에 힘이 풀려 자꾸만 잡초 위로 쓰러졌다. 마침내 땅에서 몸을 떼어낸 먼고는 스노우엔젤처럼 진흙에 또렷이 새겨진 자신의 윤곽을 보았다.

어떤 소년들은 먼고만큼 운이 좋지 않았다. 스케이트보드를 즐겨 탔으며 늘 자기 할머니를 도와 유리창 바깥쪽을 닦던 열두 살배기 소년을 사람들이 둘러싸고 있었다. 할머니가 허리를 잡아주는 동안 소년이 높은 창턱에서 몸을 빼고 유리를 닦는 모습을 먼고도 본 적 있었다. 반대쪽에서는 개신교 소년들이 미처 도망치지 못한 가톨릭 소년을 둘러싸고 차례로 구타하고 있었다. 그 소년은 살아남으면 운이 좋았다고 할 수 있을 것이다.

먼고는 윙윙거리는 머리를 붙잡고 전장을 비틀비틀 가로질렀다. 숨쉬기가 어려웠다. 갈비뼈가 부러진 것처럼 아파서 축축한 밤공기를 헐떡거리며 짧게 들이 내쉬었다. 벌써부터 부어서 거의 감긴 눈에 진흙이 껴서 이물감이 느껴졌다. 왼발에 무게를 실을라치면 발목에서 골반까지 어마어마한 고통이 올라와서 눈앞이 하얘질 지경이었다. 어느 부위를 가장 심하게 다친 건지 통 알 수 없었다. 울고 싶었다. 무의미한 싸움이 낭비한 그 모든 것이 슬퍼서 울고 싶었다.

하하는 이날 밤을 패배로 간주할 것이다. 싸울 여력이 남은 아이들은 체면을 차리기 위해 다음 주에 또다시 이것을 되풀이할 것이다. 끝나야 합당했지만, 끝나지 않으리라는 걸 먼고는 알았다. 이번 싸움은 끝이 아니라 시작을 뜻했다.

먼고는 배운 대로 고통을 삼키며 계속해서 걸었다. 목구멍에서 눈물이 피와 섞였다. 목이 막힐 때까지 꿀꺽거리다가 거무스름한 침을 풀밭에 뱉었다. 사위가 어두워서 피가 보이지 않아 다행이었다.

소년들이 이리저리로 서둘러 걸음을 옮겨놓았다. 대담한 전사들이 자신의 용맹을 자랑하고 복수를 다짐하며 절뚝절뚝 귀가하고 있었다. 그러나 자세만 보아도 다들 몹시 충격을 받았다는 걸 알 수 있었다. 소년들은 집 문턱을 건널 때까지 고통을 입속에서 질겅이거나 삼키고 있을 것이다. 엄마의 품에 안전하게 도달할 때까지는 가슴을 한껏 내밀고 있을 것이다. 텔레비전을 보고 있는 엄마의 곁에 파고들고는, "뭐야, 왜 이렇게 응석을 부려?" 라는 질문에 대답도 하지 못하고, 그저 다시 한번 어린아이가 되어 그 포근한 품에서 보호받기를 간절히 원할 것이다.

첫 경찰차의 사이렌이 공영주택 사이로 울렸다. 뛸 수 있는 소년들은 뛰기 시작했다. 먼고는 오는 길에 본 판잣집 정착지에 이르렀다. 죄다 망가졌다. 판자들이 전부 떨어지고 산산이 부서졌다. 찢어진 성인잡지가 풀밭에 널려 있었고, 입을 벌린 여자들이 고통 혹은 쾌감에 얼굴을 일그러뜨린 채 파괴된 마을에 흩어져 있었다.

동네에 도착했을 때 먼고는 다른 집들의 창에서 흘러나오는 행복한 불빛을 보고 화가 치밀었다. 안에서는 가족들이 모여 생선튀김을 먹거나 토요일 밤 예능을 보고 있을 터이다. 그가 사는 공영주택 입구에 도착했다. 먼고는 계단을 힘겹게 올라갔다. 집 안은 어둡고 조용했다. 조디는 카페에서 퇴근하고 돌아와 자기 방에 있었다. 아주 살며시, 애원하듯이, 밀어보았지만 조디의 방문은 꿈쩍도 하지 않았다.

텅 빈 거실에 역한 담배 냄새와 김빠진 맥주 냄새와 땀내가 안개처럼 나지막하게 깔려 있었다. 그 아래로 모모의 바닐라향 향수 냄새가 떠돌았다. 아이들이 돈을 모아서 크리스마스 선물로 사준 향수다. 먼고는 술에 취해 코를 골며 잠든 모모가 소파에 보이지 않아서 서글펐다.

전기난로를 켜고 축축한 옷을 끙끙대며 벗었다. 옷을 벗는 데 천년만년 걸렸다. 일상적인 움직임 하나하나가 지독한 고통을 자아내서 자꾸 멈추고 숨을 고른 다음에 다시 몸을 움직일 용기를 끌어내야 했다. 점퍼를 벗는 게 제일 어려웠다. 팔을 머리 위로 들을 수 없었다. 마침내 사각팬티만 빼고 다 벗었을 즈음에 먼고의 얼굴에서는 분노와 고통의 눈물이 줄줄 흐르고 있었다. 먼고는 모모의 잔에 남은 라거를 단번에 들이켰다. 찢어진 입속이 따가웠지만 김빠진 맥주의 슬픈 맛은 어머니에 대한 그리움을 불러일으켰다. 어머니 옆에 눕고 싶었다.

복도에 우두커니 서서 안방의 소리에 귀 기울였다. 모모가 코 고는 소리가 들렸다. 이런 감정을 품기에는 자신이 너무 나이 들었으며 조디가 질색할 걸 알았지만, 문손잡이에 손을 뻗는 먼고의 머릿속에는 어머니 곁에 누워 꼭 안기고 싶은 바람이 충만했다. 천천히 문을 열었다. 커튼을 치지 않은 창문으로 스며드는 오렌지색 불빛이 어두운 방을 희미하게 밝혔다.

"엄마?" 먼고는 속삭였다.

먼고는 벽을 따라 조용히 걷다가 침대 옆 탁자에 부딪히고서야 멈추었다. 탁자 위에서 머그잔과 향수병이 달그락거렸다. 침침한 가로등 불빛으로 이불 위 어머니의 창백한 얼굴을 식별할 수 있었다. 어머니는 한쪽으로 고개를 돌리고 자고 있었다. 잠시 어머니를 내려다보았다. 베갯잇에 얼룩진 화장, 긴장한 듯 주름이 잡힌 눈매. 몸속에서 술이 당으로 분해되는 과정의 연옥에 붙들려 있는 듯했다. "모모?" 자기연민이 차오르며 아랫입술이 떨리기 시작했다. 먼고는 보풀 무늬가 들어간 이불을 살며시 밀어냈다. 어머니 곁에 누우려던 순간, 다치지 않은 눈이 어둠에 적응하며 먼고는 어머니의 조그만 체구가 침대에서 터무니없이 많은 자리를 차지하고 있다는 사실을 깨달았다.

이불을 천천히 들추었다.

가로등 불빛이 낯선 몸 위로 번져나갔다. 꼭대기층의 늙은 홀아비가 어머니 옆에 누워 있었다. 어머니의 겨드랑이에 얼굴을 묻고 가슴에 입술을 붙인 채 기다란 팔로 허리를 감싸고 누워 있었다. 굶주린 벼룩같이 들러붙어 있었다. 시간이 조금 흐르고서야 먼고는 엉켜 있는 팔다리가 의미하는 바를, 그 끔찍한 광경의 전말을 이해했다.

두 사람은 마치 춤추다 중간에 잠들거나 포기한 것 같은 자세였다.

갑작스러운 찬기를 느꼈을까, 아니면 희미한 불빛이 눈에 파고들었을까. 도널리 씨가 조그만 검은 눈을 떴다. 남자가 입술을 모모의 피부에서 떼어내자 침방울이 기다랗게 늘어졌다. 남자는 굴속의 쥐처럼 몸을 폈다. 땀에 젖은 빈약한 머리칼이 얼굴에 달라붙어 있었다. 도널리 씨는 눈을 껌벅거리며 시선을 들어 소년을 보았다. 남자의 눈은 어둠 속의 웅덩이 같았다.

도널리 씨는 얌전한 소년이 자기에게 달려들 줄은 꿈에도 몰랐다. 머리채를 붙잡힌 채로 집 밖으로 끌려가는 내내 교활한 늙은이는 애원밖에 하지 못했다. "아이고, 그래, 그래, 갈게. 문제를 일으키려던 게 아니야." 전야제의 종이 울린 뒤에도 눌러앉아 있던 손님처럼 비굴한 말투가 남자의 혀끝에서 굴러 나왔다.

먼고는 도널리 씨를 딱딱한 계단 위로 끌고 갔다. 계단참에서 오락가락하며, 스스로를 채찍질하는 수도승처럼 먼고는 자기 뺨을 때리고 관자놀이를 후려쳤다. 이런 먼고를 보고 노인은 당황하여 어쩔 줄 몰랐다. 잔뜩 겁에 질려서 계단참의 구석에 웅크리고 자기 얼굴을 가렸다. 먼고는 남자에게 화가 났지만 무엇보다 자기 자신에게 화가 났다. 허리 아래는 벌거벗은 채 셔츠 위로 낡은 재킷을 꿰입고 여전히 넥타이를 매고 있는 남자의 모습은 악몽처럼 끔찍했다. 남자의 맨다리는 콘크리트 위에서 더욱 창백해 보였고, 셔츠의 밑자락 아래로 대롱거리는 쪼그라든 성기는 공영주택의 불빛 속에서 추잡하기 그지없었다. 도널리 씨는 기회를 보고 덥석 문 것이다. 달콤한 유혹이나 구애를 하는 따위 노력도 들이지 않았다. 저급한 삶이었다.

먼고는 남자에게 침을 뱉었다. 침방울이 마구 튀었다.

"고마워, 고마워." 노인은 침 세례에 그친 것이 감사한 모양이었다.

도널리 씨를 계단참에 웅크린 채로 두고 집에 돌아온 먼고는 자물쇠를 죄다 잠갔다. 모모에게 돌아가 땀에 젖은 이불을 벗겼다. 모모는 일어날 기미도 보이지 않았다. 베개 위로 젖혀진 머리에서 헤벌어진 입이 번진 립스틱 때문에 한층 더 섬뜩했다. 태티보글. 먼고는 이 여자가 어머니가 아니라 태티보글이라고 생각하기로 했다. 가장 분홍빛인 부위에 시선을 주지 않고, 먼고는 더없이 부드러운 손길로 빈 껍데기나 다름없는 몸뚱이를 들어올리고 그 아래로 이불을 깔았다. 벌어져 있던 다리가 모였다. 그다음에 먼고는 마치 시체를 염하는 것처럼 입술에 남아 있던 립스틱을 닦아냈다. 술에 기억을 뺏긴 채 뻗어 있는 어머니는 얼러주지 않으면 잠을 자지 않는 아기처럼 보였다.

한편 조디는 먼고가 노인을 끌고 나가며 일으킨 소란 때문에 화가 나 있었다. 이 난장판을 하루빨리 탈출하고 싶다고 입속말로 되뇌었다. 조디가 머그잔에 수돗물을 따르는 소리가 들렸다. 조디는 다시 자기 방에 틀어박혔다.

먼고는 잠이 오지 않았다. 마음도 몸도 너무나도 아팠다. 이불 속으로 파고들어가, 자신이 여태 저지른 모든 실수를 떠올리며 자기연민에 끝없이 빠져들었다. 조디와 아기, 하하와 보이스턴 갱단, 모모와 더러운 돈, 그리고 제임스.

하하를 두려워하다가 열다섯 살 인생에서 제일 소중한 것을 망가뜨렸다. 어차피 하하는 약속을 지키지 않으리라는 사실이 어둠 속에서 극명해졌다. 얼마 안 가 하하는 시치미를 뗄 것이다. 늘 그랬다. 결국에 제임스는 다칠 터인데, 무엇 때문에? 먼고 해밀턴을 좋아한 죄로. 아름다운 것은 전부 망쳐놓고야 마는 먼고 해밀턴을 좋아한 죄로.

## 24

공영주택 위로 햇살이 뻗어나가기 시작했을 때 먼고는 화장실로 가서 수건에 물을 적셔 피와 진흙을 닦아냈다. 조디의 진통제 두 알을 아작아작 씹어 먹고 독한 향이 나는 모모의 연고를 갈비뼈 위 피부가 번들거릴 때까지 발랐다. 해진 먼지떨이의 헝겊을 잘라서 몸통을 감은 다음에 옆구리 위로 퍼져가고 있는 멍을 눌러보았다. 몸이 가슴속만큼이나 죽은 듯이 보였다. 그래야 지당했다.

하키 스틱으로 얻어맞은 이마 바로 위에 피가 응고되어 있었다. 먼고는 부은 상처를 씻고 집에 있는 유일한 반창고인 건막류 교정 테이프를 붙였다. 벌어진 살 언저리를 손으로 잡아 모으고 테이프가 접착되길 기다리면서 아직도 피가 엉겨 붙어 있는 머리칼을 살색 테이프 위로 빗었다. 머리칼을 뒤로 넘기자 관자놀이를 파랗게 물들인 멍이 눈에 들어왔다. 먼고는 조디의 파운데이션을 가져와 지나치게 오렌지색이 도는 크림을 눈꼬리에서 옆머리가 나기 시작하는 부위까지 발랐다.

깨끗한 옷을 입으려니 몸 곳곳이 욱신거렸다. 반창고와 통증 때문에 몸을 제대로 구부릴 수가 없어서 가방을 싸기가 힘들었다. 먼고는 돼지저금통을 깨뜨리고 잔돈을 도널리 씨의 더러운 지폐에 쌌다. 조디의 옛날 졸업 사진을 벽에서 떼어내 접퍼 주머니 깊숙이 넣었다. 아끼는 물건을 다 싸는 데 얼마 걸리지 않았고, 다 싼 가방은 옆구리가 욱신거리는 몸에 무리가 가지 않을 정도로 가벼웠다.

입맛이 없었지만 그래도 빵 끄트머리를 입에 욱여넣었다. 얼굴을 잔뜩 찡그리고 천천히 씹을 때마다 입속에서 상처가 비명을 지르는 것 같았다. 빵을 씹으면서 공영주택 뒷마당 건너편의, 어둠이 드리운 제임스네 집 창문을 응시했다. 싸움에 나갔지만 아무도 해치지 않았다는 사실에 의미가 있다고 믿었다. 두 사람 모두 자신의 본모습을 감추기 위해 해야만 하는 일을 한 것뿐이다. 몸에 난 상처를 보여주면 제임스가 이해할 것이다. 제임스는 애슐리를 떨쳐낼 터이고, 두 사람은 고속버스를 타고 먼고가 가리키는 아무 방향으로나 떠날 것이다.

먼고는 집에서 나가며 문을 닫았다. 계단참 창문의 스테인드글라스로 스며드는 희미한 햇빛을 받으며 잠든 듯이 고요한 계단을 내려갔다. 1층에 도착했을 때 먼고는 건물 입구 앞 통로에서 뒷걸음질 치고 있는 치키 캘훈을 보고 깜짝 놀랐다. 목줄을 찬 내털리가 눈을 부릅뜨고 뻗대고 있었다. 먼고는 깍듯이 고개 숙여 인사하고 뒤로 지나갔다. 먼고가 무거운 출입문에 손을 올렸을 때 딱한 치키가 말했다.

"동네에 서커스단이 왔나?"

"네?" 비참한 중에도 먼고는 예의를 지켰다.

왜소한 남자는 통로 구석의 그늘에서 목줄을 손에 감고 서 있었다. "글쎄, 네가 얼굴에 화장품을 덕지덕지 바르고 짐을 싸서 슬그머니 나가고 있잖니. 그래서 서커스단에 입단하려고 가출하는 줄 알았지."

먼고는 웃을 기분이 아니었지만 미소를 지었다. 그리고 다시 무거운 문에 손을 올렸다.

"내 말 들어라. 내가 너라면 좀 기다렸다가 나가겠다. 경찰이 어찌나 동네를 계속 빙빙 도는지 시의회에서 길바닥을 새로 깔아야 될 지경이다." 먼고는 불투명 유리로 밖을 내다보았다. 화창한 일요일 아침이 막 밝아오고 있었다. 먹구름 사이 넓은 틈새로 얼굴을 들이민 태양이 잠시뿐일지언정 파란 하늘을 약속했다. 그렇지만 골목을 천천히 달리고 있는 자동차 두 대가 암행순찰차임에는 의심의 여지가 없었다. 자가용을 소유할 여력이 없는 사람들의 동네에서 눈에 띌 수밖에 없었다. 경찰은 간밤의 패싸움이 끝나고 집에 들어가지 못한 소년들을 덮치려고 천천히 달리고 있었다. 딱한 치키가 자기 집 현관문을 고갯짓으로 가리켰다. "얘, 뜨끈한 아침 먹었니?"

"아뇨."

"그럼 들어와라. 내가 간 좀 튀겨주마."

"저, 간 안 좋아해요, 캘훈 씨."

"아이고, 간 좋아하는 사람이 어딨냐. 하지만 철분이 필요해 보여서 말이다."

딱한 치키는 문턱에 서서 자물쇠를 전부 잠갔다. 점퍼를 벗고 요리할 때 입는 카디건을 걸친 다음에 목까지 단추를 모조리 채웠다. 낡은 프라이팬에서 보랏빛 간덩어리를 튀긴 다음에 아직도 피가 묻은 채 떨고 있는 소년 앞에 내려놓았다. 먼고는 튀긴 간 냄새를 맡자 속이 울렁거렸지만 예의를 지키기 위해 칼로 잘랐다.

"못 먹겠니?"

먼고는 고개를 저었다. "죄송해요. 입이 아파서요."

딱한 치키는 카디건 주머니를 뒤져 독서용 안경을 꺼냈다. 안경을 끼고 먼고의 머리를 양손으로 잡은 다음에 입을 크게 벌리라고 했다. "잘했다, 잠깐 그러고 있어." 치키는 족집게로 먼고의 뺨 안쪽을 밀었다. 무언가 당기는 느낌이 났고, 뺨 안쪽에서 가느다랗게 깨진 치아가 빠져나왔다. 치아 조각은 반으로 자른 아몬드처럼 길쭉했다. "치과에 가보는 게 좋겠다." 치키는 요리용 소금을 뿌린 뿌연 물을 건네주었다. "이걸로 헹구면 훨씬 나을 거다."

먼고는 얼굴을 찡그리고 소금물을 입속에서 굴렸다. 한 번 더하고 피가 섞인 물을 싱크대에 뱉었다.

"괜찮니? 얼굴이 막 꿈틀거리는데."

먼고는 꿈틀거리는 부위를 꼬집었다. "죄송해요, 캘훈 씨."

"아이고, 나한테 사과할 필요 없다." 딱한 치키는 먼고를 달랬다. "하지만 얼굴을 그렇게 세게 잡아 뜯지 말렴. 예쁘게 바른 파운데이션이 다 망가지잖니." 치키는 이날 두 번째로 먼고의 얼굴을 잡고 움찔거리는 부분을 잠시 바라보다가 낡은 행주 끝자락으로 닦아주었다. 신중한 손길로 두꺼운 파운데이션을 펴 바르고 끝부분을 문질러 피부와 어우러지게 했다. "고매한 지붕 수리 노조에서 나를 몰아냈을 때 왕립극장에서 잠깐 일했어. 그냥 후문을 지키는 일이었지만 가끔 배우들이 분장하고 가발 쓰는 걸 구경하게 해줬어. 나는 도러시 폴한테 홀딱 반했었지."

먼고 해밀턴, 절대 울지 않는 먼고 해밀턴이 울기 시작했다. 윗니로 아랫입술을 힘껏 깨물었지만 도저히 멈출 수 없었다.

"이런 이런, 괜찮다. 다 내보내. 도러시가 예전만큼 노래를 잘하지는 못하지만 울 것까지는 없잖니."

먼고는 꺽꺽거리며 울다가 웃기를 반복했다.

"전부 쏟아내라. 시원할 거다."

"어떻게 하는지 모르겠어요."

딱한 치키는 행주를 한 번 더 접고 그걸로 공영주택 뒷마당을 가리켰다. "내가 예전에 아주 용감한 꼬마 병사를 한 명 알았다. 저기 뒤쪽 담벼락 위를 왔다 갔다 걸어다니곤 했지." 치키는 당당하게 등을 곧추세우고 뻣뻣하게 걷는 병사의 움직임을 흉내 냈다. "자기 엄마 베레모를 쓰고 조그만 나무 권총을 들고서는 세상 그 누구보다 자랑스러워했어. 적군 꼬마들한테 총을 쏘는 척하고, 워키토키에 대고 소리를 지르고 가짜 수류탄을 던지면서 신나게 노는 걸 나는 여기서 구경했단다. 그런데 갑자기 웬 덩치 큰 장군이 담벼락 위에서 아이 뒤로 가더니 발로 차서 밀어버린 거야. 눈 한 번 깜박이지 않고 말야. 아, 정말 못된 심보지! 게다가 그 꼬마랑 같은 편이었다. 믿을 수 있니? 자기 병사를 그런 식으로 밀다니." 치키는 고개를 절레절레 저었다. "어쨌든 그 조그만 녀석이 담벼락에서 1미터 남짓 아래 있는 쓰레기통 뚜껑에 부딪치고 한 번 굴러서 땅에 깔려 있는 타일까지 2미터 넘게 떨어졌다. 쾅!" 딱한 치키는 조리대를 손바닥으로 내려치며 얼굴을 찌푸렸다. "그런데 이 꼬마 병사는 찍 소리도 내지 않았어. 기겁했지만 용감하게 참더라고. 다른 꼬마였으면 엄마를 찾아 비명을 질렀을 게다. 그런데 이 녀석은 아니었어. 훌훌 털고 일어나서 아무 일도 없었던 것처럼 행동하는 거야."

먼고의 배 속 깊은 곳에서부터 나지막한 울음이 올라왔다. 먼고는 주먹을 꽉 부르쥐고 눈물을 뇌 속으로 거꾸로 넣으려는 듯이 눈두덩을 눌렀다. 얼굴이 시뻘게졌다.

"괜찮다. 그냥 내보내. 용감한 병사도 지쳐서 울어야 할 때가 있는 법이지."

딱한 치키는 등을 쓰다듬거나 어깨를 토닥이는 대신 먼고가 소리 없는 비명을 지를 수 있게 내버려두었다. 담배에 불을 붙이고, 마침내 먼고가 눈에서 주먹을 떼자 물었다. "지붕에 슬레이트를 깐 그 아이도 너가 개를 좋아하는 것만큼 너를 좋아하니?"

먼고는 흠칫했다.

"괜찮아. 아무한테도 말하지 않을게." 치키는 성호를 긋고 소년에게 경례했다. "걸 가이드의 명예를 걸고."

먼고는 부은 눈으로 치키를 보았다. 레이스 커튼 뒤에서 죄다 보고 있는 그가 정곡을 찔렀다. 먼고의 사정을 훤히 읽었다. "그랬어요, 캘훈 씨. 많이 좋아해줬어요. 하지만 제가 다 망쳤어요."

"아이고! 어린것들! 원래 니들 나이엔 모든 걸 지나치게 극적으로 생각하지. 지나갈 거야." 치키가 깨끗한 행주를 권했다.

"정말 그렇게 생각하세요?"

"그럼."

먼고는 행주로 눈물을 훔쳤다. "같이 여기를 떠나자고 했는데 제가 기다려달라고 했어요. 그런데 이제 와서 보니까 우리가 오래 못 숨길 거 같아요."

딱한 치키는 다시 생각에 잠겼다. 고개를 갸웃하고 혀로 치아 뒷면을 훑었다. "너한테 보여주고 싶은 게 있다. 겁먹을 필요 없어. 다른 애들이 나에 대해 뭐라고 하든지 간에, 어린 소년들 잡아가는 망태 할아버지는 아니니까 걱정 말렴."

치키는 금세 돌아왔지만 그새 먼고는 행주로 눈물을 마저 훔치고 스스로를 한심하게 여기고 있었다. 치키의 손에 검붉은 공책이 하나 들려 있었는데, 금박으로 '1957'이라고 찍혀 있었다. 먼고는 일기장을 넘겨보았다. 크림색 페이지마다 조그맣고 집요한 글자가 빼곡했다. 치키의 감정이 절절히 담겨 있었고, 쓰다가 공간이 모자라면 마지막 줄 글자가 위로 휘어 올라가 여백을 채웠다.

종이 사이에 흑백 사진 두 장이 끼어 있었다. 흰색 테두리가 둘린 첫 번째 사진 속에서 머리숱이 풍성한 젊은이가 공영주택 외벽에서 열려 있는 창문에 기대 서 있었다. 한 손으로는 커다란 일요일 신문을 접어 들었고, 다른 손에 짤막한 담배꽁초를 들었다. 드물게 모습을 드러낸 태양을 향해 고개를 젖히고 있는 청년은 두꺼운 모직 스웨터와 하이웨이스트 바지를 입었다. 느긋한 태도로, 사진을 찍고 있는 사람에게 미소를 던지고 있었다.

잘생긴 청년에게서 젊음의 자신감이 풍겼다. 앞날이 창창한 젊음. 아직 아무것도 망가지지 않았다. "미남이셨네요, 캘훈 씨."

"어라, 과거형이네? 이 녀석 봐라. 내 턱선은 유리를 세공할 수 있을 만큼 여전히 날렵하다고."

다음 사진에서는 십대 소년 여섯 명이 지금 먼고가 살고 있는 공영주택 뒷마당의 풀밭에서 책상다리를 하고 앉아 활짝 웃고 있었다. 소년들은 피크닉 담요 대신 비옷을 깔고 앉았는데, 그중 두 명은 구석자리에 가까이 앉아 있었다. 아주 미세한 차이였다. 축구 시합이 끝나고 담배를 피우는 여섯 명의 소년 무리에서 두 사람만 아주 조금 자기들끼리 떨어져 앉아 있는데도 마치 다른 세계에 있는 것처럼 특별한 친밀감이 느껴졌다.

딱한 치키가 비옷 위에서 자기 옆에 앉아 있는 소년을 가리켰다. 더

벅머리 소년은 턱에 보조개가 파였고 한쪽 입꼬리를 비딱하게 올리고 웃고 있었다. "이 친구 이름은 조지야. 정말, 정말로 마음씨가 곱고 배려심이 많았어. 에어셔에서 상선 선원 훈련을 같이 받았다. 첫날에 조지는 내가 군화 속에 신을 두꺼운 양말이 없는 걸 보고 안됐다고 자기 걸 줬지. 글래스고로 돌아오는 길에 기차역에서 어머니가 샌드위치랑 탄산음료를 살 수 있을 정도 용돈을 줬는데, 조지는 돈이 없는 것 같아서 내 걸 반씩 나눠 먹었어. 그런 소소한 것들이 전부였다. 다음 석 달 동안 우리는 그렇게 서로 작은 친절을 베풀었어. 난 조지를 사랑했다. 조지랑 첫키스를 했는데, 그게 내 인생 최고의 키스였어."

먼고는 놀라서 얼이 빠졌다.

"자기랑 같이 오스트레일리아로 이민을 가자고 했었지."

"왜 안 갔어요?"

"아이고, 그때는 못 갈 이유가 수십 가지였는데, 지금 와서 돌이켜보니 죄다 쓸데없는 걱정이었어. 뻔한 것들이지 뭐. 아빠는 전쟁에서 끝내 돌아오지 못했는데 엄마는 건강이 안 좋았으니까 여동생이 혼자 앞가림을 해야 할 터이고, 나한테 반바지가 안 어울리고 등등. 같잖은 핑계였어. 두려움을 숨기려고 나 자신에게 한 거짓말들이지. 오스트레일리아! 내 똥구멍이 꼭 토끼 코처럼 움찔거렸단다." 딱한 치키는 주전자에 물을 채우며 한숨을 내쉬었다. "뭐 어쨌든 효도했다고 할 수 있겠구나. 어머니는 살아 계신 동안 행복해하셨으니까."

"좋은 아들이시네요."

딱한 치키는 고개를 저었다. "아니, 넌 지금 요점을 놓치고 있어. 난 겁쟁이였다. 조지랑 함께하고 싶은 마음은 굴뚝같았는데 말야. 그때 같이 갔으면 어땠을까, 지난 30년을 그걸 상상하며 보냈지. 용기를 못

낸 것뿐이야."

"그다음엔 아무도 못 만났어요?"

"이 동네에서 말이니?" 딱한 치키가 카디건에서 늘어진 실밥을 잡아당겼다. "여기 사람들은 내가 무슨 역병이라도 앓는 것처럼 피하잖니. 어떤 남자가 내 근처라도 오겠니?"

먼고는 다시 사진으로 시선을 돌렸다. 담배를 피우고 신문을 보며 웃고 있는 행복한 소녀들. 딱한 치키는 한때 사랑을 듬뿍 받았었다. 언제부터 잘못된 걸까? "조지는 지금 어딨어요?"

"아이고! 조지는 결혼했다. 어쩜 그게 최선이었겠지. 가끔 편지를 보내. 내가 에어셔에 다시 갔는지 늘 물어보는데, 나는 그렇다고 대답해. 사실은 한 번도 돌아가지 않았지만. 도저히 견딜 수 없을 것 같아서."

"저는 이제 어떻게 해야 할까요, 캘훈 씨?"

딱한 치키는 고개를 살짝 숙이고 먼고의 눈 속 깊은 곳을 들여다보았다. "쉬운 문제다. 딱 한 번만이라도 너 자신을 우선으로 하렴."

먼고는 욱신거리는 어깨 위로 학교 가방을 둘러멨다. 그리고 턱끝으로 간을 가리켰다. "죄송해요. 저건 도저히 못 먹겠어요."

딱한 치키가 웃음을 터뜨렸다. "괜찮아. 내털리가 간이라면 사족을 못 쓰거든. 그 녀석은 천국에 온 기분일 거다." 치키는 레이스 커튼 위로 보이는 한 조각 하늘을 확인하고 한숨을 쉬다가 자신을 뚫어지게 보고 있는 먼고와 시선을 맞추었다. "내 걱정은 마라, 먼고. 난 이따 가게에 설렁설렁 걸어가서 맛있는 저녁거리나 사 오련다. 그다음에 좋은 영화를 한 편 보지."

아직도 이른 아침이었다. 먼고는 암행순찰차가 시야에서 사라지기를 기다렸다가 건물 입구에서 나와 경계하며 걸었다. 길모퉁이에 서서 제임스네 집으로 갈지 비둘기 집으로 갈지 망설이고 있자니 다리가 쑤셨다. 집으로 찾아가면 제임스가 열어주지 않을지도 모르는데, 그러다 자신이 간청하는 소리를 온 동네 주민이 다 들을지도 모른다. 그런 수치는 견딜 수 없을 것이다.

그래서 먼고는 비둘기 집 앞으로 가서 한쪽 구석에 몸을 숨겼다. 제임스가 아침마다 늘 하듯이 비둘기 밥을 주고 운동을 시키러 오기를 기다리는 동안에 글래스고 위로 날빛이 퍼졌다. 먼고는 하고 싶은 말을 연습했지만 영 어색했다. 사소한 일들은 너무도 하찮게 들리는 한편, 중요한 감정들은 미국 영화처럼 과장되고 거짓되게 표현되었다. 오래 기다리지 않아도 되었다. 제임스가 보이기 전에 기침 소리가 먼저 들렸다.

먼고가 구석에서 나왔지만 제임스는 본체만체했다. 제임스는 먼고의 존재를 의식하지 못하는 양 묵직한 자물쇠를 열고 어둠 속으로 들어갔다. "구구구구구." 비둘기들이 제임스의 노래에 대꾸했다.

"난 준비됐어. 어디든지 따라갈게." 그토록 연습했건만 감정을 통제할 수 없었다. 애슐리와 하하가 그들 사이를 벌려놓았다. 자신이 느끼는 모든 감정의 깊이를 제임스에게 알려야만 했다. 와르르 쏟아낼 수밖에 없었다. 나중에 제임스가 놀리더라도 어쩔 수 없다.

제임스는 돌아보지 않았다. 찬물을 담은 물주전자를 새장 앞에 올려 비둘기들이 죄수처럼 창살 사이로 물을 마시게 해주었다. 자신이 주인이라는 사실을 비둘기들의 조그만 뇌에 각인하는 것이다. 오직 그만이 사랑을 주고 돌봐줄 것이라고. 새장에서 내보내줄 때마다 돌아오기만 한다면. 제임스는 끝까지 먼고를 보지 않았다. "어디든지?

용감하네." 진심이 느껴지지 않았다. "니 자기혐오는 어떻게 됐는데?"

"지금 떠나야 해. 당장."

"그래? 참 재밌네. 내 상황이 좀 좋아지려고 하니까 너가 갑자기 떠날 준비가 되었다고 하고." 제임스는 새장에서 조그만 암갈빛 암비둘기를 집고 목을 쓰다듬었다. 비둘기가 물을 마시지 않았다. "나를 위해 기뻐해주리라고 생각했지, 질투할 줄은 몰랐다."

"질투하는 거 아냐."

뻣뻣하게 굳어 있던 제임스의 어깨가 조금 부드러워졌다. 이내 제임스는 가래 끓고 색색거리는 특유의 기침 소리를 내고 말했다. "너랑 어디 가고 싶지 않아. 너는 니 형만큼이나 나빠."

"아무도 해치지 않았어." 이제 먼고는 제임스의 시선을 받으려고 서성거렸지만 제임스는 계속 다른 것에 주의를 기울이며 외면했다. 그의 눈길만 닿아도 위로가 될 텐데, 그것마저 허락해주지 않았다. "어젯밤에 아무도 해치지 않았다는 걸 알아줘. 거기 가긴 했어. 형이 시키는 대로 갔지만 싸우지는 않았어." 먼고가 점퍼 한쪽을 들어 검푸른 멍을 보여주었지만 나일론이 바스락거리는 소리에도 제임스는 돌아보지 않았다. "나는 맞고 밟혀도 가만히 있었어. 싸우지 않았다고."

"그래도 니가 편견덩어리 개자식이라는 사실은 변하지 않아."

멍청이, 찌질이, 거짓말쟁이, 호모, 겁쟁이, 포주, 편견덩어리 개자식.

다 너를 위해서였다고 제임스에게 말하고 싶었다. 하하로부터 보호하려고 그런 거라고, 자신이 사랑하는 대상 딱 하나만이라도 지키고 싶어서 그런 거라고. 하지만 이제 와서 무슨 의미가 있을까? 무어라고 말하든 이미 제임스를 잃었다. 먼고는 마지막으로 한 번 더 시도했지만 말은 한숨처럼 작게 새어 나왔다. "제발 부탁이야."

끝까지 제임스는 돌아보지 않았다.

먼고는 학교 가방을 다시 메고 떠나려고 몸을 돌렸다. 제임스를 따라가지 않으면 어디로 가지? 아무 데도 가지 않을 것이다. 하하에게 곧장 가서 그의 시야에 머무를 것이다. 이 가톨릭 소년을 해치고자 하는, 그의 몸에 불을 지를 충동을 다시는 느끼지 않게.

"나도 내가 이 모양이 아니었으면 좋겠어, 제임스. 나도 내가 정상이었으면 좋겠지만 그렇지 않아. 너는 치키처럼 살지 않아도 돼. 애슐리는 정말 예쁘더라. 너희 아버지가 너를 사랑해줘서 잘됐어. 근사한 일이야. 내가 거짓말했어. 질투했나봐."

잡종개 몇 마리가 비둘기 집 근처 풀밭에서 킁킁댔다. 납작한 모자를 눈까지 눌러쓴 늙은 남자들이 근처 어딘가에서 퉁명스럽게 개들을 불렀다. 그의 삶은 지금까지와 똑같이 흘러갈 것이다.

"아니, 니가 잘못 알았어. 아빠는 날 사랑하지 않아." 제임스가 햇빛에 눈을 찌푸리며 돌아보았다. "아빠는 내가 어떤 사람인지도 몰라."

아침 햇살 속에서 조디의 파운데이션은 상처에 앉은 딱지처럼 보였다. 관자놀이께 피부에서 벌써부터 피가 보랏빛으로 비치고 있었다. 눈 밑의 근심 주머니가 무겁게 늘어졌고, 한쪽 얼굴은 안팎으로 부었다.

"세상에!" 제임스가 한달음에 유리 파편 위로 달려와 먼고의 옆머리에 손을 올렸다. 암갈빛 비둘기를 다루듯이 머리를 한쪽으로 기울였다. 눈으로는 상처를 찾고, 손가락으로는 아랫입술을 당겨 입속을 확인하고 있었다.

"아아아." 먼고가 찡그렸다.

"어디가 아파?"

어디서부터 시작할 수 있을까. "안 아파. 괜찮아."

제임스는 먼고의 점퍼를 가슴까지 들췄다. 연고를 바른 창백한 피부에서 장화의 굽 자국이 계속해서 부어오르며 색이 진해지고 있었다. 제임스는 상처를 살살 어루만졌다. "빌어먹을 젠장 망할."

"나는 아무도 때리지 않았어. 난 절대 그런 짓 하지 않아."

제임스는 창백한 소년을 이리저리 돌리며 몸을 속속들이 확인하고 손가락으로 상처의 언저리를 더듬었다. 먼고는 웃음으로 통증을 덮으려 했다. "가톨릭 자식들 말야. 착하다고들 하는데, 꼭 그렇지는 않은 것 같다."

제임스는 손가락을 구부리고 눈두덩을 눌렀다. 괜찮아, 기도문을 읊조리듯이 거듭 중얼댔다. 얼굴이 백지장처럼 하얗게 질려 있었다. 제임스는 생각에 잠긴 채 우두커니 서서 계속해서 중얼댔다. "그래, 빌어먹을. 좋아. 떠나자."

먼고는 진심과 반대로 고개를 저었다. "아냐, 내가 이기적으로 굴었어. 너는 괜찮을 거야. 유전에 가서 일해. 애슐리랑 가정도 꾸리고."

제임스는 먼고의 머리 양쪽을 손바닥으로 쥐었다. "그러기엔 너무 늦었어."

먼고는 눈살을 찌푸렸다. 그러나 이내 입가에 미소가 번졌다. 한없이 가녀리고, 떨리는 미소였다. "진심이야?"

"응." 제임스는 엄지손가락으로 먼고의 아랫입술을 어루만지고 있었다. "돈은 충분히 모았어. 북부로 가서 캐러밴을 빌린 다음에 여름 내내 거기서 지낼 수 있어. 일자리를 구해볼게. 괜찮을 거야."

동녘 빛 속에서 개를 산책시키던 남자들이 그들 쪽을 힐끔 보았다. 소년들은 한 발씩 뒤로 물러났다. 남들 보기에 적절한 거리로 몸을 떨어뜨린 다음에 백치가 된 것처럼 서로를 보며 실실 웃었다. 제임스가 주저앉았다. 떠나는 데 필요한 것들을 생각하면서 눈을 굴리고 있었다.

먼고는 풀밭에서 제임스 옆에 앉았다. 이가 덜덜 떨리기 시작했다. 마침내 통증이 오롯이 느껴졌고, 몸에 그나마 남아 있던 온기가 옆구리의 멍을 통해 스며 나갔다. 제임스는 보리와 가시금작화 색깔이 섞인 페어아일 스웨터를 먼저 벗고, 먼고가 점퍼를 벗게 도와준 다음에 자신의 스웨터를 입혔다. 바로 앞에서 본 스웨터에는 크림색과 금색뿐 아니라 블루벨 꽃의 파란색, 이끼의 갈색, 네온 같은 보라색 등 수천 가지 색이 올올이 들어가 있었다. 먼고는 가만히 앉아서 전에는 미처 알아채지 못한 이것들을 자세히 보고 싶었다. 제임스의 체온을 머금고 있는 스웨터가 살아 있는 생물처럼 자신을 꼭 안아주는 것 같았다. 오른팔 소맷부리를 질겅이자 모직이 잇새를 오가며 끼익거렸다. 마음이 한층 진정되었다.

"좀 나아?" 제임스는 먼고의 머리 위로 점퍼를 다시 입혀주고 턱의 피부가 집히지 않게 조심하며 지퍼를 목 끝까지 올렸다.

갑작스레 밀려온 안도감에 힘이 빠진 먼고는 푹신한 학교 가방 위로 웅크렸다. 그렇게 웅크린 채 약한 햇볕을 받았다. "오늘?"

제임스는 고개를 저었다. "어쩌면 내일. 일단 크랜힐에 가서 맥 먼로를 만나야 돼. 내 비둘기 집을 사고 싶어서 안달이거든. 내 일등 비둘기를 날려보고 싶다고 오래전부터 말해왔어. 새장이랑 비둘기까지 다 팔면 4백 파운드는 받을 거야. 우리한테 큰 도움이 되겠지."

제임스가 비둘기 집으로 들어가 비둘기들을 운동시키는 동안 먼고는 풀밭에 엎드린 채로 자신은 여행에 보탤 것이 너무나 없다는 사실에 속상해했다. 제임스가 물병과 샌드위치를 가져왔고, 창공을 빙빙 도는 비둘기들 아래에서 두 사람은 아침을 나눠 먹었다. 우유와 설탕을 담뿍 넣은 차가 입속의 상처를 달랬다. 오늘과 내일은 학교가 쉬는 날이다. 소년들은 가져갈 물건의 목록을 만들었다. 반창고, 라이터, 침낭처럼 실용적인 물건들도 있었지만 붐박스나 암브로시아 라이스 푸딩처럼 비실용적인 게 훨씬 많았고, 농부들이 공식 면접을 원할 경우에 대비해서 제임스의 상복도 챙기기로 했다. 그다음에 두 사람은 아침 햇살 아래 배를 깔고 누워서, 다 잘될 거라는 안도감에 잠겨 침묵했다. 제임스의 손이 풀밭을 가로질러 와 먼고의 스웨터 뒷면을 들추었다. 그러고는 척추 아래쪽 보송보송한 털을 어루만졌다. 먼고는 눈을 감았다.

"사람들이 우리를 좋아해줄까?"

"아드나머칸에서? 글쎄, 누가 좋아하든 말든 무슨 상관이야. 우리 일에 간섭하지만 않으면 되지. 거긴 사는 사람도 별로 없어. 괜찮을 거야."

창밖으로 목을 빼고 구경하는 여자들이 없다. 아래층 계단참에서 숙덕거리는 목소리도 없다. 남자답게 굴라고 을러대는 하하도 없다. 철 좀 들라고 잔소리하는 조디도 없다. 도저히 상상할 수 없었다. "너희 아빠한테 말할 거야?"

"응, 벌써 편지도 써놨어. 작년에 통화방 사건으로 얻어맞은 다음에 쓴 편지야." 제임스는 먼고의 등허리를 어루만지면서도 개를 산책시키는 사람들이 가까이 오면 곧바로 손을 뺄 준비가 되어 있었다. "너는 모모한테 말할 거야?"

먼고는 잠시 생각했다. "아니, 누나한테 말할 거야. 형이랑 엄마한테 어떻게 말하면 좋을지 누나가 더 잘 알겠지. 게다가 내가 어떤 사람인지 알게 되면 가족들은 나를 보고 싶어 하지도 않을 텐데, 뭐."

"조디는 안 그럴지도 몰라." 제임스는 조디의 고운 마음씨에 대한 전설을 믿었다. 그걸 믿는다는 것 자체가 조디의 명성뿐 아니라 제임스의 선한 심성을 증명했다. "나중에 니네 누나한테는 우리가 어디 있는지 말해도 될지도 몰라."

"어쩌면."

"먼고, 다시는 여기로 돌아올 수 없다는 거 알아? 사람들이 알게 되면 우리를 치키 캘훈만큼이나 혐오할 거야."

치키에 대해 알게 된 것을 언젠가는 제임스에게 말해줄 터이지만 일단은 이렇게만 말했다. "그렇게 끔찍한 사람 아냐. 괜찮은 사람이야. 우리도 괜찮아."

"뭐? 점퍼 바람으로 구멍가게에 가서 장 보고 모모한테 수프 끓여 주면서 살지 않을 거야? 쓰레기청소부들이 웃통 벗고 일하는 거 보고 싶어서 여름해가 나기만을 열렬히 기다리지도 않고?"

먼고는 한쪽 입꼬리에 침을 물고 웃었다. "가톨릭 자식이 입만 살았어. 나한테 못된 소리 한 거 아직도 사과 안 했지."

"개신교들 까불지 말라고 군기 좀 잡은 거야. 니들이 이 도시에서 짱인 줄 알지."

"아이고, 친절하시네요." 먼고는 제임스의 귀를 비틀며 킥킥 웃었다.

제임스는 먼고의 손을 찰싹 치고 빙빙 돌면서 날고 있는 비둘기들을 쳐다보았다. 다른 사람의 비둘기가 끼어 있었다. 잿빛 구름 아래에서는 탁한 노른자색으로 보였지만 이따금 빛살이 스치면 금빛으로 빛났다. 제임스의 비둘기 한 마리가 그 비둘기 주변을 돌기 시작했다. 뚱보 헨리라는 별명을 지닌, 통통하고 심보가 고약한 녀석이었다. 두 비둘기가 공영주택 뒤쪽으로 날아가 시야에서 사라진 순간 제임스는 비둘기를 잃었다는 사실을 깨달았다. 한 시간 전만 해도 억장이 무너졌겠지만 이제 제임스는 헨리를 위해 기뻐하며 혀를 찼다. 제임스가 혼자 웃었다. "며칠 전에 깨달은 게 있어. 내가 말한 통화방 기억하지? 생각해보니까 나는 엄마가 죽기 한참 전부터 거기에 전화했었어."

"그렇구나. 그런데?"

"엄마는 몇 달이나 전화비 고지서를 받았을 거 아냐. 그 번호가 무엇을 뜻하는지 알면서도 돈을 내고 모르는 척해준 거야. 엄마는 나한테 아무것도 물어보지 않았어."

잠시 후에야 먼고는 제임스의 말뜻을 알아들었다. "아, 니네 엄마는 아셨구나. 잘됐다."

제임스는 휘파람으로 비둘기들을 불렀다. "맞아. 잘됐어."

먼고는 고개를 반대쪽으로 돌렸다. 정수리를 따뜻하게 내리쬐고 있는 햇볕을 옆얼굴에 받고 싶었다. "믿어지지 않아. 다음 주 이맘때쯤이면 존 던은 영영 안녕이라니."

"누구?"

척추를 따라 오르내리는 부드러운 손가락이 먼고를 꿈나라로 보내고 있었다. "아무것도 아냐."

태양은 기다려줄 것이다. 소년들은 눈을 감았다.

먼고와 제임스가 동네 위로 날아가는 비둘기들을 보고 있을 때 하미시는 공원 방향에서 비둘기 집으로 접근했다. 사슴을 노리는 사냥꾼처럼 직감적으로, 넓은 지점에서 시작하여 포위망을 차차 좁혀가며 사냥감을 보금자리로 몰아가는 것이다. 공원을 가로지른 하미시는 철제 울타리에서 창살이 빠져 있는 부분을 이용해 풀밭에 진입했다.

이날 아침에 하하는 먼고를 보러 집에 왔다가 두 손으로 얼굴을 가리고 식탁에 엎드려 있는 모모를 발견했다. 지난밤은 아드레날린과 에메랄드 녹색과 흰색과 침과 피가 뒤엉킨 흐릿한 기억으로만 존재했다. 그러나 그 뿌연 기억 속에서도 하하는 진흙투성이 땅에 쓰러진 채 자기 피를 꿀꺽거리고 있는 동생과 그런 동생을 신나게 밟고 있던 가톨릭을 선명히 떠올렸다. 복도에 널려 있는 먼고의 피투성이 옷과 식탁에서 울고 있는 모모를 본 순간 최악의 상황을 상상했다. 하미시는 모모를 흔들었다. 모모는 시선을 들고 하미시를 보자마자 비명을 질렀다.

하미시는 자신이 어떤 모습인지 잊고 있었다. 모모의 비명을 듣고 놀란 조디가 방에서 뛰쳐나왔다. 머리를 고데기로 말고 있던 조디는 뛰쳐나오는 중에 벽에서 뽑힌 코드가 대롱대롱 매달린 채로 부엌 문간에 서 있었다. 여간해서는 말문이 막히지 않는 조디가 할 말을 잃고 하미시를 뚫어지게 보았다. 반창고에서 벌써 피가 스며 나오고 있었다. 조디의 머리에서 고데기가 미끄러졌다. 구불구불하게 말린 긴 머리칼을 손에서 놓쳤다.

모모는 먼고 때문에 울고 있던 게 아니라 숙취에 괴로워하고 있었다. 모모는 먼고가 방에 있는 줄만 알았다. 하미시는 자신의 바보 같은 상상에 웃음을 터뜨렸다.

하미시는 그림자조차 드리우지 않았다. 어떤 본능이 자신으로 하여금 기다란 풀 위를 올려다보게 했는지, 어떤 공기의 변화가 시선을 어깨 너머로 끌었는지 먼고는 몰랐다. 그러나 먼고가 옆으로 몸을 일으키자 하미시가 그들 위쪽에 서 있었다. 목에서 피를 뚝뚝 흘리며.

먼고는 갓난아기 딸을 둔 형이 아침 댓바람부터 일어나 옷을 차려 입고 사냥에 나서리라고는 상상하지 못했다. 그렇지만 하미시는 거기 있었다. 사이펀을 끼운 탄산음료 병에 휘발유를 가득 담아 가져왔다. 상처 때문에 비딱한 미소를 짓고 있는 것처럼 보였다. 웃는 얼굴을 뒤집으면 찌푸린 얼굴로 바뀌는 착시 그림 같았다. 녹슨 커터칼이 하미시의 왼쪽 귓불에서 입꼬리까지 피부를 여러 겹 찢으며 기다란 칼자국을 남겼다. 아마도 간밤에 살을 꿰매느라 로열 인퍼머리 병원 신세를 오래 졌을 것이다. 메스암페타민을 잔뜩 먹고 집에 가지 않았다. 꿰매놓은 상처가 자꾸만 벌어졌다.

"씨발, 니가 죽은 줄 알았잖아." 하미시의 눈에 광기가 서려 있었다.

"형, 형이 생각하는 그런 거 아냐." 먼고는 하미시가 대체 무엇을 보고 들었는지 두려웠다.

두꺼운 안경알 뒤에서 진짜로 눈물이 흐르고 있었다. 먼고는 그것이 가장 두려웠다. 하미시는 도저히 믿기지 않는다는 듯이 고개를 가로저었다. 풀밭에 나란히 누워 있는 두 소년. 동생의 등허리를 어루만지는 가톨릭의 손. 하미시의 입에서 목멘 울음소리가 한 번 터져 나왔다. "아냐, 먼고. 넌 그 자식들 중 하나가 될 수 없어. 절대 안 돼. 죽어도 안 돼."

제임스는 손으로, 먼고의 피부를 다정히 어루만지던 그 손으로 풀밭을 짚고 몸무게를 지탱하고 있었다. 하미시는 성큼 다가가 부츠 신은 발로 제임스의 손을 밟았다. 뒤축에 무게를 실어 두 번 내려찍었다. 닥터 마틴의 두꺼운 굽이 무언가를 부수는 끔찍한 소리가 났다. 겁에 질려 창백해진 제임스가 옆으로 굴렀다. 부러진 손가락을 다른 손으로 잡고, 방어적으로 몸을 둥글게 말았다. 먼고는 황급히 제임스에게 갔다.

크게 벌어진 제임스의 입에서 비명은 나오지 않았다. 제임스는 뒤로 기기 시작했다. 하미시로부터 멀리, 비둘기 집으로 도망가야 했다. 하미시는 안경을 올리고 눈물을 훔쳤다. 가톨릭 소년을 보다가 먼고에게 다시 시선을 돌렸다. 음산한 안도감이 하미시의 얼굴에 퍼졌다. 필요한 답을 찾았다. 진실이 아니더라도 상관없었다.

"아, 이제 알겠다. 저 개자식이 너를 추행하고 있었구나? 더러운 가톨릭들은 원래 어린 남자애 건드리기를 좋아하니까. 뻔하지. 빌어먹을 신부들한테 배운 거 아니겠냐."

하미시는 제임스를 잡으러 풀밭을 가로질렀다. 그렇게 믿고 싶었다. 진실보다 훨씬 받아들이기가 수월했다. 동생이 이 소년과 누워 있으며 행복해했고, 소년의 숨에 배어 있는 달콤한 시리얼 냄새를 꿈꾸었으며, 소년을 입으로 받아냈고, 엉덩이 골의 부드러운 금색 털에 코끝을 대고, 차가운 목욕물에 거품이 일 때까지 몸을 비볐다는 진실보다는. 그는 변태의 형이 될 수 없었다. 호모의 형이 되지 않을 것이다.

"어린애나 성추행하는 변태 새끼."

그때 제임스 제이미슨이 이상하게 행동했다. 더는 도망치려 하지 않았다.

한 번, 아주 살며시, 제임스는 알약을 물 없이 삼키는 것처럼 고개를 끄덕였다. 제임스의 시선이 먼고에게 향했다. 왼쪽 입꼬리가 당겨졌다. 앞으로 벌어질 일을 받아들이겠다는 뜻이었다. 이해해. 괜찮아.

제임스가 소리 내어 하지 않은 말을 먼고는 너무 늦게 이해했다. 깨달음이 오기 전에 하미시가 앞으로 달려갔다. "안 돼! 형, 하지 마!"

첫 발길질은 제임스의 턱 밑을 찍었다. 부드러운 살이 찢어지고 엇나간 이들이 부러졌다. 두 번째는 얼굴 한복판으로 날아왔다. 코가 부러지며 피가 위로 솟았다. 소년은 움직임을 멈췄다. 금빛과 핏빛이 뒤섞인 소년은 고개를 뒤로 젖히고 양팔을 활짝 펼친 채 승천을 기다리는 성자처럼 햇살 아래 쓰러졌다. 먼고는 여전히 무릎을 꿇고 앉아 있었다. 기도하듯이 양손을 맞잡았다. 발길질 두 번에 제임스 제이미슨이 무너졌다.

하미시는 먼고가 제임스에게 다가가지 못하게 막았다. 먼고가 하미시 뒤로 뛰어가 제임스 옆에 앉으려는 찰나 하미시는 먼고의 머리채를 잡고 밀어냈다.

하미시는 탄산음료 병의 뚜껑을 열고 제임스에게 휘발유를 부었다. 휘발유가 콸콸 쏟아져 나왔다. 먼고는 하미시의 배를 어깨로 들이받고 넘어뜨렸다. 젖 먹던 힘까지 끌어내어 형을 쓰러져 있는 소년으로부터 떨어뜨렸다. 그렇지만 하미시는 힘이 더 세고, 더 빨랐다. 하미시는 먼고를 꿇어앉힌 뒤에 부츠로 갈비뼈를 걷어찼다. 먼고는 갓 태어난 송아지만큼이나 무력하게 나자빠졌다. 하미시는 오른손으로 먼고의 머리털을 뿌리에서부터 휘어잡은 다음에 왼손으로는 먼고의 점퍼 뒤쪽 목깃을 잡고, 손과 발로 땅을 짚고 있는 그대로 동네로 끌고 가기 시작했다. "정신 차려. 내가 널 구해준 거야. 언젠가 고마워할 거다. 내가 널 구했어."

처음에 먼고는 순순히 끌려갔다. 형과 제임스 사이를 벌려놓는 모든 발걸음이 감사할 따름이었다. 하지만 보도에 다다랐을 때 하미시는 문득 걸음을 멈추고 가톨릭 소년에게 외쳤다. "두고 봐라. 다시 보게 될 거다. 난 안 끝났어."

먼고는 팔다리를 미친 듯이 휘저었다. 손톱으로 하미시의 손등을 찍었지만 하미시는 팔꿈치로 이미 멍든 먼고의 얼굴을 능란하게 가격했다. 먼고가 항복할 때까지 거푸 때렸다. 꿇어앉아 있는 동생을 그대로 질질 끌고 가다 중간중간 걸음을 멈추고 먼고를 흔들며 그만 울고 닥치라고 을러댔다.

## 25

날이 눈부시게 화창했다. 햇빛을 받은 호수는 살아 있는 것처럼 반짝거렸다. 먼고는 갤러게이트를 도와 세인트 크리스토퍼의 시신을 야영지로 끌고 왔다. 자꾸만 손에서 미끄러지는 바람에 시신이 땅에서 굴러 쇠뜨기풀 아래로 사라지곤 했다. 시신을 다시 들 때마다 어김없이 갤러게이트는 시신의 누런 피부에서 흙을 닦아냈다. 개미자리 덤불 위로 친구를 끌고 가는 그의 얼굴에 진정한 슬픔이 새겨져 있었다. 먼고는 차마 시신을 볼 수 없었다. 죽은 남자가 제발 좀 눈을 감기를 바랐다.

두 사람은 세인트 크리스토퍼를 2인용 텐트에 눕혔다. 그게 시신에 대한 예의라며 갤러게이트가 고집했다. 텐트에 몸을 완전히 넣지는 못했는데, 흠뻑 젖은 트위드재킷이 축축한 땅에 들러붙어서 텐트를 무너뜨리지 않고서는 몸을 한 치도 더 밀 수 없었기 때문이다. 시신은 정강이부터 텐트 밖으로 삐져나온 상태로 그렇게 누워 있었고, 갤러게이트는 보랏빛 헤더꽃을 한 줌 따서 가슴에 뿌렸다.

갤러게이트가 묵묵히 맥주 세 캔을 연달아 들이켜는 동안 먼고는 불을 지필 마른 가지를 찾아 헤맸다. 바짝 마른 가지가 없어서 간신히 피운 모닥불은 연기만 시꺼멓게 피어오르고 불길이 좀체 살아나지 않았다. 그래도 라비올리 통조림 두 개를 데울 수준은 되었다. 먼고는 모닥불 너머에서 갤러게이트가 맥주를 전부 마시고 남은 위스키를 해치우며 취해가는 모습을 지켜보았다.

"깜빵에서 노인네가 나를 챙겨줬었거든." 갤러게이트가 불에 대고 말했다. "자기 보급품을 나눠주곤 했어. 내가 담배가 부족하면 늘 자기가 피우고 남은 꽁초를 주었지."

자신이 피우고 남긴 꽁초를 나눠주는 것이 먼고에게는 딱히 관대하게 느껴지지 않았지만 갤러게이트는 자기가 말하면서 새삼 감동하고 있는 듯했다.

"처음엔 거기서 아무도 나한테 말을 걸지 않았다. 크리시 말고는 아무도 없었지. 첫날부터 내게 친구가 되어줬어."

"많이 힘든 곳인가요? 지옥 같아요?" 먼고는 알고 싶었다. 죽은 남자의 발에 눈이 가지 않게 노력했다.

"글쎄, 감옥 아니냐. 좋을 수도 있고 나쁠 수도 있지. 좁아터진 곳에 사람이 득실거리지. 손바닥만 한 방에서 두 남자가 지내는데, 밥은 침대에서 먹어야 할 정도로 좁아. 우리를 전부 같은 구역에 수용했어. 거기 있던 사람들은 죄다 성범죄자였다. 주지사가 우리를 갱생시키겠다는 생각을 품었지. 그래서 이런저런 활동을 계획하고 노란색 찻주전자를 줬어. 아마 어떤 연구 대상으로 삼았던 것 같아."

"수감자들을 분리해놓지 않아요?" 아무리 생각해도 잘못된 방침 같았다. 똑같은 범죄 충동을 느끼는 사람들을 한곳에 모아놓고 그것을 벌주는 거라고 할 수 있을까? 먼고는 학교 신입생들을 떠올렸다. 새

학기가 시작하는 가을마다 축구 스티커에 환장하던 아이들. 이 아이들은 하나의 꿈틀거리는 덩어리로 몰려다녔고, 둥글게 모여서 눈에 불을 켜고 스티커를 교환했다.

"아니, 한데 모아놓는다. 정말 괴물 같은 놈들도 있어. 부활절 드레스를 입은 어린 여자아이를 토막 내는 그런 놈들 말이야. 어떤 놈들은 밤에 나를 내버려두지 않았다." 갤러게이트는 남은 위스키를 목구멍에 붓고 봄버 재킷의 목깃에 턱을 묻었다. 시선은 텐트 밖으로 삐져나온 시신의 발에 꽂혀 있었다. "한데 크리시는 달랐다. 크리시네 아버지는 패이즐리 로드에서 꽤 유명한 정육점을 운영했어. 수년간 돈을 모아서 고번 아래쪽에 두 번째 지점도 냈지. 크리시가 혼자 운영할 수 있도록."

"근데 왜 안 했어요?"

"했어. 어쨌든 한동안은. 장사도 제법 잘 됐다고 하더라. 아버지한테 일을 배우기도 했거니와 가게 두 개를 운영하면 고기 품질도 관리가 잘 되는 법이고 가격도 평균보다 조금 낮출 수 있으니까. 잘나가던 가게였어."

"그럼 왜 그렇게 거지 꼴이 났어요?"

갤러게이트가 눈을 치떴다. "말조심해라."

먼고는 사과할 수 없었다. 벌레에 물린 자국만 잡아 뜯었다. "아무튼 그래서요? 정육점은 어떻게 됐어요?"

갤러게이트는 어깨를 으쓱했다. "토요일 아르바이트생 때문에 말아먹었지. 매주 주말에 설거지하러 오던 열한 살짜리 남자애한테 흑심을 품은 거야. 꼬마 아버지가 크리시네 가게 직원이었는데, 꼬마는 제 아버지 따라와서 배달 같은 잔심부름을 몇 시간 했지. 크리시는 꼬마가 자기를 좋아한다고 생각했어. 그리고 못 참은 거야."

먼고는 이제 시신의 발을 볼 수 있을 것 같았다. 두려움을 마음속 깊이 밀어 넣었다. 이젠 죄책감도 별로 들지 않았다. 루도 카드를 섞는 것처럼, 후회를 밑에 깔고 안도감을 그 위에 얹었다. 세인트 크리스토퍼는 나쁜 사람이었다.

"물에 빠져 죽으면 고통스럽나요?" 먼고는 알아야만 했다.

"내가 어떻게 아냐? 얼굴도 깨진 것 같더구먼. 물에 들어가기 전에 다친 건지, 그다음에 다친 건지는 모르겠다."

먼고는 뻣뻣하게 뭉쳐 있던 등의 근육이 풀리는 것 같았다. 시신을 발견한 이래 처음으로 숨을 깊이 들이쉬었다. 이제는 세인트 크리스토퍼의 신발 밑창이 비스듬히 닳아 있는 것도 눈에 들어왔다. 가죽 밑창의 발 안쪽이 더 닳아 있는 것을 보니 세인트 크리스토퍼는 내반족이 있었던 듯싶었다. "그러니까, 왜 죽었는지 모른다는 말이에요?"

갤러게이트가 고개를 흔들었다. "그래, 검시관밖에 알아낼 수 없지. 검시소에서 시신을 해부해서 살펴볼 거다."

먼고는 잘 이해하지 못했지만 고개를 끄덕였다. "그다음엔 다 괜찮을까요? 어쨌든 노인네가 실수로 물에 빠져 죽은 거잖아요, 맞죠? 그냥 여기에 두고 가면 안 돼요? 경찰이 우리를 찾을 이유가 없잖아요?"

"아니." 갤러게이트는 먼고를 한동안 빤히 보다가 순진한 질문에 코웃음을 쳤다. 먼고가 한낱 어린아이라는 것을 잊고 있었다. "그렇게 안 된다. 이런 외진 곳에 성범죄자가 죽어 있는 걸 발견하면 조사에 들어갈 거야."

"왜요?" 납득할 수 없었다. 나쁜 사람이 죽었으면 잘된 거 아닌가.

"우리 같은 사람들이 죽어서 발견되면, 죽기 전에 누구랑 같이 있었는지 알고 싶어 할 거다. 무엇보다, 재수 없게 누가 우리랑 같이 있었는지 알아내려고 하겠지." 갤러게이트는 초조해하기 시작했다. "난 깜빵에 돌아가고 싶지 않아."

먼고는 이끼 낀 바위에 다시 기대앉아 눈을 감았다. 허탈한 기분이 들었는데, 동시에 가슴속에 도저히 풀 수 없는 감정의 매듭이 느껴졌다. 집에 가야 했다. 이제 가족들은 그를 어떻게 생각할까? 그는 하미시가 상상할 수 있는 그 이상으로 냉혹한 사람이었다. 얼굴에 경련이나 일으키는 부끄럼쟁이 소년이 아니다. 가톨릭이랑 붙어먹은 약골 호모도 아니다. 이 남자들이 그의 몸에 침입했다. 그래서 살인을 저질렀다. 때려눕힌 다음에 익사시켰다. 기분이 묘했다. 그는 하미시보다 훨씬 더 남자다우면서 훨씬 더 인간답지 못한 사람이었다. 집에 가야 했다. 다시는 집에 가지 못할 것이다.

어머니가 그를 아동 성범죄자들에게 넘겼다. 귀퉁이가 잔뜩 접힌 만화책과, 여섯 살과 열네 살 사이 어린이에게 적합하고 가족이 함께 즐길 수 있는 보드게임을 챙겨서 보냈다. 어머니는 이들이 그에게 남자의 길을 보여주리라 믿었다. 그의 정신을 바로잡고, 아버지가 살아 있었다면 가르쳤을 것들, 어머니인 자신이 노력만 했으면 가르칠 수 있었으며, 그가 주변 사람들 모두와 마찬가지로 평생을 글래스고에서 보낸다면 어차피 배울 필요도 없는 것들을 가르친답시고 보냈다.

눈물이 다시 먼고의 얼굴을 적셨다. 갤러게이트가 다가와서 어깨를 감싸고 이마에 입을 맞추었다. "해결할 수 있다. 시신을 호수로 도로 가져가서 떠오르지 못하게 수장하면 돼."

라비올리가 캔 속에서 부글거리기 시작하자 먼고는 이것을 핑계 삼아 갤러게이트의 품에서 후다닥 빠져나왔다. 우울한 원시인처럼 쭈그리고 앉아서, 손이 델 듯이 뜨거운 캔을 땅에 내려놓고 면을 한 가닥씩 집어 먹었다. 뜨거운 소스에 손가락을 데었지만 계속해서 먹었다.

한낮의 햇살이 산을 가로질러 호수 반대편까지 뻗어나갔다. 눈 더미가 움직이고 있었다. 먼고는 눈 더미가 가파른 절벽 위로 움직이는 것을 한동안 보고 나서야 그것이 눈이 아니라 바위 틈새의 달콤한 녹색 풀을 찾아 이동하는 양 무리라는 것을 깨달았다. 점퍼 주머니의 각종 잡동사니에서 일회용 카메라를 찾아 드르륵드르륵 필름을 감은 다음에 배회하는 눈 더미의 사진을 찍었다. 필름을 한 번 더 감고 갤러게이트를 향해 카메라를 돌렸다. 갤러게이트가 그만두라고 위협하며 얼굴을 손으로 가렸다. 어차피 찍히지 않을 것이다. 카메라의 플라스틱 몸체에서 물이 새어 나왔다.

밥을 먹는 중에 갤러게이트는 먼고가 글래스고로 돌아가면 여행에 대해 무어라 말할 건지 궁금해했다. 두 사람은 오랫동안 이야기하며 말을 맞추었다. 갤러게이트가 할 말을 알려줄 때마다 먼고는 입에 쓰레기가 차는 기분이었다. 갤러게이트는 텐트에서 일을 벌인 그날 이후 처음 듣는 말투로 일관했는데, 마치 두 사람이 다시 절친이 되어 세상을 상대로 똘똘 뭉쳤다고 상상하는 모양이었다. “가족들이 주말여행이 어땠냐고 물어보면 뭐라고 할 거냐?”

먼고는 음식을 씹던 입놀림을 멈추었다. “그냥 좋은 시간 보냈다고요. 호수가 아름다웠고, 산을 구경했다고요.”

“아니, 우리에 대해서 말야. 나랑 크리시에 대해 뭐라고 할 거냐.”

“뭐라고 말했으면 좋겠어요?”

“든든한 형 같았다고 말하면 어때. 모닥불 피우는 법이랑 낚시를 가르쳐줬다고 해. 내가 이 여행에 2주치 생활보조금을 썼다는 거 빼먹지 말고." 갤러게이트는 아랫입술 밑에 묻은 소스를 혀로 핥았다. "누가 물어보면, 잠은 어디서 잤다고 할 거냐?"

먼고는 무너져 내린 2인용 텐트를 턱으로 가리켰다.

"아냐, 너 혼자 1인용 텐트를 썼다고 해. 너 혼자 거기서 지냈다는 걸 꼭 확실히 해둬라. 무서워서 죽는 줄 알았다고 해. 밤에 사슴 발소리며 빗소리 때문에 오싹했다고." 갤러게이트는 애처로운 부엉이 울음소리를 냈다. "그래도 용감하게 잘 견뎠다고 말해라. 그래, 1인용 텐트를 혼자 썼다고 꼭 말해."

"네."

"뭐라고 말할 건지 니가 말해봐."

먼고의 눈이 껌벅거렸다. 화가 조금 나려고 했다. 그러나 갤러게이트는 먼고의 대답을 듣기 전에는 순순히 넘어가지 않을 태세였다. "저기 호숫가 끝에 텐트 하나 쳐놓고 혼자 지냈어요. 밤에 춥고 무서웠고요." 먼고의 어조는 새로 깐 아스팔트 도로만큼이나 평평했다.

갤러게이트는 어금니에서 빼낸 찌꺼기를 조약돌 위로 튕겼다. 먼고의 단조로운 목소리가 마뜩잖았다. 갤러게이트는 먼고에게 다른 꿍꿍이가 있는 건지 가늠하기 어렵다는 표정으로 눈을 가늘게 뜨고 응시했다. "저번에 본 큰 노루에 대해 꼭 말해라. 그게 제일 인상적일 테니까. 옛날 성 유적 본 것도 말하고. 엄마들은 원체 성에 환장하니까."

"네."

"얼굴은 어쩌다 다쳤다고 할 거냐?"

먼고는 어깨를 으쓱했다. "관심도 없을걸요."

"혹시라도 물어보면 언덕에서 굴렀다고 해. 여기 언덕은 눈이 녹으면 엄청 미끄러우니까. 발 한 번 잘못 디뎠다가 얼굴 전체가 나갈 수도 있어. 니가 칠칠맞지 못했던 거지."

"네."

그러고서 오랫동안 침묵이 이어졌다. 라비올리는 씹을 필요가 없을 정도로 불어터졌다. 먼고는 라비올리를 입속에서 굴리다가 꿀꺽 삼켰다. 그러는 동안에도 갤러게이트는 먼고를 주시하고 있었다. "자기 자신을 불쌍하게 여겨봤자 니한테 하나도 도움이 안 된다."

"무슨 뜻이에요?"

"내가 바보로 보이니. 집에 돌아가면 무슨 이야기를 지어내고 싶은 충동이 들지도 몰라. 남들한테 동정받고 싶어서 나에 대한 거짓말을 퍼뜨린다거나 말야." 먼고는 입속의 음식을 가까스로 삼켰다.

"동정을 받으면 기분 좋을지 몰라도 잠깐뿐이야. 금세 약발이 다하고 그다음엔 불쾌해져. 어쨌든 그런 거짓말을 하고 나면 시원하게 울고 위로 받을 수 있겠지. 저녁도 푸짐하게 한 상 차려줄지 모르고."

"네."

갤러게이트가 침을 뱉자 아랫입술이 침으로 번들거렸다. "하지만 이건 기억해라. 사람들이 다시는 너를 예전처럼 보지 않을 거다. 니네 엄마는 기분이 처참하겠지. 술 마시고 자기 마음의 짐을 덜고 싶어서 누군가한테 말할 거야. 여자들은 그렇다. 입이 가벼우니까. 그럼 그 사람이 또 다른 사람한테 말하고, 그렇게 소문이 퍼지는 거다. 네가 웬 낯선 남자 둘한테 몸을 주었다고 동네에 소문이 파다하게 날 거야."

"난 그런 적 없어요."

갤러게이트는 먼고를 안쓰럽게 여기는 표정이었다. "그래, 그건 사실이지. 하지만 사람들이 그렇게 생각했으면 좋겠니?"

먼고는 고개를 저었다. "아뇨."

"그렇게 될 거다." 갤러게이트 엄지로 시신을 가리켰다. "게다가 만에 하나 니네 가족이 경찰을 끌어들이면, 저걸 설명해야 할 거 아니냐."

먼고는 배고팠지만 더는 음식을 입에 넣을 수 없었다. 한참 후에 먼고는 소리 없는 울음을 그쳤다. 호수 쪽으로 고개를 돌리고 눈물을 몰래 닦아냈다. "신문에 세인트 크리스토퍼 사진이 실리면 어떡해요?"

갤러게이트가 처량한 웃음소리로 대답했다. "저 노인네 사진이 실리는 일은 없을 거다. 그리워하는 사람이 없을 테니까." 갤러게이트가 마지막 맥주캔을 흔들었지만 비어 있었다. 잠시 먼고를 보고 있는 그의 안색이 점점 어두워졌다. 갤러게이트가 물었다. "얼마나 오랫동안 엄마한테 거짓말해왔냐?"

먼고는 말뜻을 알아듣지 못했다. "거짓말 안 하는데요."

"에이." 갤러게이트는 갑작스레 짜증을 냈다. 술이 부족해서 머리가 지끈거리는지 관자놀이를 누르고 있었다. "그 가톨릭 녀석에 대해 거짓말했잖니. 게이인 것도 숨기고."

"아니에요—"

"봐라! 또 거짓말하고 있잖아."

먼고는 추위에 뻣뻣해진 골반을 펴느라 인상을 쓰며 자리에서 일어났다. 갤러게이트로부터 멀찌감치 떨어져, 가물거리는 모닥불 가까이 쪼그려 앉았다. "좀 전에는 나더러 거짓말하라면서요."

갤러게이트는 콧방귀를 뀌었다. 꿀을 바른 듯이 달콤한 말투는 온데간데없이 사라졌다. "그래, 거짓말 잘하잖아. 내가 인정해주마."

먼고는 거짓말을 잘하지 않았지만 더는 논쟁하고 싶지 않았다. 언제나처럼 먼저 굽히고, 어깨를 으쓱했다.

갤러게이트는 이끼투성이 돌멩이를 먼고의 발치에 던졌다. "그러니까, 가르쳐준 대로 말 잘할 거지?"

먼고는 망설였다. 반발하려는 충동이 아니다—진실을 들었을 때 모모의 얼굴에 떠오를 표정을 어차피 감당할 수 없을 것이다—먼고는 단지 피곤해서 곧바로 대답하지 못했다. 갤러게이트의 변덕에 장단을 맞추기가 버거웠다. 주춤거리는 개를 끌고 가듯이 자신을 이리저리 잡아당기는 이 남자의 목줄에 진력이 났다. 호수에서 올라오는 축축한 냉기에 진력이 났고, 텐트 밖으로 삐져나온 흉한 낡은 신발을 보는 것에도 진력이 났다. 이날 오후 처음으로 먼고는 갤러게이트와 눈을 마주쳤다. 남자의 미간에 살짝 잡힌 주름에 처음으로 근심이, 아니 심지어 두려움이 비쳤다. 그것을 보니 기분이 조금 나아졌다. 먼고는 입을 다물고, 그 기분을 아주 잠깐 더 즐겼다. "아무한테도 말하지 않을게요. 약속해요."

"아, 먼고." 갤러게이트는 한숨을 토해냈다. 또 한 번 남자의 얼굴이 변했다. 이제는 심오한 슬픔이 어린 눈으로 소년을 보고 있었다. "맹세하건대, 난 깜빵에 돌아가느니 죽고 말 거야."

갤러게이트는 남은 라비올리를 억지로 입에 넣고 손등으로 입술에 묻은 빨간 소스를 닦았다. 그러고는 손바닥에 침을 묻혀 짧은 일자 앞머리를 정돈했다. 멍한 눈으로 그는 상념에 골똘히 잠겨 있었다. 먼고 역시 넋을 놓고 앉아 있는데 갑작스레 갤러게이트가 벌떡 일어났다. "그래, 이제 돌을 좀 주워라. 묵직하지만 작은 걸로 골라. 재킷 주머니랑 코트 안감에 넣을 수 있게." 갤러게이트는 잔잔한 호수를 가리켰다. "여기서 5~6미터만 나가면 호수 바닥이 가파르게 떨어지는데, 거기서부터는 수심이 몇천 미터일지도 몰라." 먼고가 불안한 눈빛을 보였는지 갤러게이트가 덧붙였다. "걱정하지 마라. 이 호수에는 괴물이 없으니까."

먼고는 갤러게이트의 말을 믿지 않았다. 기꺼운 마음으로 그에게서 등을 돌렸다. 스코틀랜드는 지층 자체가 조각난 바위로 이루어져 있는지라, 먼고는 묵직한 돌을 금세 가득 모았다. 갤러게이트는 텐트에서 끌어낸 죽은 남자를 짊어지고 물가로 온 다음에 세례를 주려는 것처럼 호수로 끌고 갔다. 먼고는 조약돌을 한가득 쥐고 경건함마저 느껴지는 자세로 고개를 숙이고 따라갔다. 6미터쯤 들어가자 고개를 젖히지 않고서는 숨쉬기가 어려웠다. "서둘러라." 갤러게이트가 명령했다. "빨리 주머니를 채워."

먼고는 조약돌을 세인트 크리스토퍼의 허리춤과 재킷 주머니와 바지에 넣었다. 갤러게이트가 더 넣으라고 손짓했다. 먼고는 호숫가로 돌아가 다시 한번 돌멩이를 가득 가져왔다. 마지막 돌멩이는 벌어져 있는 입에 넣었다.

갤러게이트는 입술에 핏기가 가실 정도로 힘을 쓰고 있었다. 돌로 채워진 시신의 무게를 간신히 지탱하고 있는 듯했다. 돌연 갤러게이트가 수면 아래로 쑥 들어갔다. 마지막으로 한 번 밀어 시신을 영원한 무의 세계로 떠나보내고 있으리라 먼고는 상상했다. 거품이 보글보글 올라오더니 수면이 다시금 잔잔해졌다. 뿌옇게 번들거리는 눈이 어둠 속으로 가라앉는 모습이 눈앞에 그려졌다.

빈손으로 수면 위로 올라온 갤러게이트는 추위에 헐떡이며 입으로 물을 뿜었다. 이를 딱딱 부딪치며 물가를 향해 걷기 시작했다. 물 높이가 가슴과 허리 사이쯤 왔을 때 갤러게이트는 문득 먼고의 허리를 붙잡았다. "잠깐, 너 기도 아는 거 있냐?"

"아뇨."

갤러게이트는 먼고를 자기 쪽으로 잡아당기고 온기를 모조리 훔치려는 것처럼 끌어안았다. 먼고는 양 손바닥을 갤러게이트의 가슴에 대고 밀었다. 이 남자의 애정을 원하지 않았다. 그러나 갤러게이트는 팔에 힘을 주어 더욱 바짝 끌어안고 입을 맞추려 했다.

"제발요, 집에 보내줘요."

갤러게이트가 그의 눈을 깊이 들여다보고 있었다. 절박한 진심이 느껴져서 오히려 더 섬뜩했다. "먼고, 이건 알아줬으면 좋겠다. 니네 엄마는 너에 대해 아무런 나쁜 말도 안 했어. 전에 내가 한 말은 사실이 아니다."

가슴이 텅 빈 먼고는 이제 아무래도 좋았다.

"성자의 이름을 따서 네 이름을 지었다고 했지. 한 번도 그걸 후회하지 않았다고. 자기 인생에서 너만큼 다정하고 착한 애는 없다고 했어."

먼고는 갤러게이트의 품에서 자신의 발이 들리는 것을 느꼈다. 남자가 그를 바짝 껴안고 목에 입을 맞추기 시작했다. 먼고의 턱에, 그리고 부드러운 입술에 다다를 때까지 뺨에 입을 맞추면서 미안하다고 흐느낌 섞인 목소리로 속삭였다. 먼고는 그가 자신에게 저지른 나쁜 짓과 가슴에 남긴 상처와 시신에 대해서 사과하는 줄만 알았다. 하지만 강제로 입을 맞추면서 남자는 두 손으로 먼고의 목을 부여잡고 물속으로 누르고 있었다.

수면 아래는 놀라울 정도로 고요했다.

먼고는 눈을 떴다. 물이 너무나도 맑아서 자신을 내리누르느라 힘쓰고 있는 갤러게이트의 얼굴에 잡힌 주름과 문신투성이 목에 불거진 힘줄까지 보였다. 점퍼 속의 공기가 그의 몸을 수면으로 올려보낼 때마다 갤러게이트의 주먹이 배와 심장을 내리치며 물속으로 다시 밀어 넣었다. 먼고는 세상에 홀로 남은 기분에 다시 한번 휩싸였다. 주머니에 야생화를 가득 채운 채 호수의 고요 속으로 흘러가고 싶은 바람이 다시 한번 엄습했다.

그때 주머니 속의 일회용 카메라가 문득 기억났다. 상황에 맞지 않는 엉뚱한 생각이었지만, 카메라를 주머니에 넣어놓은 게 참 어리석었다는 후회가 들었다. 조디에게 아름다운 성의 유적을 보여주지도, 제임스에게 하얗게 탈색된 양의 뼈를 보여주지도 못할 것이다. 제임스. 제임스가 생각나자 집에 가고 싶은 간절한 바람이 가슴에 차올랐다. 하미시나 모모나 갤러게이트는 중요하지 않았다. 마지막으로 한번 더, 유전 인부의 아들을 눈에 담고 커다랗게 튀어나온 귀의 부드러운 뒤쪽 피부에 입을 맞추고 싶었다.

다시는 그 소년을 보지 못할 것이다.

갤러게이트는 주먹질을 멈추었다. 숨통을 끊으려고 양손으로 소년의 목을 조르고 있었다. 먼고는 자신의 손이 허공을 붙잡으려는 것처럼 허우적대고 있다는 걸 거의 의식하지도 못했다. 갤러게이트의 얼굴을 잡으려고 했지만 팔이 짧아서 닿지 않았다. 세인트 크리스토퍼의 마지막 모습이 떠올랐다. 이제 먼고는 물이 폐를 얼마나 뜨겁게 태우는지 알았다. 우스웠다. 가톨릭 소년과, 그가 자신의 몸을 짓밟을 때 띠고 있던 환희의 미소가 눈에 선했다.

갤러게이트에게 목이 잡힌 먼고의 몸이 점퍼에 남은 마지막 공기의 부력으로 젖혀지며 발이 위로 올라왔다. 점퍼의 캥거루 주머니에서 일회용 카메라와 갤러게이트의 맥주캔이 빠져나가는 것이 느껴졌다. 몸이 거꾸로 뒤집히자 주머니 속에서 물건들이 요동쳤다. 조디의 사진, 제임스의 생일 케이크에 꽂혀 있던 곰인형. 그때 먼고는 기억했다. 잊고 있던 물건이었다.

먼고는 주머니를 뒤져 하미시가 준 칼을 찾았다. 칼을 꽉 움켜쥐고 갤러게이트의 배를 향해 휘둘렀다. 칼날이 살에 박혔다. 세게 힘을 주고서야 칼을 뽑아낼 수 있었다. 다시 갈비뼈에 대고 휘둘렀다. 얼음처럼 차가운 물속에서 따뜻한 피가 손가락을 휘감았다. 잡혀 있던 목이 자유로워지고 몸이 수면 위로 다시 떠오를 때까지 먼고는 연거푸 칼을 마구잡이로 휘둘렀다.

숨을 다시 골랐을 때 먼고는 키 높이보다 수심이 한참 깊은 곳까지 와 있었다. 세인트 크리스토퍼를 수장한 지점보다 더욱 깊은 곳이었다. 발이 땅에 닿지 않았다. 물이 자꾸만 그를 빨아들여 몇 번이고 수면 아래로 가라앉았다. 호수 깊은 곳에서 눈먼 성인이 긴 손가락으로 자신의 발목을 끌어당기는 것 같았다. 먼고는 젖 먹던 힘까지 끌어모아 발을 굴렀다. 순순히 가라앉는 게 차라리 나을 성싶었다. 포기하는 게 나을 성싶었다.

물속으로 가라앉았다가 떠오르기를 반복하는 중에 갤러게이트를 얼핏 보았다. 갤러게이트는 호수에서 비틀비틀 걸어 나가고 있었다. 옆구리를 움켜쥐고, 이탈리아제 청바지는 검게 물든 채로. 무릎 높이까지 나갔을 때 그는 철퍼덕 주저앉더니 걸음마를 배우는 아기처럼 뒤로 자빠졌다. 담배를 찾아 주머니를 뒤적이다가, 담배가 전부 젖어 있는 걸 보고 담뱃갑째로 호수에 던졌다. 그러고는 쓰러졌다.

저것 또한 속임수일지도 모른다.

먼고는 가능한 한 오래 물에 떠서 버티다가 물가를 향해 개헤엄 치기 시작했다. 갤러게이트로부터 최대한 거리를 두고 호숫가로 돌아갔다. 가까이 가기까지 시간이 제법 걸렸다. 물을 뚝뚝 흘리고 몸을 떨면서, 한참을 우회하여 한 발짝씩 다가갔다.

예쁜 분홍빛으로 넘실거리는 물결. 남자의 얼굴은 반쯤 물에 잠겨 있었다. 녹색 눈을 뜨고, 금방이라도 일어날 것처럼 오른손으로 바위를 붙잡고 있었다. 오래 걸렸지만 끝내 먼고는 용기를 내어 남자의 관절에 새겨져 있는 문신을 읽을 수 있는 거리까지 접근했다. 에번. 그것이 갤러게이트의 본명인지 궁금했다. 먼고는 발끝으로 남자를 건드려 보고 한 발 물러서서 기다렸다.

갤러게이트의 몸에서 여전히 피가 흘러나오고 있었다. 핏줄기가 적홍색 나선을 그렸다. 마치 중세시대의 불길에 휩싸여 있는 것 같았다. 한동안 먼고는 뺨을 잡아 뜯으며 불길 속의 남자를 지켜보았다.

주머니에서 담배를 찾던 중에 지갑이 빠져나온 듯했다. 먼고는 얕은 물에 가라앉은 지갑을 주웠다. 돈은 거의 없었다. 신용카드나 체크카드도 없었다. 그렇지만 신분증을 넣는 칸에 월간 버스 이용권이 있었다. 먼고는 갈겨쓴 글씨를 읽었다. 이름을 소리 내어 읽었다. "앵거스 벨."

지폐 칸에 엽서가 한 장 들어 있었다. 몸에 맞지 않는 죄수복을 입고 가짜 크리스마스트리 앞에 서 있는 앵거스 벨의 사진이었다. 사진의 오른쪽 밑단에 인사말이 빅토리아 시대풍의 화려한 서체로 찍혀 있었고, 서양호랑가시나무와 종으로 테두리가 장식되어 있었다. "크리스마스를 맞아 당신을 그리워하며." 먼고는 엽서를 뒤집었다. 보통우편 우표가 붙어 있었지만 주소도, 즐거운 안부 인사도 없었다.

## 26

5월 저녁에는 날빛이 꽤 남아 있어서 깜박거리는 형광등을 켜지 않아도 되었다. 자연광의 건강한 빛이 모임에 나온 사람들의 얼굴에 조화롭지 않아 영 부자연스러웠다. 앞쪽 단상의 테이블에 앉은 사람들이 알코올중독자들에게 모임의 시작을 알리고 소식과 격려의 말을 전달했다. 모모는 맨 앞줄 한가운데에 허리를 세우고 꼿꼿이 앉아서 모범생처럼 집중하고 있었다. 사람은 마음만 먹으면 누구나 달라질 수 있다고 먼고에게 증명하려는 참이었다.

먼고는 언제나처럼 뜨거운 찻주전자 옆에 서서 임원들이 별나게 쾌활한 말투로 설명하는 열두 단계를 흘려들었다. 간만에 날씨가 갠 데다가 새로운 회원 대여섯 명이 추가되고 많은 기존 회원이 돌아와서 임원들은 신이 난 듯했다. 그렇지만 그들의 명랑한 기분은 전염성이 없었다. 먼고는 종이컵 여섯 개에 뜨거운 홍차를 가득 따랐다. 그다음에 컵들을 접이식 테이블의 가장자리에 아슬아슬하게 늘어세웠다.

끼익, 끼이익, 끼이이익, 끼익, 끼이이이익, 끼익.

종이컵 밑바닥에서 1센티미터가량 위쪽을 엄지손톱으로 긁었다.

하나를 긁고, 다음으로 넘어가고, 여섯 개를 다 긁은 다음에는 처음 종이컵으로 되돌아가 손톱자국이 난 부분을 다시 긁었다. 과연 어떤 것이 먼저 찢어져서 다리에 뜨거운 차가 쏟아질까, 조마조마한 기대감으로 가슴을 채워 다른 생각이 들어오지 못하게 막았다.

등 뒤에서는 사람들이 신입 회원들을 반기고 있었다. 용기를 내어 털어놓은 사정을 다들 진득하게 들어주고 있는데 모모가 어떤 남자의 이야기 중간에 끼어들더니 자기 이야기를 늘어놓기 시작했다. 먼고는 이미 몇 번이나 들은 이야기다.

끼익, 끼이익, 끼이이익, 끼익, 끼이이이익, 끼익.

"안녕하세요, 저는 월-목 모린이에요. 알코올중독자예요."

"안녕하세요, 모린."

"저는 벌써 거의 12년이나 술을 끊었다가 실패하길 반복하며 애쓰고 있어요. 아이고, 저도 알아요, 알아요." 모린은 미리 연습한 대로 킥킥 웃었다. 자, 이제 시작하는군. 먼고는 생각했다. "그렇게 오래 고생했을 나이로 보이지 않지만, 사실이랍니다. 하여간에, 제가 어디까지 얘기했죠? 아, 저는 싱글맘이에요." 잠시 멈추고 안쓰러워하는 반응을 기다리기. "애들 아빠가 죽은 지 거의 16년이나 되었어요. 여자 혼자 애들 키우기가 얼마나 고달픈지 몰라요. 애 하나만 있어도 충분히 힘들 텐데, 저는 복되게도 셋이나 있답니다. 게다가 애들이 어찌나 말썽인지 제가 말해도 믿지 않을 거예요. 1분도 편히 쉴 수가 없어요. 한 명을 돌보려고 등 돌리면 다른 애가 일을 저질러놓죠. 남자애들은 특히 키우기가 어려워요, 그렇지 않아요?" 동의하는 웅얼거림이 조그맣게 들렸다. 모모는 미지근한 반응이 못마땅한 모양이었다. 목소리가 한 옥타브 올라갔고, 자기연민에 젖어 미세하게 떨렸다. "남자 없이 아들내미 키우기가 얼마나 어려운데요. 아무리 노력해도 애들이 올곧게 자라주지를 않아요."

끼익, 끼이익, 끼이이익, 끼익, 끼이이이익, 끼익.

먼고는 손톱에 조금 더 힘을 주었다. 네 번째 컵이 제일 먼저 찢어지며 구멍에서 뜨거운 홍차를 쏟아냈다. 오른쪽 허벅지로 쏟아진 홍차가 종아리를 타고 흘렀다. 먼고는 이를 악물었다. 엄지손톱으로 다섯 번째 컵을 긁기 시작했다.

그때 누군가 먼고의 손목을 잡았다. 격주 수요일 노라가 화장실에 가는 길에 먼고가 만든 난장판을 보았다.

"그을쎄, 어질러놓은 꼴 보게. 실없는 녀석. 저리 가, 얼른." 노라는 먼고를 거칠게 복도로 몰아내면서 그새 벌써 바닥에 쏟아진 차를 닦기 시작했다.

모모는 소동 소리를 듣고 넋두리를 멈추지는 않았지만 사람들 머리 위로 아들을 쏘아보았다. 매서운 눈빛이 전투장을 가르는 창처럼 날아왔다. "저거 봐요!" 모모가 손등으로 먼고를 가리켰다. "여러분, 바로 저래서 제가 술을 마시는 거예요." 마흔 개의 머리가 딱한 여자의 애물단지를 제 눈으로 보려고 돌아갔다. 먼고는 손을 흔들어 인사했다. 이젠 두려울 것도 별로 없었다.

견원지간 노조 대표들처럼 모인 해밀턴 일가는 다들 자기가 더 크게 말하려고 목소리를 드높이고 팔과 손가락을 휘둘렀다. 고개를 떨구고 있는 먼고 옆에서 하미시는 손가락에서 여전히 휘발유 냄새를 풍기며 자초지종을 설명했다. 하미시의 해석이 사건의 진상을 결정지었다. 먼고보다 나이 많은 가톨릭 소년이 세상 물정 모르는 동생을 추행하고 있었다는 것이다. 방에 정적이 깔렸다. 먼고를 보는 그들의 얼굴에 연민과 수치심이 번갈아 떠올랐다. 흠집 난 도자기를 버릴지 말지 고민하는 표정이었다. 참 예뻤는데, 이렇게 망가져버리다니.

세 사람은 다시금 쩌렁쩌렁한 목소리로 서로 탓하고 결점을 들추고 이기적이라고 비난했다. 먼고는 클라이드강의 물처럼 차갑게 얼어붙은 채 그들을 보고 있었다. 마침내 모모와 하미시가 편을 먹고 "애를 잘못 키웠다."라고 조디를 탓하기 시작했다. 이에 조디는 손을 번쩍 들더니 벽난로 선반을 쓸어 집에 남은 액자를 모조리 깨뜨렸다.

모모가 쏘아붙였다. "네가 이 집에서 제일 잘난 척하는 꼴도 이제 지겨워서 못 참아주겠다."

세 사람이 유리 파편을 치운다고 부산을 떨 때 먼고는 기회를 엿보아 슬쩍 빠져나갔다.

비둘기 집으로 뛰어가는 먼고의 무릎 위로 진흙이 벌써 굳어 있었다. 하미시에게 끌려가는 중에 길바닥에 쓸린 뒤통수가 욱신거렸다. 공영주택의 창문마다 사람들이 고개를 빼고 그를 내려다보았다. 어머니 주변으로 아이들이 옹기종기 모여 앉은 채, 동네 주민 모두 해밀턴 집안의 막장 드라마를 구경하려고 자리를 잡고 있었다.

진흙투성이 풀밭에 도착했을 즈음 먼고는 숨이 차서 헉헉거렸다. 바람에 열렸다가 닫히기를 반복하는 비둘기 집의 문을 보고 힘을 냈다. 제임스가 안에 있는 것이 확실하다. 다치긴 했지만 살아 있다.

풀밭에는 못 본 척할 수 없을 정도로 핏자국이 많았다. 그가 누워 있던 자리의 풀이 납작하게 쓰러져 있었고, 깨진 앞니 조각 몇 개가 진흙에서 하얗게 빛났다. 먼고는 그것들을 주워서 조심스레 점퍼 주머니에 넣었다.

제임스는 비둘기 집에 있다. 전부 괜찮을 거다.

먼고는 흔들거리는 문을 잡고 어둠 속을 들여다보았다. 둥그스름한 황동색 빛깔을 찾고 있었다. 비둘기 집의 어두운 구석 곳곳으로 햇빛을 굴절하여 되쏘는 금빛 머리칼을 찾고 있었다. 그렇지만 제임스는 그곳에 없었다. 그 대신에 새장이 모조리 열려 있었는데, 어떤 것은 제임스가 정성스레 관리한 걸쇠가 뜯겨 나가 문이 덜렁거렸다. 비둘기 한 마리가 구석에서 날지 못하고 퍼덕거렸다. 뻗고 있는 왼쪽 날개가 부러져 있었다.

먼고는 햇빛 속으로 뒷걸음질했다. 비둘기 몇 마리가 새로 설치한 슬레이트 지붕에 앉아 있었지만, 뒤쪽 풀밭에는 제임스가 아끼는 수컷들의 사체가 널려 있었다. 어떤 비둘기들은 목이 비틀려 죽은 듯했다. 세 마리가 한자리에 죽어 있었는데, 깃털을 탈색한 비둘기와 잿빛 비둘기, 그리고 먼고가 처음 보는 비둘기였다. 그 옆에 골프채가 놓여 있었다. 비둘기들은 전부 대가리가 없었다. 재미로 누군가 비둘기를 꽉 잡고 다른 누군가 골프채를 휘둘러 대가리를 날려버렸다. 태양이 중천에 이르지도 않은 시간이었는데, 아름다운 것들이 전부 망가졌다.

먼고는 비둘기 집으로 되돌아갔다. 다친 비둘기가 어쩔 줄 모르고 퍼덕거렸다. 제임스가 해주었을 것처럼 비둘기 목을 쓰다듬어 진정시키고 싶었다. 제임스가 하던 대로 구구구, 어르는 소리를 내고 고개를 부드럽게 꾸벅거렸다. 리틀 먼고가 잠시 움직임을 멈추었을 때 손으로 잡고 감쌌다. 비둘기 가슴에서 심장이 빠르게 팔딱거리고 있었다. 너무나도 고통스러워하고 있었다.

구구구구구. 먼고는 비둘기가 진정할 때까지 털이 엉킨 목덜미에 대고 구구거렸다. 구구구구구. 그리고 흐느끼며 비둘기의 목을 꺾었다.

제임스네 집에 가서 우편물 투입구를 통해 들여다보았지만 인기척이 느껴지지 않았다. 집에 돌아갔다. 하미시가 그를 찾아 다시 나갔다고 했다. 조디는 따뜻한 건조 옷장에 동생을 숨기고 티셔츠를 머리 위로 추켜올린 다음에 몸을 돌려가며 상처를 점검했다. "하미시 오빠가 말한 게 정말이야? 가톨릭 애가 너한테 나쁜 짓 했어?"

"아니."

조디는 먼고의 멍에 소독 연고를 바르던 손을 멈추고 입술을 귀에 가까이 가져갔다. "너희 서로한테 나쁜 짓 하고 있었니?"

"응."

조디는 계속해서 먼고의 갈비뼈에 분홍색 연고를 발랐지만 얼굴빛이 창백해졌다. 보일러가 달칵, 작동을 시작하며 옷장을 숨 막히는 열기로 채웠다. 한때 이 따뜻함을 얼마나 좋아했는지.

"미안." 먼고가 말했다.

"그러다 감옥 갈 수도 있었어." 조디는 다소 거친 손길로 연고를 멍에 문질렀다. 멍을 세게 문지르면 얼룩처럼 지울 수 있다고 생각하는 것처럼. "옛날에는 그런 사람들 체포해서 감옥에 넣었어. 하아아-하."

"나도 어쩔 수 없어."

조디는 코의 주근깨가 보일 정도로 얼굴을 바짝 들이밀었다. "에이즈 걸리고 싶어? 그래? 정말 그렇게 된다니까. 다들 그 병에 걸리고 있어. 그 가톨릭 애가 벌써 걸려서 너한테 옮길 수도 있어. 한 번 실수로 인생이 끝장난다고." 조디는 연고로 번들거리는 손가락을 튕겼다.

"제임스는 나한테 그럴 리 없어."

"그래? 니가 남자들에 대해 뭘 안다고?" 조디가 콧방귀를 뀌었다. 결이 고운 목재에서 옹이가 도드라지듯이 어머니의 차디찬 성격이 누나의 얼굴에 이제 선명히 비치는 것 같았다. 연고를 문지르는 손에서 그를 아프게 하려는 의도가 느껴졌다. "너는 그냥 멍청한 어린애야. 물러터진 바보라고." 조디는 먼고를 한 바퀴 돌리고 옆구리에 연고를 바르기 시작했다. "너를 올곧게 키우려고, 남자답게 키우려고 다들 애쓰고 있는데 어떻게 그러고 다녀? 사랑에 눈먼 멍청한 여자애처럼 한심하게. 네가 마음을 굳게 먹을 때가 되었어."

먼고는 조금 전에 한 말을 되풀이했다. "나도 어쩔 수 없어."

조디는 다시 먼고를 돌려 자기를 똑바로 보게 했다. 그러고는 세게 한 번 흔들었다. "아, 정말! 네가 조절할 수 있어. 그렇게 살면서 행복해질 수는 없는 법이야."

먼고는 회의실 맨 끝으로 가서 길쭉한 주철 라디에이터 앞에 앉았다. 뜨거운 파이프의 열기가 다리에 기분 좋게 와 닿았다. 부기가 가라앉지는 않았지만 무시무시한 보랏빛 꽃처럼 피어나던 멍의 기세는 사그라들었고, 조디는 그것이 좋은 징조라고 말했다.

라디에이터는 그의 몸에 열을 전달하며 끊임없이 쉭쉭거리고 굵직한 금속 소리를 토해냈다. 먼고는 그 소리를 들으며 멍하니 백일몽에 빠졌다. 바닥에 앉자 플라스틱 의자들이 이루는 물결 밑이 보였다. 지루하거나 술에 목말라 초조한 사람들이 다리를 떨고 있었다. 어떤 알코올중독자들은 모임이 끝나기만을 기다리고 있는 반면에 또 어떤 이들은 모임이 끝나면 자신이 과연 어떻게 할지 불안해하고 있었다. 마지막 축복 기도를 올리며 사람들은 서로 힐끔거렸다. 모임이 파했고, 사람들은 찻주전자 옆에 모여서 염장 돼지고기 샌드위치를 돌렸다.

사람들은 네댓 명씩 모여서 안부를 주고받았다. 그들의 말소리는 들리지 않았지만 대화를 나누며 상대의 팔에 손을 얹는 다정한 몸짓이 좋았고, 누군가 말할 때 다들 집중해서 들으며 자기 일처럼 공감하는 태도가 좋았다. 흥미로운 현상이었다. 난생처음 보는 타인들 앞에서 자신의 가장 수치스러운 치부와 약점을 드러낸 뒤에 이제는 일기예보나 여성 컬링 경기에서 크랜힐의 캐시가 과연 예선에 올라갈 것인지 따위에 대한 잡담을 하고 있었다. 가슴 시린 진실을 고백한 지 고작 20분이 지난 지금, 〈키핑업 어피어런스〉 같은 시트콤 이야기를 하며 웃고 있는 것이다.

모모는 회의실 앞에 있었다. 자기보다 심지어 더한 독설가인, 마운트 엘렌-엘렌이라는 여자와 수다를 떨고 있었는데, 두 여자는 말하는 중간중간 먼고를 힐끔 보고 고개를 설레설레 저었다. 제가끔 모인 사람들은 케일리 춤을 게으르게 추는 것처럼 회의실을 반 바퀴 돌며 다른 무리와 섞였다. 그쯤에 새 남성 회원 두 명이 모모와 엘렌의 대화에 끼어들었다. 이들은 악수하고 시시껄렁한 화제로 이야기를 나누었다. 도시의 여러 특성에 대해 이야기하고, 다른 지역 모임과 이곳 모임을 비교했다. 임원들이 모든 회원을 가족같이 챙겨준다고 칭찬했다. 가족. 먼고는 생각했다. 본명을 끝내 알 수 없는 가족이라.

모모는 늘어진 파마머리를 손으로 고불고불 말면서 새로 온 남자들을 가늠하고 있었다. 그중 누가 자신에게 호감을 보일지 확신이 들 때까지 동등하게 애교를 떨었다. 먼고는 이 두 사람을 처음 보았지만 이런 부류의 남자들은 익숙했다. 나이 많은 남자가 모모를 좋아하는 듯했다. 모모 가까이 몸을 기울이고 볼품없는 머리를 매만지고 있었다. 젊은 남자는 이 모임에서 눈에 확연히 띄었다. 하미시보다 불과 몇 살 밖에 많지 않은 듯했고, 외모에 신경을 쓴 걸 보니 아직 술에 완전히 망가지지는 않았다. 눈이 시릴 정도로 새하얀 운동화를 신었고, 시저컷으로 짧게 친 머리는 젤을 발라 앞으로 세웠다.

격주 수요일 노라가 그들 무리에 합류했다. 노라는 새 회원들과 악수를 하고 젊은 남자를 보며 소녀처럼 손사래를 쳤다. 하지만 젊은이는 여자의 교태에 반응하지 않았다. 노라는 모모의 팔에 손을 얹고 먼고가 쏟은 차에 대해 무어라고 말했다. 모모는 고개를 가로저었다. 다음 순간 알코올중독자들이 동시에 먼고를 돌아보았다.

그들은 돌아본 것만큼이나 갑작스레 다 같이 등을 돌렸다. 먼고는 모모가 자기 이야기를 하며 동정표를 사고 있다는 사실을 알았다. 아들이 가톨릭 소년에게 수치스러운 일을 당했으며 도무지 말을 듣지 않는다고, 남편 없이 혼자 애 키우기가 버겁다고 호소하고 있을 터이다. 남자들은 적절한 때에 아이고, 힘드시겠습니다,라는 식으로 고개를 끄덕였고, 그들의 끄덕거림이 경기장의 파도타기처럼 주변으로 퍼져나갔다. 시저컷을 한 젊은이가 리놀륨 바닥에 대고 낚싯줄을 던지는 시늉을 했다. 모모는 파마머리를 또 긁적거렸다. 그리고 한 번, 고개를 끄덕였다. 그래요, 모모가 동의하고 있었다. 폐 끼치는 게 아니라면요.

전혀 아닙니다. 두 남자는 어깨를 으쓱했고, 다음 순간 모두가 오랜 친구처럼 웃었다.

모모가 귀부인처럼 팔을 길게 뻗고는 손짓으로 먼고를 불렀다.

"먼고, 여기는 크리스토퍼 씨야. 그리고 이쪽은…" 모모가 말을 멈추었다. "미안해요, 이름이 뭐라고 했죠?"

## 27

공황에 빠진 먼고는 냅다 뛰기 시작했다. 한동안 아무 생각 없이 물건을 허둥지둥 챙기다가 떨어뜨렸다가 비틀거렸다가 넘어지며 사방팔방 뛰어다녔다. 숲으로 후다닥 달려갔다가 부들거리는 다리로 호숫가로 돌아왔다. 그러고는 또다시 다른 방향으로 뛰었다. 계속 뛰어야 한다는 생각밖에 안 들었지만 먼고는 의지력을 끌어모아 간신히 움직임을 멈추었다. 충격에 넋이 나갔다. 난장판이 된 야영지 한복판에 서서 미친 듯이 실룩거리는 얼굴을 한 손으로 붙잡고 두 눈을 감았다. 생각을 가다듬고, 하미시라면 어떻게 할지 상상해보았다. 하미시라면 부정직하더라도 자기에게 유리한 길을 택할 것이다. 파괴할 수 있는 건 죄다 파괴하고 나머지는 숨길 것이다. 그다음에 아무 일도 없었던 듯이 시치미 떼고 거짓말할 것이다.

갤러게이트는 보기보다 무거웠다. 세인트 크리스토퍼보다 살집이 많고 조밀했다. 혼자서는 그의 시신을 물속 낭떠러지까지 끌고 갈 수 없었다. 먼고는 가능한 한 멀리 끌고 간 다음에 주머니에 조그만 물수제비용 돌멩이를 채웠다. 이를 딱딱 부딪치며 시신이 가라앉기를 기다리다가 시신 위로 올라섰다. 세 번 발을 구르자 갤러게이트의 몸에 남아 있던 마지막 숨이 빠져나오며 기포가 떠올랐다. 호수 바닥으로 가라앉는 갤러게이트의 눈 흰자위가 수면 위에서도 보였다.

먼고는 야영지를 최대한 깨끗이 치웠다. 여기저기 널려 있는 쓰레기를 비닐봉지에 주워 담은 다음에 조그만 돌멩이로 무게를 더하고 호수로 힘껏 던졌다. 텐트는 둘둘 말아서 낚싯대와 함께 땅이 가장 질척하고 고사리가 무성한 곳 아래 묻었다. 자신의 망가져버린 유치한 물건들은 백팩에 쑤셔 넣고 어깨에 둘러멨다. 마지막 남은 아드레날린에 부들부들 떨면서, 호숫가에 웅크려 얼굴의 진흙을 닦아내고 나일론 반바지에서 핏자국을 힘껏 지웠다.

호수 위로 몸을 기울이고 수면에 비친 자신의 모습을 관찰했다. 이 남자들이 자신에게서 무엇을 봤는지 궁금했다. 자신의 눈에는 보이지 않는 표식이 어디 있을까? 결코 보낸 적 없는 신호가 어디서 깜박거렸을까?

시선을 마주치지 않고 순종적으로 눈을 내리깔고 있는 모습? 팔을 양옆으로 힘없이 늘어뜨린 채 한쪽 다리에 무게를 싣고 서 있는 모습? 그 신호기를 찾아서 작동을 멈추고 싶었다.

남자들은 그의 영혼에 무엇이 깃들어 있는지 안다는 눈으로 그를 보았다. 자기 자신도 미처 인정하지 못한 그것을 보았다는 듯이. 그들은 그것이 자아내는, 벗어날 수 없는 수치심과 소외감을 알았다. 그것을 이용하여 그를 가족으로부터 떨어뜨리고 자신들의 노리개로 삼았다.

눈물이 방울방울 떨어져 수면에 반사된 얼굴을 흐트러뜨렸다. 먼고는 제임스를 떠올렸다. 제임스의 남색 카펫 위에서 보낸 감미로운 시간을 떠올렸다. 사흘간의 행복, 서투른 애무와 애정 어린 몸싸움으로 점철된 사흘이었다. 이를 부딕치고 수줍게 사과하며 서로를 한껏 탐한 수많은 입맞춤. 그 사랑스러운 행위를 이 술꾼들이 자신에게 강제한 것과 비교하는 자체가 옳지 않게 느껴졌다. 같은 행위가 아니다. 먼고는 자기 자신에게 말했다. 같지 않다. 전혀 다르다.

이제 먼고의 머릿속에는 온통 제임스 생각뿐이었다. 피부에 제임스의 백설탕 키스가 남아 있었을까? 그래서 이 남자들이 냄새를 맡을 수 있었을까? 몸에 묻은 얼룩처럼 선명히 보였을까?

먼고는 엉덩이를 대고 앉아서 제임스의 스웨터 소매로 눈물을 닦았다. 하미시가 준 칼을 씻고 일어나서, 호수 멀리 던지려고 팔을 뒤로 젖혔다. 그때 문득 새로이 얻은 교훈을 기억했다. 폭력은 언제 어느 때고 난데없이 닥칠 수 있다. 집은 여전히 까마득히 멀었다. 먼고는 칼을 고쳐 잡고 캥거루 주머니에 넣었다.

짐을 챙긴 다음에 처음에 호수로 왔던 길처럼 보이는 방향으로 걷기 시작했다. 쐐기풀 위로 조심조심 걷고 소나무와 박달나무를 굽이 돌았다. 가는 길에는 양의 해골이 보이지 않았다.

마침내 울퉁불퉁한 교차로에 도착했다. 굼뜬 여름 해를 따라가겠다는 이유 하나로 오른쪽으로 꺾었다. 이른 오후의 하늘에서 빠르게 흘러가는 흰 구름이 나무 틈새로 언뜻언뜻 보였다. 2마일 정도 걸었을 때 가축 탈출 방지용 철망이 나타나며 길이 끝났다. 먼고는 태양의 위치로 남향을 찾고 다시 길을 꺾었다. 텅 빈 도로에서 이따금 차가 나타나면 두 손의 엄지로 양방향을 다 가리켰다. 자신이 어디 있으며 어디로 가야 하는지 몰랐다.

몇 시간 후에야 차 한 대가 마침내 멈춰주었다. 녹색 랜드로버 디펜

더였는데, 차체는 진흙투성이고 타이어가 높았다. 차가 먼고를 지나쳐 훨씬 앞에 서는 바람에 먼고는 급히 달려갔다. 가까이 가자 남자가 차창 밖으로 목을 빼고 먼고를 훑어보았다. 찢어진 점퍼를 입은 지저분한 소년을 그저 구경하려고 멈춘 듯한 표정이었다.

"그 차림으로 어디 가니?" 노랫가락처럼 음정이 실린 시골 사투리였다.

먼고는 창피하게 더러운 다리를 조금이라도 가려보고자 반바지 밑자락을 잡아당겼다. 남자에게 말하고 싶었다. 저도 몰라요. 어디로 가야 하나요? 그 대신에 고개를 떨구고 글래스고로 가려는 중이라고 말했다. 남자는 먼고를 위아래로 살펴보았다. 그러고는 먼고는 처음 들어보는, 게일어처럼 들리는 타운 이름을 대며 거기까지만 간다고 했다. 하지만 그곳으로 가면 남쪽으로 가는 차편을 구할 수 있을 거라고 덧붙였다.

먼고는 텅 빈 도로를 둘러보았다. 이 낯선 남자를 믿어도 될지 몰라 불안했다. 남자의 하늘색 눈과 부드러운 턱살이 늘어진 얼굴을 보고, 핸들을 조급하게 두드리는 손의 움직임과 비교해보았다. 셔츠는 깨끗하게 세탁되어 있고 소매에 반듯하게 줄이 잡혀 있었는데, 먼고는 그것을 보고 여자의 살뜰한 손길을 떠올렸다. 이 남자가 누군가에게 중요한 사람이라는 뜻으로 해석했다. 그러고도 여전히 도로에 서서 망설였다. 남자가 탈 거냐고 물었는데, 결국에 먼고는 뜻밖의 이유로 차에 타기로 결정했다. 뒷좌석에서 통통하고 복스러운 개 두 마리가 꼬리를 흔들고 있었던 것이다.

조수석에 앉아 안전벨트를 차는 먼고를 유심히 지켜보던 남자는 해가 쨍쨍한데도 손을 뻗어 히터를 세게 틀었다. 뒷좌석의 래브라도들이—한 마리는 구운 빵 색이고 다른 한 마리는 홍차색이었다—차례로 앞 좌석으로 고개를 들이밀고 킁킁댔다. 개들은 숨을 깊이 들이쉬며 먼고의 사타구니에 신기한 거라도 있는 양 냄새를 맡았다. 먼고가 불편해 보였는지 남자는 목줄을 잡고 개들을 뒷좌석으로 밀었다. "미안하다. 얘는 크리스털이고 다른 녀석은 알렉시스야. 마누라한테 개 이름을 맡기면 안 된다니까."

남자가 액셀을 밟자 차가 빠르게 나아갔다. 울퉁불퉁한 도로를 침묵 속에서 달리는 동안 먼고는 앞에 시선을 고정하고 있었다. 울타리, 말뚝, 양 한 마리. 자신과 호수를 갈라놓는 모든 것에 감사했다.

남자의 방수 점퍼는 먼고가 앉은 조수석 뒤에 걸쳐져 있었다. 재킷의 방수 천에서 퀴퀴하고 축축한 냄새가 났다. 자신에게서는 과연 어떤 냄새가 날지 걱정스러웠다. 남자가 딴 곳을 볼 때 먼고는 재빨리 사타구니를 긁고 손가락을 은밀히 코 밑에 대었다. 냄새가 지독한지는 모르겠지만 여하튼 남자는 아무 말도 하지 않았다. 개들은 이미 뒷좌석에서 꾸벅꾸벅 졸고 있었다.

남자는 지름길을 안다며 도로에서 벗어나 좁은 곁길로 들어섰다. 벌거숭이 언덕을 굽이도는 곁길은 가장 좁은 지점에서는 차가 한 대밖에 지나갈 수 없었다. 때때로 남자는 차를 멈추고 반대쪽에서 오는 차에 양보해주었는데, 그때마다 상대 운전사가 친구라도 되는 양 손을 흔들었다. 남자의 손은 널찍하고 강해 보였고, 손등에는 검버섯이 났지만 손톱은 안락한 삶을 뜻하는 깨끗한 분홍빛이었다. 은퇴한 사람일지도 모른다고 먼고는 생각했다.

"그 외진 곳에서 뭐 했니?"

"별거 안 했어요. 그냥 캠핑요."

"에? 니 혼자서?"

"네."

남자는 몸을 앞으로 기울이고 히터 바람이 소년에게 가도록 송풍구를 돌렸다. "이렇게 말해도 될지 모르겠지만 니는 꼭 전쟁을 치른 것처럼 보이는구나."

먼고는 다리에서 가장 심한 상처를 손으로 가렸다. "언덕에서 넘어졌어요."

"그래? 몇 번이나?"

남자의 입매에 걸린 쓴웃음을 보지 못한 먼고는 열심히 답했다. "딱 한 번요. 미끄러졌어요."

남자는 더는 캐묻지 않기로 한 모양이었다. 구운 빵 색깔인 개가 앞발을 핥으며 발바닥을 정신없이 깨물었다. 이내 남자가 말했다. "나도 아들이 넷이나 있다. 착한 애들이야. 혼자 있을 때는 다치지 않는데 꼭 같이 다니면 이상하게 자꾸 사고에 휘말린다니까. 몰려다니다 넘어지지를 않나, 외양간 천창에서 떨어지지를 않나, 자전거로 둑을 들이받으라고 서로 도발하지를 않나, 모닥불로 뛰어들기도 하고. 그게 참 우스워." 남자는 조수석 사물함을 열고 과일맛 사탕을 꺼내 먼고에게 권했다. 먼고는 예의 바르게 사탕을 받고 입에 넣었다. 입속에 침이 가득 고였다. 그러자 남자는 더 먹으라며 사탕을 봉지째로 줬다. 개들이 냄새를 맡고 고개를 들이밀었지만 남자가 팔꿈치로 밀었다. 사탕 덕분에 입속에서 호수의 물 맛이 더는 나지 않았다. 먼고는 너무 빨리 삼키지 않으려고 주의하며 천천히 사탕을 빨았다. 옆얼굴의 멍과 헝클어진 머리에 꽂힌 남자의 시선이 느껴졌다. "누가 널 언덕에서 밀었니?"

"아뇨, 그런 거 아니에요."

"정말?" 차가 도로에 난 웅덩이를 지나가며 덜컹거리자 남자는 핸들을 꽉 잡았다. "여기 탄 순간부터 꼭 강아지처럼 차 문에 바짝 붙어 있더만."

시선을 아래로 내리자 과연 그는 차창에 바짝 붙어 남자로부터 최대한 멀리 앉은 채로 차의 문손잡이를 붙들고 있었다. "죄송해요." 먼고는 안전벨트를 느슨하게 당기고 좌석 중앙에 편히 앉았다.

"사과할 필요 없다. 어쨌든 난 캘럼이다. 아까 소개했어야 했는데."

"데이비드예요." 먼고가 말했다.

"그래, 만나서 반갑구나, 데이비드." 남자가 왼손으로 경례했다. 결혼반지가 햇빛을 반사하며 반짝 빛났다. 결혼반지는 손가락에 박힌 것처럼 보였다. 묘목에 끼어놓은 보호틀이 나무가 자란 뒤에 빠지지 않는 것과 흡사했다. "지금 집에 가는 거니?"

단순한 질문이었지만 먼고는 말문이 막혔다. 주말 내내 이스트엔드로 돌아갈 생각뿐이었는데, 공영주택이 눈앞에 떠올랐지만 '집'이라는 단어는 왠지 적절치 않게 느껴졌다. "그런 거 같아요."

"혼자 여기까지 오다니 용감하구나. 나라면 아들놈을 이런 데 혼자 못 보낼 것 같은데."

"괜찮았어요."

캘럼은 잠시 차를 세우고 히피들이 북적거리는 캠핑카가 먼저 지나가게 해주었다. 핸들을 두드리며 기다리다가 불쑥 물었다. "텐트는 어딨니?"

"네?"

"텐트 말이다." 남자가 먼고의 조그마한 배낭을 턱끝으로 가리켰다. "캠핑 왔다면서, 텐트는 어딨니?"

먼고는 사탕을 꿀꺽 삼켰다. "아, 잃어버린 거 같아요."

남자는 기어를 1단으로 바꾸고 다시 웃었다. "그래, 우리 아들 녀석들이 니를 좋아할 거 같다. 순박한 촌 아이들인데 자기들이 잔머리깨나 굴린다고 생각하거든. 그런데 니랑 비교하니까 우리 애들은 거의 전문 간첩 수준이구나." 남자의 호탕한 웃음소리에 빈정거림은 묻어나지 않았다. 서글서글한 성격 같았다. 이웃들과 담소를 즐길 듯한 사람이었다. 이웃집을 뻔질나게 드나들지는 않지만, 한번 찾아갈 때는 소소한 주제로도 즐거운 대화를 이어갈 것 같았다. 도로변에서 양떼가 유유히 풀을 뜯고 있었는데, 수가 점점 많아지더니 앞쪽 도로를 막고 있었다. 캘럼은 다시 한번 속도를 늦추고 경적을 울려 양 떼를 쫓았다. "도착하려면 멀었지만 니 사정을 이야기하기 싫으면 괜찮다. 캐묻지 않으마." 캘럼이 포기했다는 표시로 양손을 번쩍 들었다.

그 뒤로 침묵 속에서 14분을 달렸다. 먼고는 사탕을 빨며 시계에 눈을 고정하고 있었다. 히터의 열기가 피부를 따뜻하게 덥혔지만 뼛속까지 스미지는 않는 것 같았다. 호숫가에서 벌어진 일과 어머니, 그리고 어머니가 자신을 맡긴 두 남자에 대해 이 남자에게 말할까 고민했다. 털어놓으면 속이 후련할지, 막힌 하수구 구멍이 뚫릴 때처럼 가슴속에서 고통이 빠져나갈지 알고 싶었다. 죽은 글래스고 남자들을 떠올리던 먼고는 캘럼이 자신의 꿈틀거리는 얼굴을 보고 있다는 것을 깨달았다. 캘럼의 목소리를 듣고 상념에서 빠져나왔다. "길이 꽤 험하구나. 멀미하니? 데이비드, 얼굴이 너무 창백하네."

먼고는 경련을 일으키는 뺨을 손으로 가렸다. "그래요? 아뇨, 괜찮아요. 죄송해요."

캘럼이 몸을 가까이 기울이고 말했다. "이건 비밀인데, 저기 알렉시스는 우리 애들이 멀미할 때마다 토를 먹는단다." 캘럼은 손을 뒤로 뻗어 갈색 개의 턱 밑을 긁었다.

"으, 더러워요."

캘럼이 쿡쿡 웃으며 동의하고 다시 2차선 도로로 진입했다. 사방으로 언덕이 뻗어나갔지만 나무 한 그루 보이지 않았다. "내가 우리 막내 그레고에 대해 말했니?"

자기 생각에 깊이 빠져 있던 먼고는 캘럼이 그레고를 언급했는지조차 기억하지 못했다. "죄송해요, 안 한 것 같아요."

"내 얘기가 지루하니?"

"아뇨, 전혀 그렇지 않아요."

"음, 우리 그레고는 늘 멀미해. 여행할 체질은 영 아닌데 세상을 두루 여행할 아이지. 참 안타까운 아이러니야, 그렇지 않니?"

먼고는 아이러니가 무슨 뜻인지 몰랐다. "그 애가 세상을 두루 여행할지 어떻게 아세요?"

"아버지는 아는 법이다. 그레고는 좋은 녀석이야. 총명하고 쾌활하지. 누가 시키지 않아도 늘 집에서 자기 어머니를 돕는단다. 한데 그레고는 좀…." 캘럼은 적당한 단어가 생각나지 않는지 잠시 입을 다물었다. "예술적이라고 할 수 있겠지. 아이고, 내가 무슨 말을 하려는지 알겠니?"

먼고는 고개를 살짝 끄덕였다. 캘럼이 자신과 같은 생각을 하고 있는지는 확실하지 않았다.

"내가 잘못 봤다면 미안하구나, 데이비드. 하지만 너도 약간 예술적인 아이라고 생각했다면, 내가 잘못 봤니?" 캘럼은 먼고의 대답을 기다리지 않았다. "많은 사람이 그걸 거북해한다는 걸 안다. 하지만 나는 니가 그렇다고 해도 전혀 나쁘다고 생각하지 않아. 내가 하려는 말은 그러니까… 아이고, 잘 모르겠다. 나도 틀릴 때가 많으니까." 구름 사이로 빛나던 햇살이 앞창에 떨어졌다. 먼고는 기회를 타서 남자를 슬쩍 보았다. 친절한 인상이었다. 세월에 거칠어진 표면 아래 반듯한 이목구비가 자리했다. 나이가 들며 처지기 전에는 얼굴선이 강인했을 것이다. 맑은 파란색 눈에 여유로운 성격이 비쳤고, 단정한 머리는 양털처럼 하얗고 꼬불꼬불했다. "우리 그레고는 입을 통 다물지를 않아. 제 엄마를 닮아서 말이 많은데 나는 그게 싫지 않단다. 따발총처럼 말이 어찌나 빠른지 신기할 정도야. 상상력이 엄청나지. 어디서 그런 생각들이 나오는지 모르겠단 말야."

먼고는 사탕을 또 하나 입에 넣고 입속에서 굴렸다. 딸기맛인 줄 알았는데 다시 맛보니 블랙커런트 같았다.

"낡은 커튼 쪼가리랑 테이블 램프 몇 개만 주면 그레고는 3장 연극에 추가로 마티네 공연까지 공짜로 보여줘. 즉석에서 지어내서 벽난로 앞에서 공연하는 거야. 노래도 하고 우스갯소리도 하고 가슴 절절한 드라마도 연출하지. 터무니없는 소리지만 얼마나 재미있는지 몰라." 캘럼이 다시 웃었지만 억지로 웃는 티가 났다. 캘럼은 먼고가 함께 웃고 있는지 돌아보았다. 먼고는 웃고 있지 않았다.

이 남자가 왜 자신에게 아들 이야기를 하는지 종내 알 수 없었다. 아들이 네 명이나 있다면서 왜 하필 막내아들 이야기만 하는 걸까? 깨진 어금니에 사탕이 달라붙었다.

"그레고는 거의 열네 살이야. 여기서 일자리를 구했으면 좋겠지만 마누라는 애가 결국 우리를 떠날 거라고 해. 자기랑 취향이 비슷한 사람들을 찾아서 떠날 거라고." 캘럼은 허허로운 언덕을 가리켰다. "그

애가 살 만한 곳이 아니지."

먼고는 언덕을 보려는 것처럼 고개를 돌렸지만 사실은 사이드미러에 비친 자신을 보면서 이 얼굴이 사람들에게 대체 무슨 메시지를 전달하는 건지 궁금해했다.

캘럼은 이제 자기 생각에 빠져 있었다. 먼고의 의견을 묻는다기보다는 자신의 머릿속에 떠오르는 것을 말하고 있었다. "그레고가 행복할 수 있을까? 도시로 가면?"

"모르겠어요."

"너는 예술적인 친구가 많니?"

먼고는 제임스를 떠올렸다. 고개를 저었다. "한 명도 없어요."

캘럼은 고개를 왼쪽으로 갸웃했다가 오른쪽으로 기울였다. "아무튼 내가 자기를 얼마나 자랑스러워하는지 그레고가 알았으면 좋겠다. 어떤 경우에도 말이야. 무슨 뜻인지 아니?"

"알 것 같아요."

"네 아버지도 너를 자랑스러워할 거다." 캘럼이 말했다. "텐트를 잃어버렸다고 혼나지 않았으면 좋겠구나."

먼고는 다시 고개를 돌렸다. 찌그러진 사이드미러는 차에 절연 테이프로 고정되어 있었다.

"넌 착한 아이구나, 데이비드. 내가 너무 말이 많았지." 남자가 먼고의 무릎을 두드렸다. 묵직한 그 손은 자신의 권위와 보호자의 역할에 익숙한 듯했다. 먼고가 흠칫했지만 남자는 금세 손을 떼었다. 아무것도 요구하지 않았다. 먼고는 핸들로 되돌아가는 손을 지켜보았다. "피곤하면 잠깐 눈 붙이렴. 타운에 도착하면 깨워주마."

이제 남자의 상쾌한 향을 맡을 수 있었다. 평생 맡아본 갖가지 유쾌한 향이 하나로 섞여 있는 듯한 애프터셰이브 향이었다. 먼고는 머리 받침대에 뒤통수를 기대고 눈을 반쯤 감았다. 속눈썹 사이로 남자의 손톱을 다시 보았다. 널찍한 손톱에 건강한 분홍빛이 감돌았다. 셔츠의 소맷부리와 손목이 만나는 부분에 하얗고 깨끗한 피부가 얼핏 보였다. 맑은 날이나 궂은 날이나 밖에서 일한 손이 아니었다. 태양 아래 책을 읽으며 보낸 세월을 뜻했다. 손 하나만 보고 인생을 짐작할 수 있다면 먼고는 약간 부러웠다고 인정했을 것이다. 자신이 백 명 있어도 이 남자 한 명보다 가치가 없을 것 같았다. 편하고 유쾌한 인생. 이 남자의 아들들은 아버지를 사랑하겠지. 그리고 남자 역시 자식들을 사랑했다.

## 28

먼고가 글래스고에 도착했을 때는 길고 후더운 저녁이 저물고 있었다. 지난 여덟 시간 동안 낯선 사람들의 차를 얻어 타고 행선지도 모르는 버스에 타는 것을 반복하여 끝내 돌아왔다. 두려움 따위는 오래전에 잊었다.

버스에서 승차를 두 번 거부당했다. 차비만 없는 게 아니라 부랑아 같은 모습이었으니까. 그러나 세 번은 그를 딱하게 여긴 버스운전사가 내밀지도 않은 버스표를 찍는 척하고 타라고 손짓으로 허락했다.

먼고는 멍한 기분으로 뷰캐넌 스트리트 역에서 집으로 천천히 걸어갔다. 도시의 공기는 뜨겁고 갑갑했다. 해가 늦게 지는 계절이었다. 술 취한 거친 남자들은 여전히 웃통을 벗은 채 긴 주말 동안 불그스름하게 익은 몸을 드러내고 있었다. 연휴 급여를 탈탈 털어 산 술에 취했으면서도 집에 가지 않고 뻗대고 있었다. 먼고는 새로 설립된 스트래스클라이드 대학 캠퍼스와 오래된 로튼로 병원을 지나 이스트엔드로 향하는 언덕길을 올라갔다.

집에 가려면 어떤 길을 택하든 오싹한 로열 인퍼머리 병원과 녹슨 캐러밴 스낵바가 있는 진흙투성이 삼각지를 지나게 된다. 모모는 이미 카운터에 자리를 잡고 구급차 운전사들과 수다를 떨고 있었다. 한참 먼 거리에서도 지나치게 환한 미소를 보고 어머니가 얼근하게 취했다는 걸 알 수 있었다. 인사 없이 지나치려던 먼고는 낡은 테이블에 앉아 있는 하미시와 조디를 발견했다. 두 사람은 기다림에 지친 얼굴이었다.

진흙투성이 길을 가로지르는 먼고를 세 사람이 훑어보았다. 다들 자기답게 반응했다. 모모는 드라마라도 찍는 양 애절하게 먼고의 이름을 불렀지만 목소리의 음색으로는 나를 봐, 나를 봐, 조르며 관심을 구하고 있었다. 하미시는 딱딱한 표정으로 두꺼운 안경알 뒤의 눈을 가늘게 뜨고 여자들이 어떻게 반응하나 일단 지켜보고 있었다.

하미시의 시선이 먼고 뒤로 옮겨갔다. 알코올중독자들이 보이지 않아 실망한 듯했다.

오직 조디만 먼고를 보고 진정 기뻐했다. 스웨터 소매로 얼굴을 닦고 먼고를 얼싸안았다. 공휴일이었던 월요일에 종일 햇볕 속에 앉아 동생을 애타게 기다린 조디의 정수리가 뜨끈했다. 먼고는 힘없이 팔을 늘어뜨렸다. 누나를 안을 수 없었다.

먼고는 자신이 겪은 괴로움을 간절히 말하고 싶었다. 너무도 끔찍하고 정체되어 있던 그 시간을 가족들이 알아주기를 바랐다. 하지만 갤러게이트가 옳았다. 도저히 말할 수 없었다. 그 이야기는 사람들의 눈에 무언가를 씌우고, 먼고가 어떻게 행동했길래 그런 상황에 처했는지 은연중에 의심하게 만들 터이다. 눈물이 차올랐지만 애써 참고 떨리는 입술을 깨물었다. 동정 따위 받지 않겠다. 이제 그는 가족의 돌봄을 필요로 하는 어린애가 아니었다.

"대체 어떻게 된 거니?" 모모가 조디를 먼고에게서 떼어내며 소리쳤다. "니가 전화한 다음부터 한순간도 마음을 놓지 못했어."

"별일 없었어요." 먼고는 학교 점심으로 무엇을 먹었냐는 질문을 들은 것 같은 태도로 어깨를 으쓱했다.

먼고와 통화한 뒤에 불안해졌을까? 아니면 술이 깨고 나자 막내아들이 어디에 누구와 있는지 모른다는 생각이 덜컥 들어 식겁했을지도. 하여간에 모모는 그녀로서는 매우 드물게 진심으로 걱정하고 있었다. 모모는 정신없이 먼고의 얼굴을 훑어보았다. 먼고의 손을 뒤집고 털이 태양으로부터 피부를 보호하는 창백한 경계선을 따라 더듬었다. 먼고의 목에서 세인트 크리스토퍼의 손자국을 발견한 모모는 엄지에 침을 묻히고 문질러 닦아내려 했다. 손자국은 사라지지 않았다. "얼굴. 얼굴이 왜 이 모양이야?"

먼고는 고갯짓으로 형을 가리켰다. "누구 때문이겠어요. 떠나기 전에도 이랬는데요."

"그래? 더 나빠진 것 같은데?"

"잘못 봤겠죠." 먼고는 턱에 앉은 딱지를 건드렸다. "몇 번 넘어졌어요. 언덕이 미끄러워서. 또 다쳤는지도 몰라요."

모모가 길로 시선을 던졌다. "그 사람들은 어딨어?"

"누구요?"

"있잖아, 그 아무개랑 비쩍 마른 사람."

"갔어요." 먼고는 담담하게 말했다. "목요일에 모임에서 인사한대요."

"정말 괜찮아, 먼고?" 조디가 김빠진 콜라를 건네주며 물었다. 먼고는 콜라를 입꼬리로 흘리면서 벌컥벌컥 들이켰다.

"응, 더할 나위 없이 좋아. 누나는 어때?"

먼고의 얼굴을 쥐고 있는 모모의 손에 힘이 들어갔다. 자신의 평화로운 주말에 훼방을 놓았다고 이제는 화가 났다. "그럼 왜 전화해서 사람 걱정을 시켰어?"

먼고는 모모의 기름진 손가락을 떼어냈다. "언제부터 신경 썼다고요?"

모모는 짝다리를 하고 서서 양손을 한쪽 골반에 얹었다. 세탁기에 넣고 돌린 나이키 운동화에서 이음매가 벌어지고 고급 로고가 지워졌다. 결국엔 가짜 나이키였다. "낚시 한 번 다녀왔다고 나한테 까불어도 된다고 생각하지 마." 모모는 진흙투성이 땅을 한 바퀴 돌며 자신의 불행에 연민을 보일 법한 운전사를 붙들고 한탄했다. "주말에 한 번 외박했다고 니가 남자가 된 거 같아? 넌 아직 어린애야."

먼고는 모모가 보이지도 않는 것처럼 정면만 응시했다. 처음에는 남자답지 못해서 문제였는데 이제는 지나치다는 것이다.

먼고는 호수에서 주워 온 조그만 조약돌을 조디에게 한 주먹 건네주었다.

조디는 먼고와 이마를 맞대고 속삭였다. "진짜 어땠는지 나한테는 말해줄 거지? 건조 옷장에서?"

"노루 한 마리랑 죽은 숫양을 봤어. 비가 많이 왔고. 그게 다야."

조디가 머리를 정돈해주려고 손을 내밀었지만 먼고는 뒤로 몸을 뺐다. 조디를 볼 수는 있었지만 손길을 받아줄 수는 없었다. 조디마저 그를 사랑해주지 않는다면, 그의 모든 것을 사랑해주지 않는다면, 어쩌면 그는 누구에게도 사랑받을 수 없는 존재인지도 모른다.

모모는 이제 혼잣말로 중얼대고 있었다. "다 괜찮아, 다 잘됐어. 봐,

멀쩡하잖아. 이제 돌아왔어. 애는 괜찮아." 모모는 진흙 위에서 발을 구르며 몸을 흔들었다. 안심한 기색이 역력했다. 하지만 자기 자신을 위해 안심한 것이었다.

싸움은 토요일 아침에 조디가 먼고가 어디 있냐고 물으며 시작되었다. 모모는 낚시 갔다고 얼버무렸다. 생판 모르는 남자들에게 아들을 맡겼다는 사실을 뒤늦게 깨달았다. 그렇지만 모모는 방어적으로 나오며 먼고가 안전할 거라고 우겼다. 성인 남자들 곁보다 소년에게 더 안전한 곳이 어디 있겠냐고, 잘못될 일이 무엇이 있겠냐고 큰소리쳤다. 맑은 공기 쐬면서 낚시하고 모닥불을 쬐다 돌아올 거다. 이곳은 스코틀랜드 아닌가. 나쁜 일들은 그녀가 아들을 떠나보낸 바로 이 동네에서 벌어진다.

하미시가 진흙투성이 땅을 가로질러 다가왔다. 먼고의 점퍼 주머니 덮개를 잡고 자기 것처럼 잡아당기며 속을 들여다보았다. "뭐야? 내 선물은 없어?" 다시는 하미시 눈을 똑바로 보지 못하리라 예상했지만, 할 수 있었다. 아니, 눈 한 번 깜박이지 않고 볼 수 있었다. 먼고는 하미시가 물러설 때까지 그의 콧잔등을 뚫어지게 보았다. 끝내 하미시는 잡고 있던 손을 놓았다.

"어이! 여기 주문 안 받아요?"

이 말 한마디에 먼고는 전부 다 끝났음을 깨달았다. 정말 끝났다. 허리에 찬 지갑 위로 뱃살이 늘어진 택시운전사가 블랙푸딩을 주문하며, 차에 티백을 두 개 넣어달라고 숨 가쁘게 말하고 있었다. 모모는 부랴부랴 스낵바로 돌아갔다. 긴 주말이 끝났다. 집에 왔다. 이에 대해 다시는 이야기하지 않을 것이다. 존재한 적 없던 아기처럼, 그리고 그가 사랑했던 제임스라는 소년처럼.

먼고는 물건을 챙기는 조디와 하미시를 물끄러미 바라보았다. 처음으로 그들을 명확하게 파악했다. 그들에게는 전부 끝난 사건이다. 하지만 그에게는 끝나지 않을 것이다. 아무에게도 말할 수 없을 뿐이다.

모모는 떠난 사람이다. 이제 먼고는 그것을 알았다. 모모는 조키의 책임이었다. 조키가 아니면 다른 남자, 그녀를 다룰 수 있다고 자신하는 다른 남자가 맡게 될 거다. 속이 후련해야 마땅했지만 오히려 버림받은 느낌이 들었고, 그것이 끔찍이도 싫었다.

조디도 영영 떠날 것이다. 처음에는 점차 거리를 두겠지만 대학을 졸업하고 나면 집에 들르는 횟수가 슬슬 줄어들 것이다. 하미시가 처음부터 옳았다. 조디는 모음을 또렷하게 발음할 것이고 말꼬리에 자음을 뭉개는 버릇을 고칠 것이다. 잡곡빵을 선호하고 외국 영화를 즐겨볼 거다. 어쩌면 대학교에서 누군가를 만나 조용히 연애할지도 모르지만 크리스마스에 집에 데려오는 일은 없을 것이다. 가능하다면 조디는 유기견을 잔뜩 입양해 키울 것이다. 먼고는 조디가 은퇴한 경찰견을 입양하는 것을 상상해보았다. 조디의 집에는 개들이 바글거려서 마치 요실금 있는 셰퍼드를 키우는 듯한 냄새가 날지도 모른다.

하미시가 먼고를 보고 눈을 찡긋했다. 그때 먼고는 자신이 이곳을 떠나지 않을 것임을 알았다.

하미시를 따라다니며 온갖 무의미한 폭력에 휘말릴 것이다. 여자를 아무나 한 명 만나야 한다. 서둘러 임신시키고, 그녀를 사랑하려고 최선을 다할 것이다. 구할 수 있는 일을 하고 훔칠 수 있는 것을 훔치고, 목요일과 토요일에는 서브 클럽이나 아치스 클럽에서 대학생들에게 엑스터시를 10파운드어치씩 팔 것이다. 늙어서 기력이 다할 때까지 보이스턴 갱단과 싸우고, 올드펌 경기에 갔다가 라우든 태번 밖에서 술주정을 부릴 것이다. 7월 12일마다 개신교를 찬양하는 노래를 부를 것이다. 하미시가 바라는 그런 남자로 성장해야 한다.

"집에 가서 목욕할래?" 조디가 어깨에 가방을 둘러메며 물었다.

하지만 먼고는 듣고 있지 않았다.

도로 건너편, 으스스한 로열 인퍼머리 병원 밖에 사람 형체가 어른거렸다. 처음에는 보지 못했다. 주말 교통 체증에 갇힌 이스트엔드행 버스와 자동차 들이 자꾸 시야를 가로막았다. 소년은 길을 건너려는 것처럼 참을성 있게 기다리고 있었다. 그러나 차의 흐름이 끊겨서 건널 수 있어도 그대로 서 있었다. 끝내 길을 건너지 않을 것이다.

소년의 발치에는 형태와 색이 제각각인 가방들이 푹신한 옷과 한평생 모은 물건으로 꽉꽉 채워진 채 쌓여 있었다. 후더운 여름 날씨에도 소년은 두꺼운 코트를 두 겹으로 껴입었다. 창백한 턱에 까맣게 꿰맨 실밥이 보였고 부러진 코뼈의 양쪽 눈두덩이 검푸른 색으로 물들어 있었다. 부러진 손가락에 부목을 받치고 분홍색 거즈로 쌌는데, 벌써 거즈에 때가 탔다.

소년은 바라보고 있었고, 또한 기다리고 있었지만, 동시에 떠나고 있었다.

두 사람은 4차선 도로를 사이하고 서로를 바라보았다. 영겁의 시간처럼 느껴졌다. 하얀 밴이 시야를 가로막을 때마다 먼고는 속이 울렁거렸다. 밴이 지나간 뒤에 소년이 아직도 가방을 발치에 두고 바라보면서 기다리고 있는 것을 확인할 때까지 숨도 쉬지 못했다. 바로 저기 있었다. 착하고 진실한 제임스.

제임스가 어설프게 인사하듯이 부러진 손을 들었다. 낯선 사람들끼리 하는 인사처럼 머뭇머뭇 조심스러웠다. 그렇지만 그 인사는 오직 먼고를 위한 것이었다. 다른 누구도 아닌 오직 먼고에게 하는 인사였다.

먼고는 소심하게 살짝 웃었다. 제임스가 미소를 되돌려주었다. 두 사람의 미소가 아주 천천히 벌어졌다. 그때 먼고는 자신이 무엇을 해야 하며 어디로 가야 하는지 알았다. 온 세상에서 그가 있고 싶은 유일한 곳이었다.

먼고가 호수에서 전화한 날 저녁에 조디는 제임스를 만나러 갔다. 초인종을 눌렀지만 제임스는 대답하지 않았고 문을 열어주지도 않았다. 조디는 버저 패널에 있는 초인종을 죄다 눌렀다. 공영주택의 주민 한 명이 문을 열어주기를 기다렸다가 계단을 한달음에 뛰어 올라갔다. 그리고 제임스네 집 우편물 투입구 앞에 꿇어앉아서 상황을 설명했다. 아니, 제임스는 구석에 숨어 있었으므로 텅 빈 복도에 대고 말한 거나 다름없었다.

얼굴이 온통 망가진 제임스는 해밀턴네 집안사람이라면 그 누구에게도 문을 열지 않았을 터이다. 현관에 얼어붙은 듯이 서서 벽에서 뜯겨 나간 전화선을 보고 있었다. "먼고는 저한테 전화 안 했어요." 제임스가 어둠 속에서 쉰 목소리로 말했다. 조디는 우편물 투입구로 집을 들여다보고 제임스가 짐을 싸던 중임을 알아차렸다.

먼고는 도로 분리대에 손을 올리고 뛰어넘을 준비를 했다. 조디에게 작별 인사를 하려고 돌아섰는데 연휴 귀가 차량 사이에 남색 차 한 대가 나타났다. 차는 삼각꼴 황무지로 들어와 멈췄다. 타이어가 자갈을 튀겼다. 경찰 두 명이 내렸다. 제복을 입고 있지는 않았지만 거만한 자세에서 짭새 냄새가 물씬 풍겼다. 먼고는 자신이 짐작한 바를 확인하려고 형을 돌아보았다. 하미시는 벌써부터 스낵바의 어두운 그늘로 슬금슬금 물러서고 있었다.

"걱정 마!" 모모가 대단한 파티를 계획한 것처럼 외쳤다. "나 만나러 온 거야. 나."

모모는 앞치마로 손을 닦고 서둘러 경찰을 맞이하러 나왔다. 부스스한 머리를 가라앉히고 푹신한 뱃살 위로 청바지의 맨 위 단추를 채웠다. 이런 상황에서 겉모습에 신경 쓰는 모모를 보고 조디는 혀를 찼다. 두 경찰은 외모는 볼품없었지만 나이가 모모 또래였는데, 조키보다 돈을 많이 벌 것이다. "걱정할 필요 없어요, 경찰관 선생님들. 아들이 돌아왔어요."

먼고의 전화를 받은 날에 모모는 술에 진탕 취했다. 경찰에 전화해서 실종 신고를 했다. 경찰차 안에서 사건을 접수한 경찰들은 어처구니없어하며 시선을 교환했다. 대체 어떤 엄마가 난생처음 보는 남자들한테 아들을 맡기나? 경찰들은 이번 주에 벌써 세 번째로 이 스낵바를 방문했다. 처음에는 호기심을 느꼈고 두 번째에는 한심해하는 기색이 역력했다. 이번에는 모모를 쳐다보기도 싫은 눈치였다.

"전부 다 괜찮아요." 모모가 다시 말했다. 포옹이라도 할 것처럼 양팔을 활짝 펼치고 있던 모모는 이제 그들을 진흙 섬에서 내보내려고 배웅하는 자세를 취했다.

"그래요? 잘됐네요, 해밀턴 부인."

"뷰캐넌이에요." 모모가 말했다. "애들 아빠랑 결혼은 안 했거든요. 그럴 기회가 없었어요. 그러니까 미스 뷰캐넌이에요. 고마워요." 원래 모모는 사람들이 해밀턴이라고 부르게 내버려두었다. 굳이 입 아프게 설명하지 않아도 되었고 소속감을 느낄 수 있었으니까. 어머니가 남자들과 얘기할 때만 자신이 미혼이었다는 사실을 꼭 들먹인다는 것을 먼고는 오래전에 알아차렸다.

경찰관들은 표정이 굳어 있었다. 두 사람은 조그만 여자를 내려다보며 한 발짝도 움직이지 않았다. 땅딸막한 경찰은 라디오 디스크자키에게나 어울릴 법한 부스스한 멀릿 머리를 하고 있었다.

경찰들은 눈살을 찌푸리고 해밀턴 삼남매를 둘러보았다. 아이들은 황무지에서 뿔뿔이 흩어져 있었다. 그들은 거의 곧바로 조디를 제외하고 하미시와 먼고에게 집중했다. 얼굴은 바위처럼 무표정했지만, 그들이 자신을 유심히 관찰하며 모든 세부 사항을 머릿속에 기록하고 있다는 것을 먼고는 알았다. 경찰들의 시선이 까진 무릎에서 부은 얼굴로 올라갔다. 숨기고자 하는 것들이 그들 눈에 훤히 보일까봐 불안했다.

원래 경찰들은 불편한 시점을 훨씬 지날 때까지 괜히 침묵을 오래 끈다. 먼고는 뛰어가서 그 공백을 메우고 싶었다. 그렇지만 하미시에게서 기다리는 법을 배웠다. A로 시작해서 생각나는 동물 이름을 속으로 읊어보고 더 떠오르는 것이 없으면 이번에는 과일 이름을 떠올린다. 채소나 견종, 혹은 나라 이름을 생각하는 것이 표정 관리에 제일 효과적이라고 하미시는 말했었다.

먼고가 코알라를 생각하고 있는데 경찰 한 명이 드디어 입을 열었다. 멀릿 머리를 한 경찰은 침울하게 고개를 가로저었다. "문제가 좀 있었습니다. 오늘 호수에서 남자 시신이 발견되었어요. 누군가 칼로 찌른 다음에 물속에 가라앉히려고 했죠. 저번에 한 말씀을 토대로, 해밀턴 부인, 아니 미스 뷰캐넌, 저희는 확인을…" 경찰이 수첩을 내려다봤다. "먼-고?" 딱하게도 놀이터에서 얼마나 괴롭힘을 당했을지 예상

된다는 표정으로 경찰은 고개를 저었다. "…먼고가 그 사건에 대해 무엇을 아는지 확인해야겠습니다."

"시신은 금세 떠오르는 법이거든요." 다른 경찰이 말했다. 이 경찰은 탈모가 진행되었지만 용감하게 머리를 짧게 쳤다. 동료 경찰보다 더 퉁명스러웠다.

"부패 현상 때문이죠." 조디가 건조하게 말했다. "지방이 썩으면 가스로 변하니까요. 누구나 아는 사실이에요." 먼고는 전혀 모르던 사실이었다. 먼고는 이런 상황에서 지식을 뽐내고야 마는 조디에게 짜증이 났다.

경찰들이 감탄한 표정으로 고개를 끄덕였다. 모모 같은 여자가 이토록 똑똑한 아이를 키웠다는 사실에 놀란 티를 감추지도 않고 입을 삐죽 내밀었다. "그래요, 맞습니다. 따님이 아주 똑똑하네요, 미스 뷰캐넌."

"네네, 아주 잘났습니다. 걸어다니는 백과사전이 따로 없어요. 빌려 갈래요?"

퉁명한 남자가 인상을 썼다. "자꾸 애들을 빌려주려고 하시네요. 도서관이라도 개업하실 예정인가요?"

조디가 창피해서 몸을 옴짝거렸다. 하지만 모모는 경찰의 빈정거림을 알아듣지 못했다.

스트래스클라이드 경찰서는 벨마하, 발퀴히더, 로몬드 호수와 인버래리에 전화해서 모모의 실종된 아이에 대해 물었다. 인버래리 경찰은 아이는 본 적 없지만 익사한 시신을 발견했다고 보고했다. 익사는 때때로 벌어지는 사건이지만 시신에 칼에 찔린 상처가 있고 이탈리아제 청바지를 입은 것이 매우 드문 경우라고 했다. 낚시 허가증을 단속

하러 나온 경비가 주머니에 조그만 돌이 가득 찬 채 반쯤 가라앉은 시신을 발견했다. 원래 시신은 그렇게 일찍 떠오르지는 않는다. 하지만 갤러게이트는 지방이 별로 없었고 호수는 수온이 낮았다. 무게를 충분히 가했으면 몇 주나 그대로 잠겨 있었을 터이다.

경찰이 시신을 조그만 마을로 이송해 검시관을 부르자 조용한 동네가 오랜만에 발칵 뒤집혔다. 우편국장 여자가 갤러게이트를 알아보고 조용한 소년이 같이 있었다고 증언했다. 남자와 소년 둘 다 품위 없는 글래스고 악센트가 강했다. 소년은 참으로 슬퍼 보였다. 그들이 초콜릿을 훔쳐서 자신에게 1파운드 50펜스를 빚졌다고 했다.

"먼고가 무사히 돌아와서 다행입니다. 운이 좋았어요. 하지만 몇 가지 먼고에게 물어봐야겠습니다." 멀릿 머리를 한 형사가 두 형제를 번갈아 보았다. "니네 중 누가 대담무쌍한 먼고 해밀턴이냐?"

그때 조디와 모모가 이상하게 행동했다. 두 사람은 먼고 대신 하미시를 돌아보았다. 하미시라면 이 상황에 어떻게 대처해야 좋을지 알 거라고 본능적으로 생각한 것이다. 하미시는 이 집의 가장이었다. 두 여인이 눈빛으로 부탁하는 듯했다. 하미시, 이 상황을 해결해.

첫 번째 경찰이 내기에서 지기라도 한 것처럼 땅을 찼다. 자기가 예상한 소년이 아니었다. 키는 더 작았지만 이 소년은 증언을 듣고 상상했던 것만큼 어리지 않았다. 그렇지만 대머리 경찰은 아퀴가 맞는다는 표정으로 얼굴을 굳혔다. 하미시를 보자마자 폭력성을 감지했다.

하미시는 거의 곧바로 앞으로 나갔다. 눈 한 번 깜박이지 않고, 보일 듯 말듯 고개를 끄덕이고 말했다. "저요. 제가 먼고예요."

깡만 좋은 바보, 경찰이 언제까지 속아줄 것 같아?

다시는 제임스를 못 볼지도 모른다. 먼고는 이제 알았다. 볼 수 있을 때 가능한 한 많이 보고 싶었다. 모든 것을 다 괜찮게 만들었던, 틈새가 벌어진 행복한 미소를 기억하려고 고개를 돌렸다. 제임스의 뺨이 언제나처럼 맑은 공기에 파르스름한 분홍빛으로 물들어 있는지 보고 싶었다.

제임스는 부러진 손을 여전히 뻣뻣하게 들고 있었다. 코트를 껴입은 모습이 켈빈그로브 박물관 앞에서 추종자들을 반기는 세인트 먼고와 그 언제보다 닮아 보였다.

제임스가 찢어진 아랫입술을 깨물었다. 빠르게 질주하는 차들이 제임스의 황갈색 머리칼을 눈썹 위로 휘날렸다. 밀과 보리와 끈적한 설탕 빛깔을 띤 머리칼이 서녘으로 기우는 태양의 마지막 빛을 머금고 있었다.

그때 부러진 손가락이 한 바퀴 돌았다. 제임스가 붕대로 동여맨 관절을 먼고를 향해 꺾었다. 먼고의 등 아래쪽 부드러운 솜털을 어루만지던 손가락이 아주 희미하게, 은밀하게 꿈틀거렸다. 두꺼운 붕대 때문에 손짓이 둔하고 알아보기 어려웠지만 먼고는 이해했다.

제임스는 딱 한 번 손짓했다. 한 번이면 충분했다.

가자, 손짓이 말했다. 나랑 떠나자.

## 감사의 말

용감한 글래스고 토박이인 내 가족과 나와 인연이 닿은 친구들에게 너무도 감사한다. 당신들 없이는 나도 없었을 것이다.

편집자 피터 블랙스톡과 그로브 애틀랜틱 출판사 팀의 모건 엔트레킨, 주디 하튼슨, 뎁 시거, 존 마크 볼링, 그리고 에밀리 번즈에게 감사의 마음을 전한다. 나와 마찬가지로 미운 오리인(그의 표현이다) 라비 미르찬다니와 카밀라 엘워시, 제러미 트레바탄, 스투 윌슨, 질리언 맥케이, 그리고 피카도르의 뛰어난 팀원들에게 고마움을 표하고 싶다. 애너 스타인, 클레어 노지에르와 루시 럭에게 먼고를 소중히 돌봐준 것에 대해 감사와 사랑을 전하고, 그레이스 로빈슨, 줄리 플래너건, 윌 왓킨스에게 그동안 보내준 성원에 고마움을 전한다. 멀리 있는 먼고의 친구들, 캐서린 배크 볼린, 대니얼 샌드스트롬, 수전 밴 루언, 리나 무주, 그리고 발렌타인 게이에게도 감사한다.

출간되기 전에 원고를 읽어준 이들의 격려가 큰 힘이 되었다. 지성과 감성을 동원하여 원고를 읽어준 패트리샤 맥널티, 클리브 스미스, 발렌티나 카스텔라니, 마거릿 앤 맥로드, 타냐 케어리, 티나 폴험에게 맥주를 많이 사야 할 것이다.

무엇보다, 한결같이 나를 믿어준 마이클 케이리에게 고맙다고 말하고 싶다.

옮긴이: 구원
프리랜서 번역가 및 출판 기획자로 활동하고 있다. 『셔기 베인』, 『우리가 얼마나 아름다웠는지』, 『미친 주부의 일기』 등을 우리말로 옮겼다. 캐서린 맨스필드 단편선 『차 한 잔』과 『프렐류드』를 엮고 옮겼다. 『셔기 베인』으로 제16회 유영번역상을 수상했다.

먼고 해밀턴

1판 1쇄 발행 2024년 6월 18일

지은이 더글러스 스튜어트
옮긴이 구원
편집 고은희
표지디자인 김수연

펴낸곳 코호북스 (coho books)
주소 강원도 홍천군 두촌면 한계길 84
등록 2019년 10월 17일 제2019 - 000005호
전자우편 cohobookspublishing@gmail.com
팩스 0303 3441 1115
ISBN 979-11-91922-23-3(03840)
책값은 뒤표지에 있습니다.